Umberto Eko
ROŽĖS VARDAS

Iš italų kalbos vertė
INGA TULIŠEVSKAITĖ

Vilnius 1991

LEIDYKLA „ALNA"

Leidinį parengė „Minties" leidykla

Išleido leidykla „Alna"

ISBN 5-417-00461-8

Be abejo, rankraštis

Tūkstantis devyni šimtai šešiasdešimt aštuntų metų rugpjūčio šešioliktąją į rankas man pateko kažkokio abato Valė knyga „Le manuscript de Dom Adson de Melk, traduit en francais d'après l'édition de Dom J. Mabillon" (Aux Presses de l'Abbaye de la Source, Paris, 1842)[1]. Ši knyga, sprendžiant iš negausių istorinių nuorodų, buvo lyg ir tikslus nuorašas XIV amžiaus rankraščio, kurį savo ruožtu yra radęs Melko vienuolyne tas didysis septynioliktojo amžiaus eruditas, tiek nusipelnęs benediktinų ordino istorijai. Manasis atradimas (taigi jau trečias iš eilės) neleido man nuobodžiauti Prahoje, kur viešėjau laukdamas širdžiai brangaus asmens. Po šešių dienų tarybinė kariuomenė įžengė į šį nelaimingą miestą. Man pavyko laimingai pereiti Austrijos sieną Lince, iš kur nuvykau į Vieną, o ten pagaliau sutikau tą, kurios laukiau, ir kartu mes leidomės Dunojaus aukštupio link.

Sujaudintas skaičiau kraupią Adso iš Melko istoriją, kuri taip sužavėjo mane, jog kone vienu atsikvėpimu išverčiau ją, prirašydamas keletą didelių „Žozef Žiber" firmos sąsiuvinių, kuriuose taip malonu rašyti minkšta plunksna. Tuo tarpu pasiekėme Melko apylinkes, kur ir dabar stačiame krante, ties upės vingiu, stūkso gražusis Stiftas, praėjusiais amžiais ne kartą perstatinėtas. Kaip mielasis skaitytojas, matyt, jau suprato, vienuolyno bibliotekoje neradau nė pėdsako Adso rankraščio.

Dar prieš atvykstant į Zalcburgą, tą nelemtą naktį viešbutyje Mondzė pakrantėje, mano kelionės draugija netikėtai iširo, ir ta, su kuria keliavau, išnyko, kartu dingo ir abato Valė knyga, bet nebuvo tai pikta valia, o tik mūsų padriko ir skuboto išsiskyrimo pasekmė. Taip aš likau su keliais prirašytais sąsiuviniais rankoje ir begaline tuštuma širdy.

Po keleto mėnesių, atvykęs į Paryžių, nutariau pratęsti savo ieškojimus. Iš prancūziškoje knygoje užtiktų pastabų liko man stebėtinai tiksli šaltinio nuoroda:

Vetera analecta, sive collectio veterum aliquot operum & opusculorum omnis generis, carminum, epistolarum, diplomaton, epitaphiorum, &, cum itinere germanico, adnotationibus aliquot disquisitionibus R.P.D. Joannis Mabillon, Presbiteri ac Monachi Ord. Sancti Benedicti e Congregatione S. Mauri.— Nova Editio cui accessere Mabilonii vita & aliquot opuscula, scilicet Dissertatio de Pane Eucharistico, Azymo et Fermentato, ad Eminentiss. Cardinalem Bona. Subjungitur opusculum Eldefonsi Hispaniensis Episcopi de eodem argumento Et Eusebii Romani ad Theophilum Gallum epistola, De cultu sanctorum ignotorum, Parisiis, apud Levesque, ad Pontem S. Michaelis, MDCCXXI, cum privilegio Regis[2].

Netrukus San Ženevjevos bibliotekoje radau „Vetera analecta", bet, didžiai mano nuostabai, šis leidinys skyrėsi dviem dalykais: pirma, leidėjas buvo Montalant, ad Ripam P.P. Augustinianorum (prope Pontem S. Michaelis), o antra, jis buvo dvejais metais vėlesnis. Nereikia nė sakyti, kad šiose analecta neaptikau jokio rankraščio, rašyto Adso ar Adsono iš Melko, ir kad buvo tai, kaip kiekvienas gali lengvai įsitikinti, trumpų ir vidutinio ilgumo tekstų rinkinys, tuo tarpu Valė istorija apėmė kelis šimtus puslapių. Kreipiausi tuomet į žymius medievistus ir visų pirma į brangų man ir neužmirštamą Etjeną Žilsoną, tačiau buvo aišku, jog vienintelės „Vetera analecta" yra tos, kurias radau San Ženevjevoje. Kelionė į Abė de la Surs vienuolyną, stūksantį Pasi priemiestyje, ir pokalbis su mano draugu tėvu Arnu Lanstedu įtikino mane, kad taip pat ir joks abatas Valė nėra spausdinęs jokių knygų vienuolyno spaustuvais (kurių, beje, ten nė nebuvo). Žinomas prancūzų mokslo vyrų aplaidumas teikiant bibliografines nuorodas, tačiau šis atvejis pranoko visas racionalaus pesimizmo ribas. Pradėjau įtarti, kad man bus patekusi klastotė. Dabar neturėjau net ir Valė knygos (o nedrįsau prašyti jos tą, kuri iš manęs buvo ją pagrobusi). Liko tik mano užrašai, kuriais taip pat jau pradėjau abejoti.

Pasitaiko tokių stebuklingų begalinio fizinio nuovargio ir intensyvios proto veiklos akimirkų, kurios pagimdo praeityje matytų asmenų regėjimus („en me retraçant ces détails, j'en suis a me demander s'ils sont réels, ou bien si je les ai rêvés")[3]. Kaip perskaičiau vėliau puikioje abato Bukó knygelėje, esti taip pat ir dar neparašytų knygų regėjimų.

Jei ne vienas vėlesnis įvykis, ir po šiai dienai klausčiau save, kokia gi Adso iš Melko istorijos kilmė, tačiau 1970 metais Buenos Airėse, smalsaudamas mažyčio senų knygų knyginėlio ties Ko-

4

riente, netoli žymiosios Patio del Tango, toje pat didžiojoje gatvėje, lentynose užtikau kastilietišką versiją Milo Temesvaro knygelės „Apie pavyzdžius šachmatų žaidime", kurią jau turėjau progos cituoti (iš antrų lūpų) savo knygoje „Apocalittici e integrati", aptardamas vėlesnį jo darbą „Apokalipsės pardavėjai".

Tai buvo dabar jau neprieinamo gruziniško originalo (Tbilisis, 1934) vertimas, kuriame, didžiai savo nuostabai, radau ilgų Adso rankraščio citatų, tik šį kartą šaltinis buvo ne Valė ir ne Mabijonas, bet tėvas Anastazijus Kircheris (tačiau kokia jo knyga?). Vienas mokslo vyras, kurio vardo čia, manau, neverta minėti, vėliau tikino mane (cituodamas knygas iš atminties), jog garsusis jėzuitas niekad nėra kalbėjęs apie jokį Adsą iš Melko. Bet Temesvaro knygos puslapiai gulėjo man prieš akis, o juose aprašyti epizodai visiškai sutapo su Valė išversto rankraščio epizodais (ir ypač neleido abejoti labirinto aprašymas). Kad ir ką būtų vėliau apie tai rašęs Benjaminas Plačidas*, abatas Valė tikrai gyveno, taip pat kaip tikrai gyveno ir Adsas iš Melko.

Manau, kad Adso prisiminimai greičiausiai teisingai atspindi jo aprašomus įvykius, nors juos ir gaubia šydas daugelio paslapčių, pradedant pačiu autoriumi, o baigiant vienuolyno vieta, Adso rūpestingai nutylima, todėl galima tik spėti, jog tai — kažkur tarp Pompozos ir Konko vienuolynų, matyt, ties Apeninų kalnagūbriu, tarp Pjemonto, Ligūrijos ir Prancūzijos (kitaip tariant, tarp Leričio ir Turbijos). O dėl laiko, kada vyko aprašytieji įvykiai, galiu pasakyti — buvo tai 1327 metų lapkričio pabaiga, tačiau nežinia, kada parašyta pati knyga. Bet turėdami omeny, kad dvidešimt septintaisiais Adsas tebuvo novicijus, o rašydamas jau artėjo prie mirties slenksčio, galime spėti, jog rankraštis baigtas paskutiniame keturioliktojo amžiaus dešimtmetyje ar dvidešimtmetyje.

Gerai pasvarstęs, nedaug teturėjau svarių sumetimų spausdinti šį savo septyniolikto amžiaus atspaudo itališkąjį vertimą miglotos neogotiškos prancūziškos versijos lotyniško kūrinio, kurį vokietis vienuolis parašė lotyniškai keturioliktojo amžiaus pabaigoje.

Pirmiausia, kokį stilių reikėtų pasirinkti? Pagundą sekti to meto itališkais pavyzdžiais atmečiau kaip visiškai nepagrįstą: ne vien todėl, kad Adsas rašė lotyniškai, bet ir dėl to, jog, kaip paaiškėjo iš teksto, jo kultūra (ar vienuolyno kultūra, neabejotinai jį veikusi) buvo daug senesnė, susiklosčiusi iš šimtmečiais kaupto pažinimo ir stilistinių įpročių, susietų su ankstyvųjų viduramžių lotynų kalbos tradicija. Adsas galvojo ir rašė kaip vie-

---

* La Republica.— 1977 rugsėjo 22.

5

nuolis, nejautrus plintančiai liaudies šnekai, prisirišęs prie bibliotekoje, apie kurią kalba, skaitytų knygų, suformuotas patristinių ir scholastinių raštų, o jo istorija (atmetus minimas XIV amžiaus realijas, apie kurias, beje, jis kalba su tūkstančiu išlygų ir visada iš nuogirdų) galėjo būti parašyta, kaip rodo kalba ir moksliškos citatos, ir XII ar XIII amžiuje.

Kita vertus, nėra abejonių, kad, versdamas į savo neogotišką prancūzų kalbą Adso lotynišką tekstą, Valė nebuvo itin tikslus, ir ne vien stiliaus požiūriu. Sakysim, knygos veikėjai, kalbėdami apie gydomąsias augalų savybes, aiškiai turi galvoje tą Albertui Didžiajam priskiriamą paslapčių knygą, kuri ilgainiui buvo tiek taisyta. Adsas, be abejo, gerai ją išstudijavęs, bet taip pat akivaizdu, jog jo cituojamos ištraukos primena Paracelso formuluotes arba, neginčijamai, Tiudorų* laikų intarpus. O kaip vėliau sužinojau, Valė perrašant (?) Adso rankraštį, Paryžiuje buvo paplitę aštuonioliktojo amžiaus „Didžiojo Alberto" ir „Mažojo Alberto"** leidimai, tais laikais jau nepataisomai iškreipti. Tačiau kas laiduos, jog tekstuose, cituojamuose Adso ar vienuolių, kurių kalbas jis persako, tarp įvairių glosų, scholijų ir papildymų nėra įsipynusių taip pat ir anotacijų, kurios buvo pamatas visai vėlesnei kultūrai?

Pagaliau ką turėjau daryti su tomis lotyniškomis ištraukomis, kurių Valė nevertė, matyt, norėdamas išsaugoti to laiko dvasią? Neturėjau kitų priežasčių, kad palikčiau jas nepaliestas, kaip tik norą, gal klaidingą, likti ištikimas savo šaltiniui... Perteklių išverčiau, dalis visgi liko. Ir bijau, kad būsiu pasielgęs kaip prasti romanistai, kurie, pristatydami veikėją prancūzą, verčia jį sakyti „parbleu!"*** ir „la femme, ah! la femme!"****

Taigi esu draskomas abejonių. Nė nežinau, kodėl, sukaupęs visą drąsą, nusprendžiau paskelbti tekstą taip, lyg būtų tai autentiškas Adso iš Melko rankraštis. Sakykim, meilės mostas. Arba būdas išsivaduoti iš begalinių ir įsisenėjusių obsesijų.

Rašiau nepaisydamas nūdienos. Tuomet, kai mano rankose atsidūrė abato Valė knyga, vyravo nuomonė, jog rašyti galima tik nuolat galvojant apie dabartį ir tik tam, kad pakeistum pasaulį. Šiandien, daugiau kaip po dešimties metų, plunksnos žmogus

---

* *Liber aggregations seu liber secretorum Alberti Magni*, Londinium, juxta pontem gui vulgariter dicitur Flete brigge, MccccLxxxv.
** *Les admirables secrets d'Albert le Grand*, A Lyon, Chez les Heritiers Beringos, Fratres, a l'Enseigne d'Agrippa, MDCCLXXV; *Secrets merveilleux de la Magie Naturalle et Cabalistique du Petit Albert*, A Lyon, ibidem, MDCCXXIX.
*** Po velnių!
**** Moterys, ak, tos moterys!

(kuriam grąžinta derama pagarba) džiūgauja, nes gali rašyti tiesiog iš meilės raštui. Ir todėl dabar jaučiuosi galįs papasakoti Adso iš Melko istoriją vien iš pasimėgavimo, o tai, kad ji tokia tolima mums (šiandien, kai atbudęs protas išvaikė visus miegų pagimdytus monstrus), tokia atsieta nuo mūsų laikų, tokia svetima mūsų viltims ir įsitikinimams, mane drąsina ir ramina.

Mat yra tai istorija knygų, o ne vargingos kasdienybės, ir, skaitydami ją, galime tarti kartu su didžiuoju imitatoriumi iš Kempio: „In omnibus requiem quaesivi, et nusquam inveni nisi in angulo cum libro"[4].

1980 sausio 5

Pastaba

Adso rankraštis suskirstytas į septynias dienas, o kiekviena diena — į tarpus, atitinkančius liturgines valandas. Paantraštės, parašytos trečiuoju asmeniu, matyt, pridurtos abato Valė. Bet kadangi jos padeda skaitytojui gaudytis knygoje, o tas paprotys nėra svetimas anų laikų literatūrai, rašytai liaudies kalba, nutariau jas palikti.

Kiek sutrikdė mane tai, jog Adsas skirsto laiką pagal kanonines valandas ne tik dėl jų kitimo priklausomai nuo vietos ir metų laiko, bet ir todėl, kad XIV amžiuje šv. Benedikto reguloje nustatytų nuorodų greičiausiai nebuvo griežtai laikytasi.

Kad nors apytikriai padėtume skaitytojui orientuotis, galima, manau, iš dalies remtis tekstu, o iš dalies, sulyginus pirminę regulą su vienuolių gyvenimo aprašymu Eduardo Šnaiderio knygoje „Benediktinų valandos" (Paryžius,Grasset, 1925), laikytis šių vertinimų:

Aušrinė	Kurią Adsas kartais vadina ir senuoju vardu — Vigiliae.) Tarp 2.30 ir 3.00 nakties.
Rytmetinė	(Iš senesnės tradicijos vadinta Matutinumu.) Tarp 5.00 ir 6.00 ryto, baigiasi dienai auštant.
Pirmoji	Apie 7.30, prieš pat aušrą.
Trečioji	Apie 9.00.
Šeštoji	Pusiaudienis (vienuolyne, kurio vienuoliai nedirba laukuose, žiemą yra taip pat ir valgymo metas).
Devintoji	Tarp 2.00 ir 3.00 po pietų.
Mišparai	Apie 4.30, prieš saulėlydį (regula prisako vakarieniauti iki sutemstant).
Naktinė	Apie 6.00 (apie 7.00 vienuoliai eina ilsėtis).

Skaičiuojant atsižvelgta į tai, kad Šiaurės Italijoje lapkričio pabaigoje saulė teka apie 7.30 ir leidžiasi apie 4.40 po pietų.

PROLOGAS

Pradžioje buvo Žodis. Tas Žodis buvo pas Dievą, ir Žodis buvo Dievas. Jis pradžioje buvo pas Dievą, ir kiekvieno doro vienuolio pareiga yra kiekvieną dieną giesmėse nuolankiai šlovinti šį vienintelį nekintantį dalyką, kurio amžinos tiesos negalima nuginčyti. Bet videmus nunc per speculum et in aenigmate[1], ir tiesa, prieš visa atsiverdama mūsų akims, apsireiškia dalimis (deja, kokiomis miglotomis) pasaulio paklydime, todėl privalome kantriai ieškoti tikrųjų jos ženklų net ten, kur šie rodosi tamsūs ir lyg pakišti vien pikto siekiančios valios.

Artėdamas prie savo nuodėmingo gyvenimo saulėlydžio, pražilęs ir susenęs kaip pasaulis, laukiu tos akimirkos, kada galėsiu išnykti dieviškoje bedugnėje, tylioje ir tyroje, kur susiliečiau su tykia angeliškos išminties šviesa, o dabar, savo apsunkusio ligoto kūno laikomas šioje brangaus man Melko vienuolyno celėje, rengiuosi palikti štai šitam pergamente liudijimą tų įstabių ir šiurpių įvykių, kuriuos man teko patirti jaunystėje, kartodamas verbatim[2] viską, ką mačiau ir girdėjau, nedrįsdamas teisti, tik norėdamas palikti ateisiantiems (jei neaplenks jų Antikristas) ženklus ženklų, kurie padėtų kurti atpažinimo maldą.

Viešpaties malone tapau tiesioginiu liudytoju to, kas įvyko vienuolyne, kurio net vardą verta ir dievobaiminga čia nutylėti, baigiantis 1327 Viešpaties metams, kai imperatorius Liudvikas išvyko į Italiją, kad grąžintų Šventosios Romos imperijos didybę, Aukščiausiojo valia ir gėdai to niekingo uzurpatoriaus, simoniečio ir eretiko, Avinjone užtraukusio nešlovę šventam apaštalo vardui (kalbu apie nuodėmingos sielos Žaką iš Kaoro, kurį bedieviai godojo kaip Joną XXII).

Kad aiškesni taptų tie įvykiai, į kurių sūkurį likimo buvau pastūmėtas, gal derėtų priminti, kas dėjosi tuo amžiaus tarpu, kaip aš supratau tai gyvendamas tuo metu ir kaip matau tai dabar, vėliau girdėjęs daug pasakojimų,— jei tik atmintis mano dar pajėgs išnarplioti tiekos gausių ir painių nutikimų gijas.

Jau pirmaisiais šio amžiaus metais popiežius Klemensas V perkėlė apaštališkąjį sostą į Avinjoną, palikdamas Romą vietos ponų ambicijų grobiu; ir pamažu švenčiausias krikščionybės miestas virto cirku ar viešnamiu, buvo draskomas kovų tarp jo galingųjų; pasivadinęs respublika, jis ja nebuvo, tik atsivėrė ginkluotoms gaujoms, smurtui ir plėšikavimui. Dvasininkai, nepavaldūs pasaulietinei jurisdikcijai, vedė piktadarių būrius ir plėšė su kardu rankoje, piktnaudžiavo savo padėtimi, vertėsi niekinga prekyba. Kaip galėjo Caput Mundi vėl netapti, ir teisėtai, geidžiama tų, kurie troško vainikuotis Šventosios Romos imperijos karūna ir grąžinti didybę žemiškosios valdžios, kadaise jau priklausiusios cezariams?

Taigi 1314 metais penki vokiečių kunigaikščiai išrinko Frankfurte aukščiausiąja imperijos galva Liudviką Bavarą. Bet tą pačią dieną kitame Maino krante Reino grafas palatinas ir Kelno arkivyskupas į tą pačią garbingą vietą išrinko Frydrichą Austrą. Du imperatoriai viename soste ir vienas popiežius dviejuose: išties padėtis — didžiulės painiavos šaltinis...

Praėjus dvejiems metams, Avinjone buvo išrinktas naujas popiežius, septyniasdešimt dvejų metų senis Žakas iš Kaoro, pasivadinęs Jonu XXII, ir tesaugo dangus, kad dar kada kuris nors popiežius prisiimtų šį vardą, dabar tokį nekenčiamą dorųjų. Prancūzas, atsidavęs Prancūzijos karaliui (o to palaido krašto žmonėms rūpi tik jų reikalai, ir jie nepajėgūs žvelgti į visą pasaulį kaip į savo dvasios gimtinę), jis rėmė Pilypą Gražųjį kovoje su tamplieriais, kuriuos karalius buvo apkaltinęs (manau, neteisingai) gėdingiausiomis nuodėmėmis, kad galėtų to atsimetėlio nuo bažnyčios padedamas užgrobti jų turtus. Tuo pat metu į šias intrigas įsipainiojo ir Robertas Neapolietis, kuris, trokšdamas išsaugoti savo valdžią Italijos pusiasalyje, įtikino popiežių nepripažinti nė vieno iš dviejų vokiečių imperatorių ir taip paliko visos bažnytinės valstybės vyriausiuoju kondotjeru.

1322 metais Liudvikas Bavaras nugalėjo savo varžovą Frydrichą. Pabūgęs vieno imperatoriaus dar labiau nei dviejų, Jonas ekskomunikavo nugalėtoją, o šis savo ruožtu paskelbė popiežių esant eretiką. Reikia pasakyti, jog kaip tik tais pat metais Perudžijoje rinkosi brolių pranciškonų kapitula, ir jų generolas Mykolas Čezenietis, paklusdamas primygtiniams prašymams spiritualų (apie juos dar turėsiu progos kalbėti), paskelbė Kristaus neturtą tikėjimo tiesa: jei jis su savo apaštalais ką ir turėjęs, tai tik kaip usus facti[3]. Vertas teiginys, skirtas išsaugoti ordino dorai ir tyrumui, nepatiko popiežiui, matyt, įžvelgusiam ja-

me grėsmę savo siekiams, kuriuos jis, kaip bažnyčios galva, puo-
selėjo: atimti imperijai teisę rinkti vyskupus, šventajam sostui
tuo tarpu laiduojant teisę karūnuoti imperatorių. Vadovauda-
masis tais ar dar kitais sumetimais, 1323 metais Jonas XXII dekre-
talija „Cum inter nonnullos" pasmerkė pranciškonų teiginius.

Manau, kaip tik tuomet Liudvikas pažvelgė į pranciškonus,
dabar popiežiaus priešininkus, kaip į savo galingus sąjunginin-
kus. Teigdami Kristaus neturtą, jie savaip rėmė imperijos teolo-
gų, o būtent Marsilijaus Paduviečio ir Jono Janduniečio, idėjas.
Ir pagaliau, likus keletui mėnesių iki mano toliau aprašomų įvy-
kių, Liudvikas, susitaikęs su nugalėtuoju Frydrichu, atvyko į
Italiją, buvo karūnuotas Milane, susikirto su Viskončiais, ku-
rie visgi priėmė jį palankiai, apgulė Pizą, paskyrė Kastručį, Lu-
kos ir Pistojos kunigaikštį, savo vietininku (manau, kad čia jis
klydo, nes man neteko pažinti kito tokio žiauraus žmogaus, gal
tik Ugučionę iš Fadžiuolos) ir susiruošė vykti į Romą, pakviestas
vietos pono Šara Kolonos.

Tokie tad dėjosi dalykai, kai aš, jau Melko benediktinų vie-
nuolyno novicijus, buvau išplėštas iš ramaus vienuolyno gyve-
nimo valia savo tėvo, kuris kovėsi Liudviko palydoje ir nebuvo
prasčiausias tarp jo baronų, kad greta jo galėčiau pažinti Itali-
jos grožybes ir dalyvauti Romoje imperatoriaus karūnavimo ce-
remonijoje. Bet Pizos apgultis privertė jį atsidėti karo reikalams,
o aš, tuo pasinaudodęs, kiek iš dyko buvimo, o kiek norėdamas
pažinti šalį, klajojau po Toskanos miestus, tačiau toks laisvas
gyvenimas, tėvų nuomone, visai netiko jaunuoliui, pašauktam
kontempliatyviam gyvenimui. Paklausę mane pamėgusio Marsi-
lijaus patarimo, jie nutarė patikėti mane globai vienuolio pran-
ciškono, mokslo vyro, brolio Viljamo iš Baskervilio, kaip tik
pasirengusio misijai, kurios kelias turėjo eiti per garsius miestus
ir senus vienuolynus. Taip aš tapau Viljamo raštininku ir mo-
kiniu, dėl ko niekuomet nesigailėjau, nes kartu su juo tapau liu-
dytoju įvykių, kurių aprašymą verta palikti ateisiantiems po
manęs. Tą šiuo ir darau.

Nežinojau tuomet, ko siekia brolis Viljamas, ir, tiesą sakant,
nežinau to net dabar, spėju tik, kad to nežinojo nė jis pats, ve-
damas vienintelio troškimo — pažinti tiesą ir nuolat jį kanki-
nusio įtarimo, jog tiesa — visai ne tokia, kokia tą akimirką at-
sisikleidžia jo akims. Tais metais, matyt, pasaulietiški rūpesčiai
atitraukė jį nuo pamėgtųjų studijų. Viljamo misija nebuvo man
aiški iki pat mūsų kelionės pabaigos ar, tiksliau, jis niekada man
apie ją nekalbėjo. Ir tik iš nuotrupų jo pokalbių su pakeliui aplan-
kytų vienuolynų abatais galėjau bent kiek numanyti apie jam

patikėtą užduotį ir tai papasakosiu toliau. Keliavome į šiaurę, bet ne tiesiai, o vingiuodami nuo vieno vienuolyno prie kito ir trumpam juose apsistodami. Todėl atsitikdavo, kad krypome į vakarus, kai mūsų kelionės tikslas likdavo rytuose, vingiuodami išilgai kalnagūbrio, kuris nuo Pizos driekiasi Švento Jokūbo perėjos link, sustodami tai šen, tai ten apylinkėse, kurių nenoriu tiksliau apibrėžti dėl vėliau ten įvykusių šiurpių dalykų, bet kurių valdovai buvo ištikimi imperatoriui ir kur mūsų ordino abatai vieningai priešinosi popiežiui, eretikui ir šventvagiui. Kelionė, kupina nuotykių, truko dvi savaites, ir turėjau gana progų pažinti (deja, manau, niekada iki galo) savo naująjį mokytoją.

Skaitydami šiuos puslapius, nerasite žmonių išvaizdos aprašymų — nebent jų veido išraiška ar mostas taptų nebylios, tačiau kokios iškalbingos šnekos ženklais,— mat, kaip sako Boecijus, niekas nekinta taip greit kaip išorė, kuri vysta ir mainosi tarsi laukų gėlė artėjant rudeniui, ir kokia prasmė šiandien sakyti, kad abato Abonės žvilgsnis buvo rūstus, o skruostai blyškūs, jei kūnai jų dabar tėra mirtino dulkių pilkumo (ir tik jų sielos, Dievo valia, šviečia niekuomet negęstančia šviesa). Bet Viljamą norėčiau aprašyti kartą ir visiems laikams, nes mane žavėjo net patys paprasčiausi jo bruožai: juk būdinga jaunuoliui prisirišti prie vyresnio ir išmintingesnio vyro ne tik dėl jo kerinčių kalbų ir skvarbaus proto, bet ir dėl jo kūno išorinės formos, kuri tampa brangi, lyg tėvo, ir jis tiria jo mostus, jo pykčio apraiškas, jis gaudo jo šypsenas — ir joks goslumo šešėlis netemdo šios (galbūt vienintelės tyros) kūniškos meilės.

Kadaise žmonės buvo gražūs ir dideli (nūnai jie tik vaikai ir nykštukai), bet tai tik vienas iš senstančio pasaulio negandos požymių. Jauni nebetrokšta žinių, mokslas nyksta, pasaulis apsivertė aukštyn kojom, aklieji veda akluosius tiesiai į bedugnes, paukščiai palieka lizdus dar neišmokę skraidyti, asilas groja lyra, o buliai šoka, Marijai nebemielas kontempliatyvusis, o Mortai — veiklusis gyvenimas, Lėja bergždžia, Rachelės žvilgsnis geidulingas, Katonas lankosi viešnamiuose, Lukrecijus virsta moterim. Visa išklydo iš kelio, ir tebūnie pagarbintas Viešpats, kad dar anuomet mano mokytojas įkvėpė man norą mokytis ir tą tiesaus kelio pojūtį, kuris išlieka net tuomet, kai kelias svaiginamai vinguotas.

Taigi, brolio Viljamo išvaizda būtų patraukusi net ir labiausiai išsiblaškiusio stebėtojo žvilgsnį. Jis buvo aukštesnis už vidutinį ir toks liesas, jog atrodė dar aukštesnis. Jo žvilgsnis vėrė kiaurai; plona, kiek gunktelėjusi nosis teikė jo veidui sargybinio budrumo, išskyrus tas vangumo minutes, kurias apsakysiu vėliau.

Taip pat ir smakras rodė jį esant stiprios valios, nors pailgame strazdanotame veide — kokį dažnai turi gimusieji tarp Hibernijos ir Nortumbrijos — neretai atsispindėjo taip pat neryžtingumas ir nepasitikėjimas. Laikui bėgant, supratau, jog tai, ką maniau esant nepasitikėjimu, buvo tik smalsumas, tačiau iš pradžių nedaug težinojau apie šią dorybę ir laikiau ją geidulingos sielos aistra, nes racionali siela, maniau, turi ją atstumti ir misti tik tiesa, kuri (taip maniau) pažįstama iš pirmo žvilgsnio.

Mano, berniuko, dėmesį pirmiausia patraukė iš jo ausų kyšantys gelsvų plaukų kuokštai ir tankūs šviesūs antakiai. Jis greičiausiai jau turėjo penkiasdešimt pavasarių, taigi, buvo jau labai senas, bet jo nežinantis nuovargio kūnas judėjo taip vikriai, kaip dažnai nejudėjo nė mano. Energija, užplūstanti jį veiklos minutėmis, atrodė neišsenkanti. Bet kartais jo dvasia lyg vėžys imdavo trauktis atatupsta į savo urvą, ir matydavau jį ištisas valandas tysant celėje ant gulto, sustingusiu veidu, teištariantį vos porą vienskiemenių žodžių. Žvilgsnis jo tuomet būdavo beprasmis ir tuščias, ir galėjau įtarti, kad jį bus užvaldžiusi kažkokia regėjimus sukelianti žolė, tačiau akivaizdžiai santūrus jo gyvenimo būdas privertė mane atsisakyti šios minties. Nors neslėpsiu, jog kelionės metu jis neretai stabtelėdavo pievos pakraštyje ar pamiškėje, kad paskabytų kažin kokios žolės (manau, kaskart tos pačios), kurią kramtydavo labai susikaupęs. Jis visuomet turėjo jos su savim ir vartodavo didžiausios įtampos minutėmis (tokiomis dažnomis mums viešint vienuolyne!). Kartą, man paklausus, kas tai yra, jis šypsodamasis atsakė, jog ir bedieviai gali kai ko išmokyti dorą krikščionį, bet kai paprašiau jos paragauti, atšovė, kad žolės, kaip ir kalbos, yra *paidikoi, ephebikoi, gynaikeioi*[4] ir taip toliau, todėl tai, kas tinka senam pranciškonui, visai netinka jaunam benediktinui.

Mūsų bendro gyvenimo dienos nebuvo labai tvarkingos: vienuolyne dažnai budėdavom naktį, o pavargę krisdavom miegoti dieną, lankėm ne visas šventas pamaldas. Bet kelionėje Viljamas retai neguldavo miegoti po Naktinės, o jo poreikiai buvo labai menki. Jis galėdavo visą dieną vaikštinėti po vienuolyno sodą tyrinėdamas augalus, tarsi šie būtų chrizofazai ar smaragdai, o kartą mačiau jį vienuolyno lobyne apžiūrinėjant dėžutę, nusagstytą smaragdais ir chrizofazais, lyg ši būtų durnaropės krūmas. Arba vėl, jis galėjo didžiojoje bibliotekos salėje visą dieną, atrodytų, vien savo malonumui sklaidyti rankraščių lapus (kai aplink tuo tarpu krito kraupiai nužudytų vienuolių kūnai). Kartą užtikau jį vaikštantį sode be jokio aiškaus tikslo, lyg jam nereikėtų atsakyti Dievui už kiekvieną savo darbą. Melko vienuolyne aš buvau mokytas visai kitaip skirstyti savo laiką, tą jam ir pasakiau. O jis atkirto, kad visatos grožis slypi ne tik įvairovių vienovėje, bet ir vienovės įvairovėje. Tokį atsakymą tegalėjo padiktuoti, kaip man atrodė, vien nemokšiška empirija, bet vėliau man teko patirti, jog jo krašto žmonės dažnai linkę apibrėžti dalykus taip, tarytum apšviečianti proto galia neturėtų jokios svarbos.

Mums gyvenant vienuolyne, nuo Viljamo delnų ir pirštų nenykdavo pėdsakai knygų dulkių ir dar neišdžiūvusių miniatiūrų aukso, taip pat gelsvų mišinių, kuriuos jis liesdavo Severino ligoninėje. Atrodė, kad mąstyti jis tegali rankomis, o tai, kaip maniau tuomet, dera greičiau mechanikui (mane mokė, jog mechanikas — tai moechus[5], išduodąs intelektualųjį gyvenimą, su kuriuo turėjo būti susietas tyriausia sąjunga); bet kai jis lietė ir trapiausius dalykus — rankraščius su dar drėgnomis miniatiūromis ar laiko sugraužtais puslapiais, biriais lyg prėski paplotėliai,— tas prisilietimas man rodėsi toks pat nepaprastai švelnus, kaip ir tuomet, kai lietė jis savo mašinas. Reikia pridurti, jog šis keistas žmogus savo kelionmaišyje nešiojosi anksčiau man neregėtus prietaisus, kuriuos pats vadino savo stebuklingomis mašinomis. Mašinos,— sakydavo jis,— tai gamtą mėgdžiojantys meno kūriniai, atkuriantys ne jos formas, bet veiklą. Taip jis išaiškino man laikrodžio, astroliabijos, magneto stebuklus. Tiesa, iš pradžių bijojau, jog tai kokie burtai, ir apsimesdavau miegančiu, kai jis giedromis naktimis susiruošdavo stebėti žvaigždes su keistu trikampiu rankose. Pranciškonai, pažinti Italijoje, o ir mano krašte, buvo žmonės paprasti, dažnai neraštingi, ir aš stebėjausi Viljamo išmintimi. Tačiau jis šypsodamasis atsakė, kad jo salų pranciškonai drėbti iš visai kitokio molio: „Mano garbusis mokytojas Rodžeris Bėkonas mokė, jog vieną dieną dieviškojo plano skraistė apgaubs ir mechaniką, kuri yra šventa gamtos magija. Ir vieną dieną gamtos jėgos padės sukurti navigacijos prietaisus, su kuriais laivai plauksios unico homine regente[6] ir bus daug greitesni už varomus vėjo ar irklų, ir bus vežimai, ut sine animali moveantur cum impetu inaestimabili, et instrumento volandi et homo sedens in medio instrumenti revolvens aliquod ingenium per quod alae artificialiter compositae aerem verberent, ad modus avis volantis[7]. Ir mažyčiai prietaisai, pakeliantys begalinius svorius, ir ratai, kuriais bus galima keliauti jūros dugnu.

Kai paklausiau, kurgi yra visos tos mašinos, jis atsakė, jog jos jau buvo sukurtos senovėje, o kai kurios net ir mūsų laikais: „Išskyrus skaidyklę, kurios man nėra tekę matyti, ir nežinau nė vieno mačiusio ją, betgi pažįstu mokslo vyrą, kuris ją yra apgalvojęs. Galima taip pat statyti tiltus, sujungiančius krantus be jokių atramų, ir galimos dar kitos negirdėtos mašinos. Todėl nereikia liūdėti, jei jų kol kas nėra, nes tai nereiškia, kad jų nebus ateityje. Ir sakau tau, jog yra Dievo valia, kad jos būtų sukurtos, ir jos jau tikrai užgimusios Jo galvoje, nors mano draugas iš Okamo ir neigia tokį idėjų egzistavimą ne todėl, kad galėtume aprėpti dieviškąją prigimtį, bet dėl to, kad negalime nubrėžti jos ribų". Nebuvo tai vienintelis prieštaringas teiginys, kurį girdėjau jį sakant; net ir dabar, kai jau esu toks senas ir daug išmintingesnis nei buvau tuomet, vis dar nesuprantu, kaip galėjo jis taip tikėti savo draugu iš Okamo ir tuo pat metu remtis Bekono mintimis, ką buvo įpratęs daryti. Tiesa tad, kad niūrūs yra šie laikai, jei net protingiausio žmogaus mintys tokios prieštaringos.

Taigi mano pasakojimas apie brolį Viljamą padrikas ir neaiškus, tarsi ir vėl išgyvenčiau tai, ką patyriau būdamas greta jo. O koks jis buvo ir ką nuveikė, tu, mano brangus skaitytojau, gal geriau suprasi iš jo darbų tomis vienuolyne prabėgusiomis dienomis. Nors negaliu pažadėti tau tobulo vaizdo, greičiau tik sąrašą įvykių, bet kokių įstabių ir siaubingų.

Štai taip kasdien vis geriau pažindamas savo mokytoją ir ilgas kelionės valandas leisdamas nesibaigiančiuose pokalbiuose, kuriuos, progai pasitaikius, pamažėl atpasakosiu, kartu su juo pasiekiau papėdę kalno, kurio viršūnėje stūksojo vienuolynas. Metas tad ir mano pasakojimui prie jo priartėti, ir tenedreba ranka, aprašanti tai, kas įvyko vėliau.

PIRMA DIENA

PIRMOJI

*Atvykstama prie vienuolyno sienų
ir Viljamas rodo savo nepaprastą įžvalgumą*

Buvo gražus lapkričio pabaigos rytas. Naktį snigo, bet žemę baltas gaivus patalas užklojo ne storiau kaip per tris pirštus. Dar tamsoje, tuoj po Rytmetinės, išklausėme pamaldas slėnio kaimelio bažnyčioje, o brėkštant patraukėme kalnų link.

Mums kopiant kalną apvijusiu stačiu taku, pamačiau vienuolyno mūrus. Apstulbino mane ne juosusi jį siena, panaši į daugelį kitų, pasitaikančių visame krikščioniškame pasaulyje, bet didžulis statinys, kurį vėliau sužinojau esant Buveine.Jis buvo aštuonkampis, tačiau iš tolo atrodė keturkampis (tobula Dievo Miesto tvirtybės ir neprieinamumo išraiška), pietinės jo sienos stovėjo plokščiakalnyje, kaip ir visas vienuolynas, o šiaurinės atrodė išaugusios tiesiog iš stačių kalno šlaitų. Žvelgiant iš apačios, kartais atrodė, jog į dangų kyla vientisa uola, vienos spalvos ir materijos, kuri, pasiekusi jai skirtą aukštį, staiga virsta donžonu ir bokštu (darbas milžinų, artimai sugyvenusių ir su žeme, ir su dangum). Trys langų eilės bylojo apie triaukštį vertikalųjį pastato ritmą, ir tuo būdu tai, kas buvo fiziškasis žemės kvadratas, tapo dvasiškuoju dangaus trikampiu. Priartėjus aiškėjo, jog kiekviename kvadrato kampe šliejasi po septynkampį bokštą, kurio penkios sienos iš septynių išsišovusios išorėn — taip keturios iš aštuonių didžiojo aštuonkampio sienų davė pradžią keturiems mažiesiems septynkampiams, iš lauko atrodžiusiems lyg penkiakampiai. Ir nėra žmogaus, kuris neįžvelgtų čia nuostabios santarvės tiekos šventų skaičių, kurių kiekviename slypi subtiliausia dvasinė prasmė. Aštuoni — kiekvieno keturkampio tobulybės skaičius, keturi — Evangelijų skaičius, penki — pasaulio juostų skaičius, septyni — Šventosios Dvasios dovanų skaičius. Savo dydžiu ir forma Buveinė priminė vėliau Italijos pusiasalio pietuose matytas Ursino bei dal Montės pilis ir tik dėl to, kad buvo taip sunkiai pasiekiama, ji atrodė už jas baugesnė ir kėlė šiurpą pamažu prie jos artėjančiam keleiviui. Laimei, buvo nepaprastai vaiskus žiemos rytas, ir tą kartą ji stojo prieš mane visai kitokia nei kad būtų atrodžiusi audingą dieną.

Tačiau negaliu pasakyti, kad ji būtų kėlusi džiugias mintis. Greičiau žadino baimę ir neapčiuopiamą nerimą. Dievas mato, jog nebuvo tai mano dar nesubrendusios sielos regėjimai ir kad aš teisingai perskaičiau pranašingus ženklus, iškaltus akmenyse tą dieną, kai palietė juos milžinų rankos, dar iki suklaidintai vienuolių valiai išdrįsus patikėti jiems Dievo žodį.

Mūsų mulams kopiant paskutiniuoju kalnų kelio vingiu, toje vietoje, kur nuo jo atsišakojo dar du takeliai, mano mokytojas stabtelėjo, pažvelgė į atšakas, į patį kelią ir virš jo, ten, kur amžinai žaliuojančių pušų šakos buvo susipynusios į sniegu pražilusį stogą.

— Turtingas vienuolynas,— ištarė jis.— Abatas mėgsta viešai pasipuikuoti.

Pratęs prie pačių keisčiausių jo teiginių, nieko neklausinėjau. Nieko neklausiau dar ir todėl, kad netikėtai išgirdome kažkokį šurmulį, ir iš už posūkio išniro būrelis sunerimusių vienuolių bei tarnų. Vienas iš būrio, pamatęs mus, žengė priešais ir labai pagarbiai prabilo:

— Būkit pasveikintas, pone, ir nesistebėkit, kad pažįstu jus, nes mums jau pranešta apie jūsų atvykimą. Esu Remigijus Varaginietis, šio vienuolyno raktininkas. O jei jūs esate, kaip kad manau, brolis Viljamas iš Baskervilio, abatas turi būti nedelsiant apie tai įspėtas. Tu,— paliepė pasisukdamas į vieną iš palydos,— eik ir pasakyk, jog mūsų svečias jau žengia pro vienuolyno vartus!

— Dėkoju jums, broli raktininke,— širdingai atsakė mano mokytojas,— ir tuo vertesnis yra man jūsų pasveikinimas, kad dėl jo jūs nutraukėte savo paieškas. Bet nesikrimskite, žirgas prabėgo čia ir pasuko dešiniąja atšaka. Toli jis nenubėgs, turės sustoti, vos tik pasieks mėšlo krūvą, nes yra per daug protingas, kad leistųsi stačiu šlaitu...

— Kada jūs matėt jį? — paklausė raktininkas.

— Tiesą sakant, mes visai jo nematėme, juk taip, Adsai? — atsakė Viljamas, valiūkiškai pažvelgdamas į mane.— Bet jei jūs ieškote Brunelio, jis tegali būti ten, kur sakiau.

Raktininkas sutriko. Jis įdėmiai pažiūrėjo į Viljamą, po to į keliuką ir pagaliau paklausė:

— Brunelio? Kaip tai sužinojote?

— Na jau,— atsakė Viljamas,— juk akivaizdu, kad ieškote Brunelio, abato mylimiausio žirgo, eikliausio iš visų, stovinčių jūsų arklidėse, tamsaus gymio, penkių pėdų aukščio, puošnia uodega, mažomis apvaliomis kanopomis, o šuolio tvirto ir lygaus, nedidelės galvos su mažomis stačiomis ausimis, bet plačiomis akims. Sakau jums, jis pasuko dešinėn, ir verčiau paskubėkit. Raktininkas dar akimirką dvejojo, po to mostelėjo palydai ir leidosi dešiniuoju takeliu žemyn, o mūsų mulai tuo tarpu vėl pradėjo kopti aukštyn. Netverdamas smalsumu, jau buvau bepradedąs klausinėti, bet Viljamas davė ženklą luktelėti, ir po kelių minučių išgirdome džiaugsmo šūksnius, o iš už posūkio išniro vienuoliai bei tarnai, vedini už žąslų žirgu. Jie praėjo pro šalį nenuleisdami apkvaitusių iš nuostabos akių ir pirma mūsų patraukė vienuolyno link. Įtariu, kad Viljamas tyčia sulėtino savo mulo žinginę, idant anie turėtų gana laiko papasakoti viską, kas nutiko. Jau ir anksčiau galėjau pastebėti, jog mano mokytojas, šiaip vyras didžiai doras, pasiduodavo vienai ydai — tuštybei, ypač jei tik galėdavo pasididžiuoti savo įžvalgumu. O kad buvo jau spėjęs pažinti jo kaip subtilaus diplomato talentą, supratau jį trokštant pasiekti kelionės tikslą paskui garsą apie savo nepaprastą išmintį.

— Sakykite gi pagaliau, — nebepajėgiau susitvardyti, — iš kur jūs visą tai sužinojote?

— Mano mielasis Adsai, — atsakė mokytojas, — visą kelionę aš mokau tave skaityti ženklus, kuriais pasaulis kalba mums tarsi milžiniška knyga. Juk Alanas Salietis, sakydamas

omnis mundi creatura
quasi liber et pictura
nobis est in speculum[1],

turėjo galvoje neišsemiamus klodus simbolių, kuriais Dievas per savo sutvėrimus byloja mums apie amžinąjį gyvenimą. Bet pasaulis yra dar iškalbingesnis nei manė Alanas ir byloja ne tik apie tolimiausius dalykus (paprastai labai miglotai), tačiau ir apie pačius artimiausius, o tuomet jo kalba visiškai aiški. Man gėda sakyti tau tai, ką turėtumei žinoti pats. Kelio trišakyje, dar puriame sniege puikiai buvo matyti žirgo kanopų atspaudai, vedantys takelio mums iš kairės link. Tie pėdsakai, palikti plačiais lygiais tarpais vienas nuo kito, rodė, jog žirgo kanopa maža ir apvali, o šuolis tvirtas ir lygus — tai padėjo man įspėti žirgo būdą ir kad jis šuoliavo ne padrikai, kaip būtų daręs pabaidytas gyvulys. Ten, kur pušų šakos virš tako susipina lyg į stogą, kaip tik penkių pėdų aukštyje matėsi kelios ką tik nulaužtos šakelės, o kur žirgas suko į takelį sau iš dešinės, įnirtingai mosuodamas puošniąja uodega, ant šilkmedžio krūmo spyglių matėsi pakibę keli ilgi juodi žvilgantys plaukai... Ir nesidėk nežinąs, kad tas keliukas veda prie mėšlo krūvos, nes kopdamas žemesniuoju tako vingiu negalėjai nepastebėti tiesiai po rytinio bokšto papėdė šlaitu žemyn nuplaukusių srutų šliūžių, suteršusių visą sniegą. O kelio trišakio padėtis tokia, kad ta atšaka galėjo sukti tik ta kryptimi.

— Teisingai,— tariau,— bet maža galva, stačios ausys, plačios akys...

— Nežinau, ar tikrai jis visa tai turi, tačiau vienuoliai, neabejoju, šventai tuo tiki. Sakė juk Izidorius iš Sevilijos, kad dailus žirgas privalo turėti „ut sit exiguum caput et siccum prope pelle ossibus adhaerente, aures breves et argutae, oculi magni, nares patulae, erecta cervix, coma densa et cauda, ungularum soliditate fixa rotunditas"[2]. O jei žirgas, kurį spėjau čia prabėgus, nebūtų buvęs pats puikiausias iš visų, esančių šiose arklidėse, būtų keista, kad jo ieškoti išsiruošė net ir pats raktininkas. Mat vienuolis, manantis, jog žirgas yra tiesiog nežemiškai tobulas, tegali jį matyti tokį, kokį yra aprašę auctoritates[3], ypač jei tas vienuolis,— čia jis kreivai man šyptelėjo,— yra mokytas benediktinas...

— Na gerai,— tariau,— bet kodėl Brunelis?

— O, kad Šventoji Dvasia įkrėstų tau daugiau proto nei turi jo dabar, sūnau mano! — sušuko mokytojas.— Kaipgi kitaip galėtum jį pavadinti, jei net pats didysis Buridanas, greit tapsiantis Paryžiuje rektoriumi, kalbėdamas apie dailų žirgą, neranda jam tinkamesnio vardo?

Toks tad buvo mano mokytojas. Jis mokėjo ne tik skaityti didžiąją gamtos knygą, bet ir spėti, kaip vienuoliai skaito rašto knygas ir kurlink šios kreipia jų minčių tėkmę. Ta dovana, kaip matysim ateinančiomis dienomis labai jam pravertė. O jo paaiškinimas dabar man atrodė toks akivaizdus, kad gėdą, jog nesugalvojau to pats, nustelbė pasididžiavimas, nes dabar jau buvau tos išminties dalininkas ir kone sveikinau save dėl tokio nepaprasto įžvalgumo. Tokia jau tiesos galia, kad ji, kaip ir gėris, pati skleidžia save į visas puses. Ir teesie pagarbintas šventas Mūsų Viešpaties Jėzaus Kristaus vardas už patirtą šį nuostabų praregėjimą.

Bet tenenutrūksta tavo gija, o pasakojime, nes šis susenęs vienuolis per daug jau krypsta į marginalijas. Porink verčiau, kad jau sustojome priešais didžiuosius vienuolyno vartus, o ant jų slenksčio pasitinka mus abatas su dviem novicijais, laikančiais aukso dubenį, sklidiną vandens. Mums nusėdus nuo mulų, abatas numazgojo Viljamui rankas ir pasveikino apkabindamas ir bučiuodamas į lūpas, raktininkas tuo tarpu rūpinosi manim.

— Dėkoju, Abone,— tarė Viljamas,— didis man džiaugsmas

įžengti į vienuolyną, garsas apie kurį sklinda toli nuo šių kalnų. Ateinu čionai kaip Mūsų Viešpaties piligrimas ir kaip tokį jūs mane pagerbėt. Tačiau atvykstu čia ir mūsų viešpaties šioje žemėje vardu, ką suprasit iš šito štai laiško, todėl ir jo vardu dėkoju jums už šį nuoširdų sutikimą.

Abatas, paėmęs laišką su imperatoriaus antspaudais, atsakė, jog apie Viljamo atvykimą jį savo laiškuose jau yra įspėję ordino broliai (nes sunku netikėtai užklupti benediktinų ordino abatą, tariau sau išdidžiai), ir paprašė raktininką palydėti mus į mūsų būstą, o arklininkams paliepė pasirūpinti mulais. Jis pats pažadėjo aplankyti mus kiek vėliau, kai jau pasistiprinsime, ir mes įėjome pro vartus, už kurių švelniai įgaubtame kalno viršūnę nurėžusiame plokščiakalnyje rikiavosi vienuolyno statiniai.

Apie vienuolyno sandarą turėsiu progos kalbėti dar ne kartą ir daug smulkiau. Už vartų (vienintelės angos jį supančioje sienoje) iki vienuolyno bažnyčios tęsėsi medžiais apsodinta alėja. Jos kairėje, prieš du išilgai sienos nusidriekusius statinius — maudyklą ir ligoninę su herboristerijum — plytėjo daržai ir, kaip vėliau sužinojau, botanikos sodas. Tolumoje, bažnyčios kairėje, matėsi Buveinė, atskirta nuo bažnyčios nedidelių kapinaičių. Šiaurinės bažnyčios durys žvelgė į pietinį Buveinės bokštą, tiesiai matėsi vakarinis bokštas, kairėje pusėje suaugęs su vienuolyną juosiančia siena ir smengantis tiesiog į bedugnę, virš kurios buvo pakibęs įstrižai matomas šiaurinis bokštas. Statmenai dešiniajam bažnyčios šonui šliejosi vienas pastatas, o statmenai šiam — kiti, supdami klostrą. Tai buvo, matyt, dortuaras, abato namai ir piligrimų namas, į kurį, kirsdami puikų sodą, kaip tik ir ėjome. Alėjos dešinėje, už plačios aikštės, išilgai pietinės sienos ir toliau į rytus, už bažnyčios, stovėjo kolonų namai, arklidės, malūnai, aliejaus spaudyklos, klėtys, vyno rūsiai ir, kaip man pasirodė, novicijų namas. Taisyklingas kiek banguotas sklypas padėjo šios šventos vietos statytojams paisyti statinių pasukimo taisyklių geriau, nei to būtų galėję reikalauti Honorijus Augustodunensis arba Gijomas Durando. Iš Saulės padėties tuo dienos laiku supratau, kad vartai atsiveria tiesiai į vakarus, taigi bažnyčios choras ir didysis altorius pasukti tiesiai į rytus, o ankstyvo ryto saulės spinduliai žadino vienuolius dortuare ir gyvulius tvartuose. Nėra tekę matyti vienuolyno, gražesnio ir geriau orientuoto, nors vėliau mačiau ir Sankt Galeno, ir Kliuni, ir Fontene, ir daug kitų vienuolynų, gal net didesnių už šį, bet prastesnių proporcijų. Nuo kitų jį skyrė ir nepaprastas Buveinės dydis. Nors nebuvau patyręs mūrijimo paslapčių, bet tuoj supratau, kad Buveinė daug senesnė už kitus pastatus, galbūt statyta visai kitu tikslu, o pats vienuolynas įkurtas čia daug vėliau, tačiau taip, kad šio didžiulio statinio pasukimas atitiktų bažnyčios pasukimą, ir atvirkščiai. Mat architektūra — tai menas, drąsiausiai iš visų menų siekiantis savo ritmu pakartoti visatos tvarką, senovėje vadinamą kosmos, kitaip tariant — papuošta, ji — tarsi milžiniškas sutvėrimas, kurio visos kūno dalys spindi tobulybe ir darna. Ir tebūnie pagarbintas Mūsų Sutvėrėjas, kuris, kaip sako Augustinas, nustatė visų dalykų skaičių, svorį ir dydį.

Pirma diena

TREČIOJI

Vyksta pamokomas Viljamo ir abato pokalbis

Raktininkas buvo žmogus nutukęs, praščiokiškos, bet malonios išvaizdos, jau žilas, bet dar tvirtas, mažas, bet vikrus. Jis palydėjo mus į mums skirtas celes piligrimų namuose, tiksliau, į celę, skirtą mano mokytojui, žadėdamas, jog rytoj bus paruošta ir manoji, nes, nors aš tik novicijus, tačiau esu jų svečias ir todėl turiu būti visokeriopai pagerbtas. O šią naktį aš galėsiąs praleisti čia, plačioje ilgoje nišoje, kuri jo paliepimu išklota šviežiais kvapniais šiaudais. Šitaip, pridūrė jis, kartais nakvoja tarnai tų ponų, kurie pageidauja būti saugomi ir nakties metu.

Po to vienuoliai atnešė vyno, sūrio, alyvų, duonos bei puikių razinų ir paliko mus stiprintis. Valgėm ir gėrėm pasigardžiuodami. Mano mokytojas nesilaikė griežtų benediktinų vienuolių papročių ir nemėgo valgyti tylėdamas. Bet visuomet jis kalbėdavo tokius gerus ir protingus dalykus, jog tai buvo veik tas pat, lyg vienuolis skaitytų mums Šventųjų gyvenimus.

Tą dieną negalėjau susilaikyti vėl nepradėjęs klausinėti apie nutikimą su žirgu.

— Betgi,— pradėjau,— skaitydamas pėdsakus sniege ir ant šakų, jūs dar nežinojote apie Brunelį. Tam tikru būdu jie bylojo jums apie visus žirgus ar bent jau apie visus tos veislės žirgus. Ar neturėtume tad pripažinti, kad gamtos knyga byloja mums tik apie daiktų esmę, kaip moko ir daugelis garsių teologų?

— Ne visuomet, brangusis Adsai,— atsakė mokytojas.— Tiesa, šie pėdsakai sniege apibrėžė man, sakysim, žirgą kaip *verbum mentis*[4], ir jie man būtų reiškę tą patį, nesvarbu, kur aš būčiau juos radęs. Tačiau šie pėdsakai toje vietoje ir tuo laiku reiškė, kad bent vienas iš visų galimų žirgų ten prabėgo. Taip aš atsidūriau pusiaukelėje tarp žirgo idėjos suvokimo ir atskiro žirgo pažinimo. Be to, šiaip ar taip, tas žinias apie abstraktų žirgą davė man konkretūs pėdsakai. Galėčiau tarti, jog tą akimirką buvau sutrikdytas tų pėdsakų savitumo ir savo neišmanymo, įgavusio gana skaidrią universalios idėjos formą. Matydamas tolumoje kokį nors daiktą ir nežinodamas, kas tai, tenkiniesi mintimi, jog jis — kažkoks erdvinis kūnas. Prisiartinęs pažįsti, jog tai kažkoks gyvulys, nors dar nežinai, koks — žirgas ar asilas. Pagaliau dar priartėjęs gali pasakyti, jog tai — žirgas, nors ir nežinai, koks — Brunelis ar Favelis. Ir tik visai iš arti pamatai, kad tai — Brunelis (tiksliau, būtent tas, o ne kitas žirgas, kad ir kaip tu jį pavadintum). Tai ir bus visiškas pažinimas, atskirto dalyko suvokimas. Taip ir aš dar prieš valandą buvau pasiruošęs sutikti visus galimus žirgus, bet ne dėl savo viską aprėpiančio intelekto, o greičiau dėl ribotos intuicijos. Ir mano proto alkis buvo numalšintas tik tuomet, kai pamačiau konkretų žirgą, vienuolių vedamą už apynasrio. Tik tada galėjau būti tikras, kad mano samprotavimai priartino mane prie tiesos. Kaip sąvokos, kurias anksčiau vartojau, kad įsivaizduočiau niekuomet anksčiau nematytą žirgą, tebuvo gryni ženklai, taip ir pėdsakai sniege tebuvo žirgo idėjos ženklai: o ženklai ir ženklų ženklai naudojami tik tuomet, kai trūksta pačių daiktų.

Jau ir anksčiau girdėdavau jį labai skeptiškai kalbant apie universalias idėjas ir be galo pagarbiai — apie konkrečius daiktus, ir man atrodė, tiek tada, tiek ir vėliau, jog šį jo polinkį sąlygojo tai, kad jis buvo britas, ir tai, kad buvo pranciškonas. Bet tą dieną teologiniams disputams buvau pernelyg išsekęs, todėl tik susirangiau man skirtame guolyje, susisukau į antklodę ir kietai įmigau.

Kiekvienas įėjęs galėjo palaikyti mane tiesiog ryšuliu. Taip, matyt, pamanė ir abatas, atėjęs pas Viljamą artėjant Trečiajai. Ir aš nepastebėtas girdėjau visą jų pokalbį be jokių piktų kėslų, o vien dėl to, kad staiga pasirodyti abatui būtų derėję dar mažiau nei nuolankiai tūnoti pasislėpus, ką aš ir padariau.

Taigi, įėjo Abonė. Atsiprašęs už trukdymą, jis pakartojo sveikinimo žodžius ir tarė, jog norėtų pakalbėti su Viljamu akis į akį apie labai rimtą dalyką.

Pirmiausia jis pasveikino Viljamą sugebėjus taip sumaniai išaiškinti atsitikimą su žirgu ir paklausė, kaipgi jis galėjęs šitaip tiksliai apsakyti gyvulį, niekada anksčiau nematytą. Viljamas glaustai ir abejingu balsu išdėstė abatui savo spėjimų seką ir šį labai nudžiugino toks svečio akylumas. Jis prisipažino nieko kito ir nelaukęs iš žmogaus, apie kurio išmintį garsas sklinda taip plačiai. Pasakė gavęs Farfos abato laišką, kuriame šis ne tik pranešęs apie Viljamo misiją, imperatoriaus jam patikėtą (kurią jie aptarsią artimiausiomis dienomis), bet ir rašęs, kad Anglijoje bei Italijoje mano mokytojas buvęs inkvizitoriumi keliuose procesuose, kur pasižymėjęs įžvalgumu, betgi neatsietu ir nuo žmogiškų jausmų.

— Man buvo džiugu patirti,— pridūrė abatas,— jog daugeliu atveju jūs pripažindavote kaltinamąjį nekaltu. Tikiu, o ypač šiomis liūdnomis dienomis, kad piktoji dvasia nuolat kišasi į žmogiškus reikalus,— ir jis vogčiomis apsidairė, lyg kažkur čia pat sukiotųsi nelabasis,— bet tikiu taip pat, jog ji dažnai veikia kitų rankomis, pastūmėdama savo aukas į blogį taip, kad jų kaltė kristų teisiajam, ir džiūgauja, kada šis liepsnoja ant laužo jo sukubo vietoje. O inkvizitoriai, trokšdami įrodyti savo stropą, dažnai bet kokia kaina siekia išplėšti iš kaltinamojo prisipažinimą, manydami geru inkvizitorium esant tik tą, kuris baigia procesą suradęs atpirkimo ožį...

— Taip pat ir inkvizitorius gali būti šėtono valioje,— tarė Viljamas.

— Galimas dalykas,— labai atsargiai sutiko abatas.— Nežinomi Aukščiausiojo keliai, tačiau kas esu aš, kad mesčiau įtarumo šešėlį ant tokių garbių žmonių. O kartu ant jūsų, kuris šiandieną kaip vienas iš jų taip man reikalingas. Šiame vienuolyne nutiko tai, ką išaiškinti tegali žmogus, toks įžvalgus ir atsargus, koks esate jūs. Įžvalgus, kad atskleistų tiesą, o atsargus, kad, jei reikės, vėl ją uždskleistų. Neretai juk nusikalsta tie, kurie turėtų siekti šventumo, tačiau jų kaltę įrodyti reikia pašalinant blogio priežastį, bet neužtraukiant kaltajam visuotinės paniekos. Suklydus ganytojui, jis turi būti atskirtas nuo kitų ganytojų, bet vargas, jei banda praras pasitikėjimą ganytojais.

— Suprantu,— pratarė Viljamas. Jau buvau pastebėjęs, kad taip trumpai ir mandagiai kam nors pritardamas jis paprastai slepia savo priešiškumą arba sutrikimą.

— Todėl manau,— tęsė abatas,— jog kiekvieną ganytojo nuopolį galima patikėti tik tokiems žmonėms kaip jūs, gebantiems ne tik skirti gėrį nuo blogio, bet ir tai, kas dera, nuo to, kas nedera. Malonu žinoti, jog jūs skelbdavote mirties nuosprendį tik tuomet, kai...

— ...kaltinamieji būdavo padarę nusikalstamus dalykus, nuodiję, tvirkinę nekaltus vaikus ar darę kitas nedorybes, kurių mano lūpos nedrįsta ištarti...

— ...kad jūs skelbdavote mirties nuosprendį tik tuomet,— tęsė abatas, nepaisydamas Viljamo žodžių,— kai nelabojo įsikišimas visiems būdavo toks akivaizdus, jog kaltės atleidimas būtų buvęs dar didesnis papiktinimas už patį nusikaltimą.

— Pripažindamas ką nors kaltu,— patikslino Viljamas,— būdavau tikras, kad jis yra padaręs tokį nusikaltimą, už kurį ramia sąžine galėjau perduoti jį pasaulietinei valdžiai.

Abatas akimirką dvejojo.

— Kodėl,— paklausė,— jūs kalbate apie nusikaltimus, atkakliai nieko netardamas apie jų velnišką prigimtį?

— Mat ryšys tarp priežasties ir pasekmės yra toks painus, kad vienintelis teisėjas čia, manau, tegali būti Dievas. Mes kartais sunkiai surišame tokią akivaizdžią pasekmę kaip sudegęs medis su jį uždegusiu žaibu, todėl bandyti regzti kartais labai ilgą priežasčių ir pasekmių grandinę man atrodo toks pat pamišimas, kaip statyti bokštą iki dangaus.

— Daktaras Akvinietis,— pakišo mintį abatas,— nepabūgo vien tik proto galia įrodyti Aukščiausiojo buvimą, eidamas nuo priežasties prie priežasties, kol pasiekė pirminę priežastį, neturinčią savo priežasties.

— Kas esu aš,— nuolankiai tarė Viljamas,— kad galėčiau ginčytis su daktaru Akviniečiu? Juo labiau kad šis Dievo buvimo įrodymas paremtas tieku kitų liudijimų, patvirtinančių jo teisingumą. Dievas kalba su mumis per mūsų sielas, kas buvo žinoma jau Augustinui, ir jūs, Abone, šlovintumėt Viešpatį ir jo būties akivaizdumą, net jei Tomas nebūtų...— Jis nutilo, po to pridūrė: — Taip manau.

— O taip, be abejo,— paskubėjo užtikrinti abatas, tačiau mano mokytojas, šitaip gražiai nutraukęs aiškiai jam nepatikusią diskusiją, tęsė toliau:

— Bet grįžkim prie procesų. Sakykim, kažkas buvo nunuodytas. Tai ištirtas faktas. Matydamas tam tikrus neginčytinus ženklus, galiu įsivaizduoti, jog tai,— kito žmogaus darbas. Mano protas gali aprėpti tokią paprastą priežasčių seką neprarasdamas pasitikėjimo savo galia. Tačiau kokia paini ji taptų, jei imčiau manyti, jog šioje nedoroje veikloje dalyvavo dar viena jėga, tik jau ne žmogiška, o nelaboji? Nesakau, kad to negali būti, nelabasis žymi savo kelią taip pat ryškiai, kaip ir jūsų žirgas Brunelis. Bet kodėl turėčiau ieškoti šių įrodymų? Ar negana, kad žinau, jog kaltas yra būtent tas, o ne kitas žmogus, ir galiu perduoti jį pasaulietinei valdžiai? Juk, šiaip ar taip, bausmė, jo laukianti,— mirtis, teatleidžia jam Viešpats.

— Tačiau esu girdėjęs, jog prieš trejus metus Kilkenyje vykusiame procese, kuriame keletas žmonių buvo apkaltinti bjauriais nusikaltimais, jau nurodžius kaltus jūs neneigėte šėtono įsikišimo.

— Bet niekada atvirai to nepripažinau. Ir nepaneigiau, tai tiesa. Kas esu aš, kad galėčiau spręsti apie šėtono žabangas, ypač,— pridūrė, kaip man pasirodė, ypatingai pabrėždamas šiuos žodžius,— tuomet, kai visi, pradėję procesą, vyskupas, savivaldybės nariai ir visa liaudis, o gal net patys kaltinamieji, karštai troško pripažinti jo įsikišimą? Galbūt vienintelis tikras velnio dalyvavimo įrodymas ir yra tas begalinis visų troškimas įtikėti jį dirbant savo darbą...

— Tai jūs norite pasakyti,— sunerimusiu balsu tarė abatas,— kad daugelyje procesų šėtonas veikia ne tik kaltuosius, bet, o gal ir visų pirma, teisėjus?

— Ar galiu aš taip sakyti? — paklausė Viljamas, ir pastebėjau jį suformulavus klausimą taip, kad abatas į jį galėjo atsakyti tik neigiamai. O Viljamas, pasinaudojęs stojusia tylos akimirka, paskubėjo pakeisti pokalbio temą.— Bet šitai — jau praeitis. Aš mečiau tą garbingą darbą ir padariau tai, matyt, Viešpaties valia...

— Neabejotinai,— pritarė abatas.

— ...o dabar,— tęsė Viljamas,— rūpinuosi kitais dalykais, ne mažiau kebliais. Norėčiau pasirūpinti ir tuo, kuris kelia nerimą jums, jei tik jūs man apie jį papasakotumėt.

Man pasirodė, kad abatas nudžiugo, galėdamas baigti aną pokalbį ir grįžti prie savo rūpesčių. Atsargiai rinkdamas žodžius, su ilgomis parafrazėmis pradėjo pasakoti apie tą nepaprastą įvykį, nutikusį prieš kelias dienas ir sudrumstusį ramų vienuolyno gyvenimą. Jis pasakojąs tai Viljamui, tarė, todėl, kad žino jį esant didį ir žmogaus sielos, ir šėtono pinklių žinovą ir tikisi, jog jis galės skirti dalį savo brangaus laiko šiai liūdnai paslapčiai atskleisti. O nutiko štai kas. Adelmas Otrantietis, vienuolis dar jaunas, bet jau garsėjantis kaip puikus iliuminatorius, puošęs bibliotekos rankraščius nuostabiais piešiniais, vieną rytą rastas ožkaganių papėdėje stačios uolos, virš kurios kilo rytinis Buveinės bokštas. Vienuolių matytas chore per Naktinę, bet jau nebepasirodęs per Aušrinę, jis tikriausiai bus ten nukritęs tamsiausiu nakties metu. Tą audringą naktį snaigės krito aštrios tarytum skustuvai, lyg kruša, blaškoma pašėlusio pietų vėjo. Adelmo kūnas buvo visas sudraskytas uolų, į kurias jis krisdamas daužėsi, permerktas iš pradžių tirpusio, o vėliau ledu virtusio sniego. Vargšas trapus mirtingasis, tebūna Dievas jam gailestingas. Sunku tikrai parodyti vietą, iš kurios jis galėjęs kristi, nes kūnas, atsimušdamas į uolas, greičiausiai nuo jos nutolo. Matyt, tai būtų vienas iš tų langų, kurie trimis eilėmis iškirsti trijose į prarają atsuktose bokšto pusėse.

— Kur palaidojote varganus palaikus? — paklausė Viljamas.

— Aišku, kapinaitėse,— atsakė abatas.— Turėjote jas pastebėti, jos yra tarp bažnyčios šiaurinės sienos, Buveinės ir daržų.

— Supratau,— tarė Viljamas,— ir aiškus man jūsų rūpestis:

jei tas nelaimingasis, neduok Die, nusižudė (juk sunku patikėti, kad jis būtų iškritęs atsitiktinai), kitą dieną vienas iš tų langų būtų buvęs rastas atidaras, tuo tarpu visi jie buvo uždaryti, ir nė prie vieno iš jų nebuvo vandens žymių.

Abatas, kaip jau sakiau, buvo žmogus didžiai prakilnios ir diplomatiškos išvaizdos, bet šį kartą jis kone pašoko iš nuostabos, prarasdamas visą savo orumą, derantį, anot Aristotelio, žmonėms rimtiems ir tauriems:

— Kas jums tai pasakė?!

— Betgi jūs pats,— atsakė Viljamas.— Jei langas būtų buvęs atviras, jūs nedvejodamas pamanytumėt, kad Adelmas pro jį iššoko. O kaip galėjau spręsti iš lauko, tai dideli matinio stiklo langai, ir jie tokio dydžio pastatuose paprastai neatsiveria žmogui lengvai pasiekiamame aukštyje. Todėl net jei vienas iš tų langų ir būtų buvęs atdaras, nelaimingasis nebūtų galėjęs, vien tik atsistojęs prie jo, netikėtai prarasti pusiausvyros, ir beliktų galvoti apie savižudybę. Tačiau tuomet jūs nebūtumėte jo laidojęs pašventintoje žemėje. Bet jei palaidojote jį krikščioniškai, langai turėjo būti uždari. O jei jie buvo uždari, tai tariamąjį savižudį, matyt, bus pastūmėjusi ar žmogaus, ar nelabojo ranka, nes man net raganų teismuose neteko girdėti, kad nuodėmingasis kūnas, Dievo ar velnio valia, pakiltų iš prarajos naikinti savo piktadarybės pėdsakų. Todėl dabar jūs klausiate savęs, kas gi galėjo jį, nesakau, išstumti pro langą, tačiau prieš jo valią pakylėti iki palangės, ir jums neramu, nes kažkokia nelaboji dvasia, šio ar ano pasaulio, vaikšto šiuo metu po vienuolyną.

— Taigi, taip...— pratarė abatas, ir buvo neaišku, ar jis pritaria Viljamo žodžiams, ar tik pats sau pripažįsta tų gražių jo samprotavimų teisingumą.— Bet, kaip jūs supratote, nė po vienu iš langų nebuvo vandens pėdsakų?

— Jūs pats pasakėte man, jog pūtė pietys, o jis negalėjo pripūsti vandens pro langus, atsiveriančius į rytus.

— Kaip mažai man dar gyrė jūsų dorybes,— tarė abatas.— Jūs teisus, vandens nebuvo, ir dabar jau žinau kodėl. Viskas vyko taip, kaip sakėte. Suprantamas tad mano rūpestis. Būtų jau pakankamai liūdna, jei vienas iš mano vienuolių susiteptų siaubinga savižudybės nuodėme. O dabar turiu pamatą manyti, kad kitas iš jų yra susitepęs nuodėme dar baisesne. Ir jei vien tai...

— Pirmiausia, kodėl vienas iš vienuolių? Vienuolyne dar daug kitų žmonių: arklininkai, piemenys, tarnai...

— Taip, mūsų vienuolynas nedidelis, bet turtingas,— išdidžiai sutiko abatas,— Šimtas penkiasdešimt tarnų šešiasdešimčiai vienuolių. Bet viskas nutiko Buveinėje. Ten, kaip gal jau žinote, nors pirmame aukšte yra virtuvė ir refektorius, viršutiniuose dviejuose aukštuose yra skriptoriumas ir biblioteka. Po vakarienės Buveinė uždaroma, ir įstatai, kurių visi turi griežtai laikytis, draudžia į ją įeiti,— čia, nuspėjęs kitą Viljamo klausimą, abatas skubiai pridūrė,— taip pat, aišku, ir vienuoliams, tačiau...

— Tačiau?

— Tačiau esu visiškai, suprantate, visiškai tikras, jog nė vienas tarnas neišdrįs įeiti ten naktį.— Jo akyse sužibo iššūkis, tuoj pat išblėsęs tarsi žaibas ar krintanti žvaigždė.— Sakykim, jis bijotų... žinote, kartais nurodymus, duotus paprastiems žmonėms, reikia sutvirtinti kokiu nors grasinimu, na, kad ir tuo, jog nepaklusniuosius ano pasaulio valia ištiks kažkas baisaus. O vienuolis...

— Suprantu.

— Vienuolis gali turėti ir kitų priežasčių, kad nebodamas pavojaus leistųsi į uždraustą vietą, turiu galvoje priežasčių, kaip čia pasakius... svarių, nors ir prieštaraujančių draudimui...

Viljamas, pastebėjęs abato sumišimą, paklausė to, kas, jo manymu, turėjo pakeisti pokalbio temą, tačiau tik dar labiau jį sutrikdė:

— Kalbėdamas apie galimą žmogžudystę, jūs ištarėte „ir jei vien tai". Ką turėjote omeny?

— Aš taip pasakiau? Na ką gi, nežudoma be reikalo, kad ir kokio bjauraus. Todėl mano kūnas eina pagaugais nuo minties apie baisumą tų priežasčių, kurios galėjo pastūmėti vienuolį žudyti savo brolį.

— Ir nieko kito?

— Ir nieko kito, ką galėčiau jums pasakyti.

— Ar turėčiau suprasti, kad nieko daugiau, ką turite teisę man pasakyti?

— Maldauju jus, broli Viljamai, broleli Viljamai,— ištarė abatas, pabrėždamas tiek „broli", tiek ir „broleli".

Viljamas staiga išraudo ir pasakė:

— Eris sacerdos in aeternum[5].

— Dėkoju,— atsakė abatas.

Viešpatie, kokią baisią paslaptį palytėjo tą akimirką mano neatsargūs viršesnieji, vedini vienas rūpesčio, kitas smalsumo. Net ir aš, kuklus paauglys, nors tebuvau novicijus, vos tik pradėjęs eiti pilnu paslapčių šventu Dievo tarno keliu, supratau, jog abatas bus kažką sužinojęs, prisaikdintas išpažinties paslaptim. Iš kažkieno lūpų jis turėjo išgirsti kažkokią nuodėmingą smulkmeną, kuri galėjo būti susijusi su tragiška Adelmo mirtim. Matyt, todėl jis ir meldė brolį Viljamą atskleisti paslaptį, kurią pats numanė, bet kurios niekam negalėjo pasakyti, tikėdamasis, kad mano mokytojo įžvalgumas padės nuskaidrinti tai, ką jis pats, tauraus gailestingumo įstatymo liepiamas, privalo laikyti šešėlyje.

— Na gerai,— tarė tuomet Viljamas,— bet ar galėsiu aš apklausti vienuolius?

— Galėsite.

— O ar galėsiu netrukdomas vaikščioti po vienuolyną?

— Suteikiu jums šią teisę.

— Ar paskirsit man šią misiją coram monachis[6]?

— Šįpat vakarą.

— Tuomet pradėsiu dar šiandien, kol vienuoliai nežino man patikėtos užduoties. Be to, trokštu kuo greičiau apsilankyti jūsų bibliotekoje, apie kurią susižavėjus kalbama visuose krikščioniškuose vienuolynuose, kuri, prisipažinsiu, buvo viena iš mano kelionės čionai dingsčių, ir ne pati menkiausia.

Abatas kone šokte pakilo iš savo vietos, o jo veidę atšispindėjo begalinė įtampa.

— Kaip sakiau, jūs galite nevaržomas vaikščioti po visą vienuolyną. Išskyrus trečiąjį Buveinės aukštą, biblioteką.

— Kodėl gi?

— Turėjau iškart jums tai paaiškinti, tačiau maniau, kad žinote. Mūsų biblioteka skiriasi nuo kitų...

— Žinau, jog knygų joje daugiau nei kurioje nors kitoje krikščioniškojo pasaulio bibliotekoje. Žinau, jog, palyginti su jūsų turtais, Bobio ar Pompozos, Kliuni ar Fliori knygų spintos atrodo priklausančios vaikui, tik pradedančiam pažinti abėcėlės paslaptis. Žinau, kad šeši tūkstančiai senųjų rankraščių, kuriais daugiau kaip prieš šimtą metų didžiavosi Novalezė, tėra menkniekis, palyginti su tuo, ką turite jūs, o galbūt daugelis iš jų dabar yra čia. Žinau, kad jūsų biblioteka — vienintelė šviesa, kurią krikščionybė gali kaip kontrastą pateikti trisdešimt šešioms Bagdado bibliotekoms, dešimčiai tūkstančių vizirio Ibn al Alkamio rankraščių, kad jūsų Biblijų skaičius prilygsta dviem tūkstančiams keturiems šimtams koranų, kuriais didžiuojasi Kairas, ir kad jūsų knygų spintų turtų reali šviesa temdo puikybės kupiną bedievių (gerai pažinusių melo meną) legendą apie Tripolio bibliotekoje buvusius šešis milijonus tomų ir ten dirbusius aštuoniasdešimt tūkstančių komentatorių bei du šimtus perrašinėtojų.

— Teisybė, tebūnie pagarbintas dangus.

— Žinau, kad daugelis čia gyvenančių vienuolių atvykę iš kitų vienuolynų, išmėtytų po visą pasaulį: vieni — trumpam, tik tam, kad perrašytų rankraščius, kurių niekur kitur nėra ir kuriais vėliau praturtins savo vienuolynų bibliotekas, mainais atveždami kitą kokį retą rankraštį, kurio nuorašu jūs papildysite savo bibliotekos lobyną; kiti — ilgam, kartais visam gyvenimui, tik čia terasdami knygas, reikalingas jų studijoms. Gyvena jūsų vienuolyne vokiečiai, dakai, ispanai, prancūzai, graikai. Žinau, kad imperatorius Frydrichas prieš daugelį daugelį metų prašęs jus sudaryti jam Merlino pranašysčių knygą ir išversti ją į arabų kalbą, idant galėtų ją padovanoti Egipto sultonui. Žinau pagaliau, kad tokiame garsiame Miurbacho vienuolyne šiais niūriais laikais nėra nė vieno perrašinėtojo, o Sankt Galene nedaug teliko vienuolių, gebančių rašyti, ir vien tik šis vienuolyas diena iš dienos gaivina, ką sakau, kelia į vis didesnes aukštybes jūsų ordino šlovę...

— Monasterium sine libris,— pacitavo abatas, paskendęs mintyse,— est sicut civitas sine opibus, castrum sine numeris, coquina sine suppellectili, mensa sine cibis, hortus sine herbis, pratum sine floribus, arbor sine foliis[7]... Ir mūsų ordinas, tvirtėdamas tarp dviejų priesakų, darbo ir maldos, visam žinomam pasauliui buvo šviesa, išminties versmė, senojo mokslo, kuriam grėsė prapultis gaisruose, maištuose ir žemės drebėjimuose, išsigelbėjimas, naujų raštų kalvė ir senųjų puoselėtojas... Jūs puikiai žinote, kokiais tamsiais laikais gyvename, ir raustu sakydamas, kad dar visai neseniaiVijenos susirinkimas turėjęs priminti, jog kiekvienas vienuolis turi priimti šventinimus... Kiekgi mūsų vienuolynų, dar prieš du šimtus metų spindėjusių didybe ir šventumu, dabar tapę tinginių prieglaudomis? Ordinas dar galingas, bet miestų dvokas jau gaubia mūsų šventas vietas, Dievo žmonės šiandien labiau linkę prekiauti ir vaidytis, o ten, miestuose, kur jau neranda prieglobsčio šventumo dvasia, ne vien kalbama (ko gi daugiau tikėtis iš pasauliečių), bet jau ir rašoma liaudies kalba, tačiau niekada nė viena iš tų knygų, neišvengiamos erezijos židinių, neperžengs šio slenksčio! Žmonijos nuodėmės atvedė pasaulį prie bedugnės krašto, nes bedugnė persmelkia tą, kuris jos šaukiasi. Rytojaus žmonių kūnai, anot Honorijaus, bus mažesni už mūsų, kaip kad mūsų yra mažesni už mūsų protėvių. Mundus senescit[8]. Tad mūsų misija, Viešpaties patikėta, yra stabdyti tą ritimąsi prarajon, saugant, dauginant ir ginant mūsų tėvų mums patikėtus išminties lobius. Dieviškosios apvaizdos valia visuotinė valdžia, pasaulio pradžioje buvusi rytuose, laikui bėgant pamažu slenka į vakarus, kas įspėja mus apie artėjantį pasaulio galą, nes įvykių seka jau pasiekė universum ribą. Bet kol dar nesibaigė tūkstantmetis, kol nestojo, nors trumpam, to šlykštaus žvėries Antikristo karalystė, mes privalome saugoti krikščioniškojo pasaulio lobius ir ginti tą Dievo žodį, kurį jis taręs pranašams ir apaštalams, kurį kartoja Bažnyčios tėvai, nekeisdami jame nė vienos raidės, kurį komentavo mokyklos, nors šiandien ir jose susisuko sau lizdą didybės, pavydo bei pamišimo angis. Šiame visuotiniame nuopuolyje mes dar esame šviesuliai, iškilę aukštai virš horizonto. Ir kol stovės šie mūrai, tol ir mes saugosime Dievo žodį.

— Ir taip tebus,— pamaldžiai ištarė Viljamas.— Bet kaip tai susiję su draudimu lankytis bibliotekoje?

— Broli Viljamai, šimtmečius triūsė dievobaimingi žmonės, rašydami tuos šventus darbus, kurie dabar yra šių namų turtas,— pasakė abatas, linktelėdamas į pro celės langus matomą Buveinę, aukštesnę net ir už vienuolyno bažnyčią,— ir tvirtai laikydamiesi įstatų. Biblioteka sukurta pagal planą, per amžius visiems buvusį paslaptim, kurios nė vienam vienuoliui neskirta pažinti. Tik bibliotekininkas sužino ją iš savo pirmtako, ir, kol dar stiprus, persako savo padėjėjui, kad netikėtai užklupusi mirtis neatimtų šios paslapties iš bendruomenės. Ir abiejų jų lūpos surakintos. Vienas tik bibliotekininkas turi teisę įeiti į tą knygų labirintą, tik jis gali rasti reikalingą knygą ir padėti ją į vietą, tik jis atsako už jos išsaugojimą. Kiti vienuoliai dirba skriptoriume ir gali susipažinti su bibliotekoje saugomų knygų katalogu. Bet pavadinimai nedaug ką pasako, ir tik bibliotekininkas iš knygos padėties, galimybės pasiekti ją žino, kokios paslaptys, tiesa ar melas, ten surašytos. Tik bibliotekininkas sprendžia, kaip, kada ir ar išvis duoti vieną ar kitą knygą jos prašiusiam vienuoliui. Kartais jis tariasi su manim. Mat ne visa tiesa yra kiekvieno ausims ir ne visas melas gali būti dievobaimingos sielos atpažintas, pagaliau vienuoliai skriptoriume dirba jiems patikėtą darbą ir todėl skaito tik jiems reikalingas, o ne kitas knygas, idant neužvaldytų jų kvailas smalsumas, sukeltas silpnos valios, didybės ar velnio pagundų.

— Tad bibliotekoje yra ir melą skelbiančių knygų...

— Pabaisos gyvuoja, nes jos yra dalis Dieviškojo plano, ir siaubinguose jų bruožuose atsiskleidžia kūrėjo galia. Taip pat ir magų knygos, žydų kabalos, pagonių poetų pasakos, bedievių melo knygos yra Dieviškojo sumanymo dalis. Tie, kurie įkūrė ir per amžius palaikė šį vienuolyną, tvirtai tikėjo, kad net melagingiausios knygos išmintingo skaitytojo akims gali skleisti blyškią Dieviškojo pažinimo šviesą. Todėl biblioteka yra ir tokių knygų lobynas. O dėl to, suprantate, ji negali būti atvira kiekvienam. Be to,— pridūrė abatas, kone atsiprašydamas dėl šio savo paskutinio argumento menkumo,— knyga yra trapus daiktas, ją niokoja laikas, naikina graužikai, gadina orų permainos ir grubių rankų prisilietimas. Jei per šimtų šimtus metų kiekvienas būtų galėjęs netrukdomas liesti mūsų rankraščius, daugelis iš jų jau nebegyvuotų. Bibliotekininkas saugo juos ne tik nuo žmonių, bet ir nuo gamtos niokojančių jėgų, visą savo gyvenimą skirdamas šiai kovai su užmarštimi — tiesos priešu.

— Vadinas, niekas, išskyrus du žmones, neužkopia į trečiąjį Buveinės aukštą...

Abatas šyptelėjo.

— Taip turėtų būti. Niekas negalėtų. Niekam, net jei jis išdrįstų, tai nepavyktų. Biblioteka pati save gina, ji neaprėpiama, kaip tiesa, kurią saugo, ir apgaulinga, kaip melas, jai patikėtas. Ji — labirintas ne vien dvasia, bet ir kūnu. Gali įeiti į ją ir iš jos nebeišeiti. Dabar, kai tai jau žinote, norėčiau, kad paklustumėt vienuolyno įstatams.

— Bet jūs neneigiate, kad Adelmas galėjo iškristi pro vieną iš bibliotekos langų. Kaip galiu aš ištirti jo mirties aplinkybes ir priežastis, nebuvęs ten, kur galbūt slypi tos mirties istorijos pradžia?

— Broli Viljamai,— ramiai tarė abatas,— žmogus, apsakęs mano žirgą Brunelį, dar prieš pamatydamas jį, ir Adelmo mirtį, nieko beveik apie ją nežinodamas, nesunkiai gali įsivaizduoti ir tas vietas, kurios jam neprieinamos.

Vilhelmas nulenkė galvą:

— Jūs protingas ir tuomet, kai esate rūstus. Tebūna jūsų valia.

— Jei ir esu protingas, tai tik todėl, kad moku būti rūstus,— atsakė abatas.

— Dar vienas klausimas,— tarė Viljamas.— Hubertinas.

— Jis čia. Laukia jūsų. Rasite jį bažnyčioje.

— Kada?

— Visuomet,— nusišypsojo abatas.— Juk žinote, kad jis, nors ir labai mokytas žmogus, nevertina bibliotekos. Vadina ją pasaulio iliuzija... Todėl jis leidžia dienas bažnyčioje, apmąstymuose ir maldoje...

— Susenęs? — neryžtingai paklausė Viljamas.

— Ar ilgai jo nematėte?

— Daugelį metų.

— Jis pavargęs. Ir nutolęs nuo šio pasaulio rūpesčių. Jam šešiasdešimt aštuoneri. Bet, manau, jame dar gyva jaunystės dvasia.

— Nedelsdamas einu pas jį. Dėkoju jums.

Abatas dar pasiteiravo, ar Viljamas nenorėtų po Šeštosios papietauti kartu su visais. Šis atsakė, jog ką tik valgęs, ir gana sočiai, be to, trokštąs tuoj pat pasimatyti su Hubertinu. Abatas atsisveikino.

Jis jau buvo beeinąs pro duris, kai kieme pasigirdo širdį veriantis klyksmas, lyg kas būtų mirtinai sužeistas, po kurio pasigirdo ne mažiau kraupios dejonės.

— Kas tai? — paklausė nustėręs Viljamas.

— Nieko,— šypsodamasis atsakė abatas.— Šiuo metų laiku skerdžiamos kiaulės. Kiauliaganių darbas. Bet ne tas kraujas turėtų jums rūpėti.

Ir jis išėjo, nė nenujausdamas, kokius lemtingus žodžius ištarė. Nes kitą rytą... Bet susitvardyk, o akiplėša mano liežuvi, nes dar ir šią dieną, iki ateinant nakčiai, nutiko daug dalykų, kuriuos taip pat verta apsakyti.

Pirmoji diena

ŠEŠTOJI

Adsas žavisi bažnyčios portalu,
o Viljamas susitinka su Hubertinu Kazaliečiu

Bažnyčia nebuvo tokia didinga kaip tos, kurias vėliau mačiau Štrasburge, Sartre, Bamberge ar Paryžiuje. Ji greičiau panėšėjo į jau matytas Italijoje, nešaunančias svaiginamai į dangų, bet tvirtai stovinčias ant žemės, dažnai platesnes nei aukštesnes. Pirmąjį jos aukštą lyg tvirtovę juosė eilė stačiakampių dantų, o virš jo kilo kitas statinys, ne tiek bokštas, kiek antroji bažnyčia, tvirta, smailėjančiu stogu, išvarpyta atšiauriomis langų angomis. Solidi vienuolyno bažnyčia, kokias mūsų protėviai statė Provanse ir Langedoke, be šių dienų stiliui būdingų drąsių ir pernelyg gausių pagražinimų, tik vėlesniais laikais, manau, praturtinta virš choro iškilusia smaile, įžūliai smingančia tiesiai dangaus skliautan.

Ties įėjimu, abiejose jo pusėse, stovėjo dvi tiesios, be ornamentų kolonos, ir iš pirmo žvilgsnio įėjimas atrodė tarsi viena didžiulė arka; bet ties kolonomis ėję du glifai, vainikuoti daugybe kitų arkų, pamažu kreipė žvilgsnį gilyn, lyg į prarajos gelmę, į tikrąjį, prietemoje vos matomą, portalą, virš kurio puikavosi didelis timpanas, šonuose laikomas dviejų atramų, o viduryje — raižyto piliastro, skiriančio įėjimą į dvi dalis, ir kiekviena iš jų užverta kaustytomis ąžuolinėmis durimis. Tuo dienos metu blyškūs saulės spinduliai krito veik statmenai stogui, ir šviesa įžambiai slydo fasado paviršiumi, nepaliesdama timpano, todėl, praėję didžiausias kolonas, netikėtai atsidūrėme po šakotu skliautu arkų, kurios radosi iš eilės mažesniųjų kolonų, paremtų kiekviena savu kontraforsu. Akims su prieblanda kiek apsipratus, atsivėrė akmeninių paveikslų knyga, suprantama kiekvieno žvilgsniui ir vaizduotei (nes pictura est laicorum literatura)[9], apstulbinusi mane ir sukėlusi vizijas, kurias ir šiandien nelengva apsakyti.

Ir štai danguje stovėjo sostas, o soste buvo Sėdintysis. Sėdinčiojo veidas buvo rūstus ir ramus, plačiai atvertos spindulingos akys žvelgė į žemės žmoniją, pasiekusią savo kelio galą, o didingi plaukai ir barzda krito ant veido ir krūtinės tarsi upės vandenys, lygiomis ir simetriškai perskirtomis pusiau srovėmis. Galvą Jo vainikavo Karūna, nusagstyta smaragdais ir brangakmeniais, o purpurinė imperatoriška tunika, gausiai padabinta aukso ir sidabro siuvinėjimais bei nėriniais, plačiomis klostėmis gaubė jo kelius. Kairioji ranka, parimusi ant kelio, laikė užantspauduotą knygą, dešinioji buvo pakelta, o mostas jos lyg laimino, lyg grūmojo. Jo veidą nušvietė bauginamo grožio kryžiaus pavidalo žydintis nimbas, o aplink sostą ir virš Sėdinčiojo galvos pamačiau spindint smaragdo spalvos vaivorykštę. Prieš sostą, po Sėdinčiojo kojomis, tviskėjo tarsi stiklo jūra, panaši į krištolą, o aplink Sėdintįjį, aplink sostą ir virš sosto pamačiau keturias būtybes, baisias man, žvelgiančiam į jas tarytum pakerėtam, tačiau nuolankias ir mielas Sėdinčiajam, kuriam šlovę jos be perstojo giedojo.

Tiesą pasakius, ne visos jos galėjo būti pavadintos baisiomis, nes žmogus mano kairėje (o sėdinčiojo dešinėje), tiesiantis knygą, atrodė man gražus ir malonus. Bet kėlė šiurpą kitoje pusėje buvęs erelis, praviru snapu, pašiauštomis plunksnomis tarsi šarvais, galingais nagais, išskleistais milžiniškais sparnais. O po Sėdinčiojo kojomis, žemiau anų dviejų figūrų, buvo dar dvi — jautis ir liūtas, ir kiekviena iš tų pabaisų naguose ir kanopose gniaužė po knygą, o kūnai jų buvo nusukti nuo sosto, bet galvos atgręžtos į jį, tarsi baisi jėga staiga būtų persukusi jų sprandus ir kaklus, ir šonai jų plastėjo, galūnės buvo įtemptos lyg agonijos pagauto žvėries, nasrai praviri, uodegos susivyniojusios tarsi žalčiai, su liepsnų liežuviais galuose. Abi jos buvo sparnuotos, abi vainikuotos nimbais, ir, nors jų išvaizdos buvo siaubingos, tai buvo ne pragaro, bet dangaus padarai, ir baisūs jie atrodė tik todėl, kad riaumojo garbę Ateisiančiajam, kuris teis gyvuosius ir mirusiuosius.

Aplink sostą, šalia keturių būtybių ir po Sėdinčiojo kojomis, matomi lyg pro skaidrius krištolo jūros vandenis, užpildę veik visą matomą lauką, išdėstyti pagal trikampę timpano formą, apačioj po septynis, virš jų po tris, o virš šių po du abiejose sosto pusėse, dvidešimt keturiuose mažesniuose sostuose sėdėjo dvidešimt keturi vyresnieji, apsitaisę baltai ir su aukso karūnomis ant galvų. Vieni laikė rankose liutnias, kiti — taures su smilkalais, bet tik vienas grojo, kiti, palaimos apimti, buvo atgręžę savo veidus į Sėdintįjį, kuriam šlovę giedojo, o jų kūnai buvo pasukti, kaip ir tų būtybių, kad visi galėtų matyti Sėdintįjį, ir atrodė, kad sukasi jie svaiginamam šokyje — taip Dovydas turėjęs šokti aplink arką — ir nors ir kaip jie būtų buvę pasisukę, jų žvilgsniai, nepaisant visų kūno padėtį valdančių dėsnių, susikirsdavo tame pat švytinčiame taške. O, kokia harmonija laisvumo ir užmojo, išraiškų nenatūralių, bet tokių grakščių, kokia darna kūnų, perteiktų ta mistiška kalba, stebuklingai išvaduotų iš kūniškos materijos naštos, lemtingoji kiekybė įlieta į naują substancinę formą, lyg šventasis spiečius, pagautas veržlaus vėjo gūsio, gyvenimo verpeto, pasitenkinimo šėlsmo, džiugaus aleliuja, stebuklingai virtusio iš garso vaizdu.

Kūnai ir jų dalys, apgyventi dvasios, nušviesti apsireiškimo, iš nuostabos persimainę veidai, akys, spindinčios džiaugsmu, skruostai, uždegti meilės liepsnos, vyzdžiai, išplėsti palaimos, vienas sukrėstas malonaus apstulbimo, kitas persmelktas stulbinančio malonumo, tas persimainęs iš nuostabos, anas atjaunėjęs iš laimės, o visi veidų išraiškomis, rūbų klostėmis, kūnų judesiais ir įtemptų raumenų virpėjimu giedojo naują giesmę, ir lūpos jų pravertos amžino šlovinimo šypsnio. Po vyresniųjų kojomis ir virš vyresniųjų, virš sosto ir tetramorfinės grupės, išdėstyti simetriškais ruožais, sunkiai atskiriami vieni nuo kitų, dėl menininko išmonės tapę vieni kitiems proporcingi, vieningi įvairovėje ir įvairūs vienovėje, unikalūs išskirtyje ir išskirtini meistriškoje sąjungoje, dalimis, nuostabiai atitinkančiomis palaimingai saldžių spalvų, tarpusavy skirtingų balsų dermės ir darnos stebuklą, išdėstyti lyg citros stygos, lygūs ir paklusnūs giliai ir viską apimančiai jėgai, iš daugiabalsio žaismo susidedančiai į vienabalsį skambėjimą, ornamentas ir tvarka to, ko į visybę negalima susieti, tačiau kas į visybę susieta, meilės ryšio kūrinys, valdomas tuo pat metu ir žemiškosios, ir dangiškosios taisyklės (tvirta ir pastovi sąjunga tarp taikos, meilės, doros, valdžios, valdytojų, tvarkos, šaknų, gyvenimo, šviesos, puikybės, rūšies ir figūros), gausi lygybė, skleidžianti šviesą, kurią forma suteikia proporcingoms materijos dalims — taip buvo susipynę visi žiedai, ir lapai, ir vijokliai, ir kuokštai, ir kekės įvairiausių žolių, kurios puošia žemiškuosius ir dangiškuosius sodus, našlaitės, palėpščiai, čiobreliai, lelijos, ligustrai, narcizai, kolokazijos, pajūriniai satvarai, dedešvos, miros ir balzamo medžiai.

Bet kai mano siela, pagauta šio žemiško grožio ir dangiškos didybės koncerto garsų, jau buvo bepragystanti džiaugsmo giesme, žvilgsnis, klajojantis žydinčių rozečių po senių kojomis ritmu, staiga krito ant susivijusių figūrų, susiliejančių su timpaną remiančiu centriniu piliorumi. Kas buvo ir kokią simbolišką žinią skelbė tos trys poros kryžmai susipynusių liūtų, išsirietusių taip, kad, užpakalinėmis letenomis remdami žemę, priekines bu-

vo padėję ant savo bendrų nugarų susiraizgiusiais it didžiulės gy-
vatės karčiais, grėsmingai iššieptais nasrais, apkibę piliorių lyg
vijoklių tumulas ar lizdas? Numaldyti sielai, o gal sutramdyti vel-
niškai liūtų prigimčiai ir paversti ją simboline aliuzija į aukštes-
nius dalykus, pilioriaus šonuose stovėjo dvi žmonių figūros, ne-
natūraliai ištemptos sulig pačiu ramsčiu, lygios dviem kitom, si-
metriškai iš abiejų šonų žvelgiančiom į jas nuo išorinių piliorių,
kur buvo ąžuolinių durų dviejų pusių vyriai; viso tad buvo keturi
seniai, o iš jų parafernalijų pažinau Petrą ir Povilą, Jeremiją ir
Izaiją, ir buvo jie taip pat persisukę, lyg šokio sūkury, tiesian-
tys į dangų ilgas kaulėtas rankas su tarytum sparnai išskleistais
pirštais, ir lyg sparnai plasnojo jų barzdos ir plaukai, taršomi pra-
našiško vėjo, o ilgos rūbų klostės tarsi gyvos vilnijo ir sūkuria-
vo apie be galo ilgas kojas, ir nors priešpriešinami liūtams, ta-
čiau buvo jie iš tos pat, kaip ir anie, materijos. O sukdamas žvilgs-
nį nuo šios paslaptingos šventų kūnų ir pragariškų gaivalų poli-
fonijos, portalo šone, po giliomis arkomis, pamačiau vienur iš-
raižytas ant liaunų kolonų kontraforsų, laikančių jas ir puošian-
čių, kitur — tarp kiekvienos kolonos kapitelio vešlios augalijos,
o ten vėl slenkančias šakoto daugybės arkų skliauto link dar ki-
tas siaubingas vizijas, kurių vieta čionai galėjo būti pateisinta
tik jų paraboline ir alegorine galia ar juose slypinčiomis doro-
vės pamokomis: buvo ten ir gašli moteris, nuoga ir beformė,
kandama šlykščių rupūžių ir žindama žalčių, susiporavusi su sa-
tyru, išpampusiu pilvu ir šiurkščiais šeriais apaugusiomis gri-
fo kojomis, kurio gerklė riaumojo sau prakeikimą, ir išvydau
šykštuolį, mirties sustingdytą savo lovoje su puošniomis kolo-
nomis, dabar jau tapusį grobiu būrio demonų, kurių vienas jau
rovė jam iš gargiančios gerklės sielą — kūdikį (niekuomet jau
neatgimsiantį amžinajam gyvenimui), ir regėjau išpuikėlį, ant ku-
rio pečių buvo nutūpęs demonas, nagais kabinantis jam akis, ir du
rajūnus, draskančius kits kitą atgrasiose grumtynėse, ir mačiau
daug kitų sutvėrimų, su ožių galvomis, liūtų kailiais, panterų na-
srais, ir visus juos supo liepsnos liežuvių miškas, kurio deginantį
alsavimą veik galėjai pajusti. O aplink juos, tarp jų, virš jų ir po
jų kojomis buvo matyti dar kiti veidai ir kiti kūnai: vyras ir mo-
teris, įkibę vienas kitam į plaukus, dvi gyvatės, čiulpiančios pra-
keiktojo akis, išsiviepęs vyras, lenktomis rankomis plėšiantis
hidros ryklę, ir visi Šėtono bestiarijaus žvėrys, susirinkę kon-
sistorijuje, kad sergėtų ir vainikuotų sostą, atsispyrusį jiems,
kad savo pralaimėjimu šlovintų jį: faunai, dvilypiai padarai, še-
šiapirštės pabaisos, sirenos, hipokentaurai, gorgonės, harpijos,
inkubai, slibinakojai, minotaurai, lūšys, leopardai, chimeros,
šuniasnukiai, kurių šnervės tvoskė liepsnomis, dančiatiraniai,

daugiauodegiai, gauruoti žalčiai, salamandros, raguotos gyvatės, žnypliakojai, angys, dvigalviai dantytomis nugaromis, hienos, ūdros, varnos, krokodilai, hidropai su pjūkladančiais ragais, varlės, grifai, beždžionės, pavianai, leukrotai, mantikorai, avėdros, tarantulai, žebenkštys, drakonai, kukučiai, pelėdos, skiauterėti driežai, hipnaliai presteriai, akiniuočiai, skorpionai, ropliai, banginiai, margosios gyvatės, varliagyviai, jakuliai, žalieji driežai, prielipos, polipai, murenos ir vėžliai. Atrodė, susirinko visi pragaro gyventojai, kad prieangį, tamsų mišką, paverstų atstumtųjų nevilties žeme, kuri driekėsi prieš timpane jau apsireiškusį Sėdintįjį, prieš jo teikiantį vilties ir grėsmingą veidą, jie, nugalėtieji iš Armagedono, stojo prieš Tą, kuris ateis galutinai atskirti gyvųjų nuo mirusiųjų. Ir kone apalpęs nuo šios vizijos, netikras, ar atsidūriau draugingoje vietoje ar Paskutiniojo Teismo slėnyje, priblokštas, vos tvardydamas raudą tarsi išgirdau tą balsą (o gal išties girdėjau jį) ir išvydau tas vizijas, kurios lydėjo mano, novicijaus, paauglystę, pirmuosius šventųjų knygų skaitymus bei apmąstymų naktis Melko bažnyčios chore, ir nusilpusių jausmų alpulyje mano ausis pasiekė balsas, stiprus lyg trimitas, liepiantis — „viską, ką matai, aprašyk knygoje" (tą dabar ir darau), ir pamačiau septynias aukso žvakides, o tarp jų Tą, kur panašus į Žmogaus Sūnų — ir jo krūtinę juosė aukso juosta,— balta galva ir plaukais baltais lyg balčiausia vilna, balsu lyg upelių čiurlenimas, ir dešinėje rankoje laikė jis septynias žvaigždes, o iš burnos jam ėjo dviašmenis kalavijas. Ir pamačiau vartus,atvertus danguje, ir Tas, kuris sėdėjo, buvo man panašus į jaspio ir serdžio brangakmenius, o sostą juosė vaivorykštė, ir sostas svaidė žaibus ir griausmus. Sėdintysis paėmė į rankas aštrų pjautuvą ir sušuko: „Paleisk darban savo pjautuvą, nes išmušė pjūties valanda, ir žemės derlius jau prinoko"; ir Tas, kuris sėdėjo, nusviedė savo pjautuvą žemėn, ir žemės derlius buvo nupjautas.

Tuomet supratau, jog tas regėjimas nereiškė nieko kito, tik tai, kas vyko vienuolyne ir ką mes išgirdome iš abato lūpų — ir kiek tik kartų vėliau sugrįždavau prie šio portalo į jį įsižiūrėti, kiek kartų buvau tikras, kad išgyvenau tai, kas jame parašyta. Ir supratau, jog atvykome čion, idant taptume liudytojais didelio ir dangiško kraujo praliejimo.

Sudrebėjau lyg permerktas stingdančio žiemos lietaus. Ir išgirdau dar vieną balsą, tik šį kartą sklindantį iš už mano pečių, bet buvo tai visai kitoks balsas, nes sklido jis nuo žemės, o ne iš griausmingojo mano regėjimo; atvirkščiai, jis tą regėjimą išsklaidė, nes atsisukau, kaip ir Viljamas (tik tuomet suvokiau jį buvus greta), iki tol taip pat skendėjęs mintyse.

Būtybė, stovėjusi už mūsų, buvo, matyt, vienuolis, nors dėl sudiržusio ir nešvaraus abito greičiau panėšėjo į valkatą, o veidu nedaug tesiskyrė nuo snukių tų pabaisų, kurias ką tik mačiau ant kapitelių. Niekada gyvenime, nors atsitinka tai daugeliui mano brolių, nebuvo manęs aplankęs velnias, bet manau, kad jei kurią dieną tai įvyktų, jis, dieviškojo įsako valia nesugebantis visai nuslėpti savo prigimties, net ir norėdamas supanašėti su žmogum, atrodytų kaip tik taip, kaip tą akimirką atrodė mūsų pašnekovas. Jis buvo plikas, bet ne dėl atgailos, o dėl įsisenėjusios lipnios egzemos, kakta tokia žema, kad, jei ant galvos būtų augę plaukai, jie susisiektų su antakiais (vešliais ir sutaršytais), akys apvalios, su mažomis judriomis lėliukėmis, o žvilgsnis — nežinau, ar nekaltas, ar piktas, o gal tai vienoks, tai kitoks. Nosis galėjo būti pavadinta nosimi tik todėl, kad kažkoks kaulas kyšojo tarpuakyje, bet, vos nuo veido atsiplėšęs, tuoj pat ir vėl į jį sulindo, virsdamas dviem tamsiom skylėm — plaukų priželusiom šnervėm. Burna, randu sujungta su tom šnervėm, buvo plati ir kreiva, labiau ištempta į dešinę negu į kairę, o tarp viršutinės lūpos, kurios nebuvo, ir apatinės, atsikišusios ir mėsingos, nelygiais tarpais matėsi dantys, juodi ir aštrūs, kaip šuns.

Žmogus tas nusišypsojo (bent jau man taip pasirodė) ir pamokomai pakėlęs pirštą, tarsi priekaištaudamas, tarė:

— Penitenziagite! Pamatysi, kai drakonas venturus est ryti tavo sielos! Mirtis est super nos! Melskis, kad ateitų šventasis tėvas ir išvaduotų mus a malo de todas peccata! Ach, ach, ve piase ista negromanzia Domini Nostri Iesu Cristi! Et anco jois m'es dols e plazer m'es dolors... Cave el diabolo! Semper m' aguaita kokiame kampe, kad galėtų kibti į sprandą! Bet Salvatorė non est insipiens! Bonum monasterium, ir čia se magna et se priega dominum nostrum[10]. Visa kita teverta sausos figos. Et amen. Ar ne?

Toliau savo pasakojime man teks dar ne kartą kalbėti apie šį sutvėrimą ir perteikti tau, brangus skaitytojau, jo žodžius. Prisipažinsiu, jog tai nebus lengva, nes negaliu pasakyti šiandien, kaip nesupratau to ir anuomet, kokia gi kalba jis kalbėjo. Nebuvo tai lotynų, kuria tarpusavy šnekėjo mokyti vienuoliai, nebuvo tai nė šių ar kitų kraštų paprastų žmonių kalba, kurią kada nors buvau girdėjęs. Tikiuosi, kad pavyko man nors kiek atspindėti jo kalbos būdą, pakartojant čia (taip, kaip atsimenu) pirmuosius iš jo lūpų išgirstus žodžius. Vėliau, kai susipažinau su pilnu nuotykių jo gyvenimu ir patyriau, kur jam tekę gyventi, niekur nesuleidžiant šaknų, supratau, jog jis kalbėjo tuo pat metu visomis kalbomis ir nė viena iš jų. Arba, tiksliau, jis sukūrė savo kalbą iš gabalėlių tų kalbų, kurias buvo girdėjęs, — ir kartą pagalvojau, jog nebuvo tai Adomo kalba, kuria kalbėjo laimingoji žmonija, suvienyta vienos šnekos nuo pat pasaulio pradžios iki Babelio bokšto, ir nė viena iš tų kalbų, kilusių po nelemtojo jų pasidalijimo, bet kaip tik babeliška pirmosios dienos po Dievo bausmės kalba, pirminės sumaišties kalba. Kita vertus, nė negalėjau pavadinti kalba Salvatorės šnekos, nes kiekvienoje žmogiškoje kalboje yra taisyklės, ir kiekvienas žodis reiškia, ad placitum[11], kokį nors daiktą pagal taisyklę, kuri nekinta, nes žmogus negali pavadinti šuns kartą šunim, o kitą kartą — kate, ar tarti garsus, kaip kad kokį nors „blitiri", kuriam visuotinis žmonių pritarimas nėra paskyręs apibrėžtos galutinės prasmės. Bet tiek aš, tiek ir kiti daugmaž supratome tai, ką norėjo pasakyti Salvatorė. Aišku, kad kalbėjo jis ne viena, bet visomis kalbomis, ir nė viena iš jų teisingai, graibydamas žodžius tai iš vienos, tai iš kitos. Vėliau pastebėjau, kad tą patį dalyką jis galėjo pavadinti kartą lotyniškai, kitą kartą — provansietiškai, ir supratau, jog jis nekūrė savo sakinių, bet vartojo atskiras anksčiau girdėtų sakinių dalis, priklausomai nuo aplinkybių ir to, ką norėjo tuo metu pasakyti, tarsi, sakysim, apie valgį tegalėtų kalbėti žodžiais tų, su kuriais tą valgį valgė, o savo džiaugsmą reikšti tegalėtų tais sakiniais, kuriuos išgirdo iš džiūgaujančių žmonių tą dieną, kai ir pats patyrė panašų džiaugsmą. Jo šneka buvo tarsi jo veidas, sulipdytas iš kitų veidų gabalėlių, arba kaip keletą kartų matyti relikvijoriai (si licet nagnis componere parva[12] ar dieviškus dalykus su velniškais), gimstantys iš kitų šventų daiktų liekanų. Tą akimirką, kai išvydau jį pirmą kartą, Salvatorė pasirodė man ir veidu, ir kalba nedaug kuo tesiskiriantis nuo tų gauruotų kanopinių mišrūnų, kuriuos ką tik regėjau ant portalo. Bet vėliau pastebėjau, jog buvo tai žmogus, matyt, geros širdies ir linksmo būdo. Dar vėliau... Bet teeina visa sava tvarka. Dar ir todėl, kad, vos tik jam baigus kalbėti, mano mokytojas tuoj pat smalsiai paklausė:

— Kodėl tu tarei penitenziagite?

— Domine frate magnificentissimo,— atsakė Salvatorė ir tarytum linktelėjo,— Jėzus venturus est et li homini debent[13] atgailauti. Ar ne?

Viljamas įdėmiau pažvelgė į jį.

— Ar atvykai čia iš minoritų vienuolyno?

— Nesuprasti.

— Klausiu, ar gyvenai kartu su šventojo Pranciškaus broliais, klausiu, ar pažinojai tuos, kuriuos vadino apaštalais...

Salvatorė išblyško, tiksliau, jo įdegęs gyvuliškas veidas papilkėjo. Jis žemai nusilenkė, vos krutindamas lūpas ištarė „vade retro"[14], pamaldžiai persižegnojo ir nubėgo, kartkartėmis vis atsigręždamas.

— Ko jūs jį paklausėte? — pasiteiravau Viljamo.

Šis kiek pagalvojo.

— Nesvarbu, paaiškinsiu tau vėliau. Eikime vidun. Noriu matyti Hubertiną.

Ką tik paskambino Šeštąją. Blyškūs vakarų saulės spinduliai nušvietė bažnyčią ir krito vidun tik pro kelis siaurus langus. Plonas šviesos pluoštas dar siekė didįjį altorių, kurio ornamentai švytėjo auksu. Šoninės navos skendėjo sutemose.

Kairėje navoje, ties paskutine koplyčia prieš altorių, stiebėsi laiba kolona, ant kurios stovėjo akmeninė Švenčiausioji Mergelė, nukalta naujų laikų maniera, neapsakomai besišypsanti, kiek išsišovusiu pilvu, su Kūdikėliu ant rankų, aprengta dailia suknute su nedidele liemenėle. Prie Mergelės kojų maldoje buvo sukniubęs žmogus, apsivilkęs kliuniečių ordino rūbais.

Priėjome arčiau. Žmogus, išgirdęs mūsų žingsnius, pakėlė galvą. Tai buvo senas, bet stebėtinai lygaus veido vyras, nuplikęs, didelėmis žydromis akimis, dailia burna ir rausvomis lūpomis, oda balta, o galva kaulėta, ir oda ją aptraukusi taip, tarsi būtų jis piene išlaikyta mumija. Jo rankos buvo baltos, o pirštai ilgi ir laibi. Jis priminė mergaitę, kurią pagrobė ankstyva mirtis. Pažvelgė į mus iš pradžių kiek sutrikęs, tarsi būtume išsklaidę jo ekstazišką regėjimą, po to jo veidas nušvito džiaugsmu.

— Viljamai! — sušuko.— Brangiausias mano broli! — Jis sunkiai pakilo, žengė prie mano mokytojo, apkabino jį ir pabučiavo į lūpas.— Viljamai! — pakartojo, ir jo akyse sužibo ašaros.
— Tiek metų! Bet dar pažįstu tave! Tiek metų, tiek įvykių! Tiek Dievo siųstų išmėginimų! — Ir pravirko. Viljamas apkabino jį ne mažiau sujaudintas. Prieš mus stovėjo Hubertinas Kazalietis.

Apie jį daug girdėjau dar prieš atvykdamas Italijon, o dar daugiau išgirdau iš imperatoriaus rūmų pranciškonų. Kažkas man net pasakė, jog didžiausias mūsų laikų poetas Dantė Aligjeris iš Florencijos, kuris mirė tik prieš keletą metų, dangaus ir žemės padedamas sukūrė poemą (poemos perskaityti negalėjau, nes parašyta ji buvo toskaniečių tarme), o daugelis jos eilučių buvo ne kas kita, kaip tik Hubertino knygos „Arbor vitae crucifixae"[15] fragmentų parafrazės. Ir ši knyga nebuvo vienintelis šio garsaus žmogaus nuopelnas. O kad mano mielas skaitytojas geriau suprastų to mūsų susitikimo svarbą, pasistengsiu atkurti anų metų įvykius, kaip supratau juos ir mano trumpos viešnagės Italijoje metu iš negausių mano mokytojo žodžių ir iš daugelio girdėtų Viljamo pašnekesių su kelionės metu aplankytų vienuolynų abatais ir vienuoliais.

Mėginsiu išdėstyti visa tai, ką supratau, nors nesu tikras, kad man pavyks gerai tai padaryti. Mano mokytojai iš Melko ne kartą sakė, jog šiaurinių kraštų gyventojui nepaprastai sunku aiškiai suvokti Italijos religines ir politines peripetijas.

Pusiasalyje, kuriame dvasininkijos galia ryškėjo labiau nei kituose kraštuose ir kur labiau nei kituose kraštuose dvasininkija puikavosi savo galia ir turtais, jau mažiausiai du šimtmečius vyko judėjimai žmonių, pasirinkusių vargingą gyvenimą ir kovojančių su isklydusiais iš doros kelio kunigais, iš kurių jie nenorėjo net priimti sakramentų ir kurie jungėsi į nepriklausomas bendrijas, lygiai nekenčiamas tiek ponų, tiek imperijos, tiek ir miestų savivaldybių.

Ir štai pasirodė šventasis Pranciškus, pradėjęs skleisti neturto meilę, kuri neprieštaravo bažnyčios nuostatams; ir jo dėka bažnyčia priėmė griežtus tų senųjų judėjimų papročius, apvalydama nuo netvarkos, juose pasklidusios. Galima buvo laukti, kad stos saikingumo ir šventumo laikas, bet, augant pranciškonų ordinui ir patraukiant jam į save geriausius, jis tapo pernelyg galingas ir pernelyg susietas su žemiškaisiais dalykais, ir daugelis pranciškonų panūdo grąžinti jam pirmykštį tyrumą. Nebuvo tai lengva ordinui, kuris tuo laiku, kai viešėjau vienuolyne, jau jungė daugiau kaip trisdešimt tūkstančių vienuolių, išsimėčiusių po visą pasaulį. Tačiau taip buvo, ir daugelis iš šventojo Pranciškaus brolių priešinosi ordino įstatams, sakydami, kad dabar ordinas įgavęs tų bažnytinių institucijų bruožus, kurioms pertvarkyti buvo užgimęs. Ir kad atsitiko tai dar Pranciškui gyvam esant, ir kad jo žodžiai ir jo siekiai buvę išduoti. Daugelis iš jų tuomet vėl atskleidė knygą, mūsų eros dvyliktojo amžiaus pradžioje parašytą cistersų vienuolio, vadinto Joakimu, kuris turėjo pranašo talentą. Ir tikrai, numatė jis, kad ateis nauji laikai, kada Kristaus dvasia, iki tol tepta Jo netikrųjų apaštalų darbų, vėl įsikūnys žemėje. Ir skelbė jis tuos laikus, ir visi aiškiai pamatė, jog, pats to nenumanydamas, kalbėjo jis apie pranciškonų ordiną. Nudžiugino tai be galo daug pranciškonų, gal net ir per daug, nes amžiaus viduryje Paryžiuje Sorbonos daktarai pasmerkė abato Joakimo teiginius, bet, atrodo, padarė tai todėl, kad pranciškonai (ir domininkonai) Prancūzijos universitetuose tapo vis galingesni ir išmintingesni, ir norėta atsikratyti jais kaip eretikais. Šitai visgi nebuvo padaryta, ir bažnyčiai tai buvo labai naudinga, nes dėl to galėjo plisti raštai ir Tomo Akviniečio, ir Bonaventūro Banjorėjiečio, tikrai eretikais nebuvusių. O tai rodo, kad net Paryžiuje idėjos susijaukė arba kažkas norėjo jas sujaukti savo naudai.

Štai tokį blogį neša erezija krikščionims, nes ji užtemdo mintis ir verčia visus tapti inkvizitoriais savo pačių naudai. Tai, ką išvydau vienuolyne (ir apie ką papasakosiu vėliau), pakišo man mintį, jog dažnai patys inkvizitoriai kuria eretikus. Ir ne vien ta prasme, kad įsivaizduoja juos esant ten, kur jų nėra nė vieno, bet ir todėl, kad per daug uoliai bando slopinti erezijos tvaiką, ir daugelis, pasidygėję jais, panūsta jo pauostyti. Tikrai šėtoniškas užkeiktas ratas, tegelbsti muś Dievas.

Bet kalbėjau apie joakimietišką ereziją (jei tokia išvis buvo). Ir pasirodė Toskanoje pranciškonas, Gerardas iš Borgo San Donnino, ir tapo jis Joakimo pranašysčių balsu, ir didžiai sukrėtė minoritus. Susibūrė tarp jų pulkas senųjų įstatų šalininkų, tai buvo priešininkai naujų ordino pertvarkymų, kuriuos kėsinosi padaryti didysis Bonaventūras, vėliau tapęs jo generolu. Paskutinįjį praėjusiojo amžiaus trisdešimtmetį, kai Liono susirinkimas, gelbėdamas pranciškonų ordiną nuo tų, kurie geidė jį sunaikinti, paskelbė visus turtus, kuriais jis naudojosi, esant jo nuosavybe, kaip tai buvo senesniuose ordinuose, kai kurie broliai marchijose sukilo, tvirtindami, jog įstatų dvasia galutinai išduota, nes nė vienas pranciškonas negali turėti nieko nei asmeniškai, nei kaip vienuolyno, nei kaip ordino. Jie buvo įkalinti iki gyvos galvos. Nemanau, kad jie skelbė dalykus, prieštaraujančius Evangelijai, bet kada kalbama apie žemiškųjų turtų nuosavybę, sunku tikėtis iš žmonių teisingumo. Man sakė, kad po daugelio metų naujasis ordino generolas Raimondas Gaufredis atradęs tuos kalinius Ankonoje ir išlaisvindamas juos taręs: „Tokia buvo Dievo valia, kad kiekvienas iš mūsų ir visas pranciškonų ordinas susiteptų šia nuodėme". Ženklas, jog eretikai skelbia netiesą, nes ir bažnyčioje dar yra dideliai dorų žmonių.

Tarp tų išlaisvintųjų kalinių buvo ir Angelas Klarenas, vėliau susitikęs su broliu iš Provanso Petru Oljo, skelbusiu Joakimo pranašystes, o po to ir Hubertinu Kazaliečiu. Taip gimė spiritualų judėjimas. Tais metais į popiežiaus sostą atsisėdo šventasis eremitas Petras Moronietis, valdęs kaip Celestinas V, ir spiritualai lengviau atsiduso. „Rasis šventasis,— kalbėta,— ir seks Kristaus mokymu, gyvens angelišką gyvenimą, drebėkite, nuodėmingieji prelatai". Bet ar Celestino gyvenimas buvo pernelyg angeliškas, ar jį supę prelatai buvo pernelyg nuodėmingi, ar nepakėlė jis nesibaigiančių kovų su imperatoriumi ir kitais Europos karaliais, nežinia kaip ten buvo, tik Celestinas atsisakė sosto ir vėl tapo atsiskyrėliu. Tačiau nors ir trumpai jis valdė, vos metus, visos spiritualų viltys išsipildė: jie atvyko pas Celestiną, ir šis kartu su jais įkūrė bendriją, pavadintą fratres et pauperes heremitae domini Celestini[16]. Antra vertus,popiežius turėjo tarpininkauti tarp kai kurių galingiausių Romos kardinolų, o tuo tarpu kai kurie iš jų, sakysim, Kolona ar Orsinis, slapta rėmė naujus neturtą šlovinančius judėjimus: išties netikėtas pasirinkimas galingų žmonių, gyvenusių didžioje prabangoje ir turtų pertekliuje, ir niekada nesupratau, ar jie tik naudojosi spiritu-alais savo valdžios tikslais, ar mane, kad, remdami šį judėjimą, išpirksią savo gyvenimo nuodėmes; greičiausiai ir viena, ir kita, jei galiu spręsti iš savo negausių žinių apie italų būdą. Kaip tik tuomet, Hubertinui tapus labiausiai gerbiamu tarp spiritualų ir iškilus grėsmei, kad jis gali būti apšauktas eretiku, Orsinis pri-ėmė jį savo kapelionu. Tas pats kardinolas gynė jį ir Avinjone.

Bet, kaip dažnai nutinka tokiais atvejais, nors Angelas ir Hubertinas mokė pagal doktriną, dideli būriai paprastų žmo-nių, priėmę šį jų mokymą, pasklido po visą šalį, ir nebebuvo ga-lima jų suvaldyti. Taip Italija ėmė knibždėti tais beturčių gy-venimo broliais arba broliukais, ir daugelis įžvelgė juose pavojų. Dabar sunku jau buvo atskirti spiritualus mokytojus, palaikiu-sius ryšį su bažnytine valdžia, nuo jų paprastų sekėjų, nepriklau-sančių ordinui, gyvenančių iš išmaldos ir savo rankų darbo, ne-turinčių jokios nuosavybės. Kaip tik juos ir imta vadinti bro-liukais, ir jie nedaug kuo skyrėsi nuo prancūzų beginų, kurių įkvėpėjas buvo Petras Oljo.

Celestino V vieton stojo Bonifacas VIII, ir šis popiežius pa-skubėjo parodyti savo nepakantumą visiems spiritualams ir bro-liukams, paskutiniaisiais amžiaus metais pasirašęs bulę „Firma cautela", kurioje vienu kartu pasmerkė bigotus, valkataujančius elgetas, kurie šliejosi prie pranciškonų ordino, ir pačius spiritu-alus, kitaip tariant tuos, kurie pasitraukė iš ordino gyvenimo ir tapo atsiskyrėliais.

Vėliau spiritualai prašė ir kitų popiežių, kad ir Klemenso V, leisti jiems taikiai pasitraukti iš ordino. Manau, kad tai būtų pa-vykę, jei nebūtų stojęs Jonas XXII, atėmęs iš jų visas viltis. Iš-rinktas 1316 metais, jis iškart parašė Sicilijos karaliui, kad šis išvytų tuos brolius iš savo žemių, nes daugelis jų ten rado sau prieglobstį; jis taip pat paliepė įkalinti Angelą Klareną ir Pro-vanso spiritualus.

Nebuvo tai lengva, ir kurijoje daugelis tam priešinosi. Ga-liausiai Hubertinui ir Klarenui buvo leista palikti ordiną, pirmą-jį jų priglaudė benediktinai, o antrąjį — celestinai. Tačiau tiems, kurie tęsė savo laisvą gyvenimą, Jonas buvo negailestingas, in-kvizicija persekiojo juos ir daugelis sudegė ant laužo.

Jis visgi suprato, jog, norint išrauti broliukų piktžolę, ar-dančią bažnytinės valdžios pamatus, reikia pasmerkti teiginius, kuriais šie grindė savo tikėjimą. Jie teigė, kad Kristus ir jo apaš-talai neturėję jokios nuosavybės nei kiekvienas atskirai, nei vi-si kartu, ir popiežius pasmerkė šią mintį kaip eretišką. Stulbi-nantis dalykas, nes visiškai neaišku, kam popiežiui prireikė skelbti esant nedorá mintį, jog Kristus buvęs beturtis; tačiau kaip tik prieš metus visuotinė pranciškonų kapitula Perudžijoje palaikė šią nuomonę, taigi, pasmerkdamas broliukus, popiežius kartu pasmerkė ir tą kapitulą. Kaip jau sakiau, ši didžiai pakenkusi jo kovai su imperatoriumi, tokia yra tiesa. Ir nuo tos dienos buvo sudeginta daug broliukų, nežinojusių nieko nei apie imperiją, nei apie Perudžiją.

Tokios mintys sukosi mano galvoje, žvelgiant į tą legendinį asmenį, koks buvo Hubertinas. Mokytojas pristatė mane, ir senis savo karšta, kone deginančia ranka patapšnojo man per skruostą. Prisilietimas išaiškino man daugelį dalykų, girdėtų apie šį šventą žmogų ir skaitytų „Arbor vitae" puslapiuose, suvokiau tą mistišką ugnį, liepsnojusią jame nuo pat jaunystės, kai, nors studijavo Paryžiuje, metė teologijos spekuliacijas ir įsivaizdavo save atgailaujančia Magdalena; suvokiau tuos saitus, sujungusius jį su šventąja Angele iš Folinjo, atvėrusia jam kelią į mistinio gyvenimo lobynus ir kryžiaus garbinimą; suvokiau, kodėl viršesnieji, sunerimę dėl jo karštų pamokslų, išsiuntė jį į nuošalų Lavernos vienuolyną.

Stebėjau jo veidą, bruožus, švelnius tartum šventosios, su kuria jį siejo broliškas dvasinis bendravimas, ir jutau juos buvus daug atšiauresnius tuomet, 1311 metais, Vijenos susirinkimui paskelbus dekretaliją „Exivi de paradiso", pašalinusią pranciškonų vyresniuosius, priešiškus spiritualams, bet prisakiusią pastariesiems taikiai gyventi ordine, kai jis, atsižadėjimų karžygis, nesutiko su tokiu atsargiu kompromisu ir kovėsi už ordino, nepriklausomo ir įkvėpto griežčiausių įstatų, sukūrimą. Šis didysis kovotojas savo mūšį tuomet pralaimėjo, nes tais metais Jonas XXII paskelbė kryžiaus žygį prieš Petro Oljo sekėjus (prie kurių ir jis buvo priskiriamas) ir pasmerkė Narbonos ir Bezjė brolius. Tačiau Hubertinas nepabūgo stoti prieš popiežių, kad apgintų savo draugo atminimą, ir tas, pakerėtas jo šventumo, neišdrįso jo pasmerkti (nors vėliau pasmerkė kitus). Ta proga popiežius net nurodęs Hubertinui kelią išsigelbėti, pirmiau patardamas, o vėliau ir įsakydamas šiam stoti į kliuniečių ordiną. Bet Hubertinas, nors iš pažiūros trapus ir beginklis, matyt, mokėjo rasti sau užtarėjų ir sąjungininkų popiežiaus rūmuose, nes, nors ir sutiko įstoti į Gemblacho vienuolyną Flandrijoje, manau, niekada į jį nebuvo išvykęs, liko Avinjone, kardinolo Orsinio palydoje, ir toliau gynė pranciškonų reikalus.

Tik pastaruoju metu (ir tai, kaip girdėjau, buvo labai miglota) jo žvaigždė rūmuose ėmė blykšti, ir jis turėjęs palikti Avinjoną, tačiau popiežius įsakė persekioti šį nepalenkiamą žmogų kaip eretiką, kuris per mundum discurrit vagabundus[17].

Kalbėta, kad pamesti visi jo pėdsakai. Tą popietę iš Viljamo pokalbio su abatu supratau, jog jis radęs prieglobstį šiame vienuolyne. Ir štai dabar mačiau jį prieš save.

— Viljamai,— kalbėjo jis,— jie ruošėsi mane nužudyti, turėjau bėgti nakčia.

— Kam reikėjo tavo mirties? Jonui?

— Ne. Jonas niekada nemylėjo manęs, tačiau jis mane gerbė. Tiesą sakant, tai jis tuomet, prieš dešimt metų, parodė man kelią, kaip išvengti proceso, paliepęs įstoti į benediktinų ordiną ir šitaip nutildęs mano priešus. Šie dar ilgai murmėjo ir šaipėsi, kad toks kovotojas už neturtą įstojo į tokį turtingą ordiną ir gyvena kardinolo Orsinio rūmuose... Viljamai, tu gi žinai, kiek man terūpi šios žemės dalykai! Bet tik taip galėjau likti Avinjone ir ginti savo brolius. Popiežius bijo Orsinio, man ir plaukas nuo galvos nebūtų nukritęs. Dar prieš trejus metus jis skyrė mane pasiuntiniu pas Aragonijos karalių.

— Kas gi tuomet troško tau pikto?

— Visi. Kurija. Jie dukart mėgino mane nužudyti. Norėjo užčiaupti man burną. Juk žinai, kas nutiko prieš penkerius metus. Jau buvo praėję dveji metai nuo Narbonos beginų pasmerkimo, ir Berengarijus Talonė, buvęs vienas iš teisėjų, kreipėsi į popiežių paramos. Sunkus tai buvo metas, Jonas išleido dvi bules prieš spiritualus, pasidavė net pats Mykolas Čezenietis. Beje, kada jis atvyksta?

— Bus čia po dviejų dienų.

— Mykolas... Taip, ilgai jo nemačiau. Dabar jis praregėjo, supranta, ko siekiame mes, Perudžijos kapitula pripažino, jog buvome teisūs. Bet tuomet, 1318, jis nusileido popiežiui ir į jo rankas atidavė penkis Provanso spiritualus, nenorėjusius paklusti. Jie buvo sudeginti, Viljamai... Ak, tai baisu! — Jis užsidengė veidą delnais.

— Bet kas gi nutiko po Talonio kreipimosi? — paklausė Viljamas.

— Jonas turėjo vėl pradėti debatus, supranti? Privalėjo, nes ir kurijoje buvo abejojančių, net ir kurijos pranciškonai-fariziejai, karstai sudūlėję, gatavi parsiduoti už prebendą, ir tie buvo apnikti abejonių. Tuomet Jonas paprašė mane parašyti memoriją apie neturtą. Ji buvo puiki, Viljamai, Dievas teatleidžia mano didybę...

— Skaičiau, Mykolas man ją rodė.

— Net ir mūsų gretose buvo svyruojančių, Akvitanijos provincialas, San Vitalės kardinolas, Kafos vyskupas...

— Kvėša,— pratarė Viljamas.

— Tesiilsi ramybėje, jis Dievo pašauktas prieš dvejus metus.

— Dievas nebuvo toks gailestingas. Tai melaginga žinia, atėjusi iš Konstantinopolio. Jis dar nepaliko mūsų, girdėjau, jog priklausys legacijai. Tesaugo mus Viešpats!

— Bet jis prielankus Perudžijos kapitulai,— tarė Hubertinas.

— Būtent. Jis yra iš tų žmonių, kurie visada narsiausiai kaunasi savo priešų gretose.

— Tiesą sakant, jau ir tuomet iš jo buvo maža naudos. Bet viskas buvo bergždžiai, nors svarbu jau vien tai, kad ši mintis nepripažinta eretiška. Kiti man to niekada neatleidė. Jie kenkė man visais būdais, kalbėjo, kad buvau Sašenhauzene tuomet, prieš trejus metus, Liudvikui paskelbus Joną esant eretiką. Nors visi žinojo, jog tą liepą buvau Avinjone, su Orsiniu... Imperatoriaus pareiškime jie įžvelgė mano minčių atspindžius, kokia kvailystė!

— Ne tokia jau didelė. Tas mintis pakišau jam aš, paėmęs iš tavo kalbos Avinjone ir iš kai kurių Oljo darbų.

— Tu? — sušuko Hubertinas, kartu nustebęs ir nudžiugęs.— Tai tu sutinki su manim!

Viljamas atrodė sutrikęs.

— Tuo metu tai buvo mintys, tinkamos imperatoriui,— atsakė jis išsisukinėdamas.

Hubertinas įtariai pažvelgė į jį.

— A, bet tu pats netiki jomis, juk taip?

— Pasakok toliau,— tarė Viljamas,— papasakok, kaip tau pavyko pasprukti iš tų šunų nagų.

— Taip, Viljamai, šunų. Pasiutusių šunų. Man teko kautis su pačiu Bonagracija!

— Bet juk Bonagracija iš Bergamo yra mūsų pusėje!

— Dabar, po ilgų mūsų kalbų. Tik tuomet jis įtikėjo ir pareiškė protestą prieš „Ad conditorem canonum". Ir popiežius jį metams įkalino.

— Girdėjau, dabar jis artimas mano draugui iš kurijos, Viljamui Okamui.

— Mažai jį pažinojau. Jis man nepatinka. Žmogus be aistros, viena galva, jokios širdies.

— Tačiau kokia galva!

— Galbūt ir ta nuves jį į pragarą.

— Tuomet vėl jį ten sutiksiu ir galėsim padiskutuoti apie logiką.

— Nutilk, Viljamai,— tarė Hubertinas, meiliai šypsodamasis.— Tu geresnis už savo filosofus. Jei tik būtum panorėjęs...

— Ko taip?

— Atmeni, kai mes paskutinį kartą matėmės Umbrijoje? Buvau tik atsikratęs, visų negalių padedamas, tos nuostabios moters... Klaros iš Montefalko...— sušnibždėjo nušvitusiu veidu — Klara... Kai šventumas išaukština moterį, iš prigimties tokią ydingą, ji tampa tauriausios palaimos šaltiniu. Žinai, jog mano gyvenimas įkvėptas kuo tyriausios skaistybės, Viljamai,— jis mėšlungiškai gniaužė Mokytojo ranką,— žinai, su kokiu žiauriu... taip, tai teisingas žodis, su kokiu žiauriu atgailavimo troškuliu aš maldžiau savo kūno aistras, kad galėtų visą mane užlieti Jėzaus Nukryžiuotojo meilė... Bet trys moterys mano gyvenime — tai trys dangaus apvaizdos. Angelė iš Folinjo, Margarita iš Čita di Kastelo (kuri atskleidė man knygos pabaigą, kai tebuvau parašęs jos dar tik trečdalį) ir pagaliau Klara iš Montefalko. Tai buvo dangaus atpildas, kad aš, būtent aš, galėjau patirti jos stebuklus ir skelbti minioms jos šventumą, kol dar šventoji mūsų motina Bažnyčia nesuskubo to padaryti. Ir tu buvai ten, Viljamai, ir galėjai paremti mane šiame šventame darbe, tačiau nepanorai...

— Bet tas šventas darbas, kuriam tu mane kvietei, buvo pasmerkti laužui Bentivegą, Džiakomą ir Džiovanučį,— tyliai atsakė Viljamas.

— Jie savo nusidėjimais bjaurojo jos atminimą. O tu buvai inkvizitorius!

— Ir kaip tik tuomet paprašiau išlaisvinti mane nuo šios naštos. Visa ta istorija man nepatiko. Atvirai sakant, nepatiko man ir būdas, kuriuo tu privertei Bentivegą išpažinti savo klaidas. Tu apsimetei, kad stoji į jo sektą, jei tik ji išvis buvo tokia, išgavai iš jo paslaptis, o po to įsakei jį suimti.

— Bet juk taip kovojama su Kristaus priešais! Jie buvo eretikai, netikrieji apaštalai, jie dvokė brolio Dolčino siera!

— Jie buvo Klaros draugai.

— Ne, Viljamai, tu negali mesti šešėlio ant Klaros atminimo!

— Bet juos matydavo kartu...

— Tai buvo minoritai, jie tvirtino esą spiritualai, o iš tiesų jie buvo bendruomenės broliai! Tačiau žinai juk, tardymo metu paaiškėjo, jog Bentivega iš Gubijo buvo pasiskelbęs apaštalu, o po to kartu su Džiovanučiu iš Bevanjos gundė vienuoles, kalbėdamas joms, kad pragaro nėra, kad galima tenkinti kūno aistras, tuo neįžeidžiant Dievo, kad galima priimti Kristaus kūną (atleisk man, Viešpatie!) pergulėjus su vienuole, kad Viešpačiui Magdalena buvusi mielesnė už nekaltąją Agniešką, kad tai, ką paprasti žmonės vadina velniu, yra pats Dievas, nes velnias yra išmintis, ir Dievas yra ne kas kita, kaip tik pati išmintis. Ir būtent palaimintąją Klarą, išgirdus šias kalbas, aplankė regėjimas, kada pats Dievas pasakė jai, jog anie yra nedorieji Spiritus Libertatis sekėjai!

— Jie buvo minoritai, protus jų kaitino tokie pat regėjimai, kokie degino ir Klaros protą, o juk dažnai regėjimo ekstazę ir nuodėmės pamišimą teskiria vos įžiūrima riba,— atsakė Viljamas.

Hubertinas sugriebė jo rankas, o akys jo vėl pritvinko ašarų:

— Nekalbėk taip, Viljamai, kaip gali tu supainioti džiugios meilės akimirką, degančią širdy smilkalų aromatu, ir siera dvokiančią jausmų sumaištį? Bentivega kvietė lytėti nuogą kūną tvirtindamas, jog taip tegalima išsivaduoti iš jausmų valdžios, homo nudus cum nuda iacebat[18]...

— Et non commiscebantur ad invicem[19]...

— Melas! Jie troško malonumų ir, pajutę kūno geismą, nelaikė nuodėme, kad jam nuraminti vyras ir moteris guli greta, visur lytėdami ir bučiuodami vienas kitą, o nuogas jojo pilvas glaudžiasi prie josios nuogo pilvo!

Prisipažinsiu, kad žodžiai, kuriais Hubertinas smerkė kitų nuodėmes, nekėlė man dorų minčių. Mokytojas, matyt, pajuto mano nerimą, todėl pertraukė to šventojo vyro kalbą:

— Tavo siela, Hubertinai, vienodai dega meile Viešpačiui ir neapykanta piktam. Aš tenorėjau pasakyti, kad Serafinų aistra ir Liuciferio aistra mažai kuo skiriasi, nes abi jas pagimdo valios karščiausia liepsna.

— Ak, bet skirtumas yra, ir aš jį žinau! — įkvėptai pratarė Hubertinas.— Tu nori pasakyti, jog tarp geros ir blogos valios tėra tik mažas žingsnis, nes abi jos gimsta iš vienos ir tos pačios valios. Tai tiesa. Tačiau skirtumas slypi objekte, o šis lengvai atpažįstamas. Šioje pusėje — Dievas, anoje — velnias.

— Bijau, Hubertinai, kad aš jau nebemoku skirti. Argi ne tavoji Angelė iš Folinjo pasakojo apie tą dieną, kai pagauta įkvėpimo ji atsidūrusi Kristaus kape? Argi ji nesakė, kaip bučiavusi pirma jo krūtinę ir mačiusi Jį gulint užmerktomis akimis, po to bučiavusi jo lūpas ir pajutusi iš jų sklindant nenusakomai saldų kvapą, o po akimirkos priglaudusi savo skruostą prie Kristaus skruosto, ir Jis priartinęs savo delną prie jos skruosto ir priglaudęs ją prie savęs, ir, kaip ji sakė, jos džiaugsmas tapęs begalinis?

— Bet ką bendro tai turi su jausmų siautuliu? — paklausė Hubertinas.— Ta patirtis buvo mistinė, o kūnas buvo mūsų Viešpaties kūnas.

— Matyt, būsiu pernelyg pripratęs prie Oksfordo, kur net ir mistinė patirtis yra visai kitos rūšies...

— Visa ji telpa galvoje,— nusijuokė Hubertinas.

— Ir akyse. Dievas pažįstamas kaip šviesa,— saulės spinduliuose, veidrodžių atspindžiuose, spalvų jūroje, užplūdusioje sutvarkytos materijos dalis, dienos atšvaituose ant lietaus sudrėkintų lapų... Ar ši meilė nėra artimesnė meilei Pranciškaus, šlovinančio Dievą visuose jo kūriniuose,— gėlėse, žolėse, vandenyje, ore? Nemanau, kad šioje meilėje slypėtų kokios nors žabangos. Ir nepatinka man meilė, kuri į pokalbį su Aukščiausiuoju įpina ir kūniškų sąlyčių sukeltus virpulius...

— Viljamai, tu burnoji prieš Dievą! Tai ne tas pat. Neaprėpiama praraja skiria džiugesį širdies, mylinčios Jėzų Nukryžiuotąjį, ir tą nuodėmingąjį džiaugsmą, kurį patiria netikrieji apaštalai iš Montefalko!..

— Jie nebuvo netikrieji apaštalai, juk pats sakei, jie buvo Laisvosios Dvasios broliai.

— Koks gi tai buvo skirtumas? Tu ne viską žinojai apie tą procesą, aš pats nedrįsau pateikti visų išpažinčių, kad nė akimirkai šėtono šešėlis neužtemdytų šventos nuotaikos, kurią toje vietoje sukūrė Klara. Bet aš kai ką žinojau, Viljamai, aš kai ką žinojau! Naktį jie susirinkdavo rūsyje, paimdavo ką tik gimusį kūdikį ir mėtydavo jį vienas kitam, kol šis mirdavo nuo smūgių... arba ko kito... Ir tas, kurio rankose jis mirdavo, tapdavo sektos galva... O iš į gabalus sudraskyto kūdikio kūno, sumaišyto su miltais, būdavo daromos šventvagiškos ostijos!

— Hubertinai,— tvirtai tarė Viljamas,— šitaip prieš daugelį metų kalbėjo armėnų vyskupai apie paulikianų sektą. Taip pat ir bogomilų.

— O koks gi skirtumas? Velnias yra bukas, jo žabangos ir gundymai laikosi tam tikro ritmo, jis kartoja savo apeigas kas tūkstantį metų, jis visuomet toks pat ir todėl lengvai atpažįstamas kaip priešas! Prisiekiu tau, Velykų naktį jie uždegdavo žvakes ir atsivesdavo į rūsį mergaičių. Po to užpūsdavo žvakes ir puldavo tas mergaites, net jei būdavo susieti su jomis kraujo ryšiais... O jei iš tų glamonių gimdavo kūdikis, vėl prasidėdavo pragariškos apeigos, visi susiburdavo aplink vyno indą, kurį vadino statinaite, nusigerdavo, sudraskydavo kūdikį į gabalus, jo kraują supildavo į taurę, o dar gyvus kūdikius mesdavo į ugnį ir gerdavo kūdikio kraują sumaišytą su jo pelenais!

— Bet juk taip rašė Mykolas Pselas savo knygoje apie demonų darbus prieš tris šimtus metų! Kas tau šitai papasakojo?

— Jie, Bentivega ir kiti, kankinami!

— Vienas tik dalykas gyvulius sujaudrina labiau už malonumą, tai skausmas. Kankinamas jauteisi lyg regėjimus sukeliančių žolių valdžioje. Prisimeni viską, ką skaitęs ar girdėjęs, tarsi sielą būtų pakerėjęs, bet ne dangus, o pragaras. Kankinamasis sako ne vien tai, ko nori inkvizitorius, bet ir tai, kas, jo manymu, šiam teiktų malonumą, ir tarp jų atsiranda ryšys, šį kartą tikrai velniškas... Žinau tai, Hubertinai, ir aš buvau vienas iš tų žmonių, kurie tiki, kad iki baltumo įkaitinta geležim galima išgauti tiesą. Bet žinok, tiesos kaitrą teikia visai kita liepsna. Kančiose Bentivega galėjo ir dar daugiau pripaistyti, nes tuomet jau kalbėjo ne jis, o jo goslumas, jo sielos demonai.

— Goslumas?

— Taip, nes yra skausmo goslumas, kaip ir garbinimo goslumas, net ir nuolankumo goslumas. Net sukilusiems angelams reikėjo taip mažai, kad jų garbinimo ir nuolankumo aistra taptų didybės ir maišto aistra, o ką kalbėti apie žmogų? Dabar žinai, kokios neramios mintys lankė mane sėdint inkvizitoriaus krėsle. Todėl aš atsisakiau šio darbo. Nebedrįsau tirti nedorųjų silpnybių, atradęs, kad tos pat silpnybės priklauso ir šventiesiems.

Hubertinas klausėsi pastarųjų Viljamo žodžių taip, tarsi nesuprastų, ką šis kalba. Jo veidas, kuriame vis labiau ryškėjo nuoširdi užuojauta, bylote bylojo, jog, nors jis ir manąs Viljamą tapus be galo nuodėmingų jausmų auka, jis jam atleidžiąs, nes labai jį mylįs. Jis pertraukė Viljamą, karčiai prabildamas:

— Nesvarbu. Jei taip jautei, gerai, kad pasitraukei. Su pagundomis reikia kovoti. Ir visgi tu nepadėjai man, o galėjome sunaikinti tą blogio irštvą. Bet mes to nepadarėme, o ir aš pats, juk žinai, buvau apkaltintas esąs jiems pernelyg gailestingas ir buvau įtartas erezija. Taip pat ir tu buvai per silpnas kovoti su blogiu. Blogiu, Viljamai, argi jau niekuomet nesibaigs šis prakeiksmas, šis šešėlis, šis purvas, trukdantis pasiekti tyriausiąją versmę? — Jis dar labiau priartėjo prie Viljamo, tarsi bijodamas, kad kas nors nenugirstų jo žodžių.— Net ir čia, net tarp šių maldai skirtų sienų, žinai?

— Žinau, abatas man pasakė, prašė taip pat, kad padėčiau išaiškinti šį dalyką.

— Tuomet lūšies žvilgsniu sek, tirk, žiūrėk abiem kryptim: goslumo ir puikybės...

— Goslumo?

— Taip, goslumo. Tas miręs jaunuolis turėjo kažką... moteriško, o todėl velniško. Jo akys buvo tarsi mergaitės, ieškančios ryšių su inkubu. Taip pat ir puikybės, sakau tau, proto puikybės, šiame vienuolyne, kuris skirtas žodžio didybei, išminties iliuzijai...

— Jei ką žinai, padėk man.

— Nieko nežinau. Nėra nieko, ką ž i n o č i a u. Bet kai kuriuos dalykus junti širdimi. Leisk prabilti savo širdžiai, stebėk veidus, neklausyk liežuvių... Na, bet kodėl turime kalbėti tokias liūdnybes ir gąsdinti šį mūsų jaunąjį draugą? — Jis pažvelgė į mane savo dangiškomis akimis, paliesdamas mano skruostą dviem ilgais pirštais; vos susilaikiau neloštelėjęs atgal ir pasielgiau teisingai, nes būčiau įžeidęs jį, o jo ketinimai buvo kuo tyriausi.— Verčiau papasakok apie save,— ištarė vėl pasisukdamas į Viljamą.— Ką veikei po to? Prabėgo...

— Aštuoniolika metų. Grįžau į gimtąjį kraštą. Studijavau Oksforde. Tyrinėjau gamtą...

— Gamta yra gera, nes ji — Dievo dukra,— pasakė Hubertinas.

— Ir Dievas turi būti geras, nes davė pradžią gamtai,— nusišypsojo Viljamas.— Studijavau, radau labai protingų draugų. Po to pažinau Marsilijų, užvaldė mane jo mintys apie imperiją, liaudį, naująjį šios žemės karalysčių įstatymą, ir taip atsidūriau tarp tų mūsų brolių, kurie talkina imperatoriui. Bet tai žinai, esu tau rašęs. Džiūgavau, Bobijuje sužinojęs, jog esi čia. Manėme, kad jau netekome tavęs. Bet dabar, kai esi su mumis, galėsi po poros dienų, atvykus ir Mykolui, būti mums didele paspirtim. Grumtynės bus sunkios.

— Nedaug ką galėčiau pridurti prie to, ką sakiau Avinjone prieš penkerius metus. Kas atvyksta su Mykolu?

— Keletas iš Perudžijos kapitulos, Arnoldas iš Akvitanijos, Hugas iš Njukastlio...

— Kas? — perklausė Hubertinas.

— Hugas iš Novokastro, atleisk, kartais prabylu gimtąja kalba, net ir kalbėdamas taisyklinga lotynų kalba. Ir dar Viljamas Alnvikas. Iš Avinjono pranciškonų pusės galima tikėtis Jeronimo, to kvėšos iš Kafos, o gal atvyks taip pat ir Berengarijus Talonis, ir Bonagracijus Bergamietis.

— Viskas Dievo valioje,— tarė Hubertinas,— šiedu nenorės pyktis su popiežium. O kas palaikys kurijos pusę, turiu galvoje, iš tų kietaširdžių.

— Iš laiškų, kuriuos esu gavęs, manau, kad Lorencas Dekoalkonė...

— Piktas žmogus.

— Žanas d'Ano...

— Šis išmano teologiją, būk atsargus.

— Būsime atsargūs. Ir pagaliau Žanas de Bonas.

— Iškart susikibs su Berengarijum Taloniu.

— Taigi, manau, bus linksma,— tarė mano mokytojas kuo geriausiai nusiteikęs. Hubertinas pažvelgė į jį neryžtingai šypsodamasis.

— Niekad negalėjau suprasti, kada jūs, anglai, kalbate rimtai. Nėra nieko linksmo, kai toks rimtas dalykas. Juk kalbama apie gyvavimą ordino, kuriam priklausai tu ir kuriam širdies gilumoje priklausau taip pat ir aš. Bet maldausiu Mykolą nevykti į Avinjoną. Jonas pernelyg primygtinai jį kviečia, jo ieško, jo laukia. Netikėkite tuo senu prancūzu. O, Viešpatie, į kokias rankas pateko Tavo Bažnyčia! — Jis pasisuko veidu į altorių.— Tapusi šliundra, ištižusi prabangoje, ji raičiojasi geismuose lyg žaltys liepsnose! Nuo švento tyrumo Betliejaus tvartelio, medinio, kaip ir kryžiaus lignum vitae[20], iki aukso ir akmens bakchanalijos, pažiūrėk, taip pat ir čia, matei juk portalą, kur pasislėpti nuo tų vaizdų išdidžios puikybės? Jau artėja Antikristo dienos, ir man baisu, Viljamai! — Jis apsidairė, išplėstomis akimis žvelgdamas į tamsias navas, ir atrodė, kad iš jų tuoj tuoj turėtų išnirti Antikristas, ir aš tikrai ėmiau laukti jo pasirodant.— Jo vietininkai jau čia, išsiuntinėti po pasaulį, kaip kad Kristus buvo siuntęs savo apaštalus! Jie trypia Dievo Miestą, vilioja apgaule, veidmainyste ir prievarta. Tuomet Dievas turės pasiųsti savo tarnus, Eliją ir Enochą, kuriuos gyvas jis priėmė į žemės rojų, kad, atėjus dienai, šie nukautų Antikristą, ir ateis jie pranašaudami, apsivilkę pašukiniais rūbais, ir skelbs jie atgailą savo pavyzdžiu ir žodžiu...

— Jie jau atėjo, Hubertinai,— prabilo Viljamas, rodydamas į savo pranciškonišką abitą.

— Bet dar nenugalėjo. Tai įvyks tuomet, kai įsiutęs Antikristas įsakys nužudyti Enochą ir Eliją, kad kiekvienas galėtų matyti jų lavonus ir bijotų jais sekti. Taip, kaip norėta nužudyti mane...

Tą akimirką išgąstingai pamaniau, kad Hubertiną bus apėmęs kažkoks dieviškas pamišimas, ir būgštavau dėl jo. Dabar, po daugelio metų, žinodamas tai, ką žinau, o būtent, jog po kelerių metų jis buvo paslaptingai nužudytas viename vokiečių mieste, o jo žudikas taip ir nerastas, vėl virpu iš baimės, nes žinau, kad tą vakarą Hubertinas pranašavo.

— Žinai, abatas Joakimas sakė tiesą. Pasiekėme šeštąją žmonijos istorijos erą, kai pasirodys du Antikristai, mistiškasis ir tikrasis, ir vyksta tai dabar, šeštojoje epochoje, atėjus Pranciškui, kuris pakartojo savo kūne penkias Jėzaus Nukryžiuotojo žaizdas. Bonifacas buvo mistiškasis Antikristas, o Celestino atsižadėjimas neturi vertės, Bonifacas buvo išniręs iš jūrų žvėris, kurio septynios galvos reiškia septynias nuodėmes, o dešimt ragų reiškia nusižengimą dešimčiai įsakymų, jį supantys kardinolai — tai skėriai, o kūnas jo — Apolionas! O bestijos skaičius, jei skaitytume jos vardą graikiškai — B e n e d i c t i! — Jis įdėmiai pažvelgė į mane, lyg tikrindamas, ar gerai supratau, ir pamokomai pakėlė pirštą: — Benediktas XI buvo tikrasis Antikristas, bestija, išėjusi iš žemės! Dievas leido šiai nedoros ir pikto pabaisai valdyti savo Bažnyčią, kad dorybė to, kuris stojo po jo, suspindėtų kuo ryškiausia šlove!

— Bet šventasis tėve,— paprieštaravau vos girdimu balsu, sukaupęs visą drąsą,— po jos stojo Jonas!

Hubertinas patrynė delnu kaktą, lyg vydamas šalin slogų sapną. Jis sunkiai kvėpavo, buvo pavargęs.

— Taip. Skaičiavimai buvo klaidingi, vis dar laukiame angeliškojo popiežiaus... Bet tuo tarpu pasirodė Pranciškus ir Dominykas.— Jis pakėlė akis į dangų ir ištarė lyg maldą (buvau tikras, jog tai buvo žodžiai iš didžiosios jo knygos apie gyvenimo medį): — „Quorum primus seraphico calculo purgatus et ardore celico inflammatus totum incendere videbatur. Secundus vero verbo predicationis fecundus super mundi tenebras clarius radiavit..."[21] Taip, jei tokie buvo pažadai, angeliškasis popiežius turi ateiti.

— Ir taip teįvyksta, Hubertinai,— tarė Viljamas.— Tuo tarpu aš esu čia, idant sutrukdyčiau nuversti žemiškąjį imperatorių. Apie tavo angeliškąjį popiežių kalbėjo ir brolis Dolčinas...

— Netark man šio žalties vardo! — sušuko Hubertinas, ir pirmą kartą pamačiau jį virtus iš sielvartaujančio įniršusiu.— Jis sutepė Joakimo Kalabrijiečio žodžius ir pavertė juos mirties ir nedoros šaltiniu! Jei Antikristas turėjo savo šauklius, jis buvo vienas iš jų! Bet tu, Viljamai, kalbi taip todėl, kad netiki Antikristo atėjimu, o tavo mokytojai Oksforde išmokė tave stabmeldiškai garbinti protą, iššekindami pranašiškas tavo širdies versmes!

— Tu klysti, Hubertinai,— labai rimtai atsakė Viljamas.— Žinai juk, kad iš savo mokytojų labiausiai gerbiu Rodžerį Bekoną...

— Kuris svaičiojo apie skraidančias mašinas,— įgėlė Hubertinas.

— Kuris aiškiai ir tiksliai kalbėjo mums apie Antikristą, parodė jo ženklus pasaulio supuvime ir mokslo silpnybėje. Bet jis mokė, jog tėra vienas būdas pasiruošti jo atėjimui: tirti gamtos paslaptis ir pasitelkus žinias tobulinti žmoniją. Galima ruoštis kovai su Antikristu, tiriant gydomąsias žolių savybes, akmens prigimtį, pagaliau kuriant skraidančias mašinas, iš kurių tu juokiesi.

— Tavo Bekono Antikristas — tik dingstis puoselėti proto puikybę.

— Bet šventa dingstis.

— Jokia dingstis negali būti šventa. Viljamai, žinai juk, kad trokštu tau gero. Žinai, kad be galo tikiu tavim. Sutramdyk savo protą, išmok apverkti Viešpaties žaizdas, išmesk savo knygas.

— Pasiliksiu tik tavąją,— nusišypsojo Viljamas.

Hubertinas taip pat nusišypsojo ir pagrasė jam pirštu.

— Kvailas anglas. Ir nesijuok iš savo artimųjų. Taip pat ir tų, kurių negali pamilti, jų bijok. Ir būk atsargus čia, vienuolyne. Nepatinka man ši vieta.

— Kaip tik norėčiau geriau ją pažinti,— tarė Viljamas atsisveikindamas.— Eime, Adsai.

— Sakau tau, jog tai bloga vieta, o tu nori geriau ją pažinti. Oj! — tarė Hubertinas, linguodamas galvą.

— Beje,— paklausė Viljamas, stabtelėjęs pusiaukelėje, navos viduryje,— kas tas vienuolis, panašus į gyvulį ir kalbantis Babelės kalba?

— Salvatorė? — atsisuko Hubertinas, jau spėjęs atsiklaupti.— Bijau, kad tai mano dovana šiam vienuolynui. Kartu su raktininku. Nusimetęs pranciškonų abitą, trumpam grįžau į savo senąjį Kazalės vienuolyną ir radau ten brolius didžiai sunerimusius, nes bendruomenė kaltino juos esant spiritualus iš mano sektos... taip jie pasakė. Užstojau juos ir išsirūpinau, kad būtų leista jiems sekti mano pėdomis. O pernai, atvykęs į šį vienuolyną, radau čia du iš jų, Salvatorę ir Remigijų. Salvatorė... Išties gyvuliškos išvaizdos. Bet jis paslaugus.

Viljamas akimirką dvejojo.

— Girdėjau jį sakant penitenziagite.

Hubertinas tylėjo. Po to mostelėjo ranka, tarytum vydamas šalin įkyrią mintį.

— Ne, nemanau. Žinai juk tuos nemokšas brolius. Kaimiečiai, girdėję kokį klajojantį pamokslininką, ir patys nesupranta, ką kalbą. Salvatorei galėčiau ką kita prikišti: tai bestija, raji ir gašli. Bet nieko, ničnieko prieš ortodoksiją. Ne, šio vienuolyno blogis slypi visai kitur, ieškok jo tarp tų, kurie žino per daug, o ne tarp tų, kurie nežino nieko. Nestatyk ant vieno žodžio įtarimų pilies.

— Niekad to nedarau,— atsakė Viljamas.— Ir kaip tik todėl, kad to nereikėtų daryti, mečiau inkvizitoriaus darbą. Bet mėgstu klausytis žodžių, o vėliau juos apmąstyti.

— Tu per daug galvoji. Berniuk,— kreipėsi jis į mane,— neimk blogo pavyzdžio iš savo mokytojo. Vienintelis dalykas, apie kurį verta galvoti, ir tai supratau savo gyvenimo kelio gale, yra mirtis. Mors est quies viatoris — finis est omnis laboris[22]. Palikite mane, leiskite melstis.

Pirma diena

ARTĖJANT DEVINTAJAI

Viljamas labai moksliškai kalbasi su žolininku Severinu

Grįžome tuo pačiu keliu, per centrinę navą, ir išėjome pro tas pačias duris, pro kurias buvome įėję. Mano ausyse vis dar skambėjo Hubertino žodžiai.

— Jis... keistas žmogus,— išdrįsau tarti Viljamui.

— Jis yra, arba buvo, daugeliu atžvilgiu didis žmogus. Ir kaip tik dėl to yra keistas. Tik menki žmonės nekelia mums jokios nuostabos. Hubertinas galėjo tapti ir vienu iš tų eretikų, kuriuos jis padėjo sudeginti, ir Šventosios Romos Bažnyčios kardinolu. Jis buvo priartėjęs prie abiejų šių nukrypimų. Kai kalbuosi su Hubertinu, man atrodo, jog pragaras — tai rojus žvelgiant iš kitos pusės.

Nesupratau, ką jis turėjo omeny.

— Iš kokios pusės?

— Taigi,— tarė Viljamas,— kad reikia žinoti, ar yra kokios nors pusės ir ar yra visuma. Bet neklausyk to, ką kalbu. Ir nebežvilgčiok pagaliau į tą portalą,— tarė lengvai stuktelėdamas man per sprandą, nes mano žvilgsnis jau ir vėl krypo į įeinant stebėtas skulptūras.— Šiandien jau esi pakankamai įbaugintas. Visų.

Kai jau sukausi veidu išėjimo link, priešais pamačiau kitą vienuolį. Jis galėjo būti tokio pat amžiaus kaip Viljamas. Nusišypsojęs ir širdingai pasveikinęs mus, prisistatė esąs Severinas iš Sant Emerano, šio vienuolyno tėvas žolininkas, atsakantis už maudyklą, ligoninę ir daržus, ir pasisiūlė galįs mus lydėti, jei norėtume geriau pažinti vienuolyną.

Viljamas padėkojo jam ir tarė, jog jau spėjo pastebėti puikius daržus, kuriuose auginami ne vien tik valgomieji augalai, bet ir vaistažolės, kiek jis galėjęs matyti pro sniego apklotą.

— Vasarą ar pavasarį įvairiausi šių daržų augalai, apsipylę žiedais, geriau šlovina mūsų Kūrėją,— tarė Severinas lyg atsiprašydamas,— bet ir dabar, žiemos metu, žolininko akis sausuose stiebuose mato būsimus augalus, ir jie gali paliudyti, jog šie daržai yra turtingesni už kiekvieną herbariumą ir už jį spalvingesni, nors ir kokios gražios miniatiūros jį puoštų. Be to, kai kurie naudingi augalai auga ir žiemos metu, o kitus esu surinkęs ir saugau paruoštus naudoti savo laboratorijoje. Sakysim, kiškio kopūstų šaknys gydo katarus, o iš piliarožės šaknų nuoviro daromi prievilgai sergant odos ligomis, varnalėša gydo egzemas, o susmulkinti ir sutrinti rūgties gyvatžolės gumbai — viduriavimą ir kai kuriuos moteriškus negalavimus, pipirai skatina virškinimą, šalpusnis padeda atsikosėti. Turime taip pat ir gerąjį gencijoną, padedantį virškinimui, plikąją rudmenę ir kadagį puikiems antpilams, šeivamedį, iš kurio žievės daromas nuoviras kepenims, putiklį, kurio šaknys, mirkytos šaltame vandenyje, gelbsti nuo kataro ir valerijoną, kurio naudą jūs tikrai žinote.

— Turite žolių kuo įvairiausių ir augančių įvairiomis sąlygomis. Kaipgi jos auga čia?

— Pirma, tai mūsų Viešpaties malonė, nes Jis patupdė šį

plokščiakalnį ant keteros kalnų grandinės, kurią iš pietų glamonėja šiltas jūros vėjas, o iš šiaurės gaivina dar aukštesnių kalnų miškų vėsa. Antra vertus, tai menas, kurį aš, nevertasis, pažinau savo mokytojų valia. Kai kurie augalai auga net ir jiems nepalankiu klimatu, jei parenki tinkamą dirvą, reikalingas trąšas ir gerai juos prižiūri.

— Turite taip pat ir augalų, tinkamų vien valgiui? — paklausiau.

— Mano jaunas išalkęs kumeliuk, nėra tokių augalų, kurie tiktų vien maistui, bet, vartojami atitinkamais kiekiais, negydytų. Tik persivalgius jų gali kilti ligos. Sakysim, moliūgas. Iš prigimties jis gaivus ir drėgnas, malšina troškulį, bet jei valgysi jį papuvusį, tau paleis vidurius ir turėsi juos tvarkyti sūrymo ir garstyčių tyre. O svogūnai? Šilti ir drėgni, mažais kiekiais valgomi, jie skatina vyrišką galią, aišku tų, kurie nedavę mūsų įžadų, bet persivalgius jų apsunksta galva, ir tenka gerti pieną su actu. Todėl,— pridūrė kiek pašaipiai,— jaunam vienuoliui visuomet patartina juos valgyti saikingai. Valgyk verčiau česnakus. Šilti ir sausi jie yra geras priešnuodis. Tik nereikia persistengti, nes gali pernelyg išdžiovinti smegenis. Štai pupelės skatina šlapimą ir tukina, o šie dalykai abu naudingi. Tačiau jos sukelia blogus sapnus. Nors veikia daug silpniau už kai kurias kitas žoles, nes yra ir tokių, kurios gali sukelti negerus regėjimus.

— Kokios tai žolės?

— Oho, mūsų novicijus nori per daug žinoti. Šie dalykai turi būti žinomi tik žolininkui, antraip koks nors lengvabūdis galėtų kelti regėjimus visiems ir kiekvienam, kitaip tariant, meluoti, pasitelkęs pagalbon žoles.

— Bet pakanka trupučio dilgėlių,— įsiterpė Viljamas,— arba daržinės raudės, arba česnako, kad nuo tokių regėjimų apsisaugotum. Manau, kad ir jūs turite šių naudingų žolių.

Severinas iš padilbų žvilgtelėjo į mokytoją:

— Domitės žolininkyste?

— Tik prabėgomis,— kukliai atsakė Viljamas,— kartą man į rankas buvo patekęs „Theatrum Sanitatis", kurį parašė Ububkasimas iš Baldacho.

— Abul Asanas al Muktaras ibn Botlanas.

— Arba Elukasimas Elimitaras, kaip jums labiau patinka. Įdomu, ar rasiu čia šio kūrinio kopiją.

— Ir vieną iš gražiausių, su daugeliu meistriškų miniatiūrų.

— Tebūnie pagarbintas dangus. Ir „De virtutibus herbarum" Platerijaus?

— Taip pat ir šią, ir Aristotelio „De plantis" ir „De vegetalibus", išverstą Alfredo Sarešeliečio.

— Esu girdėjęs, jog ne Aristotelis parašęs šį darbą,— pasakė Viljamas,— panašiai kaip kad rasta, jog ne jis parašęs ir „De causis".

— Šiaip ar taip, tai — didi knyga,— tarė Severinas, ir mano mokytojas su tuo karštai sutiko, neklausdamas, ar žolininkas kalba apie „De plantis" ar apie „De causis". Neskaičiau nė vieno šių darbų, bet iš jų kalbos supratau abu juos esant puikius ir vertingus.

— Būčiau laimingas,— baigė Severinas,— galėdamas kada ilgėliau pakalbėti su jumis apie žoles.

— Aš būčiau dar laimingesnis,— atsakė Viljamas,— bet ar nesulaužysime mes tylėjimo įžadų, kurie, kaip man atrodo, galioja jūsų ordine?

— Įstatai,— tarė Severinas,— šimtmečiais būdavo taikomi prie įvairių bendruomenių poreikių. Jie numatė Dieviškąjį lectio, bet ne studium; tačiau žinote juk, kaip plačiai išplėtojo mūsų ordinas tyrimus ir dieviškų, ir žmogiškų dalykų. Įstatai numato bendrą dortuarą, bet teisinga ir tai, kaip yra pas mus, kad vienuoliai atsiduotų apmąstymams taip pat ir naktį, todėl kiekvienas jų miega savo celėje. Tylėjimo įžadai labai griežti, todėl ir pas mus ne vien tik vienuoliai, kurie užsiima rankų darbu, bet ir tie, kurie skaito ir rašo, negali kalbėti su savo broliais. Tik vienuolynas yra pirmiausia mokslo vyrų bendruomenė, todėl dažnai yra naudinga vienuoliams pasidalyti sukauptais išminties lobiais. Kiekvienas pokalbis, liečiantis mūsų mokslo studijas, laikomas teisėtu ir naudingu, jei tik jis nevyksta refektoriuje ar šventų pamaldų metu.

— Ar turėjai progų kalbėtis su Adelmu Otrantiečiu? — netikėtai paklausė Viljamas.

Severinas neatrodė nustebęs.

— Matau, kad abatas jau su tavim kalbėjo,— tarė.— Ne. Su juo kalbėtis tekdavo retai. Jis leido laiką piešdamas miniatiūras. Kartais girdėdavau jį kalbant apie savo darbą su kitais vienuoliais, Venancijum Salvemekiečiu ar Jorge Burgiškiu. Be to, aš leidžiu dienas ne skriptoriume, bet savo laboratorijoje,— ir jis linktelėjo ligoninės pusėn.

— Suprantu,— tarė Viljamas.— Tuomet tu negali nežinoti, ar Adelmą lankė regėjimai.

— Regėjimai?

— Kaip tie, sakykim, kuriuos sukelia tavo žolės.

Severinas nustėro:

— Jau sakiau, tas žoles, kurios gali būti pavojingos, saugau labai akylai.

— Ne tai turėjau galvoje,— paskubėjo patikslinti Viljamas.— Kalbėjau apie regėjimus apskritai.

— Nesuprantu,— neatlyžo Severinas.

— Maniau, kad vienuoliui, vaikštančiam po Buveinę naktį, kai ten, anot abato, tiems, kurie ateina uždraustomis valandomis, gali nutikti... šiurpūs dalykai, taigi, maniau, kad jį galėję apnikti velniški regėjimai, kurie ir pastūmėjo jį į prarają.

— Sakiau jau, kad nesilankau skriptoriume, nebent jei prireiktų kokios nors knygos, nors paprastai pakanka man herbarų, kuriuos laikau ligoninėje. Sakiau tau, kad Adelmas artimai bendravo su Jorge, Venancijum ir..., aišku, Berengarijum.

Net ir aš pastebėjau Severino balse dvelktelėjus dvejonę. Neliko ji nepastebėta ir mano mokytojo.

— Berengarijum? O kodėl „aišku"?

— Berengarijum Arundeliečiu, bibliotekininko padėjėju. Jie buvo bendraamžiai, kartu buvo novicijais, todėl natūralu, kad turėjo apie ką pasikalbėti. Tai norėjau pasakyti.

— Tai ir tenorėjai pasakyti,— pakartojo Viljamas. Ir nustebau, kad jis paskubėjo pakeisti pokalbio temą: — Bet gal jau metas aplankyti Buveinę. Ar nebūtum mūsų palydovu?

— Mielai,— atsakė Severinas, o jo palengvėjimas buvo pernelyg aiškus. Jo lydimi, apėjome daržus ir atsidūrėme ties vakarine Buveinės siena.

— Iš daržų pusės durys veda tiesiai į virtuvę,— tarė jis,— bet ji užima tik vakarinę pirmo aukšto pusę, o kitoje pusėje yra refektorius. Pietų pusėje, kur galima patekti pro bažnyčios choro užpakalinę dalį, yra dar dvejos durys, vedančios ir į virtuvę, ir į refektorių. Bet eikime pro čia, nes ir per virtuvę galėsim patekti į refektorių.

Įėjęs į erdvią virtuvę, pastebėjau, kad Buveinės viduje, per visą jos aukštį, buvo lyg aštuonkampis kiemas. Kaip sužinojau vėliau, buvo tai lyg milžiniškas šulinys, be durų, o kiekviename jo aukšte matėsi platūs langai, panašūs į tuos, kurie buvo pastato išorėje. Virtuvė atrodė tarsi pilnas dūmų didžiulis prieškambaris, kuriame daugybė tarnų skubiai ruošė vakarienę. Du iš jų ant didžiulio stalo taisė apkepą iš daržovių, miežių, avižų ir rugių, pjaustė ropes, pipirnes, ridikus ir morkas. Greta jų kitas virėjas ką tik baigė virti žuvį vandenyje su vynu, ir dabar kaip tik pylė ant jos padažą iš šalavijo, petražolių, čiobrelių, česnakų, pipirų ir druskos.

Ties vakariniu bokštu žiojėjo milžiniška duonkepė krosnis, besispjaudanti liepsnų liežuviais. Pietiniame bokšte buvo didžiulis ugniakuras, virš kurio jau kunkuliavo puodai ir sukosi iešmai. Pro duris, atsiveriančias į grendymą, esantį už bažnyčios, kaip tik

žengė kiauliaganiai, nešini skerdiena. Išėję pro tas duris, atsi-
dūrėme grendyme, tolimiausiame rytiniame plokščiakalnio kam-
pe, kur prie vienuolyną supančios sienos glaudėsi įvairūs stati-
niai. Severinas paaiškino, kad pirmieji iš jų — tai kiaulidės, to-
liau eina arklidės, dar toliau — tvartai galvijams, už jų — vištidės, o už šių — dengtas aptvaras avims. Prieš kiaulides kiaulia-
ganiai plačiame giliame kubile maišė ką tik nudurtų kiaulių krau-
ją, kad šis nesukrešėtų. Jei jis maišomas nedelsiant ir gerai ir
jei vėsus oras, kraujas lieka skystas dar kelias dienas, tada ga-
minami iš jo kraujiniai vėdarai.

Sugrįžom į Buveinę ir, eidami prie rytinio bokšto, pakeliui
apžiūrėjome refektorių. Šiauriniame iš dviejų bokštų, stovėjusių
abipus jo, matėsi židinys, o antrajame buvo sraigtiniai laiptai,
vedantys į skriptoriumą, kitaip tariant, į antrą aukštą. Jais vie-
nuoliai kasdien kildavo prie savo darbų. Tiesa, jie galėjo kopti
ir dar kitais dvejais laiptais, mažiau patogiais, bet užtat šiltes-
niais, iš virtuvės sraigtu kylančiais aukštyn, kurių vieni buvo už
viryklės, kiti — už duonkepės krosnies.

Viljamas paklausė, ar rasime ką nors skriptoriume, nes šian-
dien sekmadienis. Severinas šyptelėjęs atsakė, jog benediktinų
vienuoliui darbas yra malda. Sekmadieniais vyksta ilgesnės pa-
maldos, tačiau vienuoliai, dirbantys prie knygų, ir tą dieną pra-
leidžia ten keletą valandų, paprastai dalydamiesi savo moksli-
niais pastebėjimais, patarimais, apmąstymais apie Šventuosius
Raštus.

Pirma diena

PO DEVINTOSIOS

*Aplankomas skriptoriumas ir susipažįstama su daugeliu mokslo
vyrų, kopijuotojų, rubrikatorių, taip pat su aklu seniu, laukiančiu
Antikristo*

Mums kopiant aukštyn, pastebėjau, kad mano mokytojas ty-
rinėja langus, pro kuriuos ant laiptų krito šviesa. Matyt, pamažu
dariausi toks pat įžvalgus kaip ir jis, nes tuoj pastebėjau, kad
žmogui juos pasiekti nėra lengva. Kita vertus, sunkiai pasie-
kiami buvo ir refektoriaus langai (vieninteliai pirmame aukšte
atsiveriantys į kriaušį), nes nebuvo po jais jokių baldų, tinkamų
pasilypėti.

Užkopę per rytinį bokštą, įėjome į skriptoriumą, ir tuomet
aš nebepajėgiau sulaikyti susižavėjimo šūksnio. Antras aukštas
nebuvo padalytas pusiau kaip pirmas, ir man prieš akis atsivėrė

visa jo didinga erdvė. Skliautas, lenktas, nors nelabai aukštas (žemesnis nei bažnyčioje, tačiau aukštesnis nei kurioje nors matytoje kapitulos salėje), paremtas tvirtais pilioriais, vainikavo nuostabios šviesos užlietą erdvę, nes trys didžiuliai langai vėrėsi trijose pagrindinėse sienose, o kiekvieno bokšto kiekvienoje iš penkių išorinių sienų buvo iškirsta po vieną mažesnį langą. Dar aštuoni ilgi ir siauri langai skleidė šviesą iš aštuonkampio vidinio šulinio.

Dėl tokios langų gausos visoje didelėje salėje sklido lygi nenutrūkstama šviesa, nors buvo jau žiemos popietė. Langų stiklai nebuvo spalvoti, kaip bažnyčioje, ir pro skaidrius švino rėmų laikomus kvadratus smelkėsi tyra, žmogaus rankų meno nepadailinta šviesa, kurios paskirtis — šviesti skaitantiems ir rašantiems. Vėliau daugelyje vietų teko matyti ne vieną skriptoriumą, bet nė viename iš jų nebuvo taip aiškiai įkūnyta dvasinė kūniškos šviesos esmė — claritas[23], viso grožio ir visos išminties šaltinis, neatskiriamas šios salės tobulų proporcijų atributas. Nes grožį kuria trys dalykai: pirma, visuma arba tobulybė, ir todėl bjaurimės neišbaigtais daiktais; antra — tinkamos proporcijos arba dermė; ir pagaliau — aiškumas ir šviesa; ir iš tiesų laikome gražiais šviesių spalvų daiktus. Kadangi grožis neša mums ramybę, o iš prigimties esame linkę ieškoti nusiraminimo vienodai ir taikoje, ir gėryje, ir grožyje, pajutau, kaip užvaldo mane begalinis džiaugsmas, ir pagalvojau, kaip gera būtų dirbti šioje vietoje.

Tokį, kokį jį pamačiau tą popietinę valandą, skriptoriumas man rodėsi esąs džiaugsminga išminties kalvė. Vėliau Sankt Galene mačiau skriptoriumą panašių proporcijų, atskirtą nuo bibliotekos (kitur vienuoliai dirba ten pat, kur saugomos ir knygos), tačiau nebuvo jis taip gražiai įrengtas kaip šis. Antikvarai, knygininkai, rubrikatoriai ir mokslo vyrai sėdėjo kiekvienas prie savo stalo, o kiekvienas stalas stovėjo po kuriuo nors langu. Langų buvo keturiasdešimt (išties tobulas skaičius, gautas iš dešimties padauginus keturkampį, lyg dešimt Dievo įsakymų būtų padauginta iš keturių pagrindinių dorybių), todėl vienu metu čia galėjo dirbti keturiasdešimt vienuolių, nors dabar jų tebuvo apie trisdešimt. Severinas mums paaiškino, kad skriptoriume dirbantys vienuoliai atleidžiami nuo Trečiosios, Šeštosios ir Devintosios, kad nepertrauktų savo darbo šviesiu paros laiku, ir baigia darbą tik saulei leidžiantis, prieš Mišparus.

Šviesiausios vietos buvo skirtos antikvarams, geriausiems iliuminatoriams, rubrikatoriams ir kopijuotojams. Ant kiekvieno stalo buvo visa tai, ko reikia piešimui ir kopijavimui: rageliai su rašalu, plunksnos, kurias keletas vienuolių kaip tik smailino aštriais peiliukais, gabalėliai pemzos pergamentui lyginti, liniuotės brėžti linijoms, virš kurių vėliau bus rašoma. Greta kiekvieno rašančiojo, arba nuožulnaus stalo viršuje, buvo pastovas kopijuojamam kodeksui padėti, o kodekso lapą dengė kaukė su išpjautu langeliu, pro kurį matėsi tuo metu perrašoma eilutė. Kai kurie turėjo aukso ir kitų spalvų rašalo. Kiti priešingai, tik skaitė knygas, rašydami pastabas savo sąsiuviniuose ar lentelėse.

Bet nebuvo laiko stebėti jų darbą, nes mūsų sutikti jau ėjo bibliotekininkas, kurį žinojau esant vardu Malachijas iš Hildeshaimo. Jis bandė nutaisyti malonią pasveikinimo išraišką, bet negalėjau nesuvirpėti, pamatęs tokią keistą fizionomiją. Buvo jis labai aukštas ir liesas, tačiau galūnių didelių ir nerangių. Kai, įsisupęs į juodus vienuolio rūbus, artėjo tais savo didžiuliais žingsniais, jo išvaizda kėlė kažin kokį nenusakomą nerimą. Gobtuvas tebedengė galvą, nes įėjo jis ką tik iš lauko, ir šešėlis, krintantis ant blyškaus veido, teikė didelėms melancholiškoms akims neapibrėžto skausmo išraišką. Jo veide, atrodė, sustingo visos aistros, kurias jis slopino savo valios galia. Tame veide dominavo raukšlės liūdesio ir rūstybės, akys buvo tokios tiriančios, kad jų žvilgsnis, rodės, sminga tiesiog pašnekovo širdin, skaitydamos ten slaptąsias mintis, todėl kiekvienas vengė jį sutikti antrą kartą.

Bibliotekininkas pristatė mums daugelį tuo metu dirbusių vienuolių. Jis nupasakojo ir kiekvieno iš jų darbą, ir visi jie sužavėjo mane savo atsidavimu mokslui bei Dieviškojo Žodžio pažinimui ir aiškinimui. Taip aš pažinau Venancijų Salvemekietį, verčiantį iš graikų ir arabų kalbų, atsidavusį Aristoteliui, kuris tikrai buvęs išmintingiausias iš visų žmonių. Bencijų iš Upsalos, jauną skandinavų vienuolį, užsiimantį retorika. Berengarijų Arundelietį, bibliotekininko padėjėją, Aimarą Aleksandrietį, kopijuojantį veikalus, paskolintus vienuolyno bibliotekai tik keletai mėnesių, ir visą būrį iliuminatorių iš įvairių kraštų: Patricijų Klonmaknuazietį, Rabaną Tolediškį, Magnusą Jonietį, Valdą Herefordietį.

Tą sąrašą galėčiau tęsti, ir nėra nieko gražesnio už sąrašą, tą nuostabių hipotipozių įrankį. Bet privalau apšakyti mūsų pokalbį, nes išplaukia iš jo daug vertingų nuorodų, padedančių suprasti tą nedidelį nerimą, gaubusį visus vienuolius, ir tą neapibrėžtą slogutį, juntamą kiekviename jų žodyje.

Mano mokytojas pradėjo kalbą su Malachijum pagirdamas skriptoriumo grožį ir patogią įrangą ir klausdamas, kaip vyksta čia darbas, nes — pridūrė labai mandagiai — visuose kraštuose tekę jam girdėti apie šią biblioteką ir jis trokštąs pamatyti daugelį joje saugomų knygų. Malachijas pakartojo tai, ką mums jau buvo sakęs abatas, jog vienuolis prašo bibliotekininką veikalo, kurį norėtų skaityti, o šis atneša jį iš viršaus, iš bibliotekos, jei tik vienuolio prašymas yra teisėtas ir dievobaimingas. Viljamas paklausė, kaip galima sužinoti pavadinimus knygų, saugomų viršuje esančiose spintose, ir Malachijas parodė jam storą, prirakintą prie jo stalo aukso grandine katalogą tirštai prirašytais lapais.

Viljamas kyštelėjo ranką po abitu toje vietoje, kur šis ties krūtine skyrėsi tarsi koks kapšas, ir ištraukė iš ten daiktą, kurį mūsų kelionės metu jau buvau matęs jo rankose ir ant jo nosies. Buvo tai dvišakis, padarytas taip, kad sėdėtų ant žmogaus nosies (ar, tiksliau, ant Viljamo nosies, tokios atsikišusios ir lenktos), kaip raitelis sėdi ant žirgo keteros, ar paukštis ant karties. Abiejose dvišakio pusėse, tiesiai prieš akis, buvo du metaliniai ovalai, juosiantys du stiklo migdolus, storus lyg stiklinių dugnai. Pabalnojęs tuo dvišakiu nosį, Viljamas paprastai skaitydavo, sakydamas, jog taip matąs geriau nei jam duota gamtos ar leista jo senyvo amžiaus, ypač pradėjus temti. Tie stiklai nebuvo skirti jam žvelgti į tolį, nes tuomet jo akys, atvirkščiai, būdavo labai įžvalgios, bet žiūrėti iš arti. Su jais jis skaitydavo patį smulkiausią raštą, kurį net aš vargiai išskirdavau. Jis paaiškino man, jog žmogui persiritus į antrąją gyvenimo pusę, nors jo regėjimas visada būtų buvęs puikus, akis sukietėja ir nebepadeda lėliukei prisitaikyti, todėl daugelis mokytų žmonių, sulaukusių penkiasdešimtojo pavasario, raštui jau yra tarsi mirę. Sunki tai nelaimė tiems, kurie dar daugelį metų galėtų dalytis savo išminties lobiais. Ir todėl reikia garbinti mūsų Viešpatį, kad kažkas sugalvojo ir padarė šį štai įrankį. Kalbėjo jis man tai, kad paremtų mintis savojo Rodžerio Bekono, tvirtinusio, jog mokslo tikslas yra taip pat ir žmogaus gyvenimo prailginimas.

Kiti vienuoliai žvelgė į Viljamą be galo smalsiai, bet klausinėti nedrįso. Aš supratau, jog tas nuostabus įrankis net ir šios vietos, taip rūpestingai ir pakiliai paskirtos skaitymui ir rašymui, dar nėra pasiekęs, ir didžiavausi esąs palydovu žmogaus, galinčio nustebinti tuos, kurie visame pasaulyje garsėja savo išmintim.

Pritaisęs tuos stiklus sau prieš akis, Viljamas pasilenkė prie išmargintų katalogo lapų. Taip pat ir aš pažvelgiau į juos, ir radome ten knygas, anksčiau visai negirdėtas, ir kitas, žinomas plačiai, ir visos jos buvo čia bibliotekoje.

— „De pentagono Salomonis", „Ars loquendi et intelfigendi in lingua hebraica", „De rebus metallicis", parašyta Rodžerio Herefordiečio, al Chorezmio „Algebra", Roberto Anglo išversta į lotynų, Silijaus Italiko „Puniche", „Gesta francorum", „De laudibus sanctae crucis" Rabano Mauro, „Flavii Claudii Giordani de aetate mundi et hominis reservatis singulis litteris per singulos libros ab A usque ad Z",— perskaitė mano mokytojas.— Pui-

kūs darbai. Tačiau kokia tvarka jie surašyti? — Jis pacitavo kaž-
kokį tekstą, nežinomą man, bet tikrai pažįstamą Malachijui.—
„Habeat Librarius et registrum omium librorum ordinatum se-
cundum facultates et auctores, reponeatque eos separatim et or-
dinate cum signaturis per scripturas applicatis"[24]. Kaip jūs ran-
date kiekvienos knygos vietą?

Malachijas parodė ties kiekvienu pavadinimu parašytas pas-
tabas. Perskaičiau: iii, IV gradus, Vin prima graecorum; ii, V gra-
dus, VII in tertia anglorum ir taip toliau. Supratau, jog pirmasis
skaičius reiškė knygos vietą lentynoje, arba gradus, kurią nurodė
antrasis skaičius, o trečiasis žymėjo knygų spintą, supratau taip
pat, kad likęs užrašas reiškia bibliotekos kambarį ar koridorių,
ir išdrįsau paprašyti tuos užrašus paaiškinti plačiau. Malachijas
rūsčiai pažvelgė į mane.

— Jūs, matyt, nežinote arba užmiršote, kad įeiti į biblioteką
gali vien tik bibliotekininkas. Todėl teisinga ir pakankama, kad
tik jis vienas žinotų tų dalykų prasmę.

— Bet kokia tvarka surašytos knygos šiame sąraše? — pa-
klausė Viljamas.— Ne pagal jų turinį, man rodos.

Nebuvo jos surašytos nė pagal autorius, tokia pat tvarka, kaip
ir jų vardų pirmosios raidės abėcėlėje, nes šis būdas pradėtas tai-
kyti tik pastaraisiais metais, o tuomet juo dar retai naudojosi.

— Bibliotekos ištakos slypi amžių glūdumoje,— tarė Mala-
chijas,— ir knygos užrašomos ta tvarka, kokia jos pateko tarp
šitų mūrų, ar būtų jos nupirktos ar padovanotos.

— Sunku tuomet jas rasti,— įsiterpė Viljamas.

— Gana, kad bibliotekininkas mokėtų visas mintinai ir ži-
notų kiekvienos iš jų atsiradimo čionai metą. O kiti vienuoliai
gali pasikliauti jo atmintimi.— Atrodė, jis kalba ne apie save, bet
apie ką kitą, ir supratau, kad kalba jis apie pareigas, kurias da-
bar, nevertasis, nuolankiai vykdo ir kurias prieš jį vykdė dar
šimtas kitų, dabar jau išėjusių, paeiliui perdavusių vienas kitam
savo žinias.

— Supratau,— tarė Viljamas.— Tuomet jei norėčiau rasti ką
nors, sakykim, apie Salomono penkiakampį, nors ir pats gerai ne-
žinočiau, ko ieškau, jūs galėtumėt man pasakyti, kad yra tokia
knyga, kurios pavadinimą ką tiktai perskaičiau, ir rasti ją ten
viršuje?

— Taip, jei jums tikrai reikėtų ką nors sužinoti apie Salo-
mono penkiakampį,— atsakė Malachijas.— Bet prieš duodamas
jums šią knygą, bevelyčiau pasitarti su abatu.

— Sužinojau,— tarė tuomet Viljamas,— jog šiomis dienomis
mirė vienas iš sumaniausių jūsų iliuminatorių. Abatas daug pa-
sakojo man apie jo meną. Ar galėčiau pamatyti knygas, kurias
jis dailino savo piešiniais?

62

— Adelmui Otrantiečiui,— pasakė Malachijas, nepatikliai žvelgdamas į Viljamą,— dėl jo jaunų metų būdavo patikimos tik marginalijos. Jis turėjo gyvą vaizduotę ir iš žinomų dalykų galėdavo sudėti dalykus nežinomus, kaip kad sujungti žmogaus kūną su arklio galva. Štai ten jo knygos. Prie jo stalo dar niekas nebuvo prisilietęs.

Priėjome prie to, kas dar visai neseniai buvo Adelmo darbo vieta ir kur vis dar gulėjo gausiai išmarginto psalmyno lapai. Jie buvo ploniausio veleno — pergamentų karaliaus,— o paskutinysis vis dar buvo prisegtas prie stalo: nutrintas pemza ir suminkštintas kreida, išlygintas liniuote, o tarp mažyčių skylučių, išbadytų jo kraštuose aštria plunksna, jau buvo išbrėžtos visos linijos, turėjusios vesti meistro ranką. Viršutinė lapo dalis buvo prirašyta, ir marginalijose matėsi figūrų kontūrai. Kiti lapai gulėjo jau baigti, ir, pažvelgę į juos, nei Viljamas, nei aš nesulaikėme susižavėjimo šūksnių. Psalmyno paraštėse mirgėjo pasaulis, priešingas tam, prie kurio buvo pripratinę mus mūsų pojūčiai. Ten tarsi ribojosi kalba, kuri jau savo apibrėžimu yra tiesos kalba, ir kita, melo kalba, tvirtai surišta su ana stebuklingomis aliuzijomis in aenigmate, melo kalba apie aukštyn kojomis apverstą pasaulį, kur kiškiai vejasi šunis, o elniai medžioja liūtus. Mažytės galvos ant paukščių kojų, žmonių rankomis sparnuoti gyvuliai, gauruotos galvos su iš jų išaugusiomis kojomis, dryžuoti drakonai, keturkojai su gyvačių kaklais, susimazgiusiais tūkstančiais neišnarpliojamų mazgų, beždžionės su elnių ragais, sirenos su paukščių kūnais ir plėvėtais sparnais, berankiai žmonės, ant kurių nugarų pūpso lyg kupros kiti žmonės, figūros su pilnomis dantų išsieptomis burnomis pilvų vietoje, žmonės su arklių galvomis ir arkliai su žmonių kojomis, žuvys su paukščių sparnais ir paukščiai su žuvų uodegomis, vienakūnės pabaisos su dviem galvom ir dvikūnės pabaisos su viena galva, karvės su gaidžio uodegomis ir drugelio sparnais, moterys su galvomis, žvynuotomis lyg žuvų nugaros, dvigalvės chimeros, susipynusios su driežasnukiais žiogais, kentaurai, drakonai, drambliai, mantikorai, plokščiapėdžiai, tysantys ant medžių šakų, grifai, iš kurių uodegų išauga lankininkai, pasirengę kovai, velniški padarai su begaliniais kaklais, eilės antropomorfiškų gyvūnų ir zoomorfiškų nykštukų jungėsi, kartais tame pat lape, su kaimo gyvenimo vaizdeliais, nupieštais taip meistriškai, kad visa juose atrodė gyva, visa krutėjo: ir artojai, ir vaisių rinkėjai, ir pjovėjai, ir verpėjos, ir sėjėjai, o greta jų ir lapės su kiaunėm, ginkluotom arbaletais, puolančios daugiabokštį miestą, ginamą beždžionių. Čia, žiūrėk, pirmoji raidė rietėsi į didžiąją L, o iš jos apatinės dalies ritosi drakonas, ten iš didžiosios V; duodančios pradžią žodžiui „verba", lyg natūrali jos atšaka niro tūkstančiu lankų susirangiusi gyvatė, o iš jos augo kitos gyvatės, lyg būtų tai vynuogienojai su uogų kekėmis.

Šalia psalmyno gulėjo, matyt, tik baigta puiki aukso knyga, tokia maža, kad lengvai galėjo tilpti man ant delno. Raštas nepaprastai smulkus, piešiniai paraštėse iš pirmo žvilgsnio vos matomi, o kad įžvelgtum visą jų grožį, reikėjo žiūrėti iš labai arti (ir klausei savęs, kokiu gi antgamtišku įnagiu turėjo dirbti iliuminatorius, kad sukurtų tokius gyvus paveikslus tokioje mažoje erdvėje). Visose knygos paraštėse knibždėjo mažulytės figūrėlės, natūraliai gimstančios iš nuostabiai išrašytų raidžių užraitų: jūrų sirenos, bėgantys elniai, chimeros, berankiai žmonių kūnai, tarsi sliekai išnyrantys tiesiog iš pačių eilučių gelmių. Vienoje vietoje pamačiau tris bestijas su žmonių galvomis, lyg tąsą trijų žodžių „Sanctus, Sanctus, Sanctus", pakartotų trijose eilutėse, o iš jų dvi linko viena prie kitos, viena aukštyn, o kita žemyn, ir visos jos susiliejo bučinyje, kurį nedvejodamas būčiau pavadinęs nedoru, jei nebūčiau tikras, kad slypinti jame gili, nors ir neaiški, dvasinė prasmė pateisino šio paveikslo atsiradimą toje vietoje.

Žvelgiau į tuos lapus, ir apimdavo mane tai tylus susižavėjimas, tai juokas, nes piešiniai tie neišvengiamai kėlė linksmybę, nors ir iliustravo Šventą Raštą. Brolis Viljamas taip pat tyrinėjo juos šypsodamasis, o galiausiai prabilo:

— Beibvinai, taip vadina juos mano salose.

— Babuinai, taip vadina juos Galijoje,— atsiliepė Malachijas.— Tikrai, Adelmas mokėsi savo meno jūsų krašte, nors vėliau studijavo taip pat ir Prancūzijoje. Babuinai, arba Afrikos beždžionės. Gyventojai apversto pasaulio, kur namai stovi ant bokštų smailių, o žemė yra virš dangaus.

Prisiminiau keletą eilučių, girdėtų mano gimtojo krašto tarme, ir nesusilaikiau nepadeklamavęs:

> Aller Wunder si geswigen,
> das herde himel hât überstigen,
> daz sult is vůr ein Wunder wigen.

O Malahijas pridūrė:

> Erd ob und himel unter
> das sult ir han besunder
> Vur aller Wunder ein Wunder[25].

— Puiku, Adsai,— tarė bibliotekininkas,— šie paveikslai tikrai pasakoja mums apie tą šalį, į kurią atvyksti raitas ant mėlynos žąsies, kur gyvena vanagai, žvejojantys upeliuose, kur meškos vaiko sakalus padebesiais, kur vėžiai skraido kartu su balandžiais ir kur tris milžinus, patekusius į spąstus, kapoja gaidys.

Blyškus šypsnys nušvito jo lūpose. Tuomet kiti vienuoliai, kiek nedrąsiai klausęsi pokalbio, pradėjo nuoširdžiai juoktis, tarytum tik ir laukę bibliotekininko leidimo. Tačiau jis iškart apsiniaukė, o kiti juokėsi toliau, šlovindami vargšo Adelmo meistriškumą ir rodydami vienas kitam labiausiai neįtikėtinas figūras. Ir visiems dar besilinksminant, už nugarų išgirdome balsą, iškilmingą ir rūstų:

— Verba vana aut risui apta non loqui[26].

Atsisukome. Tas, kuris kalbėjo, buvo metų naštos suriestas vienuolis, baltas kaip sniegas, ir turiu galvoje ne vien plaukus, bet ir jo veidą bei akių lėliukes. Supratau, kad jis yra aklas. Bet balsas jo dar buvo didingas, o galūnės tvirtos, nors metai jau ir buvo užgulę jo pečius. Jis žvelgė į mus lyg mąstydamas, o ir vėliau visuomet regėdavau jį judant ir kalbant taip, tarsi regėjimo dovana nebūtų iš jo atimta. Bet balsas jo skambėjo taip, lyg būtų jam duota pranašo galia.

— Šis vyras, kurį jūs matote, godotinas dėl savo amžiaus ir išminties,— tarė Malachijas Viljamui, rodydamas į ką tik atvykusį,— yra Jorgė Burgiškis. Jis seniausias iš visų, gyvenančių vienuolyne, išskyrus tik Alinardą iš Grotaferatos, jis yra tas, kuriam daugelis vienuolių po išpažinties paslapties skraiste patiki savo nuodėmes.— Ir tęsė, pasisukęs į senį.— Tas, kuris stovi prieš jus, yra brolis Viljamas iš Baskervilio, mūsų svečias.

— Tikiuosi, kad mano žodžiai nesupykdė jūsų,— prabilo senis atšiauriu balsu.— Išgirdau juokiantis iš juokingų dalykų ir priminiau vieną taisyklę iš mūsų įstatų. Mat, kaip parašyta psalmėje, jei tylėjimo įžado vardan vienuolis privalo susilaikyti nuo gerų kalbų, juo labiau turėtų jis vengti blogų kalbų. Taip kaip yra blogų kalbų, yra ir blogų piešinių. Blogi tie, kurie meluoja apie kūrinio formą ir vaizduoja pasaulį atvirkščią tam, koks jis turi būti, visada buvo ir bus per amžių amžius, iki pat laikų baigties. Bet jūs atvykote iš kito ordino, kur, kaip esu girdėjęs, atlaidžiai žiūrima į linksmybę, nors ir kokia netinkama ji būtų.— Jis lenkė į tai, ką benediktinai kalbėjo apie šventojo Pranciškaus Asyžiečio keistenybes, o gal ir į keistenybes, priskiriamas broliukams ir spiritualams — naujausioms ir labiausiai nerimą keliančioms pranciškonų ordino atšakoms. Bet brolis Viljamas dėjosi insinuacijos nesupratęs.

. — Piešiniai paraštėse dažnai kelia juoką, tačiau jų tikslas yra šviesti,— tarė jis.— Kaip į pamokslus sužadinti minios vaizduotei reikia įterpti exempla, neretai linksmus, taip ir piešinių kalba turi laikytis tų nugae. Kiekvienai dorybei ir kiekvienai nuodėmei yra pavyzdys bestiarijuose, o gyvulių pasaulis tėra žmonių pasaulio figūra.

— O, taip,— pašiepė senis, tačiau be šypsenos,— kiekvienas paveikslas tinkamas įkvėpti dorai, betgi kūrybos šedevras, apvertus jį aukštyn kojomis, tampa juoko priežastimi. Teskelbia Dievo Žodį asilas, grojantis lyra, apuokas, skydu ariantis žemę, jaučiai, patys įsikinkantys į arklą, upės, tekančios aukštyn, deganti jūra, vilkas, tapęs atsiskyrėliu! Medžiokite jaučiais kiškius, tegu apuokas jus moko gramatikos, te šunys kandžioja blusas, aklieji sergi nebylius, o nebyliai prašo duonos, skruzdėlė teatsiveda veršiukų, teskraido kepti viščiukai, o ant stogų teauga paplotėliai, papūgos skaito retorikos paskaitas, o vištos tevaisina gaidžius, tegul vežimas traukia jaučius, o šuo miega lovoje ir tevaikšto visi aukštyn kojomis! Kam skirti tie nugae? Apversti pasaulį ir supriešinti jį su tuo, kurį sukūrė Dievas, o visa tai tebūna dingstimi mokyti Dievo įsakų?

— Betgi Aeropagitas moko,— nuolankiai atsakė Viljamas.— kad Dievas gali būti įvardytas tik per labiausiai iškreiptus dalykus. O Hugas iš San Viktoro primena mums, kad kuo nepanašesnės tampa panašybės, tuo aiškiau pro bjaurių ir nedorų figūrų šydą atsiskleidžia mums tiesa, tuo mažiau vaizduotė rimsta kūniškuose džiaugsmuose, o priversta yra gilintis į paslaptis, glūdinčias po vaizdų darkumu...

— Girdėti postringavimai! Ir gėdydamasis pripažįstu, jog rėmėsi jais mūsų ordinas, kada kliuniečių abatai kovojo su cistersais. Tačiau teisus buvo šventasis Bernardas: žmogui, vaizduojančiam pabaisas ir gamtos stebuklus, kad per speculum et in aenigmate atskleistų Dievo dalykus, pamažu pradeda patikti jo kuriamų pabaisų pati prigimtis, jis mėgaujasi jomis ir nebegali žvelgti į pasaulį kitaip, kaip tik per jas. Gana jei jūs, kurie dar turite akis, pažiūrėsit į jūsų pačių klostro kapitelius,— jis mostelėjo ranka pro langą, bažnyčios pusėn.— Ką turėtų reikšti šios juokingos baisybės, šios iškreiptos formos ir šie suformuoti iškrypimai, pakišti po akim vienuoliams, kurie nugrimzdę į apmąstymus? Tos šlykščios beždžionės? Tie liūtai, kentaurai, puszmogiai su burnomis ant pilvų, vienakojai ir su ausimis lyg burės? Tie dėmėti tigrai, tie besikaunantys kariai, tie medžiotojai, pučiantys ragus ir tie daugiakūniai vienagalviai bei vienakūniai daugiagalviai? Keturkojai su žalčių uodegomis, žuvys su keturkojų galvomis; šen — gyvulys, iš priekio panašus į arklį, o iš užpakalio — į ožį, ten — raguotas eržilas, ir taip be galo. Vienuoliai dabar mieliau žvelgia į marmurą nei į rankraštį, ir gėrisi darbais žmonių, užuot mąstę apie Dievo įsakymus. Gėda jums dėl jūsų akių goslumo ir dėl jūsų juoko!

Garbingasai senis nutilo užduspęs. O aš stebėjausi, kaip gyvai jis, aklas, matyt, jau daugelį metų, atmena paveikslus, kurių bjaurastį burnojo. Įtariau net, kad stipriai jie bus traukę jį tuomet, kai jis dar galėjęs juos matyti, jei ir dabar mokėjo taip aistringai apie juos kalbėti. Betgi dažnai man yra tekę patirti, kad labiausiai gundantys nuodėmių aprašymai būdavę kaip tik raštuose nepalaužiamos doros žmonių, smerkusių jų apžavus ir pasekmes. Tai ženklas, jog tuos žmones stumia toks karštas troškimas įrodyti tiesą, kad nedvejodami jie, iš meilės Dievui, atskleidžia visas pagundas, kuriomis dangstosi nelabasis, idant žmonės geriau pažintų būdus, kuriais šėtonas juos vilioja. Ir išties Jorgės žodžiai sužadino manyje begalinį norą pamatyti klostro tigrus ir beždžiones, kuriomis man dar neteko žavėtis. Bet Jorgė nutraukė mano minčių giją vėl prabilęs, šį kartą ramesniu balsu.

— Mūsų Viešpačiui nereikia tų kvailysčių, kad parodytų mums tiesų kelią. Niekas jo parabolėse nekelia nei juoko, nei baimės. O Adelmas, kurio jūs dabar gedite, taip susižavėjo savo piešiamais siaubais, kad užmiršo galutinį tikslą, kurio materialia figūra jie turėjo būti. Ir jis perėjo visus, sakau jums, visus,— jo balsas suskambo iškilmingai ir grėsmingai,— bjaurasties kelius. O Dievas moka bausti.

Stojo sunki tyla. Išdrįso ją sutrikdyti Venancijus Salvemekietis.

— Godotinas Jorge,— tarė jis,— jūsų dora daro jus neteisingą. Dvi dienos prieš Adelmo mirtį jums teko dalyvauti moksliniame dispute, kuris vyko kaip tik čia, skriptoriume. Adelmas buvo susirūpinęs, ar jo menas, nors ir vaizduojantis dalykus keistus ir fantastiškus, tikrai tarnauja Viešpaties šlovei, padeda pažinti dieviškąjį pasaulį. Brolis Viljamas ką tik citavo Aeropagitą, kalbėjusį apie pažinimą per iškreipimą. Tačiau tą dieną Adelmas citavo kitą garsų autoritetą, daktarą Akvinietį, kalbėjusį, jog labiau dera dieviškus dalykus vaizduoti per kūnus niekingus nei per kūnus kilnius. Pirma, todėl, kad taip lengviau apsaugoti žmogaus dvasią nuo galimų klaidų; ir iš tiesų, kai kurių savybių negalima priskirti dieviškiems dalykams, atspindėtos taurių kūnų jos būtų sunkiai atskiriamos. Antra, toks vaizdavimas tinkamesnis pažinti, ką iš Dievo turime šioje žemėje. Jis dažniau pasirodo mums ten, kur jo nėra, nei ten, kur esąs, ir todėl atvaizdai tų dalykų, kurie labiausiai nuo Jo nutolę, veda mus į tobulesnį Jo pažinimą, nes žinome štai, kad yra Jis virš visko, apie ką kalbame ir galvojame. Trečia, todėl, kad šitaip dieviškieji dalykai geriau paslepiami nuo nevertųjų akių. Žodžiu, tą dieną kalbėjom apie tai, kokiu būdu gali būti atskleista tiesa per reiškinius neprastus, sąmojingus ir paslaptingus. O aš priminiau jam, kad didžiojo Aristotelio darbe radau apie tai labai aiškiai pasakyta...

— Neprisimenu,— sausai pertraukė Jorgė,— aš jau labai senas. Neprisimenu. Galbūt buvau per daug rūstus. Vėlu jau, reikia eiti.

— Keista, kad neprisimenat,— neatlyžo Venancijus.— Tai buvo moksliškas ir labai gražus disputas, o kalbėjo jame taip pat ir Berengarijus. Aiškinomės, ar metaforos, žodžių žaismas ir mįslės, nors atrodo poetų sugalvotos grynai pramogai, neverčia pažvelgti į daiktus naujai ir neįprastai, ir aš pasakiau, jog taip pat šią dorybę turėtų turėti išminčius... Buvo kartu ir Malachijas...

— Jei godotinas Jorgė neprisimena, turėk gi pagarbos jo amžiui ir nuovargiui jo proto..., paprastai tokio guvaus,— įsiterpė kažkuris iš vienuolių, besiklausiusių pokalbio. Sakinys, bent jau jo pradžia, buvo ištartas susijaudinusiu balsu, vėliau tas, kuris prabilo, supratęs, kad, kviesdamas gerbti senį, iškelia aikštėn jo negalią, sumišo, ir baigė jį kone atgailaujančiu šnibždesiu. Kalbėjo bibliotekininko padėjėjas Berengarijus Arundelietis. Tai buvo blyškiaveidis jaunuolis, ir žvelgdamas į jį prisiminiau, kaip Hubertinas apsakė Adelmą: „O akys jo buvo lyg gašlios moters". Drovėdamasis į jį susmigusių žvilgsnių, jis stovėjo kietai sunėręs rankų pirštus, norėdamas suvaldyti begalinę vidinę įtampą.

Venancijaus reakcija buvo nepaprasta. Jis pažvelgė į Berengarijų taip, kad jis nudūrė akis.

— Gerai, broleli,— tarė jis,— jei atmintis yra Dievo dovana, tuomet ir sugebėjimas užmiršti yra dalykas geras, ir jį reikia gerbti. Bet gerbiu jį ir pripažįstu tik mūsų vyresniajam broliui, su kuriuo štai kalbėjau. O tu, tikiuosi, geriau atmeni tai, kas įvyko, kai buvome čia kartu su tavo brangiuoju draugu...

Negaliu pasakyti, ar Venancijus pabrėžė žodį „brangiuoju". Tačiau pajutau, kad visi sutriko. Kiekvienas žvelgė kur kitur, ir nė vienas nežiūrėjo į staiga tirštai išraudusį Berengarijų. Valdingu balsu tuoj pat prabilo Malachijas:

— Eime , broli Viljamai, parodysiu jums kitas įdomias knygas.

Būrelis išsisklaidė. Pastebėjau, kaip Berengarijus metė Venancijui kupiną pagiežos žvilgsnį, o šis atkirto jam tuo pačiu, su nebyliu iššūkiu akyse. Aš, matydamas, jog senasis Jorgė jau ruošiasi eiti, pajutęs jam pagarbų nuolankumą, pasilenkiau pabučiuoti rankos. Senis priėmė pabučiavimą, ir, padėjęs delną man ant galvos, paklausė, kas esu. Kai pasakiau savo vardą, jo veidas nušvito.

— Nešioji vardą garsų ir gražų,— tarė.— Ar žinai, kas buvo

Adsas iš Montje-an-Der? — paklausė. Prisipažinau nežinąs. Tuo-
met Jorgė pridūrė: — Jis parašė didžią ir bauginančią knygą
„Libellus de Antichristo" ir joje numatė viską, kas turės įvykti,
bet nenorėta deramai jo išklausyti.

— Knyga buvo parašyta dar prieš tūkstantmetį,— pasakė
Viljamas,— ir tie dalykai nepasitvirtino...

— Tiems, kurie turi akis, bet yra akli,— atsakė neregys.—
Antikristo kelias ilgas ir vingiuotas. Jis ateina nelauktai ir ne to-
dėl, kad apaštalo skaičiavimai būtų klaidingi, o dėl to, kad mes
dar neišmokome jų skaityti.— Ir jis sušuko, garsiai, pasisukęs į
salę, kad net aidas nuvilnijo skriptoriumo skliautais: — Jis
ateina! Negaiškite paskutinųjų dienų, juokdamiesi iš siaubūnų
dėmėtais kailiais ir susivijusiomis uodegomis! Negaiškite pas-
kutinių septynių dienų!

Pirma diena

MIŠPARAI

*Aplankoma likusi vienuolyno dalis, Viljamas padaro keletą
išvadų dėl Adelmo mirties, kalbama su broleliu stikliumi apie
stiklus skaitymui ir šmėklas, tykančias tų, kurie nori per daug
skaityti*

Tuo metu paskambino Mišparams, ir vienuoliai pradėjo kil-
ti nuo savo stalų. Malachijas davė suprasti, jog turime eiti ir mes.
Jis pats su savo padėjėju Berengarijum liks čia, kad (taip jis ta-
rė) sutvarkytų daiktus ir paruoštų biblioteką nakčiai. Viljamas
paklausė, ar jis užrakinsiąs duris.

— Nėra durų, kurios saugotų kelią į skriptoriumą iš virtu-
vės ir refektoriaus, nei iš skriptoriumo į biblioteką. Stipresnis
už visas duris turi būti abato draudimas. Vienuoliai naudosis tiek
virtuve, tiek ir refektorium iki pat Naktinės. O tuomet, kad sve-
timi ir gyvuliai, kuriems draudimas nieko nereiškia, negalėtų
patekti į Buveinę, aš pats užrakinu lauko duris, vedančias į vir-
tuvę ir refektorių, ir nuo tos akimirkos Buveinė tampa atskirta.

Nusileidome žemyn. Vienuoliai patraukė choro link, o mano
mokytojas, nutaręs, jog Viešpats atleis mums, jei nedalyvausime
pamaldose (ateinančiomis dienomis Viešpats dar daug ką turės
mums atleisti!), pasiūlė man drauge pasivaikščioti po vienuo-
lyno plokščiakalnį, kad geriau pažintume šią vietą.

Išėję iš virtuvės, perkirtome kapinaites: buvo antkapių ir
naujesnių, ir jau su laiko žymėm, bylojančių apie praėjusiais am-

žiais čionai gyvenusius vienuolius. Kapai buvo bevardžiai, tik su nebyliais akmeniniais kryžiais.

Orai aiškiai biuro. Pakilo šaltas vėjas, ir dangų užtraukė migla. Saulės nebuvo matyti, tačiau galėjai nujausti, kad ji leidžiasi kažkur daržų pusėje, o rytuose, kurlink ėjome, jau tirštėjo sutemos. Praėjome pro bažnyčios chorą ir pasiekėme plokščiakalnio kraštą. Ten, prie pat vienuolyną juosiančios sienos, kur ji jungėsi su rytiniu Buveinės bokštu, stovėjo veik prie jos pagludę tvartai, ir kiauliaganiai kaip tik dengė kubilą su kiaulių krauju. Pastebėjome, jog už tvartų mūras buvo žemesnis, toks, kad galėjai per jį persisverti. Žemiau mūro esantis kriaušis visas buvo padengtas šukėmis, kurių sniegas dar nebuvo spėjęs užkloti. Supratau, kad čia verčiamas mėšlas, kuris vėliau nušliauždavo iki pat to tako, kuriuo patraukė bėglys Brunelis. Pasakiau mėšlas, nes tikrai buvo tai didžiulė griūtis atmatų, dvokiančių taip, jog smarvė siekė net tą vietą, kur stovėjom; kaimiečiai, matyt, ateidavo prie jos apačios pasiimti trašų savo laukams. Betgi su gyvulių ir žmonių mėšlu maišėsi ten ir kietos atliekos, visa ta negyva materija, kurią vienuolynas išstumdavo iš savo kūno, kad liktų švarus ir tyras bendraudamas su kalno viršūne ir dangumi.

Greta stovinčiose arklidėse arkliaganiai kaip tik šėrė arklius. Ėjome keliu, išilgai kurio, mūro pusėje, stovėjo įvairūs tvartai, o dešinėje, pagludęs prie choro, vienuolių dortuaras ir toliau — išvietės. Ten, kur rytinė mūro dalis suko į pietus, kampe stovėjo kalvė. Paskutinieji kalviai dėjo į šalį savo įrankius ir gesino žaizdrus, ruošdamiesi eiti į pamaldas. Viljamas smalsumo pagautas žengė prie tos kalvės dalies, kurioje, pusiau atskirtoje nuo likusios dirbtuvės, tvarkėsi kažkoks vienuolis. Ant stalo gulėjo gražus spalvotų nedidelių stiklų rinkinys, didesni lakštai stovėjo atremti į sieną. Prieš vienuolį buvo dar nebaigtas relikvijorius, kol kas tik jo sidabriniai griaučiai, kurį jis kaip tik sagstė stikliukais ir akmenimis, nugludintais iki brangakmenių dydžio.

Taip mes susipažinome su Mikalojum iš Morimondo, vienuolyno broliu stikliumi. Jis paaiškino, kad galinėje kalvės dalyje pučiamas stiklas, o priešakinėje, kur dirba kalviai, stiklai statomi į švino rėmelius ir iš jų daromi vitražai. Bet, pridūrė jis, didieji vitražai, puošiantys bažnyčią ir Buveinę, padaryti daugiau kaip prieš du šimtus metų. Dabar tedirbami menki darbai arba taisoma laiko padaryta žala.

— Ir tai su dideliais vargais,— pridūrė,— nes nebemokam sukurti senųjų spalvų, o ypač tokio skaidrumo žydros, kokia dar galima žavėtis chore, pro kurią pakilus saulei navą užlieja ištisa rojaus šviesa. Vakarinės navos dalies langai, padaryti ne taip seniai, jau ne tos kokybės, ir tai gerai matyti vasaros metu. Bergždžias darbas,— atsiduso,— nes praradome protėvių išmintį, baigėsi jau milžinų metas!

— Esame nykštukai,— sutiko Viljamas,— tačiau nykštukai, stovintys ant tų milžinų pečių, ir, nors esame maži, kartais galime matyti toliau už juos.

— Pasakyk, ką darome geriau mes, ko nebūtų mokėję padaryti jie! — sušuko Mikalojus.— Jei nusileistum į bažnyčios kriptą, kur saugomi vienuolyno lobiai, rastum ten tokius meistriškus relikvijorius, kad ši baisenybė, kurią dabar per vargus tveriu,— ir jis mostelėjo į savo kūrinį,— pasirodytų tau jų išjuokimas!

— Niekur nėra parašyta, kad mūsų dienų stikliai privalo ir toliau kurti vitražus, o auksakaliai — relikvijorius, jei senovės meistrai mokėjo daryti juos tokius gražius ir taip, kad jie išliktų ilgus amžius. Antraip žemė persipildytų relikvijoriais, o tuo tarpu šventieji, teikiantys relikvijas, šiais laikais yra tokia retenybė,— pajuokavo Viljamas.— O ir langų nereikia be perstojo stiklinti. Tačiau įvairiuose kraštuose man teko matyti naujų stiklo dirbinių, verčiančių susimąstyti apie rytojaus pasaulį, kur stiklas bus reikalingas ne vien dieviškosioms apeigoms, bet ir padės žmogui nugalėti savo silpnumą. Norėčiau parodyti tau šių laikų darbą, kurio vienu iš naudingiausių pavyzdžių turiu garbės didžiuotis.— Jo ranka prapuolė abito klostėse ir iš ten išniro laikydama akinius, kurie tiesiog apstulbino mūsų pašnekovą.

Nepaprastai susidomėjęs, Mikalojus paėmė Viljamo jam ištiestą dvišakį.

— Oculi de vitro cum capsula[27]! — sušuko.— Girdėjau apie juos kalbant brolį Džordaną, su kuriuo man teko susipažinti Pizoje. Jis sakė, jog nepraėję dar nė dvidešimties metų nuo jų sukūrimo. Betgi kalbėjau su juo jau daugiau kaip prieš dvidešimt metų.

— Manau, kad jie išrasti daug anksčiau,— tarė Viljamas,— tačiau sunku juos padaryti ir reikia labai nagingo stikliaus, be to, daug laiko ir triūso. Prieš dešimtį metų pora stiklų ab oculis ad legendum[28] Bolonijoje buvo parduota už šešis solidus. Man juos padovanojo garsusis meistras Salvinas iš Armačių daugiau kaip prieš dešimtį metų, ir visą tą laiką rūpestingai juos saugojau, tarsi būtų jie, kaip dabar iš tiesų ir yra, mano paties kūno dalis.

— Viliuosi, kad šiomis dienomis leisi man juos patyrinėti, mielai pabandyčiau pagaminti panašius į juos,— karštai paprašė Mikalojus.

— Būtinai,— sutiko Viljamas,— žinok tik, kad stiklo storis

turi kisti pagal akį, kuriai jis turės tarnauti, todėl gali tekti išbandyti ne vieną tokių stikliukų, kol bus rastas tinkamas storis.

— Koksai stebuklas! — tęsė Mikalojus.— Nors ne vienas kalbėtų apie kerus ir velnio išmones...

— Šiuose dalykuose tikrai gali kalbėti apie magiją,— pritarė Viljamas.— Tačiau yra dvi magijos formos. Yra magija — velnio išmonė, siekianti sunaikinti žmogų gudrybėmis, apie kurias nedera net kalbėti. Bet yra ir dieviškoji magija, kai Dievo išmintis pasireiškia per žmonių išmintį, ir ši skirta pakeisti gamtą, o vienas jos tikslų yra prailginti žmogaus gyvenimą. Tai — šventoji magija, kuriai turėtų vis labiau atsidėti išminčiai, ir ne vien todėl, kad atrastų naujus dalykus, bet ir tam, kad vėl atskleistų gamtos paslaptis, kurias dieviškoji išmintis jau buvo apreiškusi hebrajams, graikams ir kitoms senovės tautoms, net ir šiandienos bedieviams (juk žinoma, kiek nuostabių optikos ir mokslo apie regėjimą dalykų aprašyta bedievių knygose!). Krikščioniškoji išmintis turi atgauti visą šį sumanymą, atimdama jį iš pagonių ir bedievių tanquam ab iniustis possessoribus[29].

— Kodėl gi tie, kurie valdo šią išmintį, nepasidalija ja su visais Dievo žmonėmis?

— Nes ne visi Dievo žmonės pasiruošę ją pažinti ir dažnai atsitikdavę taip, kad tie, kurie turėjo ją, būdavo laikomi burtininkais, parsidavusiais velniui, ir savo gyvybe mokėdavę už tai, kad troškę su kitais pasidalyti savo pažinimo lobiais. Ir aš pats, kai prieš teismą stodavo žmogus, kaltinamas ryšiais su velniu, turėjau vengti naudoti šiuos stiklus, prašydamas paslaugų raštininkų perskaityti man visus reikalingus raštus, nes kitaip tomis akimirkomis, kai šėtono buvimas buvo toks aiškus, jog visi, jei galima taip pasakyti, kvėpavo jo sieros tvaiku, aš ir pats būčiau laikomas kaltinamųjų draugu. O pagaliau, kaip perspėja mus didysis Rodžeris Bekonas, ne visuomet mokslo paslaptys turi pakliūti į kiekvieno rankas, nes kai kas gali panaudoti jas piktam. Išminčiui dažnai tenka suteikti magišką pavidalą knygai, kurioje nėra jokios magijos, o vien tik geras mokslas, kad apsaugotų ją nuo smalsaujančių akių.

— Tai tu bijai, kad paprasti žmonės gali panaudoti piktam šias paslaptis? — paklausė Mikalojus.

— O dėl paprastų žmonių bijau tik, kad jie gali jų pabūgti, supainioję su tais velnio darbais, apie kuriuos pernelyg dažnai kalba jiems jų ganytojai. Žinok, yra man tekę sutikti gabiausių gydytojų, mokančių pagaminti vaistus, akimirksniu išgydančius ligonį. Bet girdydami paprastus žmones savo nuovirais ar tepdami tepalais, jie tardavę šventus žodžius ir giedodavę posmus, primenančius maldas. Ir ne todėl, kad maldos tos būtų turėjusios gydomąją galią, tačiau dėl to, kad paprasti žmonės, įtikėję maldų gydomąja galia, išgers nuovirą ar išsiteps tepalu, ir išgis, nė nekreipdami dėmesio į jų poveikio galią. Be to, siela, kurioje gyvas tikėjimas malda, padeda gyti kūnui. Tačiau dažniausiai mokslo lobius tenka slėpti ne nuo paprastų žmonių, bet nuo kitų išminčių akių. Šiandien jau daromos nuostabios mašinos, apie kurias tau kada vėliau papasakosiu, ir jomis išties galima valdyti gamtos dėsnius. Bet vargas, jei jos paklius į rankas tų žmonių, kurie panorės išplėsti savo žemišką galią ir patenkinti savo turtų troškimą! Girdėjau kalbant, kad Kinijoje vienas išmintingas žmogus yra sukūręs miltelius, kuriems susilietus su ugnimi kyla didelis griausmas ir didelė liepsna, naikinanti viską aplink daugelio uolekčių spinduliu. Puikus tai dalykas, jei būtų panaudotas pasukti upių vagoms ar trupinti akmenims ten, kur reikia įdirbti žemę. Bet jei kas nors panaudos juos, kad atkeršytų savo priešams?

— Gal ir nebūtų tai blogai, jei būtų jie kartu ir Dievo žmonių priešai,— pamaldžiai tarė Mikalojus.

— Galbūt,— sutiko Viljamas.— Bet kas šiandien yra Dievo žmonių priešas? Imperatorius Liudvikas ar popiežius Jonas?

— O Viešpatie! — išgąstingai sušuko Mikalojus.— Aš negaliu pats vienas atsakyti į tokį skaudų klausimą.

— Taigi, matai? — tarė Viljamas.— Kartais gerai, jei kai kurias paslaptis vis dar dengia slaptų žodžių skraistė. Gamtos paslaptys nesurašomos ožkų ar avių. Aristotelis savo paslapčių knygoje kalba, kad, pagarsinant pernelyg daug gamtos ir meno mįslių, laužomas dangaus antspaudas, o tai gali sukelti daug nelaimių. Nereiškia tai, jog paslapčių nedera atskleisti, bet tik išminčiai gali spręsti, kada ir kaip.

— Todėl yra gerai, kad tokiose vietose kaip ši,— tarė Mikalojus,— ne visos knygos prieinamos kiekvienam.

— Tai jau visai kas kita,— atsakė Viljamas.— Galima nusidėti ir per dideliu iškalbingumu, ir per dideliu tylėjimu. Aš jokiu būdu nenorėjau pasakyti, jog reikia slėpti išminties šaltinius. Laikau tai tokiu pat dideliu blogiu. Aš norėjau pasakyti, kad kai kalbama apie paslaptis, kurios gali nešti ir gera, ir bloga, išminčius turi teisę ir netgi privalo vartoti kalbą miglotą, suprantamą tik tokiems pat kaip jis. Mokslo kelias painus, ir sunku jame atskirti gėrį nuo blogio. O dažnai naujųjų laikų išminčiai tėra tik nykštukai, užsiropštę ant kitų nykštukų pečių.

Toks malonus pokalbis su mano mokytoju sukėlė Mikalojaus pasitikėjimą. Jis mirktelėjo jam (lyg sakydamas: mes suprantam vienas kitą, nes kalbam apie tuos pačius dalykus) ir pratarė:

— Tačiau ten,— mostelėjo Buveinės link,— burtų kerai patikimai saugo mokslo paslaptis...

— Taip? — Viljamas dėjosi abejingas.— Įsivaizduoju: už-
sklęstos durys, griežti draudimai, grasinimai.

— O ne, daug daugiau...

— Sakysim, kas?

— Taigi, tikrai nežinau, užsiimu stiklu, ne knygomis, bet vie-
nuolyne pasakojama... keisti dalykai...

— Kokie gi?

— Keisti. Kad ir apie vienuolį, išdrįsusį naktį įeiti į biblio-
teką, kad rastų kažką, ko Malachijas nenorėjęs jam duoti, ir pa-
mačiusį ten gyvates, begalvius žmones ir žmones dvigalvius. Ne-
daug trūko, kad būtų išbėgęs iš labirinto jau ne viso proto...

— Kodėl tu kalbi apie kerus, o ne velnio apsireiškimus?

— Todėl, kad nors esu tik vargšas stiklius, nesu visiškas tam-
suolis. Šėtonas (apsaugok, Viešpatie!) negundo vienuolio gyvatė-
mis ir dvigalviais žmonėmis. Jis gundo gašliais regėjimais, kaip
tai buvo tėvams dykumoje. Be to, jei nedora skaityti kai kurias
knygas, kodėl turėtų velnias trukdyti vienuoliui daryti bloga?

— Man tai atrodo vykusi entimema,— pritarė mano moky-
tojas.

— O pagaliau taisydamas vitražus ligoninėje įdomumo dė-
lei varčiau kai kurias Severino knygas. Buvo ten paslapčių kny-
ga, parašyta, atrodo, Alberto Didžiojo. Mano žvilgsnį patraukė
keletas keistų miniatiūrų, ir perskaičiau lapus, kur aprašyta, ko-
kiu būdu ištepti aliejumi žibinto dagtį, kad smilkdamas jis su-
keltų regėjimus. Ar pastebėjai, bet ne, dar negalėjai pastebėti,
nes nepraleidai nė vienos nakties, kad sutemus pro viršutinio
Buveinės aukšto langus smelkiasi silpna šviesa. Daugelis spėliojo,
kas gi tai galėtų būti, ir buvo kalbama apie žaltvyksles ar mirusių
bibliotekininkų sielas, sugrįžusias aplankyti savo valdų. Čia dau-
gelis tuo tiki. Aš manau, jog tai — regėjimus sukeliantys žibin-
tai. Žinai, jei iš šuns ausies paimtum vaško ir išteptum juo ži-
binto dagtį, kiekvienas, įkvėpęs jo smilkalų, tikės, kad turi šuns
galvą, o jei kas nors bus šalia jo, tai pamatys ir jį esant su šuns
galva. Yra dar kitas tepalas, kurio smilkalų įkvėpusieji pasijunta
dideli it drambliai. O iš šikšnosparnio akių ir dviejų žuvų, kurių
pavadinimo jau neatmenu, ir vilko tulžies padarysi tokį dangtį,
kad degdamas jis sukels tau regėjimus tų gyvūnų, kurių riebalų
būsi paėmęs. Smilkstant driežo uodegai, viskas aplink bus lyg
iš sidabro, o ištepus dagtį juodosios gyvatės taukais su trupučiu
laidotuvių drobulės pelenų, kambarys atrodys pilnas gyvačių.
Žinau. Kažkas bibliotekoje yra be galo gudrus...

— Bet ar negalėtų tuos kerus skleisti mirusių bibliotekininkų
sielos?

Mikalojus sumišo ir sunerimo:

— Nepagalvojau apie tai. Gali būti. Ir tesaugo mus Viešpats. Vėlu, jau prasidėjo Mišparai. Su Dievu.— Ir jis nuskubėjo bažnyčios link.

Toliau ėjome išilgai pietinės mūro dalies. Dešinėje buvo piligrimų prieglauda ir kapitulos salė su sodu, kairėje — aliejaus spaudyklos, malūnas, aruodai, rūsiai, novicijų namas. Visi sutikieji skubėjo bažnyčios link.

— Ką manote apie Mikalojaus žodžius? — paklausiau.

— Nežinau. Bibliotekoje kažkas vyksta, ir netikiu, kad tai būtų mirusių bibliotekininkų sielos...

— Kodėl?

— Nes manau juos buvus tokius dorus, kad šiandien jie gyvena dangaus karalystėje ir žvelgia Dievo veidan, jei toks atsakymas patenkina tave. O žibintus pamatysime, jei tik jie ten yra. Dėl tepalų, kuriuos minėjo mūsų stiklius, tai turiu pasakyti, kad yra daug lengvesnių būdų regėjimams sukelti, ir Severinas juos puikiausiai žino, tuo šiandien ir pats galėjai įsitikinti. Tikra yra tik tai, jog kažkas vienuolyne nenori, kad kas nors naktimis lankytųsi bibliotekoje, o ne vienas, matyt, jau yra tai bandęs ar tebebando daryti.

— O kaip su tuo susijęs mus dominantis nusikaltimas?

— Nusikaltimas? Kuo daugiau apie tai galvoju, tuo esu tikresnis, kad Adelmas nusižudė.

— Bet kodėl?

— Ar atmeni šįryt pastebėtą mėšlo krūvą? Kai kopėme vingiu, virš kurio stūkso rytinis bokštas, toje vietoje pastebėjau nuošliaužos paliktą dryžę: matyt, dalis grunto, daugmaž iš tos vietos, kur susikaupia atliekos, bus nuslinkusi net iki bokšto papėdės. Todėl šį vakarą, mums žvelgiant iš viršaus, jos atrodė vos vos užklotos sniegu, nes yra tai tik vakarykštis, o ne kelių dienų senumo sniegas. Abatas juk sakė mums, kad Adelmo kūnas buvo sudraskytas uolų, o po rytiniu bokštu, vos tik baigiasi sienos statuma, auga pušys. Uolos yra kaip tik ten, kur mūras žemėja, suformuodamas tarsi laiptelį, už kurio prasideda kriaušis su atmatų krūva.

— Taigi?

— Taigi pagalvok pats, ar nebus... kaip čia pasakius... ar nebus mums lengviau manyti, jog Adelmas savo valia, paskatintas priežasčių, kurias dar turėsime išsiaiškinti, metėsi spont sua nuo mūro viršaus ir, atsimušęs į uolas, miręs ar leisgyvis, prasmego atliekų krūvoj. O to vakaro audros sukelta griūtis nustūmė dalį grunto kartu su mėšlu ir nelaimingojo kūnu po rytiniu bokštu.

— Bet kodėl jūs pasakėt, kad taip galvoti mums yra lengviau?

— Brangusis Adsai, neverta dauginti aiškinimų ir priežas-

čių, jei nėra tam neišvengiamos būtinybės. Jeigu Adelmas bū-
tų iškritęs iš rytinio bokšto, jis būtų turėjęs kokiu nors būdu at-
sidurti bibliotekoje, kur kažkas būtų turėjęs jį apkvaišinti, kad
jis nesipriešintų, po to su bedvasiu kūnu ant pečių pasiekti langą,
atidaryti jį ir išmesti nelaimingąjį lauk. Mano hipotezėje tuo
tarpu mums gana Adelmo, jo valios ir griūties. Ir viskas išaiš-
kėja pasitelkus mažiau priežasčių.
— Bet kam jam reikėjo žudytis?
— O kam reikėjo žudyti jį? Visais atvejais turi būti rastos
priežastys. O kad jų yra, neabejoju. Buveinėje tvyro nutylėjimų
tvaikas, kiekvienas kažką slepia. Tačiau mums jau pavyko iš-
girsti keletą užuominų apie keistą ryšį tarp Adelmo ir Berengari-
jaus. Tai reiškia, kad privalome nenuleisti akių nuo biblioteki-
ninko padėjėjo.

Taip mums kalbant, pasibaigė Mišparai. Tarnai grįžo prie sa-
vo darbų, kurie turėjo būti baigti iki vakarienės, vienuoliai tuo
tarpu traukė į refektorių. Dangus jau buvo tamsus, pradėjo snig-
ti. Minkštos, lengvos snaigės krito, matyt, didžiąją nakties dalį,
nes kitą rytą visą plokščiakalnį dengė balta puri antklodė, apie
tai dar papasakosiu vėliau.

Buvau jau gerokai išalkęs ir su palengvėjimu sutikau kvie-
timą vakarienės.

Pirma diena

NAKTINĖ

*Viljamas ir Adsas mėgaujasi linksmu abato svetingumu
ir klausosi rūsčios Jorgės kalbos*

Refektorių apšvietė didžiuliai deglai. Vienuoliai sėdėjo už
ilgos stalų eilės, virš kurios dominavo iškeltas ant plačios paky-
los ir pastatytas statmenai jai abato stalas. Priešingoje pusėje
stovėjo katedra, ir vietą joje jau buvo užėmęs vienuolis, tu-
rėjęs skaityti vakarienės metu. Abatas laukė mūsų prie šalti-
nėlio ir laikė baltą drobulę, kad nušluostytų mums rankas, kaip
kad yra prisakęs šventasis Pachomijus.

Abatas pakvietė Viljamą prie savo stalo, taręs, kad šį va-
karą ir aš, ką tik atvykęs svečias, galėsiu naudotis šia privilegija,
nors esu tik benediktinų novicijus. Ateinančiomis dienomis, tė-
viškai pasakė jis, galėsiu sėsti už stalo kartu su vienuoliais, arba,
jei mano mokytojas bus davęs man kokių užduočių, pavalgyti
virtuvėje, kur virėjai manim pasirūpins.

Vienuoliai dabar jau stovėjo prie stalų, sustingę, su žemai ant veidų nuleistais gobtuvais, paslėpę rankas po škaplieriais. Abatas priėjo prie savo stalo ir pasakė „Benedicite". Kantorius katedroje užtraukė „Edent pauperes". Abatas palaimino, ir visi susėdo.

Mūsų ordino įsteigėjas yra prisakęs valgyti saikingai, bet palikęs abatui teisę spręsti, kiekgi iš tikrųjų maisto reikia jo vienuoliams. Antra vertus, šiais laikais mūsų vienuolynuose pernelyg atlaidžiai žiūrima į stalo malonumus. Nekalbu jau apie tuos vienuolynus, kurie, deja, virto rajūnų gūžtomis; bet net ir ten, kur laikomasi atgailos ir dorybės priesakų, vienuoliai, paprastai užimti sunkiu proto darbu, valgo ne įmantriai, bet sočiai. Be to, abato stalas visada yra privilegijuotas dar ir todėl, kad už jo dažnai sėdi garbingi svečiai, o vienuolynuose didžiuojamasi savo laukų derliumi, tvartų turtais ir virėjų išmone.

Vienuoliai valgė, kaip įprasta, tylomis, tarpusavy bendraudami tik žinoma mums pirštų kalba. Novicijai ir jaunesnieji vienuoliai buvo aptarnaujami pirmiausia, iškart, vos tik valgiai, skirti visiems, buvo nunešami nuo abato stalo.

Už abato stalo kartu su mumis sėdėjo Malachijas, raktininkas ir du seniausieji vienuoliai, Jorgė Burgiškis, aklasis senis, kurį jau spėjau pažinti skriptoriume, ir labai jau susenęs Alinardas iš Grotaferatos; beveik šimtametis, raišas, gležnos išvaizdos ir, kaip man pasirodė, dvasia jau ne šiame pasaulyje. Abatas mums pasakė, kad, atėjęs į šį vienuolyną novicijumi, jis radęs jame Alinardą, gyvenantį čia jau kone aštuoniasdešimt metų. Šitai abatas papasakojo mums pusbalsiu pačioje vakarienės pradžioje, kad paskui jau galėtume, ordino papročiu, tylomis klausytis skaitančiojo. Bet, kaip jau sakiau, prie abato stalo sėdintiems buvo leidžiama daugiau nei kitiems vienuoliams, ir mes kartkartėmis gyrėme tiekiamus valgius, o abatas puikavosi savo aliejumi ir savo vynu. O kartą, įpildamas mums vyno, jis priminė tas įstatų ištraukas, kuriose mūsų ordino šventasis įkūrėjas yra pasakęs, jog vienuoliams, tiesa, nederėtų gerti vyną, bet jei jau mūsų dienų vienuolių negalima įkalbėti negerti, belieka juos įtikinti neprisigerti, nes vynas netgi išminčius gali pastūmėti į apostazę, ką skelbia ir Ekleziastas. Benediktas sakė „mūsų dienų", turėdamas galvoje savus, dabar jau tokius tolimus laikus; ką ir kalbėti apie tuos laikus, kai mes vakarieniavome vienuolyne, skiriamus nuo anų ilgo doros smukimo kelio (ir neminėsiu jau savo dienų, kai rašau šią knygą, pasakysiu tik, kad čia, Melke, labiau linkstama prie alaus!). Taigi geriama buvo ne per daug, bet su pasitenkinimu.

Valgėme keptą ant iešmo ką tik paskerstų kiaulių mėsą, ir

77

pastebėjau, jog valgiai čia pagaminti ne su taukais ar rapso aliejumi, bet su geru alyvų aliejumi, kurį spaudė iš alyvų, surinktų nuo vienuolyno žemėse, kalno papėdėje į jūros pusę, augusių alyvmedžių. Abato paraginti, ragavome ir viščiuko, kurį mačiau ruošiant virtuvėje (ir kuris buvo skirtas tik abato stalui). Pastebėjau, kad abatas naudojosi metaline šakute, buvusia didele retenybe, kurios forma man priminė mokytojo akinius. Būdamas kilmingos giminės, mūsų šeimininkas nenorėjo teptis rankų maistu. Pasiūlė jis savo įnagį ir mums, bent jau tam, kad gabalus iš didžiojo dubenio įsidėtume į savo dubenėlius. Aš atsisakiau, o Viljamas mielai sutiko ir laisvai naudojosi šiuo ponų įrankiu, gal norėdamas parodyti abatui, jog pranciškonai nėra menko išsimokslinimo ir prastos kilmės.

Karštai puolęs prie visų tų puikių valgių (po keleto dienų kelionės, kai tekdavo tenkintis tuo, kas papuldavo po ranka), visai atitrūkau nuo nenutrūkstamai besitęsiančių šventų skaitymų. Priminė jį man Jorgės urzgimas, ir suvokiau, jog skaitoma ištrauka iš įstatų. Supratau, ko Jorgė toks patenkintas, mat šią popietę jau girdėjau jo mintis. Skaitantysis tuo tarpu kalbėjo: "Sekite pranašu, kuris sako: tariau, stebėsiu savo kelius, kad nenusidėčiau liežuviu savo. Surakinau lūpas, tapau nebyliu, pažeminau save, nekalbėjau net apie dorus dalykus. Ir jei šioje ištraukoje pranašas moko mus, jog kartais iš meilės tylėjimui reikia vengti net vertų kalbų, kaipgi turėtume vengti kalbų nevertų, idant neužsitrauktume atpildo už šią nuodėmę!" Ir tęsė: „Betgi paistalus, tuščiažodžiavimą ir pašaipas smerkiame visada ir visose vietose ir neleidžiame mokiniui atvert burnos tokioms kalboms".

— Tai liečia ir marginalijas, apie kurias šiandien kalbėjomės,— Jorgė neiškentė nepridūręs pusbalsiu savo komentaro.— Jonas Auksaburnis yra pasakęs, jog Kristus niekuomet nesijuokė.

— Tačiau jo žmogiška prigimtis netrukdė jam to daryti,— pabrėžė Viljamas,— nes juokas, kaip moko teologai, būdingas žmogui.

— Forte potuit sed non legitur eo usus fuisse[30],— griežtai atsakė Jorgė, cituodamas Petrą Kantorių.

— Manduca, jam coctum est[31],— burbtelėjo Viljamas.

— Ką? — paklausė Jorgė, manydamas, kad šie kalba apie kažkokį ką tik atneštą valgį.

— Žodžius šiuos, pasak Ambrozijaus, ištaręs šventasis Laurynas kepamas ant grotelių ir kviesdamas savo kankintojus apversti jį ant kito šono, ką primena ir Prudencijus savo knygoje „Peristephanon",— atsakė Viljamas, nutaisęs kuo nekalčiausią veidą.— Šventasis Laurynas mokėjo juoktis ir juokauti, bent jau tam, kad pažemintų savo priešus.

— Kas ir parodo, kad juokas yra dalykas artimas mirčiai ir kūno irimui,— piktai atšovė Jorgė, ir turėjau pripažinti, jog jis pasirodė esąs geras logikas.

Abatas maloniai paprašė mus laikytis tylos. Vakarienė tuo tarpu jau artėjo prie pabaigos. Abatas atsistojo ir pristatė Viljamą vienuoliams. Pagyręs jo išmintį ir pagarsinęs jo gerą vardą, jis pranešė, kad yra jį prašęs išaiškinti Adelmo mirtį, ir paragino vienuolius atsakyti į visus Viljamo klausimus bei perspėti visus savo pavaldinius šiame vienuolyne, kad šie taip pat į juos atsakytų. Ir visokeriopai padėti jam, jei tik, pridūrė, Viljamo prašymai neprieštaraus vienuolyno įstatams. Tuomet derėtų atsiklausti jo, abato, leidimo.

Vakarienei pasibaigus, vienuoliai ruošėsi eiti į chorą Naktinės. Jie žemai nuleido gobtuvus ir žąsele išsirikiavo prie durų. Po to ilga jų eilė nusirangė per kapines ir pro šiaurinį portalą įsliuogė į chorą.

Mes išėjome kartu su abatu.

— Šiuo metu rakinamos Buveinės durys? — paklausė Viljamas.

— Vos tik tarnai sutvarkys refektorių ir virtuvę, pats bibliotekininkas iš vidaus užsklęs visas duris.

— Iš vidaus? O pro kurgi jis išeis?

Abatas akimirką žvelgė į Viljamą, ir veidas jo buvo labai rimtas.

— Virtuvėje jis tikrai nemiega,— atšovė piktai ir paspartino žingsnį.

— Tiesiog puiku,— sušnibždėjo man Viljamas,— vadinasi, yra dar vienas įėjimas, tik mes neturėtume jo žinoti.— Nusišypsojau, didžiuodamasis jo sumania dedukcija, o jis sudraudė mane.— Ir nesijuok. Pats matei, jog šiuose mūruose juokas neturi gero vardo.

Įėjome į chorą. Ant masyvaus bronzinio trikojo, aukšto kaip du vyrai, degė tik vienas šviestuvas. Vienuoliai tyliai stovėjo klauptuose, lektorius tuo tarpu skaitė ištrauką iš šventojo Grigaliaus homilijos.

Po to abatas davė ženklą, ir kantorius užvedė: „Tu autem Domine miserere nobis". Abatas atitarė: „Auditorium nostrum in nomine Domini", ir visi choru tęsė: „Qui fecit coelum et terram"[32]. Po to pradėjo giedoti psalmes: „Kai šaukiuosi tavęs, atsiliepki, o Dieve, mano teisės gynėjau!", „Iš visos širdies, Viešpatie, tau dėkoju", „Šlovinkit Viešpatį, visi Viešpaties tarnai". Mes nestojome į klauptus, bet pasitraukėme į centrinę navą. Iš ten kaip tik ir pamatėme Malachiją netikėtai išnyrant iš šoninės koplyčios tamsos.

— Įsidėmėk tą vietą,— paliepė man Viljamas.— Ten gali būti kelias į Buveinę.

— Po kapinėmis?

— Kodėl gi ne? Be to, gerai pagalvojus, turi čia kažkur būti osarijus, negalimas dalykas, kad ištisus šimtmečius jie laidotų visus savo vienuolius tame žemės lopinėlyje.

— Tai jūs tikrai norite naktį apsilankyti bibliotekoje? — paklausiau pašiurpęs iš baimės.

— Kur pilna mirusių vienuolių, gyvačių ir paslaptingų šviesų, gerasis mano Adsai? Ne, mano berniuk. Galvoju padaryti tai šiąnakt, ir ne smalsumo vedamas, bet norėdamas išaiškinti Adelmo mirties aplinkybes. Dabar, kaip jau sakiau, radau logiškiausią atsakymą, ir, gerai pagalvojęs, visgi norėčiau pagerbti šios vietos papročius.

— Tai kam jums reikia žinoti?

— Žinojimas nėra vien tai, ką turi ar gali padaryti, jis yra ir tai, ką galėtum padaryti, bet ko visgi nevertėtų daryti. Todėl aš šiandien ir kalbėjau stikliui, kad išminčius turi kokiu nors būdu išlaikyti paslaptis, kurias yra atskleidęs, idant kiti nepanaudotų jų piktam, bet atskleisti jas jis privalo, o ši biblioteka atrodo man kaip tik tokia vieta, kur paslaptys lieka neatskleistos.

Su tais žodžiais mes išėjome iš bažnyčios, nes pamaldos jau baigėsi. Abu mes buvome labai pavargę, todėl patraukėme į savo celę. Aš susirangiau savo guolyje, kurį Viljamas juokais pavadino mano „laidojimo niša" ir kaipmat užmigau.

ANTRA DIENA

Antra diena

AUŠRINĖ

Kelias mistiškos laimės valandas sudrumsčia
šiurpus įvykis

Nė vienas gyvūnas nėra klastingesnis už gaidį, kartais —
velnio, o kartais — atgimusio Kristaus simbolį. Mūsų ordine jų
yra buvę tokių tinginių, kurie niekuomet negiedodavę saulei te-
kant. O ką jau kalbėti apie žiemos metą, kuomet Aušrinė vyksta
dar esant gūdžiai nakčiai, ir visa gamta dar tebesnaudžia, nes vie-
nuolis privalo keltis tamsoje ir tamsoje ilgai dar melstis, lauk-
damas aušros ir praskaidrindamas tamsybes savo tikėjimo lieps-
na. Todėl radosi protingas paprotys skirti budėtojus, kurie
negultų kartu su savo broliais, bet leistų naktį ritmiškai dekla-
muodami tą psalmių skaičių, kuris jiems padėtų matuoti slenkantį
laiką taip, kad, praėjus kitų miegui skirtoms valandoms, jie ga-
lėtų duoti šiems ženklą keltis.

Tą naktį mus kaip tik ir pažadino budėtojai, kurie ėjo per dor-
tuarą bei piligrimų prieglaudą, skambindami varpeliais, ir vie-
nas iš jų, praverdamas kiekvienos celės duris, sušukdavo: „Bene-
dicamus Domino"[1], o iš celės atsakydavo: „Deo gratias"[2].

Mes su Viljamu laikėmės benediktinų papročio, ir, nepraėjus
nė pusvalandžiui, buvome jau pasiruošę sutikti naują dieną. Nu-
sileidome į chorą, kur vienuoliai, sukniubę ant žemės, kalbėjo
pirmas penkiolika psalmių, laukdami ateinant novicijų, lydimų
savo mokytojo. Tuomet visi sėdo į klauptus, ir choras užvedė
„Domine labia mea aperies · et os meum annuntiabit laudem
tuam"[3]. Garsas pakilo aukštyn po bažnyčios skliautais tarsi vaiko
malda. Du vienuoliai, užkopę į amboną, pradėjo devyniasdešimt
ketvirtąją psalmę „Venite exultemus"[4], po jos ėjo kitos, skirtos
šioms pamaldoms. Ir mane užliejo šilta atgijusio tikėjimo banga.

Vienuoliai stovėjo klauptuose, šešiasdešimt figūrų vienodais
abitais ir gobtuvais, šešiasdešimt šešėlių, blankiai nušviestų ug-

nies ant didžiojo trikojo, šešiasdešimt balsų, giedančių šlovę Aukščiausiajam. Ir klausydamasis šios jaudinančios harmonijos, skelbiančios rojaus palaimą, klausiau savęs, ar gali būti šis vienuolynas vieta niūrių paslapčių, neteisėtų jų atskleidimo būdų ir šiurpių grasinimų. Mat tuo metu jis atrodė man esąs šventųjų buveinė, dorybės lizdas, mokslo relikvijorius, apdairos arka, išminties bokštas, ramybės užutekis, tvirtybės bastionas, šventumo smilkyklė.

Pagiedojus šešias psalmes, prasidėjo Šventojo Rašto skaitymas. Kai kurie vienuoliai snūduriavo knapsėdami, o vienas iš nakties budėtojų vaikščiojo tarp klauptų nešinas mažu žibintu ir žadino užmigusius. Tie, kurie būdavo užklupti miegant, už bausmę turėjo imti žibintą ir tęsti vaikščiojimą. Pradėtos giedoti dar šešios psalmės. Po to abatas palaimino visus, savaitinis maldų vadovas pasakė maldas, visi nusilenkė altoriui, sustingę susikaupimo minutę, kurios saldumo nesupras niekas, kam neteko patirti šių mistiškos kaitros ir skambančios vidinės ramybės valandų. Pagaliau, vėl žemai nuleidę gobtuvus, visi iškilmingai pradėjo „Te Deum". Ir aš garbinau Viešpatį, išsklaidžiusį mano dvejones, išvadavusį iš pirmąją vienuolyne praleistą dieną mane apėmusio slogučio. Esame silpni, tariau sau, ir tarp šitų atsidavusių mokslui ir Dievui vienuolių nelabasis gali pasėti smulkų pavydą, nedidelę neapykantą, bet tai yra tik dūmai, kuriuos be vargo išsklaido stiprus tikėjimo vėjas, vos tik visi susivienija Tėvo vardan, ir nužengia į jų tarpą Kristus.

Tarp Aušrinės ir Rytmetinės vienuolis negrįžta atgal į celę, nors dar tebėra gili naktis. Novicijai su savo mokytoju eina į kapitulos salę mokytis psalmių, kai kurie vienuoliai lieka·bažnyčioje tvarkyti bažnytinių indų, tačiau daguma paskendusi savo mintyse vaikšto po klostrą, ką padarėme ir mes su Viljamu. Tarnai tebemiegojo, jie miegojo taip pat ir tuomet, kai mes, dar dangui neprašvitus, grįžome į chorą, į Rytmetinę.

Pradėtos giedoti psalmės, o viena iš jų, skirta pirmadieniui, vėl grąžino man pirmykštes baimes: „Beprotis vienas nusprendė: „Nėr Dievo". Žmonės sugedo, bjaurybėse skendi, nebėra kas gera darytų. Viešpats į žmones iš dangaus žiūri: pamokyti norėtų, ar yra dar koks supratingas, ieškantis Dievo". Man pasirodė blogas ženklas, kad įstatai kaip tik tai dienai paskyrė šį baisų įspėjimą. Nenumaldė mano širdies nerimo nė po šlovinančių psalmių pradėtas įprastas Apokalipsės skaitymas: prieš akis vėl stojo portalo figūros, vakar pakerėjusios mano žvilgsnį ir širdį. Tačiau po responsoriumo, himno ir posmelio, pradėjus giedoti Evangeliją, pastebėjau už choro langų, tiesiai virš altoriaus, blyškią šviesą, privertusią atgyti įvairiomis spalvomis vitražus, iki tol apmirusius tamsoje. Tai dar nebuvo aušra, kuri triumfuos per Pirmąją, mums giedant „Deus qui est sanctorum splendor mirabilis"[5] ir „Iam lucis orto sidere"[6]. Tebuvo tai varganas žiemos saulėtekio pranašas, bet jo pakako, kad širdį man nuramintų ta blausi prieblanda, navoje dabar keitusi nakties sutemas.

Giedojome Dievo knygos žodžius, ir liudijant mums Žodį, atėjusį apšviesti žmonijos, atrodė man, jog skaisčiausioji dienos žvaigždė žengia į šventovę. Švytėjimas, nors dar nematomas, rodėsi, sklido iš kiekvieno giesmės žodžio, tarytum mistiška lelija, pražystanti kvapniai po skliautų kryžmėmis. „Dėkoju, Viešpatie, už šią nenusakomos palaimos akimirką",— tyliai meldžiausi, tardamas savo širdžiai: „ir ko gi tu bijai, paikoji?"

Staiga nuo šiaurinio portalo mūsų ausis pasiekė kažkoks triukšmas. Nustebau, kaip išdrįso tarnai, ruošdamiesi darbui, šitaip trikdyti šventąsias apeigas. Tą akimirką įėjo trys kiauliaganiai siaubo iškreiptais veidais, prisiartino prie abato ir pakuždėjo jam kažką į ausį. Abatas rankos mostu nuramino juos, nenorėdamas nutraukti pamaldų; bet čia pasirodė kiti tarnai, šūksniai garsėjo. „Vyras, negyvas vyras!"— sakė vienas, o kiti: „Tai vienuolis, argi nematei jo apavo?"

Orantai nutilo: abatas skubiai išėjo, davęs raktininkui ženklą sekti paskui. Viljamas išėjo paskui juos, bet dabar jau ir kiti vienuoliai kilo iš savo klauptų ir skubėjo laukan.

Dangus jau buvo šviesus, o dėl žemę nuklojusio sniego plokščiakalnyje atrodė dar šviesiau. Už choro, priešais tvartus, kur vakar matėme stūksant didžiulį kubilą su paskerstų kiaulių krauju, dabar pastebėjome virš jo krašto kyšant kažkokį keistą lyg kryžiaus formos daiktą, panašų į dvi žemėn įbestas kartis, kurias gana būtų apkarstyti skudurais, kad išeitų puiki kaliausė.

Tačiau ten styrojo ne kartys, o dvi kojos žmogaus, stačia galva panardinto kraujo sklidiname kubile.

Abatas liepė ištraukti lavoną (nė vienas gyvas žmogus nebūtų galėjęs tverti tokioje klaikioje padėtyje) iš to kraupaus skysčio. Kiauliaganiai neryžtingai priėjo prie kubilo ir, taškydamiesi kraujais, ištraukė iš jo varganus kraujais pasruvusius palaikus. Kaip jau sakiau anksčiau, kraujas nesukrešėjo, nes buvo gerai išsuktas vos supylus į kubilą ir paliktas šaltyje, tačiau dabar jo sluoksnis, dengiantis lavoną, permerkęs jo rūbus ir neatpažįstamai pakeitęs veidą, pradėjo stingti. Priėjo tarnas su kibiru vandens ir šliūkštelėjo jo ant šių varganų palaikų galvos. Kitas pasi-

lenkė su skuduru rankoje, kad nuvalytų jo veidą. Mūsų akys iš-
vydo baltą veidą Venancijaus Salvemekiečio, graikiškų rankraš-
čių žinovo, su kuriuo vakar dienos popietę teko kalbėtis ties
Adelmo rankraščiais.

— Gal Adelmas ir nusižudė,— ištarė Viljamas, stebėdamas
Venancijaus veidą,— bet šitas tai jau tikrai ne, negali būti nė
kalbos, kad jis atsitiktinai palypėjo iki kubilo krašto, o po to ne-
tyčia į jį įkrito.

Prisiartino abatas.

— Broli Viljamai, kaip matote, šiame vienuolyne dedasi da-
lykai, kuriems išaiškinti prireiks visos jūsų išminties. Tačiau
maldauju, paskubėkite!

— Ar buvo jis chore pamaldų metu? — paklausė Viljamas,
rodydamas į lavoną.

— Ne,— atsakė abatas,— pastebėjau, kad jo klauptas buvo
tuščias.

— O ar daugiau netrūko nė vieno?

— Neatrodo. Nieko nepastebėjau.

Viljamas kiek padvejojo, prieš duodamas kitą klausimą, ir iš-
tarė jį pašnibždomis, sergėdamasis, kad nenugirstų kiti vienuo-
liai:

— Ar Berengarijus buvo savo vietoje?

Abatas pažvelgė į jį su nerimastinga nuostaba, tarsi sakyda-
mas, koks yra priblokštas dėl to, jog mano mokytojas įtaria tą
patį, ką ir jis pats tą tik įtaręs, bet turėdamas tam daug svares-
nių priežasčių. Po to skubiai atsakė:

— Jis buvo savo vietoje, pirmoje eilėje, netoli manęs, deš-
inėje.

— Aišku, visa tai nieko nereiškia,— tarė Viljamas.— Manau,
kad niekas, norėdamas patekti į chorą, nėjo absidės užnugariu,
todėl lavonas galėjo būti čia jau keletą valandų, bent jau nuo
tada, kai visi nuėjo miegoti.

— Taip, pirmieji tarnai keliasi sulig aušra, todėl jie ir atrado
jį tik dabar.

Viljamas paliko prie lavono, lyg jam tai būtų buvęs įprastas dalykas. Jis sudrėkino greta kibiro su vandeniu gulėjusį sku-
durą ir rūpestingai nuvalė Venancijaus veidą. Kiti vienuoliai tuo
tarpu grūdosi aplink, spietėsi į siaubo apimtą klegantį ratą, kol
abatas paliepė visiems nutilti. Severinas, kurio pareiga buvo rū-
pintis vienuolyno mirusiais, prasibrovęs pro ratą taip pat palinko
ties Venancijum greta mano mokytojo. O aš, kad galėčiau gir-
dėti jų pokalbį ir paduoti Viljamui reikalingą švarų šlapią sku-

durą, taip pat palinkau prie jų, nugalėdamas savo baimę ir pasidygėjimą.

— Ar esi kada matęs skenduolį? — paklausė Viljamas.

— Ne kartą,— atsakė Severinas.— Ir jei teisingai supratau, kur link suki, tai galiu pasakyti, kad jų veidai būna išpampę.

— Taigi, šis žmogus jau buvo miręs, kai jį kažkas įmetė į kubilą.

— Bet kam reikėjo tą daryti?

— O kam reikėjo jį žudyti? Prieš mus iškrypusio proto veiklos padarinys. Dabar reikia apžiūrėti, gal yra ant kūno žaizdų ar smūgio žymių. Manau, reikėtų pernešti jį į maudyklą, ten nurengti, numazgoti ir ištirti. Aš ten ateisiu nedelsdamas.

Severinas, gavęs abato leidimą, vadovavo kiauliaganiams, nešusiems negyvėlį, o mano mokytojas tuo tarpu paprašė, kad būtų liepta vienuoliams grįžti į chorą tuo pačiu keliu, kuriuo jie atėję, kad tais pat keliais išeitų ir tarnai ir kad ši vieta liktų dyka. Abatas išpildė jo prašymą net nepaklausęs, kam to reikia. Taip mes likome dviese prie kubilo, iš kurio to makabriško palaikų traukimo metu išsitaškęs kraujas nudažė raudonai aplinkinį sniegą, patirpusį tose vietose, kur išsipylė vanduo, ir apie didelę tamsią dėmę, ten, kur ką tik gulėjo lavonas.

— Nebloga maišalynė,— tarė Viljamas, rodydamas į painų rezginį pėdsakų, paliktų vienuolių ir tarnų.— Sniegas, brangusis Adsai, tai įstabus pergamentas, kuriame žmonių kūnai palieka lengvai įskaitomą raštą. O šis tėra tik prastai nugrandytas palimpsestas, ir mes, ko gero, neįskaitysime jame nieko įdomaus. Tarp bažnyčios ir šios vietos viską nutrypė vienuoliai, o tarp šios vietos ir arklidžių bei tvartų keliavo būriai tarnų. Vienintelė nepaliesta vieta tėra tarp arklidžių ir Buveinės. Eime pažiūrėti, ar nerasim ten ko įdomaus.

— Bet ką jūs norite rasti?

— Jeigu jis ne pats nėrė į šį kubilą, tai kažkas turėjo jį čionai atnešti, manau, jau mirusį. O žmogus, nešantis kito žmogaus kūną, palieka sniege gilius pėdsakus. Todėl reikia ieškoti pėdsakų, skirtingų nuo tų, kuriuos paliko tie rėksniai vienuoliai, sumaitoję mums visą pergamentą.

Taip mes ir padarėme. Ir iškart pasakysiu, jog būtent aš, tesaugo mane Dievas nuo tuštybės, pastebėjau kažką tarp kubilo ir Buveinės. Tai buvo žmogaus pėdų atspaudai, gana gilūs toje vietoje, kur niekas dar nebuvo praėjęs, ir, kaip tuoj pat pastebėjo mano mokytojas, ne tokie ryškūs kaip tie, palikti vienuolių ar tarnų, kas reiškė, kad palikti jie anksčiau, ir juos jau spėjo užkloti šviežias sniegas. Bet įdomiausia, kad šiuos pėdsakus jungė vientisa šliūžė, lyg tas, kuris paliko juos, būtų kažką vilkęs. Ta šliūžė driekėsi nuo kubilo iki tų refektoriaus durų, kurios buvo tarp Buveinės pietinio ir rytinio bokštų.

— Refektorius, skriptoriumas, biblioteka,— tarė Viljamas.— Ir vėl biblioteka. Venancijus mirė Buveinėje, o greičiausiai — bibliotekoje.

— Bet kodėl būtent joje?

— Bandau įlįsti į žudiko kailį. Jei Venancijus būtų nužudytas refektoriuje, virtuvėje ar skriptoriume, kodėl gi jo ten nepalikus? Bet jei tai atsitiko bibliotekoje, tuomet jį būtinai reikėjo pernešti kitur, pirma, todėl, kad bibliotekoje kūno niekas nebūtų radęs (o žudikui, matyt, ypač rūpėjo, kad jis būtų rastas), antra, todėl, kad žudikas aiškiai nenori atkreipti visų dėmesio į biblioteką.

— Kodėl gi žudikui turėjo rūpėti, kad kūnas būtų rastas?

— Nežinau, tik taip spėju. Kas tau pasakė, jog žudikas nužudė Venancijų todėl, kad nekentė jo? Jis galėjo nužudyti jį lygiai kaip ir ką kitą, tik norėdamas palikti ženklą, kažką pasakyti.

— Omnis mundi creatura quasi liber et sctiptura...— sumurmėjau.— Bet koks gi tai turėjo būti ženklas?

— Kaip tik to aš ir nežinau. Tačiau nepamirškime, jog yra ženklų, kurie atrodo turintys prasmę, o iš tiesų nereiškia nieko, kaip blitiri ar bu-ba-baf...

— Kraupu,— tariau,— jei žmogus nužudomas tik, norint ištarti bu-ba-baf!

— Kraupu,— atšovė Viljamas,— jei žmogus nužudomas ir norint ištarti „Credo in unum Deum"[7]...

Tuo metu prie mūsų priėjo Severinas. Lavonas buvo numazgotas ir kruopščiai ištirtas. Jokių žaizdų, jokių galvos sutrenkimų. Miręs lyg nuo prakeiksmo.

— Lyg nuo Dievo bausmės? — paklausė Viljamas.

— Gali būti,— atsakė Severinas.

— Arba lyg nuo nuodų?

Severinas kiek padvejojo.

— Gali būti ir taip.

— Savo laboratorijoje turi nuodų? — paklausė Viljamas, mums einant ligoninės link.

— Turiu ir jų. Destis, ką tu vadini nuodais. Yra tokių medžiagų, kurios, pavartotos mažais kiekiais, gydo, dideliais — marina. Kaip ir kiekvienas geras šeimininkas, laikau jas ir vartoju labai atsargiai. Savo darželyje auginu, sakykim, valerijoną. Keli jo lašai kitų žolių nuovire maldo širdies siautulį. Per didelis jo kiekis migdo ir neša mirtį.

— O ar nepastebėjai ant lavono kokių nors žinomų nuodų žymių?

— Jokių. Tačiau daugelis nuodų nepalieka pėdsakų.

Priėjome ligoninę. Venancijaus kūnas, maudykloje nuplautas, buvo perneštas čia ir bolavo ant ilgo stalo Severino laboratorijoje. Įvairios retortos ir kiti stiklo bei molio indai ir įnagiai priminė man alchemiko dirbtuvę (nors pažįstamą tik iš nuogirdų). Ant ilgų lentynų išilgai išorinės sienos eilėmis rikiavosi buteliukai, ąsotėliai, stiklainiai, pilni įvairiaspalvių medžiagų.

— Gražus vaistažolių rinkinys,— tarė Viljamas.— Visa tai iš tavo darželio?

— Ne,— atsakė Severinas,— nemažai šių medžiagų, pagamintų iš retų ir šiuose kraštuose neaugančių augalų, per daugelį metų man sunešė vienuoliai, atvykstantys čionai iš viso pasaulio. Turiu medžiagų, lengvai gaunamų ir iš šių vietų augalų, turiu ir brangių sunkiai įgyjamų dalykų... Žiūrėk... trintas agalingas, auga Kinijoje, arabų išminčiaus dovana. Sukutros alavijas, auga Indijoje, puikiai užtraukia žaizdas. Gyvsidabris, prikelia iš numirusių, ar, tiksliau sakant, atgaivina praradus sąmonę. Arsenas, labai pavojingas, mirtinas nuodas kiekvienam, kas jo paragautų. Vaistinė agurklė gydo nesveikus plaučius. Vaistinė notra, nepakeičiama lūžus galvos kaulams. Mastikmedžio derva padeda kaupiantis karkalams ir esant sunkiems katarams. Mira...

— Ta, kur Karalių? — paklausiau.

— Ta pati. Ji padeda išvengti persileidimų ir renkama nuo medžio, vadinamo Balsamodendron myrrha. O čia — mumija, didelė retenybė, gaunama yrant munifikuotiems lavonams, naudojama gaminant daugelį beveik stebuklingų vaistų. Mandragola officinalis, puikus dalykas dėl miego...

— Ir kūno geismams sužadinti,— papildė mano mokytojas.

— Sako, bet čia ji, kaip jūs ir pats suprantate, tam nevartojama,— šyptelėjo Severinas.— O štai šis,— tarė jis, paimdamas vieną iš buteliukų,— yra mėlynasis akmenėlis, stebuklingas vaistas akims.

— O čia kas? — gyvai paklausė Viljamas, paliesdamas vienoje iš lentynų gulėjusį akmenį.

— Tas? Kadaise man jį padovanojo. Manau, kad bus tai lopris amatiti arba lapis ematitis. Atrodo, jis turi kažkokių gydomųjų savybių, tik dar neištyriau kokių. Tu jį žinai?

— Taip,— atsakė Viljamas,— bet ne kaip vaistą.— Jis ištraukė iš po abito peiliuką ir lėtai, atsargiai ėmė artinti jį prie akmens. Kai peiliukas buvo jau visai arti, jo geležtė netikėtai šoktelėjo, tarsi Viljamas būtų pasukęs riešą, tačiau šis visiškai nejudėjo. O geležtė žvangtelėjusi prilipo prie akmens.

— Matai,— paaiškino Viljamas,— tai yra magnetas.

— O kam jis tinkamas?

— Įvairiems dalykams, papasakosiu tau vėliau. Dabar, Severinai, norėčiau žinoti, ar nėra čia nieko, kas galėtų numarinti žmogų.

Prieš atsakydamas, Severinas pagalvojo, gal net kiek per ilgai, jei turėtume omeny tokį aiškų ir paprastą jo atsakymą:

— Daug dalykų. Kaip jau sakiau, tarp vaistų ir nuodų tik menkas skirtumas. Ne veltui graikai ir vienus, ir kitus vadino vienu vardu: *pharmacon*.

— O pastaruoju metu ar niekas iš čia neprapuolė?

Severinas vėl pagalvojo ir atsakė, lyg pasverdamas kiekvieną žodį:

— Niekas, pastaruoju metu.

— O anksčiau?

— Kas žino. Neprisimenu. Esu šiame vienuolyne jau trisdešimt metų, o šioje ligoninėje — dvidešimt penkeri.

— Žmogaus atminčiai tikrai per ilgai,— sutiko Viljamas. Ir staiga pridūrė: — Kalbėjomės vakar apie augalus, galinčius sukelti regėjimus. Kokie gi jie?

Severinas ir mostais, ir veido išraiška parodė, jog norėtų išvengti šio pokalbio.

— Reikėtų pagalvoti, pats matai, turiu čia tiek stebuklingų medžiagų. Pakalbėkime verčiau apie Venancijų. Ką apie tai pasakytum?

— Reikėtų pagalvoti,— atsakė Viljamas.

Antra diena

PIRMOJI

Bencijus iš Upsalos pasakoja kai kuriuos dalykus, kitus dalykus pasakoja Berengarijus Arundelietis, ir Adsas sužino, kas yra tikroji atgaila

Šiurpus nutikimas apvertė vienuolyno gyvenimą aukštyn kojom. Maišatis, kilusi radus lavoną, nutraukė pamaldas. Abatas paliepė vienuoliams tuoj pat grįžti į chorą ir melstis už savo brolio sielą.

Vienuolių balsai buvo palūžę. Mes su Viljamu atsisėdome taip, kad galėtume stebėti jų veidus, kai, laikantis liturgijos, gobtuvai yra pakelti. Berengarijaus veidas kaipmat patraukė mūsų dėmesį. Blyškus, perkreiptas, blizgantis prakaitu. Vakar jau porą kartų girdėjome užuominas apie ypatingą jo ryšį su Adelmu; ir svarbiausia jose buvo ne tai, kad jie, bendraamžiai, draugavo, o ta dviprasmiška gaida, skambanti kalboje visų, minėjusių jų draugystę.

Greta jo pastebėjome Malachiją. Niūrus, apsiniaukęs, neperprantamas. Šalia Malachijo — toks pat neperregimas aklojo Jorgės veidas. Tuo tarpu Bencijus iš Upsalos, mokytas retorikas, su kuriuo vakar susipažinome skriptoriume, atvirkščiai, nenustygo vietoje. Pagavome jo vogčiomis mestą žvilgsnį Malachijo pusėn.

— Bencijus yra suirzęs, Berengarijus — išsigandęs,— pratarė Viljamas.— Reikėtų juos tuoj pat patardyti.

— Kodėl? — paklausiau naiviai.

— Sunkus mūsų darbas,— tarė Viljamas.— Sunkus inkvizitoriaus darbas, nes jis verčia smogti patiems silpniausiems ir tuomet, kai jie yra labiausiai nusilpę.

Ir mes vos pasibaigus pamaldoms prisigretinome prie Bencijaus, einančio bibliotekos link. Jaunuolis atrodė nepatenkintas, kad Viljamas jį trukdo ir sumurmėjo kažką, nors labai neįtikinamai, apie užduotį, kurią privalo tučtuojau atlikti. Atrodė, kad jam labai skubu į skriptoriumą. Bet mano mokytojas priminė, jog jis tiria šiuos įvykius abato pavedimu, ir nusivedė jį į klostrą. Susėdome ant vidinio parapeto tarp dviejų kolonų. Bencijus, vis žvilgčiodamas Buveinės pusėn, laukė Viljamą prabylant.

— Taigi,— paklausė Viljamas,— kas gi buvo pasakyta tą dieną, kai tu, Berengarijus, Malachijas ir Jorgė kalbėjotės apie Adelmo marginalijas?

— Jūs jau girdėjote tai vakar. Jorgė sakė, jog yra netinkama dabinti knygas, kuriose parašyta tiesa, juoką keliančiais paveikslėliais. O Venancijus kalbėjo, kad dar pats Aristotelis kalbėjęs apie sąmojį ir žodžių žaismą kaip priemonę geriau pažinti tiesai, ir todėl juokas, jei jis gali tapti tiesos skleidėju, nėra toks jau didelis blogis. Jorgė pasakė, kad, jei teisingai atsimena, Aristotelis rašęs tai savo „Poetikoje" kalbėdamas apie metaforas. Ir čia yra dvi nerimą keliančios aplinkybės, pirma, kad knyga apie poetiką, buvusi nežinoma krikščioniškajam pasauliui tokį ilgą laiką, ir tokia, matyt, buvo Dievo valia, pasiekė mus per bedievius maurus...

— Bet angeliškojo daktaro Akviniečio draugas išvertė ją į lotynų kalbą,— įsiterpė Viljamas.

— Kaip tik tai aš jam ir pasakiau,— atsakė Bencijus, staiga pažvalėjęs.— Menkai išmanau graikų kalbą, todėl galėjau pažinti šią didžią knygą tik iš Viljamo Merbekiečio vertimo. Taigi kaip tik tai jam ir pasakiau. Tuomet Jorgė pridūrė, jog antroji kelianti nerimą aplinkybė yra ta, kad Stagiritas knygoje kalba tik apie poeziją, o ši yra niekingas melas, mintantis vien prasimanymais. Tuomet Venancijus pasakė, jog psalmės — tai irgi poezijos kūriniai ir kad jose taip pat yra metaforų, o Jorgė įsiuto ir tarė, kad psalmės — tai dieviškojo įkvėpimo kūriniai, ir jų metaforos — tiesos ženklai, tuo tarpu pagonių poetų kūriniuose metaforos yra melo šaukliai ir naudojamos vien tik pramogai, kas mane giliai užgavo...

— Kodėl?

— Užsiimu retorika, todėl skaitau daug pagonių poetų eilių ir žinau... ar, tiksliau sakant, tikiu, kad ir jų žodžiuose slypi naturaliter krikščioniškoji tiesa... Trumpai tariant, kaip tik tuomet, jei gerai atmenu, Venancijus prabilo apie kitas knygas, ir Jorgė be galo įniršo.

— Kokias knygas?

Bencijus sudvejojo.

— Neprisimenu. Bet ar svarbu, apie kokias knygas buvo kalbėta?

— Nepaprastai svarbu, nes mes dabar norime suprasti, kas gi įvyko tarp žmonių, kurie gyvena tarp knygų, su knygomis ir iš knygų, o todėl yra svarbūs ir jų žodžiai apie knygas.

— Tai tiesa,— tarė Bencijus, ir jo veidą pirmą kartą nušvietė šypsena.— Mes gyvename dėl knygų. Palaiminga tai misija šiame pasaulyje, kur valdo netvarka ir nuopuolis. Tad jūs turėtumėt suprasti, kas tądien nutiko. Venancijus, puikiai mokantis... mokėjęs graikiškai, pasakė, jog Aristotelis būtent juokui paskyrė antrąją „Poetikos" knygą, o jei jau toks garsus filosofas paskyrė juokui visą knygą, juokas turi būti svarbus dalykas. Jorgė atkirto, kad daugelis tėvų yra paskyrę ištisas knygas nuodėmei, kuri yra dalykas svarbus, bet blogas, tačiau Venancijus atšovė, kad, kiek jam žinoma, Aristotelis kalbėjęs apie juoką kaip gerą dalyką ir tiesos laidą, o Jorgė tuomet pašaipiai paklausė, ar tik jis nebus kartais skaitęs šios Aristotelio knygos. Į tai Venancijus atsakė, kad niekam dar nėra pavykę jos perskaityti, nes ji dar niekuomet nebuvo surasta, ir, matyt, yra pamesta amžiams. Ir išties niekas negalėjo perskaityti antrosios „Poetikos" knygos, Viljamas iš Merbeko niekada nėra laikęs jos savo rankose. Tuomet Jorgė tarė, esą jei ji nėra rasta, tai, matyt, todėl, kad niekuomet nebuvo parašyta, nes apvaizda nenorėjusi, kad būtų šlovinami tušti dalykai. Aš, mėgindamas kiek numaldyti nuotaikas, kadangi Jorgė greitas pykčiui, o Venancijus savo kalba lyg tyčia jį kurstė, pasakiau, jog toje „Poetikos" dalyje, kurią pažįstame, taip pat ir „Retorikoje" yra daug išmintingų pastabų apie šmaikščias mįsles, ir Venancijus sutiko su manim. Tąkart su mumis buvo ir Pacifikas iš Tivolio, neblogai žinantis pagonių poetus. Jis pasakė, kad kuriant tokias mįsles niekas neaplenks

Afrikos poetų. Jis netgi pacitavo mįslę apie žuvį, tą, parašytą Simfozijaus:

> *Est domus in terris, clara quae voce resultat.*
> *Ipsa domus resonat, tacitus sed non sonat hosper,*
> *Ambo tamen currunt, hospes simul et domus una*[8].

Bet tuomet Jorgė tarė, jog Jėzaus liepta mums sakyti tik taip arba ne, o visa, kas daugiau, eina iš piktosios dvasios, ir todėl gana pasakyti „žuvis", jei kalbama apie žuvį, neslepiant jos sąvokos po melagingais garsais. Ir pridūrė, kad afrikiečiai neatrodo jam pats išmintingiausias pavyzdys... O tuomet...

— Tuomet...

— Tuomet nutiko man nesuprantamas dalykas. Berengarijus pradėjo juoktis. Jorgė jį sudraudė, o šis atsakė, kad juokiasi todėl, jog jam kilusi mintis, esą gerai paieškojus būtų galima rasti ir kitokių afrikiečių mįslių, ne tokių lengvų kaip ši apie žuvį. Ten buvęs Malachijas tiesiog įsiuto ir kone pačiupęs Berengarijų už gobtuvo, pasiuntė jį dirbti savo darbo... Berengarijus, kaip žinote, yra jo padėjėjas...

— O po to?

— Po to Jorgė pasišalino, tuo nutraukdamas diskusiją. Kiekvienas vėl grįžome prie savo darbų, bet dirbdamas pastebėjau, kaip pirma Venancijus, o po to Adelmas priėjo prie Berengarijaus ir kažko paprašė. Iš tolo mačiau, kaip šis gynėsi, bet vėliau mačiau juos vėl prie jo sugrįžtant. Berengarijų ir Adelmą tą vakarą prieš einant į refektorių pastebėjau šnekantis klostre. Štai tiek ir žinau.

— Žinai, jog du asmenys, mirę visai neseniai labai paslaptingomis aplinkybėmis, kreipėsi į Berengarijų, kažko prašydami,— tarė Viljamas.

Bencijus kiek suglumo:

— To aš nesakiau! Nupasakojau tik, kas nutiko tą dieną, nes jūs manęs klausėte...— Ir kiek pasvarstęs paskubėjo pridurti: — Bet jei norite žinoti mano nuomonę, tai sakau jums: Berengarijus kalbėjo su jais apie kažką, kas yra bibliotekoje, ir kaip tik ten jūs turėtumėte tęsti savo paieškas.

— Kodėl manai, kad bibliotekoje? Ką turėjo omeny Berengarijus, sakydamas, jog reikia paieškoti tarp afrikiečių? Ar nenorėjo jis pasakyti, kad reikia uoliai skaityti Afrikos poetus?

— Gal ir taip, taip atrodo, bet ko tuomet įniršo Malachijas? Jis juk sprendžia, ar leisti, ar neleisti skaityti tą ar kitą afrikiečių knygą. Žinau tik viena: versdamas knygų katalogą, tarp nuorodų, suprantamų tik bibliotekininkui, dažnai rasi parašyta „Africa", arba net „finis Africae". Kartą paprašiau knygos su tokia nuoroda, jau neprisimenu kokios, sudomino mane jos pavadinimas. O Malachijas atsakė, kad knygos su šia nuoroda yra dingusios. Tiek težinau. Todėl sakau jums: stebėkite Berengarijų, nenuleiskite nuo jo akių, ypač kai eina į biblioteką. Niekuomet nežinia.

— Niekuomet nežinia,— pakartojo Viljamas, tuo baigdamas pokalbį ir leisdamas jam eiti. Ir ėmė vaikštinėti po klostrą, o aš kartu su juo, samprotaudamas, jog, pirma, Berengarijus dar kartą sukėlė savo brolių apkalbas, o antra, atrodė, kad Bencijus tiesiog trokšte trokšta pastūmėti mus į biblioteką. Be to, pridūriau, jis galbūt geidžia, idant mes rastume ten tai, kas ir jam yra įdomu pažinti, ir Viljamas sutiko, jog, matyt, taip ir bus, bet gali taip pat būti, kad, stumdamas mus į biblioteką, jis norįs atitolinti mus nuo kitos kokios nors vietos. „Kokios gi?" — paklausiau. Viljamas atsakė nežinąs, gal skriptoriumo, gal virtuvės ar choro, ar dortuaro, ar ligoninės. Neiškenčiau nepriminęs, kad kaip tik jis, Viljamas, dar vakar buvo pakerėtas bibliotekos, tačiau jis atšovė, kad nori būti pakerėtas to, ką pasirenka pats, o ne to, ką jam perša kiti. Bibliotekos, aišku, negalima pamiršti, ir būtų visai neblogai kaip nors į ją patekti. Aplinkybės dabar yra davusios jam teisę smalsauti, tiesa, neperžengiant mandagumo bei pagarbos vienuolyno papročiams ir įstatams ribų.

Patraukėme iš klostro. Baigėsi mišios, ir tarnai bei novicijai kaip tik ėjo iš bažnyčios. Sukdami pro vakarinę jos sieną, pastebėjome Berengarijų, išsmunkantį pro transepto duris ir sukantį per kapinaites Buveinės link. Viljamas šūktelėjo jam, jis sustojo, ir mes prisigretinome. Atrodė dar labiau sukrėstas nei tuomet, kai matėme jį chore, ir Viljamas neabejotinai nutarė pasinaudoti jo sielos būkle, kaip kad prieš valandėlę pasinaudojo Bencijaus nuotaikomis.

— Atrodo tad, kad tu paskutinis būsi matęs Adelmą gyvą,— prabilo jis.

Berengarijus sulingavo, lyg tuoj kristų be kvapo.

— Aš? — paklausė vos girdimai.

Viljamas metė savo klausimą kone atsitiktinai, gal todėl, kad Bencijus buvo sakęs, jog matė juodu šnekučiuojantis klostre po Mišparų. Bet klausimas, matyt, buvo į pačią širdį, ir Berengarijus aiškiai galvojo apie kitą, tikrai paskutinį pasimatymą, nes prabilo trūkinėjančiu balsu:

— Kodėl šitai sakote, mačiau jį, kaip ir kiti, prieš eidamas poilsio!

Tačiau Viljamas nusprendė neduoti jam atokvėpio:

— Ne, mateisi su juo dar sykį ir žinai daugiau nei nori atskleisti. Bet dabar jau turime du lavonus, ir tu nebegali tylėti. Puikiai žinai, yra ne vienas būdas priversti prisipažinti!

Viljamas ne kartą buvo man sakęs, jog, net būdamas inkvizitoriumi, visuomet dygėjosi kankinimais, o Berengarijus klaidingai jį suprato (gali būti, kad to jis ir siekė); šiaip ar taip, jo žodžiai nebuvo bergždi.

— O, taip, o, taip,— išlemeno Berengarijus, pratrūkdamas nesuvaldoma rauda,— tą vakarą aš ir vėl mačiau Adelmą, bet jau mirusį!

— Kur? — paklausė Viljamas.— Kriaušio papėdėje?

— Ne, ne, mačiau jį čia, kapinaitėse, klajojant tarp kapų, šmėklą tarp šmėklų. Sutikau jį ir iškart supratau, kad prieš mane ne gyvas žmogus, veidas jo buvo kaip numirėlio, o akys jo jau regėjo amžinąsias kančias. Žinoma, tik kitą rytą, išgirdęs apie jo mirtį, supratau, jog buvau sutikęs vaiduoklį, bet ir tą akimirką buvau tikras, kad regiu viziją ir kad prieš mane prakeiktoji siela, lemūras... O Viešpatie, kokiu kapų balsu prabilo jis!

— Ir ką pasakė?

— „Esu prakeiktas! — taip jis tarė.— Tas, kurį regi tu, yra išėjęs iš pragaro ir į pragarą turės sugrįžti". Taip jis kalbėjo. O aš sušukau jam: „Adelmai, ar tikrai tu ateini iš pragaro? Kokios gi pragaro kančios?" Ir visas virpėjau, nes tik buvo pasibaigusi Naktinė, kur klausiausi šiurpių žodžių apie Viešpaties pyktį. O jis atsakė: „Pragaro kančios nepalyginamai didesnės, nei gali apsakyti mūsų lūpos. Ar matai,— tarė,— šį sofizmų apsiaustą, kuriuo vilkėjau aš iki šios dienos? Jis slegia mano pečius tarytum didžiausias Paryžiaus bokštas ar pasaulio kalnynas, ir niekuomet jau negalėsiu nusimesti jo. O kančią tą paskyrė man dieviškasis teisingumas už mano tuštybę, už tai, kad tikėjau savo kūną esant vieta malonumams, už tai, kad maniau žinąs daugiau nei kiti, už tai, kad mėgavausi siaubingais dalykais, kurie, išpuoselėti mano vaizduotėje, sukūrė dar kraupesnius dalykus mano sieloje — tad dabar turėsiu gyventi su jais amžinai. Ar matai? Šio apsiausto pamušalas tarsi iš žarijų ir liepsnos, ir tų liepsnų liežuviai laižo mano kūną, ir šita kančia skirta man už gėdingą kūno nuodėmę, mano kūno, kurį pamyniau, ir liepsnos šios dabar be atvangos degina mane! Paduok man savo ranką, dailusis mano mokytojau" — taip jis pasakė,— „kad mūsų pasimatymas būtų gera pamoka, kurią tau duodu už visas tas pamokas, gautas iš tavęs, paduok man savo ranką, dailusis mano mokytojau!" Jis mostelėjo ugningu pirštu, o jo plaštaka liepsnojo, ir jo prakaito lašas nukrito man ant rankos ir išdegino žymę, kurią nešiojau daugelį dienų, slėpdamas nuo visų. Ir jis pranyko tarp kapų, o rytą sužinojau, kad kūnas tas, taip mane įbauginęs, gulėjo jau be dvasios uolos papėdėje.

Berengarijus verkė sunkiai alsuodamas. Viljamas paklausė:

— Kodėl gi jis vadino tave savo dailiuoju mokytoju? Buvote juk vienmečiai. Matyt, esi jį ko išmokęs?

Berengarijus žemai nuleido gobtuvą ir puolė ant kelių apkabindamas Viljamo kojas.

— Nežinau, nežinau kodėl jis taip pavadino mane, aš nesu jo nieko išmokęs! — Ir pratrūko kūkčioti.— Tėve, aš bijau, pasigailėkite, leiskite man išpažinti savo nuodėmes, nelabasis graužia mano vidurius!

Viljamas atstūmė jį ir ištiesė ranką, kad padėtų atsikelti.

— Ne, Berengarijau,— tarė jam,— neprašyk, kad priimčiau tavo išpažintį. Neužverk man lūpų, atverdamas savąsias. Tai, ką noriu žinoti apie tave, tu pasakysi man kitu būdu. O jei ir nepasakytum, aš pats suprasiu. Jei nori, maldauk manęs pasigailėjimo, bet neprašyk tylėti. Per daug tylima šiame vienuolyne. Verčiau pasakyk, kaipgi galėjai tu matyti jo blyškų veidą, jei buvo tamsi naktis, ir kaip galėjo jis nudeginti tau ranką, jei tą naktį lijo, krito kruša ir snigo, ir ką tu veikei kapinėse? Nagi,— ir suėmęs už pečių negailestingai supurtė,— nors tai man pasakyk!

Berengarijus virpėjo visu kūnu:

— Nežinau, ką veikiau kapinėse, neprisimenu. Nežinau, kaip įžvelgiau jo veidą, gal aš turėjau žiburį... ne, jis turėjo žiburį, jis laikė rankoje žibintą, turbūt pamačiau jo veidą liepsnos šviesoje...

— Kaipgi galėjo jis nešti žiburį, jei lijo ir snigo?

— Buvo tai po Naktinės, tuoj po Naktinės, dar nesnigo, snigti pradėjo vėliau... Pamenu, jog pirmieji sniego protrūkiai prasidėjo jau bėgant man į dortuarą. Bėgau į dortuarą, priešinga kryptim nei kad pranyko šmėkla... Ir nežinau nieko daugiau, maldauju, neklausinėkit, jei nenorit priimti mano išpažinties.

— Gerai,— tarė Viljamas,— dabar jau eik, eik į chorą, eik pasikalbėti su Viešpačiu, jei tau nemiela kalbėtis su žmonėmis, arba eik ir susirask vienuolį, kuris sutiktų tave išklausyti, nes, neišpažinęs savo nuodėmių, išniekinsi šventuosius sakramentus, priimdamas juos. Eik. Dar pasimatysim.

Berengarijus bėgte paliko mus. O Viljamas patrynė delnus, kaip kad ne kartą matydavau jį darant tuomet, kai būdavo kuo nors patenkintas.

— Puiku,— tarė,— dabar aiškėja jau daugelis dalykų.

— Aiškėja, mokytojau? — paklausiau.— Dabar, kai iškilo dar ir Adelmo šmėkla?

— Brangusis Adsai,— atsakė Viljamas,— ta šmėkla neatrodo man tokia jau šmėkliška, šiaip ar taip, ji kalbėjo žodžius, kuriuos skaičiau vienoje iš knygų, skirtų pamokslininkams. Vienuoliai čia, matyt, per daug skaito, o susijaudinę vėl išgyvena knygų

sukeltas vizijas. Nežinau, ar Adelmas tikrai visa tai pasakė, ar
Berengarijus išgirdo tai, ką norėjo išgirsti. Žinau tik, kad ši
istorija patvirtina mano spėjimus, kaip antai: Adelmas nusižudė,
o Berengarijaus pasakojimas atskleidžia mums, jog prieš mirtį
jis blaškėsi didžiai susijaudinęs ir apimtas graužaties dėl to, ką
buvo padaręs. Jis buvo sujaudintas ir išsigandęs savo nuodėmės,
nes kažkas jį buvo įbauginęs, papasakodamas, matyt, kaip tik tą
ištrauką su pragaro šmėkla, kurią jis savo ruožtu taip meistriš-
kai atpasakojo Berengarijui. O kirto jis kapinaites todėl, kad ėjo
iš choro, kur atvėrė širdį (ar išpažino nuodėmes) kažkam, kas su-
žadino siaubą ir graužatį. Iš kapinių jis pasuko, kaip sakė Beren-
garijus, priešingon pusėn nuo dortuaro. Taigi, Buveinės link, bet
taip pat (galimas daiktas) ir vienuolyno sienos link, už arklidžių,
nuo kur, kaip aš išvedžiau, jis turėjo šokti žemyn. O jei tai įvy-
ko dar prieš audrą, jis mirė sienos papėdėje, ir tik vėliau nuo-
šliauža perkėlė jo palaikus tarp šiaurinio ir rytinio bokštų.

— O deginantis prakaito lašas?

— Jis buvo išgirsto ir pakartoto pasakojimo dalis, o gal tik
sunerimusio ir susikrimtusio Berengarijaus vizija. Nes, kaip pats
girdėjai, lyg antistrofa Adelmo graužačiai yra Berengarijaus
graužatis. O jei Adelmas ėjo iš choro, jis galbūt nešėsi žvakę, ir
tas lašas ant jo draugo rankos tebuvo vaško lašas. Bet Adelmas
tikrai buvo pavadinęs Berengarijų savo dailiuoju mokytoju, ir
todėl skausmas, kurį šis pajuto, nusmelkė daug giliau. Adelmas
tad priekaištavo jam išmokius jį to, dėl ko dabar jis puolęs į mir-
tiną neviltį. Ir Berengarijus tai žino, jis kenčia, nes žino, jog pa-
stūmėjo Adelmą į mirtį, privertęs daryti jį tai, ko šis neturėjo
daryti. O po to, ką girdėjome apie mūsų bibliotekininko padė-
jėją, mano vargšas Adsai, visai nesunku įsivaizduoti ką būtent.

— Manau, būsiu supratęs, kas tarp jų įvyko,— tariau dro-
vėdamasis savo išminties,— bet argi netikime mes gailestinguo-
ju Dievu? Adelmas, sakėte, greičiausiai bus atlikęs išpažintį,
kodėl tuomet jis siekė nubausti save už pirmąją nuodėmę, pul-
damas į nuodėmę dar didesnę ar bent jau lygią anai?

— Todėl, kad kažkas pasakė jam žodžius, kupinus nevilties.
Sakiau jau, mūsų dienų pamokslų knyga pakišo kažkam žodžius,
kurie įbaugino Adelmą ir kuriais Adelmas įbaugino Berengarijų.
Niekada anksčiau pamokslininkai nesakė žmonėms tokių grės-
mingų, šiurpių ir baisių žodžių, tikėdamiesi tuo sužadinti jų pa-
maldumą ir baimę (ir uolumą, ir paklusnumą Dievo bei žmonių
įstatymams), kaip pastaraisiais metais. Niekada anksčiau atgai-
lautojų procesijoje nebuvo girdėti tiek šventų giesmių, kurias
būtų įkvėpusios Kristaus ir Švenčiausios Mergelės kančios, kaip
mūsų dienomis, niekada anksčiau paprastų žmonių tikėjimas ne-

buvo taip skatinamas pasakojimais apie pragaro kančias, kaip šiandien.

— Gal tai yra atgailos poreikis,— tariau.

— Adsai, dar niekuomet nebuvau girdėjęs tiek raginimų atgailauti, kiek girdžiu šiandien, kai nei pamokslininkai, nei vyskupai, net ir mano dvasiškieji broliai nebepajėgia įkvėpti tikrosios atgailos...

— Betgi trečiasis amžius, angeliškasis popiežius, Perudžijos kapitula...,— tariau visai suglumęs.

— Ilgesys. Didysis atgailos laikas jau baigėsi, ir todėl apie atgailą gali kalbėti net ir visuotinė ordino kapitula. Prieš šimtą, du šimtus metų buvo padvelkę gaivūs atsinaujinimo vėjai. Tuomet visi, kalbėję apie ją, buvo sudeginti, nesvarbu, ar būtų jie eretikai, ar šventieji. Dabar apie ją kalba visi. Netikėk žmonijos atsinaujinimu, kai kalba apie ją kurijos ir dvarai.

— O brolis Dolčinas,— išdrįsau, vildamasis sužinoti ką nors daugiau apie žmogų, kurio vardą vakar girdėjau tariant ne vieną kartą.

— Jis mirė taip pat nedorai kaip ir gyveno, nes ir jis atėjo per vėlai. Bet ką tu apie jį žinai?

— Nieko, todėl ir klausiu jus...

— Būčiau linkęs apie tai nekalbėti. Man teko susidurti su kai kuriais vadinamaisiais apaštalais ir stebėti juos iš arčiau. Liūdna tai istorija. Ji sudrumstų tavo ramybę. Bent jau sudrumstė manąją. O dar skaudesnė būtų tau mano negalia teisti. Tai istorija žmogaus, dariusio beprotiškus dalykus, nes norėjusio įgyvendinti tai, ką skelbė daugelis šventųjų. Ir vienu metu aš staiga pajutau, jog nebesuprantu, kieno pusėje kaltė, buvau lyg... lyg apsvaigintas to giminingo tvaiko, sklidusio iš dviejų priešiškų stovyklų: šventųjų, skelbusių atgailą, ir nusidėjėlių, įgyvendinusių ją, dažnai kitų sąskaita... Bet kalbu visai ne tai. O gal ne, kalbu vis apie tą patį: pasibaigus atgailos amžiui, atgailaujantiems atgailos poreikis virto mirties poreikiu. O tie, kurie žudė pakvaišusius atgailautojus, atlygindami už mirtį mirtimi, kad sunaikintų tikrąją atgailą, kuri ir reiškė mirtį, pakeitė sielos atgailą vaizduotės atgaila, antgamtiškomis kančių ir kraujo vizijomis, vadindami jas tikrosios atgailos „veidrodžiu". Veidrodžiu, kuris paprastiems žmonėms, o kartais ir mokytiems padėtų dar šiame gyvenime vaizduotėje patirti kančias. Sakoma, tam, kad niekas nenusidėtų. Mat viliamasi baime atitolinti sielas nuo nuodėmės ir tikima, jog baimė ta pakeis maišto troškimą.

— Bet ar tikrai jie nebenusideda? — paklausiau susirūpinęs.

— Nelygu ką tu vadini nuodėme, Adsai,— atsakė mano mokytojas.— Nenorėčiau būti neteisingas žmonėms šio krašto, kuriame gyvenu jau ne vienus metus, bet man atrodo, kad jei italai ir nenusideda, tai tik bijodami atpildo kokio nors stabo, svarbu, kad būtų jis pavadintas šventu vardu. Jie bijo labiau šventojo Sebastijono ar šventojo Antano nei Kristaus. Jei norima, kad kokia nors vieta čia nebūtų apšlapinta, nes italai, reikia pasakyti, daro tai taip pat lengvai kaip šunys, virš jos tereikia nupiešti šventą Antaną su medine yla, ir to pakaks atbaidyti visiems, kurie buvo susiruošę palikti ten savo pėdsaką. Tad italams, ir ne be jų pamokslininkų padėjimo, gresia pavojus grįžti prie senųjų prietarų, ir jie nebetiki kūno iš numirusių prisikėlimu, o bijo tik kūniškų žaizdų ir nelaimių ir todėl šventas Antanas kelia jiems didesnę baimę nei Kristus.

— Tačiau Berengarijus ne italas,— pasakiau.

— Tai nesvarbu, aš kalbu apie nuotaiką, kurią šiame pusiasalyje kuria Bažnyčia ir pamokslaujantys ordinai ir kuri iš čia pasklinda į visas puses, pasiekdama net šį vienuolyną, kuriame gyvena tokie mokyti vienuoliai.

— Jie bent jau nenusideda,— neatlyžau, nes buvau pasiryžęs pasitenkinti nors tuo mažu.

— Jei šis vienuolynas būtų speculum mundi, tau jau būtų atsakyta.

— Bet ar jis toks yra? — paklausiau.

— Kad egzistuotų pasaulio veidrodis, pasaulis turi turėti formą,— užbaigė Viljamas, kuris mano jaunam protui buvo pernelyg didelis filosofas.

Antra diena

TREČIOJI

Išgirstamas prasčiokų kivirčas, Aimaras Aleksandrietis daro kažkokias užuominas, o Adsas svarsto apie šventumą ir apie šėtono mėšlą. Po to Viljamas su Adsu grįžta į skriptoriumą, Viljamas pamato kažką įdomaus, trečią kartą kalbasi apie juoko teisėtumą, bet galiausiai negali pažvelgti ten, kur norėtų

Prieš užkopdami į skriptoriumą, stabtelėjome virtuvėje ko nors užkąsti, nuo ryto šiandien dar nieko nebuvom burnoj turėję. Aš kaipmat pasisotinau kaušu šilto pieno. Didžiulė viryklė pietų pusėje jau liepsnojo it kalvės žaizdras, o krosnyje jau kepė dienos duona. Du piemenys tvarkė tik ką papjautą avį. Tarp virėjų pastebėjau ir Salvatorę, kuris plačiai man nusišypsojo savo vilko nasrais. Pamačiau, kaip jis ima nuo stalo vakarykštės vištos likučius ir slapta duoda juos piemenims, tuoj paslėpusiems juos po savo odiniais švarkeliais ir dėkingai nusilenkiantiems. Bet pastebėjo tai ir virėjų galva ir kaipmat prikišo Salvatorei:

— Oj, raktininke, raktininke, tu privalai saugoti vienuolyno turtus, o ne švaistyti juos!

— Visi jie Dievo vaikai,— atšovė Salvatorė,— Kristus yra pasakęs: duodate man tai, ką duodate bent vienam iš tų pueri![9]

— O tu, klešnių broliuk, minoritų perdale! — šaukė virėjas.— Tu jau ne tarp nususiusių elgetų brolių! Dievo vaikais pasirūpins gailestingasai abatas!

Salvatorės veidas apniuko ir jis nusigręžė įtūžęs:

— Aš ne broliukas minoritas! Aš vienuolis Sancti Benedicti! Merdre a toy[10], šūdo bogomile!

— Bogomilė — tavo kekšė, kurią kruši kasnakt savo eretiška varpa, kuily tu! — išrėkė virėjas.

Salvatorė skubiai išstūmė piemenis lauk ir praeidamas pro mus pažvelgė nerimo kupinomis akimis:

— Broli,— tarė jis Viljamui,— tu gink savo ordiną, kuris nėra mano, pasakyk jam, kad filios Francisci non ereticos esse![11] — Po to sukuždėjo man į ausį: — Ille menteur[12] puach,— ir nusispjovė.

Virėjas išgrūdo jį lauk ir užtrenkė paskui duris.

— Broli,— pagarbiai tarė jis Viljamui,— aš nekalbėjau blogai apie jūsų ordiną nei apie jam priklausančius švenčiausius brolius. Kalbėjau apie šį netikrą minoritą ir netikrą benediktiną, kuris yra nei velnias, nei gegutė.

— Žinau, iš kur jis atėjo,— taikiu balsu atsakė Viljamas,— bet dabar jis yra toks pat vienuolis kaip ir tu, ir privalai jį broliškai gerbti.

— Bet jis kiša nosį visur, kur nederėtų, nes jį globoja raktininkas, tai jis ir pats vaizduojasi esąs lygus raktininkui. Tvarkosi vienuolyne, lyg šis būtų jo nuosavybė, ir dieną, ir naktį!

— Naktį? — paklausė Viljamas. Virėjas tik numojo ranka, lyg sakydamas, jog nelinkęs kalbėti apie tokius nedorus dalykus. Viljamas baigė gerti savo pieną nieko daugiau neklausdamas.

Smalsumas vis labiau degino mane. Susitikimas su Hubertinu, pašnibždos apie Salvatorės ir raktininko praeitį, vis dažniau tomis dienomis girdimos užuominos apie broliukus ir eretiškus minoritus, mano mokytojo nenoras pasakoti apie brolį Dolčiną... Galvoje vienas po kito atgijo matyti vaizdai. Sakykim, savo kelionės metu mažiausiai du kartus buvom sutikę atgailautojų procesiją. Pirmąjį kartą vietos gyventojai žvelgė į juos kaip į šventuosius, o antrąjį pasigirdo kalbos, jog tai eretikai, nors buvo tai vieni ir tie patys žmonės. Jie ėjo miesto gatvėmis eilėmis po du, prisidengę tik lytį, nes buvo nugalėję savyje gėdos jausmą. Rankoje kiekvienas laikė po odos rykštę, kuria iki kraujo plakė sau pečius, jų akys plūdo ašaromis, tarsi regėtų Išganytojo kančias, o gaili rauda meldė Viešpaties gailestingumo ir Dievo Motinos užtarimo. Ne tik dienomis, bet ir naktimis su degančiomis žvakėmis šiaurią žiemą keliavo jie dideliu būriu iš vienos bažnyčios į kitą, nuolankiai puldami kniūpsti prieš altorius, o pirma jų ėjo dvasininkai su žvakėmis ir vėliavomis, ir buvo tai ne vien vyrai ir moterys iš liaudies, bet ir pirkliai, ir kilmingos ponios... Tuomet pakildavo atgailos banga, vagys grąžindavo, ką pavogę, kiti išpažindavo savo kaltes...

Tačiau Viljamas žvelgė į juos abejingai ir sakė man, jog tai nėra tikroji atgaila. Kalbėjo panašiai kaip ir šį rytą: didžiosios apvalančios atgailos amžius baigėsi, o šitaip patys pamokslininkai tvarko minių pamaldumą, kad neapimtų jų kitos atgailos troškimas, kuris buvo eretiškas ir baugino visus. Aš negalėjau suvokti skirtumo tarp jų, jei toks iš viso buvo. Atrodė man, kad skirtumas glūdi ne vieno ar kito veiksmuose, bet Bažnyčios požiūryje į tuos veiksmus.

Prisiminiau pokalbį su Hubertinu. Viljamas atkakliai bandė įtikinti jį, kad nėra jokio skirtumo tarp jo mistiškojo (ir ortodoksiško) tikėjimo bei iškreipto eretikų tikėjimo. Hubertinas įsižeidė, kaip žmogus, tą skirtumą aiškiai įžiūrįs. Man pasirodė, jog jis buvo kitoks kaip tik dėl to, kad tą skirtumą matė. Viljamas atsisakė inkvizitoriaus pareigų vien todėl, kad to skirtumo nebematė. Todėl jis ir negalėjo papasakoti man apie paslaptingąjį brolį Dolčiną. Betgi tuomet (sakiau sau) Viljamas buvo praradęs paramą Viešpaties, ne tik mokančio įžvelgti skirtumą, bet ir apdovanojančio savo išrinktuosius šiuo sugebėjimu. Hubertinas ir Klara iš Montefalko (nors apsupta nusidėjėlių) liko šventi kaip tik todėl, kad mokėjo skirti. Kaip tik tai, o ne kas kita, ir yra šventumas.

Tačiau kodėl Viljamas nebemokėjo skirti? Jis juk buvo žmogus labai įžvalgus ir gamtos dalykuose sugebėdavo pastebėti menkiausią nesutapimą ar menkiausią ryšį tarp daiktų...

Skendėjau šiose mintyse, Viljamas tuo tarpu baigė gerti pieną, kai staiga išgirdome sveikinant mus. Tai buvo Aimaras Aleksandrietis, su kuriuo jau anksčiau susipažinome skriptoriume ir kurio veido išraiška pribloškė mane: jo veide pastoviai švietė kreivas šypsnys, tarsi jis niekaip negalėtų susitaikyti su visų žmogiškų būtybių paikumu, bet ir neteiktų šiai kosminei tragedijai pernelyg daug reikšmės.

— Na kaip, broli Viljamai, ar jau apsipratote šioje pamišėlių landynėje?

— Man tai atrodo vieta, kurioje gyvena nepaprastai šventi ir mokyti žmonės,— apdairiai atsakė Viljamas.

— Buvo tokia, kada abatai buvo abatais, o bibliotekininkai bibliotekininkais. Dabar ten, pats matėte,— ir jis mostelėjo viršutinio aukšto link,— leisgyvis vokietis neregio akimis pamalšdžiai klausosi to aklo ispano negyvėlio akimis kliedesių, ir atrodo, kad kiekvieną rytą turi ateiti Antikristas, dar gremžiami pergamentai, bet naujų knygų vis mažiau... Mes tupime čia, o ten, žemai, miestuose, verda gyvenimas. Kadaise iš mūsų vienuolynų buvo valdomas pasaulis. O šiandien, pats matote, jie tereikalingi tam, kad imperatoriaus draugai turėtų kur susitikti su jo priešais (žinau kai ką apie jūsų misiją, vienuoliai kalba, kalba, kalba, ką daugiau jiems lieka daryti), tačiau jis pats, norėdamas aprėpti ir tvarkyti visus šios šalies reikalus, nesitraukia iš miestų. Mes pjaunam javus ir auginam vištas, o ten uolektys šilko mainomos į rietimus drobės, o rietimai drobės — į maišus prieskonių, ir visa tai — į gerą pinigą. Mes saugome savo lobius po užraktais, o ten, žemai, kaupiami nauji lobiai. Ir knygos. Gražesnės už mūsų.

— Taip, pasaulyje daug naujo. Bet kodėl manote, jog tai — abato kaltė?

— Juk jis atidavė biblioteką į svetimšalių rankas ir valdo vienuolyną tarsi citadelę, pastatytą bibliotekai ginti. Benediktinų vienuolynas šiame italų krašte turėtų būti vieta, kurioje italai spręstų italų reikalus. Ką šiandien veikia italai, nebeturėdami net popiežiaus? Prekiauja ir gamina ir yra turtingesni ir už patį Prancūzijos karalių. Darykime ir mes tą patį, jei mokame leisti gražias knygas, gaminkime jas universitetams, domėkimės tuo, kas vyksta ten, slėnyje, ir neturiu omeny imperatoriaus, nors ir esu kupinas pagarbos jūsų misijai, Broli Viljamai, tik tai, ką veikia bolonieČiai ir florentieČiai. Iš šios vietos galime valdyti kelius piligrimų ir pirklių, traukiančių iš Italijos į Provansą ir atgal. Atverkime biblioteką knygoms, parašytoms liaudies kalba, ir užkops čia tie, kurie neberašo lotyniškai. O dabar vadovauja mums būrys svetimšalių, kurie ir toliau tvarko biblioteką taip, tarsi gerasis Odilonas vis dar tebebūtų Kliuni abatu...

— Bet juk abatas yra italas,— tarė Viljamas.

— Abatas čia nereiškia nieko,— atsakė Aimaras vis su tuo pačiu kreivu šypsniu lūpose.— Jam vietoj galvos — knygų spinta. Sukapota kinivarpų. Kad užgautų popiežių, jis leido užplūsti vienuolyną broliukams... turiu galvoje tuos eretikus, broli, kurie apleido jūsų šventąjį ordiną..., o kad įsiteiktų imperatoriui, kviečiasi čion vienuolius iš visų šiaurinių vienuolynų, lyg pas mus jau trūktų puikių kopijuotojų bei žmonių, išmanančių graikų ir arabų kalbas, ir tarytum Florencijoje ar Pizoje nebūtų turtingų ir dosnių pirklių sūnų, kurie mielai stotų į ordiną, jei tik ordinas suteiktų jiems galimybę plėsti tėvų galią bei šlovę. O čia pasaulietiškiems dalykams atlaidūs tik tuomet, kai vokiečiai... o, gerasis Viešpatie, nutrenk mano liežuvį, kuris jau nori tarti nedorus dalykus!

— Tai vienuolyne vyksta nedori dalykai? — lyg tarp kitko paklausė Viljamas, įsipildamas dar pieno.

— Vienuolis irgi žmogus,— atsakė Aimaras ir pridūrė.— Tačiau čia mažiau žmogus nei kur kitur. Bet aš nesakiau to, ką pasakiau.

— Labai įdomu,— tarė Viljamas,— ir tai yra jūsų nuomonė ar daugelio, galvojančių taip, kaip jūs?

— Daugelio, daugelio. Daugelio, kurie gedi vargšo Adelmo, bet jei prarajon būtų nusiritęs kas kitas, besisukiojantis po biblioteką daugiau nei jam derėtų, jie nebūtų labai nelaimingi.

— Ką jūs turite omeny?

— Per daug kalbu. Visi mes čia per daug kalbame, turėjote tai pastebėti. Pažvelgus iš vienos pusės, niekas jau nebegerbia čia tylėjimo įžadų. O iš kitos, jie gerbiami net per daug. Užuot kalbėjus ar tylėjus, reikėtų veikti. Mūsų ordino aukso amžiuje, jei abatas neturėdavo abato prigimties, kelią jo sekėjui praskindavo graži užnuodyto vyno taurė. Sakau tai, broli Viljamai, ne norėdamas apkaltinti abatą ar kitus brolius. Saugok Viešpatie, laimei, nesu liežuvautojas. Bet nenorėčiau, kad abatas prašytų jus sekti mane ar kitus, kad ir Pacifiką Tivolietį ar Petrą iš Sant Albano. Mes su bibliotekos istorijomis neturime nieko bendra. Bent norėtume kiek daugiau dalyvauti jos gyvenime. Todėl išvilkite į dienos šviesą šį gyvačių lizdą, jūs, kuris sudeginote tiek eretikų.

— Aš niekada nieko nesu sudeginęs,— sausai atšovė Viljamas.

— Pasakiau tai tik vaizdingumo dėlei,— sutiko Aimaras, plačiai šypsodamasis.— Geros medžioklės, broli Viljamai, ir būkite atsargus naktį.

— Kodėl gi ne dieną?

— Mat dieną vaistažolėmis čia gydomas kūnas, o naktį durnažolėmis temdomas protas. Netikėk, kad kieno nors rankos nustūmė Adelmą parajon ar kieno nors rankos panardino Venancijų kraujo kubilan. Kažkas čia nenori, kad vienuoliai patys spręstų, kur jiems eiti, ką veikti ir ką skaityti. Todėl pasitelkiamos jėgos pragaro ar nekromantų, pragaro draugų, kad sumaišytų smalsiųjų protus...

— Turite galvoje brolį žolininką?

— Severinas iš Sant Emerano — doras žmogus. Bet jis yra vokietis, vokietis yra ir Malachijas...

Ir tuo dar kartą parodęs savo nenorą liežuvauti, Aimaras užkopė į viršų dirbti.

— Ką jis norėjo mums pasakyti? — paklausiau.

— Kartu viską ir nieko. Visuose vienuolynuose vienuoliai kovoja tarpusavy dėl bendruomenės valdymo. Taip pat ir Melke, nors, būdamas novicijum, galėjai to ir nepastebėti. Bet tavo krašte išsikovoti valdžią vienuolyne reiškia išsikovoti vietą, iš kurios gali kalbėtis tiesiogiai su imperatoriumi. O čia visai kas kita: imperatorius yra toli, net jei jis atvyksta į Romą. Čia nėra rūmų, dabar net ir popiežiaus rūmų. Yra čia tik miestai, ir tu turėjai tai pastebėti.

— Taip, jie pakerėjo mane Italijos miestai visai kitokie nei mano krašte... Juose žmonės ne tik gyvena, bet ir sprendžia savo reikalus, miesto galva yra svarbesnis už imperatorių ar popiežių. Kiekvienas jų yra tarytum... karalystė...

— O jų karaliai — pirkliai. Šių ginklai yra pinigai. Pinigų vaidmuo Italijoje visai kitoks nei tavo ar mano krašte. Jie sukasi visur, tačiau ten dar didžiąją gyvenimo dalį valdo ir tvarko mainai gėrybių — vištų ar javų pėdo, ar pjautuvo, ar vežimo, o pinigai — tik tam, kad tas gėrybes galėtum įsigyti. Tuo tarpu matei, kad Italijos miestuose yra atvirkščiai, gėrybės tik tam, kad įgytum pinigų. Taip pat ir kunigai, ir vyskupai, ir net vienuolių ordinai turi už viską atsiskaityti pinigais. Todėl natūralu, kad maištas prieš valdžią tampa kvietimu į neturtą, o maištauja prieš valdžią tie, kurie yra atstumti nuo pinigų, ir todėl kiekvienas kvietimas neturtan kelia tokią įtampą ir tiek kalbų, o visas miestas, pradedant vyskupu ir baigiant miesto galva, laiko savo asmeniniu priešu kiekvieną, kviečiantį neturtan pernelyg karštai. Inkvizitoriai užuodžia šėtono dvoką ten, kur kažkas sukilo prieš šėtono mėšlo dvoką. Dabar supranti, ką turėjo galvoje Aimaras. Benediktinų vienuolynas ordino aukso amžiuje buvo vieta, iš kurios ganytojai ganė tikinčiųjų bandas. Aimaras nori, kad tradicijos būtų grąžintos. Tačiau bandų gyvenimas pasikeitė, ir vienuolynas gali jas grąžinti (o kartu ir buvusią šlovę, ir buvusią valdžią) tik primdamas naujos bandos paprotius, kitaip tariant, pasikeisdamas pats. O kadangi šiandien šiame krašte banda valdoma ne ginklu ar apeigų puikybe, bet pinigais, Aimaras trokšta, kad visas vienuolynas, taip pat ir biblioteka, taptų pinigų kalve.

— Tačiau ką bendro tai turi su nusikaltimais ar nusikaltimu?

— Dar nežinau. O dabar norėčiau užkopti viršun. Eime.

Vienuoliai jau buvo palinkę prie savo darbų. Skriptoriume tvyrojo tyla, bet nebuvo tai taikaus darbo tyla. Berengarijus, atsiradęs čia tik prieš akimirką, pasitiko mus didžiai sutrikęs. Kiti vienuoliai pakėlė galvas nuo darbų. Jie žinojo, jog atėjome, kad ištirtume tai, kas buvo susiję su Venancijumi, ir jau pati jų žvilgsnių kryptis patraukė ir mūsų dėmesį į neužimtą stalą, stovėjusį po langu, vedančiu į viduryje buvusį aštuonkampį.

Nors diena pasitaikė labai šalta, skriptoriume dvelkė maloni šiluma. Neatsitiktinai buvo jis įrengtas virš virtuvės, iš kur sklido gana šilumos dar ir todėl, kad dviejų apačioje buvusių krosnių dūmtraukiai ėjo vidumi piliastrų, laikiusių sraigtinius laiptus vakariniame ir pietiniame bokštuose. Šiauriniame bokšte, priešingoje erdvios salės pusėje, buvo ne laiptai, o didelis židinys, kuriame jaukiai pleškėjo ugnis. Be to, grindys buvo išklotos šiaudais, kurie dar ir slopino mūsų žingsnius. Trumpai tariant, šalčiausios vietos buvo ties rytiniu bokštu, ir pastebėjau, jog vienuoliai, kurių buvo mažiau nei dabar vietų, vengė ten stovėjusių stalų. Kai vėliau sužinojau, kad sraigtiniai laiptai rytiniame bokšte buvo vieninteliai vedantys ne tik žemyn, į refektorių, bet ir aukštyn, į biblioteką, pamaniau, ar tik salės šildymas nebus gudriai sukoncentruotas taip, kad atbaidytų nuo tos vietos vienuolius ir kad bibliotekininkui būtų lengviau sergėti įėjimą į biblioteką. Tačiau mano įtarimas gal buvo perdėtas, ir tapau tik nevykusiu savo mokytojo šešėliu, nes tuoj pat suvokiau, jog šis sumanymas vasarą yra bevaisis — nebent (tariau sau) vasarą ta vieta būtų pati saulėčiausia, taigi ir vėl labiausiai vengiama.

Vargšo Venancijaus stalas stovėjo taip, kad jis pats į židinio pusę sėdėjo nugara, ir, matyt, buvo vienas iš pačių geidžiamiausių. Tuomet aš dar mažai tebuvau praleidęs laiko skriptoriumuose, bet vėliau juose prabėgo didžioji mano gyvenimo dalis, todėl žinau, kokia kančia rašytojui, rubrikatoriui ar tyrinėtojui ilgas žiemos valandas leisti prie savo stalo, sugrubusiais pirštais laikant rašiklį (kai net esant normaliai temperatūrai po šešių valandų rašymo pirštus sutraukia siaubingas vienuolių mėšlungis ir nykštį gelia lyg jį kas būtų sutraiškęs). Štai kodėl rankraščių paraštėse dažnai randame užrašytas mintis, kančių (ar neištvermės) liudytojas: „Dėkui Dievui, greitai sutems" arba „O, kad turėčiau taurę gero vyno!" arba „Šiandien šalta, šviesa menka, velinas plaukuotas, kažkas blogai". Kaip sakoma senoje patarlėje, trys pirštai laiko plunksną, o dirba visas kūnas. Ir visas gelia.

Bet kalbėjau apie Venancijaus stalą. Jis buvo mažesnis nei kiti, kaip, beje, ir visi, stovėję apie vidinį aštuonkampį šulinį, skirti tyrinėtojams, tuo tarpu didesnieji stalai, skirti iliuminatoriams ir kopijuotojams, stovėjo po išorinių sienų langais. Tačiau ir Venancijus turėjo pastovą, matyt, naudojosi rankraščiais, paskolintais vienuolynui persirašyti. Po stalu matėsi žema lentynėlė, nuklota palaidais lapais, o kadangi visi jie buvo prirašyti lotyniškai, supratau, jog yra tai jo paskutinis vertimas. Jų padrikas raštas rodė, kad nebuvo jie skirti knygai, o tik tam, jog patektų į kopijuotojo bei iliuminatoriaus rankas. Todėl nelengva buvo juos perskaityti. Ten pat gulėjo ir kažkokia knyga, graikiška. Kita graikiška knyga buvo atversta ant pastovo, ją Venancijus vertė paskutinėmis dienomis. Nemokėjau tuomet dar graikų kalbos, bet mano mokytojas, perskaitęs pavadinimą, tarė, jog tai yra darbas tokio Lukiano ir pasakojama ten apie žmogų, paverstą asilu. Prisiminiau tuomet panašią Apulėjaus pasaką, kurią skaityti novicijams buvo griežtai draudžiama.

— Kodėl Venancijus vertė būtent šią knygą? — paklausė Viljamas greta stovėjusio Berengarijaus.

— Prašė to vienas Milano ponas, ir už tai vienuolynui buvo pažadėta išskirtinė teisė gaminti vyną kai kuriuose dvaruose, į rytus nuo čia,— Berengarijus mostelėjo ranka į tolį. Ir tuoj pat pridūrė: — Tai nereiškia, kad vienuolynas užsiima pelningu darbu pasauliečių naudai, bet užsakovas nėrėsi iš kailio, kad Venecijos dožas, gavęs šį brangų graikišką manuskriptą iš Bizantijos imperatoriaus, paskolintų jį mums, o mes, Venancijui baigus darbą, būtume padarę dvi kopijas: vieną — užsakovui, antrą — savo bibliotekai.

— Kuri nesibodi kaupti taip pat ir pagoniškas pasakas,— pridūrė Viljamas.

— Biblioteka yra tiesos ir melo liudytoja,— išgirdome balsą už savo pečių. Tai buvo Jorgė. Jis ir vėl apstulbino mane (o kiek dar kartų aš būsiu apstulbintas ateinančiomis dienomis!) savo sugebėjimu išdygti tarsi iš po žemių, lyg jis matytų mus, o mes jo nematytume. Klausiau savęs, ką gi skriptoriume gali veikti neregys, bet vėliau supratau, jog jis buvo esantis visuose vienuolyno kampuose. Jis mėgdavo sėdėti skriptoriume, ant suolelio netoli židinio, ir, atrodė, sekė viską, kas vyko salėje. Kartą girdėjau, kaip jis iš savo vietos garsiai paklausė: „Kas ten eina?" ir pasisuko į Malachiją, kuris šiaudų slopinamais žingsniais artėjo bibliotekos link. Visi vienuoliai jį be galo gerbė ir dažnai kreipdavosi, kad išsiaiškintų sunkiai suprantamus tekstus, pasitartų dėl kokios nors scholijos ar prašydami patarti, kaip pavaizduoti kokį gyvūną ar šventąjį. O jis, žvelgdamas į tamsą savo užgesusiomis akimis, tarsi skaitytų atmintyje dar gyvus puslapius, pasakodavo, jog netikri pranašai apsirengę taip, kaip vyskupai, o iš jų burnų lenda varlės, arba kokiais akmenimis derėtų papuošti dangiškosios Jeruzalės mūrus, arba kad arimaspus žemėlapiuose reikia vaizduoti prie kunigo Jono žemės — tačiau patardavo vaizduojant neperdėti jų gundančio baisumo, nes gana tik pateikti simbolius atpažįstamus, bet ne geistinus ar juokingai atstumiančius.

Kartą girdėjau jį vienam scholastui patariant, kaip geriau Tikonijaus tekstuose interpretuoti recapitulatio[13] pagal šventąjį Augustiną, siekiant išvengti donatistinės erezijos. Kitą kartą girdėjau jį patariant, kaip komentuojant atskirti eretikus nuo schizmatikų. Arba vėl sakant pasimetusiam tyrinėtojui, kokios knygos jam reikėtų ieškoti bibliotekos kataloge ir kuriame daugmaž puslapyje jis ras ją aprašytą, tikindamas, kad bibliotekininkas tikrai ją išduosiąs, nes yra tai Dievo įkvėptas veikalas. O dar kitą kartą girdėjau jį kalbant, kad tokios knygos ieškoti neverta, nes ji, nors ir yra kataloge, dar prieš penkiasdešimt metų sugraužta pelių, ir dabar, vos paliesta, subyrės į dulkes. Trumpai tariant, jis buvo pati bibliotekos atmintis ir skriptoriumo dvasia. Kartais jis prikišdavo vienuoliams, kuriuos išgirsdavo plepant tarpusavy: „Paskubėkite palikti tiesos liudijimą, nes laikas jau arti!", darydamas užuominas apie Antikristo atėjimą.

— Biblioteka yra tiesos ir melo liudytoja,— taip tarė Jorgė.

— Tikrai, Apulėjus ir Lukianas kalti dėl daugelio paklydimų,— atsakė Viljamas.— Tačiau ši pasaka po prasimanymų skraiste slepia ir gerą pamoką, nes moko, kad už savo klaidas reikia brangiai mokėti, be to, aš manau, jog istorija žmogaus, paversta asilu, tai užuomina apie nuodėmėn puolusius sielos metamorfozę.

— Gal ir taip,— atsakė Jorgė.

— Dabar aš suprantu, kodėl Venancijus tame pokalbyje, apie kurį man vakar pasakojo, buvo taip susidomėjęs komedijos klausimais: juk išties tokios rūšies pasakas galima sulyginti su senovės komedijomis. Nei vienos, nei kitos nekalba apie tikrai gyvenusius žmones, kaip tai daro tragedijos, bet, kaip sako Izidorius, tėra prasimanymai: „Fabulae poetae a *fondo* nominaverunt quia non sunt *res factae* sed tantum loquendo *fictae*"...[14]

Iš pradžių negalėjau suprasti, kodėl Viljamas pradėjo šią mokslišką diskusiją, ir dar su žmogumi, kuris netrodė mėgstąs panašias kalbas, tačiau Jorgės atsakymas parodė man, koks didžiai apsukrus yra mano mokytojas.

— Tą dieną kalbėjomės ne apie komedijas, o tik apie juoko teisėtumą,— susiraukė Jorgė. O aš kuo puikiausiai prisiminiau, kad vakar, Venancijui užsiminus apie tą diskusiją, Jorgė tvirtino nieko neatmenąs.

— Štai kaip,— nerūpestingai tęsė Viljamas,— o aš maniau,

kad kalbėjotės apie poetų melą ir šmaikščias mįsles...

— Kalbėjomės apie juoką,— sausai atšovė Jorgė.— Komedijas rašė pagonys, idant prajuokintų žmones, ir tai buvo nedora. Mūsų Viešpatis Jėzus niekada nepasakojęs nei komedijų, nei pasakų, o sakęs tik aiškias paraboles, alegoriškai mokančias mus, kaip pelnyti rojų, ir tebūna taip.

— Klausiu savęs,— tarė Viljamas,— kodėl jūs taip priešinatės minčiai, kad Jėzus juokėsi. Aš manau, kad juokas — tai puikus vaistas, kaip ir vonios, kada reikia gydyti kūno ir dvasios negalias, o ypač melancholiją.

— Vonios yra dalykas geras,— atsakė Jorgė,— ir pats Akvinietis pataria naudoti jas liūdesiui išsklaidyti, nes šis gali būti bloga aistra, jei nelinksta į blogį, kurį išsklaidyti tegali narsa. Vonios grąžina dvasios pusiausvyrą. O juokas supurto kūną, iškreipia veidą, daro žmogų panašų į beždžionę.

— Beždžionės nesijuokia, juokas yra žmogaus privilegija, jo išminties ženklas,— pasakė Viljamas.

— Ir kalba yra žmogaus išminties ženklas, tačiau žodžiais žmogus burnoja prieš Dievą. Ne viskas, kas būdinga žmogui, yra gera. Juokas yra kvailystės ženklas. Kas juokiasi, netiki tuo, iš ko juokiasi, bet ir nejaučia tam neapykantos. Todėl juokas iš blogio reiškia, kad nesame pasiryžę jį nugalėti, o juokas iš gėrio,— kad nepripažįstame galios, su kuria gėris plinta pats iš savęs. Ir todėl Įstatai skelbia: „decimus humilitatis gradus est si non sit facilis ac promptus in rišu, quia scriptum est: stultus in risu exaltat vocem suam"[15].

— Kvintilianas sako,— įsiterpė mano mokytojas,— kad juokas turėtų būti slopinamas panegirikoje pagarbos dėlei, tačiau daugeliu kitų atvejų jis turėtų būti skatinamas. Tacitas šlovino Kalpurnijaus Pizono ironiją, o Plinijus jaunesnysis rašo: „aliquando praeterea rideo, jocor, ludo, homo sum"[16].

— Jie buvo pagonys,— atkirto Jorgė.— Įstatai skelbia: „scurrilitates vero vel verba otiosa et risum moventia aeterna clausura in omnibus locis damnamus, et ad talia eloquia discipulum aperire os non permittimus"[17].

— Bet jau Kristaus žodžiui įsigalėjus žemėje, Sinezijus Kirenietis sakė, jog dieviškumas mokėjo harmoningai jungti komizmą ir tragizmą, o Elijas Spartietis kalba apie imperatorių Hadrijaną, žmogų kilnių papročių ir naturaliter krikščioniškos sielos, kad mokėjęs atmiešti rimties valandėles linksmybės akimirkomis. Ir pagaliau Auzonijus pataria seikėti santūriai ir rimtį, ir juoką.

— Tačiau Paolinas iš Noli ir Klemensas Aleksandrietis perspėjo mus dėl tų paikysčių, o Sulpicijus Severas kalba, jog šventojo Martyno niekas niekada nėra matęs nei pykčio, nei juoko priepuolyje.

— Betgi primena kai kuriuos šventojo posakius spiritualiter salza,— tarė Viljamas.

— Jie buvo taiklūs ir išmintingi, o ne juokingi. Šventasis Efraimas yra parašęs parenezę prieš vienuolių juoką, o „De habitu et conversatione monachorum"[18] pataria vengti nešvankybių ir linksmybių tarsi gyvatės nuodų!

— Bet Hildebertas sakė: „admittenda tibi joca sunt post seria quaedam, sed tamen et dignis ipsa gerenda modis"[19]. Saikingai linksmybei pritarė ir Jonas Solsberietis. O pagaliau ir Eklesiastas, kurio ištrauką citavai ir kuriuo remiasi jūsų įstatai ten, kur sakoma, jog juokas būdingas kvailiams, leidžia bent jau juoką tylų, sklindantį iš romios sielos.

— Siela romi yra tik kuomet apmąsto tiesą ir mėgaujasi padarytu gėriu, o nei iš tiesos, nei iš gėrio nesijuokiama. Štai kodėl Kistus nesijuokė. Juokas yra abejonių šaltinis.

— Bet abejoti kartais yra teisinga.

— Nematau tam jokių priežasčių. Jei kyla abejonių, tereikia kreiptis į autoritetą, įsigilinti į vieno iš tėvų ar daktarų žodžius, ir išnyksta visos abejonių priežastys. Atrodo man, kad jūs persmelktas tvaiko abejotinų doktrinų, kaip antai tų, kurias skelbia Paryžiaus logikai. Tačiau šventasis Bernardas puikiai mokėjo kovoti su tuo kastratu Abelaru, norėjusiu visas problemas vertinti šaltu ir be gyvybės protu, neapšviestu Šventojo Rašto, skelbdamas savo „taip yra ir taip nėra". Tikrai, tas, kuris neatstums šių tokių pavojingų minčių, gali taip pat vertinti ir kvaikio juoką, linksmybę kvailio, besijuokiančio iš to, apie ką derėtų žinoti tik vieną vienintelę tiesą, pasakytą kartą ir visiems laikams. Todėl besijuokdamas kvailys lyg sako: „Deus non est".

— Godotinas Jorge, atrodo man, kad esate neteisus, vadindamas Abelarą kastratu, nes juk puikiai žinote jį patekus į šią liūdną padėtį dėl kito pykčio...

— Dėl savo nuodėmių. Dėl tuštybės savo tikėjimo žmogaus proto galia. Taip pašiepiamas paprastų žmonių tikėjimas, Dievo paslaptys išniekinamos (ar bent bandomos išniekinti, kvailiai, kurie bando), klausimai, liečiantys aukščiausius dalykus, svarstomi beprotiškai įžūliai, išjuokiami tėvai, tvirtinantys, jog klausimus šiuos vertėtų slėpti, o ne aiškinti.

— Nesutinku su jumis, godotinas Jorge. Dievo valia, kad mankštintume savo protus prie daugelio neaiškių dalykų, kuriuos Šventasis Raštas paliko mums patiems laisvai spręsti. O kai kas nors siūlo jums patikėti kokiu nors teiginiu, jūs pirma turite ištirti, ar jis yra priimtinas, nes mūsų protas yra sutvertas Dievo, o todėl tai, kas patinka mūsų protui, negali nepatikti dieviškajam protui, apie kurį, beje, žinome tik tiek, kiek išvedame analogijos, o dažnai — neigimo būdu iš mūsų mąstymo eigos. Matote, jog kartais, kad sugriautume netikrą absurdiško teiginio autoritetą, juokas gali tapti teisėtu įnagiu. Juokas dažnai padeda pažeminti piktavalius ir išryškinti jų kvailybę. Pasakojama apie šventąjį Maurą, kuris, pagonims įmetus jį į verdantį vandenį, skundėsi, jog vonia esanti per šalta; pagonių valdovas tuomet iš kvailumo įkišo ranką į vandenį, kad patikrintų, ar tikrai taip yra, ir visą ją nusiplikė. Gražus tai poelgis šio šventojo kankinio, išjuokusio tikėjimo priešus.

Jorgė išsiviepė:

— Taip pat ir pamokslininkų pasakojimuose yra didelė dalis prasimanymų. Šventasis, įmestas į verdantį vandenį, kenčia už Kristų ir tramdo savo riksmą, o ne krečia pagonims vaikiškus pokštus!

— Matot? — tarė Viljamas. — Šią istoriją jūsų protas atstumia, ir todėl kaltinate ją esant juokingą! Nors ir tylomis, ir suspaudęs savo lūpas, jūs kažko juokiatės ir norite, kad ir aš nežiūrėčiau į tai rimtai. Juokiatės iš juoko, bet juokiatės.

Jorgė mostelėjo, rodydamas, kad šis pokalbis jam bjaurus ir jau gerokai pabodo:

— Žaisdamas su juoku, jūs įtraukėte mane į bergždžias kalbas. Tačiau žinote, kad Kristus niekuomet nesijuokė.

— Nesu visai dėl to tikras. Kviesdamas fariziejus pirmus mesti akmenį, klausdamas, kieno tai atvaizdas iškaltas ant monetos, kuria reikia mokėti duoklę, žaisdamas žodžiais ir sakydamas „Tu est petrus"[20] jis, manau, kalbėjęs šmaikščiai, kad suglumintų nusidėjėlius ir kad palaikytų savųjų dvasią. Šmaikštauja jis ir tardamas Kajafui: „Tu pasakei". O Jeronimas, komentuodamas Jeremijų, kur Dievas sako Jeruzalei: „nudavi femora contra faciem tuam"[21], aiškina: „sive nudabo et relevabo femora et posteriora tua"[22]. Taigi net ir Dievas šmaikštauja, kad pažemintų tuos, kuriuos nori nubausti. Ir žinot kuo puikiausiai, jog pačiame kovos tarp kliuniečių ir cistersų įkarštyje tie pirmieji kaltino pastaruosius, norėdami išjuokti, nenešiojant kelnių. O „Speculum Stultorum"[23] pasakojama apie asilą Brunelį, kuris svarsto, kas gi atsitiktų, jei naktį papūtęs vėjas pakylėtų antklodes ir vienuoliai pamatytų savo pudenda...

Vienuoliai prapliupo juoktis, o Jorgė įsiuto:

— Jūs vedate šiuos mano brolius į kvailių puotą. Žinau, kad pranciškonai pratę siekti liaudies prielankumo panašiomis paikystėmis, bet apie šiuos žaidimus atsakysiu jums eilute, girdėta iš vieno jūsų pamokslininko: „tum podex carmen extulit horidulum"[24].

108

Susikirtimas buvo gal per stiprus, Viljamas elgėsi kiek įžūliai, bet dabar Jorgė kaltino jį per burną gadinant orą. Paklausiau savęs, ar tik šis grubus atkirtis nereiškė, jog senasis vienuolis siūlo mums palikti skriptoriumą. Bet pamačiau, kad Viljamas, ką tik buvęs toks karingas, staiga tapo romus it avinėlis.

— Maldauju man atleisti, garbusis Jorge,— tarė jis.— Mano lūpos išdavė mano mintis, bet aš jokiu būdu nenorėjau jūsų įžeisti. Galbūt tai, ką sakote jūs, yra teisinga, aš būsiu klydęs.

Jorgė dėl tokio nepaprasto nuolankumo tik suniurzgė kažką, kas galėjo reikšti ir pasitenkinimą, ir atleidimą, ir jam neliko nieko kito, kaip grįžti į savo vietą, tuo tarpu kiti vienuoliai, pokalbio metu pamažu apsupę mus glaudžiu ratu, pradėjo skirstytis prie savo darbo stalų. Viljamas vėl priklaupė ties Venancijaus stalu ir pradėjo sklaidyti lapus. Savo nuolankiu atsakymu jis laimėjo kelias akimirkas ramybės. O tai, ką jis tuo metu pamatė, įkvėpė jį ateinančios nakties žygiui.

Ramybė ta išties tetruko kelias akimirkas. Tuoj pat priėjo Bencijus, apsimetęs, jog paliko ant stalo savo rašiklį, kai buvo priėjęs pasiklausyti Jorgės ir Viljamo pokalbio, sušnabždėjo šiam į ausį, jog turi kuo skubiausiai su juo pasikalbėti, ir paskyrė pasimatymą už maudyklos. Jis paprašė Viljamą eiti pirma, pažadėjęs bemat sekti paskui.

Viljamas kiek palaukė, po to pasišaukė Malachiją, stebėjusį viską, kas vyko skriptoriume, iš už savo, bibliotekininko, stalo, greta katalogo, ir paprašė jį, remdamasis abato duotais įgaliojimais (ir šią savo privilegiją jis ypač pabrėžė), paskirti apsaugą Venancijaus stalui, kadangi tyrimo eigai būtina, jog tol, kol jis pats negalės prie jo sugrįžti, niekas prie jo neprisiartintų. Visa tai jis pasakė labai garsiai, taip įpareigodamas ne tik Malachiją stebėti vienuolius, bet ir vienuolius stebėti Malachiją. Bibliotekininkui neliko nieko, kaip tik sutikti, ir mes su Viljamu išėjome lauk.

Mums kertant sodą ir artėjant prie maudyklos, besiglaudžiančios prie ligoninės pastato, Viljamas tarė:

— Atrodo, daugelis bijo, kad aš galiu rasti kažką ant Venancijaus stalo ar po juo.

— Bet kas tai galėtų būti?

— Manau, kad nežino to nė tie, kurie bijo.

— Tai Bencijus nenori mums nieko pasakyti, jis tiesiog vilioja mus tolyn nuo skriptoriumo?

— Šitai mes kaipmat sužinosime,— atsakė Viljamas. Ir tikrai, nepraslinkus nė valandėlei, Bencijus jau buvo su mumis.

Antra diena

ŠEŠTOJI

*Bencijus papasakoja keistą istoriją, iš kurios aiškėja
ne pati skaisčiausia vienuolyno gyvenimo pusė*

Bencijus kalbėjo gana miglotai. Buvo panašu, kad jis tikrai tenorėjo išvilioti mus iš skriptoriumo, bet, negalėdamas rasti tinkamesnio preteksto, nutarė atskleisti dalį jam žinomos tiesos.

Jis prisipažino ryte daug ką nutylėjęs, bet dabar, geriau pamąstęs, mano, jog Viljamui derėtų žinoti visą tiesą. To garsaus pokalbio apie juoką metu Berengarijus užsiminė apie „finis Africae". Kas tai? Biblioteka pilna paslapčių, o ypač knygų, kurių skaityti vienuoliams niekas ir niekada nėra davęs. Bencijų priblóškę Viljamo žodžiai apie racionalų teiginių patikrinimą. Jis sakė manąs, jog mokslui atsidavęs vienuolis turi teisę pažinti viską, kas saugoma bibliotekoje; jis karštai pasisakė prieš Suasono susirinkimą, pasmerkusį Abelarą; ir kuo daugiau jis kalbėjo, tuo labiau aiškėjo, jog šį vienuolį, dar jauną, besimėgaujantį retorika, tiesiog krečia nepriklausomybės karštligė, ir jis sunkiai pakelia tuos rėmus, į kuriuos vienuolyno tvarka įspraudė jo smalsų protą. Man visąlaik buvo skiepijamas nepasitikėjimas tokiu smalsumu, bet gerai žinojau, kad mano mokytojas tokiam požiūriui nėra priešiškas, ir pastebėjau, jog jis užjautė Bencijų ir tikėjo juo. Trumpai tariant, Bencijus pasakė mums nežinąs, kokias paslaptis aptarinėjo Adelmas, Venancijus ir Berengarijus, tačiau būtų neblogai, jei ši liūdna istorija kiek išaiškintų bibliotekos sandarą ir jos tvarką, ir kad jis neprarandąs vilties, jog mano mokytojas, kad ir kaip išsivytų šis suraizgytas mįslių kamuolys, ras būdų įtikinti abatą kiek sušvelninti intelektualinio gyvenimo drausmę, taip slegiančią vienuolius — o daugelis jų, pridūrė, kaip ir jis pats, atvykę iš toli, kad pasotintų savo protus tais stebuklais, kurie slypi neaprėpiamuose bibliotekos aruoduose.

Manau, jog Bencijus nuoširdžiai tikėjosi tokios tyrimų baigties, apie kokią kalbėjo. Kartu jis, genamas begalinio smalsumo, norėjo, kaip ir numatė Viljamas, pirmas pasirausti po Venancijaus stalą, todėl tam, kad atitolintų nuo jo mus, buvo pasiryžęs kai ką papasakoti. Štai ką išgirdome.

Berengarijų degino, ir tai žinojo jau daugelis vienuolių, beprotiška aistra Adelmui, ta pati, dėl kurios dieviškasis pyktis trenkė į Sodomą ir Gomorą. Kaip tik taip pasakė Bencijus, matyt, atsižvelgdamas į mano jaunatvę. Tačiau kiekvienas, kurio jaunos dienos prabėgo vienuolyne, nors pats ir išsaugojo skaistybę, apie tokias aistras turėjo girdėti, o neretai ir saugotis pinklių tų, kurie joms vergavo. Ir aš pats Melko vienuolyne vienuoliuku tebūdamas ar nesu gavęs senesnio vienuolio laiškelių su eilėmis, kokias paprastai pasauliečiai skiria moterims? Vienuolio priesaika atitolina mus nuo to ydų liūno, kuriuo yra moters kūnas, bet, deja, dažnai, atveda į kitus klystkelius. Ar pagaliau galiu aš nuslėpti nuo savęs paties, kad dar ir šiandien mano seną kūną supurto dienovydžio demonas, kada chore mano žvilgsnis nuslysta bebarzdžiu novicijaus veidu, tyru ir gaiviu it mergaitės?

Sakau tai ne tam, kad mesčiau abejonės šešėlį ant pasirinkimo, kuriuo pasišvenčiau vienuolio gyvenimui, bet kad pateisinčiau daugelį tų, kuriems ši šventa našta pasirodė esanti per sunki. O gal ir tam, kad pateisinčiau siaubingą Berengarijaus nusidėjimą. Tačiau šis vienuolis, anot Bencijaus, savo nuodėmėje buvo puolęs dar žemiau, nes niekingais grasinimais išgaudavęs iš kitų tai, ką duoti jiems draudė orumas ir aplinka, kurioje gyveno.

Taigi jau kuris laikas vienuoliai pasišaipydavę iš ilgesingų Berengarijaus žvilgsnių į Adelmą, kuris, matyt, buvęs labai gražus. O Adelmui, visiškai atsidavusiam savo darbui, atrodo, buvusiam vieninteliu jo palaimos šaltiniu, Berengarijaus aistros nėmaž nerūpėjo. Bet, kas žino, gali būti, kad jis nė nenujautė, jog siela jo linko į tokį pat blogį. Aišku tik, sakė Bencijus, nuklausęs judviejų pokalbį, kad Berengarijus, užsimindamas apie kažkokią paslaptį, kurią Adelmas jį buvo prašęs atskleisti, siūlė jam nedorą sandėrį, o net ir nekalčiausias skaitytojas gali įsivaizduoti kokį. Sutikimo žodžius, kaip pasirodė Bencijui, Adelmas ištarė lyg ir lengviau atsidusdamas. Tarytum, įsidrąsino Bencijus, širdyje Adelmas nieko kito ir netroškęs, o sutikimui jam pakakę rasti kitą pretekstą nei kūniška aistra. Tai ženklas, tikino Bencijus, kad Berengarijaus paslaptis turėjusi liesti dar nežinomas mokslo gelmes, idant Adelmas galėtų vaizduotis puolęs į kūnišką nuodėmę, kad patenkintų proto geismą. Ir mane, pridūrė Bencijus šypsodamasis, kiek kartų buvo užvaldęs toks galingas proto geismas, kad jam patenkinti būčiau sutikęs numaldyti kitų kūniškas aistras, net ir prieš savo kūno valią.

— O ar ir jūs pats,— paklausė jis Viljamą,— nepatyrėte tokių akimirkų, kada buvote pasiruošęs smerktiniausiems dalykams, kad tik gautumėt daug metų ieškotą knygą?

— Prieš daugelį amžių išmintingasis ir dorasis Silvestras II yra atidavęs nepaprastos vertės dangiškąjį gaublį už rankraštį, atrodo, Stacijaus ar Lukano,— atsakė Viljamas. Ir apdairiai pridūrė: — bet tai buvo dangiškasis gaublys, o ne jo dora.

Bencijus sutiko, kad įkarštis bus jį per toli nuvedęs, ir tęsė

savo pasakojimą. Tą naktį prieš Adelmo mirtį smalsumo gena-
mas jis juodu pasekęs. Ir matęs, kaip po Naktinės jie kartu nuėjo
į dortuarą. Ilgai laukęs, neužverdamas durų savo celės, buvusios
netoli jų celių, jis aiškiai pamatė Adelmą įslenkant į Berengari-
jaus celę vienuoliams jau sumigus. Negalėdamas užmigti, jis
budėjęs, kol išgirdęs atsidarant Berengarijaus celės duris ir pama-
tęs iš jos kone bėgte išneriant Adelmą, kurį jo draugas bergždžiai
stengėsi sulaikyti. Berengarijus vijęsis Adelmą iki pat žemutinio
aukšto. Bencijus atsargiai juos pasekęs ir žemutinio koridoriaus
pradžioje pamatęs virpantį Berengarijų, įsispraudusį kampan ir
spoksantį į Jorgės celės duris. Bencijus nujautė, kad Adelmas
puolęs prie senojo brolio kojų, idant išpažintų savo nuodėmę,
o Berengarijus drebėjo, žinodamas, jog atskleidžiama jo paslap-
tis, nors ir sutvirtinta sakramento antspaudu.

Po to išėjęs Adelmas, visas baltas, nustūmęs nuo savęs Be-
rengarijų, bandžiusį jam kažką kalbėti, puolęs lauk iš dortuaro
ir, aplenkdamas bažnyčios absidę, įėjęs į chorą pro šiaurinį por-
talą (kuris nerakinamas ir naktį). Greičiausiai jis norėjęs pasi-
melsti. Berengarijus nusekęs paskui jį, bet į bažnyčią nėjęs, o tik
vaikščiojęs po kapines grąžydamas rankas.

Bencijus nežinojęs, ką toliau daryti, tik staiga pajutęs, jog
netoliese yra dar ir kažkas ketvirtas, taip pat sekęs anuodu, bet
nepastebėjęs Bencijaus, kuris stovėjo užsiglaudęs už kapinių
pakrašty augusio ąžuolo kamieno. Tai buvo Venancijus. Pamatęs
jį, Berengarijus pasislėpęs tarp antkapių, o Venancijus įėjęs į
chorą. Tuomet Bencijus, bijodamas būti pastebėtas, grįžęs į dor-
tuarą. Kitą rytą Adelmo kūnas rastas kriaušio papėdėje. Nieko
daugiau Bencijus nežinąs.

Artėjo pietų metas. Mano mokytojas Bencijaus daugiau ne-
kamantinėjo, ir jis paliko mus vienus. O mes, dar kiek pabuvę
už maudyklos, po to valandėlę vaikštinėjome po sodą, apmąsty-
dami šias nepaprastas naujienas.

— Šunobelė,— staiga pratarė Viljamas, pasilenkdamas prie
vieno iš krūmų,— jos žievės antpilas yra puikus vaistas nuo he-
morojaus. O čia štai varnalėša, karštas šviežių jos šaknų prievil-
gas gerai gydo odos išbėrimus.

— Jūs žinote daugiau už Severiną,— tariau aš,— bet dabar
verčiau pasakykite, ką apie visa tai manote!

— Brangusis Adsai, laikas būtų jau ir pačiam pamąstyti.
Matyt, Bencijus mums kalbėjo tiesą. Jo pasakojimas sutampa su
šįryt girdėtu Berengarijaus pasakojimu, nors tas ir atmieštas vi-
sokiais regėjimais. Pabandyk atkurti įvykių eigą. Berengarijus
ir Adelmas kartu padaro labai bjaurų dalyką, nujautėme tai ir
anksčiau. Ir Berengarijus atskleidžia Adelmui paslaptį, kuri

112

mums, deja, vis dar lieka paslaptimi. Adelmas, nusidėjęs skaistybei ir gamtos įstatymams, tetrokšta vieno: išpažinti savo nuodėmę ir gauti atleidimą, todėl skuba pas Jorgę, kurio būdas, kaip jau turėjome progos įsitikinti, yra labai atšiaurus, ir jis, matyt, negaili Adelmui skaudžių priekaištų. Gal jis neduoda jam išrišimo ar paskiria nepakeliamą atgailą, nežinia, o Jorgė niekada to nepasakys. Tačiau tikra, kad Adelmas bėga į bažnyčią, puola kniūbsčias prieš altorių, bet negali nuraminti sąžinės graužaties. Tuomet ateina Venancijus. Nežinome, apie ką jiedu kalbėjosi. Gali būti, kad Adelmas patiki Venancijui paslaptį, kurią kaip dovaną (ar užmokestį) yra gavęs iš Berengarijaus, tačiau kuri dabar jam neturi jokios reikšmės, nes jį slegia jo paties paslaptis, daug baisesnė ir skaudesnė. Kas nutinka Venancijui? Galbūt apimtas to paties ugningo smalsumo, kuris šiandien degino ir mūsų Bencijų, jis laimingas palieka Adelmą su jo graužatim. Adelmas pasijunta apleistas, nusprendžia nusižudyti, kupinas nevilties eina į kapines ir ten sutinka Berengarijų. Jis sako šiam baisius žodžius, prikiša jo kaltę, vadina savo nuopuolio mokytoju. Manau, jog Berengarijaus pasakojimas, išmetus visas haliucinacijas, yra teisingas. Adelmas atkartoja jam tuos pačius nevilties žodžius, kuriuos girdėjo iš Jorgės. Ir štai Berengarijus sukrėstas nueina į vieną pusę, o Adelmas pasuka į kitą, kad nusižudytų. Po to įvyksta tai, ko liudytojais mes beveik tapome. Visi mano, kad Adelmas buvo nužudytas, Venancijus patiki, jog bibliotekos paslaptis yra dar svarbesnė nei jam atrodė, ir nutaria pats tęsti paieškas. Kol jį kažkas sustabdo, dar neatradusį arba jau atradusį tai, ko norėjo.

— Kas jį nužudė? Berengarijus?

— Gali būti. Arba Malachijas, kuriam patikėta saugoti Buveinę. Ar kas nors kitas. Berengarijus įtartinas kaip tik dėl to, kad žino, jog dabar jo paslaptis priklauso Venancijui, todėl yra išsigandęs. Įtartinas ir Malachijas: jis, privaląs saugoti bibliotekos neliečiamybę, pamato, jog kažkas į ją pasikėsino, ir tą nužudo. Jorgė žino viską apie visus, jis žino Adelmo paslaptį, jis nenori, kad aš atskleisčiau, ką gi galėjo atrasti Venancijus... Daug kas verčia jį įtarti. Bet pasakyk tu man, kaip gali neregys nužudyti vyrą pačioje jėgų pilnatvėje ir kaip gali senis, nors ir koks tvirtas, atnešti lavoną iki kubilo ir į jį įmesti. Pagaliau kodėl žudiku negalėtų būti pats Bencijus? Jis juk galėjo mums meluoti, siekdamas kokio slapto tikslo. O kodėl įtariame tik dalyvavusius diskusijoje apie juoką? Nusikaltimo motyvai galėjo būti ir visai nesusiję su biblioteka. Šiaip ar taip, dabar mums reikia dviejų dalykų: sužinoti, kaip patekti į biblioteką naktį, ir žiburio. Žiburiu pasirūpinsi tu. Pasisukiok per pietus po virtuvę, paimk vieną kurį...

— Vagystė?

— Ne, skola didesnei Viešpaties šlovei.

— Jei taip, galite manim pasitikėti.

— Puiku. Dabar dėl įėjimo į Buveinę. Juk matėme, iš kur vakar naktį išniro Malachijas. Šiandien aš aplankysiu bažnyčią ir tą koplytėlę. Už valandos pietūs. Po to turiu susitikti su abatu. Tu taip pat dalyvausi, nes prašiau leidimo atsivesti sekretorių, kuris užrašytų tai, ką kalbėsim.

Antra diena

DEVINTOJI

Abatas puikuojasi savo vienuolyno lobiais ir baiminasi eretikų, o pabaigoje Adsas svarsto, ar nebus suklydęs, iškeliaudamas į platųjį pasaulį

Abatą radome bažnyčioje prieš didįjį altorių. Jis stebėjo, kaip keletas novicijų traukė iš slaptavietės rinkinį šventų indų, taurių, patenų, monstrancijų ir nukryžiuotąjį, kurio rytinių pamaldų metu nebuvau matęs. Net šūkstelėjau iš nuostabos, pažvelgęs į akinantį šių šventų daiktų grožį. Buvo pats vidudienis, ir saulės spinduliai plūdo vidun pro choro langus, o dar labiau pro fasado langus, susiliedami į baltus krioklius, kurie tarsi mistiški dieviškosios materijos srautai kirtosi įvairiose bažnyčios vietose, užliedami ir patį altorių.

Kiekvienas indas, kiekviena taurė — viskas spindėjo prabanga: tarp aukso geltonio, tyro dramblio kaulo baltumo, krištolo skaidros aš pastebėjau žaižaruojant visų spalvų ir dydžių brangakmenius ir pažinau hiacintą, topazą, rubiną, safyrą, smaragdą, chrizolitą, oniksą, karbunkulą, jaspį ir agatą. Ir tuoj pat pamačiau tai, ko buvau nepastebėjęs ryte, iš pradžių pagautas maldos, o vėliau sukaustytas baimės: altoriaus rūbas ir trys jį karūnuojančios klostės buvo gryno auks o, o ir visas altorius, iš kurios pusės į jį pažvelgtum, atrodė auksinis.

Abatas, pamatęs mane taip apstulbusį, nusišypsojo.

— Lobiai, kuriuos matote,— prabilo jis, kreipdamasis į mane ir mano mokytoją,— ir kiti, kuriuos dar pamatysite, yra šimtmečius trukusio pamaldumo bei pasišventimo palikimas, šio vienuolyno galios ir šventumo liudytojai. Kunigaikščiai ir šios žemės galingieji, arkivyskupai ir vyskupai aukojo šiam altoriui

114

ir jam priklausantiems šventiems indams savo išventinimų žiedus, aukso dirbinius bei brangakmenius, buvusius jų didybės ženklu, trokšdami, kad jie čia būtų perlydyti didesnei Viešpaties ir šio Jo būsto šlovei. Nors šiandien vienuolyną yra apgaubęs gilus sielvartas dėl to skaudaus atsitikimo, suvokdami, kokie esame trapūs, negalime pamiršti Aukščiausiojo galybės. Artėja Šventos Kalėdos, tad pradedame šveisti šventus reikmenis, idant išganytojo gimimas būtų sutiktas su visa derama ir būtina prabanga bei didybe. Viskas turi nušvisti pačiu skaisčiausiu spindesiu...— pridūrė jis, įsmeigdamas žvilgsnį į Viljamą, ir vėliau supratau, kodėl jis taip išdidžiai stengėsi pateisinti savo veiklą,— nes mes manome, jog tinkama ir derama yra ne slėpti Dievui paaukotas dovanas, bet visaip jas garsinti.

— Be abejo,— atsakė labai pagarbiai Viljamas,— jei jūsų prakilnybė mano, kad Viešpatis turi būti garbinamas kaip tik tuo būdu, tai jūsų vienuolynas šiuo atveju yra pasiekęs aukščiausią tobulybę.

— Ir taip turi būti,— tarė abatas.— Jeigu į aukso ąsočius ir taures ir mažas auksines piestas Dievo valia ir pranašų įsaku Saliamono šventykloje buvo renkamas ožkų ir veršelių ar telyčių kraujas, juo labiau aukso indai, papuošti brangakmeniais, ir viskas, kas yra vertingiausia iš sukurtų daiktų, turi būti naudojama su neblėstančia pagarba ir visišku atsidavimu rinkti Kristaus kraujui! Jei mūsų antrojo sutvėrimo substancija taptų panaši į cherubinų ar serafinų, ji vis tiek nebūtų verta tarnauti tokiai nepaprastai aukai...

— Ir taip tebūna,— tariau.

— Daugelis sako, jog šioms šventoms apeigoms pakanka pamaldžios minties, tyros širdies ir tikėjimo kupinos valios. Mes pirmieji tai patvirtiname aiškiai ir ryžtingai. Tačiau esame įsitikinę, kad pagarba turi būti išreikšta ir šventųjų indų išorės puošyba, nes tesinga ir derama yra tarnauti mūsų Išganytojui visuose dalykuose ir nedalomai, kadangi Jis parūpino mums visus dalykus nedalomai ir be išimčių.

— Tokia visuomet buvo jūsų ordino didžiųjų nuomonė,— sutiko Viljamas,— ir puikiai atmenu, kaip gražiai apie bažnyčių puošmenas yra rašęs didysis ir garbusis abatas Sugeris.

— Taip yra,— pritarė abatas.— Pažvelkite į šį krucifiksą. Jis dar nebaigtas...— abatas paėmė jį su begaline meile ir žvelgė palaimos nutviekstu veidu,— čia trūksta keleto perlų, ir kol kas neradau tokių, kurie tiktų savo dydžiu. Kadaise šventasis Andrius yra pasakęs apie Golgotos kryžių, jog tas papuoštas Kristaus kūno dalimis ir perlais. Ir perlais turi būti padabintas šis kuklus to didžiojo stebuklo atvaizdas. Nors taip pat manau, jog šioje vietoje, virš pat Išganytojo galvos, derėtų prisegti patį gražiausią, kokį tik esate regėję, deimantą.— Pamaldžiais delnais, ilgais baltais pirštais paglostė jis brangiausias dalis to šventojo medžio, ar, tiksliau, šventojo dramblio kaulo, nes kaip tik iš šios medžiagos ir buvo padarytos kryžiaus šakos.

— Kai gėriuosi visomis šių Dievo namų grožybėmis, kai įvairiaspalvių akmenų kerai atitraukia mane nuo kasdieninių rūpesčių, o tauri meditacija, paverčianti tai, kas materialu, tuo, kas nematerialu, lenkia mano mintis prie šventųjų dorybių įvairovės, tuomet atrodo man, jog atsidūriau, jei galima taip pasakyti, toje keistoje visatos dalyje, kuri nėra nei visiškai įklimpusi į žemiškąjį purvą, nei visiškai laisva dangiškojoje skaistybėje. Ir atrodo man, kad per Viešpaties malonę ekstazės pakylėtas skrieju aš iš šio, žemesniojo, į tą, aukštesnįjį, pasaulį...

Jis kalbėjo pasisukęs veidu į navos pusę. Šviesos banga, sklindanti iš viršaus, dėl ypatingo dienos žvaigždės prielankumo užliejo jo veidą ir rankas, kurias jis jausmų įkarštyje buvo išskleidęs lyg kryžiaus šakas.

— Kiekvienas kūrinys,— tęsė jis,— matomas ar nematomas, yra šviesa, įkvėpta šviesos Tėvo. Šis dramblio kaulas, šis oniksas, net ir šios mus supančios akmeninės sienos yra šviesa, nes matau tai esant gera ir gražu, gyvuojant pagal savo proporcijų dėsnius, skiriantis gimine ir rūšimi nuo visų kitų giminių ir rūšių, matau tai esant apibrėžta savo skaičiumi, nemažinant savo giminės, ieškant sau tinkamos vietos pagal savo svorį. Ir tuo giliau atsiskleidžia man šie dalykai, kuo savo prigimtimi yra brangesnė medžiaga, į kurią žvelgiu, ir tuo geriau ryškėja dieviškosios kūrybos galia, jei į nepasiekiamas priežasties aukštybes kopiu iš pasekmės aukštybių, ir tuo aiškiau byloja man apie dieviškąjį priežastingumą tokia stebuklinga pasekmė kaip auksas ir deimantai, jei apie jį man byloti geba net mėšlas ir vabzdys! Todėl kad suvokiu šiuose akmenyse esant tokias aukštumas, siela mano apsipila džiaugsmo ašaromis, ir ne iš žemiškos tuštybės, bet iš gryniausios meilės pirmapradei priežasčiai, jau neturinčiai savo priežasties...

— Tikrai, štai saldžiausia iš teologijų,— tarė kuo nuolankiausiai Viljamas, o aš pagalvojau, ar tik jis nebus pavartojęs tos klastingos minties figūros, kurią retorikai vadina ironija, ir apie kurios pavartojimą visada turi pranešti pronuntiatio[25], esantis jos ženklu ir pateisinimu; tačiau šito Viljamas niekuomet nepadarė. Dėl to abatas, labiau pratęs vartoti kalbos figūras, Viljamo žodžius suprato tiesiogiai ir pridūrė vis dar apimtas mistiško susižavėjimo:

— Tai yra tiesiausias iš kelių, vedančių mus prie Aukščiausiojo: materialioji teofanija.

Viljamas mandagiai kostelėjo:

— Che... che...

Taip jis darydavo norėdamas pakeisti pokalbio temą ir, reikia pripažinti, be galo grakščiai, nes jo įprotis buvo, o atrodo man, jog tai būdinga visiems jo krašto žmonėms, kiekvieną savo kalbą pradėti ilgais įžanginiais krenkštimais, tarsi jau aiškiai susiformavusios minties išreiškimas reikalautų milžiniškų proto pastangų. Ir, kaip jau įsitikinau, kuo ilgiau jis krenkšdavo prieš ką pasakydamas, tuo tvirčiau tikėdavo savo teiginio teisingumu.

— Che... che.., — taip pradėjo Viljamas. — Reikėtų mums pakalbėti apie susitikimą ir apie debatus dėl neturto...

— Neturtas... — svajingai pakartojo abatas, neįstengdamas taip greit palikti tos nuostabios visatos dalies, kurion jį nuskraidino jo brangakmeniai, — tikrai, susitikimas...

Ir jis gyvai ėmė svarstyti dalykus, kuriuos iš dalies jau žinojau, o iš dalies perpratau šio jų pokalbio metu. Lietė tai, kaip jau minėjau šios savo tikros ir teisingos kronikos pradžioje, dvigubą vaidą, kilusį iš vienos pusės tarp imperatoriaus ir popiežiaus, o iš kitos — tarp popiežiaus ir pranciškonų ordino, kuris Perudžijos kapituloje, nors ir daug metų pavėlavęs, pripažino savomis spiritualų tezes dėl Kristaus neturto; lietė jis ir saitus, siejusius pranciškonus su imperija, saitus, kurie iš priešybių ir vienybių trikampio dabar, įsikišus dėl man tuomet dar visai miglotų priežasčių švento Benedikto Ordino abatams, virto keturkampiu.

Niekuomet iki galo nesupratau motyvų, kuriais vadovaudamiesi benediktinų abatai suteikė prieglobstį ir apsaugą pranciškonų spiritualams dar iki jų pačių ordinui sutinkant su kai kuriais jų teiginiais. Nes spiritualams skelbiant atsižadėjimą visų žemiškųjų gėrybių, mano ordino abatai, kaip akivaizdžiai pats mačiau ir šiandien, ėjo keliu ne mažiau doru, bet visiškai priešingu. Manau, abatai pajuto, kad pernelyg didelė popiežiaus valdžia reiškė vyskupų ir miestų galios augimą, o mano ordinas per amžius išsaugojo savo nepaliestą didybę kaip tik kovodamas su pasaulietiškais dvasininkais ir miestų pirkliais, skirdamas sau tiesioginio tarpininko tarp dangaus ir žemės bei valdovų patarėjo vaidmenį.

Daug kartų buvau girdėjęs kartojant, jog Dievo tauta dalosi į ganytojus (arba dvasininkus), šunis (arba karius) ir aveles (arba liaudį). Bet vėliau supratau, kad šį posakį galima traktuoti labai įvairiai. Benediktinai dažnai kalbėdavo ne apie tris grupes, bet apie du didelius padalinius, kurių vienas rūpinasi žemiškųjų, o kitas — dangiškųjų dalykų tvarkymu. Žemiškuosius dalykus tvarkė dvasininkai, pasaulietiniai ponai ir liaudis, bet viršum šio trejeto buvo iškilęs ordo monachorum — tiesioginis ryšys tarp Dievo ir dangaus, o vienuoliai neturėjo nieko bendra su tokiais pasaulietiškaisiais ganytojais, kokie buvo kunigai ir vyskupai, nemokšos, šventvagiai ir parsidavėliai, linkę dabar tarnauti miestams, kuriuose avelės jau buvo ne dori ir dievobaimingi valstiečiai, o pirkliai bei amatininkai. Benediktinų ordinas nebuvo prieš paprastų žmonių ganymo patikėjimą pasaulietiškiems dvasininkams su sąlyga, jei galutines šio ryšio taisykles nustatyti tektų vienuoliams, tiesiogiai susijusiems su visos žemiškosios valdžios šaltiniu, imperija, kaip kad buvo jie susiję su visos dangiškosios valdžios šaltiniu. Štai kodėl, manau, daugelis benediktinų abatų, siekdami grąžinti didybę imperijai ir sumenkinti miestų valdžią (kur jungėsi vyskupai ir pirkliai), sutiko globoti pranciškonų spiritualus, su kurių mintimis jie nesutiko, bet kurių buvimas jiems buvo patogus, nes teikė imperijai gerų silogizmų prieš viską apimančią, popiežiaus valdžią.

Tokios buvo, kaip spėju, priežastys, dėl kurių štai dabar Abonė sutiko bendradarbiauti su Viljamu, imperatoriaus pasiuntiniu, kitaip tariant, tarpininkauti tarp pranciškonų ordino ir popiežiaus sosto. Išties, nepaisant audringo ginčo, sukėlusio pavojų Bažnyčios vienybei, Mykolas Čezenietis, jau daug sykių popiežiaus Jono kviestas į Avinjoną, galiausiai nutarė priimti kvietimą, nenorėdamas, kad jo ordinas galutinai susivaidytų su popiežium. Tas pranciškonų generolas siekė vienu metu nušauti du zuikius: ir įtvirtinti ordino požiūrius, ir gauti tam popiežiaus sutikimą, nes suprato, jog be jo sutikimo negalės ilgai vadovauti savo ordinui.

Tačiau daugelis bandė jį tikinti, kad popiežius tetrokšta įvilioti jį Prancūzijoje į pinkles, apkaltinti erezija ir teisti. Todėl ir siūlė vesti derybas prieš Mykolo kelionę į Avinjoną. Marsilijui šovė dar geresnė mintis: kartu su Mykolu į Avinjoną pasiųsti ir imperijos legatą, kuris išklotų popiežiui imperatoriaus šalininkų požiūrį. Ne tiek tam, kad įtikintų senąjį Kaorą, kiek tam, kad paremtų Mykolą, kuris, būdamas vienas iš imperijos pasiuntinių, nebegalėtų taip lengvai tapti popiežiaus keršto taikiniu.

Tačiau ir šis sumanymas nebuvo tobulas ir tinkamas nedelsiant vykdyti. Tuomet ir kilo mintis apie parengtinį imperijos legatų ir kelių popiežiaus patikėtinių susitikimą, kuriame būtų apsvarstytos abiejų šalių nuomonės ir susitarta dėl kito susitikimo, kur būtų užtikrintas svečių iš Italijos saugumas. Tą pirmąjį susitikimą ir turėjo paruošti Viljamas iš Baskervilio. Jis vėliau turėjo išklotti ir imperijos teologų požiūrį Avinjone, jei įsitikintų, kad tokia kelionė nekelia jokių pavojų. Užduotis ne iš lengvųjų, nes manyta, jog popiežius, norėjęs matyti Avinjone tik vieną Mykolą, kad lengviau galėtų jį priversti sau paklusti, atsiųs Italijon tokius legatus, kurie kaip įmanydami bandys sužlugdyti imperatoriaus patikėtinių kelionę į jo rūmus. Viljamas iki tol sukosi labai sumaniai. Po ilgų kalbų su benediktinų abatais (štai priežastis tiekos sustojimų mūsų kelionėje) jis pasirinko kaip tik tą vienuolyną, kuriame mes buvome dabar, nes žinojo abatą esant ištikimą imperatoriui, o kartu dėl jo didelio diplomatinio apsukrumo neatstumtą ir popiežiaus rūmų. Tad šis vienuolynas buvo neutrali teritorija, tinkama susitikti abiem šalims.

Tačiau popiežiui to nebuvo gana. Jis žinojo, kad, atvykę į vienuolyną, jo legatai taps pavaldūs abato jurisdikcijai; o kadangi tarp jų buvo ir priklausančių pasaulietiškam klerui, jis nesutiko su šia klauzule, pareikšdamas, jog bijo imperatoriaus pinklių. Todėl jis iškėlė sąlygą, idant jo pasiuntinių saugumas būtų patikėtas Prancūzijos karaliaus lankininkų kuopai, kuriai vadovautų jam ištikimas asmuo. Kaip tik tai girdėjau Viljamą aptariant Bobijuje su popiežiaus vietininku: reikėjo suformuluoti tos kuopos užduotį ar, kitaip tariant, apibrėžti, kas turima omeny sakant „užtikrinti popiežiaus legatų saugumą". Pagaliau priimta buvo avinjoniečių pasiūlyta formuluotė, pasirodžiusi pati tinkamiausia: kariai ir jų vadas turėsią jurisdikciją „visiems tiems, kurie kokiais nors būdais kėsintųsi į popiežiaus pasiuntinių gyvybę ar veiktų jų elgesį bei sprendimus prievartos veiksmais". Tuomet atrodė, kad ši sąlyga tėra grynas formalumas. Bet dabar, po to, kas vienuolyne įvyko, abatas sunerimo ir atskleidė Viljamui savo nuogąstavimus. Jei pasiuntiniai atvyktų vienuolynan iki išsiaiškinant tą, kuris padarė tuodu nusikaltimu (kitą dieną abatas turėjo dar labiau sunerimti, nes nusikaltimai jau buvo trys), tuomet reikės pripažinti, kad tarp šių sienų sukiojasi kažkas, kas prievartos veiksmais gali paveikti popiežiaus legatų sprendimus ir elgesį.

Slėpti įvykusius nusikaltimus būtų beprasmiška, nes tuomet, jei ir vėl kas įvyktų, popiežiaus legatai įtartų prieš juos surengtą sąmokslą. Todėl išeitys tebuvo dvi. Arba Viljamas išaiškina žudiką prieš atvykstant pasiuntiniams (ir čia abatas įsistebeilijo į jį lyg tyliai priekaištaudamas, kad tas iki šiol nieko nerado), arba teks sąžiningai viską prisipažinti popiežiaus patikėtiniui, prašant padėti tvarkyti vienuolyną derybų metu. Pastaroji išeitis abatui buvo visai nemiela, nes reiškė dalinį jo valdžios apribojimą ir jo paties vienuolių priklausymą nuo prancūzų. Tačiau rizikuoti nebuvo galima. Ir Viljamą, ir abatą erzino tokia įvykių eiga, bet kitos išeities jie neturėjo. Todėl susitarė viską galutinai nuspręsti kitą dieną. Tuo tarpu liko tik pasikliauti Viešpaties gailestingumu ir Viljamo išmintimi.

— Aš padarysiu viską, kas įmanoma, jūsų kilnybe,— tarė Viljamas.— Nors, tiesą sakant, neįsivaizduoju, kaipgi šie įvykiai galėtų pakenkti susitikimui. Net ir popiežiaus patikėtinis turėtų įžvelgti skirtumą tarp veiklos pamišėlio ar kokio kraujotroškos, o gal tik paklydusios sielos ir rimtų klausimų, kuriuos spręsti susitinka čia doriausi žmonės.

— Taip manote? — paklausė abatas, įdėmiai žvelgdamas į Viljamą.— Nepamirškite, kad avinjoniečiai žino, jog susitiks čia su minoritais, taigi su asmenimis, pavojingai artimais broliukams ir kitiems, už broliukus dar labiau pamišusiems, pavojingiema eretikams, susitepusiems nusikaltimais,— ir čia abatas prislopino balsą,— su kurių darbais palyginus tai, kas nutiko čia, nors ir kaip būtų siaubinga, čionykščiai įvykiai blykšta it debesys prieš saulę.

— Bet juk tai visai kas kita! — karštai sušuko Viljamas.— Negalima sutapatinti Perudžijos kapitulos minoritų su kažkokiomis gaujomis eretikų, klaidingai supratusių Evangelijos tiesas ir pavertusių kovą prieš turtą asmeniniu kerštu ir kraugeriška beprotyste...

— Nedaug metų tepraėjo, kai ne taip toli nuo čia viena iš tų, kaip jūs pasakėte, gaujų ginklu ir ugnimi nusiaubė Verčelio vyskupo žemes ir Novaros kalnuotas apylinkes...— sausai atkirto abatas.

— Jūs kalbate apie brolį Dolčiną ir apaštalus...

— Netikruosius apaštalus,— pataisė abatas. Ir vėl aš išgirdau minint brolį Dolčiną ir netikruosius apaštalus, ir vėl labai atsargiai, kone su baime.

— Netikruosius apaštalus,— mielai sutiko Viljamas.— Bet su minoritais jie neturi nieko bendra...

— Tačiau jie taip pat garbino Joakimą Kalabrietį,— spyrėsi abatas,— ir galite to paklausti savo brolio Hubertino.

— Norėčiau jūsų kilnybei priminti, jog dabar jis yra jūsų brolis,— tarė Viljamas šypsodamasis ir lyg nusilenkdamas, tarsi sveikindamas abatą įgijus savo ordinui žmogų, garsėjantį tokia reputacija.

— Žinau, žinau,— šyptelėjo abatas.— Bet žinote ir jūs, kaip rūpestingai mūsų ordinas priglaudė spiritualus, jiems užsitraukus popiežiaus pyktį. Aš nekalbu vien apie Hubertiną, bet ir apie daugelį kitų, kuklesnių brolių, kurie mažai težinomi, nors gal derėtų juos ir geriau pažinoti. Deja, neretai, priglaudus atvykusius pas mus bėglius minoritų abitais, vėliau paaiškėdavo, kad jų gyvenimo keliai buvo nuvedę juos, kad ir trumpam, gana arti dolčiniečių kelių...

— Net ir čia? — paklausė Viljamas.

— Net ir čia. Sakau jums tai, ką ir pats menkai težinau, šiaip ar taip, per menkai, kad galėčiau kaltinti. Bet, turint galvoje, kad jūs tiriate šio vienuolyno gyvenimą, bus geriau, jei tai žinosite. Tad pasakysiu, jog įtariu, įsidėmėkite, tik įtariu, iš viso to, ką esu nugirdęs ar nuspėjęs, kad mūsų raktininko, prieš kelerius metus atplukdyto čionai minoritų bangos, gyvenime buvo ir labai niūrių akimirkų.

— Raktininko? Remigijus Varaginietis — Dolčino sekėjas? Man jis atrodo labai romus, bent jau brolis neturtas terūpi jam tiek, kiek pernykštis sniegas...— nustebo Viljamas.

— Nieko negalėčiau jam prikišti, jis gerai tarnauja ir man, ir visai bendruomenei. Sakau tai, kad suprastumėt, kaip lengva rasti ryšį tarp brolio ir broliuko:

— Jūsų kilnybė ir vėl klysta, jei leisite taip tarti,— pertraukė Viljamas.— Kalbame juk apie dolčiniečius, ne apie broliukus. O apie šiuos galima pasakyti labai daug, net nežinant, apie ką kalbama, nes jų yra daug atmainų, bet tik ne tai, kad jie yra ištroškę kraujo. Daugių daugiausia jiems galima prikišti, jog, nedaug tegalvodami, įgyvendino tai, ką santūriau ir vedami tikros meilės Dievui skelbė spiritualai, ir todėl, sutinku, riba tarp vienų ir kitų išties labai menka...

— Bet juk broliukai yra eretikai! — sausai įsiterpė abatas.— Jie nesitenkina teigdami Kristaus ir jo apaštalų neturto doktriną, kuri, nors aš ir nesutinku su ja, gali būti naudinga kovai su avinjoniečių puikybe. Tačiau broliukai iš šios doktrinos išveda praktinį silogizmą, įžvelgia joje teisę maištauti, plėšikauti, iškreipti papročius.

— Bet kurie tai broliukai?

— Visi, visa jų giminė. Juk žinote, kad jie susitepė nenusakomais nusikaltimais, kad jie nepripažįsta santuokos, neigia pragarą, atsiduoda sodomijai, seka Bulgarijos ir Drygonthie bogomilų erezija...

— Maldauju jus, nepainiokite skirtingų dalykų! — pertraukė Viljamas.— Kalbate taip, tarsi broliukai, patariečiai, valdensai, katarai, o su jais ir Bulgarijos bogomilai, ir Dragovicos eretikai būtų vienas ir tas pats!

— Taip ir yra,— sausai atšovė abatas,— taip ir yra, nes visi jie yra eretikai, taip ir yra, nes visi jie nori sujaukti šio pasaulio, o kartu ir imperijos tvarką, kurią jūs, man atrodo, palaikote. Prieš daugiau kaip šimtą metų Arnaldo iš Brešos sekėjai degino kilmingųjų ir kardinolų namus, ir buvo tai Lombardijos patariečių erezijos vaisiai. Žinau apie šiuos eretikus siaubingų istorijų, perskaitytų Cezario iš Aisterbacho knygose. Veronos švento Gedeono bažnyčios kanauninkas Everardas pastebėjo, jog pas jį viešėję žmogus kasnakt su žmona ir dukterim išeina iš namų. Jis pradėjęs klausinėti vieno iš jų, norėdamas sužinoti, kurgi jie eina ir ką ten veikia. Eik kartu ir pamatysi, toks buvo atsakas, ir jis nuėjęs su jais į požemių namą, labai erdvų, kur susirinko abiejų lyčių žmonės. Erezijarchas, stojus tylai, pasakė pilną šventvagysčių kalbą, kvietusią griauti savo gyvenimą ir savo papročius. Po to užpūtė žvakes ir kiekvienas puolė prie stovinčios greta, neskirdamas, ar būtų tai teisėtoji žmona, ar netekėjusi moteris, našlė ar mergaitė, ponia ar tarnaitė, nė (kas visų blogiausia, ir teatleidžia man Dievas, kad kalbu tokius baisius dalykus) duktė ar sesuo. Everardas, visa tai matydamas, o būdamas iš prigimties lengvabūdis ir geidulingas jaunuolis, dėdamasis sekėju, prisigretino, neprisimenu, ar prie savo svečio dukters, ar prie kitos mergaitės, ir su ja nusidėjo. Taip jis darė daugiau nei metus, kol pagaliau pats mokytojas pasakęs, jog tas jaunuolis, taip uoliai lankęs visas jų sueigas, greit pats galėsiąs mokyti neofitus. Tuomet Everardas suprato, į kokią pragaištį jis puolęs, ir sugebėjo atsispirti jų gundymams, sakydamas, jog lankė šiuos namus ne erezijos, bet mergaičių traukiamas. Anie jį išviję. Kaip matote, toks yra jų gyvenimas ir tokie įstatymai visų eretikų, patariečių, katarų, joakimitų, kiekvienos rūšies spiritualų. Ir nieko čia stebėtino: jie netiki nei kūno iš numirusių prisikėlimu, nei pragaro bausmėmis, todėl mano galintys nebaudžiamai daryti, kas tik jiems patinka. Juk vadina jie save *catharoi*, tai yra, švariais.

— Abone,— tarė Viljamas,— jūs gyvenate šiame šventame ir nuostabiame vienuolyne toli nuo pasaulio nuodėmių. Miestų gyvenimas daug sudėtingesnis nei atrodo jums, o klaidos ir blogis, kaip žinote, taip pat turi savo pakopas. Lotas buvo daug mažesnis nusidėjėlis už kitus savo miesto gyventojus, kuriuos nedoros mintys apnikdavo net apie angelus, siųstus Dievo, o Petro išdavystė tebuvo niekai, palyginti su Judo išdavyste, todėl pirmoji buvo atleista, o antroji — ne. Negalima patariečių ir katarų laikyti vienu ir tuo pat. Patariečiai siekė reformuoti papročius, nenusižengdami šventosios motinos Bažnyčios įstatymams. Jie tik norėjo patobulinti dvasininkų gyvenimą.

— Teigdami, jog negalima priimti sakramentų iš susitepusių Dievo tarnų.

— Ir klysdami, tačiau buvo tai vienintelė jų doktrinos klaida. Jie niekuomet nesiekė pakeisti Dievo įstatymų...

— Tačiau sekdamos Arnaldo iš Brešos patarietišku pamokslu, pasakytu Romoje daugiau kaip prieš du šimtus metų, minios kaimiečių puolė deginti namus kilmingųjų ir kardinolų.

— Arnaldas norėjo įtraukti į savo reformistinį judėjimą ir miestų galvas. Šios nesekė juo, paramos jis susilaukė vargšų ir atstumtųjų miniose. Negalima jo kaltinti dėl to įkarščio ir pykčio, su kuriuo jos atsišaukė į jo kvietimą kurti mažiau nuodėmingus miestus.

— Miestas visada yra nuodėmingas.

— Miestas yra vieta, kur šiandien gyvena Dievo vaikai, o jūs ir mes esame jų ganytojai. Miestas yra vieta nedoros, nes turtingas prelatas skelbia dorą varganiems ir peralkusiems žmonėms. Tokia padėtis sukėlė patariečių maištus. Jie verti pasigailėjimo, tačiau juos galima suprasti. Katarai — visai kas kita. Tai rytietiška erezija, atsiradusi už Bažnyčios doktrinos ribų. Nežinau, ar tikrai jie daro ar darė dalykus, jiems priskiriamus. Žinau, kad jie nepripažįsta santuokos, neigia pragarą. Klausiu savęs, ar tik daugelis dalykų, kurių jie nepadarė, nebus priskirti jiems vien dėl šių jų teigiamų minčių (kurios yra tikrai nedoros).

— Ir jūs dar prieštaraujate, kad katarai nesumišę su patariečiais ir kad ir vieni, ir kiti nėra kas kitas, kaip tik du iš nesuskaičiuojamų to paties šėtoniško apsireiškimo veidai?

— Aš sakau, kad daugelis šių erzijų, nepriklausomai nuo jų teigiamų doktrinų, sulaukė paprastų žmonių pripažinimo, nes siūlė jiems kitokio gyvenimo galimybes. Sakau, paprasti žmonės apie doktriną dažnai ne ką ir teišmano. Sakau, jog paprastųjų minios supainiodavo katarų mokymą su patariečių mokymu, o tuodu kartu su spiritualų mokymu. Paprastų žmonių gyvenime nešviečia mokslo žiburys ir nesuprantami tie subtilūs skirtumai, kuriuos išveda išminčiai. Jis apsėstas ligų, užguitas neišbrendamo skurdo, tamsus ir nebylus. Dažnai daugeliui jų prisijungimas prie eretikų grupės tėra būdas išrėkti savo neviltį. Kardinolo namą galima sudeginti ir siekiant patobulinti dvasininkų gyvenimą, ir manant, jog pragaro, kurį šis skelbia, nėra. Tačiau visada tai daroma todėl, kad yra žemiškasis pragaras, kuriame gyvena banda, o mes esame jos ganytojai. Betgi jūs puikiai žinote, kad kaip jie neskiria bulgarų bažnyčios nuo kunigo Liprando sekėjų, taip dažnai ir imperijos valdžia bei jos šalininkai neskiria spiritualų ir eretikų. Neretai gibelinų grupės, trokšdamos nugalėti savo priešininkus, palaikė katarų judėjimus. Manau, jie elgėsi blogai. Tačiau dabar žinau, kad dažnai tos pačios grupės, norėdamos nusikratyti tais neramiais, pernelyg pavojingais ir „prastais" priešininkais, priskirdavo vieniems kitų ereziją ir taip visus pasiųsdavo ant laužo. Mačiau, prisiekiu jums, Abone, savo akimis mačiau, kaip doriausio gyvenimo žmonės, nuoširdūs neturto ir skaistybės šalininkai, bet vyskupų priešai, tų vyskupų būdavo įduodami pasaulietinei valdžiai, ar būtų ji imperijos, ar laisvųjų miestų, kaltindami juos ištvirkavimu, sodomija, niekingomis praktikomis — kuo gal kiti, bet tik ne jie būdavo nusidėję!

123

Paprasti žmonės — tarytum skerdžiami galvijai, juos galima išnaudoti, kai reikia, pakirsti priešininko galią ir paaukoti, kai tampa nebereikalingi.

— Tai brolis Dolčinas ir jo bepročiai, Gerardas Segalelis ir tie niekingi žudikai buvo piktadariai katarai ar dorieji broliukai, sodomitai bogomilai ar reformatoriai patariečiai — akivaizdžiai piktdžiugiškai prabilo abatas.— Atsakykite man, Viljamai, atsakykite jūs, kuris apie eretikus žinote tiek, jog atrodote esąs vienas iš jų, kurgi slypi tiesa?

— Kartais nei vienoje, nei kitoje pusėje,— liūdnai atsakė Viljamas.

— Štai jau ir jūs nebegalite atskirti vieno eretiko nuo kito. Aš bent vadovaujuosi savo taisykle. Žinau, jog eretikai — tai tie, kurie kėsinasi į tvarką, pagal kurią valdomi Dievo žmonės. Ir ginu imperiją, nes ji tą tvarką užtikrina. Ir kovoju su popiežium, nes jis suteikia dvasinę valdžią miestų vyskupams, kurie susiriša su pirkliais ir gildijomis, ir tos tvarkos palaikyti nemoka. O mes ją puoselėjome ištisus amžius. Tačiau dėl eretikų taip pat laikausi vienos taisyklės, ir glūdi ji atsakyme, kurį Arnoldas Amalrikas, Sito abatas, davė klaususiems jį, ką daryti su Bezjė miesto gyventojais: "Žudykite visus, Dievas pažins savuosius".

Viljamas nudelbė akis ir kiek patylėjo. Po to tarė:

— Bezjė miestas buvo paimtas, ir mūsiškiai neatsižvelgė nei į kilmę, nei į lytį, nei į amžių, ir beveik dvidešimt tūkstančių buvo nukirsta. Skerdynėms pasibaigus, miestas buvo apiplėštas ir sudegintas.

— Ir šventas karas yra karas.

— Ir šventas karas yra karas. Todėl, matyt, neturėtų būti šventų karų. Bet ką aš kalbu, juk esu čionai, kad ginčiau Liudviko teises, kuris kaip tik ugnimi niokoja Italiją. Ir aš buvau įtrauktas į keistą sąryšių žaismą. Keistas ryšys tarp dvasingųjų ir imperijos, keistas ryšys tarp imperijos ir Marsilijaus, reikalaujančio privilegijų liaudžiai. Ir keistas ryšys tarp mudviejų, tokių skirtingų pažiūromis ir tradicijomis. Tačiau mes turime du bendrus tikslus: surengti sėkmingą susitikimą ir išaiškinti žudiką. Tad eikime taikoje.

Abatas išskleidė rankas.

— Pabučiuok mane taikos vardan, broli Viljamai. Su tokios išminties žmogumi, koks esate jūs, galėtume ilgai kalbėtis subtiliausiais teologijos ir moralės klausimais. Tačiau negalime vien tik mėgautis diskusijomis, kaip daro tai Paryžiaus meistrai. Tikrai, mūsų laukia nelengvas darbas, ir turime eiti santarvėje. Bet prabilau apie tuos dalykus, nes manau, kad yra galimas ryšys, suprantate? Galimas ryšys, tiksliau sakant, kiti gali pamatyti tą ryšį tarp čia įvykusių nusikaltimų ir jūsų brolių tezių. Todėl, įspėju jus, todėl turime užkirsti kelią visiems avinjoniečių įtarinėjimams ar insinuacijoms.

— Ar turėčiau tai suprasti, kad jūsų kilnybė parodo ir mano paieškų kelią? Manote, jog pastarųjų įvykių ištakos galėtų slypėti kokioje nors tamsioje vieno iš jūsų vienuolių eretiškos praeities istorijoje?

Abatas, žvelgdamas į Viljamą, kurį laiką tylėjo, o veidas jo buvo bejausmis. Po to tarė:

— Šio liūdno nutikimo inkvizitoriumi esate jūs. Jūs privalote įtarinėti net ir rizikuodamas suklysti. Aš čia esu tik bendruomenės tėvas. Ir, kartoju, jei būčiau žinojęs, jog vieno iš mano vienuolių praeitis kelia įtarimą, tą piktžolę aš pats seniai jau būčiau išrovęs. Tai, ką žinau aš, žinote ir jūs. Tai, ko nežinau, tikiuosi išvys dienos šviesą jūsų išminties dėka. Kiekvienu atveju praneškite, visada ir pirmiausia man.

Jis atsisveikino ir išėjo iš bažnyčios.

— Padėtis vis painesnė, brangusis Adsai, — prabilo Viljamas apniukusiu veidu. — Vaikomės rankraštį, domimės kai kurių per daug smalsių vienuolių diatribais ir kai kurių per daug gašlių vienuolių poelgiais, o štai vis labiau ima ryškėti kitas, visiškai skirtingas pėdsakas. Taigi raktininkas... Su juo čia atvyko ir tas keistas padaras, Salvatorė... Tačiau dabar eime ilsėtis, jei jau nusprendėmę pasidarbuoti naktį.

— Tai jūs vis dar galvojate apie šios nakties žygį į biblioteką? Nepaliekate to pirmojo pėdsako?

— Nieku gyvu. O, be to, kas pasakė, jog tai du skirtingi pėdsakai? Ir pagaliau ta raktininko istorija gali būti vien abato įtarimas.

Jis pasuko piligrimų prieglaudos link. Ties durimis stabtelėjo ir prabilo lyg tęsdamas nutrauktą pokalbį:

— Iš pradžių abatas prašė mane ištirti Adelmo mirtį, manydamas, jog tarp jo jaunųjų vienuolių vyksta kažkas negero. Tačiau dabar Venancijaus mirtis sukėlė kitus įtarimus, o gal abatas suprato, kad paslapties raktas yra bibliotekoje, kurioje aš esu nepageidautinas. Todėl jis pakiša man raktininko pėdsaką, kad atitrauktų mano dėmesį nuo Buveinės...

— Bet kodėl jis turėtų nenorėti, kad...

— Neklausinėk tiek daug. Abatas jau iš pat pradžių perspėjo mane, kad biblioteka yra neliečiama. Tam jis, matyt, turi savų sumetimų. Gali būti, jog ir jis įsivėlęs į kokią istoriją, kuri, jo manymu, neturėjo nieko bendra su Adelmo mirtim, tačiau dabar pamatė, kad negeri dalykai plinta vis didesniais ratilais ir gali užgriebti ir jį. Todėl nenori, kad būtų atskleista tiesa, ar bent jau kad aš ją atskleisčiau...

— Tuomet esame Dievo apleistoje vietoje,— tariau priblokštas.

— O ar yra tau tekę būti tokiose vietose, kur Dievas jaustųsi lyg savo namuose? — paklausė Viljamas, žvelgdamas į mane iš savo aukštybių.

Ir liepė man ilsėtis. Guldamas nusprendžiau, jog tėvui nederėję siųsti manęs į platųjį pasaulį, kuris pasirodė daug painesnis nei aš maniau. Pernelyg daug man tenka pažinti.

— Salva me ab ore leonis[26],— meldžiausi migdamas.

A n t r a   d i e n a

PO MIŠPARŲ

Nors skyrius ir trumpas, senasis Alinardas pasako daug įdomaus apie labirintą ir kaip į jį patekti

Atsibudau prieš pat skambinant vakarienei. Jaučiausi keistai apsunkęs, nes dienos miegas yra lyg kūno nuodėmė: kuo daugiau jos esi patyręs, tuo daugiau jos trokšti, bet jautiesi nelaimingas, kartu sotus ir alkanas. Viljamo celėje nebuvo, jis, matyt, pakilo daug anksčiau. Po neilgai trukusių klajonių sutikau jį išeinant iš Buveinės. Pasakė buvęs skriptoriume, kur vartė knygų katalogą ir stebėjo vienuolių darbą, vis bandydamas prisiartinti prie Venancijaus stalo ir pratęsti savo paieškas. Tačiau vienuoliai, atrodo, buvo tvirtai nusprendę neleisti jam šio sumanymo įgyvendinti, išgalvodami kaskart vis kitą priežastį. Pirmiausia prie jo priėjęs Malachijas, kad parodytų kelias vertingas miniatiūras. Po to jį trukdęs Bencijus, ir kuo menkiausiomis dingstimis. Ir pagaliau, kai jis jau pasilenkė prie lapų, aplink pradėjo suktis Berengarijus, siūlydamas savo pagalbą.

Galiausiai Malachijas, matydamas, jog mano mokytojas tvirtai pasiryžęs įsigilinti į Venancijaus popierius, tiesiai jam pasakęs, kad, prieš pradėdamas raustis mirusiojo daiktuose, jis turėtų gauti abato leidimą ir kad net jis pats, nors yra bibliotekininkas, nedaręs to iš pagarbos ir paklusdamas drausmei ir kad, šiaip ar taip, prie to stalo niekas nebuvo priėjęs, kaip Viljamas ir prašęs, ir niekas prie jo neprieis, kol abatas to neleis. Viljamas pasakęs, jog abatas įgaliojęs jį netrukdomai ieškoti po visą vienuolyną, o Malachijas kandžiai paklausęs, ar abatas įgaliojęs jį taip pat laisvai vaikščioti ir po skriptoriumą, o gal, neduok Die, ir po biblioteką. Tuomet Viljamas supratęs, kad su Malachijum dabar

126

neverta galynėtis, nors tas sujudimas ir ta baimė dėl Venancijaus popierių sukėlė dar didesnį norą juos patyrinėti. Tačiau jo ryžtas grįžti ten naktį, nors dar ir nežinia kaip, buvo toks tvirtas, kad jis nutarė verčiau nesikivirčyti. Betgi širdy jau puoselėjo apie keršto planus mintį, kuri, jei nebūtų buvusi įkvėpta, kaip kad buvo, tiesos troškimo, galėjo pasirodyti itin užsispyrėliška ir net smerktina.

Prieš įeidami į refektorių, dar kiek pasisukiojome po klostrą, kad vėsus vakaro oras išblaškytų visas miegų miglas. Ten paskendę mintyse vaikščiojo ir dar keli vienuoliai. Sodelyje, į kurį buvo atvira viena klostro pusė, pastebėjome senąjį Alinardą iš Grotaferatos, kuris, jei nesimelsdavo bažnyčioje, ištisas dienas leido medžių paunksmėje, jau visai išvargintas senatvės. Jis sėdėjo ant parapeto veidu į sodą ir, atrodė, visai nejautė šalčio.

Viljamas keliais žodžiais pasveikino jį, ir senasis vienuolis nušvito džiaugsmu, kad juo kažkas susidomėjo.

— Graži diena,— tarė Viljamas.

— Dėkui Dievui,— atsakė senis.

— Graži danguje, bet niūri žemėje. Ar pažinojote Venancijų?

— Kurį Venancijų? — perklausė senis. Po to jo akyse sužibo kažkokia švieselė.— A, tą mirusį jaunuolį. Žvėris bastosi po vienuolyną...

— Koks žvėris?

— Didžiulis žvėris, išniręs iš jūros... Septynios galvos ir dešimt ragų, o ant jo ragų dešimt diademų, o ant jo galvų piktžodžiaujantys vardai. Žvėris, panašus į leopardą; jo letenos tarytum lokio kojos, o jo snukis lyg liūto snukis... Mačiau jį.

— Kur? Bibliotekoje?

— Bibliotekoje? Kodėl bibliotekoje? Jau daug metų nesilankau skriptoriume, ir niekuomet nesu matęs bibliotekos. Niekas neina į biblioteką. Pažinojau tuos, kurie ten eidavę...

— Ką tokius, Malachiją, Berengarijų?

— O, ne...,— ir senis nusijuokė pasikvaksėdamas.— Anksčiau. Bibliotekininką, buvusį prieš Malachiją, praėjo jau tiek metų...

— Kas jis?

— Neprisimenu, jis mirė, kai Malachijas buvo dar visai jaunas. Ir tą, kuris buvo dar prieš Malachijo mokytoją, ir buvo dar jaunas bibliotekininko padėjėjas, kuomet ir aš buvau dar jaunas... Bet aš nesu įkėlęs kojos į biblioteką. Labirintas...

— Biblioteka yra labirintas?

— „Hunc mundum tipice laberinthus denotat ille",— svajingai padeklamavo senis.— „Intranti largus, redeunti sed nimis artus"[27]. Biblioteka — tai didžiulis labirintas, pasaulio labirinto atspindys. Įeini ir nežinai, ar išeisi. Nedera peržengti Heraklio stulpų...

— Tai jūs nežinote, kaip galima patekti į biblioteką, kai užsklęstos Buveinės durys?

— Taigi žinau,— nusijuokė senis.— Daugelis žino. Reikia eiti per osarijų, tik nesinori per jį eiti. Budi ten mirę vienuoliai.

— Ar tik ne tie patys, kurie su žiburiais sukiojasi naktimis po biblioteką?

— Su žiburiais? — senis atrodė nustebęs.— Niekuomet nesu to girdėjęs. Mirę vienuoliai gyvena osarijuje, kaulai iš kapinių pamažu slenka žemyn, ir jame vėl susijungia, kad saugotų kelią. Ar teko matyti altorių koplyčioje, iš kurios galima patekti į osarijų?

— Tai ta, kuri trečia iš kairės, skaičiuojant nuo transepto, taip?

— Trečia? Gal ir taip. Tai ta, kurios altoriaus akmenyje išraižyta tūkstančiai griaučių. Ketvirta kaukolė iš dešinės, reikia paspausti akiduobėse... ir esi jau osarijuje. Bet neik ten, aš niekada ten nebuvau. Abatas to nenori.

— O žvėris, kur jūs matėte žvėrį?

— Žvėris? A, Antikristas... Jis jau kelyje, tūkstantmetis baigėsi, mes laukiame jo...

— Bet tūkstantmetis baigėsi jau prieš tris šimtus metų, o jo vis dar nėra...

— Antikristas neateina, pasibaigus tūkstančiui metų. Praėjus tūkstantmečiui, stoja teisiųjų karalystė, o po to ateina Antikristas, kad pažemintų teisiuosius, ir tada įvyks paskutinis mūšis...

— Betgi teisieji karaliaus tūkstantį metų,— tarė Viljamas.— Taigi arba jie jau karaliavo nuo Kristaus mirties iki pirmojo tūkstantmečio pabaigos, tuomet jau tada turėjo ateiti Antikristas, arba jų karalystė dar neatėjo, tuomet ir Antikristas dar toli.

— Tūkstantmetis skaičiuojamas ne nuo Kristaus mirties, bet nuo Konstantino dovanos. Dabar kaip tik praėjo tūkstantis metų...

— Tai baigiasi teisiųjų karalystė?

— Nežinau, nieko nežinau... Esu pavargęs. Sunku apskaičiuoti. Skaičiavo palaimintasis iš Liebanos, klausk Jorgės, jis jaunas, gerai atsimena... Bet laikas jau prinoko. Ar negirdėjai septynių trimitų?

— Kodėl septynių trimitų?

— Ar nežinai, kaip mirė anas jaunuolis, iliuminatorius? Ir sutrimitavo pirmasis angelas pirmuoju trimitu, ir radosi kruša ir ugnis, sumišę su krauju. Ir sutrimitavo antrasis angelas antruoju trimitu, ir trečioji jūros dalis virto krauju... Argi ne kraujo jūroje mirė antrasis jaunuolis. Laukite trečiojo trimito! Ir išdvės trečdalis padarų, gyvenančių jūroje. Dievas mus baudžia. Visas pasaulis aplink vienuolyną siaubiamas erezijos, girdėjau, kad į Romos sostą sėdo išgama popiežius, nekromantijai naudojąs ostijas ir šeriąs jomis savo murenas... Ir čia kažkas nepaklusęs draudimui, sulaužęs labirinto antspaudus...

— Kas jums tai pasakė?

— Girdėjau, visi šnibžda, kad nuodėmė įžengė į vienuolyną. Turi žirnelių?

Šis man skirtas klausimas buvo itin netikėtas.

— Ne, neturiu žirnelių,— atsakiau sutrikęs.

— Kitą kartą atnešk man žirnelių. Čiulpiu juos šia savo vargše bedante burna, kol visai suminkštėja. Skatina seilių išsiskyrimą, acqua fons vitae[28]. Rytoj atneši man žirnelių?

— Atnešiu,— pažadėjau. Bet jis jau snūduriavo. Palikę jį, patraukėme į refektorių.

— Ką jūs manote apie jo žodžius? — paklausiau savo mokytoją.

— Manau, kad jį apėmė dieviškas šimtamečių pamišimas. Sunku jo žodžiuose atskirti tiesą ir melą. Bet manau, kad jis nurodė mums kelią, kaip patekti į Buveinę. Buvau toje koplyčioje, iš kurios praeitą naktį išniro Malachijas. Ten tikrai yra akmeninis altorius, kurio pagrindas išraižytas kaukolėmis.

— Šį vakarą įsitikinsim.

Antra diena

NAKTINĖ

Einama į Buveinę, ten sutinkamas paslaptingas lankytojas, randamas slaptas raštas su nekromantiškais ženklais, ir dingsta, vos tik rasta, knyga, kurios bus ieškoma daugelyje vėlesnių skyrių, o brangiųjų Viljamo akinių vagystė yra ne paskutinė iš nelaimių

Vakarinė buvo tyli ir liūdna. Praėjo tik kiek daugiau nei dvylika valandų nuo to laiko, kai buvo rastas Venancijaus lavonas. Visi vogčiomis žvilgčiojo į tuščią jo vietą užstalėje. Atėjus Naktinei, vora, nutįsusi choro link, atrodė lyg laidotuvių procesija. Pamaldų klausėmės stovėdami navoje ir nenuleisdami akių nuo trečiosios koplyčios. Šviesa buvo labai blanki, ir kai pastebėjome iš tamsos išnirusį Malachiją, jau einantį prie savo klaupto, negalėjome pasakyti, iš kur tikrai jis atsiradęs. Dėl viso pikto pasitraukėme į šoninės navos šešėlį, kad niekas nepastebėtų, jog likome bažnyčioje pamaldoms pasibaigus. Po škaplieriumi turėjau pasislėpęs vakarienės metu iš virtuvės pačiuptą žibintą. Vėliau uždegėme jį nuo didžiojo bronzinio trikojo, liepsnojančio bažnyčioje ištisą naktį. Turėjau taip pat ir naują dagtį bei užtektinai aliejaus. Šviesos mums turėjo pakakti ilgam.

Buvau per daug sujaudintas mūsų būsimo žygio, kad galėčiau susikaupti pamaldoms, kurios pasibaigė man nė nepastebėjus. Vienuoliai žemai nuleido gobtuvus, ir lėta vora patraukė lauk, į savo celes. Bažnyčia ištuštėjo, tik blykčiojo nuo trikojo liepsnos atšvaistai.

— Nagi,— tarė Viljamas,— į darbą.

Priėjome prie trečiosios koplyčios. Altoriaus pagrindas tikrai panėšėjo į osarijų, o eilė kaukolių, gražiai išrėžtų virš blauzdikaulių krūvos, gąsdino savo tuščiomis giliomis akiduobėmis. Viljamas pašnibždomis pakartojo iš Alinardo išgirstus žodžius (ketvirta kaukolė iš dešinės, paspausti akiduobes). Jis sukišo pirštus į bekūnio veido akis, ir tuoj pat išgirdome duslų trakštelėjimą. Altorius pasisuko ant nematomos ašies, ir prieš mus atsivėrė juoda kiaurymė. Iškėlę žibintą ir pašvietę pro ją vidun, pastebėjome drėgnus laiptelius. Pasiryžome leistis jais, prieš tai pasvarstę, ar užverti paskui save kelią. Verčiau ne, tarė Viljamas, nežinia ar mokėsime jį vėliau atidaryti. O dėl pavojaus, jog būsim aptikti, tai jei kas ir ateitų čia šiuo metu, norėdamas išjudinti tą patį mechanizmą, jis ir taip žinos, kaip tai padaryti, ir uždarytas kelias jo nesulaikys.

Nulipome gal dešimt ar daugiau pakopų ir atsidūrėme koridoriuje, kurio abiejose pusėse žiojėjo pailgos nišos, kokias vėliau man teko matyti daugelyje požemių. Bet tąkart įžengiau į osarijų pirmą kartą ir labai bijojau. Vienuolių kaulai kaupėsi čia ištisus šimtmečius, jie buvo kasami iš žemės ir pilami į nišas, nebandant atstatyti kūno pavidalo. Todėl vienose nišose matėsi tik smulkūs kaulai, kitose — vien kaukolės, sukrautos piramidėmis, kad nesulįstų viena į kitą, ir visa tai buvo šiurpus vaizdas, ypač mūsų žibinto šviesos ir šešėlių žaisme. Vienoje nišoje pamačiau plaštakas, vien plaštakas, susipynusias kažkokiame keistame mirties šokyje. Šūktelėjau, nes šioje mirusiųjų karalystėje staiga pajutau esant kažką gyvą, cypsintį ir greitai šmirinėjantį šešėliuose.

— Žiurkės,— nuramino mane Viljamas.

— Bet ką čia veikia žiurkės?

— Jos eina pro čia, kaip ir mes, nes kelias per osarijų vedą į Buveinę, taigi, ir į virtuvę. Taip pat ir į biblioteką, pas skaniąsias knygas. Dabar žinau, kodėl Malachijas toks paniuręs. Jo pareiga verčia jį eiti pro čia du kartus per parą, ryte ir vakare. Tad jam išties nėra ko juoktis.

— O kodėl? Evangelijoje neparašyta, ar Kristus yra juokęsis? — paklausiau nei iš šio, nei iš to.— Ar tikrai yra taip, kaip sako Jorgė?

— Jau legionai yra klausę, ar Kristus kada juokėsi. Manęs tai itin nedomina. Manau, jog jis niekuomet nesijuokė, nes, būdamas visažinis, kaip ir dera Dievo sūnui, žinojo mūsų, krikščionių, darbus. Bet štai ir atėjome.

Ir tikrai, dėkui Dievui, koridorius baigėsi ir prasidėjo kiti laipteliai, kuriais užkopus mums liko pastumti sunkias medines, kaustytas geležimi, duris, kad atsidurtume virtuvėje, už viryklos, tiesiai po sraigtiniais laiptais, vedančiais aukštyn, į skriptoriumą. Lipdami jais, viršuje išgirdome lyg kokį triukšmą.

Akimirką sustingome tylėdami, po to sušnabždėjau:

— Negali būti, niekas neįėjo čia pirma mūsų...

— Su sąlyga, kad tai — vienintelis kelias į Buveinę. Praėjusiais amžiais tai buvo tvirtovė, todėl čia turėtų būti daugiau slaptų įėjimų nei mums žinoma. Palengva kopkime aukštyn. Pasirinkimas nedidelis. Jei užpūsime žibintą, nematysime, kur einam, jei paliksime jį degantį, duosime ženklą tam, kuris viršuje. Vienintelė viltis, kad jei ten kas ir yra, jis bijo labiau už mus.

Skriptoriume atsidūrėme išnirę iš pietinio bokšto. Venancijaus stalas stovėjo kaip tik priešingoje pusėje. Salė buvo tokia plati, jog eidami teapšvietėme vos keletą uolekčių sienos. Vylėmės, kad kieme nėra nieko, kas galėtų pamatyti šviesą languose. Stalas atrodė nepaliestas, bet Viljamas, pažvelgęs į lapus, gulinčius lentynėlėje po juo, nusivylęs šūktelėjo:

— Ko nors trūksta? — paklausiau.

— Šiandien mačiau čia dvi knygas, viena iš jų — graikiška. Jos kaip tik ir trūksta. Kažkas ją bus pagriebęs, matyt, labai paskubomis, nes vienas lapas nukritęs ant grindų.

— Bet stalas juk buvo saugomas...

— Taip. Gal kažkas tai padarė visai neseniai. Gal jis dar čia.— Ir jis, pasisukęs į tamsą, sušuko, o jo balsas nuaidėjo tarp kolonų: — Jei esi čia, vargas tau!

Man tai pasirodė nebloga mintis, nes, kaip ką tik buvo pasakęs Viljamas, visada geriau, jei tas, kuris kelia tau baimę, bijo tavęs dar labiau nei tu jo.

Viljamas pakėlė nukritusį lapą ir priartino jį prie akių, prašydamas manęs daugiau pašviesti. Prikišau žibintą ir pamačiau, jog lapas iki pusės tuščias, o kita pusė smulkiai priraizgyta raidžių, kurias aš sunkiai pažinau.

— Graikiškai? — paklausiau.

— Taip, bet sunku suprasti.— Jis išsitraukė iš abito akinius ir, tvirtai pabalnojęs jais savo nosį, pažvelgė į lapą iš arčiau.

— Taip, graikiškai, tik labai smulkiai ir labai netvarkingai. Sunku įskaityti net su akiniais. Pašviesk dar, prieik arčiau. Jis laikė lapą tiesiai prie veido, o aš, žioplys, užuot užėjęs jam už nugaros ir aukštai virš galvos iškėlęs žibintą, atsistojau tiesiai priešais jį. Jis paprašė, kad pasitraukčiau į šoną, ir, tai darydamas, žibinto liepsna neatsargiai grybštelėjo lapo blogąją pusę. Viljamas kumštelėjo mane šalin, klausdamas, ar tik aš nenorįs sudeginti rankraštį, o po to staiga šūktelėjo. Aiškiai pamačiau, kaip viršutinėje lapo dalyje išryškėjo kažkokie neaiškūs gelsvai rudi ženklai. Viljamas liepė duoti jam žibintą ir pakišo jį po lapu taip, kad liepsna būtų pakankamai arti, bet tik kaitintų, o ne degintų. Mačiau, kaip lėtai, tarsi kokia nematoma ranka būtų rašiusi: „Mane, Tekel, Fares", vienas po kito baltam lape, tose vietose, kur slinko Viljamo vedamo žibinto liepsna, radosi ženklai, nepanašūs į jokias raides, nebent į nekromantų rašmenis.

— Nuostabu! — ištarė Viljamas.— Kaskart vis įdomiau! — Jis apsidairė.— Bet bus geriau nerodyti šio radinio mūsų paslaptingajam šeimininkui, jei jis dar čia...— Jis nusiėmė akinius, pasidėjo juos ant stalo, rūpestingai susuko pergamentą ir paslėpė jį savo abite. Dar apkvaitintas tų mažų mažiausiai stebuklingų įvykių sūkurio, buvau bepradedąs klausti paaiškinimų, tik staiga pasigirdo netikėtas duslus trenksmas. Sklido jis nuo rytinių laiptų, vedančių į biblioteką, pusės.

— Jis ten, čiupk jį! — ir abu šokom ta kryptimi, jis greičiau, o aš lėčiau, nes nešiau žibintą. Išgirdau kažką klumpant ir griūvant, o pribėgęs radau Viljamą, laiptų papėdėje spoksantį į sunkią, metalinėmis kniedėmis sutvirtintais viršeliais knygą. Ir tą pat akimirką išgirdome triukšmą toje pusėje, iš kurios ką tik atbėgome.

— Koks aš kvailys! — sušuko Viljamas.— Greitai, prie Venancijaus stalo!

Supratau, kad kažkas, stovėjęs tamsoje už mūsų pečių, metė tą knygą, idant nuviliotų mus tolyn.

Ir vėl Viljamas buvo greitesnis už mane ir pirmas pasiekė stalą. Aš, bėgdamas paskui, pastebėjau tarp kolonų šmėkščiojant šešėlį, pradingusį vakariniame bokšte.

Pagautas kovos įkarščio, įspraudęs žibintą Viljamui į rankas, apgraibomis puoliau prie laiptų, kuriais pabėgo paslaptingasis. Tą akimirką jaučiausi it Kristaus karys, besikaunantis su pragaro legionais, ir kuo karščiausiai troškau sučiupti įsibrovėlį ir mesti jį savo mokytojui po kojų. Kone nusiritau laiptais, nes abito padurkuose pynėsi kojos (ir prisiekiu, tai buvo vienintelis kartas gyvenime, kai aš pasigailėjau įstojęs į vienuolyną!), bet tą pat akimirką pasiguodžiau, jog ir mano priešininkas vargsta tokius pat vargus. Maža to, jei jis paėmė knygą, tai jo dar ir rankos buvo užimtos. Iš už duonkepės krosnies kone kulvirsčia įvirtau į virtuvę, ir blyškioje žvaigždėtos nakties šviesoje pamačiau savo vejamą šešėlį įsmunkant·pro refektoriaus duris ir užtrenkiant jas paskui save. Aš puoliau prie jų, ir kiek pasigalynėjęs atidariau, įlėkiau vidun, pasidairiau, bet nieko ten jau nepamačiau. Laukujos durys buvo užšautos. Apsisukau. Vien prieblanda ir tyla. Virtuvėje pastebėjau šviesą ir prisiplojau prie sienos. Ant slenksčio tarp dviejų patalpų pasirodė žibinto šviesos nutviekstas veidas. Surikau. Buvo tai Viljamas.

— Nieko nebėra? Taip ir maniau. Pro duris jis neišėjo. Nepasuko kelio per osarijų link?

— Ne, jis įbėgo čia ir dingo nežinia kur!

— Jau sakiau, yra čia dar ne vienas kelias, ir beprasmiška jų ieškoti. Mūsų žmogus gal kaip tik dabar išnyra kur nors labai toli. O kartu su juo ir mano akiniai.

— Jūsų akiniai?!

— Taigi. Mūsų draugas negalėjo atimti iš manęs rankraščio, bet apdairiai prabėgdamas pagriebė nuo stalo mano akinius.

— Tačiau kodėl?

— Mat nėra kvailys. Jis girdėjo, kaip kalbėjau apie tuos užrašus, suprato, kad jie svarbūs, pamanė, jog be akinių negalėsiu jų perskaityti, ir tikrai žino, kad niekam kitam jų neparodysiu. Iš tiesų, dabar yra tas pat lyg aš jų ir neturėčiau.

— Bet kaip jis sužinojo apie jūsų akinius?

— Najau, na, negana, kad vakar mes su stikliumi kalbėjomės apie juos, tai dar ir šįryt skriptoriume buvau juos užsimaukšlinęs, kad patyrinėčiau Venancijaus popierius. Taigi daugelis turėjo pakankamai progų tinkamai šį daiktą įvertinti. Ir tikrai, dar galėčiau perskaityti be jų normalų rankraštį, tik jau ne šį,— ir jis vėl išskleidė paslaptingąjį pergamentą,— kuriame graikiškoji dalis pernelyg smulki, o viršutinė pusė — pernelyg miglota...

Jis bakstelėjo į ženklus, lyg per stebuklą atsiradusius liepsnos kaitroje:

— Venancijus norėjo nuslėpti labai svarbią paslaptį, todėl ir rašė vienu iš tų skysčių, kurių pėdsakas pasimato tik pakaitinus. O gal vartojo citrinos sultis. Bet kadangi aš nežinau, kuo jis rašė, ir ženklai gali greit vėl išnykti, tu, kuris turi geras akis, perrašyk juos tuoj pat kaip galėdamas tiksliau, gal kiek padidindamas...

Tą aš ir padariau nė nežinodamas, ką rašau. Buvo ten kelios eilutės magiškų ženklų, iš kurių čia atkursiu tik pirmuosius, idant skaitytojas suvoktų, kokia mįslė iškilo mums prieš akis:

Man baigus, Viljamas, laikydamas lentelę kaip įmanoma toliau nuo akių, pažvelgė į ją ir tarė:

— Nėra abejonių, jog tai — slaptas raštas, kurį dar reikės išaiškinti. Ženklai parašyti blogai, o gal tu perrašydamas juos išklaipei, tačiau tai tikrai yra Zodiako abėcėlė. Matai? Pirmoje eilutėje...— jis dar toliau atitraukė lapą ir prisimerkė — štai, Šaulys, Saulė, Merkurijus, Skorpionas...

— O ką jie reiškia?

— Jei Venancijus būtų buvęs naivuolis, jis būtų panaudojęs paprasčiausią Zodiako abėcėlę: A — Saulė, B — Jupiteris... Tuomet pirmoji eilutė būtų... Pabandyk užrašyti: RAIOASVI...— Jis nutilo.— Ne, tai nieko nereiškia, ir Venancijus nebuvo naivuolis. Jie pertvarkė abėcėlę pagal savo raktą. Turiu jį atrasti.

— Tai įmanoma? — paklausiau sužavėtas.

— Taip, jei nors kiek žinai arabų išmintį. Geriausi kriptografijos traktatai priklauso bedievių išminčių plunksnai ir, laimė, Oksforde man teko kai kuriuos iš jų skaityti. Bekonas buvo teisus, sakydamas, jog pažinimas ateina tik per kalbų mokėjimą. Abu Bakr Ahmedas ben Alis ben Vašija an Nabatis prieš šimtmečius yra parašęs „Knygą apie padūkusį dievobaimingo žmogaus troškimą pažinti senųjų raštų mįsles", kur pateikė daug taisyklių, kaip sudaryti ir išaiškinti slaptąsias abėcėles, tinkančias magiškiems dalykams, taip pat ir susirašinėjimui tarp kariuomenių ar tarp karaliaus ir jo pasiuntinių. Mačiau ir kitas arabų knygas, kur kalbama apie labai išradingus monus. Gali, pavyzdžiui, pakeisti vieną raidę kita, gali rašyti nuo antro galo, gali apversti žodį ir imti rašyti tik kas antrą raidę, o po to vėl rašyti iš pradžių, gali pakeisti raides zodiako ženklais, kaip kad čia, bet suteikti raidėms jų skaičius, o po to jau pagal kitą abėcėlę pakeisti tuos skaičius raidėmis...

— Kurį gi iš šių būdų vartojo Venancijus?

— Reikėtų patikrinti juos visus, ir dar daug kitų. Tačiau pirmoji slapto rašto skaitymo taisyklė yra atspėti, kas ten galėtų būti parašyta.

— Tuomet nereikės jo nė aiškinti! — nusijuokiau.

— Ne tai norėjau pasakyti. Galima bandyti spėti pirmuosius rašto žodžius, vėliau žiūrėti, ar jų taisyklė tinka likūsiems žodžiams. Sakykim, čia Venancijus tikrai bus paslėpęs raktą, kaip patekti į „finis Africae". Jei bandysiu manyti, jog kaip tik tai čia ir parašyta, mane staiga pagaus kažkoks ritmas... Mėgink pažvelgti į tris pirmuosius žodžius, nesvarstydamas ženklų prasmės, o tik jų kiekį... IIIIIIII IIIII IIIIIII... Dabar pabandyk suskirstyti juos skiemenimis, mažiausiai po du kiekviename, ir garsiai ištarti: ta-ta-ta, ta-ta, ta-ta-ta... Nieko tau neprimena?

— Ničnieko.

— O man primena. „Secretum finis Africae..."[29]. Bet jei taip būtų, tuomet paskutiniojo žodžio pirmoji ir šeštoji raidės turėtų būti vienodos, taip iš tiesų ir yra, štai dukart pakartotas Žemės ženklas. O pirmo žodžio pirmoji raidė, S, turėtų būti lygi paskutinei antrojo raidei: ir tikrai, štai pakartotas Mergelės ženklas. Galbūt tai yra teisingas kelias. Bet gali tai būti ir vien tik sutapimų seka. Reikėtų rasti atitikimo raktą...

— Rasti, kur?

— Galvoje. Sukurti. O po to patikrinti, ar tai tas tikrasis. Tie bandymai gali atimti man visą dieną. Bet ne ilgiau, nes, įsidėmėk, nėra tokio slapto rašto, kurio negalima būtų perskaityti, turint nors kiek kantrybės. Tačiau jau vėlu, o mes dar norime aplankyti biblioteką. Juo labiau kad be akinių aš negalėsiu perskaityti antrosios rašto dalies, o tu negali man padėti, nes šie ženklai tavo akims...

— Graecum est, non legitur[30],— užbaigiau susigėdęs.

— Taigi ir pats matai, jog Bekonas buvo teisus. Mokykis! Bet nepraraskime vilties. Atidėkime į šalį pergamentą, tavo užrašus ir eikime į biblioteką. Šį vakarą mūsų nesulaikys nė dešimt pragaro legionų.

Persižegnojau.

— Bet kas gi galėjo mus aplenkti? Bencijus?

— Jis trokšte troško pasirausti Venancijaus raštuose, bet man jis neatrodė nusiteikęs krėsti tokius piktus pokštus. Juk jis lyg ir siūlė mums vienytis, o galiausiai, nemanau, kad būtų drįsęs naktį įsibrauti į Buveinę.

Tuomet Berengarijus? Ar Malachijas?

— Berengarijus, man atrodo, gali tai padaryti. Pagaliau juk ir jis atsako už biblioteką, jį graužia sąžinė išdavus kažkokią jos paslaptį, jis mano, jog Venancijus bus paėmęs tą knygą ir galbūt nori grąžinti ją į vietą. Tai padaryti jam nepavyko ir dabar jis slepia knygą kur kitur, o mes Dievo padedami galėsime jį prigriebti, kai bandys padėti ją į vietą.

— Bet galėjo tai būti ir Malachijas, ir turėti tokių pat ketinimų.

— Manyčiau, kad ne. Malachijas turėjo į valias laiko, kad išnaršytų visą Venancijaus stalą, likęs čia vienas užrakinti Buveinės. Tačiau dabar žinome, jog jis to nepadarė. O jei gerai pagalvotume, tai neturime jokios vados įtarti Malachiją žinojus, kad Venancijus buvęs bibliotekoje ir kažką iš jos paėmęs. Žino tai Berengarijus su Bencijum, žinome mes su tavim. Po Adelmo išpažinties gali tai žinoti ir Jorgė, bet tikrai ne jis buvo tas, kuris taip mitriai puolė sraigtiniais laiptais žemyn...

— Lieka tuomet Berengarijus arba Bencijus...

— O kodėl gi ne Pacifikas Tivolietis ar kitas kuris vienuolis iš tų, kuriuos šiandien čia buvome sutikę? Arba stiklius Mikalojus, žinantis apie mano akinius? Arba tas didžiai keistas Salvatorė, kuris, kaip girdėjome, sukiojasi naktimis po vienuolyną nežinia ko? Reikia būti atidiems ir nesiaurinti įtariamųjų rato vien todėl, kad Bencijaus žodžiai pastūmėjo mus viena kryptimi. Gal Bencijus tyčia norėjo mus suklaidinti.

— Bet jis mums pasirodė nuoširdus.

— Visai teisingai. Tik žinok, jog pirmoji gero inkvizitoriaus pareiga kaip tik ir yra įtarti tuos, kurie atrodo nuoširdūs.

— Bjaurus tas inkvizitoriaus darbas,— tariau.

— Todėl aš ir mečiau jį. Tačiau, matai, man ir vėl tenka jo imtis. Na, bet pirmyn į biblioteką.

A n t r a   d i e n a

NAKTIS

Pagaliau įeinama į labirintą, matomi keisti regėjimai ir, kaip paprastai atsitinka labirintuose, pasiklystama

Nešdami priešais aukštai iškeltą žibintą, vėl užkopėme į skriptoriumą, šį kartą rytiniais laiptais, vedančiais taip pat ir į uždraustąjį aukštą. Man galvoje sukosi žodžiai, Alinardo pasakyti apie labirintą, todėl laukiau siaubingų dalykų.

Nustebau, kai įėję ten, kur mūsų neturėtų būti, atsidūrėme septyniasienėje salėje, ne itin erdvioje, be langų, pakvipusioje, kaip, beje, ir visas aukštas, stipriu sustojusio laiko ir pelėsių tvaiku. Nieko bauginamo.

Salėje, kaip jau sakiau, sienos buvo septynios, tačiau tik keturiose iš jų, tarp dviejų su siena suaugusių kolonų, žiojėjo gana platūs perėjimai, vainikuoti lenktomis arkomis. Ties aklinomis sienomis stovėjo milžiniškos knygų spintos, pilnos tvarkingai sustatytų knygų. Kiekviena spinta, kaip ir kiekviena jų lentyna, turėjo savo kartušą su numeriu, matyt, tuo pačiu, koks buvo įrašytas ir kataloge. Salės vidury stovėjo stalas, taip pat apkrautas knygomis. Visas knygas dengė tik plonas dulkių sluoksnelis, tai reiškė, jog jos pastoviai valomos. Taip pat ir grindys buvo švarios. Virš vienos iš perėjimo arkų matėsi didelis pieštas kartušas su žodžiais: „Apocalypsis Iesu Christi"[31]. Jis nebuvo išblukęs, nors raidės ir buvo senovinės. Vėliau pastebėjome, kad tie kartušai yra gana giliai išrėžti akmenyje, o įdubimai pripildyti dažų, kaip tai daroma tapant freskas bažnyčiose.

Įėjome pro vieną iš angų. Atsidūrėme kitame kambaryje, su langu, kur vietoj stiklo buvo alebastro lakštai, dviem aklinom sienom ir anga ketvirtojoje, panašia į tą, pro kurią ką tik buvome įėję, vedančia į kitą kambarį, taip pat su dviem aklinom sienom, langu ir anga. Šiuose kambariuose kartušai buvo panašūs į pirmąjį matytą, tik su kitais žodžiais. Vienas kartušas skelbė: „Super thronos viginti quatuor"[32], kitas bylojo: „Nomen illi mors"[33]. Ir nors šiedu kambariai buvo mažesni už tą, per kurį patekome į biblioteką (tas buvo septynkampis, o šie — keturkampiai), įrengti jie buvo panašiai: spintos su knygomis ir stalas viduryje.

Įėjome į trečiąjį kambarį. Čia nebuvo nei knygų, nei kartušo. Tik po langu stovėjo akmeninis altorius. Iš kambario ėjo trys angos: viena, pro kurią ką tik įžengėme, antra — į jau matytą septynkampę salę ir trečia, pro kurią patekome į dar vieną kambarį, nuo kitų tesiskirantį kartušu, skelbusiu: „Obscuratus est sol et aer"[34]. Iš jo patekome į dar kitą kambarį, kurio kartušas bylojo: „Facta est grando et ignis"[35]; jame nebuvo kitų angų, tad iš čia tebuvo galima grįžti atgal.

— Pagalvokime,— tarė Viljamas.— Penki stačiakampiai ar kiek trapeciški kambariai, kiekvienas jų su vienu langu, supantys belangę septynkampę salę, į kurią atveda laiptai. Man atrodo, paprasta. Esame rytiniame bokšte, kiekvienas bokštas, žiūrint iš lauko, turi penkis langus ir penkias sienas. Kol kas viskas dera. Tuščias kambarys yra kaip tik tas, kuris atgręžtas į rytus, ta pat kryptim, kaip ir bažnyčios choras, kad patekanti saulė nušviestų altorių, kas man atrodo teisinga ir dievobaiminga. Vienintelė gudrybė čia, manau, yra alebastro langai, dieną teikiantys malonią šviesą, o naktį nepraleidžiantys nė mėnulio spindulių. Nėra tai didelis labirintas. Pažiūrėkim dabar, kur veda kitos dvi septynkampės salės angos. Manau, jog susigaudysim be vargo.

Tačiau mano mokytojas klydo, o bibliotekos statytojai buvo daug sumanesni nei mes tikėjomės. Nežinau, kodėl, bet, mums palikus bokštą, kambarių seka tapo daug painesnė. Vienuose jų buvo po du, kituose — po tris išėjimus. Visuose buvo po langą, net ir tuose, į kuriuos patekdavome iš kambario su langu, manydami, jog einame Buveinės šerdies link. Kiekviename kambaryje buvo tokios pat spintos ir tokie pat stalai, o tvarkingai sustatytos knygos atrodė visos vienodos ir nė kiek nepadėjo gaudytis, kur esame. Mėginome orientuotis pagal kartušus. Kartą perėjome kambarį, kuriame buvo parašytą: „In diebus illis"[36] ir, kiek pasisukiojus, mums pasirodė, kad vėl į jį sugrįžome. Tačiau atsiminėme, jog durys priešais langą vedė į kambarį, kuriame buvo parašyta: „Primogenitus mortuorum"[37], o dabar užrašas skelbė: „Apocalypsis Iesu Christi", bet tai nebuvo septynkampė salė, iš kurios pradėjome savo klajones. Tai įtikino mus, kad kartais tie patys kartušai kartojasi skirtinguose kambariuose. Aptikome du kambarius su „Apocalypsis", vieną po kito, o tuoj po to kambarį su „Cecidit de coelo stella magna"[38].

Žodžių kilmė kartušuose buvo visiškai aiški, tai buvo eilutės iš Jono Apokalipsės, tik negalėjome suprasti, kodėl jos išrašytos ant sienų ir kokia tvarka išdėstytos. O dar labiau sutrikome, pastebėję, kad kai kurie kartušai, tiesa, jų buvo nedaug, parašyti ne juodai, bet raudonai.

Netikėtai vėl atsidūrėme septynkampėje pradinėje salėje (kurią atpažinome iš joje prasidedančių laiptų), ir vėl pasukome dešinėn, bandydami eiti tiesiai iš kambario į kambarį. Praėję tris kambarius, atsimušėme į aklinę sieną. Vienintelis kelias vedė mus į kitą kambarį, kuriame buvo tik dar viena anga be tos, pro kurią čia patekome, o pro ją išėję ir perkirtę dar keturis kambarius, vėl atsimušėme į aklinę sieną. Grįžome į ankstesnį kambarį, kuriame buvo du išėjimai, pasukome pro dar neišbandytąjį, ir vėl atsiradome septynkampėje pirmutinėje salėje.

— Kaip vadinosi paskutinis kambarys, iš kurio pasukome atgal? — paklausė Viljamas.

Pamėginau prisiminti.

— „Equus albus"[39].

— Gerai, grįžkime į jį.

Tai nebuvo sunku. Iš jo, jei nesinorėjo sukti atgal, neliko nieko kito, kaip tik pereiti į kambarį, pavadintą „Gratia vobis et pax"[40], o iš jo į dešinę buvo dar vienas išėjimas, kaip mums atrodė, negrąžinantis mūsų atgal. Ir tikrai, nors vėl radome „In diebus illis" ir „Primogenitus mortuorum" (ar buvo tai tie patys kambariai, kuriuose ką tik lankėmės?), pagaliau atsidūrėme kambaryje, kurio anksčiau, kaip mums atrodė, dar nebuvom matę: „Tertia pars terrae combusta est"[41]. Bet tuomet jau nebegalėjome pasakyti, kurlink nuklydome nuo rytinio bokšto.

Ištiesęs prieš save žibintą, pasukau į tolesnius kambarius. Manęs pasitikti ėjo siaubingai didelis, visas vilnijantis ir besiplaikstantis it kokia šmėkla milžinas.

— Velnias! — surikau ir vos neišmetęs žibinto, apsisukęs puoliau tiesiai Viljamui į glėbį. Jis paėmė man iš rankų žibintą ir, nustūmęs mane į šalį, ryžtingai, net, sakyčiau, didingai, žengė pirmyn. Matyt, ir jis kažką pastebėjo, nes staiga sustojo kaip įbestas. Po to dar kiek paėjėjo, aukštai iškėlė žibintą ir prapliupo juoktis.

— Nepaprastai išradinga. Veidrodis!

— Veidrodis?

— Taip, narsusis mano riteri. Visai neseniai skriptoriume tu taip drąsiai puolei tikrą priešą, o čia štai pabūgai savo paties atvaizdo. Tai tik veidrodis, rodantis tavo atspindį, tačiau padidintą ir iškreiptą. Jis paėmė mane už rankos ir pavedėjo prie sienos, buvusios priešais įėjimą į kambarį. Banguoto stiklo lakšte dabar, pašvietus iš arčiau, aiškiai pamačiau groteskiškai iškreiptus mudviejų atvaizdus, kurių forma ir dydis keitėsi mums artėjant arba tolstant.

— Tau reikėtų perskaityti kokį traktatą apie optiką,— tarė Viljamas pralinksmėjęs,— nes juos, be abejonės, yra skaitę bibl-liotekos įkūrėjai. Geriausi parašyti arabų. Alhazenas parašė trak-tatą „De aspectibus", kuriame kalbėjo apie veidrodžių jėgą, pa-remdamas žodžius geometriniais brėžiniais. Veidrodžiai, pri-klausomai nuo to, kaip išlenktas jų paviršius, gali padidinti ma-žiausius daiktus (o argi mano akiniai nėra tas pat?), apversti juos aukštyn kojom, ištempti ar rodyti du daiktus vietoje vieno, o ke-turis vietoj dviejų. Kiti vėl, kaip ir šis, padaro iš nykštuko mil-žiną, o iš milžino nykštuką.

— Viešpatie Jėzau! — pratariau. — Tai tokius regėjimus ma-tė tie, kurie lankėsi bibliotekoje?

— Galbūt. Mintis tikrai išradinga.— Jis perskaitė sienoje virš veidrodžio išrašytą kartušą: „Super thronos viginti qua-tuor".— Tą mes jau matėme, tik aname kambaryje nebuvo vei-drodžio. O šiame, be viso kito, nėra lango, nors jis ir ne septyn-kampis. Kurgi tad esame? — Jis apsidairė ir priėjo prie knygų spintos: — Adsai, be tų nelemtų oculi ad legendum negaliu su-prasti nieko, kas šiose knygose parašyta. Perskaityk man kokį pavadinimą.

Ištraukiau pirmą pasitaikiusią knygą:

— Bet, mokytojau, čia neparašyta!

— Kaip tai? Matau gi, jog čia kažkas parašyta, skaityk.

— Negaliu skaityti. Tai ne abėcėlės raidės, bet ir ne graikų kalba, ją aš pažinčiau. Čia lyg kokios kirmėlės, žalčiai, lyg musių nutupėta...

— A, tai arabiškai. Ar yra ir daugiau panašių?

— Taip, keletas. Bet štai viena lotyniškai, garbė Dievui, Al... Al Kuvarizmis „Tabulae".

— Astronominės Al Kuvarizmio lentelės, išverstos Adelardo iš Bato! Rečiausia knyga! Tęsk.

— Isa ibn Alis „De oculis", Alkindis „De radiis stellatis"...

— Dabar pažiūrėk ant stalo.

Atverčiau ant stalo gulėjusią storą knygą, „De bestiis", kaip tik toje vietoje, kur buvo nupieštas gražiausias vienaragis.

— Puikus darbas,— įvertino Viljamas, neblogai įžiūrintis piešinius.— O ten?

Perskaičiau:

— „Liber monstrorum de diversis generibus". Ir ši gražiai iliustruota, bet atrodo senesnė už aną.

Viljamas palinko prie knygos.

— Iliustruota Airijos vienuolių mažiausiai prieš penkis amžius. Knyga su vienaragiu yra daug vėlesnė, ir, man atrodo, atlikta prancūzų maniera.

Man beliko tik dar kartą nusistebėti mokytojo erudicija. Įėjome į gretimą kambarį, o iš jo — dar į keturis tolesnius. Visi jie buvo su langais, visi pilni knygų nežinomomis kalbomis, taip pat ir skirtų okultizmo mokslams, ir vėl atsimušėme į sieną, privertusią mus grįžti, nes paskutinieji penki kambariai buvo lyg karoliukai, suverti ant vieno vienintelio kelio.

— Sprendžiant iš sienų pasisukimo, turėtume būti kokio nors kito bokšto penkiakampyje, bet nėra čia vidurinės septynkampės salės, tad, matyt, apsirinkame,— svarstė Viljamas.

— O langai? — tariau.— Iš kur tiek langų? Negalimas dalykas, kad visi kambariai sietųsi su išore.

— Tu užmiršai pastato šerdį, daugelis iš mūsų matytų langų žvelgia į tą aštuonkampį šulinį. Jei būtų diena, skirtinga šviesa padėtų mums atskirti, kurie yra išorės, o kurie — vidaus langai, o gal net galėtume nustatyti kambarių padėtį saulės atžvilgiu. Bet vakare nėra jokio skirtumo. Grįžkim.

Grįžome į kambarį su veidrodžiu ir pasukome prie trečiųjų durų, pro kurias, kaip mums atrodė, dar nebuvom ėję. Prieš mus atsivėrė trijų ar keturių kambarių anfilada, o paskutiniame iš jų pastebėjome keistą švytėjimą.

— Ten kažkas yra! — sušukau prislopintu balsu.

— Jei taip, tai jis jau spėjo pastebėti mūsų žibintą,— atsakė Viljamas, dėl viso pikto delnu pridengdamas liepsną. Minutę ar dvi stovėjome nejudėdami. Švytėjimas buvo vis toks pat tolygus, nei ryškėjo, nei silpo.

— Gali būti, jog tai — tik žiburys,— tarė Viljamas,— vienas iš tų, kurie turėtų tikinti vienuolius, kad bibliotekoje gyvena mirusiųjų sielos. Bet reikia įsitikinti. Tu stovėk čia pridengęs žiburį, o aš atsargiai eisiu pirmyn.

Vis dar gėdydamasis savo bailumo, parodyto prieš veidrodį, ir norėdamas grąžinti savo gerą vardą Viljamo akyse paprieštaravau:

— Ne, eisiu aš, o jūs likite čia. Slinksiu labai atsargiai, juk esu mažesnis ir lengvesnis. Kai tik įsitikinsiu, kad nėra jokio pavojaus, pašauksiu jus.

Taip ir padarėme. Pasieniais, lengvas kaip katė (ar novicijus, tykinantis virtuvėn kniaukti gabalėlio sūrio, o Melke niekas to nedarė geriau už mane) aš prasėlinau tris kambarius ir pasiekiau ketvirtąjį, iš kurio sklido blanki šviesa. Prigludau prie dešiniosios įėjimo kolonos ir iš už jos pamažu pažvelgiau vidun. Ten nieko nebuvo. Ant stalo, lengvai smilkdamas, degė keistas šviestuvas. Nebuvo jis panašus į mūsų žibintą, greičiau priminė atvirą smilkyklę, liepsnos nesimatė, tik ruseno joje pelenai, kažką degindami. Įsidrąsinau ir įėjau. Ant stalo, greta smilkyklės, gulėjo atversta ryškių spalvų knyga. Prisiartinęs lape pamačiau keturis dryžius: geltoną, raudoną, mėlyną ir rudą. Ryškėjo ten ir baisus pažiūrėti žvėris: drakonas su dešimt galvų ir uodega, šluojančia žemėn nuo dangaus žvaigždes. Tik staiga drakonas pradėjo dvejintis ir trejintis, o jo žvynai stojo lyg žvilgantis miškas, ir, atsiplėšę nuo lapo, ėmė suktis man aplink galvą. Loštelėjau atgal ir pamačiau kambario lubas linkstant ir griūvant ant manęs, be to, išgirdau šnypštimą tūkstančio žalčių, tik nebauginantį, o greičiau gundantį, ir radosi prieš mane moteris spindulių rate, ir priartino savo veidą prie manojo tiek, jog pajutau jos alsavimą. Ištiesiau rankas, norėdamas nustumti ją, ir pasirodė man, kad jos palietė knygas priešais stovėjusioje spintoje ir kad šios staiga pradėjo plėstis iki begalybės. Nebesuvokiau, kur esąs, kur yra žemė, o kur — dangus. Kambario viduryje pamačiau Berengarijų, kuris spoksojo į mane šlykščiai šypsodamasis, išpiltas gašlaus prakaito. Užsidengiau delnais veidą, o mano delnai atrodė tarsi rupūžės kojos, lipnios ir plėvėtos. Rodos, surikau, pajutau burnoje rūgštų skonį ir prasmegau į nesibaigiančią tamsą, vis plačiau ir plačiau atsiveriančią po manim, nieko daugiau nebesuprasdamas.

Atsipeikėjau, kaip man pasirodė, po daugelio metų, jausdamas smūgius, aidinčius po visą galvą. Tysojau ant žemės, o Viljamas pliaukšėjo man per skruostus. Buvome jau kitame kambaryje, ir mano žvilgsnis užkliuvo už kartušo, bylojančio štai ką: „Requies cant a laboribus suis"[42].

— Kelkis, kelkis, Adsai,— šnibždėjo man Viljamas,— viskas gerai...

— Daiktai...— sumurmėjau vis dar apkvaitęs— Ten žvėris...

— Nėra ten jokio žvėries. Radau tave šėlstantį po stalu, ant kurio gulėjo graži mozarabu Apokalipsė, atversta toje vietoje, kur mulier amicta sole[43] stovi prieš drakoną. Tačiau iš kvapo supratau, kad būsi prisikvėpavęs kaži kokios bjaurybės, ir tuoj pat išnešiau tave lauk. Man taip pat skauda galvą.

— Bet ką aš mačiau?

— Nieko. Ten tiesiog smilko regėjimus sukeliančios žolės, pažinau iš kvapo, arabiškas mišinys, gal net toks pat, kokį Kalnų Senis duodavęs įkvėpti savo galvažudžiams prieš siųsdamas juos į darbą. Tuo būdu išaiškinome regėjimų paslaptį. Kažkas čia naktimis smilko magiškas žoleles, kad įtikintų nepageidaujamus lankytojus, jog biblioteką saugo pragaro jėgos. Beje, ką tu jautei?

Miglotai, kiek atsiminiau, nupasakojau jam savo regėjimą, o Viljamas nusijuokė:

— Tavo regėjime iškreipti knygos pešiniai perpus sumišo su tavo troškimais ir nuogąstavimais. Kaip tik taip šios žolės ir veikia. Rytoj reikės pakalbėti su Severinu, manau, jis žino daugiau nei pasako. Tai žolės, vien tik žolės, ir jokių nekromantinių išmonių, apie kurias kalbėjo stiklius. Žolės, veidrodžiai... Šią uždraustos išminties vietą saugo daug ir labai gudrių išmonių. Mokslas panaudotas tam, kad nuslėptų, o ne tam, kad apšviestų. Visa tai man nepatinka. Iškrypęs protas vadovauja šventai bibliotekos apsaugai. Bet buvo tai sunki naktis, dabar reikėtų iš čia išeiti. Esi sukrėstas, tau reikia vandens ir gryno oro. Neverta nė bandyti atverti šiuos langus, jie per aukštai ir uždaryti, matyt, jau daug dešimtmečių. Kaip jie galėjo pamanyti, kad Adelmas iššoko pro kurį nors iš jų?

Išeiti, pasakė Viljamas. Lyg tai būtų buvę lengva. Žinojome, kad į biblioteką patekti galima tik iš vieno bokšto, rytinio. Bet kurgi buvome dabar? Visiškai sutrikome. Ilgai klaidžiojome, apimti siaubo, kad niekada jau iš čia nebeišeisim, aš vis dar sverdėdamas ir jausdamas pykinimą, o Viljamas sunerimęs dėl manęs ir piktas dėl savo neišmanymo. Tačiau ši kelionė pakišo mums, tiksliau, jam mintį dėl kito karto. Reikės grįžti į biblioteką, aišku, jei kada iš jos išeisime, su nuodėguliu ar kitu kokiu daiktu, galinčiu palikti pėdsaką sienoje.

— Išeiti iš labirinto,— kalbėjo Viljamas,— tėra vienas būdas. Kiekvienoje naujoje sankryžoje atėjimo kelią reikia žymėti trim ženklais. Jei kuris nors tos sankryžos kelias jau yra paženklintas, vadinasi, joje jau būta anksčiau, ir atėjimo kelias žymimas tik vienu ženklu. Jei paženklinti jau visi perėjimai, lieka tik grįžti atgal. Bet jei vienas ar du sankryžos perėjimai dar nepažymėti, pasirenkamas vienas iš jų ir pažymimas dviem ženklais. Kai pasiekiame perėjimą, pažymėtą tik vienu ženklu, prie jo pridedame dar du, kad kiekvienas perėjimas turėtų tris ženklus. Bus apeitas visas labirintas, jei tik pasiekęs sankryžą neisi keliu su trim ženklais, nebent visi keliai jau būtų paženklinti.

— Iš kur tai žinote? Esate labirintų žinovas?

— Ne, tik cituoju seną tekstą, kurį kadaise skaičiau.

— Ir pagal šią taisyklę galima išeiti lauk?

— Kiek man žinoma, beveik niekada. Bet pabandyti galima. Be to, kitą kartą turėsiu akinius ir gana laiko įsigilinti į knygas. Jei pasiklydome, sekdami kartušais, gal kelią mums parodys knygos.

— Akinius? O kaip jūs juos rasite?

— Aš pasakiau, kad turėsiu akinius. Naujus. Manau, jog stiklius tik ir laukia progos, kad galėtų padaryti ką naujo. Jei tik jis turi reikalingų įnagių stiklo šukėms gludinti. Nes šukių savo dirbtuvėje jis turi į valias.

Taip mums beklajojant, vieno kambario viduryje staiga pajutau, kaip nematoma ranka pradėjo glostyti mano skruostus, ir pasigirdo dejonė nei žmogaus, nei žvėries, lyg koks vaiduoklis klaidžiotų po kambarius. Turėjau būti lyg ir užgrūdintas bibliotekos staigmenų, bet ir vėl išsigandęs šokau atgal. Matyt, tą patį pajuto ir Viljamas, nes aukštai iškėlęs žibintą dairėsi aplink, čiupinėdamas sau skruostą.

Jis pakėlė ranką, pažvelgė į liepsną, kuri dabar buvo lyg gyvesnė, po to paseilėjo pirštą ir ištiesė jį tiesiai prieš save.

— Viskas aišku,— galiausiai tarė, rodydamas dvi dėmes priešpriešiais sienoje, maždaug žmogaus aukštyje. Buvo tai du siauri plyšiai, ir priglaudus prie jų delną jautėsi iš lauko ateinančio šalto oro srovė, o priglaudus ausį, girdėjosi šlamesys, lyg lauke pūstų vėjas.

— Bibliotekoje turi būti vėdinimo sistema,— paaiškino Viljamas,— antraip nebūtų čia kuo kvėpuoti, ypač vasarą. Be to, pro šiuos plyšius patenka ir drėgmė, kurios reikia, kad neperdžiūtų pergamentai. Bet tai dar ne visa statytojų išmonė. Plyšius jie įrengė tam tikrais kampais, kad vėjuotomis naktimis vienos oro srovės kirstųsi su kitomis, ir jų sūkuriai keltų kambariuose mūsų girdėtą triukšmą. O jis kartu su veidrodžiais ir žolelėmis dar labiau baugintų tokius lengvabūdžius kaip mes, kurie braunasi čionai nė nenutuokdami, kas jų laukia. Juk ir mes akimirką manėme, kad tai šmėklos šniokščia mums į veidus. O pajutome tai tik dabar, nes tik dabar lauke pakilo vėjas. Taigi įminta dar vieną mįslė. Bet nepaisant to, mes vis dar nežinome, kaip iš čia išeiti.

Taip kalbėdami klaidžiojome jau visai be jokio tikslo, praradę viltį, nė neskaitydami kartušų, kurie mums atrodė visi vienodi. Radome dar vieną septynkampę salę, perėjome ją supusius kambarius, bet neaptikome jokio išėjimo. Grįžome atgal, ėjome taip gal valandą, nė nebandydami gaudytis, kurgi esame. Viljamas jau nusprendė, kad pralaimėjome, ir nelieka nieko kito, kaip tik atsigulti ir užmigti kuriam nors kambaryje, tikintis, jog kitą dieną Malachijas mus atras. Taip mums apraudant tokio gražaus sumanymo tokią nelemtą pabaigą, netikėtai užtikome salę, kurioje buvo žemyn vedantys laiptai. Karštai padėkojome dangui ir kuo greičiausiai nulipome jais.

Virtuvėje puolėme prie viryklės ir leidomės osarijaus koridoriumi. Galiu prisiekti, jog kaukolių grimasos atrodė man lyg artimiausių draugų šypsenos. Grįžome į bažnyčią ir pro šiaurinį portalą išėjome lauk, kur laimingai susėdome ant akmenų atsikvėpti. Tyras nakties oras rodėsi man lyg dieviškas balzamas. Aplink mus mirgėjo žvaigždės, o bibliotekos regėjimai buvo kažkur labai toli.

— Koks gražus yra pasaulis ir kokie bjaurūs labirintai! — tariau palengvėjusia širdimi.

— Koks gražus būtų pasaulis, jei būtų žinoma taisyklė, kaip vaikščioti labirintais,— atsakė mano mokytojas.

— Kelinta dabar galėtų būti valanda? — pasidomėjau.

— Aš praradau laiko pojūtį. Tačiau būtų neblogai atsidurti savo celėse dar prieš skambinant Aušrinei.

Pasukome išilgai bažnyčios kairiosios pusės, praėjome pro pagrindinį portalą (nusisukau, kad nematyčiau Apokalipsės vyresniųjų, super thronos viginti quatuor!) ir perkirtę klostrą pasiekėme piligrimų prieglaudą.

Pastato tarpduryje stovėjo abatas ir pažvelgė į mus be galo atšiauriai.

— Aš ieškau jūsų jau visą naktį,— tarė jis Viljamui.— Neradau jūsų nei celėje, nei bažnyčioje...

— Mes tyrėme vieną pėdsaką...— miglotai pradėjo Viljamas, aiškiai sutrikęs.

Abatas ilgai žiūrėjo į jį, o po to lėtai ir rūsčiai ištarė:

— Ieškojau jūsų iškart po Naktinės. Berengarijaus chore nebuvo.

— Ką jūs sakote!— sušuko Viljamas švytinčiu veidu. Dabar jam jau buvo viskas aišku, kas slėpėsi ten, skriptoriume.

— Per Naktinę jo chore nebuvo,— pakartojo abatas,— ir jis negrįžo į savo celę. Tuoj skambins Aušrinei, pažiūrėsim, ar jis pasirodys. Kitaip bijau, ar tik nebus nutikusi nauja nelaimė.

Per Aušrinę Berengarijus nepasirodė.

TREČIA DIENA

Trečia diena

NUO RYTMETINĖS IKI PIRMOSIOS

Dingusio Berengarijaus celėje randamas kraujuotas audeklas ir daugiau nieko

Dabar, rašydamas šiuos žodžius, jaučiuosi toks pat pavargęs, koks buvau tą naktį ar, tiksliau, tą rytą. Ką tarti? Po pamaldų abatas pasiuntė vienuolius, dabar jau visai sunerimusius, kad išieškotų visus kampus; deja, bergždžiai.

Artėjant Rytmetinei, vienas iš vienuolių, naršęs po Berengarijaus celę, rado joje kraujuotą audeklo gabalą, pakištą po šiaudais. Abatas, jį pamatęs, įžvelgė blogą ženklą. Jorgė, buvęs kartu ir tai sužinojęs, nustebo: „Kraujas?". Lyg jam tai būtų visai neįtikėtinas dalykas. Pranešus Alinardui, šis papurtė galvą: „Ne, ne, su trečiuoju trimitu mirtis ateina per vandenį...".

Viljamas, apžiūrėjęs skiautę, tarė:

— Dabar viskas aišku.

— Kurgi yra Berengarijus? — paklausė jo.

— Nežinau,— atsakė Viljamas.

Tai išgirdęs, Aimaras pakėlė akis į dangų ir sušnibždėjo Petrui iš Sant Albano:

— Tikras anglas. Tokie jau tie anglai.

Artinantis Pirmajai, buvo pakviesti tarnai ir liepta jiems apieškoti visą šlaitą po visu vienuolyno mūru. Grįžo jie atėjus Trečiajai nieko nepešę.

Viljamas tarė man, jog nieko daugiau dabar ir negalima padaryti. Lieka tik laukti ir žiūrėti, kaip toliau klostysis įvykiai. Ir jis patraukė kalvėn, kur pasinėrė į kalbas su stikliumi Mikalojum.

Bažnyčioje tuo tarpu buvo laikomos mišios, ir aš įsikūriau joje netoli centrinio portalo. Kur ir užsnūdau, labai pamaldžiai ir ilgam, nes jauniems miegas, matyt, reikalingas labiau nei seniems, jau ilgai miegojusiems ir besiruošiantiems amžinajam miegui.

TREČIOJI

*Adsas skriptoriume apmąsto savo ordino istoriją
ir knygų paskirtį*

Iš bažnyčios išėjau tarytum mažiau pavargęs, bet apdujusia galva, nes kūnui mielas tik ramus nakties poilsis. Užkopiau į skriptoriumą ir, gavęs Malachijo leidimą, pradėjau sklaidyti katalogą. Tačiau mano išsiblaškęs žvilgsnis tik slydo lapų paviršiumi, o iš tikrųjų sekė vienuolius.

Pribloškė mane ta ramybė ir susikaupimas, su kuria jie dirbo savo darbą, tarsi vienas jų brolių nebūtų karštligiškai ieškomas po visą vienuolyną, o kiti du nebūtų mirę paslaptingomis aplinkybėmis. Štai kur slypi mūsų ordino didybė, tariau sau, ištisus amžius tokie pat vienuoliai kaip šie matė siautėjant barbarų gaujas, siaubiant jų vienuolynus, degant karalystes, bet jie ir toliau linko prie savo pergamentų ir savo rašalo, ir toliau, vos krutindami lūpas, skaitė žodžius, pasiekusius juos iš amžių glūdumos, kuriuos jie palikdavo ateinantiems amžiams. Jie skaitė ir rašė artėjant tūkstantmečiui, tai kodėl gi dabar turėtų jie to nedaryti?

Vakar Bencijus prisipažino, kad pasiruošęs nuodėmei, jei tik ji padėtų gauti retą knygą. Jis nemelavo ir nejuokavo. Taip, vienuolis turėtų nuolankiai mylėti savo knygas, siekdamas jų gero, o ne tenkinti savo smalsumą, bet tai, kas pasauliečiams yra svetimavimo pagunda, o pasaulietiškiems dvasininkams — turtų troškimas, tai vienuoliams yra pažinimo geismas.

Varčiau katalogą, ir prieš akis man sukosi paslaptingi pavadinimai: „Quinti Sereni de medicamentis", „Phenomena", „Liber Aesopi de natura animalium", „Liber Aethici peronymi de cosmographia", „Libri tres quos Arculphus episcopus Adamnano escipiente de locis sanctis ultramarinis designavit conscribendos", „Libellus Q. Lulii Hilarionis de origine mundi", „Solini Polyshistor de situ orbis terrarum et mirabilibus", „Almagesthus"...

Manęs nestebino, kad nusikaltimų paslaptis sukosi aplink biblioteką. Šiems raštui pasišventusiems žmonėms biblioteka buvo tuo pat metu dangiškąja Jeruzale ir požemių pasauliu ties terra incognita ir Hado valdų riba. Jie pakluso bibliotekai, jos pažadams ir jos draudimams. Jie gyveno su ja, jai ir galbūt prieš ją, nuodėmingai vildamiesi kada nors išplėšti visas jos paslaptis. Tad kodėl turėtų jie nerizikuoti savo gyvybe, kad patenkintų proto smalsumą, ar nežudyti, kad nukreiptų svetimą žvilgsnį nuo pavydžiai saugomos paslapties?

Taip, tai proto puikybės pagunda. Visai kitokį vienuolį raštininką įsivaizdavo mūsų šventasis įkūrėjas: galintį rašyti, bet nesuprantantį, ką rašo, visą atsidavusį Dievo valiai, rašymas buvo jo malda, o jo malda buvo rašymas. Kodėl jis šiandien pasikeitė? Deja, nebuvo tai vienintelis mūsų ordino nuopuolis! Jis tapo per daug galingas, jo abatai prilygo karaliams: argi Abonė nebuvo pavyzdys monarcho, kuris savo didingu mostu bando sutaikyti besivaidijančius monarchus? Vienuolynų sukaupta išmintis šiandien yra lyg prekė mainams, akstinas puikybei, vada pagyroms ir didybei; kaip kadaise riteriai išdidžiai rodydavo savo ginklus ir vėliavas, taip dabar mūsų abatai rodo rankraščių su miniatiūromis rinkinius... Ir tuo labiau puikuodamiesi (o, kvailybe!), kuo labiau mūsų vienuolynai praranda taip pat ir išminties palmę, katedrų mokykloms, miestų gildijoms, universitetams pradėjus kopijuoti knygas gal dar geriau už mus ir rašyti naujas — ar tik nebuvo tai tiekos nelaimių priežastis?

Vienuolynas, kuriame dabar viešėjau, buvo greičiausiai vienas iš paskutinių, galinčių didžiuotis išminties tobulybe kurti ir atkurti. Bet galbūt kaip tik todėl jo vienuoliai jau nebenorėjo tenkintis šventu kopijavimo darbu, jie, stumiami naujovių godulio, taip pat troško savo kūryba praturtinti gamtos pažinimą. Nesuprasdami (tuomet aš tik nujaučiau tai, o dabar, nugyvenęs tiek metų ir tiek pamatęs, gerai žinau), kad tuo naikina jie savo tobulumą. Juk jei ta naujoji išmintis, kurią jie norėjo sukurti, galės laisvai sklisti už šių mūrų ribos, kas tada beskirs tą šventą vietą nuo katedros mokyklos ar miesto universiteto? Likusi atskira, ji galėtų išsaugoti savo autoritetą ir savo galią, jos netvirkintų diskusijos ir ta nepamatuota tuštybė, siekianti kiekvieną paslaptį ir kiekvieną dydį persijoti per sic et non sietą. Štai, tariau sau, biblioteką gaubiančios tylos ir sutemų priežastis, nes ji yra išminties saugykla, tačiau tą išmintį ji tegali išsaugoti, jei neleis niekam, net ir vienuoliui, prie jos priartėti. Mokslas — ne moneta, išliekanti tokia pat net ir pačiuose nedoriausiuose sandėriuose, jis greičiau kaip gražus rūbas, susidėvintis nešiojant ir visiems rodant. Juk ir knyga, ar nėra ji panaši, ar nesutrupa jos puslapiai, ar neišblunka rašalas ir paauksavimai, kai liečia ją daug rankų? Štai sėdintis netoliese Pacifikas iš Tivolio sklaido seną knygą, kurios lapus drėgmė sulipdė vieną su kitu. Kad juos atskirtų, jis laižo nykštį ir smilių, o nuo kiekvieno jų prisilietimo lapai tampa vis trapesni, jie lankstosi, juos veikia oras ir nusėda dulkės, susigeriančios į ploniausias pergamento raukšles, ir graužia jas vis giliau, ir nauji pelėsiai įsiveisia ten, kur seilės suminkštino, bet ir susilpnino lapo kamputį. Švelnumo perteklius ištežina

147

ir sugniuždo karį, o savanaudiškos ir smalsaujančios meilės perteklius užkrečia knygą mirtina liga.

Kurgi išeitis? Nebeskaityti knygų, tik saugoti jas? Ar mano nuogąstavimai teisingi? Ką pasakytų mano mokytojas?

Netoliese pamačiau rubrikatorių, Magną iš Jonos, kaip tik baigusį gremžti odą gabalėliu pemzos ir dabar lyginantį ją kreida, kad vėliau nugludintų jos paviršių liniuote. Greta kitas vienuolis, Rabanas iš Toledo, jam pritvirtino pergamentą prie stalo, mažomis skylutėmis jau nužymėjo paraštes ir dabar smailia metaline lazdele vedė tarp jų ploniausias horizontalias linijas. Netrukus abu šie lapai pražys spalvomis ir formomis, kurios it brangakmeniai relikvijomis papuoš švento rašto audinį. Šiedu broliai, tariau sau, gyvena žemės rojuje. Jie kuria naujas knygas, tokias pat, kaip tos, kurias negrįžtamai naikina laikas... Todėl bibliotekai negali grėsti jokia žemiška jėga, ji yra gyvas organizmas... Bet jei ji gyva, tai kodėl negalėtų atsiverti pavojams, kuriuos neša pažinimas? Ar tik ne to troško Bencijus, ar ne to galbūt norėjo ir Venancijus?

Šios mintys sutrikdė mane ir įbaugino. Jos, matyt, netiko novicijui, kuriam dera tik uoliai ir nuolankiai laikytis įstatų visą likusį gyvenimą — tą aš vėliau ir dariau, nieko savęs neklausinėdamas, kai tuo tarpu pasaulis aplink mane vis labiau sukosi kraujo ir beprotybės verpeto gelmėn.

Atėjo pusryčių metas, todėl patraukiau į virtuvę, kur jau spėjau susidraugauti su virėjais ir šie man negailėdavo skaniausių kąsnelių.

Trečia diena

ŠEŠTOJI

*Salvatorė iškloja Adsui savo paslaptis,
sunkiai atpasakojamas keliais žodžiais ir sukėlusias jam
daug neramių minčių*

Valgydamas virtuvės kampe, pastebėjau Salvatorę, matyt, jau susitaikiusį su virėju ir dabar gyvai kemšantį avienos paštetą. Jis valgė taip, lyg visą gyvenimą būtų badavęs, saugodamas, kad nenukristų nė trupinėlis, ir, atrodė, vis dėkodamas Dievui už šį stebuklą.

Mirktelėjęs man, jis pasakė ta savo keisčiausia kalba, jog valgąs už visus tuos metus, kada pasnikavęs. Pradėjau klausinėti. Jis papasakojo apie savo vargingą vaikystę kaime, kur oras buvo blogas, lietūs dažni, o laukuose viskas puvo ir buvo užnuodyta mirtį nešančiomis miazmomis. Nuolatiniai potvyniai, kaip supratau, išplaudavo laukų vagas, ir iš modijaus pasėtų grūdų teišaugdavo šeštadalis, o ir tas vėliau pavirsdavo į nieką. Net ir ponų veidai ten buvo tokie pat blyškūs kaip vargšų, nors vargšų, samprotavo Salvatorė, mirdavo daugiau nei ponų, gal todėl (išsiviepė), kad ir buvo daugiau... Šeštadalis kainavęs penkiolika solidų, modijus kainavęs šešiasdešimt, pamokslininkai skelbę pasaulio pabaigą, bet Salvatorės tėvai ir seneliai sakę, jog taip jau yra buvę, ir todėl jie nusprendę, kad pasaulis visąlaik stovi ties pabaigos riba. Suvalgius visus pastipusius paukščius ir visus niekingiausius gyvūnus, kokius tik buvo galima rasti, pasklido gandas, kad kaime kažkas pradėjęs atkasinėti lavonus. Salvatorė be galo meistriškai, tarytum koks histrionas, aiškino, kaip buvo pratę daryti tie „homeni malissimi", kurie plikomis rankomis rausdavę kapinių žemę kitą dieną po laidotuvių. „Niam!" — kalbėjo jis, suleisdamas dantis į avienos paštetą, bet aš mačiau jo veide grimasą puolusiojo neviltin, kandančio gabalą lavono. O vėliau kai kurie, blogesni už kitus, nebenorėdami raustis pašventintoje žemėje, tarytum kelių plėšikai išeidavę į miškus ir puldavę keliautojus. „Cak!" — kalbėjo Salvatorė, prikišęs prie gerklės peilį,— „Niam!". O patys blogiausieji iš blogiausiųjų viliodavę vaikus kiaušiniu ar obuoliu, pjaudavę juos ir valgydavę, nors, patikslino Salvatorė labai rimtai, prieš tai juos visuomet išvirdavę. Jis papasakojo apie žmogų, kartą atėjusį į kaimą ir pigiai pardavinėjusį virtą mėsą, ir niekas negalėjęs tokia laime patikėti, o po to kunigas pasakęs, jog tai buvusi žmogiena, ir įsiutusi minia suplėšiusi tą žmogų į gabalus. Betgi tą pat naktį vienas kaimietis nuėjęs iškasti nužudytojo ir valgęs to žmogėdros kūną, sučiuptas tai darant, kaimo buvo pasmerktas mirti ir jis.

Ne vien šią istoriją papasakojo man Salvatorė. Iškraipytais žodžiais, versdamas mane prisiminti tą truputį, kiek žinojau iš Provanso kalbos ir italų dialektų, jis apsakė savo pabėgimą iš gimtojo kaimo ir savo klajones po pasaulį. Jo pasakojime atpažinau daugelį tų, kuriuos jau buvau pažinęs ar sutikęs savo kelyje, o dabar atpažįstu ir daugelį kitų, kuriuos pažinau vėliau, todėl nesu visai tikras, kad po tiekos metų nepriskiriu jam kitų nuotykių ir nusikaltimų, padarytų iki jo ir po jo, dabar jau mano galvoje susiliejančių į vieną atvaizdą, nes tokia yra vaizduotės galia, kad ji, sujungusi prisiminimą aukso su prisiminimu kalno, sukuria sau aukso kalno idėją.

Kelionės metu dažnai girdėjai Viljamą sakant „paprasti žmonės", šiuo vardu kai kurie jo broliai apibrėždavo ne vien liaudį, bet tuo pat metu ir visus nemokytus žmones. Tas posakis man visuomet atrodė pernelyg miglotas, nes Italijos miestuose teko sutikti pirklių ir amatininkų, kurie, nebūdami dvasininkai, betgi nebuvo nemokyti, nors savo žinias ir reikšdavo vietos kalba. O, antra vertus, kai kurie tironai, valdę tuo metu pusiasalį, buvo nemokšos tiek teologijos moksluose, tiek ir medicinos, logikos bei lotynų kalbos, nors nebuvo nei paprasti žmonės, nei vargingieji. Todėl manau, kad ir mano mokytojas, kalbėdamas apie paprastuosius, vartojo veikiau supaprastintą sampratą. Tačiau Salvatorė neabejotinai buvo paprastas žmogus, kilęs iš kaimo, amžiais kentusio nepriteklių ir žemvaldžių savivalę. Jis buvo paprastas, tačiau ne kvailys. Jis troško gyventi kitame pasaulyje, kuris tuomet, jam bėgant iš gimtųjų namų, paties Salvatorės žodžiais, atrodė lyg gausybės rago žemė, kur medumi varvančiuose medžiuose augo galvos sūrių ir rinkės kvapnių dešrų.

Šios vilties vedamas, nenorėdamas pripažinti šį pasaulį esant ašarų pakalne, kurioje (kaip mane mokė) neteisybė yra numatyta apvaizdos, siekiant išlaikyti dalykų pusiausvyrą, kurios visuma dažnai lieka mūsų nepastebėta, Salvatorė keliavo per įvairius kraštus, iš savo gimtojo Monferato Ligūrijos link, o po to toliau per Provanso žemę į Prancūzijos karaliaus valdas.

Salvatorė bastėsi po pasaulį prašydamas išmaldos, vogdamas, apsimesdamas sergančiu, laikinai parsisamdydamas kokiam ponui ir vėl išeidamas miško takais ar vieškeliu. Iš pasakojimo supratau jį susidėjus su tais valkatų būriais, kurių vėlesniais metais mačiau vis daugiau slankiojant po Europą: netikri vienuoliai, šarlatanai, sukčiai, apgavikai, driskiai ir skarmaliai, raupsuotieji ir luošiai, klajokliai, bastūnai, dainiai, klierikai be tėvynės, klajojantys studentai, šuleriai, žonglieriai, luoši samdomi kareiviai, keliaujantys žydai, iš bedievių rankų ištrūkę vargšai sutryptomis sielomis, bepročiai, pabėgę tremtiniai, nusikaltėliai su nupjautomis ausimis, sodomitai, o kartu su jais ir klajojantys amatininkai, audėjai, katiliai, kėdždirbiai, galąstojai, pynėjai iš šiaudų, mūrininkai ir vėl visokio plauko sukčiai: šuleriai, palaidūnai, klastotojai, šelmiai, menkystos, vagišiai, mulkintojai, apsimetėliai, suvedžiotojai, valkatos, šventvagiai kanauninkai ir kunigai, žmonės, gyvenantys dabar jau tik iš kitų lengvatikystės, popiežiaus bulių ir antspaudų klastotojai, atlaidų pardavėjai, netikri paralitikai, krentantys ties bažnyčių durimis, iš vienuolynų pabėgę bastūnai, relikvijų pardavėjai, nuodėmių atleidėjai, aiškiaregiai ir paranašautojai, nekromantai, šundaktariai, apsimetėliai aukų rinkėjai, visokio plauko ištvirkautojai, vienuolių ir mergaičių suvedžiotojai ir prievartautojai, apsimetę sergantys vandenlige, hemorojum, epilepsija, podagra ir opomis, o dar ir melancholišku pamišimu. Buvo tokių, kurie dėdavo ant kūno šuteklius, kad atrodytų nusėti negyjančių žaizdų, ir tokių, kurie pritraukdavo burnas kraujo spalvos skysčio, kad apsimestų spjaudą džiovos skrepliais, sukčių, apsimetančių luošais ir be reikalo pasiramsčiuojančių lazdomis, ir tų, kurie vaizduodavę nuomarį, niežus, buboną, patinimą, tvarstydavęsi ir tepliodavęsi šafrano dažais, su geležimis ant rankų, skudurais apmuturiuotomis galvomis, lendantys su savo smarve į bažnyčias ir staiga krentantys aikščių viduryje, spjaudydami putomis ir vartydami akis, šnirpščiantys kraujais iš šilkmedžio uogų syvų ir košenilio, kad ištrauktų maisto ir pinigų iš bailiųjų, prisimenančių šventųjų tėvų kvietimą: pasidalyk su išalkusiu savo duona, atvesk į savo namus benamį, aplankykime Kristų, priglauskime Kristų, aprenkime Kristų, nes vanduo nuplauna ugnį, o aukos nuplauna mūsų nuodėmes.

Ir vėliau, po čia nupasakotų įvykių, Dunojaus pakrantėse matydavau ir tebematau daug tų šarlatanų, o vardų jų ir rūšių jų — legionai, kaip ir demonų: kastratai, tariami padegėliai, savamoksliai daktarai, pauperes verecundi, klipatos, badmiriai, žegnotojai, skarmaliai, relikvijų nešiotojai, aferistai, sukatos, pinigautojai, driskiai, ubagautojai ir švilpikai, skolininkai, gundytojai, paleistuviai, apsimetėliai piligrimai, krentantys nuomariu, vikruoliai ir sprukliai.

Jie buvo tarsi purvas, šliaužiantis mūsų pasaulio keliais, o tarp jų prasiskverbdavo ir tikro tikėjimo skleidėjų, ir eretikų, ieškančių naujų aukų, ir nesantaikos kurstytojų. Kaip tik popiežius Jonas, vis bijantis sujudimų paprastų žmonių, skelbiančių ir praktikuojančių neturtą, pradėjo kovą su elgetaujančiais pamokslininkais, kurie, jo žodžiais, viliojo smalsuolius mojuodami paveikslais išpieštomis vėliavomis, pamokslavo ir traukė iš jų pinigus. Ar buvo teisus tas šventvagis ir parsidavęs popiežius, sulygindamas elgetaujančius brolius, skelbiančius neturtą, ir tas atstumtųjų bei plėšikų gaujas? Aš tomis dienomis kiek pakeliavęs po Italijos pusiasalį jau nieko dorai nebesupratau: buvau girdėjęs apie Altopašio vienuolius, kurie pamokslaudami grasino atskyrimu nuo bažnyčios ir žadėjo nuodėmių atleidimą, už pinigus atleisdavo grobimo ir brolžudystės, žudymo ir melagingos priesaikos nuodėmes, skelbė, kad jų ligoninėje kasdien laikoma po šimtą pamaldų, už kurias jie rinkdavo aukas, ir sakė, kad iš savo gėrybių sukrauna kraičius dviem šimtams neturtingų mergaičių. Ir girdėjau apie brolį Povilą Šlubąjį, kuris kaip atsiskyrėlis gyveno miške prie Rieti ir gyrėsi, kad Šventoji Dvasia tiesiog jam apreiškusi kūnišką meilę nesant nuodėme; taip jis gundydavo savo aukas, kurias vadino seserimis, ir reikalavo, kad jos leistųsi plakamos rykštėmis per nuogą kūną, penkis kartus klauptųsi kryžium, o po to pristatydavo jas Dievui ir paimdavo tai, ką vadino taikos bučiniu. Bet ar visa tai buvo tiesa? Ir kas siejo tuos atsiskyrėlius, kurie skelbėsi esą apšviesti, ir beturčių gyvenimo brolius, ėjusius pusiasalio keliais su tikra atgaila, nekenčiamus klero ir vyskupų, kurių ydas ir piktadarybes jie garsinę?

Iš Salvatorės pasakojimo, sumišusio su tuo, ką jau žinojau iš savo patirties, tie skirtumai itin neišryškėjo: viskas atrodė vienoda. Kartais jis rodėsi man vienu iš luošų Turenos elgetų, kurie, kaip pasakojama, priartėję prie stebuklingų Švento Martyno palaikų, puolę bėgti, bijodami, kad šventasis jų neišgydytų ir jie neprarastų savo pasipelnymo šaltinio, bet negailestinga šventojo malonė pasiekė juos dar nepribėgusius ribų, ir šventasis grąžinęs jų galūnėms galią, taip nubausdamas už jų klastą. Kitais kartais žvėriškas vienuolio veidas nušvisdavo švelnumu, jam pasakojant, kaip gyvendamas tose gaujose jis girdėjęs pranciškonų pamokslininkus, tokius pat bastūnus kaip ir jis pats, ir supratęs, jog į savo varganą ir klajoklišką gyvenimą turįs žvelgti ne kaip į rūsčią būtinybę, bet kaip į džiugų pasiaukojimo mostą, ir jis prisijungęs prie atgailautojų sektų ir grupių, kurių vardų nemokėjo gerai ištarti ir kurių mokymą apibrėžė labai netiksliai. Tegalėjau suprasti, kad jis, matyt, bus sutikęs patariečius ir valdensus, o gal katarus, arnaldistus ir humiliatus ir kad klajodamas po pasaulį bus ėjęs iš vienos grupės į kitą, pamažu priimdamas savo valkatos dalią kaip misiją ir darydamas Viešpaties vardan tai, ką pirma darė savo pilvo labui.

Bet kokiu gi būdu ir kiek ilgai? Jei gerai supratau, prieš trisdešimt metų jis atėjo į minoritų vienuolyną Toskanoje ir ten užsivilko pranciškonų abitą, bet nepriėmė įšventinimų. Ten pat, manau, pramoko ir lotynų, kurią supindavo su tarmėmis visų tų vietų, kuriose jam, bėdžiui be tėvynės, tekę lankytis, ir su kalbomis visų savo klajonių draugų, pradedant sàmdomais iš mano krašto kareiviais ir baigiant Dalmatijos bogomilais. Ten, jo žodžiais tariant, jis savo gyvenimą paskyrė atgailai („penitenziagite", kalbėjo jis man, o jo akys spindėjo, ir taip aš dar kartą išgirdau žodį, sudominusį Viljamą), bet, atrodo, ir minoritų, su kuriais jis buvo, galvose siautusi maišatis, nes, užsirūstinę ant gretimos bažnyčios kanauninko, kaltinamo grobstymu ir kitomis nedorybėmis, vieną dieną jie įsibrovė į jo namus ir nustūmė jį nuo laiptų, dėl to nusidėjėlis miręs. Po to jie apiplėšė bažnyčią. Vyskupas pasiuntė ten karius, broliai išbėgiojo kas sau, o Salvatorė ilgai klajojo po šiaurės Italiją su gauja broliukų ar, tiksliau, elgetaujančių minoritų jau be jokių įstatymų ir tvarkos.

Iš ten jis atsidūrė Tulūzos apylinkėse, kur jam išgirdus pasakojimą apie didelį kryžiaus žygį ir besižavint juo atsitikusi keista istorija. Kartą susirinko didžiulis būrys piemenų ir pažemintųjų, pasiryžusių perplaukti jūrą ir kovoti su tikėjimo priešais. Vadino juos piemenėliais. O iš tikro jie norėjo pabėgti iš savo prakeiktosios žemės. Buvo ten du vadai, kimšę jiems į galvas netikrus mokslus, vienas — kunigas, išmestas iš savo bažnyčios už nedorą elgesį, kitas — nuo švento Benedikto ordino atsimetęs vienuolis. Šiedu taip sumaišę tiems bedaliams protą, kad jie voromis traukė pas juos, net ir šešiolikmečiai, prieš tėvų valią, pasiėmę su savim tik lazdą ir kapšį, be pinigų, pametę laukus sekė paskui juos tarsi banda, ir susidarė jų didžiulė minia. Jie jau nesivadovavo nei protu, nei teisingumu, o tik valia ir jėga. Susirinkę visi kartu, pagaliau laisvi, jie buvo lyg apgirtę nuo miglotos vilties pasiekti pažadėtąją žemę. Ėjo per miestus ir kaimus, plėšdami viską pakeliui, o jei kurį iš jų suimdavo, jie užpuldavo kalėjimą ir išlaisvindavo jį. Atėję į Paryžiaus tvirtovę ir norėdami išgelbėti kelis savo draugus, kuriuos ponai buvo įsakę suimti, kai Paryžiaus prevô bandė priešintis, jie šį sučiupę, numetę tvirtovės laiptais ir išlaužę kalėjimo duris. Po to išsirikiavę mūšiui San Žermeno laukuose. Tačiau niekas neišdrįso kautis su jais, ir jie išėję iš Paryžiaus Akvitanijos link. O pakeliui žudę visus sutiktus žydus ir pasiimdavę jų turtą...

— Bet kodėl žydus? — paklausiau Salvatorę.

— O kodėl ne? — atsakė jis. Ir paaiškino, jog visą gyvenimą jis girdėjo iš pamokslininkų, kad žydai esą krikščionybės priešai ir kaupią turtus, jiems, vargšams, neprieinamus. Paklausiau jo, o argi ponai ir vyskupai nekaupė turtų, imdami dešimtines, ir todėl piemenėliai kovėsi ne su tikraisiais savo priešais. Jis atsakė, kad tikrieji priešai buvo pernelyg stiprūs, todėl reikėjo pasirinkti silpnesnius. Pamaniau, kad dėl to, matyt, paprasti žmonės taip ir vadinami. Tik galingieji visada aiškiai žino, kas yra jų tikrieji priešai. Ponai nenorėjo, kad piemenėliai grobtų jų turtus, ir, jų laimė, piemenėlių vadai garsino mintį, jog didžioji turtų dalis priklauso žydams.

Paklausiau, kas gi sukurstė minias pulti žydus. Salvatorė neprisiminė. Manau, kad jei kokie nors pažadai suburia tokius pulkus, ir šie pradeda reikalauti greito bent dalies jų išpildymo, niekuomet nežinia, kas juos veda. Manau, kad jų vadai, mokyti vienuolynuose ir vyskupų mokyklose, kalbėjo ponų kalba, tegu ir piemenėliams suprantamais žodžiais. Ir piemenėliai nežinojo, kur yra popiežius, užtat puikiai žinojo, kur rasti žydus. Trumpai tariant, jie apgulė aukštą ir tvirtą Prancūzijos karaliaus bokštą, kur buvo subėgę slėptis būriai išsigandusių žydų. Ir žydai, išėję prie bokšto sienų, gynėsi narsiai ir negailestingai, mėtydami rąstus bei akmenis. Tačiau piemenėliai padegę bokšto vartus ir kankinę užsidariusius žydus dūmais bei ugnimi. O žydai, negalėdami išsigelbėti, nusprendė verčiau nusižudyti nei mirti nuo neapipjaustytųjų tankų, tad paprašė vieno iš savo tarpo, kuris atrodė drąsiausias, nukirsti juos kardu. Tas sutiko ir nukirto jų beveik penkis šimtus. Po to išėjo iš bokšto su žydų vaikais ir paprašė piemenėlių jį pakrikštyti. Bet šie atsakė: tu išskerdei savo žmones, o dabar nori išvengti mirties? Ir suplėšė jį į gabalus, bet nelietė vaikų, o juos pakrikštijo. Po to patraukė Karkasonės link, pakeliui plėšdami ir žudydami. Tuomet Prancūzijos karalius taręs, kad jie peržengė visas ribas, ir įsakęs kautis su jais kiekviename mieste, per kurį jie eitų, ir taip pat ginti žydus, lyg šie būtų karaliaus žmonės...

Kodėl gi karalius taip susirūpino žydais? Gal todėl, kad pabūgo piemenėlių skaičiaus ir jų galios spartaus augimo. Tuomet pradėjo rūpintis net ir žydais, juolab kad šie buvę naudingi karalystės prekybai, o gal kad reikėjo dabar sunaikinti piemenėlius ir kiekvienam doram krikščioniui duoti progą apverkti jų nusikaltimus. Tačiau daugelis krikščionių nepakluso karaliui, manydami, jog yra neteisinga ginti žydus, visuomet buvusius krikščioniško tikėjimo priešais. Ir daugelyje miestų vargšai, turėję mokėti žydams palūkanas, buvo laimingi, kad piemenėliai nubaudė juos už jų turtus. Tuomet karalius mirties bausme prigrasino visiems, kurie padės piemenėliams. Surinko jis daug kariaunos ir užpuolė juos, ir daugelis krito, o kiti išsigelbėjo bėgdami į miškus, kur žuvo nuo nepriteklių. Ir greit visi jie buvo sunaikinti. Karaliaus įgaliotinis gaudė juos ir korė po dvidešimt ar trisdešimt iš karto ant didžiausių medžių, kad jų lavonai visus atgrasytų amžiams ir niekas neišdrįstų drumsti karalystės ramybės.

Nepaprasta buvo tai, kad Salvatorė pasakojo šią istoriją lyg kalbėdamas apie doriausią dalyką. Ir jis tikrai tikėjo, jog piemenėlių minia siekusi užkariauti Kristaus kapą ir išplėšti jį iš bedievių nagų, bet man nepavyko jo įtikinti, kad šis gražus žygis jau buvo padarytas Petro Atsiskyrėlio ir švento Bernardo dar valdant Prancūzijos karaliui Liudvikui Šventajam. Šiaip ar taip, Salvatorė nepatraukė prieš bedievius, nes turėjo skubiai bėgti iš prancūzų žemių. Jis pasakė atėjęs į Novaros provinciją, bet apie savo gyvenimą ten kalbėjo labai miglotai. Ir pagaliau pasiekė Kazalę, kur buvo priimtas į minoritų vienuolyną (ir kur, manau, sutiko Remigijų) kaip tik tuo metu, kai daugelis jų, popiežiaus persekiojami, keitė savo abitus, ieškodami prieglobsčio kitų ordinų vienuolynuose, idant netektų jiems degti ant laužo. Tą mums pasakojo ir Hubertinas. Turėdamas patirtį įvairių darbų (kuriuos jam teko dirbti ir nedorais tikslais, kada klajojęs kaip laisvas valkata, ir šventais tikslais, kai klajojo iš meilės Kristui), Salvatorė kaipmat tapo raktininko padėjėju. Štai kodėl jau daug metų jis gyvena čia, mažai tesirūpindamas ordino šlove, daugiau vyno rūsiais ir maisto sandėliais, gali valgyti nevogdamas ir garbinti Viešpatį, nebijodamas būti sudegintas.

Štai kokią istoriją papasakojo jis man, tarp vieno kąsnio ir kito, ir svarstau, ką joje jis bus išgalvojęs, o ką — nutylėjęs.

Žiūrėjus į jį be galo smalsiai ne dėl keistų jo išgyvenimų, o kad viskas, kas jam nutiko, atrodė man puiki santrauka to meto daugybės įvykių ir judėjimų, kurie pavertė Italiją tokia kerinčia ir tokia nesuprantama.

Kas iš jo žodžių ryškėjo? Vaizdas žmogaus, gyvenusio audringą gyvenimą, galėjusio nužudyti savo artimą ir net nesuvokti, jog tai yra nusikaltimas. Ir nors tuo metu visi nusižengimai Dievo įstatymams atrodė man panašūs vieni į kitus, jau pradėjau suprasti kai kuriuos reiškinius, apie kuriuos girdėjau kalbant, ir suvokiau, kad viena yra žudynės, kurias gali įvykdyti minia, pagauta kone ekstazės, supainiojusi šėtono ir Dievo įstatymus, o visai kas kita — atskiras nusikaltimas, įvykdytas šaltakraujiškai, tyliai ir klastingai. Ir neatrodė man, kad Salvatorė būtų galėjęs susitepti tokios rūšies nuodėme.

Antra vertus, norėjau sužinoti ką nors daugiau apie abato užuominas, ir buvo apsėdusi mane mintis apie brolį Dolčiną, apie kurį veik nieko nežinojau, nors jo šmėkla, atrodė, sklandė virš daugelio kalbų, kurias man per tas dienas teko išgirsti.

Todėl netikėtai paklausiau:

— Ar savo klajonėse tau niekuomet neteko susitikti su broliu Dolčinu?

Salvatorės atsakas buvo kuo keisčiausias. Jis išsprogino akis, jei tik įmanoma buvo jas dar labiau išsproginti, puolė žegnotis ir murmėti kažkokius žodžius, šį kartą visai nesuprantama man kalba. Jie lyg ir buvo neigimas. Iki tol žvelgęs į mane prielankiai ir patikliai, tą akimirką dėbtelėjo beveik su neapykanta. Ir paskubėjo pasišalinti, sugalvojęs kažkokią priežastį.

To jau buvo per daug. Kas gi buvo tas vienuolis, keliantis begalinį siaubą kiekvienam, kuris tik išgirsdavo minint jo vardą? Nusprendžiau nebegalįs nė minutės ilgiau kankintis nežinioje.

Galvoje vėl švystelėjo mintis. Hubertinas! Jis juk paminėjo šį vardą dar patį pirmą vakarą mums susitikus, jis žinojo viską apie gerus ir blogus brolių, broliukų ir kitų pastarųjų metų grupių darbus. Kur šiuo metu galėčiau jį rasti? Aišku, bažnyčioje, užsimiršusį maldoje. Ten link aš ir pasukau, pasinaudojęs dar turėta laisva valandėle.

Tuomet nesuradau jo ir neradau iki pat vakaro. Taip mano smalsumas liko nepatenkintas, bet tuo tarpu įvyko tai, ką turiu nedelsdamas apsakyti.

Trečia diena

DEVINTOJI

Viljamas kalba Adsui apie vandeningąją erezijos upę, apie paprastų žmonių vaidmenį Bažnyčios gyvenimui, apie savo abejones dėl bendrųjų dėsnių pažinimo ir lyg tarp kitko pasako išaiškinęs Venancijaus paliktus nekromantinius ženklus

Viljamą radau kalvėje kartu su Mikalojum. Abu dirbo be galo susikaupę. Ant suolo jie išdėliojo mažyčius stiklo skrituliukus, matyt, skirtus vitražams, ir kai kurie iš jų jau buvo nugludinti iki reikiamo storio. Viljamas kėlė kiekvieną jų prie akių tikrindamas. Mikalojus nurodinėjo kalviams, kaip nukaldinti dvišaką, į kurį paskui bus įstatyti gerieji lęšiukai.

Viljamas nepatenkintas bambėjo, nes tinkamiausias jam lęšis buvo smaragdo spalvos, o jis sakė nenorįs, kad rankraščiai atrodytų jam it žaliuojančios pievos. Mikalojus išėjo prižiūrėti kalvių darbo. Taip Viljamui žaidžiant su skrituliukais, aš trumpai atpasakojau jam savo pokalbį su Salavatore.

— Tas žmogus daug patyrė,— atsakė Viljamas,— gal ir tikrai jis buvo tarp dolčiniečių. Šis vienuolynas — lyg koks mikrokosmosas, o kai čia atvyks dar ir popiežiaus Jono legatai bei brolis Mykolas, tai jame jau nieko netruks.

— Mokytojau,— ištariau,— aš jau nieko nebesuprantu.

— O ko būtent, Adsai?

— Pirma, tai skirtumo tarp įvairių eretikų grupių. Bet apie jas paklausiu vėliau. Dabar mane kankina pati skirtumo problema. Man atrodė, kad jūs, kalbėdamas su Hubertinu, siekėte įrodyti, jog visi, ir šventieji, ir eretikai, yra lygūs. Bet kalbėdamas su abatu jūs, atvirkščiai, bandėte išaiškinti jam skirtumą tarp eretiko ir eretiko, tarp eretiko ir ortodokso. Kitaip tariant, jūs priekaištavote Hubertinui, kad išskiria tuos, kurie savo esme yra vienodi, ir abatui, kad sulygina tuos, kurie savo esme yra skirtingi.

Viljamas akimirką padėjo lęšiukus ant stalo.

— Mano gerasis Adsai,— tarė,— pabandykime nustatyti skirtumus, vadovaudamiesi Paryžiaus mokyklų terminais. Ten sakoma, kad visi žmonės yra tos pačios substancinės formos, ar ne taip?

— Taip,— atsakiau aš, didžiuodamasis savo išmintimi,— jie yra gyvuliai, bet protaujantys, o jų savitumas yra sugebėjimas juoktis.

— Puiku. Bet visgi Tomas skiriasi nuo Bonaventūros, Tomas yra storas, tuo tarpu Bonaventūra — liesas, o gali ir taip atsitikti, kad Hugas bus blogas, o Pranciškus — geras, Aldemaras — flegmatikas, o Adžilulfas — cholerikas. Ar ne?

— Be jokios abejonės.

— Tuomet galime sakyti, kad įvairūs žmonės vienodi savo substancine forma ir skirtingi savo ypatumais arba išoriniais bruožais.

— Visai teisingai.

— Tad kai aš sakau Hubertinui, jog ta pati žmogaus prigimtis savo veiksmų visuma veda ir prie meilės gėriui, ir prie meilės blogiui, bandau jį įtikinti žmogaus prigimties tapatumu. O vėliau, sakydamas abatui, jog yra skirtumas tarp kataro ir valdenso, aš pabrėžiu jų ypatumų skirtumus. O pabrėžiu juos todėl, kad kartais sudeginamas valdensas, priskiriant jam kataro ypatumus, ir atvirkščiai. Tačiau sudeginant žmogų, sudeginama jo individualioji esmė ir nieku paverčiama tai, kas buvo konkretus būties aktas, arba geras dalykas, bent jau Dievo akyse, jei jis tą būtį palaikė. Ar neatrodo tau tai ganėtinai svarbi priežastis, kad stengtumėmės pabrėžti skirtumus?

— Taip, mokytojau,— karštai sutikau.— Dabar suprantu, kodėl jūs taip kalbėjote, ir vertinu jūsų gerą filosofiją.

— Ji nėra mano,— atsakė Viljamas,— ir net nežinau, ar tokia jau gera. Bet svarbiausia, kad tu supratai. Dabar galime griebtis tavo antrojo klausimo.

— Blogiausia,— tariau,— jog manau esąs niekam tikęs. Nebegaliu pastebėti ypatybių skirtumų tarp valdensų, katarų, Lijono beturčių, humiljatų, beginų, flagelantų, lombardų, joakimitų, patariečių, netikrųjų apaštalų, Lombardijos beturčių, arnaldistų, vilhelmitų, Laisvosios Dvasios brolių ir Liuciferio išpažintojų. Ką turėčiau daryti?

— O, vargšas Adsai,— nusijuokė Viljamas, draugiškai kumšteldamas man į nugarą,— tu visai neklysti! Matai, per šį mūsų pasaulį jau du dešimtmečius, o ir ilgiau, ūžauja nepakantumo, vilties ir nevilties audros, visos kartu... Arba ne, tai nėra tinkamas palyginimas. Įsivaizduok upę, plačią ir didingą, mylių mylias tekančią tarp tvirtų krantų, ir tu žinai, kur yra upė, kur — krantai, o kur — žėmė. Bet štai ateina laikas, kai upė, tekėjusi iš taip toli ir taip ilgai, pasiekia jūrą, sunaikinančią savyje visas upes, ir pavargusi nebežino, kas esanti. Ji tampa savo delta. Gali išlikti pagrindinė jos vaga, tačiau nuo jos visomis kryptimis išsilieja daug mažų šakelių, kai kurios iš jų po to vėl susijungia, ir nebegali pasakyti, kas iš ko išteka, ir nebežinai, kas vis dar yra upė, o kas — jau jūra...

— Jei teisingai supratau jūsų alegoriją, upė — tai Dievo miestas, arba teisiųjų karalystė, kurios tūkstantmetis artėja, ir toje nežinioje ji praranda savo galią, gimsta netikri ir tikri pranašai, ir visa susilieja didelėje lygumoje, kur įvyks Armagedonas...

— Ne visai tai turėjau galvoje. Tačiau tiesa ir tai, jog tarp mūsų, pranciškonų, visuomet gyva trečiojo amžiaus ir Šventosios Dvasios karalystės atėjimo idėja. Bet aš mėginau išaiškinti tau, kad Bažnyčios organizmas, per amžius virtęs taip pat ir visos visuomenės, Dievo žmonių organizmu, tapo pernelyg prisotintas ir klampus ir sutraukia atliekas visų kraštų, per kuriuos teka, todėl prarado savo tyrumą. Deltos atšakos yra upės pastangos kuo greičiau įtekėti į jūrą, taigi, apsivalyti. Mano alegorija nebuvo tobula, norėjau tik, kad tu suprastum, kaip plinta ir susipina erezijos ir atsinaujinimo judėjimų atšakos, kai upė jau nebetelpa savo vagoje. Gali prie šios netikusios alegorijos dar pridurti įvaizdį žmogaus, bandančio šiurkščia jėga atsatatyti upės vagą, tik bergždžiai. Kai kurie atsišakojimai užpilami, kitų vanduo iškastais kanalais grąžinamas į pagrindinį srautą, kiti vėl paliekami tekėti kaip tinkami, nes neįmanoma visko aprėpti, todėl gerai, jei upė praranda dalį savo vandens, bet išlaiko aiškų savo pagrindinį srautą.

— Suprantu vis mažiau ir mažiau.

— Taip pat ir aš. Nemoku kalbėti alegorijomis. Pamiršk tą istoriją su upe. Pabandyk verčiau suprasti, jog daugelis iš tavo išvardytų judėjimų gimė prieš du šimtmečius ir yra jau mirę, o kiti — visai neseniai...

— Tačiau, kai kalbama apie eretikus, jie minimi visi kartu.

— Teisybė, ir yra tai vienas iš kelių, kuriuo erezija plinta ir kuriuo ji yra naikinama.

— Aš ir vėl nieko nesuprantu.

— Dieve mano, kaip sunku. Na, gerai. Įsivaizduok, kad esi

papročių reformatorius ir surinkęs kelis bendraminčius apsigyveni neturte kalno viršūnėje. Po kiek laiko matai daugelį ateinant pas tave, net ir iš tolimų žemių, vadinant tave pranašu ar naujuoju apaštalu ir sekant tavimi. Jie atvyksta ten dėl tavęs ar dėl to, ką tų skelbi?

— Nežinau, tikiuosi. O dėl ko kito?

— Mat iš savo tėvų buvo girdėję pasakojimus apie kitus reformatorius ir legendas apie daugiau ar mažiau tobulas bendruomenes ir mano, jog tavoji yra būtent ta ar kita.

— Taip kiekvienas naujas judėjimas paveldi kitų judėjimų vaikus.

— Visai teisingai, nes didžioji dalis jų dalyvių — paprasti žmonės, neišmanantys doktrinos ypatybių. Tačiau papročius reformuojantys judėjimai kyla įvairiose vietose ir įvairiais būdais ir remiasi įvairiais mokymais. Sakysim, dažnai painioja katarus ir valdensus. O juk tarp jų — didžiulis skirtumas. Valdensai skelbia papročių reformą Bažnyčios viduje, katarai tuo tarpu skelbia visai kitą Bažnyčią, kitą požiūrį į Dievą ir į moralę. Katarai manė, kad pasaulis yra padalytas tarp dviejų priešingų jėgų — gėrio ir blogio, ir todėl sukūrė Bažnyčią, kurioje skiriami tobuli ir paprasti tikintieji: jie turi savo sakramentus ir savo apeigas; jie įvedė labai griežtą hierarchiją, beveik tokią pat, kaip mūsų motinos Bažnyčios, ir nė nemanė naikinti kokių nors valdžios formų. O tai paaiškina, kodėl prie jų šliejosi daug tų, kurie trokšta valdžios, turtingųjų, žemvaldžių. Jie nenorėjo reformuoti pasaulio, nes, jų manymu, prieštaravimas tarp gėrio ir blogio — amžinas. Tuo tarpu valdensai (o su jais ir arnaldistai, arba Lombardijos beturčiai) norėjo sukurti kitą pasaulį, pagrįstą neturto idealu, todėl jie kvietė prie savęs beturčius ir gyveno bendrai iš savo rankų darbo. Katarai atmeta Bažnyčios sakramentus, valdensai — ne, jie atmeta tik išpažintį.

— Tai kodėl tuomet juos painioja ir kalba kaip apie tą pačią piktžolę?

— Jau sakiau tau, tai, kas duoda jiems gyvenimą, yra tas pats, kas juos sunaikina. Jie plinta per paprastus žmones, anksčiau išjudintus kitų judėjimų ir manančius, jog tai yra vienas ir tas pats maišto bei vilties protrūkis; juos naikina inkvizitoriai, priskiriantys vieniems kitų klaidas, ir jei kurio judėjimo sektantai įvykdo nusikaltimą, jis bus priskirtas kiekvieno judėjimo kiekvienam sektantui. Inkvizitoriai klysta racijos požiūriu, suplakdami į vieną priešiškas doktrinas; tačiau jie yra teisūs dėl kitų paklydimų, nes, atsiradus mieste kokiam judėjimui, sakykim, arnaldistų, į jį įsitraukia taip pat ir tie, kurie kur kitur būtų buvę ar buvo katarai ar valdensai. Brolio Dolčino apaštalai skelbė fizišką dvasininkų ir ponų sunaikinimą ir padarė daug nusikaltimų; valdensai yra prieš smurtą, taip pat ir broliukai. Bet esu tikras, kad brolio Dolčino laikais į jo gaują atėjo daug tokių, kurie prieš tai klausėsi broliukų ar valdensų pamokslų. Paprasti žmonės, Adsai, negali pasirinkti erezijos, jie šliejasi prie to, kuris pamokslauja jų krašte, kuris eina per jų kaimą ar aikštę. Tuo kaip tik ir naudojasi jų priešai. Parodyti liaudžiai tik vieną ereziją, tuo pat metu teigiančią ir kūniškosios meilės malonumų atsižadėjimą, ir kūnų bendravimą — štai didysis pamokslavimo menas: jis vaizduoja eretikus kaip vieną velniškų prieštaravimų kratinį, pykdantį sveiką protą.

— Tad tarp jų nėra jokio ryšio, ir tik velnio gudrybių suklaidintas paprastas žmogus, kuris būtų norėjęs tapti joakimitu ar spiritualu, papuola į katarų nagus, ir atvirkščiai?

— Visai ne taip. Pabandykim iš pradžių, Adsai, tačiau būk tikras, jog bandau išaiškinti tau tai, apie ką nė aš pats nemanau žinąs tiesą. Manau, neteisinga yra tarti, kad pirmiau atsiranda erezija, o jau po to paprasti žmonės, ją priimantys (ir tuo prakeikiantys save). Pirma iškyla paprastųjų sąlyga, o tik po to — erezija.

— Kaip tai?

— Tu juk gerai įsivaizduoji Dievo tautą. Tai dorų avelių ir blogų avelių didelė banda, kurią tvarko aviganiai šunys, arba kariai, ar, kitaip tariant, pasaulietiška valdžia — imperatorius ir ponai, kuriems vadovauja ganytojai, dvasininkai, Dievo žodžio aiškintojai. Vaizdas aiškiausias.

— Bet klaidingas. Ganytojai kovoja su šunimis, nes tiek vieni, tiek kiti nori pasiglemžti kitų teises.

— Taip yra, ir kaip tik dėl to banda iškrinka. Juk užimtiems tarpusavio rietenomis šunims ir piemenims ji beberūpi. Dalis jos nutolsta.

— Kaip tai nutolsta?

— Už ribų. Valstiečiai jau ne valstiečiai, nes neturi žemės, o jei ir turi, negali iš jos prasimaitinti. Miestiečiai nėra miestiečiai, nes nepriklauso jokiam cechui nei kokiai kitai korporacijai, tai menki žmonės, kiekvieno grobis. Ar teko kada kaimuose matyti raupsuotųjų būrius?

— Taip, kartą mačiau jų kokį šimtą. Sudarkyti, pūvančiais balzganais kūnais, išpampusiais vokais, krauju srūvančiom akim jie klibinkščiavo ant savo kriukių, nerėkė ir nekalbėjo, tik cypė it žiurkės.

— Krikščionims jie yra tie kiti, likę už bandos ribų. Banda jų nekenčia, jie nekenčia bandos. Jie tetrokšta matyti mus mirusius, tapusius tokiais pat raupsuotaisiais kaip ir jie patys.

— Taip, atmenu pasakojimą apie karalių Marką, turėjusį nubausti gražiąją Izoldą ir pasmerkti ją laužui, bet atėję raupsuotieji ir tarę karaliui, jog laužas tėra menka bausmė, o jie žiną daug baisesnę. Ir šaukę jam: atiduok Izoldą, tepriklauso ji visiems mums, mūsų liga kaitina mūsų geismus, atiduok ją savo raupsuotiesiems, žiūrėk, mūsų skudurai priskretę prie mūsų varvančių žaizdų, ir ji, kuri prie tavo šono puikavosi brangiais rūbais, pamuštais voverių kailiukais, nusagstytais brangakmeniais, ji, pamačiusi raupsuotųjų stovyklą, įžengusi į mūsų urvus, atsigulusi su mumis, ji tuomet tikrai supras savo nuodėmę ir apraudos šio dailaus akstinuočių láužo liepsnas!

— Matau, jog būdamas šventojo Benedikto novicijumi, tu skaitei gan keistas knygas,— įgėlė Viljamas, o aš išraudau, gerai žinodamas, kad novicijui nedera skaityti meilės romanų, tačiau Melko vienuolyne jie keliavo per mūsų, jaunuolių, rankas, ir skaitydavome juos naktimis, žvakių šviesoje.— Bet tai visai nesvarbu,— tęsė Viljamas,— aš supratau, ką tu norėjai pasakyti. Išstumti iš bandos raupsuotieji norėtų visus įmurkdyti į savąjį liūną. Ir jie tuo labiau siunta, kuo labiau tu juos atstumi, kuo labiau vaizduojies juos it kokį spiečių lemūrų, trokštančių tavo žūties, tuo labiau jie yra atstumti. Šventasis Pranciškus suprato, tai, ir jo pirmasis sprendimas buvo eiti ir gyventi tarp raupsuotųjų. Negalima pakeisti Dievo tautos, jei jai nebus grąžinti atstumtieji.

— Bet jūs kalbėjote apie kitus atstumtuosius, juk ne raupsuotieji sudaro eretikų judėjimus!

— Banda — tarsi koncentrinių apskritimų visuma, nuo tolimiausio, didžiausio, iki artimiausio, mažiausio. Raupsuotieji — visų atstumtųjų ženklas. Šventasis Pranciškus suprato tai. Jis nenorėjo vien tik padėti raupsuotiesiems, nes tuomet jo poelgis tebūtų menkas ir bejėgis gailiaširdystės pasireiškimas. Jis norėjęs pabrėžti visai ką kita. Ar sakiau tau apie jo pamokslą paukščiams?

— O, taip, esu girdėjęs šią gražią istoriją ir žavėjęsis šventuoju, besidžiaugiančiu tų gležnų Dievo padarų draugę,— atsakiau kuo karščiausiai.

— Taigi, tau buvo papasakota klaidinga istorija, ar tiksliau, ta istorija, kurią šiandien skelbia mūsų ordinas. Pranciškus, kai kalbėjo miestiečiams ir miesto galvoms, pamatė, kad šie jo nesupranta, tad pasuko į kapines ir pradėjo sakyti pamokslą krankliams ir šarkoms, vanagams ir maitvanagiams, kurie minta lavonais.

— Kaip kraupu,— sušukau,— tai nebuvo gerieji paukščiai!

— Buvo tai plėšrieji paukščiai, atstumti, kaip ir raupsuotieji. Pranciškus greičiausiai galvojo apie tas Apokalipsės eilutes, kurios skelbia: Aš regėjau angelą, stovintį saulėje. Jis garsiai šaukė, kviesdamas visus paukščius, skrendančius dangaus viduriu: „Skriskite šen, į didįjį Dievo pokylį, ir ieskite kūnus karalių, karo vadų, galiūnų, žirgų, raitelių, visų laisvųjų ir vergų, didelių ir mažų!"

— Tai Pranciškus norėjo sukurstyti atstumtuosius maištui?

— Ne, to norėjo nebent brolis Dolčinas ir jo sekėjai, jei iš-vis kas nors to norėjo. Pranciškus troško pakviesti atstumtuo-sius, pasiruošusius maištauti, tapti Dievo tautos dalimi. Kad vėl sujungtų bandą, reikėjo atvaryti į ją atstumtuosius. Pranciškui tai nepavyko, ir aš sakau tau šitai su begaliniu sielvartu. Kad grąžintų atstumtuosius, jis turėjo veikti Bažnyčios viduje, norė-damas veikti Bažnyčios viduje, jis turėjo gauti pripažinimą savo įstatų, pagal kuriuos būtų sukurtas ordinas, o šis, jau sukurtas, būtų pakartojęs įvaizdį apskritimo, už kurio ribų atsiduria at-stumtieji. Dabar, manau, jau supranti, kaip atsirado broliukų ir joakimitų gaujos, apie kurias ir vėl buriasi atstumtieji.

— Bet mes kalbame ne apie Pranciškų, o apie tai, kaip erezi-ja tampa paprastų žmonių ir atstumtųjų kūriniu.

— Ir tikrai. Kalbame apie išstumtuosius iš avelių bandos. Ištisus amžius, kol imperatorius ir popiežius draskė kits kitą kovose dėl valdžios, jie gyveno už ribų, jie, tikrieji raupsuotieji, prieš kuriuos raupsuotieji tėra Dievo siųsta figūra, kad mes su-prastume tą stebuklingą parabolę ir sakydami „raupsuotieji" galvotume „atstumtieji", beturčiai, paprastieji, bedaliai, išrauti iš savo laukų, nužeminti miestuose. Bet mes nesupratome, ir raupsų paslaptis liko, kad persekiotų mus, nes nepažinome ženklo prigimties. Ištumti iš bandos, visi jie pasiruošę išklausyti ar pa-sakyti kiekvieną pamokslą, kuris, paremtas Kristaus žodžiu, bū-tų kaltinimu šunims ir piemenims dėl jų veiksmų ir pažadų, jog vieną dieną išmuš jų bausmės valanda. Galingieji tai suprato ir puikiai suprato. Atstumtųjų grįžimas bandon atims dalį jų pri-vilegijų, todėl atstumtieji, suvokiantys savo padėtį, apšaukiami eretikais, nepriklausomai nuo skelbiamos doktrinos. O šiems, apakintiems savo atstumties, iš tiesų nerūpi jokia doktrina. Štai erezijos iliuzija. Kiekvienas yra eretikas, kiekvienas yra orto-doksas, nesvarbu tikėjimas, siūlomas to ar kito judėjimo, svar-bu viltis, kurią jis teikia. Visos erezijos yra atstumties realybės vėliava. Prakrapštyk ereziją, rasi raupsuotąjį. Kiekviena kova su erezija siekia tik vieno — kad raupsuotasis raupsuotuoju ir liktų. O iš raupsuotųjų ko gali norėti? Kad skirtų, kiek Trejybės dogmoje ar Eucharistijos apibrėžime yra tiesos, o kiek paklydimo? Bet Adsai, juk tai mūsų, mokslo vyrų, žaidimai. Paprastų žmonių kiti rūpesčiai. Ir jie, įsidėmėk, iš visų jų išbrenda klaidingais keliais. Todėl ir tampa eretikais.

— Bet kodėl gi kažkas remia juos?

— Todėl, kad jie pravartūs jų žaidimuose, kurie retai būna susiję su tikėjimu, o daug dažniau — su kova dėl valdžios.

— Todėl Romos Bažnyčia kaltina erezija visus savo priešus?

— Kaip tik todėl ir kaip tik todėl pripažįsta teisinga kiekvieną ereziją, kurią gali valdyti arba kuri tampa pernelyg galinga, taigi neverta su ja pyktis. Tačiau nėra bendros taisyklės, visa priklauso nuo žmonių, nuo aplinkybių. Tas pat ir su pasaulietiškais ponais. Prieš penkiasdešimt metų Padujos savivaldybė išleido įsaką, skelbiantį, kad už dvasininko nužudymą imama vieno denaro bauda...

— Negali būti!

— Kaip tik taip, ir tuo būdu norėta sukurstyti žmonių neapykantą dvasininkams, nes miestas tuomet kovojo su vyskupu. Dabar supranti, kodėl anksčiau Kremonoje imperijos tikintieji rėmė katarus — ne dėl tikėjimo, bet kad sutrikdytų Romos Bažnyčią. Kartais miestų valdžia skatindavo eretikus versti Evangeliją į liaudies kalbą: liaudies kalba dabar yra miestų kalba, o lotynų — Romos ir vienuolynų kalba. Arba remdavo valdensus, skelbiančius, jog kiekvienas, vyras ar moteris, mažas ar senas, gali mokyti ir sakyti pamokslus, ir darbininkas, tik prieš dešimt dienų tapęs mokiniu, jau ieško sau kito, kurio mokytoju galėtų tapti...

— Ir taip pašalindavo skirtumus, dėl kurių dvasininkai yra nepakeičiami! Bet kodėl tuomet ta pati miestų valdžia kartais stoja prieš eretikus ir padeda Bažnyčiai deginti juos?

— Mat suvokia, kad, jiems plintant, žlugs ir liaudiškai kalbančių pasauliečių privilegijos. Laterano susirinkime, įvykusiame 1179 metais (matai, šios istorijos tęsiasi jau kone du šimtus metų), jau Valteris Mapas perspėjo dėl pasitikėjimo tais kvailais ir beraščiais žmonėmis, kokie yra valdensai, pasekmių. Jis sakė, jei gerai atmenu, kad jie neturi pastovaus būsto, vaikšto basi be jokio turto, o visa yra bendra, ir nuogi seka nuogą Kristų; jie pradeda dabar taip nuolankiai, nes yra atstumti, bet jei jiems bus duota per daug erdvės, jie išguis visus. Dėl to miestai vėliau globojo elgetaujančius ordinus, o ypač mus, pranciškonus: mes padėjome sukurti harmoningą ryšį tarp atgailos poreikio ir miestų gyvenimo, tarp Bažnyčios ir miestiečių, kuriems rūpėjo tik jų prekyvietės...

— Tai taip buvo pasiekta harmonija tarp meilės Dievui ir meilės prekybai?

— Ne, taip buvo užkirstas kelias dvasinio atsinaujinimo judėjimams, jie buvo nukreipti į popiežiaus pripažintą ordiną. Bet tai, kas kunkuliavo po jais, nebuvo niekur nukreipta. Ir tai išsiliejo į niekam nieko blogo nedarančių flagelantų judėjimus, į ginkluotas gaujas, kaip ta brolio Dolčino, į raganavimus, kaip kad Montefalko brolių, apie kuriuos kalbėjo Hubertinas...

— Tačiau kas buvo teisus, kas yra teisus, o kas klysta? — paklausiau visai suglumęs.

— Kiekvienas buvo savaip teisus, ir visi klydo.

— Bet jūs,— sušukau pagautas maišto dvasios,— koks jūsų požiūris, kodėl nesakote man, kur slypi tiesa?

Viljamas kiek patylėjo, įdėmiai apžiūrinėdamas prieš šviesą lęšį, prie kurio kaip tik darbavosi. Po to priartino jį prie ant stalo gulėjusios pasagos ir tarė:

— Pažiūrėk, ką matai?

— Pasagą, kiek didesnę.

— Neskubėk, pažvelk įdėmiau.

— Bet tai vis ta pati pasaga!

— Taip pat ir Venancijaus rankraštis bus vis tas pats, kai jau galėsiu perskaityti jį su šiuo lęšiu. Nors, perskaitęs jį, gal geriau pažinsiu dalį tiesos. O gal net galėsiu pagerinti vienuolyno gyvenimą.

— To juk negana!

— Aš sakau tau daugiau nei gali pasirodyti, Adsai. Jau ne pirmą kartą miniu Rodžerį Bekoną. Gal jis ir nebuvo išmintingiausias visų laikų žmogus, bet mane visuomet traukė ta viltis, kuri įkvėpdavo jam meilę mokslui. Bekonas tikėjo paprastų žmonių galia, poreikiais, dvasios išradingumu. Jis būtų buvęs blogas pranciškonas, jei nebūtų manęs, kad vargšai, skurdžiai, kvailiai ir beraščiai dažnai kalba mūsų Viešpaties lūpomis. Jei būtų galėjęs pažinti juos iš arčiau, jis būtų buvęs dėmesingesnis broliukams negu ordino provincialams. Paprasti žmonės jaučia daugiau už daktarus, kurie dažnai sutrinka ieškodami pačių bendriausių dėsnių. Jie turi atskiro pojūtį. Bet šio pojūčio paties vieno dar negana. Paprastieji suvokia savo tiesą, kuri galbūt yra daug tiesesnė už Bažnyčios daktarų tiesą, paskui sunaikina ją neapgalvotais veiksmais. Ką reikėtų daryti? Mokyti paprastuosius? Tai per lengva, o kartu per sunku. Ir ko mokyti? Atskleisti jiems mokslo paslaptis? Bet kokio mokslo? To, kuris slypi Abonės bibliotekoje? Pranciškonų mokytojai jau kėlė sau šį klausimą. Didysis Bonaventūras yra pasakęs, jog išminčiai turėtų suteikti konceptualinio aiškumo tiesai, slypinčiai paprastų žmonių veiksmuose...

— Kaip kad Perudžijos kapitula ir moksliniai Hubertino memorialai, pavertę teologiniais sprendimais paprastųjų kvietimą gyventi neturte,— tariau.

— Taip, bet, kaip matai, tai įvyksta pavėluotai, o tam įvykus, paprastų žmonių tiesa jau yra tapusi galingųjų tiesa, tinkamesne imperatoriui Liudvikui nekaip beturčių gyvenimo broliui. Kaip nenutolti nuo paprastųjų, palaikant jų, taip sakant, veikliąją dorą, jų gebėjimą keisti ir gerinti savo pasaulį? Tokia štai problema iškilo Bekonui. „Quod enim·laicali ruditate turgescit non habet effectum nisi fortuito"[1],— sakė jis. Paprastų žmonių patirtis veda prie laukinių ir nevaldomų padarinių. „Sed opera sapientiae certa lege vallantur et in finem debitum efficaciter diriguntur"[2]. Tai reiškia, kad net praktiniuose dalykuose, ar tai būtų mechanika, ar žemės ūkis, ar miesto valdymas, reikalinga tam tikra teologija. Jis manė, kad naujas gamtos mokslas turėtų tapti nauju dideliu mokslo vyrų žygiu, kuris koordinuotų, remdamasis skirtingais gamtos procesų pažinimo aspektais, elementariuosius poreikius, o jie apimtų ir visumą padrikų, bet savaip teisingų ir tikrų paprastų žmonių lūkesčių. Naujas mokslas, nauja gamtos magija. Tik Bekonui atrodė, kad šiam žygiui turėtų vadovauti Bažnyčia, ir jis turbūt manė taip dėl to, kad jo laikais dvasininkų bendruomenė buvo tapati mokslininkų bendruomenei. Šiandieną viskas yra kitaip, mokslininkai gimsta ir ne vienuolynuose, ne katedrose ir net ne universitetuose. Pažvelk kad ir į šią šalį, didžiausias mūsų amžiaus filosofas nebuvo vienuolis, jis buvo vaistininkas. Kalbu apie tą florentietį, kurio poemą minint girdėjau, tačiau nesu jos skaitęs, nes nesupratau jo liaudiškos kalbos, o ir, kiek žinau, ji man visai nepatiktų, nes kalbama ten apie reikalus, tolimus mūsų patirčiai. Bet jis aprašė, manau, dalykus išmintingesnius, negu kad mums duota suprasti, prigimtį elementų ir viso kosmoso ir valstybių valdymą. Todėl manau, kad man ir mano draugams šiandien pripažįstant teisinga, jog žmogiškųjų dalykų valdymas priklausytų ne Bažnyčiai, bet įstatymus kuriančiam liaudies susirinkimui, tai ateityje mokslininkų bendruomenei priklausys pasiūlyti šią naujausią ir humaniškiausią teologiją, kuri yra gamtos filosofija ir empirinė magija.

— Nuostabus žygis,— tariau,— bet ar įmanomas?

— Bekonas tuo tikėjo.

— O jūs?

— Ir aš tuo tikėjau. Bet kad tikėtum tuo, reikia būti tikram, jog paprasti žmonės yra teisūs, nes turi atskiro pojūtį, ir šis yra vienintelis geras. Tačiau, jei atskiro pojūtis yra vienintelis geras, kaip gali mokslas sukurti bendruosius dėsnius, per kuriuos ir per kurių aiškinimą geroji magija tampa veiksminga?

— Taigi,— paklausiau,— kaip?

— Aš nebežinau. Daug kalbėjau apie tai Oksforde su savo draugu Viljamu Okamu, kuris dabar Avinjone. Jis prisėjo mano sielą abejonių. Mat jei teisingas yra tik atskiro pajūtis, sunku įrodyti teiginį, jog vienos rūšies priežastys duos vienos rūšies pasekmes. Tas pats kūnas gali būti šaltas ar karštas, saldus ar kartus, drėgnas ar sausas vienoje vietoje, bet ne kitoje vietoje. Kaip galiu aš rasti universalų ryšį, rikiuojantį dalykus, jei negaliu nė piršto pajudinti nesukurdamas begalės naujų būčių, nes veiksmas šis pakeičia visus tarpusavio ryšius tarp mano piršto ir kitų daiktų? Ryšiai — tai būdai, kuriais mano protas suvokia santykį tarp atskirų būčių, bet kur garantija, kad šis būdas yra visuotinis ir pastovus?

— Tačiau jūs žinote, jog tam tikras stiklo storis atitinka tam tikrą regos galią, ir kaip tik dėl to, kad žinote tai, galite dabar pasidaryti akinius, tokius pat kaip tie, kuriuos praradote, antraip jūs to padaryti negalėtumėt?

— Vykusiai pastebėta, Adsai. Tikrai, aš sukūriau teiginį, kad toks pat stiklo storis turi tikti tokiai pat regos galiai. Sukūriau jį, nes ir kitais kartais esu turėjęs tos pat rūšies atskirų intuicijų. Tie, kurie tiria vaistažolių gydomąsias savybes, tikrai žino, kad tokios pat žolės turi ligoniui, jei vienodai naudojamos, tokį pat poveikį, todėl galimas teiginys, jog kiekviena tos rūšies žolė padeda sergant karštlige ar kiekvienas tos rūšies lęšis vienodai pataiso akies regą. Mokslas, apie kurį kalbėjo Bekonas, neabejotinai grindžiamas tokiais teiginiais. Atkreipk dėmesį, kad kalbu apie daiktų teiginius, ne apie pačius daiktus. Mokslas susijęs su teiginiais ir jų terminais, o terminai nurodo atskirus daiktus. Suprask, Adsai, aš turiu tikėti, kad mano teiginys teisingas, nes įsitikinau juo per patirtį, bet, kad tikėčiau juo, turiu tarti, jog egzistuoja bendrieji dėsniai, tačiau negaliu apie juos kalbėti, nes jau pati mintis, kad egzistuoja bendrieji dėsniai ir nustatyta daiktų tvarka, reikštų, kad Dievas yra jų kalinys, o Dievas juk yra toks visiškai laisvas, kad vieno tik jo valios mosto užtektų pakeisti pasauliui.

— Tuomet, jei gerai supratau, jūs darote kažką ir žinote kodėl, bet nežinote, kodėl žinote, kad žinote tai, ką darote?

Galiu pasididžiuoti, jog Viljamas pažvelgė į mane su nuostaba:

— Gal ir taip. Kad ir kaip ten būtų, tai paaiškina tau, kodėl taip abejoju savo tiesa, nors ir tikiu ja.

— Jūs — didesnis mistikas už Hubertiną! — įgėliau.

— Gali būti. Bet, kaip matai, tiriu gamtos dalykus. Tas pats ir dėl mūsų paieškų, man visai nesvarbu, kas yra geras, o kas — blogas, bet noriu žinoti, kas vakar vakare buvo skriptoriume, kas paėmė akinius, kas paliko sniege pėdsakus kūno, velkančio kitą kūną, ir kur yra Berengarijus. Tokie yra faktai, vėliau pabandysiu juos susieti, jei tik tai įmanoma, nes sunku pažinti, kuri pasekmė yra sukelta kurios priežasties; kad viskas pasikeistų, užtektų angelo įsikišimo, o todėl nėra ko stebėtis, jei negalima įrodyti, kad vienas dalykas yra kito dalyko priežastis. Tačiau reikia pastoviai bandyti tai daryti, tą aš dabar ir darau.

— Sunkus tas jūsų gyvenimas,— tariau.

— Betgi aš atradau Brunelį! — šūktelėjo Viljamas, primindamas tą nuotykį su žirgu, atsitikusį prieš dvi dienas.

— Tuomet pasaulyje yra tvarka! — pergalingai sušukau aš.

— Tuomet yra šiokia tokia tvarka šioje mano vargšėje galvoje,— atsakė Viljamas.

Tuo metu grįžo Mikalojus, nešinas beveik baigtu rėmu ir išdidžiai rodydamas jį mums.

— O šiam dvišakiui nutūpus ant mano vargšės nosies,— pasakė Viljamas,— mano galva gal taps dar tvarkingesnė.

Atėjo novicijus su pranešimu, kad abatas norėtų natyti Viljamą ir laukia jo sode.

Mano mokytojui teko atidėti savo bandymus vėlesniam laikui, ir mes skubiai patraukėme į susitikimo vietą. Einant Viljamas staiga pliaukštelėjo sau per kaktą, lyg netikėtai kažką prisiminęs.

— Beje,— tarė,— perskaičiau kabalistinius Venancijaus ženklus.

— Visus! Kada?

— Tau miegant. O ar visus, priklauso nuo to, ką turi omeny. Perskaičiau ženklus, atsiradusius liepsnos kaitroje, tuos, kur tu perrašei. Graikiški užrašai turės palaukti, kol įgysiu naujus akinius.

— Na ir kaip? Ar kalbama ten apie finis Africae paslaptį?

— Taip, ir raktas buvo ganėtinai lengvas. Venancijus turėjo dvylika zodiako ženklų ir aštuonis ženklus penkioms planetoms, dviem šviesuliams ir Žemei. Iš viso dvidešimt ženklų. Pakankamai, kad susietum juos su lotynų raidynu, nes ta pačia raide galima užrašyti garsą dviejų pirmųjų raidžių žodžiuose *„unum"* ir *„velut"*. Raidžių tvarka mums žinoma. Kokia gi galėtų būti ženklų tvarka? Pagalvojau apie sferų tvarką, zodiako kvadratą prigretindamas prie tolimiausių ribų, taigi, Žemė, Mėnulis, Merkurijus, Venera, Saulė ir taip toliau, po to — zodiako ženklai savo įprasta seka, kaip juos klasifikuoja taip pat ir Izidorius iš Sevilijos, pradedant Avinu ir pavasario solsticija, o baigiant Žuvimis. Dabar, pabandžius šį raktą pritaikyti, Venancijaus raštas įgauna prasmę.

Ir jis parodė man pergamentą, kuriame didelėm lotyniškom raidėm buvo perrašęs Venancijaus užrašą: „Secretum finis Africae manus supra idolum age primum et septimum de quatuor".

— Ar aišku? — paklausė.

— Ranka virš stabo veikia pirmą ir septintą iš keturių...— pakartojau purtydamas galvą.— Ne, visai niekas neaišku!

— Žinau. Pirmiausia reikėtų žinoti, ką Venancijus turėjo galvoje, rašydamas „idolum". Atvaizdą, šešėlį, figūrą? Ir kas tie keturi, turintys pirmą ir septintą? Ir ką su jais reikia daryti? Kelti, stumti, traukti?

— Tuomet ir toliau nieko nežinome, liekame pradžios taške,— pratariau didžiai nusivylęs. Viljamas stabtelėjo ir pažvelgė į mane visai piktai.

— Mano berniuk,— tarė jis,— štai prieš tave vargšas pranciškonas, kuris su savo kukliomis žiniomis ir tuo trupučiu sumanumo, už kurį yra dėkingas nesibaigiančiai Viešpaties galybei, per kelias valandas perskaitė slaptą raštą, kurio autorius buvo tikras, jog jis teprieinamas jam vienam... o tu, pasigailėtinas berašti nevidone, tu drįsti sakyti, kad liekam pradžios taške?

Atsiprašinėjau be galo nerangiai. Gal to ir nenorėdamas įžeidžiau savo mokytojo tuštybę, nors ir žinojau, kaip didžiavosi jis savo dedukcijų greitumu ir tikslumu. Viljamo darbas išties stebino ir žavėjo, ir ne jo buvo kaltė, kad gudrusis Venancijus ne tik pridengė, ką atradęs, nesuprantamo zodiako raidyno skraiste, bet išgalvojo dar ir neįmenamą mįslę.

— Nieko, nieko, neatsiprašinėk,— pertraukė mane Viljamas.— Iš esmės tai tavo tiesa, žinome dar pernelyg mažai. Eime.

Trečia diena

MIŠPARAI

Vėl kalbama su abatu, Viljamui kyla keisčiausios mintys, kaip įminti labirinto mįslę, bet tai jam pavyksta padaryti daug išmintingesniu būdu. Po to valgomas keptas sūris

Abatas pasitiko mus paniurȩs ir sunerimęs. Rankoje jis laikė kažkokį lapą.

— Ką tik gavau Konko abato laišką,— tarė,— su vardu to, kuriam Jonas patikėjo vadovavimą prancūzų kareiviams ir rūpestį dėl legatų saugumo. Jis nėra karo vyras, nepriklauso rūmams ir tuo pat metu bus misijos narys.

— Retas tiekos dorybių junginys,— tarė Viljamas susirūpinęs.— Kas jis?

— Bernardas Gi arba Bernardas Gvidonis, kaip jums labiau patinka.

168

Iš Viljamo lūpų išsprūdo žodis, pasakytas jo gimtąja kalba, kurio nesupratau nei aš, nei abatas, ir gal taip buvo geriau, nes tas šnypštimas neatrodė itin padorus.

— Tai man visai nepatinka,— skubiai pridūrė jis.— Bernardas ilgus metus buvo Tulūzos apylinkių eretikų kirvis, ir yra parašęs knygą „Practica officii inquisitionis heretice pravitatis", skirtą visiems, kurie turi persekioti ir naikinti valdensus, beginus, bigotus, broliukus ir dolčiniečius.

— Žinau. Skaičiau tą knygą, puiki, jei kalbėtume apie doktriną.

— Jei kalbėtume apie doktriną,— sutiko Viljamas.— Jis ištikimas Jonui, kuris pastaraisiais metais patikėjo jam ne vieną misiją Flandrijoje ir čia, Aukštutinėje Italijoje. Net paskirtas Galicijos vyskupu, jis taip ir nepasirodė savo diecezijoje, o tęsė inkvizitoriaus darbą. Maniau, kad dabar jis jau pasitraukė į Lodevo vyskupiją, bet Jonas, atrodo, yra numatęs jam darbų kaip tik čia, šiaurinėje Italijoje. Kodėl būtent Bernardas ir kodėl jis vadovauja kariams?..

— Atsakymas aiškus,— tarė abatas,— ir jis patvirtina visus mano vakarykščius nuogąstavimus. Juk žinote, net jei ir nenorite man to prisipažinti, jog požiūris į Kristaus neturtą ir į Bažnyčią, kurį palaikė Perudžijos kapitula, nors ir pagrįstas teologiniais argumentais, yra toks pat, kokį, kad ir ne taip apdairiai ir mažiau ortodoksiškai, palaiko daugelis eretikų judėjimų. Nesunkiai galima įrodyti, kad Mykolo Čezeniečio požiūris, tapęs taip pat ir imperatoriaus požiūriu, yra toks pat kaip Hubertino ir Angelo Klareno. Dėl šito abi legacijos galės sutarti. Tačiau Gvidonis norės išpešti ir daugiau, o tam turi visas galimybes: jis bandys teigti, jog Perudžijos tezės yra tokios pat kaip broliukų arba netikrųjų apaštalų. Sutinkate?

— Jūs sakote, kad taip yra ar kad Bernardas Gi tvirtins, jog taip yra?

— Tarkim, aš sakau, kad jis tai tvirtins,— apdairiai atsakė abatas.

— Tą patį manau ir aš. Bet tai buvo numatyta. Turiu galvoje, jog buvo žinoma, kad pokalbis suks ta linkme, net jei jame nedalyvautų Bernardas. Visa, ką gali jis — kalbėti aršiau už daugelį tų nevykėlių iš kurijos, todėl diskutuoti su juo teks kuo atsargiausiai.

— Taip,— sutiko abatas,— bet čia mes vėl susiduriame su vakar iškilusiu klausimu. Jei iki rytojaus nerasime kalto dėl dviejų, o gal ir trijų nusikaltimų, turėsiu perduoti Bernardui vienuolyno reikalų tvarkymą. Negaliu nuslėpti nuo žmogaus, turinčio tokius įgaliojimus, kokius turės Bernardas (ir, atminkim, ne be mūsų sutikimo), to, kad čia, vienuolyne, vyko ir tebevyksta nepaaiškinami dalykai. Antraip kai jis pats tai atskleis, jei (neduok Dieve) vėl įvyks kas paslaptingo, jis turės visišką teisę šaukti apie išdavystę...

— Teisybė,— sumurmėjo Viljamas susirūpinęs.— Nelieka nieko kito. Reikia būti atidiems ir stebėti Bernardą, jam ieškant paslaptingojo žudiko. Gal taip bus net geriau, nes Bernardas, užimtas žudiko paieškomis, turės mažiau laiko kištis į diskusiją.

— Bet atminkite, jog Bernardas, užimtas žudiko paieškomis, bus tarsi krislas mano autoriteto akyje. Ta blausi istorija verčia mane pirmą kartą dalytis šiuose mūruose valdžia, ir yra tai dalykas, negirdėtas ne tik šio vienuolyno, bet ir viso kliuniečių ordino istorijoje. Padaryčiau viską, kad galėčiau to išvengti. O pirmiausia reikėtų atsakyti viešnagę legacijoms.

— Karštai maldauju jūsų kilnybę gerai apgalvoti šį svarbų sprendimą,— prabilo Viljamas.— Jūsų rankose — imperatoriaus laiškas, kuriame jis širdingai prašo jus...

— Žinau, ką esu įsipareigojęs imperatoriui,— šiurkščiai pertraukė abatas,— tai žinote ir jūs. Todėl žinote taip pat, kad, deja, negaliu trauktis. Bet visa tai nežada nieko gero. Kur dabar Berengarijus, kas jam nutiko, ką veikiate jūs?

— Esu tiktai vienuolis, prieš daugelį metų Dievo valia sėkmingai dirbęs inkvizitoriaus darbą. Jūs puikiai žinote, jog per dvi dienas tiesos negalima atskleisti. O ir kokią jūs man davėte tam galią? Ar aš galiu įeiti į biblioteką? Ar galiu klausti visko, ko reikia man, visada tikėdamasis jūsų pritarimo ir paramos?

— Aš nematau jokio ryšio tarp nusikaltimų ir bibliotekos,— nirtingai atsakė abatas.

— Adelmas buvo iliuminatorius, Venancijus — vertėjas, Berengarijus — bibliotekininko padėjėjas...— kantriai paaiškino Viljamas.

— Tuomet kiekvienas iš šešiasdešimties vienuolių vienaip ar kitaip susijęs su biblioteka, lygiai kaip ir su Bažnyčia. Kodėl jums nepaieškojus bažnyčioje? Broli Viljamai, jūs tiriate šiuos įvykius su mano palaiminimu ir neperžengdamas tų ribų, kurių aš prašiau jūsų laikytis. Dėl viso kito, tai, tarp šių sienų aš esu vienintelis šeimininkas po Dievo ir su Jo palaiminimu. Liečia tai taip pat ir Bernardą. Antra vertus,— pridūrė švelnesniu balsu,— niekur nepasakyta, kad Bernardas atvyksta čionai susitikimo proga. Konko abatas rašo, jog jis perkerta Italijos sieną, kad keliautų toliau, į pietus. Jis dar rašo, kad popiežius prašęs kardinolą Bertraną iš Podžeto atvykti čionai iš Bolonijos ir imtis vadovauti popiežiaus legacijai. Gali būti, jod Bernardas atvyksta į vienuolyną, norėdamas susitikti su kardinolu.

— O šitai, jei įsigilintume, būtų dar blogiau. Bertranas yra centrinės Italijos eretikų rykštė. Šis dviejų kovotojų su eretikais susitikimas gali reikšti pradžią visame krašte platesnio puolimo, kuris pagaliau gali apimti ir visą pranciškonų judėjimą.

— Apie tai nedelsdami pranešime imperatoriui,— atsakė abatas,— bet tuo atveju pavojus neateis akimirksniu. Būsime atidūs. Sudiev.

Abatui tolstant, Viljamas tylėjo. Po to tarė man:

— Pirmiausia, Adsai, nieko negalima daryti skubomis. Negalima greit išnarplioti dalykų, apie kuriuos reikia sukaupti tiek daug mažų atskirų patirčių. Aš einu atgal į kalvę, nes be akinių ne tik kad negalėsiu perskaityti rankraščio, be jų neverta grįžti šiąnakt ir į biblioteką. O tu sužinok, ar yra kokių naujienų dėl Berengarijaus.

Tuo tarpu prie mūsų atskubėjo Mikalojus iš Morimondo su kuo blogiausiomis naujienomis. Jam dailinant tinkamiausią lęšį, tą, į kurį Viljamas dėjo tiek vilčių, šis suskilo. O kitas, kuris gal būtų galėjęs aną pakeisti, įtrūko bandant įsprausti jį į rėmą. Mikalojus beviltiškai mostelėjo į dangų. Artinosi Mišparai, ir sutemos jau gaubė vienuolyną. Šiandien dirbti ilgiau nebegalima. Dar viena prarasta diena, karčiai sutiko Viljamas, tramdydamas (kaip vėliau man prisipažino) pagundą pasmaugti nelemtąjį stiklių, nors šis ir taip buvo jau ganėtinai pažemintas.

Palikę jį su savo graužatimi, patraukėme sužinoti ką nors naujo apie Berengarijų. Jis dar nebuvo rastas.

Pasijutome lyg aklavietėje. Kiek pasisukiojome po klostrą, nežinodami, ką čia nuveikus. Tačiau po akimirkos pastebėjau, kad Viljamas jau paskendęs savo mintyse ir žiūri prieš save nieko nematydamas. Jis jau spėjo išsitraukti iš abito šakelę tų žolių, kurias mačiau jį renkant prieš kelias savaites, ir kramtė ją, lyg čiulpdamas romaus jaudulio syvus. Atrodė, kad jo protą apleidusios visos mintys, bet karts nuo karto akys staiga nušvisdavo, tarsi ten, ištuštėjusioje galvoje, netikėtai įsižiebdavo, tačiau greit ir vėl užgesdavo kokia mintis, ir jis vėl panirdavo į tą keistą ir viską apimančią apatiją. Staiga jis tarė:

— Tikrai, galėtume...

— Ką? — paklausiau.

— Galvoju, kaip galėtume orientuotis labirinte. Nelengva tai padaryti, bet turėtų būti veiksminga... Žodžiu, išėjimas yra rytiniame bokšte, ir tai mes žinome. Dabar įsivaizduok, kad turime mašiną, kuri parodytų mums, kur yra šiaurė. Kas tuomet nutiktų?

— Mums tereikėtų pasukti dešinėn, ir jau eitume į rytus.

Arba pakaktų eiti priešinga kryptim, ir pasiektume pietinį bokštą. Bet net ir tarus, kad egzistuoja panaši magija, labirintas lieka labirintu, ir vos tik patrauksime į rytus, atsimušime į sieną, kuri užtvers mums tiesų kelią, ir vėl pasiklysime...— pasakiau aš.

— Taip, bet mašina, apie kurią kalbu, visada rodytų šiaurės kryptį, net jei eitume kitu keliu, ir kiekvienoje vietoje patartų mums, kur link reikia sukti.

— Tai būtų nuostabu. Bet reikėtų turėti tokią mašiną, ir turėtų ji atpažinti šiaurę naktį ir uždaroje patalpoje, kur nematyti nei saulės, nei žvaigždžių... O netikiu, kad net jūsų Bekonas turėtų panašią mašiną! — nusijuokiau.

— Ir čia tu klysti,— atsakė Viljamas,— nes tokia mašina jau yra padaryta, ir kai kurie jūreiviai ja jau naudojasi. Jai nereikia nei žvaigždžių, nei saulės, nes naudojasi ji galia stebuklingo akmens, lygiai tokio pat, kokį matėme Severino ligoninėje, to paties, kuris traukia geležį. Jį yra ištyręs Bekonas ir vienas Pikardijos žynys, Petras Marikūras, aprašęs daugialypę jo naudą.

— Ir jūs mokėtumėt ją padaryti?

— Šiaip jau tai nebūtų sunku. Akmuo gali padėti sukurti daugelį stebuklų, tarp jų ir mašiną, judančią visą laiką neveikiant jokiai išorinei jėgai, tačiau ir paprastesnį atradimą yra aprašęs arabas vardu Bailek al Kabajakis. Paimk indą su vandeniu ir paplukdyk jame kamštį su įsmeigta geležine adata. Po to ratu pavedžiok magnetinį akmenį vandens paviršiumi, kol adata įgaus tokias pačias savybes, kaip ir jis. Tuomet adata, o tai padarytų ir akmuo, jei tik galėtų suktis apie savo ašį, pasisuks galu į šiaurę, ir einant tau su tuo indu rankose, ji visąlaik suksis Šiaurinės kryptimi. Manau, nereikia nė sakyti, jog pagal Šiaurinę ant indo kraštų pažymėjęs taip pat ir Pietus, Rytus ir Vakarus, visada žinosi, kokia kryptim bibliotekoje turi eiti, kad patektum į rytinį bokštą.

— Nuostabus dalykas! — sušukau.— Bet kodėl adata sukasi į Šiaurę? Akmuo traukia geležį, mačiau tai, įsivaizduoju, jog koks nors didžiulis kiekis geležies galėtų traukti akmenį. Tuomet... tuomet Šiaurinės kryptimi, pačiame Žemės rutulio viršuje yra milžiniški geležies klodai!

— Kažkas jau yra spėjęs, kad taip turėtų būti. Tik adata nerodo tiesiai į jūreivių žvaigždę, bet į dangaus dienovidinių susikirtimo vietą. Tai ženklas, kad, kaip buvo pasakyta, „hic, lapis gerit in se similitudinem coeli"[3], ir magneto poliai gauna savo inklinaciją ne iš žemės, o iš dangaus polių. Tai yra puikus pavyzdys judėjimo, sukelto per nuotolį, o ne tiesioginio materialaus priežastingumo. Šiuo klausimu domisi mano draugas Jonas iš Janduno, kai tik imperatorius neliepia jam gramzdinti Avinjono žemės gelmėsna...

— Tuomet eime Severino akmens, indo, vandens, kamščio...— pabėriau susijaudinęs.

— Palauk, palauk,— numaldė Viljamas.— Nežinau kodėl, bet niekuomet dar neteko matyti mašinos, kuri, būdama tobula filosofų aprašymuose, taip pat tobulai ir veiktų. O, žiūrėk, valstiečio pjautuvas, nors nėra jo aprašęs nė vienas filosofas, veikia taip, kaip ir turėtų veikti... Bijau, kad vaikščioti po labirintą, laikant vienoje rankoje žibintą, o kitoje — indą, pilną vandens... Palauk, man šovė dar viena mintis. Mašina rodytų šiaurę ir mums nesant labirinte, juk taip?

— Taip, bet čia ji mums nereikalinga, turime saulę ir žvaigždes...— atsakiau.

— Žinau, žinau. Bet jei mašina veikia ir lauke, ir viduje, kodėl taip neturėtų veikti ir mūsų galvos?

— Mūsų galvos? Tikrai, juk jos veikia taip pat ir lauke, ir kaip tik būdami čia puikiausiai galime nusakyti, kaip orientuota Buveinė. Tačiau vos tik atsiduriame viduje, nieko nebegalime suprasti!

— Taip. Bet dabar užmiršk mašiną. Mintis apie ją sužadino man mintis apie gamtos dėsnius ir apie mūsų mąstymo dėsnius. Taigi turime rasti būdą, kaip iš lauko aprašyti Buveinę tokią, kokia ji yra viduje...

— Bet kaip?

— Leisk pagalvoti, tai turėtų būti nesunku...

— O tas būdas, apie kurį kalbėjote vakar? Ar jau nebenorite vaikščioti po labirintą, žymėdamas kelią nuodėguliu?

— Ne,— atsakė.— Kuo daugiau galvoju apie jį, tuo daugiau netikras jis man atrodo. Gal gerai nebeprisimenu taisyklės, o gal, kad vaikščiotum po labirintą, reikia turėti gerąją Ariadnę, laukiančią prie durų su siūlo galu. Bet nėra tokių ilgų siūlų. O jei ir būtų, reikštų tai (pasakos dažnai pasako tiesą), kad išeiti iš labirinto tegalima tuomet, kai yra pagalba iš už jo ribų. Kur išorės dėsniai būtų lygūs vidaus dėsniams. Tai štai, Adsai, pasitelksim matematiką. Tik matematikoje, kaip yra pasakęs Averojus, mums žinomi dalykai sutampa su tais, kurie žinomi absoliučiai.

— Tai jūs visgi pripažįstate universalias tiesas.

— Matematinės tiesos yra teiginiai, kuriuos mūsų protas sukūręs taip, kad būtų jie visuomet teisingi, arba todėl, kad jie yra įgimti, arba todėl, kad matematika buvo sukurta pirma kitų mokslų. Ir biblioteką pastatė matematiškai mąstantis žmogaus protas, nes nėra labirintų be matematikos. Todėl tereikia sugretinti mūsų matematinius teiginius su statytojo teiginiais, o iš šio sugretinimo gali rastis mokslas, nes yra mokslas terminų apie terminus. Ir pagaliau liaukis vėlęs mane į metafizinius svarstymus.

173

Verčiau tu, turintis geras akis, paimk lentelę, pergamentą ar ką nors, ant ko galėtum rašyti, taip pat rašiklį... turi viską? Esi šaunus, Adsai, puiku. Dabar, kol dar nors kiek šviesu, apsukim ratą apie Buveinę.

Ir mes gan ilgai apie ją sukiojomės, ar, tiksliau, iš tolo apžiūrėjome rytų, pietų ir vakarų bokštus bei juos jungiančias sienas, nes vis kita kabojo virš kriaušio, bet, išlaikant simetriją, neturėjo daug skirtis nuo to, ką įstengėme pamatyti.

O pamatėme štai ką: kiekvienoje sienoje buvo po du langus, o kiekviename bokšte — po penkis, ir viską kuo tiksliausiai aš pažymėjau lentelėje.

— Dabar pagalvok,— tarė mano mokytojas.— kiekviename mūsų aplankytame kambaryje matėme po vieną langą...

— Išskyrus tuos septynsienius,— tariau.

— Ir tai natūralu, nes jie yra kiekvieno bokšto vidury.

— Išskyrus tuos, kurie buvo be langų, bet ir ne septynkampiai.

— Užmiršk juos. Pirmiau raskime taisyklę, vėliau pabandysim pateisinti išimtis. Taigi, ties išore turime po penkis kambarius kiekvienam bokštui ir po du kambarius kiekvienai sienai, kiekvienas iš jų turi po vieną langą. Bet iš kambario su langu einant į Buveinės gilumą, taip pat patenkama į kambarį su langu. Tai ženklas, kad yra ir vidiniai langai. Dabar sakyk, kokios formos yra vidinis šulinys žvelgiant iš virtuvės ir skriptoriumo?

— Aštuonkampis,— atsakiau.

— Puiku. O kiekvienoje aštuonkampio sienoje lengvai gali tilpti po du langus. Vadinasi, ties kiekviena aštuonkampio siena gali būti po du vidinius kambarius. Taip?

— Taip, bet kambariai be langų?

— Jų yra aštuoni. Vidurinė, septynkampė kiekvieno bokšto salė turi penkias sienas, kurios kartu yra ir penkių kiekvieno bokšto išorinių kambarių sienos. Su kuo gi bendros kitos dvi sienos? Ne su kambariais ties išorine siena, nes tuomet ten būtų langas, ir ne su kambariu, kuris šliejasi prie aštuonkampio, dėl tos pat priežasties ir dar todėl, kad tuomet tie kambariai būtų pernelyg ilgi. Pabandyk nubrėžti, kaip galėtų atrodyti biblioteka, žvelgiant iš viršaus. Žiūrėk, kad kiekviename bokšte būtų du kambariai, kurie ribotųsi su septynkampiu kambariu ir kurie jungtųsi su dviem kitais kambariais, savo ruožtu besiribojančiais su vidiniu aštuonkampiu šuliniu.

Pabandžiau nubrėžti tai, ką pasakė mano mokytojas, ir pergalingai sušukau:

— Dabar mes žinome viską! Tuojau suskaičiuosiu... Bibliotekoje yra penkiasdešimt šeši kambariai, iš kurių keturi — septynkampiai ir penkiasdešimt du — daugiau ar mažiau kvadratiniai, o iš šitų aštuoni yra be langų, dvidešimt išeina į išorę, o šešiolika — į vidinį šulinį.

— O kiekviename iš keturių bokštų yra po penkis ketursienius kambarius ir po vieną septynsienį... Biblioteka pastatyta pagal dangaus harmoniją, kuriai priskirti galima daug ir nuostabių reikšmių...

— Nepaprastas atradimas,— tariau,— bet kodėl tuomet taip sunku joje orientuotis?

— Juk yra ir tai, kas nepaklūsta jokiems matematikos dėsniams — angų išdėstymas. Iš vienų kambarių gali patekti į kelis kitus, iš kitų — tik į vieną, o gal yra ir tokių, iš kurių niekur negali patekti. Jei turėsi omeny tai, taip pat stygių šviesos ir stoką kokių nors galimybių gaudytis pagal saulės padėtį (o kur dar vizijos ir veidrodžiai!), nesunkiai suprasi, kad labirintas gali suklaidinti kiekvieną, kuris tik juo eina, jau ir taip sutrikdytą kaltės jausmo. Kita vertus, prisimink, kokia mus vakar buvo pagavusi neviltis, kai pametėme kelią. Painiavos viršūnė suderinta su tvarkos viršūne — štai, mano manymu, nuostabus apskaičiavimas. Bibliotekos statytojai buvo didys meistrai.

— Kaipgi mes joje susigaudysime?

— Dabar tai jau nesunku. Pagal tavo apmatus, kurie daugiau ar mažiau atitinka bibliotekos planą, vos tik atėję į pirmąją septynkampę salę, judėsime taip, kad iškart atsirastume viename iš dviejų aklinų kambarių. Po to, sukdami visąlaik dešinėn, praėję du ar tris kambarius, turėtume vėl atsidurti bokšte, kuris negalės būti joks kitas, kaip tik šiaurinis bokštas, kol vėl prieisime kitą akliną kambarį, kuris kairėje ribosis su septynkampiu kambariu ir iš kurio sukant į dešinę turėtų kartotis kelias, panašus į mano ką tik apsakytąjį, kuriuo eidami pasiektume vakarinį bokštą.

— Taip, jei tik iš kiekvieno kambario galima patekti į visus kitus...

— Taip. O čia mums pravers tavo brėžinys, kuriame žymėsime aklinas sienas, idant žinotume, kiek nuklydę. Tai nebus sunku.

— Bet ar galime būti tikri, jog tai pavyks? — paklausiau sumišęs, nes viskas man atrodė pernelyg paprasta.

— Pavyks,— atsakė Viljamas.— Omnes enim causae effectuum naturalium dantur per lineas, angulos et figuras. Aliter enim impossibile est scire propter quid in illis[4],— pacitavo jis.— Tai žodžiai vieno iš garsiųjų Oksfordo meistrų. Bet dar ne viską žinome. Išmokome nepasiklysti. Dabar reikia sužinoti, ar yra kokia taisyklė, pagal kurią kambariuose išdėstytos knygos. Eilutės iš Apokalipsės maža tepasako, juo labiau kad skirtinguose kambariuose jos kartojasi...

— O juk apaštalų knygoje be vargo galima rasti daugiau nei penkiasdešimt šešias eilutes!

— Be jokios abejonės. Taigi, tinkamos yra tik kai kurios eilutės. Tarsi jie jų būtų turėję mažiau kaip penkiasdešimt, trisdešimt, dvidešimt... O, prisiekiu Merlino barzda!

— Kieno?

— Nesvarbu, tai žynys iš mano krašto... Jie panaudojo tiek eilučių, kiek abėcėlėje yra raidžių! Tikrai taip! Eilučių turinys visai nesvarbu, svarbu pirmoji raidė. Kiekvienas kambarys paženklintas raide iš abėcėlės, o visos jos sudaro kažkokį tekstą, kurį mums reikia išaiškinti!

— Tarsi figūrinis eilėraštis, kryžiaus ar žuvies pavidalo!

— Daugmaž, o tais laikais, kai statyta biblioteka, tokie eilėraščiai, matyt, buvo labai paplitę.

— Tačiau kur yra teksto pradžia?

— Didžiausiame kartuše, septynkampėje įėjimo salėje, o gal... Na, aišku, eilutėse, parašytose raudonai!

— Bet jų tiek daug!

— Tuomet turi būti daug tekstų ar daug žodžių. Dabar gražiau ir kiek padidinęs nubrėžk savo planą, o kai lankysimės bibliotekoje, rašikliu žymėsi jame ne tik mūsų pereitus kambarius, angų ir sienų padėtis (taip pat ir langus), bet rašysi ir pirmąją eilutės raidę, raudonąsias, kaip geras iliuminatorius, padidindamas.

— Bet kaip atsitiko,— tariau sužavėtas,— kad jūs įminėte bibliotekos mįslę dabar, žvelgdamas į ją iš lauko, o negalėjote įminti jos būdamas ten, viduje?

— Taip ir Dievas pažįsta pasaulį, nes, prieš pradėdamas kurti, pirma lyg iš lauko apžvelgė jį savo galvoje, o mes nežinome jo taisyklės, nes gyvename čia, viduje, ir matome tik jau sukurtas jo dalis.

— Tai daiktus tegalima pažinti žvelgiant į juos iš lauko!

— Tuos, kurie yra sukurti, nes galime mintimis atsekti visą kūrėjo nueitą kelią. Bet ne gamtos dalykus, nes nėra jie mūsų proto kūriniai.

— O ar užteks to bibliotekai?

— Tikrai užteks,— atsakė Viljamas.— Bet tik bibliotekai. Dabar eime ilsėtis. Aš negaliu nieko daryti iki rytojaus ryto, kada, viliuosi, turėsiu savo akinius. Todėl verčiau eiti miegoti ir rytoj anksčiau keltis. Reikės kiek pagalvoti.

— O vakarienė?

— A, taip, vakarienė. Jos metas jau praėjo. Vienuoliai jau Naktinėje. Bet virtuvė gal dar atvira. Eik ir atnešk ką nors.

— Pavogti?

— Paprašyti. Salvatorės, kuris dabar yra tavo draugas.

— Bet tuomet pavogs jis!

— O gal esi tu savo brolio sargas? — paklausė Viljamas Kaino žodžiais. Supratau, kad jis juokauja turėdamas galvoje, jog Dievas didis ir gailestingas. Tuomet nudrožiau ieškoti Salvatorės ir radau jį prie arklidžių.

— Gražus,— tariau mostelėdamas į Brunelį, taip bandydamas užmegzti kalbą.— Norėčiau juo pajodinėti.

— No se puede. Abbonis est[5]. Bet smagiam jojimui nebūtinas dailus žirgas...— Jis parodė žirgą tvirtą, tačiau neišvaizdų.— Gana ir tokio... Vide illuc, tertius equi...[6]

Tuo jis norėjo nurodyti man trečią žirgą. Nusijuokiau iš jo darkytos lotynų kalbos.

— Ir ką gi su juo darytum? — paklausiau.

Čia jis papasakojo keisčiausią istoriją. Jis pasakė, jog kiekvienas žirgas, net pats seniausias ir geibiausias, gali tapti toks pat greitas kaip Brunelis. Tereikia į jo avižas įmaišyti žolės, vadinamos satirionu, gerai sugrūstos, o paskui patepti jo šlaunis elnio taukais. Užsėdus, prieš paspaudžiant pentinais, reikia pasukti jo snukį į rytus ir sukuždėti ausin tris kartus: „Kasparas, Melchioras, Melchizardas". Tada žirgas leisis šuoliais ir per valandą sukars kelią, kurį Brunelis šuoliuotų aštuonias. O jei jam ant kaklo užkabintum dantis vilko, kurį jis pats bėgdamas būtų sutrypęs, tuomet jis net nejaustų jokio nuovargio.

Paklausiau, ar yra jis tai kada išbandęs. Jis prisikišo prie pat manęs ir sušnopavo į ausį, jog padaryti tai labai sunku, nes satirionas dabar teauginamas vyskupų ir jų draugų riterių, kurie naudoja jį savo galiai stiprinti. Čia pertraukiau jį, sakydamas, kad šį vakarą mano mokytojas norėtų savo celėje paskaityti keletą knygų, todėl pageidauja ten ir pavalgyti.

— Ruošiu,— tarė jis,— jau ruošiu keptą sūrį.

— O kaip tai daroma?

— Facilis[7]. Paimk sūrį, ne per seną ir ne per sūrų, ir supjaustyk jį juostomis, kvadratais ar stačiakampiais, kaip tau patinka. Et postea[8] padėsi kiek butiero[9] ar stiklinę structo fresco[10] kaisti sobre[11] žarijos. O į ten vamos[12] padėk du gabalus sūrio, ir kai tau atrodys minkštas, zucharum et cannella supra positurum du bis[13]. Ir tuoj duoti į stalą, nes valgyti reikia karštą karštą.

— Tebūnie keptas sūris,— sutikau aš, ir jis nuskubėjo virtuvėn, liepęs man kiek palūkėti. Po pusvalandžio grįžo nešinas lėkšte, pridengta skiaute drobės. Kvepėjo skaniai.

— Še,— tarė, taip pat paduodamas ir didelį žibintą, pilną aliejaus.

— O tas kam? — paklausiau.

— Sais pas, moi[14], — atsakė nutaisęs gudrų veidą. — Fileisch[15] tavo mokytojas nori eiti į tamsią vietą esta noche[16].

Salvātorė aiškiai žinojo daugiau nei įtariau. Bet, nieko daugiau neklausęs, nunešiau valgį Viljamui. Pasisotinome, ir aš išėjau į savo celę. Bent jau dėjausi ten einąs. Norėjau dar kartą susitikti Hubertiną, todėl vogčiomis įsmukau bažnyčion.

Trečia diena

PO NAKTINĖS

Hubertinas pasakoja Adsui brolio Dolčino istoriją, vėliau Adsas prisimena ar perskaito bibliotekoje kitas istorijas, o po to jis susitinka mergaitę, gražią ir bauginančią lyg kovai pasirengusi kariuomenė

Kaip ir tikėjausi, Hubertiną radau ties Švenčiausios Mergelės skulptūra. Tyliai prie jo prisigretinęs, valandėlę (prisipažįstu) dėjausi besimeldžiąs. Tik po to išdrįsau į jį kreiptis.

— Šventasis tėve, — pratariau, — ar galiu prašyti jus šviesos ir patarimo?

Hubertinas pažvelgė į mane, pãėmė už rankos, atsistojo ir pavedėjęs prie vieno iš suolų pasodino greta savęs. Jis stipriai mane apkabino, taip, kad pajutau prie savo veido jo karštą alsavimą.

— Brangusis mano sūnau, — tarė, — visa, ką šis vargšas senas nusidėjėlis galės padaryti tavo sielos labui, bus padaryta su didžiausiu džiaugsmu. Kas jaudina tave? Aistros, tiesa? — paklausė kone pats pagautas aistros. — Kūno aistros?

— Ne, — atsakiau rausdamas, — proto aistros, proto, kuris geidžia pažinti pernelyg daug dalykų...

— Tai blogai. Viešpats pažįsta visus dalykus, o mums skirta tik šlovinti jo išmintį.

— Bet mums lemta taip pat ir atskirti gėrį nuo blogio, ir suprasti žmonių kančias. Nors esu tik novicijus, bet būsiu vienuolis ir Dievo tarnas, todėl turiu žinoti, kur slypi blogis ir kaip jis atrodo, idant vieną dieną galėčiau mokyti kitus pažinti jį.

— Tai teisinga, berniuk. Ką gi norėtum pažinti?

— Erezijos piktžolę, tėve, — tariau tvirtai, o po to išpyliau vienu atsikvėpimu: — Girdėjau kalbant apie vieną piktą žmogų, suvedžiojusį daugelį kitų, brolį Dolčiną.

Hubertinas, kiek patylėjęs, prabilo:

— Taip, aną vakarą tu girdėjai mus su broliu Viljamu jį minint. Bet tai labai bjauri istorija, ir man skaudu ją pasakoti, nes moko ji (ir šia prasme tu privalai ją žinoti, kadangi yra tai gera pamoka), nes moko ji, kaip sakiau, kad iš meilės atgailai ir troškimo apvalyti pasaulį gali gimti kraujas ir žudynės.

Jis atsisėdo patogiau, kiek atleisdamas savo glėbį, bet nenuimdamas rankos nuo mano pečių, tarsi ir šiuo būdu norėdamas perduoti man savo žinias, o gal savo kaitrą.

— Istorija prasidėjo dar iki brolio Dolčino,— pradėjo jis,— daugiau kaip prieš šešiasdešimt metų, kai buvau dar vaikas. Tai atsitiko Parmoje. Pradėjo ten pamokslauti toksai Gerardas Segalelis, kvietęs visus gyventi atgailoje ir vaikščiojęs gatvėmis šaukdamas „penitenziagite!", taip savo, nemokyto žmogaus, kalba išreikšdamas „Penitentiam agite, appropinquabit enim regnum coelorum"[17]. Jis kvietė savo mokinius būti panašius į apaštalus ir norėjo, kad jo sekta būtų vadinama apaštalų ordinu, kurio žmonės eitų per pasaulį elgetaudami ir gyventų vien iš išmaldos...

— Kaip ir broliukai,— tariau.— Argi nebuvo tai mūsų Viešpaties ir jūsų Pranciškaus priesakas?

— Taip,— sutiko Hubertinas atsidusdamas, o jo balse buvo vos girdima dvejonė,— bet Gerardas, matyt, perdėjo. Jis ir jo sekėjai buvo apkaltinti, kad nepripažįsta dvasininkų autoriteto, mišių celebracijos ir išpažinties, ir apšaukti dykaduoniais valkatomis...

— Betgi šiuo kaltinami ir pranciškonai spiritualai. O minoritai ar šiandien nesako, kad nereikia pripažinti popiežiaus autoriteto?

— Taip, bet ne dvasininkų. Mes juk patys esame dvasininkai. Berniuk, nelengva gaudytis šiuose dalykuose. Riba, skirianti gėrį ir blogį, tokia menka... Gerardas kažkur suklydo ir susitepė erezija... Jis prašėsi priimamas į minoritų ordiną, bet mūsų broliai atstūmė jį. Jis leido dienas mūsų brolių bažnyčioje ir matė ten paveikslus apaštalų, apsiavusių sandalais ir apsisiautusių skraistėmis, ir tuomet jis užsiaugino plaukus ir barzdą, apsiavė sandalais, susijuosė mažųjų brolių virve, nes kiekvienas, norėdamas įkurti naują broliją, visada paima ką nors iš palaimintojo Pranciškaus ordino.

— Bet tuomet jis ėjo teisiu keliu...

— Tačiau kažkur jame suklydo... Apsisiautęs balta skraiste virš baltos tunikos, ilgais plaukais, jis įgijo tarp paprastų žmonių šventojo šlovę. Pardavęs savo namelį ir gavęs pinigus, jis stojo ant akmens, nuo kurio anais senais laikais kalbėdavo podesta laikydamas rankose kapšą su pinigais, bet neišsvaistė jų ir neatidavė vargšams, o pasišaukęs netoliese lošusius plėšikus, metė tarp anų sakydamas: „Teima juos tas, kas nori", ir plėšikai tie paėmė pinigus ir nuėjo pralošti jų kauliukais, piktažodžiaudami prieš gyvąjį Dievą, o jis, kuris davė pinigus, girdėjo tai, bet nė neraudo.

— Tačiau juk ir Pranciškus atsisakęs viso savo turto, o šiandien Viljamas pasakojo man, kad jis ėjęs sakyti pamokslo krankliams ir vanagams, ir raupsuotiesiems, kitaip sakant, padugnėms, nors tie, kurie vadino save doraisiais, buvo juos atstūmę...

— Taip, bet Gerardas kažkur suklydo, Pranciškus niekuomet nesipyko su šventąja Bažnyčia, ir Evangelijoje pasakyta, jog reikia duoti vargšams, o ne plėšikams. Gerardas davė negaudamas nieko mainais, nes davė blogiems žmonėms, jis blogai pradėjo, blogai tęsė ir blogai baigė, nes jo broliją pasmerkė popiežius Grigalius X.

— Gal,— tariau,— tai buvo popiežius, mažiau įžvalgus už tą, kuris pripažino Pranciškaus įstatus...

— Taip, bet Gerardas kažkur suklydo, o Pranciškus gerai žinojo, ką daro. Ir pagaliau, berniuk, tie kiaulių ir karvių piemenys, staiga tapę netikraisiais apaštalais, norėjo palaimintai ir be prakaito gyventi iš išmaldų tų, kurių mokymui mažieji broliai padėjo tiek vargo ir parodė tiek pasiaukojamų neturto pavyzdžių! Tačiau svarbiausia ne tai,— tuoj pat pridūrė jis,— svarbiausia, kad, siekdamas supanašėti su apaštalais, kurie buvo dar ir žydai, Gerardas Segalelis liepė save apipjaustyti, kas prieštarauja Pauliaus žodžiams, pasakytiems galatiečiams,— o tu gi žinai, jog daugelis šventųjų skelbia, kad Antikristas ateis iš apipjaustytųjų tautos... Bet Gerardas padarė dar blogiau, jis kvietė prie savęs paprastus žmones ir sakė jiems: „Eikite su manim į vynuogyną", ir tie, kurie jo nepažinojo, ėjo su juo į svetimą vynuogyną, manydami šį priklausant jam, ir valgė svetimas uogas...

— Tik jau ne minoritai yra svetimo turto gynėjai,— tariau įžūliai.

Hubertinas atšiauriai pažvelgė į mane:

— Minoritai trokšta, kad jiems būtų leista gyventi skurde, bet jie niekuomet nėra lenkę kitų gyventi skurde. Negali nebaudžiamas kėsintis į dorų krikščionių turtą, nes būsi apšauktas plėšiku. Taip atsitiko ir Gerardui, apie kurį pagaliau sakoma (atmink, aš nežinau, ar tai tiesa, aš pasitikiu brolio, pažinojusio tuos žmones, žodžiais), jog, norėdamas išbandyti savo valios galią ir savo santūrumą, jis miegodavęs su moterimis, neturėdamas jokių kūniškų santykių, tačiau jo mokiniams bandant juo sekti, padariniai buvę visiškai priešingi... Ak, bet nėra tai dalykai, kuriuos turi žinoti berniukas, moteris — tai velnio indas... Gerardas ir toliau šaukė „penitenziagite!", bet vienas jo mokinys, toksai Gvidas Putadžis, pageidavo tapti grupės vadu, keliavo prabangoje, apsuptas daugybės raitųjų, ir švaistė pinigus, ir rengė puotas kaip kad Romos Bažnyčios kardinolai. O vėliau jie susikivirčijo dėl to, kas gi turėtų būti sektos galvos, ir dėjosi nedori dalykai. Vis dėlto daugelis atėjo pas Gerardą, ne tik valstiečiai, bet ir miestiečiai, cechų amatininkai, ir Gerardas vertė juos apsinuoginti, idant nuogi sektų nuogą Kristų, ir siuntė juos į pasaulį pamokslauti, o sau jis pasisiūdino baltą berankovį rūbą, iš tvirto audinio, ir taip apsitaisęs panėšėjo daugiau į juokdarį nekaip į vienuolį! Gyveno jie po atviru dangum, bet kartais įsibraudavo į bažnyčių sakyklas, pertraukdami dievobaimingųjų susirinkimus ir išmesdami iš jų pamokslininkus, o kartą Ravenos Ursiano bažnyčioje pasodino vaiką į vyskupo sostą. Ir sakėsi esą Joakimo Fioriškio doktrinos paveldėtojai...

— Bet tą patį sakė ir pranciškonai,— tariau,— ir Gerardas iš Borgo San Donino, taip pat ir jūs! — sušukau.

— Nurimk, berniuk mano. Joakimas Fioriškis buvo didis pranašas, ir jis pirmasis suprato, jog Pranciškui lemta tapti pirmąja Bažnyčios atsinaujinimo kregžde. Betgi netikrieji apaštalai naudojasi jo doktrina, kad pateisintų savo kvailystes, Segalelis vedžiojosi su savim apaštalę, kažkokią Tripiją ar Ripiją, kuri tvirtino turinti pranašavimo dovaną. Moterį, supranti?

— Bet, tėve,— bandžiau prieštarauti,— aną vakarą jūs pats kalbėjote apie Klaros iš Montefalko ir Angelės iš Folinjo šventumą...

— Jos buvo šventos! Jos gyveno nuolankiai, pripažindamos Bažnyčios galią, ir niekuomet nesisavino pranašavimo dovanos! O netikrieji apaštalai tikino, jog ir moterys gali eiti iš miesto į miestą pamokslaudamos, kaip kad skelbė ir daugelis eretikų. Ir jie neskyrė viengungių nuo vedusių, ir joks įžadas nebuvo jų laikomas amžinu. Trumpai tariant, kad nevarginčiau tavęs liūdnomis istorijomis, kurių visų vingių tu vis vien gerai nesuprasi, pasakysiu tik, jog Parmos vyskupas Obicas nusprendė pagaliau Gerardą įkalinti. Bet čia nutiko keisčiausias dalykas, liudijantis, kokia silpna yra žmogaus prigimtis ir kokia klastinga erezijos piktžolė. Juk vyskupas galiausiai paleido Gerardą, sodino jį greta savęs už stalo, juokėsi iš jo paikysčių ir laikė jį savo juokdariu.

— Tačiau kodėl?

— Nežinau, o gal bijau tai žinoti. Vyskupas buvo kilmingas, ir nepatiko jam miesto pirkliai bei amatininkai. Gal nebuvo jam nemiela, kad Gerardas, savo pamokslais kviesdamas į neturtą, kalbėjo prieš juos ir nuo išmaldos prašymo perėjo prie plėšikavimo. Bet pagaliau įsikišo popiežius, ir vyskupas atgavo jam deramą griežtumą, o Gerardas buvo sudegintas ant laužo kaip užkietėjęs eretikas. Įvyko tai šio amžiaus pradžioje.

— O kaip susiję tai su broliu Dolčinu?

— Susiję neatsiejamai, ir tai padės tau suprasti, kaip erezija pergyvena pačių eretikų žūtį. Tas Dolčinas buvo benkartas dvasininko, gyvenusio Novaros diecezijoje, šioje Italijos dalyje, kiek šiauriau nuo čia. Kiti sako, kad gimė jis kitur, Osolos slėnyje ar Romanijoje. Nors tai visai nesvarbu. Jis buvo labai sumanus jaunuolis ir mokytas, bet, apvogęs jį globojusį dvasininką, pabėgo į rytus, į Trento miestą. Ir ten tęsė Gerardo pamokslavimą, tik dar eretiškiau, tikindamas esąs vienintelis tikras Dievo apaštalas ir kad meilėje visi dalykai turi būti bendri, ir kad leista yra gulėti su visomis moterimis be išimties, bet niekas dėl to negali būti apkaltintas konkubinatu, net jei gulėtų ir su žmona, ir su dukra...

— Ar jis tikrai skelbė tuos dalykus, ar tik buvo tuo kaltinamas? Mat esu girdėjęs, kad ir spiritualai buvo kaltinami nusikaltimais, panašiais į Montefalko vienuolių...

— De hoc satis[18],— šiurkščiai pertraukė mane Hubertinas.— Jie jau nebuvo vienuoliai. Jie buvo eretikai. Ir suteršti to paties Dolčino. Antra vertus, paklausyk, gana žinoti, ką Dolčinas padarė vėliau, kad suprastum jį buvus piktadarį. Kaip jis pažino netikrųjų apaštalų doktriną, nežinau. Gal dar jaunystėje buvo Parmoje ir girdėjo Gerardą pamokslaujant. Žinoma tik, jog jau po Segalelio mirties Bolonijos apylinkėse jis bendravo su tais eretikais. Ir tikrai žinoma, kad savo pamokslavimą jis pradėjo Trente. Čia jis sugundė labai gražią ir iš kilmingos šeimos mergaitę vardu Margarita, o gal ji sugundžiusi jį, kaip kad Eloiza sugundė Abelarą, nes, atmink, per moterį velnias skverbiasi į vyro širdį! Tuomet Trento vyskupas išvijo jį iš savo diecezijos, tačiau Dolčinas buvo jau surinkęs daugiau kaip tūkstantį sekėjų ir iš ten pradėjo ilgą žygį, atvedusį jį į gimtąsias vietas. O pakeliui jungėsi prie jo kiti apgautieji, suvedžioti jo žodžių, ir, matyt, prisišliejo prie jo taip pat ir daugelis eretikų valdensų, gyvenusių tuose kalnuose, per kuriuos jis ėjo, o gal tai jis norėjęs prisidėti prie į šiaurę nuo šių vietų gyvenusių valdensų. Pasiekęs Novaros apylinkes, Dolčinas radęs ten aplinkybes, palankias savo maištui, nes vasalai, valdę Gatinaros kraštą Verčelio vyskupo vardu, žmonių buvo išvyti, o Dolčino plėšikai sutikti kaip geriausi sąjungininkai.

— O kuo nusikalto vyskupo vasalai?

— Nežinau, ir ne man teisti. Bet, kaip matai, daugeliu atvejų erezija jungiasi su maištu prieš ponus ir todėl eretikas, pradėjęs skelbti neturtą, vėliau pats tampa visų valdžios, karų ir prievartos pagundų grobiu. Verčelyje vyko šeimų karas, ir netikrieji apaštalai tuo pasinaudojo, o tos šeimos pasinaudojo netikrųjų apaštalų sukelta netvarka. Ponai žemvaldžiai samdė svieto perėjūnus, kad šie plėštų miestiečius, miestiečiai prašė Novaros vyskupą juos ginti.

— Paini istorija. Kieno gi pusėje buvo Dolčinas?

— Nežinau, jis buvo pats už save, įsivėlė į visus kivirčus ir nepraleisdavo progos, kad neturto vardu pakviestų į kovą su svetimu turtu. Dolčinas su savo žmonėmis, kurių dabar jau buvo daugiau nei trys tūkstančiai, apsistojo kalne netoli Novaros, kuris tuomet buvo vadinamas Plikuoju, ten įsitvirtino ir susirentė namus, ir Dolčinas viešpatavo visai šiai miniai vyrų ir moterų, gyvenusių bendrai be jokios gėdos. Iš ten jis siuntė laiškus savo išpažinėjams, kuriuose dėstė savo eretišką doktriną. Jis kalbėjo ir rašė, kad jų idealas yra neturtas ir kad jie nesurišti jokiais išoriniais paklusnumo saitais, ir kad jis, Dolčinas, yra Dievo siųstas atskleisti pranašysčių paslapčių ir išaiškinti Senojo ir Naujojo Testamentų raštų. Pasaulietiškus dvasininkus, pamokslininkus ir minoritus jis vadino velnio tarnais ir visus atleido nuo priedermės jiems paklusti. Ir skyrė keturis Dievo žmonių gyvenimo amžius: pirmasis — Senojo Testamento, laikas patriarchų ir pranašų, prieš Kristaus atėjimą, kai vedybos buvo gėris, nes žmonės turėjo dauginis; antrasis — Kristaus ir apaštalų metas, šventumo ir skaistybės laikas. Po jo ėjo trečiasis, kai popiežiai, kad galėtų valdyti žmones, pirma turėjo užvaldyti žemės turtus, bet žmonėms pradėjus tolti nuo meilės Dievui, atėjęs Benediktas, kuris kalbėjęs prieš žemišką nuosavybę. Kai vėliau ir Benedikto vienuoliai pradėjo krauti turtus, atėjo šventojo Pranciškaus ir šventojo Dominyko broliai, dar griežčiau už Benediktą savo pamoksluose kalbėję prieš žemiškąją valdžią ir žemiškuosius turtus. Ir pagaliau dabar, kai tiekos prelatų gyvenimas prieštarauja visiems tiems geriems priesakams, baigiasi trečiasis amžius ir reikia grįžti prie apaštalų mokymo.

— Bet tuomet Dolčinas skelbė tą patį, ką skelbė ir pranciškonai, o iš jų kaip tik spiritualai, ir jūs pats, tėve!

— O, taip, bet jis iš to išvedė klastingą silogizmą! Jis skelbė, jog tam, kad būtų pasibaigęs šis trečiasis supuvimo amžius, reikia, idant visi dvasininkai, vienuoliai ir broliai mirtų žiauria mirtim, jis skelbė, jog visi Bažnyčios prelatai, dvasininkai, vienuolės, tikintieji ir tikinčiosios ir visi tie, kurie priklauso pamokslaujantiems ir minoritų ordinams, ir atsiskyrėliams, ir net pats popiežius Bonifacas turi būti sunaikinti imperatoriaus, kurį jis pats išrinks, ir tai turėjęs būti Sicilijos Frydrichas.

— Bet ar ne tas pats Frydrichas maloniai priglobė Sicilijoje iš Umbrijos išgintus spiritualus ir ar ne minoritai geidė, kad imperatorius, nors juo dabar yra Liudvikas, sunaikintų žemiškąją popiežiaus ir kardinolų valdžią?

— Erezijai arba pamišimui kaip tik ir būdinga apversti doriausias mintis ir pasukti jas prieš Dievo ir žmonių įstatymus. Minoritai niekada nėra prašę imperatoriaus žudyti kitų dvasininkų.

Jis klydo, dabar aš tai žinau. Mat kai praslinkus keletui mėnesių Bavaras įvedė Romoje savo tvarką, Marsilijus ir kiti minoritai pasielgė su popiežiui ištikimais dvasininkais taip, kaip to norėjo Dolčinas. Tuo aš nenoriu pasakyti, kad Dolčinas buvo teisus, anaiptol, kad Marsilijus lygiai tiek pat neteisus. Tačiau pradėjau svarstyti, ir ypač po šio vakaro pokalbio su Viljamu, ar galėjo paprasti žmonės, sekę paskui Dolčiną, atskirti tai, ką žadėjo spiritualai, nuo to, ką Dolčinas įgyvendindavo. Gal ne jis buvo kaltas dėl to, kad norėjo įgyvendinti tai, ką pripažinti ortodoksai skelbė tik mistikos sumetimais? O gal čia ir slypi skirtumas, šventumas ir yra laukimas, kad Dievas duotų mums tai, ką yra pažadėję Jo šventieji, nebandant to paimti žemiškomis priemonėmis. Dabar žinau, kad taip yra, ir žinau, kodėl Dolčinas klydo: nedera sukeisti dalykų eiliškumo, nors reikia karštai to pasikeitimo tikėtis. Bet tą vakarą mane buvo užvaldžiusios prieštaringos mintys.

— Ir pagaliau,— kalbėjo man Hubertinas,— erezija visuomet atpažįstama puikybėje. Antrajame savo laiške, rašytame 1303 metais, Dolčinas pasiskelbė aukščiausiuoju apaštalinės kongregacijos vadu, savo vietininkais skirdamas klastingąją Margaritą (moterį!) ir Liongįną Bergamietį, Frederiką Novariškį, Albertą Karentiną ir Valderiką iš Brešos. Ir ėmė klejoti apie būsimuosius popiežius, du gerus, pirmą ir paskutinį, ir du blogus, antrą ir trečią. Pirmasis yra Celestinas, antrasis — Bonifacas VIII, apie kurį pranašai skelbia: „tavo širdies puikybė atnešė tau nešlovę, o tu, kuris gyveni uolų plyšiuose". Trečias popiežius neįvardytas, bet apie jį pasakytų Jeremijas: „štai jis, kaipo liūtas". Ir Dolčinas, kokia gėda, atpažino tą liūtą Sicilijos Frydriche. Ketvirtasis popiežius Dolčinui buvo dar nežinomas, o jis turėjęs būti šventasis, angeliškasis popiežius, apie kurį kalbėjo abatas Joakimas. Jis turėjęs būti Dievo išrinktas, ir tuomet Dolčinas ir visi jo žmonės (o buvo jų tuo metu jau keturi tūkstančiai) visi kartu turėję gauti Šventosios Dvasios palaiminimą, ir Bažnyčia tuo būtų atnaujinta iki pat pasaulio pabaigos. Bet per trejus metus iki jo atėjimo turėtų būti sunaikintas visas blogis. O ketvirtasis popiežius, kas parodo, kaip šėtonas tyčiojosi iš savo sukubų, buvo kaip tik Klemensas V, paskelbęs prieš Dolčiną kryžiaus žygį. Ir tai buvo teisinga, nes Dolčinas dabar savo laiškuose skelbė teorijas, nesuderinamas su tikruoju tikėjimu. Jis tvirtino, kad Romos Bažnyčia yra šliundra, kad nereikia paklusti dvasininkams, kad visa dvasinė valdžia dabar priklauso apaštalams, kad tik apaštalai kuria naują Bažnyčią, kad apaštalai galí paskelbti santuóką negaliojančia, kad niekas nebus išgelbėtas, jei netaps sektos nariu, kad joks popiežius negali atleisti nuodėmių, kad nereikia mokėti dešimtinių, kad tobuliausias yra gyvenimas be įžadų, kad pašventintoji bažnyčia maldai tinka tiek pat, kiek ir koks tvartas, ir kad Kristų galima šlovinti taip pat ir miškuose, kaip ir bažnyčiose.

— Jis tikrai visa tai skelbė?

— Taip, jis visa tai yra užrašęs. Bet jis padarė dar blogiau. Įsikūręs ant Plikojo kalno, jis ėmė plėšti slėnio kaimus, kad apsirūpintų maistu, žodžiu, paskelbė tikrą karą visai apylinkei.

— Ir visi buvo prieš jį?

— Nežinau. Galbūt kai kas jį rėmė, jau sakiau tau, kad buvo jis įsivėlęs į neišpainiojamą vietos nesantarvių kamuolį. Tuo tarpu atėjo 1305 metų žiema, viena iš atšiauriausių per paskutinius dešimtmečius, ir aplink stojo didelis badas. Dolčinas nusiuntė trečiąjį laišką savo sekėjams, ir dar daugiau atėjo pas jį, tačiau gyvenimas ten, kalne, tapo nebepakeliamas, siautė toks badas, kad valgė jie arklieną ir mėsą kitų gyvulių, ir virtą šieną. Ir daugelis jų mirė.

— Su kuo gi jie dabar kovojo?

— Verčelio vyskupas kreipėsi į Klemensą V, ir buvo sušauktas kryžiaus žygis prieš eretikus, paskelbtas visų nuodėmių atleidimas visiems, kurie jame dalyvausią, ir buvo pakviesti Liudvikas Savojietis, Lombardijos inkvizitoriai ir Milano arkivyskupas. Daugelis paėmė kryžius, skubėdami pagalbon verčeliečiams ir novariečiams, net iš Savojos, Provanso, Prancūzijos, ir Verčelio vyskupas vadovavo šiam žygiui. Tarp abiejų kariuomenių avangardų nuolat vyko susidūrimai, bet Dolčino įtvirtinimai buvo neįveikiami, o bedieviai kažkokiais būdais gaudavo paramą.

— Kieno gi?

— Manau, kitų bedievių, kuriems patiko visa ši maišatis. Bet 1305 metų pabaigoje erezijarchas vis dėlto buvo priverstas palikti Plikąjį kalną, o kartu ir sužeistuosius bei pasiligojusius, ir patraukė į Trivero apylinkes, kur įsitvirtino kalne, anuomet vadintame Zubelio, bet kuris nuo to laiko vadinamas Rubelio ar Rebelio, nes tapo jis kalnu sukilėlių prieš Bažnyčią. Žodžiu, negaliu tau apsakyti viso to, kas nutiko, o buvo tai baisios skerdynės. Tačiau maištininkai pagaliau buvo priversti pasiduoti, Dolčinas su savo žmonėmis buvo sučiuptas ir teisėtai baigė savo gyvenimą ant laužo.

— Taip pat ir gražioji Margarita?

Hubertinas pažvelgė į mane:

— Tai tu atmeni, kad ji buvusi graži? Taip, sako, ji buvo labai graži, ir daugelis vietos ponų geidė ją vesti, kad išgelbėtų nuo laužo. Tačiau ji to nenorėjo ir mirė nuodėmėje kartu su tuo savo nuodėminguoju meilužiu. Ir tebūnie tai tau pamoka, saugokis Babilono ištvirkėlės, net kai ji apsireiškia pačiu tauriausiu pavidalu.

— Bet sakyk, tėve, girdėjau, kad vienuolyno raktininkas, gal taip pat ir Salvatorė, buvo sutikę Dolčiną ir net buvę kartu su juo...

— Tylėk ir neteisk skubotai. Aš pažinau raktininką minoritų vienuolyne. Tiesa, jau po Dolčino istorijos. Tačiau daugelis spiritualų tais laikais, prieš ryždamiesi ieškoti prieglobsčio švento Benedikto ordine, gyveno labai neramiai ir turėjo palikti savo vienuolynus. Nežinau, kur buvo Remigijus prieš mums susitinkant. Žinau tik, jog jis visuomet buvo geras vienuolis, bent jau ortodoksijos požiūriu. O dėl viso kito, deja, kūnas yra silpnas...

— Ką jūs turite galvoje?

— Šie dalykai neskirti tau. Na, bet jei jau pradėjome kalbėtis ir kad galėtum skirti gėrį nuo blogio...— dar kiek padvejojo,— pasakysiu tau, jog girdėjau čia, vienuolyne, kuždantis, kad raktininkas negali atsispirti tam tikroms pagundoms... Bet tai tik paskalos. Tu turi išmokti net negalvoti apie tuos dalykus.— Jis vėl prisitraukė mane arčiau, stipriau apglėbė ir parodė į Mergelės skulptūrą: — Tu privalai išmokti tyrosios meilės. Štai Ta, kurioje moterystė yra išaukštinta. Todėl apie ją gali sakyti, kad yra graži, kaip mylimoji iš „Giesmių giesmės". Jos kūno grožis,— kalbėjo jis palaimingai švytinčiu veidu, kaip kad vakar abatas, pasakodamas apie savo indų auksą ir brangakmenius,— jos kūno grožis yra dangiškų grožybių ženklas, todėl meistras išrėžė ją su visais žavesiais, kuriais turi žavėti moteris.— Jis parodė grakščią iškilią Mergelės krūtinę, kurią laikė apgulusi liemenėlė, viduryje suvarstyta raišteliais, o jų galais žaidė mažos Kūdikėlio rankos.— Matai? Pulchra enim fluitantia licenter, sed leniter restricta, repressa sed non depressa...[19] Ką tu jauti žvelgdamas į šį saldžiausiąjį iš reginių?

Skaisčiai nuraudau, tarytum užlietas vidinės liepsnos. Hubertinas, matyt, tai pajuto, o gal jis pastebėjo mano degančius skruostus, nes tuoj pat pridūrė:

— Bet tu turi išmokti skirti antgamtiškos meilės ugnį nuo geismų siautulio. Tai nelengva net ir šventiesiems.

— Bet kaip atpažinti gerąją meilę? — paklausiau visas virpėdamas.

— Kas tai yra meilė? Nieko nėra pasaulyje, nei žmogaus, nei velnio, nei kito dalyko, kuris man atrodytų toks pat įtartinas, kaip meilė, nes ji įšliaužia į sielą giliau nei kas kitas, ir nėra nieko kito, kas taip pripildytų ir supančiotų širdį, kaip meilė. Todėl per meilę siela nugarma į giliausius pragarus, nebent jei turi ginklų, kuriais jai gali atsispirti. Ir aš manau, kad be Margaritos gundymų Dolčinas nebūtų savęs pražudęs, o be to triukšmingo ir palaido gyvenimo Plikajame kalne ne tokia daugybė būtų buvusi jo maišto pakerėta. Įsidėmėk, šiuos dalykus sakau tau ne vien apie blogąją meilę, kurios visi privalo šalintis kaip velnio išmonės, bet kalbu tai, ir su begaline baime, taip pat ir apie gerąją meilę, kuri gimsta tarp Dievo ir žmogaus, tarp žmogaus ir jo artimųjų. Dažnai nutinka, kad du ar trys, vyrai ar moterys, myli vienas kitą kuo širdingiausiai ir jaučia kits kitam begalinį švelnumą, ir trokšta niekuomet nesiskirti, ir ko vienas geidžia, kitas taip pat. Ir prisipažinsiu tau, jog panašų jausmą patyriau su doriausiomis iš moterų, kaip Angelė ir Klara. Net ir tai yra ganėtinai smerktina, nors tevyksta dvasiškai ir Dievo garbei... Ir meilė, kurią junta siela, jei ne pažabojama, o kuo karščiausiai puoselėjama, vėliau nupuola arba veda į sumaištį. Meilė juk turi daugelį savybių, pirmiausia ji sušvelnina sielą, po to ją susargdina... O dar vėliau siela pajunta tikrąją dieviškosios meilės kaitrą ir šaukia, ir dejuoja, ir tampa į žaizdrą įmestu akmeniu, kad šis ten virstų kalkėmis, ir spragsi laižoma liepsnų liežuvių...

— Ir tai yra geroji meilė?

Hubertinas paglostė man galvą, o aš, pažvelgęs į jį, pamačiau, kad jo akys plūsta ašaromis:

— Taip, tai pagaliau yra geroji meilė.— Jis nuėmė savo ranką nuo mano pečių.— Bet kaip yra sunku,— pridūrė,— kaip sunku atskirti ją nuo kitos. Ir kartais, demonams gundant tavo sielą, jautiesi tarsi pakartas surištomis už nugaros rankomis ir užrištomis akimis, kabantis ant skersinio, besisukantis tuštumoje dar gyvas, tačiau be jokios pagalbos, jokios paramos, be jokios išeities...

Jo veidas dabar buvo šlapias ne tik nuo ašarų, bet ir jį išpylusio prakaito.

— Dabar jau eik,— skubiai tarė jis,— aš pasakiau tau tai, ką norėjai išgirsti. Vienoje pusėje — angelų choras, kitoje — pragaro gelmė. Eik, ir tebūnie pagarbintas Viešpats.

Jis vėl suklupo prieš Mergelę, ir išgirdau jį tyliai kūkčiojant. Jis meldėsi.

Neišėjau iš bažnyčios. Pokalbis su Hubertinu mano sieloje ir kūne įžiebė keistą ugnį ir nenusakomą nerimą. Gal todėl tapau nepaklusnus draudimams ir nutariau pats vienas aplankyti biblioteką. Net nežinojau, ką noriu ten rasti. Troškau pats ištirti tą nežinomą vietą, pakerėtas minties, kad galėsiu ten orientuotis be savo mokytojo pagalbos. Kopiau į ją tarsi Dolčinas į Rubelio kalną.

Turėjau su savim žibintą (kodėl paėmiau jį? gal manyje jau tūnojo tas slaptas kėslas?) ir osarijų perbėgau kone užsimerkęs. Netrukus buvau jau skriptoriume.

Tikiu, jog buvo tai lemtingas vakaras, nes, besmalsaudamas tarp stalų, pastebėjau ant vieno iš jų atverstą rankraštį, kurį kaip tik perrašinėjo už jo sėdėjęs vienuolis. Mane iškart sudomino pavadinimas: „Historia fratris Dulcini Heresiarche". Manau, kad stalas tas buvo Petro iš Sant Albano, nes buvau girdėjęs jį rašant monumentalią erezijos istriją (po to, kas įvyko vienuolyne, jis, aišku, jos neberašo, bet neužbėkime įvykiams už akių). Todėl visai nebuvo keista matyti čia šį tekstą, o kartu ir kitus, panašius, apie patarenus ir flagelantus. Tačiau tai man atrodė ženklas antgamtiškos jėgos, dar nežinau, dangiškos ar pragariškos, ir godžiai palinkau ties tuo, kas buvo parašyta. Tekstas nebuvo ilgas, ir jo pradžia bylojo tai, ką jau pasakojo man Hubertinas, tik daug smulkiau, bet smulkmenų tų dabar jau nepamenu. Ten buvo aprašyta ir daugelis nusikaltimų, padarytų Dolčino sekėjų karo ir apgulties metu. Taip pat ir lemiamas mūšis, buvęs be galo žiaurus. Bet radau ten ir tai, ko neapsakė man Hubertinas, ir surašyta visa tai buvo, matyt, tų įvykių liudytojo, tie įvykiai vis dar audrino jo vaizduotę.

Sužinojau tad, kaip 1307 metų kovą, per Didįjį šeštadienį, Dolčinas, Margarita ir Lionginas, pagaliau suimti, buvo nuvesti į Bielos miestą ir atiduoti vyskupui, laukusiam popiežiaus sprendimo. Popiežius, vos šią naujieną sužinojęs, taip rašė Prancūzijos karaliui Filypui: „Pasiekusios mus geidžiamiausios naujienos, kupinos džiaugsmo ir linksmybės, kad velnias tas, pikto skleidėjas, tas Šėtono vaikas ir siaubingasis ereziarchas Dolčinas po daugelio pavojų, vargų, žudynių ir dažnų kautynių pagaliau su savo šalininkais įkalintas mūsų rūsiuose, padedant garbiajam broliui Ranieriui, Verčelio vyskupui, sučiuptas Viešpaties Šventosios Vakarienės dieną, o daug žmonių, buvusių su juo, užkrato paliestų, tą pat dieną buvo nužudyta". Popiežius belaisviams buvo negailestingas ir paliepė vyskupui nuteisti juos mirti. Taigi tų pačių metų liepą, pirmą mėnesio dieną, eretikai buvo perduoti pasaulietinei valdžiai. Pašėlusiai skambant miesto varpams, jie buvo suvaryti į vežimą, apsupti budelių, o paskui vežimą sekė kariai, ir taip apvežti aplink miestą, o ant kiekvieno kampo nedorėlių kūnai buvo draskomi įkaitintomis žnyplėmis.

Margaritą sudegino pirmą, Dolčino akyse, bet jo veide nesuvirpėjo nė vienas raumuo, kaip ir tuomet, kai įkaitintos žnyplės kandžiojo jo galūnes. Po to vežimas tęsė savo kelionę, o budeliai kaitino savo įnagius induose su degančiais deglais. Dolčinas patyrė ir kitus kankinimus, bet liko nebylus, ir tik kai jie pjovė jam nosį, kiek truktelėjo pečiais, o kai rovė jo vyrišką dalį, išsiveržė duslus atodūsis, lyg kauksmas. Paskutiniai jo žodžiai bylojo, kad neatgailauja, ir perspėjo, jog trečią dieną prisikels iš numirusių. Po to jį sudegino, o pelenus išbarstė pavėjui.

Užverčiau rankraštį drebančiomis rankomis. Dolčinas, kaip man sakė, padarė daug pikto, tačiau sudegintas buvo baisiai. O ant laužo jis elgėsi... kaip? Tvirtai kaip kankinys ar įžūliai kaip prakeiktasis? Lipdamas laiptais aukštyn, į biblioteką, staiga supratau, kodėl esu toks sukrėstas. Prisiminiau vaizdą, matytą tik prieš keletą mėnesių, vos man atvykus į Toskaną. Stebėjausi, kad neprisiminiau jo anksčiau, tarsi mano ligota siela būtų norėjusi ištrinti iš atminties tai, kas slėgė ją it koks inkubas. Tiesą sakant, niekada nebuvau jo užmiršęs, nes kaskart girdėdavau kalbant apie broliukus, mačiau to atsitikimo paveikslus, bet stumdavau juos tuoj pat į tolimiausius sielos kampus, tarytum nuodėmė būtų būti to siaubo liudininku.

Apie broliukus pirmą kartą išgirdau kalbant, kai Florencijoje pamačiau vieną iš jų degant ant laužo. Tai atsitiko prieš pat man Pizoje susipažįstant su broliu Viljamu. Jis kiek vėlavo ten atvykti, ir mano tėvas leido man aplankyti Florenciją, kurios bažnyčių grožį giriant buvome girdėję. Pakeliavau po Toskaną, kad geriau pramokčiau liaudišką italų šneką, ir pagaliau apsistojau savaitei Florencijoje, apie kurią buvau tiek girdėjęs ir kurią pažinti norėjau.

Taip atsitiko, kad vos tik atvykęs išgirdau apie visą miestą sukėlusį įvykį. Kaip tik tomis dienomis buvo rūsčiai tardomas vienas eretikas broliukas, apkaltintas nusidėjimais religijai ir atiduotas vyskupo ir kitų dvasininkų teismui. Paskui tuos, iš kurių šitai išgirdau, nuėjau į teismo vietą ir girdėjau žmones kalbant, kad tas broliukas, vardu Mykolas, tikrai buvęs labai dievobaimingas žmogus, skelbęs atgailą ir neturtą, kartodamas šventojo Pranciškaus žodžius, ir kad jis stojęs prieš teismą per vylių tų moterų, kurios, apsimesdamos norinčios eiti pas jį išpažinties, vėliau jam primetė eretiškus kėslus; ir vyskupo žmonės suėmę jį kaip tik tų moterų namuose, kas mane nustebino, nes Bažnyčios žmogus neturėtų teikti sakramentų taip mažai tam tinkančiose vietose, bet, atrodo, broliukų silpnybė ir buvo tai, kad nepaisė jie visuotinai pripažintų elgesio normų, ir gal buvo dalis tiesos žodžiuose žmonių, prikišusių jiems ne vien ereziją, bet ir abejotinus papročius (taip pat ir apie katarus visuomet buvo sakoma, kad jie yra bulgarai ir sodomitai).

Atvykau prie San Salvatorės bažnyčios, kurioje vyko teismas, bet negalėjau įeiti vidun, nes duris buvo užgulusi didelė minia. Tačiau kai kurie užsiropštė ant palangių ir pakibę ant langų pinučių galėjo matyti ir girdėti viską, kas vyko viduje, ir pasakojo tai stovėjusiems apačioje. Mykolui kaip tik buvo skaitomas jo vakar dienos prisipažinimas, kuriame jis sakęs, jog Kristus ir Jo apaštalai „neturėję kaip nuosavybės jokio daikto nei visi kartu, nei kiekvienas atskirai", o Mykolas prieštaravo, nes raštininkas pridūrė ten dar ir „daug melagingų išvadų", ir šaukė (girdėjau tai net lauke): „Jūs turėsite dėl to atsakyti Teismo dieną!" Bet inkvizitoriai perskaitė prisipažinimą taip, kaip buvo surašę, ir pabaigoje paklausė jį, ar nenorįs nuolankiai pripažinti Bažnyčios ir visų miesto gyventojų nuomonės. Ir girdėjau Mykolą garsiai šaukiant, kad nori pripažinti tik tai, kuo tiki, tai yra kad „Kristus nukryžiuotas neturte, o popiežius Jonas XXII yra eretikas, nes jis teigia priešingai". Po to vyko ilga diskusija, kurios metu inkvizitoriai, iš jų daugelis — pranciškonai, norėjo priversti jį suprasti, jog Raštuose nėra parašyta to, ką jis sako, o jis kaltino juos tuo, kad neigia savo pačių ordino įstatus, tie vėl užsipuolė jį klausdami, ar tik jis nemano suprantąs Raštus geriau už juos, tą dalyką išmanančius. O brolis Mykolas, tikrai labai užsispyręs, neigė tai ir ginčijosi, ir tuomet jie pabandė jį pergudrauti sakydami „o dabar norime, kad tu tikėtum Kristų turėjus nuosavybę, o popiežių Joną esant kataliku ir šventuoju", bet Mykolas, nė nedvejodamas atsakydavo „ne, eretiku". Ir anie kalbėjo dar niekada nematę kito tokio atkaklaus savo nuodėmėje. Bet minioje aplink bažnyčią daugelį girdėjau kalbant, kad yra jis tarytum Kristus tarp fariziejų, ir supratau, jog daugelis tikėjo brolio Mykolo šventumu.

Pagaliau vyskupo žmonės nuvedė jį, sukaustytą grandinėmis, atgal į kalėjimą. O vakare man sakė, jog daug vienuolių, vyskupo draugų, buvo nuėję ten jo įžeisti ir priversti atsižadėti savo tikėjimo, tačiau jis jiems atsakinėjęs kaip žmogus, tvirtai įsitikinęs savo teisumu. Ir jis kartojo kiekvienam, kad Kristus buvęs beturtis ir kad taip sakė ir šventasis Pranciškus, ir šventasis Dominykas, ir jei jis už šios tiesos skelbimą turės degti ant laužo, tuo geriau, nes netrukus galės pamatyti tai, kas Raštuose parašyta, ir dvidešimt keturis Apokalipsės Vyresniuosius, ir Jėzų Kristų, ir šventąjį Pranciškų, ir šlovinguosius kankinius. Ir man pasakojo, jog jis sakęs: „Jei mes taip karštai skaitome kai kurių šventų abatų doktrinas, tai ar neturėtume dar karščiau trokšti ir džiaugtis galėdami atsidurti tarp jų?" Ir girdėdami tai, inkvizi-

toriai ėjo iš rūsio pajuodusiais veidais, pagiežingai šaukdami:
„Jis velnio apsėstas!"

Kitą dieną sužinojom, kad nuosprendis paskelbtas, ir nuėjęs į vyskupiją galėjau pamatyti jį surašytą ir dalį jo persirašiau į savo lentelę.

Jis prasidėjo „In nomine Domini amen. Hec est quedam condemnatio corporalis et sententia condemnationis corporalis lata, data et in hiis scriptis sententialiter pronumptiata et promulgata...[20] ir taip toliau, po to ėjo Mykolo nuodėmių ir kalčių rūstus aprašymas, kurį čia trumpai atpasakosiu, idant skaitytojas galėtų pats apie jas spręsti ir pats teisti:

„Johanem vocatum fratrem Micchaelem Iacobi, de comitatus Sancti Frediani, hominem male condictionis, et possime conversationis, vite et fame, hereticum et heretica labe pollutum et contra fidem cactolicam credentem et affirmantem... Deum pre oculis non habendo sed potius humani generis inimicum, scienter, studiose, appensate, nequiter et animo et intentione exercendi hereticam pravitatem stetit et conversatus fuit cum Fraticellis, vocatis Fraticellis beturčių gyvenimo hereticis et scismaticis et eorum pravam sectam et heresim secutus fuit et sequitur contra fidem cactolicam... et accessit ad distam civitatem Florentie et in locis publicis dicte civitatis in dista inquisitione contentis, credidit, tenuit et pertinaciter affirmavit ore et corde...quod Christus redentor noster non habuit rem aliquam in proprio vel comuni sed habuit a quibuscumque rebus quas sacra scriptura eum habuisse testatur, tatum simplicem facti usum"[21].

Bet ne vien tik tuo jis buvo kaltinamas, o vienas iš nusikaltimų man atrodė ypačiai baisus, nors negaliu tvirtinti (žinodamas, kaip vyko teismas), jog jis tikrai taip teigė. Buvo sakoma, kad minėtasis minoritas tvirtinęs, jog šventasis Tomas Akvinietis nebuvo nei šventasis, nei nusipelnęs amžinojo išganymo, bet, atvirkščiai, buvo prakeiktas ir puolė pragaištin! Nuosprendis baigėsi bausmės aprašymu, nes kaltinamasis atsisakęs pasitaisyti.

"Costat nobis etiam et ex dicta sententia lata per dictum dominum episcopum florentinum, dictum Johannem fore hereticum, nolle se tantis herroribus et heresi corrigere et emendare, et se ad rectam viam fidei dirigere, habentes dictum Johannem pro irreducibili, pertinace et hostinato in dictis suis perversis herroribus, ne ipse Johannes de dictis suis sceleribus et herroribus perversis valeat gloriari, et ut eius pena aliis transeat in exemplum; idcirco, dictum Johannem vocatum fratrem Micchaelem hereticum et scismaticum quod ducatur ad locum iustitie consuetum, et ibidem igne et flammis igneis accensis consrematur et comburatur, ita quod penatus moriatur et anima a corpore separetur"[22].

191

O nuosprendį paskelbus viešai, į kalėjimą atėjo dar daugiau Bažnyčios žmonių, perspėjusių Mykolą apie tai, kas įvyks, ir girdėjau kalbant: „Broli Mykolai, jau paruoštos mitros ir apsiaustai ir išpiešti ant jų broliukai velnių palydoje". Šitaip norėjo jie išgąsdinti jį ir priversti pagaliau atsižadėti. Bet brolis Mykolas atsiklaupė ir taip tarė: „Aš manau, kad prie laužo bus mūsų tėvas Pranciškus, maža to, tikiu, kad ten bus Jėzus su savo apaštalais ir šlovingieji kankiniai Baltramiejus ir Antanas". Taip jis paskutinį kartą atmetė inkvizitorių siūlymus.

Kitą rytą ir aš stovėjau ant vyskupijos tilto, buvo susirinkę inkvizitoriai, prieš kuriuos stojo brolis Mykolas, vis dar sukaustytas grandinėmis. Vienas iš tikinčiųjų suklupo prieš jį, kad gautų palaiminimą, ir tuoj pat buvo sučiuptas karių ir nutemptas į kalėjimą. Po to inkvizitoriai perskaitė nuosprendį nuteistajam ir vėl klausė, ar šis nenori atgailauti. Kiekvieną kartą skelbiant, jog jis yra eretikas, Mykolas atsakydavo: „eretikas nesu, nuodėmingasis — taip, bet katalikas", o minint „garbingąjį ir švenčiausąjį popiežių Joną XXII", Mykolas sakydavo: „ne, jis eretikas". Vyskupui paliepus prieš jį atsiklaupti, Mykolas atkirto, jog prieš eretikus nesiklaupiama. Jie paklupdė jį jėga, ir jis pratarė: „Dievas man atleis". O kadangi buvo jis ten atvestas apsivilkęs visais savo bažnytiniais rūbais, tai juos vieną po kito nuvilko, kol liko jis tik su ilgais baltiniais, Florencijoje vadinamais „cioppa". Ir, kaip įprasta elgtis su dvasininku, kuriam atimami šventinimai, jam įkaitinta geležim nudegino pirštų pagalvėles ir nuskuto plaukus. Po to jis buvo perduotas kapitonui ir jo žmonėms, o tie su juo elgėsi labai atšiauriai ir sukaustę grandinėmis vedė atgal į rūsį, o jis kalbėjo miniai: „per Dominum moriemur"[23]. Jį turėjo sudeginti, kaip sužinojau, tik kitą dieną. O tą dieną jie ir vėl ėjo pas jį ir klausė, ar nenorėtų prieiti išpažinties ir priimti komuniją. Jis atsisakė nusidėti priimdamas šventus sakramentus iš tų, kurie buvo nuodėmėje. Ir čia, manau, jis klydo, nes pasirodė esąs sugadintas patarenų erezijos.

Pagaliau, išaušus bausmės dienos rytui, išvesti jo atėjo gonfalonieras, kuris, kaip man pasirodė, buvo nusiteikęs draugiškai, nes paklausė, kas gi jis toks ir kodėl taip užsispyręs tvirtinąs savo, kai būtų pakakę tik sakyti tai, ką sako visi žmonės, ir sutikti su šventosios motinos Bažnyčios nuomone. Tačiau Mykolas atžagariai atkirto: „Tikiu Kristų neturte nukryžiuotą". Ir gonfalonieras išėjo skėstelėjęs rankomis. Tuomet atėjo kapitonas su savo žmonėmis ir išvedė Mykolą į kiemą, kur vyskupo vikaras dar kartą perskaitė jam ir prisipažinimą, ir nuosprendį. Mykolas ir vėl nutraukdavo jį, kad paneigtų jam taikomas klaidingas pažiūras, o buvo tai dalykai tokie subtilūs, kad dabar jau jų neprisi-

menu, o tuomet nė gerai nesupratau. Bet kaip tik jie ir nulėmė
Mykolo mirtį ir broliukų persekiojimą. Nors negalėjau suprasti,
kodėl Bažnyčios žmonės ir pasaulietinė valdžia taip puola tuos,
kurie nori gyventi neturte ir teigia, jog Kristus neturėjęs žemiškų
turtų. Mat, manau, jei jie ir turėtų ko bijoti, tai visų pirma tų, ku-
rie trokšta gyventi visko pertekę ir grobti kitų pinigus, ir stumti
Bažnyčią į nuodėmę, ir įvesti joje simoniją. Nebegalėdamas il-
giau tylėti, pasakiau šias savo mintis greta stovėjusiam žmogui,
o šis šyptelėjo ir atsakė, kad vienuolis, gyvenantis neturte, tampa
blogu pavyzdžiu žmonėms, nes šie nebenori pripažinti tų vienuo-
lių, kurie neturte negyvena. Be to, pridūrė, tas neturto skelbimas
liaudyje gali sukelti blogas mintis, ir liaudis gali pradėti savo ne-
turtu didžiuotis, o tas didžiavimasis gali paskatinti ją puikybės
kupiniems veiksmams. Ir pagaliau turėčiau žinoti, kad iš nė jam
pačiam neaišku kokio silogizmo išplaukia, jog vienuoliai, skel-
biantys neturtą, atsiduria imperatoriaus pusėje, o tai nepatinka
popiežiui. Kuo puikiausios priežastys, pamaniau, nors ir iš-
sakytas mažai mokyto žmogaus. Tik tuomet aš dar nesupra-
tau, kodėl brolis Mykolas pasmerkia save tokioms kančioms:
kad įtiktų imperatoriui ar sutaikytų religinius ordinus. Ir
tikrai kažkas iš susirinkusių pasakė: „jis ne šventasis, o siųs-
tas Liudviko, kad keltų vaidus tarp miestiečių, ir nors bro-
liukai yra toskaniečiai, tačiau už jų slepiasi imperijos pasiunti-
niai". O kiti kalbėjo: „Betgi jis pamišėlis, velnio apsėstasis, jis
pilnas puikybės ir didžiuojasi kankinio dalia iš prakeikto pasi-
pūtimo, per daug tie vienuoliai skaito šventųjų gyvenimų, ver-
čiau jau jie susirastų sau žmonas!" O dar kiti sakė: „Ne, reikia,
kad visi krikščionys būtų tokie, pasiryžę ginti savo tikėjimą kaip
pagonybės laikais!" Aš, girdėdamas tokias šnekas ir nežinoda-
mas, ką ir manyti, žvelgiau tiesiai į pasmerktojo veidą, kurį kar-
tais užstodavo tarp mūsų vilnijanti minia. Tai buvo veidas žmo-
gaus, stebinčio dalykus, nepriklausančius šiai žemei, jis priminė
man veidus šventųjų, pakerėtų regėjimų, kokius kartais maty-
davau bažnyčių skulptūrose. Ir supratau, ar būtų jis beprotis,
ar pranašas, jis kuo nuoširdžiausiai troško mirti, nes mirdamas
manė nugalėsiąs savo priešą, nesvarbu, kas jis. Ir supratau, kad
jo pavyzdys dar daug kitų atves prie mirties slenksčio. Ir pri-
bloškė mane tokia jų tvirtybė, nes dar ir šiandien nežinau, ar
buvo tuose žmonėse daugiau išdidžios meilės tiesai, kuria tikėjo,
vedančiai į mirtį, ar išdidaus mirties troškimo, leidžiančio jiems
paliudyti savo tiesą, kad ir kokia ji būtų. Ir persmelkia mane
nuostaba ir baimė.

Bet grįžkime prie Mykolo, nes visi jau patraukė ton vieton,
kur bus įvykdyta mirties bausmė.

Kapitonas su savo žmonėmis ištempė jį pro vartus, vilkintį tuo lengvu rūbu, pusiau prasagstytu, jis ėjo plačiu žingsniu, nuleista galva, kartodamas savo maldą, kuri atrodė viena iš kankinių maldų. O minia aplink bangavo neįtikėtinai gausi, ir daugelis šaukė: „Nemirk!". Jis atsakydavo: „Noriu mirti už Kristų", o jam sakė: „Bet tu nemiršti už Kristų", o jis į tai: „Bet už tiesą". Pasiekus vietą, vadinamą Prokonsulo kampu, kažkas sušuko jam, kad melstų Viešpatį už juos visus, ir jis palaimino minią. O ties Šventąja Liperata vienas jam tarė: „Beproti tu, patikėk popiežium", jis atsakė: „Tą savo popiežių jūs pavertėte dievu" ir pridūrė: „Tie jūsų popiežiai gerai jus apdirbo" (tai, kaip man paaiškino, buvo Toskanos dialekto žodžių žaismas, arba sąmojis, kai popiežiai sulyginami su gyvuliais), ir visi apstulbo, kad jis dar juokauja eidamas mirti.

Ties šventuoju Jonu jam šaukė: „Gelbėk gyvenimą!", o jis atsakė: „Gelbėkitės jūs nuo nuodėmių!"; ties Senąja Turgaviete jam šaukė: „Gelbėkis, gelbėkis!", o jis atsakė: „Gelbėkitės jūs nuo pragaro"; ties Naująja Turgaviete jam kaukė: „Atgailauk, atgailauk!", o jis kalbėjo: „Atgailaukite už savo turtus". Pasiekus Šventojo Kryžiaus bažnyčią, jis pamatė ant laiptų savo ordino brolius ir prikišo šiems, kad nesilaiko šventojo Pranciškaus priesakų. Kai kurie iš jų tik patraukė pečiais, o kiti iš gėdos nuleido žemai gobtuvus, idant paslėptų savo veidus.

Einant Teisingumo Vartų link, daugelis jam sakė: „Atsižadėk, atsižadėk, nenorėk mirti", o jis į tai: „Kristus mirė už mus". Jie tuomet atšovė: „Betgi tu ne Kristus, tau nereikia mirti už mus!", o jis jiems: „Bet aš noriu mirti už jį!" Priėjus Teisingumo Lanką, kažkas jį paklausė, kodėl negalėtų padaryti taip, kaip vienas brolis, jo vyresnysis, kuris atsižadėjo. Mykolas atsakė, jog jis neatsižadėjęs, ir mačiau daugelį minioje pritariant jam ir raginant būti tvirtą: taip aš ir kiti supratome, jog yra tai jo sekėjai, ir pasitraukėme nuo jų.

Pagaliau išėjome pro vartus, ir prieš akis mums iškilo laužas, arba, kaip čia jį vadino, trobelė, nes medis buvo sukrautas kaip trobos stogas, o aplink atovėjo ginkluoti raiteliai ir nieko arlyn neprileido. Ir ten brolį Mykolą pririšo prie stulpo. Išgirdau dar vieną šaukiant: „Bet kas gi yra tai, už ką tu nori mirti?, o jis atsakė: „Tai yra tiesa, gyvenanti manyje, kurios negalima paliudyti kitaip, kaip tik mirtimi". Uždegė ugnį. Brolis Mykolas, baigęs giedoti „Credo", dabar pradėjo „Te Deum". Jis sugiedojo gal aštuonis posmus, po to perlinko, lyg čiaudėdamas, ir susmuko ant žemės, nudegus jį laikiusiems raiščiams. Jis jau buvo negyvas, nes mirštama pirmiau nei sudega visas kūnas, dėl to nepakeliamo karščio sprogus širdžiai ir dūmams užplūdus visą krūtinę.

Po to lyg deglas supleškėjo ir visa troba, nušvisdama akinančia pašvaiste, ir jei ne vargšas apanglėjęs Mykolo kūnas, kurį dar buvo galima matyti tarp žaižaruojančių medžių, sakytum, kad stovi prieš liepsnojantį krūmą. Ir buvau taip arti regėjimo (prisiminiau tai kopdamas laiptais aukštyn į biblioteką), kad mano lūpos pačios ėmė šnibždėti ekstazės žodžius, skaitytus šventosios Hildegardos knygose: „Liepsną sudaro nuostabus vaiskumas, įgimta galia ir ugninė kaitra, bet nuostabusis vaiskumas yra tam, kad šviestų, o ugninė kaitra — tam, kad degintų".

Prisiminiau Hubertino žodžius apie meilę. Ant laužo liepsnojančio Mykolo vaizdas susipynė su Dolčino vaizdu, o šis — su vaizdu gražiosios Margaritos. Vėl pajutau tą keistą nerimą, apėmusį mane bažnyčioje.

Stengdamasis apie tai negalvoti, ryžtingai pasukau labirinto link. Pirmą kartą atsidūriau čia vienas, nuo žibinto šviesos ant grindų nutįsę ilgi šešėliai baugino visai taip pat, kaip ir praeitos nakties regėjimai. Kiekvieną akimirką bijojau stoti prieš kitą veidrodį, nes tokie jau veidrodžių kerai, kad nors ir žinai, jog tai — tik veidrodžiai, jie vis tiek tau kelia nerimą.

Kita vertus, nė nesistengiau kaip nors orientuotis nei išvengti kambario su smilkalais, sukeliančiais vizijas. Ėjau lyg apimtas karštligės, nė nežinodamas, kur norėčiau patekti. Iš tikro netoli tenuėjau, nes greit vėl atsidūriau septynkampėje salėje, per kurią čia buvau patekęs. Ant stalo pamačiau knygas, kurių, kaip man atrodė, praeitą vakarą ten nebuvo. Spėjau, jog tai knygos, kurias Malachijas bus paėmęs iš skriptoriumo, bet dar nespėjęs grąžinti jų į vietas. Nežinojau, ar toli esu nuo kambario su smilkalais, bet jaučiausi apdujęs, gal dėl kokios nors oro srovės, iki čia atnešusios jų svaiginančią galią, o gal dėl tų dalykų, apie kuriuos iki šiol galvojau. Atverčiau vieną gausiai iliustruotą knygą, atkeliavusią čionai, kaip sprendžiau iš stiliaus, iš tolimosios Tulės vienuolynų.

Puslapyje, kur prasidėjo šventoji Evangelija pagal apaštalą Marką, mane pribloškė liūto paveikslas. Tai tikrai buvo liūtas, nors gyvo jo niekada nebuvau regėjęs, ir iliuminatorius tiksliai pakartojo jo bruožus, matyt, įkvėptas liūtų, matytų Hibernijoje, toje siaubingų padarų žemėje, ir įsitikinau, jog šiame žvėryje, kaip kad parašyta ir „Fiziologe", tuo pat metu gyvi bruožai pačių baisiausių ir pačių didingiausių dalykų. Šis paveikslas atrodė man kartu ir priešo, ir Kristaus, Mūsų Viešpaties, atvaizdas, ir nežinojau, pagal kokį simbolių raktą turiu jį suprasti, todėl visas drebėjau, tiek iš baimės, tiek ir dėl vėjo, pūtusio pro plyšius sienose. Liūto, į kurį žvelgiau, iššiepti nasrai buvo pilni aštrių dantų, o galva buvo šarvuota tarsi gyvatės, milžinišką kūną rėmė keturios letenos su smailiais, plėšriais nagais, o jo kailis priminė vieną iš tų kilimų, kuriuos vėliau mačiau vežamus iš Rytų: tarp žalių ir raudonų žvynų ryškėjo geltoni lyg maras, baisūs, tvirti griaučiai. Geltona buvo ir uodega, nusivijusi iki pat galvos, jos paskutinis užraitas buvo apaugęs baltų ir juodų plaukų kuokštais.

Nors ganėtinai apstulbintas liūto (ir vis atsigręždamas, tarytum laukčiau panašų žvėrį tuoj tuoj išnyrant man už nugaros), nusprendžiau perversti ir kitus lapus ir Evangelijos pagal Matą pradžioje pamačiau atvaizdą vyro, nežinia kodėl įbauginusio mane dar labiau nei liūtas: veidas jo buvo žmogaus, bet visas kūnas nuo kaklo ligi žemės buvo įvilktas tarsi į kokį kietą arnotą, ir arnotas tas, arba šarvai, inkrustuotas buvo raudonais ir geltonais brangakmeniais. Galva jo, mįslingai styranti virš tos rubinų ir topazų tvirtovės, pasirodė man (kokiu nepraustaburniu pavertė mane baimė!) kaip paslaptingojo žudiko, kurio nematomais pėdsakais mes dabar sekėme. Vėliau supratau, kodėl taip glaudžiai siejau žvėrį ir šarvuotąjį vyrą su labirintu: abu jie, kaip ir kitos tos knygos būtybės, niro iš painaus labirintų rašto, kurio onikso ir smaragdo linijos, chrizofazo gijos, berilo juostos priminė man salių ir perėjimų kamuolį, kuriame dabar buvau. Mano žvilgsnis klaidžiojo akinamai įstabiais puslapio takais, kaip kad mano kojos klaidžiojo painiais bibliotekos vingiais, ir šiame pergamente pamačius savo klajonių atspindį, širdį man užliejo nerimo banga, ir įtikėjau, jog kiekviena iš tų knygų, paslaptingai kikendama, pasakoja man šios akimirkos istoriją. „De te fabula narratur"[24], — tariau sau ir klausiau save, ar tuose puslapiuose nėra taip pat ir mano ateities atspindžių.

Atverčiau kitą knygą, ir ji man pasirodė esanti ispaniškos mokyklos. Jos spalvos buvo labai ryškios, raudonis švietė lyg kraujas ar ugnis. Tai buvo apaštalo apreiškimo knyga, ir, kaip ir vakar vakare, atverčiau ją toje vietoje, kur pavaizduota buvo mulier amicta sole. Tačiau nebuvo tai ta pati knyga, miniatiūra buvo kita, jos autorius labiau išryškino moters bruožus. Palyginau jos veidą, krūtinę, klubų linkį su Mergelės skulptūra, tyrinėta kartu su Hubertinu. Bruožai skyrėsi, bet ir ši mulier atrodė man labai graži. Norėdamas nuvyti tas mintis, perverčiau dar kelis lapus. Bet ir ten radau moters atvaizdą, tik šį kartą buvo tai Babilono ištvirkėlė. Ne tiek priblokšė mane jos bruožai, kiek mintis, kad ir ji yra tokia pat moteris, kaip ir ta kita, betgi šioje buvo indas visų ydų, o toji — indas visų dorybių. Tačiau abiejų jų bruožai buvo moteriški, ir staiga pradėjau nebesuprasti, kas jas skiria. Vėl pajutau vidinį jaudulį, Mergelės bažnyčioje atvaizdas susiliejo su gražiosios Margaritos paveikslu. „Esu prakeiktas! —

tariau sau.— Arba pamišęs." Ir nusprendžiau nelikti bibliotekoje nė minutės ilgiau.

Laimei, laiptai buvo čia pat. Puoliau žemyn, nepaisydamas pavojaus suklupti ar užpūsti žibintą. Mirksniu atsidūręs po erdviais skriptoriumo skliautais, nė nestabtelėjau, tik šokau žemyn laiptais, vedusiais į refektorių.

Ten pagaliau sustojau, sunkiai alsuodamas. Pro langus švietė mėnulis, tą naktį itin ryškus, ir žibintas, būtinas bibliotekos salėse ir galerijose, čia buvo veik nereikalingas. Bet neužpūčiau jo, lyg ieškodamas paramos. Vis dar negalėjau atsikvėpuoti ir pagalvojau, jog būtų neblogai išgėrus vandens, kad kiek atslūgtų įtampa. Virtuvė buvo čia pat, ir aš, perkirtęs refektorių, atsargiai pravėriau duris, vedusias į Buveinės pirmo aukšto antrąją pusę.

Tačiau čia mano baimė ne tik kad nesumenkėjo, bet dar labiau išaugo. Mat tuoj pamačiau, kad virtuvėje prie duonkepės krosnies kažkas yra. Tiksliau, pastebėjau tame kampe degant žibintą ir nusigandęs iškart užpučiau savąjį. Mano išgąstis, matyt, persidavė ir anam (ar aniems), nes tuoj užgeso ir tas žibintas. Bet veltui, nes naktis buvo pakankamai šviesi, kad pamatyčiau vieną ar kelis susipynusius šešėlius, nutįsusius ant grindų.

Pastėręs nedrįsau pajudėti nei atgal, nei pirmyn. Išgirdau kažkokį trūkčiojantį garsą, kaip man pasirodė, prislopintą moters balsą. Po to nuo beformės grupės, tamsuojančios prie krosnies, atsiskyrė juodas kresnas šešėlis ir pasileido bėgti prie lauko durų, kurios, matyt, nebuvo užsklęstos, o tik privertos, uždarydamas jas paskui save.

Likome dviese: aš — refektoriaus ir virtuvės tarpduryje, o tas neapibrėžtas dalykas — ties krosnimi. Dalykas neapibrėžtas ir, kaip čia pasakius, inkščiantis. Tikrai iš šešėlio pusės sklido lyg stenėjimas, lyg prislopintas verksmas, lyg ritmiškas kūkčiojimas, sukeltas baimės.

Niekas bijančiam nesuteikia tiek drąsos, kiek kito baimė; bet ne narsa pastūmėjo mane prie šešėlio. Greičiau, sakyčiau, buvo tai svaigulys, panašus į tą, apėmusį mane, kai mačiau regėjimus. Virtuvėje tvyrojo kvapas, panašus į smilkalų, užuostų aną naktį bibliotekoje. Gal tai nebuvo tos pačios žolės, tačiau mano įaudrintai juslei jų poveikis buvo visiškai toks pat. Pajutau aitrų kvapą traganto, alūno ir vynakmenio, naudojamo virėjų vynui aromatizuoti. O gal, kaip sužinojau vėliau, buvo tai kvapas tomis dienomis verdamo alaus (šioje šiaurinėje pusiasalio dalyje labai vertinamo), kurį čia darė, kaip ir mano krašte, su viržiais, pelynais, balų mirta ir miškų rozmarinu. Tie visi kvapai kuteno šnerves ir svaigino galvą.

Ir racionaliajam instinktui jau šaukiant man „vade retro!" ir traukiant tolyn nuo to rypuojančio daikto, sukubo, siųsto piktosios dvasios, kažkokia geismo jėga stūmė mane pirmyn, tarytum skubėčiau dalyvauti neregėtame stebukle.

Taip ėjau aš artyn prie šešėlio, kol pro langus krintančioje mėnulio šviesoje išryškėjo moteris, visa drebanti iš baimės ir spaudžianti prie krūtinės ranką su ryšuliu, atatupsta besitraukianti prie krosnies angos.

Tepadeda man Dievas, Švenčiausioji Mergelė ir visi rojaus šventieji apsakyti jums tai, kas po to įvyko. Drovumas, garbinga mano padėtis (nūnai esu senas vienuolis šiame gražiame Melko vienuolyne, taikos ir ramios meditacijos vietoje) pataria man būti dievobaimingai atsargiam. Tereikėtų pasakyti, kad nutiko kažkas bloga, ką kartoti būtų nedora, ir tuomet nedrumsčiau nei savo, nei brangaus mano skaitytojo ramybės.

Betgi buvau pasižadėjęs pasakyti apie tuos tolimus įvykius visą tiesą, nes ji yra nedaloma, ji švyti savąja šviesa ir nepriklauso nei nuo mūsų poreikių, nei nuo mūsų gėdos. Betgi sunkiausia nupasakoti tai, kas nutiko, ne taip, kaip regiu dabar (net jei ir šiandien atmenu viską kankinamai gyvai, ir nežinau, ar tai atgaila, taip įrėžusi mano atmintin anuos vaizdus ir mintis, ar tai tos atgailos stoka vis dar drasko mane, žadindama sielvarto kupinoje širdyje visas patirtos gėdos smulkmenas), bet kaip jaučiau tai ir regėjau tuomet. Ir galiu padaryti šitai tiksliai, kaip metraštininkas, nes net užmerktomis akimis ne tik galiu pakartoti viską, ką anuomet dariau, bet ir viską, ką galvojau, tarsi perrašyčiau tąkart surašytą pergamentą. Todėl privalau tęsti kaip pradėjęs, ir tesaugo mane Mykolas Archangelas, idant pamokyčiau būsimuosius skaitytojus, ir nuplakdamas save už nuodėmę noriu dabar apsakyti, kaip jaunuolis gali pakliūti į šėtono pinkles, kad taptų jos žinomos ir matomos ir kad tas, kuris ir vėl jas sutiks, galėtų be vargo jas pažinti ir sunaikinti.

Taigi, buvo tai moteris. Ką aš sakau, mergaitė. Iki tol (o, ačiū Dievui, ir po to) mažai teturėjęs artimų ryšių su šios lyties būtybėmis, negalėjau nusakyti jos metų. Žinau, kad buvo ji jauna, kone paauglė, gal šešiolikos ar aštuoniolikos pavasarių, o gal dvidešimties, ir pribloškė mane ta žmogiška šiluma, kuria alsavo jos kūnas. Ji nebuvo regėjimas, ir man atrodė valdė bona[25]. Gal dėl to, kad visa virpėjo it paukštelis žiemą, verkė ir be galo manęs bijojo.

Tad manydamas, jog kiekvieno doro krikščionio pareiga yra padėti artimam savo, priėjau prie jos kupinas švelnumo ir taisyklinga lotynų kalba tariau, jog nereikia bijoti, nes esu draugas, šiaip ar taip, tikrai ne priešas, o jau tikrai ne tas priešas, kurio galbūt ji taip pabūgusi.

198

Matyt, mano žvilgsnio šiluma tą būtybę nuramino, ir ji prisiartino prie manęs. Pajutau, kad lotyniškai ji nesupranta, ir instinktyviai prabilau savo gimtąja vokiečių kalba, kas ją labai nugąsdino, nežinau, ar šiurkštūs aspiruoti garsai, tokie neįprasti šio krašto žmonėms, ar tai, kad tie garsai priminė jai kokią nors kitą patirtį su mano žemių kariais. Tuomet nusišypsojau prisiminęs, jog mostų ir veido kalba suprantama plačiau nei žodžių kalba, ir ji nurimo. Ji man irgi nusišypsojo ir kažką pasakė.

Prastai mokėjau jos liaudies kalbą, o jos tarmė skyrėsi nuo to trupučio, kurį buvau pramokęs Pizoje, tačiau iš balso skambesio supratau, kad sako ji kažką švelnaus, panašaus į „Esi jaunas, esi gražus..." Novicijui, vakystę praleidusiam vienuolyne, retai tenka girdėti žodžius apie savo grožį; atvirkščiai, visą laiką kartojama, kad kūno grožis — laikinas ir menkavertis: betgi piktojo spąstai yra begaliniai, ir, prisipažinsiu, ši užuomina apie mano grožį, nors ir kokia melaginga, maloniai glostė ausis ir kėlė nesuvaldomą jaudulį. Juo labiau kad mergaitė, tai tardama, ištiesė ranką ir pirštų galiukais palytėjo mano skruostą, tuomet visai dar bebarzdį. Pajutau svaigulį užliejant mano kūną, bet širdyje dar nebuvo nė šešėlio nuodėmės. Tokia jau milžiniška šėtono galia, kai nori jis mus išbandyti ir ištrinti mūsų sieloje palaimos pėdsakus.

Ką patyriau? Ką mačiau? Žinau tik, jog tą pirmąją akimirką mano jausmai neturėjo jokios išraiškos, nes mano liežuvis ir mano protas nebuvo išmokyti apsakyti šios rūšies pojūčių. Kol prisiminiau kitus iš širdies plaukiančius žodžius, girdėtus kitu laiku ir kitose vietose, tikrai sakytus kitu tikslu, bet nuostabiai derančius su mano džiugesiu tą akimirką, tarsi jie būtų gimę kaip tik jam išreikšti. Žodžiai, slypėję mano atminties urvuose, nutūpė ant mano (nebylių) lūpų, ir užmiršau, kad Raštuose ir šventųjų knygose jie buvo skirti daug skaistesnei tikrovei reikšti. Bet ar tikrai yra skirtumas tarp palaimos, apie kurią kalbėjo šventieji, ir to, ką tą akimirką jautė mano sujaudrinta siela? Tą minutę man išnyko budrus skirtumo pojūtis. Kas kaip tik ir yra, manau, kritimo tapatumo prarajon ženklas.

Staiga mergaitė pasirodė man tarsi mergelė, juoda, bet graži, apie kurią rašo „Giesmių Giesmė". Ji vilkėjo palaike rupaus audinio suknele, begėdiškai atlapota ties krūtine, o kaklą jos dabino spalvotų akmenėlių vėrinys, manau, labai pigus. Tačiau galva jos išdidžiai kilo ant balto lyg dramblio kaulo bokštas kaklo, akys buvo skaidrios lyg Hesebono tvenkiniai, jos nosis buvo lyg Libano bokštas, jos plaukai tarsi purpuras. Taip, plaukai jos atrodė man lyg ožkų banda, jos dantys — avių kaimenės, grįžtančios iš maudyklės, jos visos veda po dvynius ir bergždžios tarp jų nerasi. „Kokia tu graži, mylimoji, kokia tu graži,— sumurmėjau,— tavo plaukai — ožkų banda, kuri leidžias nuo Gileado, raudonas kaspinas tavo lūpos, perskeltas granatas tavo skruostai, Dovydo bokštas tavo ištiestas kaklas, tūkstantis skydų tenai pakabinta." Ir klausiau savęs išsigandęs ir pakerėtas, kas gi buvo ta, kuri patekėjo prieš mane kaip aušrinė, skaisti tarsi mėnuo, šviesi tartum saulė, terribilis ut castrorum acies ordinata[26].

Tuomet būtybė ta dar labiau priartėjo prie manęs, numetė šalin tamsų ryšulį, iki tol glaustą prie krūtinės, vėl pakėlė ranką, ir dar kartą palytėjo mano skruostą, kartodama tuos pačius žodžius. Ir nesuvokiau, bėgti tolyn ar glaustis artyn, o galvoje gaudė, tarytum Jošua trimitai, griaunantys Jerichono sienas, tuo pat metu troškau ir bijojau ją paliesti, o ji kuo džiugiausiai nusišypsojo, slopiai atsiduso tarsi susigraudinusi ožkelė, atrišo kaspinus, kuriais ties krūtine buvo suvarstyta suknelė, išniro iš jos ir stojo prieš mane kaip kad Ieva stojo prieš Adomą Edeno soduose. „Pulchra sunt ubera quae paululum supereminent et tument modice",— sumurmėjau kartodamas iš Hubertino išgirstą frazę, nes krūtys jos atrodė man lyg du dvyniai gazelės, besiganantys tarp lelijų, o bamba apvali lyg taurė, kurioje niekad netrūksta svaiginančio vyno, pilvas jos — pėdas varpų, apkaišytas lelijom.

— O sidus clarum puelarum,— sušukau,—o porta clausa, fons hortorum, cella custos unguentorum, cella pigmentaria![27] — ir visai to nenorėdamas prigludau prie jos kūno, ir pajutau jo šilumą, ir užuodžiau iki tol nepažintų balzamų aitrų kvapą. Prisiminiau: „Sūnau, atėjus beprotiškai meilei, bejėgis yra žmogus!" ir supratau: kad ir kas būtų tai, ką jutau dabar, piktojo pinklės ar dangaus dovana, esu bejėgis prieš tą trauką, užvaldžiusią mane, ir sušukau: „Oh langueo!"[28] ir „Causam languoris video nęc caveo!"[29], nes lūpos jos dvelkė rožėmis, ir gražios buvo jos pėdos, apautos sandalais, ir kojos jos buvo tarytum dvi kolonos, ir kaip žiedas, nagingai nukaltas, buvo jos šlaunų išlenkimai. O, meile, malonumų dukra, tavo plaukų sruogos surišo karalių, murmėjau sau, ir jau prapuoliau jos glėbyje, ir kartu mes susmukome ant plikų virtuvės grindų, ir jau nežinau, ar savo valia ar jos padedamas, išsilaisvinau iš novicijaus abito, ir nesigėdinome mūsų kūnų, ir cuncta erant bona[30].

Ir ji bučiavo mane savo burna, jos glamonės svaigino labiau už saldžiausią vyną, ir nepaprastas buvo jos kvapas, ir gražus buvo jos kaklas tarp perlų, o skruostai tarp auskarų, kokia tu graži, mylimoji, kokia tu graži, tavo akys — balandės po garbanom (kalbėjau), atskleisk man savo veidą, leisk išgirsti tavo balsą, nes tavo balsas darnus, o veidas neapdainuojamas, aš pamišau iš meilės, o mano sese, aš pamišau nuo vieno tavo žvilgsnio, nuo vieno tavo vėrinio perliuko, varvantis korys yra tavo lūpos, medus ir pienas po tavo liežuviu, tavo alsavimas kaip obuoliai, tavo krūtys kaip kekės, tavo krūtys kaip vynuogių kekės, tavo burna kaip saldžiausias vynas, kur trykšta tiesiai į mano meilę ir teka lūpomis ir dantimis... Sodo šaltinis, nardas ir šafranas, ajeras ir cinamonas, mira ir alavijas, aš valgiau savo korį ir savo medų, gėriau savo vyną ir savo pieną, kas buvo, kas buvo tą, kuri patekėjo kaip aušrinė, skaisti tarsi mėnuo, šviesi tartum saulė, rūsti tarsi priekinis pulkas?

O, Viešpatie, kai siela pakerėta, tuomet didžiausia dorybė yra mylėti tai, ką matai (juk tiesa?), didžiausia laimė — turėti tai, ką turi, tuomet gyvenimo palaima geriama tiesiog iš ištakų (ar nebuvo tai jau pasakyta?), tuomet pajuntamas skonis tikrojo gyvenimo, kuris mums skirtas amžinybėje, kartu su angelais... Taip galvojau, ir atrodė man, jog pranašystės pagaliau išsipildė, o mergaitė pripildė mane nenusakomos saldybės, ir atrodė, kad mano kūnas — tai viena didelė akis, ir iš priekio, ir iš nugaros, ir staiga pamačiau viską, kas supo mane. Ir supratau, kad iš to, kas yra meilė, kadaise gimė vienybė ir gėris, ir švelnumas, ir bučinys, ir glamonė, ir tai jau buvau girdėjęs manydamas, jog kalbama apie ką kita. Ir tik akimirką, kai mano džiaugsmas jau kone siekė viršūnę, pamaniau, kad galgi dabar, naktį, patiriu valią dienovidžio demono, pasmerkto pagaliau pasirodyti visa savo demoniška prigimtimi sielai, ekstazėje klausiančiai, „kas esi?", to, kuris moka užburti sielą ir suvedžioti kūną. Bet tuoj pat įtikėjau, jog tikrai velniškos buvo kaip tik mano dvejonės, nes negalėjo būti nieko geresnio, teisingesnio, šventesnio už tai, ką jutau dabar, sulig kiekviena akimirka vis saldžiau ir saldžiau. Kaip lašelis vandens, patekęs į vyno ąsotį, ištirpsta jame, įgaudamas vyno spalvą ir skonį, kaip įkaitinta geležis tampa panaši į ugnį, prarasdama pirmykštę savo formą, kaip oras, užlietas saulės spindulių, tampa be galo vaiskus ir tyras, kad neatrodo jau tik nušviestas oras, bet pati šviesa, taip ir aš pajutau, kad mirštu tirpdamas švelnioj nebūty, ir teturėjau jėgų sušnibždėti psalmės žodžius: „Štai krūtinė mano lyg sandariai užkimštas jaunas vynas, kuris sudrasko naujus vynmaišius", ir pamačiau akinančią šviesą, o joje safyro spalvos pavidalą, kuris degė visas liepsna, saldžia ir spindulinga, ir ta nuostabi šviesa pasklido po visą spindulingą liepsną, o spindulingoji liepsna pasklido po visą švytintį pavidalą, o ta akinanti šviesa ir ta spindulinga liepsna — po visą pavidalą.

Kai, kone nualpęs, nukritau ant kūno, su kuriuo buvau susijungęs, paskutiniam gyvybės atodūsyje supratau, kad liepsną sudaro nuostabus vaiskumas, įgimta galia ir ugninė kaitra, bet nuostabusis vaiskumas yra tam, kad šviestų, o ugninė kaitra — tam, kad degintų. Tuomet aš suvokiau prarają ir kitas, tolesnes prarajas, su ja susijusias.

Dabar, kai drebančia ranka (ir nežinau, ar bjaurėdamasis nuodėme, apie kurią pasakoju, ar nuodėmingai ilgėdamasis to, ką patyriau) rašau šias eilutes, pastebiu, jog tais pat žodžiais aprašiau ir savo nedoriausią tos akimirkos ekstazę, ir ugnį, kuri degino iškankintą broliuko Mykolo kūną. Ir neatsitiktinai mano ranka, klusni sielos tarnaitė, užrašė tuos pačius žodžius šiom dviem tokiom skirtingom patirtim, nes, matyt, vienodai išgyvenau jas tuomet, kai patyriau, ir dabar, kai šiame pergamente bandžiau jas abi atgaivinti.

Yra tokia paslaptinga išmintis, kuri reiškinius, tarpusavy skirtingus, pavadina tais pačiais žodžiais, ta pati išmintis, kuri dangiškuosius dalykus apsako žemiškaisiais vardais, o dviprasmiais simboliais Dievą pavadina liūtu ar leopardu, mirtį — žaizda, džiaugsmą — liepsna, liepsną — mirtim, mirtį — praraja, prarają — pražūtim, pražūtį — alpuliu, o alpulį — aistra.

Kodėl aš, dar berniukas, ne tik vadinau sukrėtusią mane kankinio Mykolo mirties ekstazę žodžiais, kuriais šventoji įvardijo gyvenimo (dangiškojo) ekstazę, bet ir negalėjau tais pat žodžiais neįvardinti žemiškojo malonumo ekstazės (nuodėmingos ir trumpalaikės), kuri iškart po to pasirodė man mirties ir išnykimo pojūčiu? Bandau dabar svarstyti ir tai, kaip jutau, nors skyrė juos keletas mėnesių, tuos du dalykus, kartu ir žavinčius, ir skausmingus, ir tai, kaip tąnakt vienuolyne, vos per keletą valandų, prisiminiau vieną iš jų, o patyriau — kitą, ir dar tai, kaip dabar išgyvenau juos abu, vienu metu, rašydamas šias eilutes, ir kaip tris kartus atpasakojau juos žodžiais visai skirtingo jausmo, patirto šventosios sielos, sunaikinančios save dieviškame regėjime. Ar nepiktažodžiavau aš (tuomet, dabar)? Kas rišo Mykolo mirties geismą, susižavėjimą, apėmusį mane pamačius liepsną, laižančią jo kūną, geismą kūniško susijungimo, patirto su šia mergaite, mistišką drovumą, su kuriuo jį alegoriškai atpasakojau, ir tą geismą džiugaus išnykimo, pastūmėjusį šventąją mirtį iš meilės, kad gyventų ilgiau ir per amžius? Ar įmanoma tokius daugiareikšmius dalykus apsakyti tokiais vienareikšmiais žodžiais? Bet yra tai, atrodo, kaip tik tas mokymas, kurį paliko mums garsiausias iš daktarų: omnis ergo figura tanto evidentius veritatem demonstrat quanto apertius per dissimilem similitudinem figuram se esse et non veritatem probat[31]. Bet jei meilė liepsnai ir prarajai yra meilės Dievui figūros, ar gali jos būti taip pat ir meilės mirčiai ir meilės nuodėmei figūromis? Taip, lygiai kaip liūtas ir žaltys yra vienu metu ir Kristaus, ir demono figūros.

Interpretacijos teisingumą tegali duoti tėvų autoritetas, bet mane kankinančiu atveju neturiu auctoritas, į kurį galėtų kreiptis klusnus mano protas, ir degu abejone (ir štai vėl iškyla ugnies figūra, kad apibrėžtų mane naikinančią tiesos tuštumą ir klaidos pilnatvę!) Kas gi vyksta, o Viešpatie, mano sieloje dabar, kai įsuko mane prisiminimų sūkurys ir kartu įžiebiau skirtingus laikus, lyg kėsinčiaus suardyti žvaigždžių tvarką ir jų judėjimo danguje seką? Tai pranoksta mano nuodėmingos ir ligotos išminties galimybes. Grįžkim verčiau prie užduoties, kurią pats sau nužemintai paskyriau. Pasakojau apie tą dieną ir apie sumaištį jausmų, užplūdusių mane. Taigi, pasakiau viską, ką apie tai prisiminiau, ir tesustoja čia mano trapi ištikimo ir teisingo metraštininko plunksna.

Gulėjau, nežinau, ar ilgai, ir mergaitė prie šono. Jos ranka vis dar lengvai glostė mano kūną, dabar šlapią nuo prakaito. Jutau vidinį džiaugsmą, bet nebuvo tai ramybė, o lyg paskutiniai po pelenais dar rusenančio laužo ugnies plyksniai, nors pati liepsna seniai jau buvo mirusi. Nedvejodamas pavadinčiau palaimintu tą, kuriam šiame gyvenime nors retsykiais skirta (šnibždėjau tarsi sapne) patirti ką panašaus (ir tikrai, patyriau tai tik tą vieną kartą), nors ir kaip trumpai, nors tik vieną mirksnį. Tarsi žmogus daugiau nebegyvuotų, nebejaustų, ar esąs, būtų sumenkintas, kone sunaikintas, ir jei kas iš mirtingųjų (kalbėjau sau) galėtų tik vieną akimirką, ir labai greitai, patirti tai, ką patyriau aš, jis kaipmat šnairai pažvelgtų į šį sugedusį pasaulį, pajustų kasdienio gyvenimo nuodus ir savo mirtingojo kūno begalinę naštą... Bet argi ne to mane mokė? Tas visos mano sielos troškimas užsimiršti palaimoje tikrai buvo (dabar tai suprantu) amžinosios saulės švytėjimas, o džiaugsmas, jos sukeltas, atveria, išplečia, didina žmogų, ir jame atsivėrusios bedugnės nebegalima taip lengvai užverti, nes ji — žaizda meilės kirčio, ir nėra šioje žemėje nieko saldesnio ir baisesnio. Tačiau tokia jau saulės teisė, ji varsto sužeistąjį savo spinduliais, ir visos žaizdos atsiveria, žmogus atsiveria ir išsiplečia, atsiveria jo gyslos, ir jėgos jo per menkos, kad galėtų vykdyti gautus paliepimus, ir valdo jas vien troškimas, ir siela liepsnoja smegdama prarajon to, ką liečia šiuo metu, matydamas savo troškimą ir savo tiesą nugalėtus tikrovės, kurioje gyveno ir gyvena. Ir apstulbęs stebi savo nuopuolį.

Panirau į tokį nenusakomą vidinį džiaugsmą, kad užsnūdau.

Kai po kiek laiko pravėriau akis, mėnulis, gal dėl užplaukusių debesų, švietė daug silpniau. Ištiesiau ranką, bet neužčiuopiau mergaitės kūno. Pasukau galvą: jos jau nebuvo.

Dingus tai, kuri sužadino mano geismą ir numalšino mano

troškulį, iškart pajutau ir to geismo tuštybę, ir troškulio nedorą. Omne animal triste post coitum[32]. Supratau nusidėjęs. Dabar, po tiekos metų, nors vis dar karčiai apraudu savo paklydimą, negaliu užmiršti, jog tą vakarą patyriau begalinį džiaugsmą, ir meluočiau Aukščiausiajam, pripildžiusiam visus dalykus gėrio ir grožio, nepripažindamas, jog ir tame dviejų nusidėjėlių bendravime slypėjo kažkas, kas savaime, naturaliter, buvo ir gražu, ir gera. O gal tai tik mano senatvė, nuodėmingai verčianti mane matyti grožį ir gėrį viskame, ką patyriau jaunystėje. Tuo tarpu turėčiau visas mintis nukreipti į artėjančią mirtį. Anuomet, jaunas, negalvojau apie mirtį, bet karštai ir nuoširdžiai apraudojau savo nuodėmę.

Pakilau visas tirtėdamas dar ir todėl, kad taip ilgai gulėjau ant šaltų virtuvės grindų ir kūnas mano visai sustiro. Apsivilkau kone karštligiškai. Ir tuomet kampe pastebėjau ryšulį, kurį išbėgdama pamiršo mergaitė. Pasilenkiau, kad geriau tą daiktą apžiūrėčiau: buvo tai audeklo, kaip man pasirodė, priklausiusio virtuvei, ryšulys. Išvyniojau jį ir ne tuoj pat supratau, kas ten, viduje, ar todėl, kad buvo tamsu, ar todėl, kad tai, į ką žvelgiau, neturėjo jokio pavidalo. Tik staiga suvokiau: tarp kraujo sankrėkų ir blyškesnės mėsos gabalų prieš mane gulėjo mirusi, bet dar plastanti stingstančių vidurių gyvenimu, išvagota mėlynų gyslų, nepaprastai didelė širdis.

Tamsus šydas užkrito man akis, burna pritvinko rūgščių seilių. Suklykiau ne savo balsu ir kritau, kaip krenta negyvas kūnas.

Trečia diena

NAKTIS

Adsdas sukrėstas, jis išpažįsta Viljamui savo nuodėmę,
mąsto apie moters vietą sutvėrimo plane,
o po to atranda vyro lavoną

Atsipeikėjęs pajutau, kad kažkas vandeniu šlaksto man veidą. Pravėriau akis ir pamačiau brolį Viljamą su žibintu rankoje, jau spėjusį kažką padėti man po galva.

— Kas nutiko, Adsai,— paklausė jis,— kad bastaisi naktimis vogdamas iš virtuvės skerdienos atliekas?

Trumpai sakant, Viljamas pabudo, atėjo pas mane jau neprisimenu, ko norėdamas, ir neradęs įtarė, kad būsiu patraukęs į biblioteką kokiam nutrūktgalviškam žygiui. Artėdamas prie Buveinės iš virtuvės pusės, jis pastebėjo šešėlį, išslenkantį pro duris daržų link (tai buvo mergaitė, kuri pabėgo, matyt, išgirdusi kažką

204

artinantis). Viljamas bandė suprasti, kas tai galėtų būti, ir pasekti ją, bet ji (ar, tiksliau, kas jam tebuvo šešėlis), priėjusi vienuolyną juosusį mūrą, netikėtai išnyko. Tuomet Viljamas, apieškojęs tą vietą, įėjo į virtuvę ir rado mane, nualpusį.

Kai aš, vis dar apimtas siaubo, mostelėjau jam į ryšulį su širdim, murmėdamas apie naują nusikaltimą, jis prapliupo juoktis.

— Adsai, bet kokio gi žmogaus galėtų būti tokia didžiulė širdis? Ta širdis yra karvės arba jaučio, kaip tik šiandien nudurto! Verčiau pasakyk, kaip atsidūrė ji tavo rankose?

Tuomet aš, kankinamas sąžinės priekaištų ir dar nepraėjusios baimės, ėmiau pasikūkčiodamas verkti ir paprašiau jį suteikti man išpažinties sakramentą. Jis tai padarė, ir aš papasakojau viską, nieko nenuslėpdamas.

Brolis Viljamas klausėsi labai įdėmiai, bet su atlaidumo šešėliu. Man baigus, jo veidas surimtėjo, ir jis tarė:

— Adsai, tu nusidėjai, tai tiesa, ir savo įžadui negulėti su moterim, ir novicijaus pareigoms. Bet pateisina tave tai, jog patekai į tokią padėtį, kurioje save prakeikęs būtų ir tėvas dykumoje. O apie moterį kaip pagundos šaltinį gana parašyta Raštuose. Ekleziastas apie moterį sako, kad jos kalba — tarytum kaitrioji ugnis, o Patarlėse rašoma, kad ji užvaldo brangią vyro sielą ir sunaikina net stipriausius. Ir dar skelbia Ekleziastas: supratau, jog kartesnė už mirtį yra moteris, kuri yra medžioklių žabangai, jos širdis — tarytum tinklas, o rankos — lyg kilpinės. Dar kiti yra sakę, jog ji — tai velnio indas. Ir nors visa tai žinau, negaliu patikėti, kad Dievas būtų norėjęs sukurti tokią niekingą būtybę, neskirdamas jai jokių dorybių. Ir negaliu neprisiminti, kad Jis ją gausiai apdovanojęs ir suteikęs jai ne vieną vertybę, iš kurių trys yra didžiausios. Ir tikrai, Jis sukūrė vyrą šiame niekingame pasaulyje, ir iš molio, o ją Jis sukūrė vėliau, rojuje, ir iš taurios žmogiškos materijos. Antra, Viešpats, kuris yra visagalis, galėjo kokiu nors stebuklingu būdu įsikūnyti vyre, bet jis pasirinko moters isčias, ir yra tai ženklas, kad ne tokia jau ji nedora. O prisikėlęs jis pirmiausia pasirodė moteriai. Ir pagaliau dangaus aukštybėse nė vienas vyras nebus karalium, bet karalienė bus moteris, niekada nenusidėjusi. Tad, jei Viešpats buvo toks dėmesingas Ievai ir jos dukroms, ar nuostabu, kad ir mus traukia tos lyties grožis ir taurumas? Todėl noriu tau, Adsai, pasakyti, kad nedarytum to daugiau, bet ir nežvelgtum su tokiu siaubu į tai, kad susigundei šitai padaryti. Antra vertus, kiekvienas vienuolis nors kartą gyvenime turėtų pajusti kūniškąją aistrą, kad vėliau galėtų geriau suprasti nusidėjėlius ir būti jiems atlaidesnis, nes bus jis jų patarėju ir guodėju... taigi, brangusis Adsai, to dalyko nereikia kviesti, kol jis pats neateina, bet ir nereikia pernelyg save koneveikti jam jau atėjus. Todėl eik su Dievu, ir nekalbėsim apie tai daugiau. Tad, užuot svarstę tai, ką būtų geriau pamiršti, jei tik tau pavyks,— ir man pasirodė, kad jo balsas nuslopo tarsi vidinio jaudulio pakąstas,— verčiau pagalvokime, ką galėtų reikšti šios nakties įvykiai. Kas buvo toji mergaitė ir su kuo ji susitiko?

— To kaip tik nežinau, nemačiau vyro, buvusio su ja,— tariau.

— Na gerai, bet galime tai išaiškinti dedukcijos būdu iš daugelio tikrų nuorodų. Pirma, tai vyras bjaurus ir senas, su kuriuo mergaitė susieina nenoriai, ypač jei ji graži, kaip tu sakei, nors, atrodo man, brangus vilkiūkšti, kad buvai pasiruošęs gardžiuotis kiekvienu patiekalu.

— Kodėl gi senas ir bjaurus?

— Juk mergaitė ėjo pas jį ne iš meilės, o dėl ryšulio šitų atliekų. Matyt, ji yra iš kaimo ir gal jau ne pirmą kartą atsiduoda kokiam gašliam vienuoliui bado genama. Už tai gauna maisto sau ir savo šeimai.

— Kekšė! — šūktelėjau pasibjaurėjęs.

— Vargšė kaimietė, Adsai. Gal su pulku jaunesnių broliukų, kuriuos privalo maitinti. Jei tik galėtų, atsiduotų iš meilės, o ne už užmokestį. Kaip kad padarė šiąnakt. Sakei juk, kad ji vadino tave jaunu ir gražiu, ir davė tau iš meilės tai, ką kitiems būtų davusi už jaučio širdį ar kokį plaučių gabalą. Ji pasijuto tokia laiminga, pati kažką padovanojusi, kad pabėgo nepaimdama nieko mainais. Štai kodėl manau, jog tas kitas, su kuriuo ji tave sulygino, nebuvo nei jaunas, nei gražus.

Prisipažinsiu, kad nors ir karšta buvo mano atgaila, šis paaiškinimas užliejo širdį saldžia puikybe, bet tylėjau leisdamas mokytojui kalbėti toliau.

— Tas bjaurus senis turi turėti galimybę nusileisti į kaimą ir bendrauti su kaimiečiais, ir tai kažkaip susiję su jo pareigomis. Jis turi žinoti, kaip įvesti ir išvesti žmones per vienuolyną supančią sieną, taip pat kad virtuvėje yra atliekų (o rytoj, ko gero, bus pasakyta, kad jas suėdė pro praviras duris įsmukęs šuo). Pagaliau jis yra taupus ir jam rūpi, kad iš virtuvės nedingtų vertingesnis maistas, antraip jis būtų davęs jai nugarinės ar kokį kitą gardesnį gabalą. Dabar ir pats matai, kad mūsų nepažįstamojo paveikslas yra ganėtinai ryškus ir kad visos šios savybės puikiai susilieja į vieną visumą, kurios aš nebijau pavadinti mūsų raktininko Remigijaus Varaginiečio vardu. Arba, jei klysčiau, vardu mūsų paslaptingojo Salvatorės, kuris, be kita ko, būdamas iš šių kraštų, nesunkiai gali susikalbėti su vietos žmonėmis ir įtikinti mergaitę padaryti tai, ką jis norėjęs, kad ji padarytų, jei tik tu nebūtum sutrukdęs.

— Tikrai taip yra,— tariau įsitikinęs,— bet kas iš to, kad mes tai žinome?

— Nieko. Arba viskas,— atsakė Viljamas.— Ši istorija gali turėti arba neturėti ryšio su nusikaltimais, kuriuos tiriame. Antra vertus, jei raktininkas yra buvęs dolčinietis, tai paaiškina šį įvykį, ir atvirkščiai. Pagaliau sužinojome, jog naktimis šiame vienuolyne vyksta daug keistų dalykų. Ir kažin ar tik mūsų raktininkas arba Salvatorė, taip nevaržomai klajojantys patamsiais, nežino daug daugiau nei kad prisipažįsta.

— Bet ar jie mums tai pasakys?

— Na, jei būsime jiems gailestingi ir nepaisysime jų nuodėmių. Bet jei mums tikrai reikės ką nors sužinoti, turėsime būdų priversti juos kalbėti. Kitaip tariant, prireikus raktininkas ir Salvatorė bus mūsų valioje, ir Dievas atleis mums šį piktnaudžiavimą, nes jis atleidžia tiek kitų dalykų,— tarė jis ir gudriai pažvelgė į mane, bet aš nė nedrįsau ką užsiminti apie jo kėslų teisėtumą.

O dabar eime miegoti, nes už valandos jau kels Aušrinei. Tačiau matau, vargše mano Ada, kad esi vis dar sunerimęs, vis dar grauzies dėl savo nuodėmės... Sielai nuraminti nieko nėra geresnio už maldą bažnyčioje. Aš daviau tau išrišimą, bet niekada negali būti tikras. Eik ir melsk Viešpatį jį patvirtinti.

Ir jis gana stipriai tapštelėjo man per galvą, gal reikšdamas savo vyrišką ir tėvišką meilę, o gal bausdamas. O gal (kaip nuodėmingai tą akimirką pamaniau) jausdamas man gerą pavydą, nes buvo tai žmogus ištroškęs naujų ir audringų išgyvenimų.

Pasukome į bažnyčią mums jau įprastu keliu, kurį aš prabėgau užsimerkęs, nes visi tie kaulai pernelyg aiškiai man tą naktį priminė, kad aš esu dulkė ir kaip beprotiška puikuotis savo kūnu.

Pasiekę navą, pamatėme ties didžiuoju altoriumi klūpantį šešėlį. Pamaniau, jog tai Hubertinas, bet buvo tai Alinardas, ne iš karto mus pažinęs. Jis pasakė negalįs užmigti ir nutaręs praleisti naktį maldoje už tą jauną dingusį vienuolį (jis net neprisiminė jo vardo). Jis meldėsi už jo sielą, jei jau būtų miręs, ir už jo kūną, jei gulėtų kur vienišas ir pasiligojęs.

— Per daug mirčių,— kalbėjo jis,— tikrai per daug... Bet tai aprašyta apaštalo knygoje. Sulig pirmuoju trimitu ims kristi kruša, sulig antruoju trečia žemės dalis virs krauju, ir vienas jau rastas krušoje, o antras — kraujyje. Trečiasis trimitas skelbia, kad nupuls iš dangaus didelė žvaigždė ir nukris ant trečdalio upių ir ant vandens šaltinių. Sakau jums, dingo trečiasis mūsų brolis. Ir drebėkite dėl ketvirtojo, nes bus užgautas trečdalis saulės, trečdalis mėnulio ir trečdalis žvaigždžių ir stos veik neperregima tamsa...

Mums einant iš transepto, Viljamas svarstė, ar nebus senio žodžiuose dalies tiesos.

— Bet reikštų tai,— pasakiau aš,— kad tas pats velniškas ar ligotas protas, vadovaudamasis Apokalipse, parengė tris mirtis, jei ir Berengarijus jau miręs... Tačiau žinome, jog Adelmas mirė savo paties valia...

— Taip,— sutiko Viljamas,— bet tą patį velnišką arba ligotą protą Adelmo mirtis galėjo įkvėpti simboliškai parengti kitas dvi mirtis. O jei taip, tai Berengarijaus reikia ieškoti upėje arba šaltinyje. Bet vienuolyne nėra nei upių, nei šaltinių, bent jau tokių, kur kas nors galėtų paskęsti arba būti paskandintas...

— Yra tiktai maudykla,— mečiau beveik atsitiktinai.

— Adsai! — sušuko Viljamas.— Juk tai mintis! Maudykla!

— Bet ji jau tikriausiai apžiūrėta...

— Mačiau, kaip šiandien ieškojo tarnai, jie tik pravėrė duris ir žvilgtelėjo vidun, tikėdamiesi rasti lavoną gulint akivaizdžiai kaip teatre, kaip kad Venancijus kubile... Eime pažiūrėti, dar tamsu, o mūsų žibintas, atrodo, dega visai neblogai.

Taip mes ir padarėme. Maudyklos, greta ligoninės, duris atvėrėme be jokio vargo.

Atskirtos viena nuo kitos plačiomis užuolaidomis, stovėjo ten vonios, jau neprisimenu, kiek jų. Vienuoliai naudojosi jomis švariai palaikyti įstatuose nurodytą dieną, o Severinas naudojo jas gydymui, nes niekas taip nenumaldo kūno ir proto, kaip gera vonia. Kampe buvusiame židinyje lengvai galima buvo šildyti vandenį. Jame radome nesenų pelenų, o priešais jį gulėjo ant šono parvirtęs katilas. Vandenį buvo galima semti iš kitame kampe tryškusio šaltinio.

Apžiūrėjome pirmąsias vonias, jos buvo tuščios. Tik paskutinioji, su užtraukta užuolaida, buvo pilna, o šalia gulėjo krūvelė rūbų. Iš pirmo žvilgsnio žibinto šviesoje vandens paviršius pasirodė lygus, bet šviesai prasiskverbus giliau pastebėjome vonios dugne gulint bedvasį nuogą vyro kūną. Pamažėl ištraukėme jį lauk. Tai buvo Berengarijus. Ir jo veidas, tarė Viljamas, tikrai atrodė kaip skenduolio. Veido bruožai buvo išpurtę. Kūnas, baltas ir šlapias, be plaukų, priminė moters kūną, jei ne begėdiškas suglebusios pudenda vaizdas. Išraudau, ir nukrėtė mane šiurpas. Persižegnojau, o Viljamas tuo tarpu palaimino palaikus.

KETVIRTA DIENA

Ketvirta diena

RYTMETINĖ

Viljamas ir Severinas ištiria Berengarijaus lavoną, atranda jį turint juodą liežuvį, kas skenduoliui yra gana neįprastas dalykas. Po to kalbasi apie skausmingiausius nuodus ir apie seniai įvykusią vagystę

Negaišiu laiko pasakodamas, kaip pranešėme apie savo atradimą abatui, kaip visas vienuolynas pakilo dar prieš kanoninę valandą, apie siaubo šūksnius ir kiekvieno veide atsispindėjusį išgąsti ir skausmą, apie tai, kaip žinia pasklido po visą plokščiakalvę, o tarnai tik žegnojosi ir kalbėjo užkeikimus. Nežinau, ar tą rytą įvyko pirmosios įstatuose numatytos pamaldos ir kas jose dalyvavo. Aš sekiau paskui Viljamą ir Severiną, įsakiusius susukti Berengarijaus kūną į drobulę ir paguldyti jį ligoninėje ant stalo.

Pasišalinus abatui ir kitiems vienuoliams, žolininkas su mano mokytoju ėmėsi tirti lavoną su medicinos žmonėms būdingu šaltakraujiškumu.

— Jis paskendo,— tarė Severinas,— nėra jokios abejonės. Veidas išpurtęs, pilvas įtemptas.

— Bet ne paskandintas,— patikslino Viljamas,— antraip jis būtų priešinęsis šiam smurtui ir aplink vonią būtume radę pritaškyta vandens. Betgi viskas atrodė tvarkinga ir švaru, tarsi Berengarijus pats būtų pasišildęs vandens, pripildęs vonią ir paniręs joje savo laisva valia.

— Tai manęs nestebina,— tarė Severinas,— Berengarijų kankino traukuliai, ir aš pats ne kartą buvau jam šakęs, kad šiltos vonios padeda numaldyti įaudrintą kūną ir sielą. Jis dažnai prašydavo manęs leidimo pasinaudoti maudykla. Taip jis galėjo padaryti ir šią naktį...

— Praeitą naktį,— vėl patikslino Viljamas,— nes šis kūnas, pats matai, išbuvo vandenyje mažiausiai dieną...

— Galimas dalykas, kad praeitą naktį,— sutiko Severinas.

Viljamas jam trumpai papasakojo tos nakties įvykius. Jis neprasitarė, kad mes buvome įsibrovę į skriptoriumą, bet, nutylėdamas įvairias aplinkybes, apsakė, kaip mes sekėme paslaptingą būtybę, pavogusią iš mūsų knygą. Severinas suprato, kad Viljamas jam atskleidė tik dalį tiesos, bet nieko neklausinėjo. Jis sutiko, jog Berengarijaus susijaudinimas, jei tai jis buvo tas paslaptingasis vagis, galėjo pastūmėti jį ieškoti nusiraminimo šiltoje vonioje. Berengarijus, pasakė jis, buvo labai jautrios prigimties ir kartais kokia neganda ar susijaudinimas sukeldavo jam drebulį, išmušdavo jį šaltas prakaitas, ir užvertęs akis jis krisdavo ant žemės spjaudydamas baltomis putomis.

— Šiaip ar taip,— tarė Viljamas,— prieš ateidamas į maudyklą, jis lankėsi dar kažkur, nes maudykloje nemačiau tos pavogtosios knygos.

— Taip,— pridūriau aš didžiuodamasis,— kilstelėjau prie vonios gulėjusius jo rūbus ir neradau nė pėdsako kokio didesnio daikto.

— Šaunu,— nusišypsojo man Viljamas.— Taigi, jis lankėsi kur nors kitur, o po to, idant nusiramintų, o gal kad pasislėptų nuo mūsų, atėjo čia ir paniro į vandenį. Severinai, ar manai, jog negalia, jį kamavusi, buvo pakankamai rimta, kad jis prarastų sąmonę ir paskęstų?

— Galėjo būti ir taip,— kiek abejodamas atsakė Severinas.— Antra vertus, jei tai įvyko prieš dvi naktis, aplink vonią galėjo būti pritaškyta vandens, kuris vėliau išdžiūvo. Todėl negalime atmesti tos galimybės, kad jis buvo paskandintas jėga.

— Ne,— paprieštaravo Viljamas.— Ar teko tau kada matyti skenduolį, kuris prieš paskandinamas nusivilktų rūbus? — Severinas tik pakraipė galvą, tarsi šis argumentas jam atrodytų visai bevertis. Jau kuris laikas jis tyrinėjo lavono delnus.

— Štai įdomus dalykas...— prabilo.
— Koks?
— Anądien apžiūrėjau Venancijaus delnus, kai nuo jo kūno buvo nuplautas kraujas, ir pastebėjau dalyką, kuriam tuomet neteikiau jokios reikšmės. Venancijaus dešiniosios rankos dviejų pirštų pagalvėlės buvo pajuodusios, tarytum suteptos kažkuo tamsiu. Lygiai taip, kaip matai, kaip dabar dviejų Berengarijaus pirštų pagalvėlės. Čia net matomas pėdsakas ir ant trečiojo piršto. Tuomet pamaniau, kad Venancijus bus lietęs skriptoriume rašalą...

— Labai įdomu,— tarė Viljamas susimąstęs, palinkdamas ties Berengarijaus pirštais. Diena tik aušo, šviesos viduje buvo maža, ir mano mokytojas aiškiai kentėjo be savųjų stiklų.— Labai įdomu,— pakartojo jis.— Smiliaus ir nykščio pajuodusios pagalvėlės, o didžiojo piršto — tik šonas, ir labai nežymiai. O ant kairiosios rankos pirštų taip pat matomi pėdsakai, nors silpnesni, bent jau ant smiliaus ir nykščio.

— Jei būtų tai tik dešinė ranka, galėtume sakyti, jog pirštais tais laikyta kažkas mažas arba ilgas ir plonas...

— Kaip rašiklis. Ar maistas. Ar vabzdys. Ar gyvatė. Ar monstrancija. Ar pagaliukas. Per daug dalykų. Bet jei yra pėdsakų ir ant kairiosios rankos pirštų, galėtų tai būti ir taurė, kurią tvirtai laiko dešinė, o kairė tik kiek prilaiko...

Severinas tuo tarpu lengvai trynė mirusiojo pirštus, bet tamsi spalva nenyko. Pastebėjau jį užsimovus porą pirštinių, kurias, matyt, naudojo dirbdamas su nuodingomis medžiagomis. Pauostė, bet nieko neužuodė.

— Galiu išvardyti tau daug augalinių (o ir mineralinių) medžiagų, kurios paliktų tokius pėdsakus. Vienos jų yra mirtinos, kitos — ne. Iliuminatorių pirštai dažnai sutepti aukso dulkėmis...

— Adelmas buvo iliuminatorius,— tarė Viljamas.— Manau, kad, pamačius jo sutriuškintą kūną, tau neatėjo į galvą apžiūrėti jo pirštus. O šiedu galėjo paliesti ką nors, kas priklausė Adelmui.

— Net nežinau,— atsakė Severinas.— Du lavonai, abu su pajuodusiais pirštais. Kokia tavo išvada?

— Jokia: mihil sequitur geminis ex particularibus unquam[1]. Reikėtų abu atvejus apibendrinti viena taisykle. Pavyzdžiui, egzistuoja tokia medžiaga, kuri nujuodina pirštus, liečiančius ją...

O aš pergalingai baigiau silogizmą:

— Ir Venancijaus, ir Berengarijaus pirštai pajuodę, išvada — jie lietė tą medžiagą!

— Šaunu, Adsai,— tarė Viljamas,— gaila tik, kad tavo silogizmas yra negaliojantis, nes aut semel aut iterum medium generaliter esto[2], o šiame silogizme viđurinysis terminas niekuomet netaps bendras. Taigi, blogai parinkome didžiąją premisą. Negalėjau sakyti: visų, kurie liečia tam tikrą medžiagą, pirštai yra pajuodę, nes gali būti asmenų su pajuodusiais pirštais, bet nelietusių tos medžiagos. Turėjau pasakyti: visi tie ir tik tie, kurių pirštai yra pajuodę, tikrai lietė minimą medžiagą. Venancijus, Berengarijus ir taip toliau. Ir čia turime Darii, puikiausią trečią pirmos figūros silogizmą.

— Tai žinome atsakymą! — ištariau labai patenkintas.

— Deja, Adsai, tu pernelyg pasitiki silogizmais! Teturime ir vėl naują klausimą. Sukūrėme hipotezę, kad Venancijus ir Berengarijus lietė vieną ir tą patį dalyką, ir ši hipotezė yra, be kita ko, pamatuota. Bet vos tik įsivaizduojame egzistuojant medžiagą, kuri vienintelė iš visų palieka tokius padarinius (ir kurią dar reikia išaiškinti, nebežinome, kokia ji, kur aniedu ją rado ir kodėl ją lietė. Ir, įsidėmėk, net nežinome, ar būtent ta medžiaga, kurią jie lietė, yra ta pati, kuri juos numarino. Įsivaizduok beprotį, pasišovusį nužudyti visus, lietusius aukso dulkes. Ar sakysim, kad aukso dulkės žudo?

Sutrikau. Visuomet tikėjau logiką esant universaliu ginklu, bet dabar pamačiau, kaip glaudžiai jos vertė susieta su vartojimo būdu. Antra vertus, bendraudamas su savo mokytoju, supratau, o ateinančiomis dienomis dar daugiau tuo įsitikinau, kad logika gali daug pagelbėti su sąlyga, jei į ją įeinama, bet po to laiku iš jos išeinama.

Severinas, kuris aiškiai nebuvo geros logikos, tuo metu svarstė remdamasis savo patirtimi:

— Nuodų įvairovė yra tokia pat, kokia yra ir gamtos paslapčių įvairovė,— kalbėjo jis. Ir mostelėjo į eilę indų ir stiklainių, kuriais mes jau kartą žavėjomės, gražiai išrikiuotų lentynose palei sieną kartu su daugeliu knygų.— Kaip jau esu tau sakęs, iš daugelio šių žolių, tinkamai jas paruošus ir dozavus, galima gauti mirtinus gėrimus bei tepalus. Štai ten, žemai,— durnaropė, beladona, nuodingoji nuokana; jos gali sukelti snaudulį, sujaudinti arba padaryti ir viena, ir kita; atsargiai vartojant yra puikūs vaistai, dideliais kiekiais — neša mirtį...

— Bet nė viena iš tų medžiagų nepaliktų pėdsakų ant pirštų?

— Manau, nė viena. Be to, yra medžiagų, kurios pavojingos tik prarijus, kitos, atvirkščiai, veikia per odą. Baltasis čeras gali sukelti pykinimą, vos tik kas pasilenkia norėdamas jį išrauti. Žydėdama Pictamus alba kaip vynas svaigina ją liečiančius sodininkus. Juodasis čeras vos paliestas sukelia viduriavimą. Vieni augalai sukelia širdies palpitacijas, kiti — dūžius galvoje, treti gali atimti balsą. O gyvatės nuodai, patepus jais odą, jei nepatenka į kraują, tesukelia vos lengvą paraudimą... Bet kartą regėjau mišinį, kuriuo patepus šuns tarpšlaunį prie genitalijų jis krito tampomas siaubingų traukulių, pamažu stingstančiomis galūnėmis...

— Žinau daug dalykų apie nuodus,— įsiterpė Viljamas su girdima balse susižavėjimo gaidele.

Severinas pažiūrėjo į jį ir kurį laiką taip žvelgė tiesiai į akis:

— Žinau tiek, kiek turi žinoti medikas, žolininkas, mokslo apie žmogaus sveikatą puoselėtojas.

Viljamas ilgiau susimąstė. Po to paprašė Severiną atverti lavono burną ir apžiūrėti liežuvį. Severinas, smalsumo pagautas, padarė tai naudodamasis plona mentele, vienu iš savo medicinos meno įrankių. Ir apstulbęs sušuko:

— Liežuvis juodas!

— Taip, taip,— sumurmėjo Viljamas.— Jis paėmė kažką pirštais, o po to prarijo... Taigi, atkrenta tavo išvardyti nuodai, veikiantys per odą. Tačiau tai nė kiek nepalengvina mūsų užduo ties. Dabar tiek jo, tiek Venancijaus atveju turime galvoti apie poelgį savanorišką, ne atsitiktinį, nesukeltą išsiblaškymo ar neatsargumo, nepriverstinį. Jie paėmė kažką ir įsidėjo tai į burną, žinodami, ką daro...

— Maistą? Gėrimą?

— Galbūt. O gal... kas žino, gal muzikos instrumentą, sakysim, fleitą.

— Absurdas,— tarė Severinas.

— Aišku, kad absurdas. Bet negalime atmesti nė vienos hipotezės, kad ir kokia keista ji atrodytų. Dabar pabandykime grįžti prie nuodingosios medžiagos. Ar kas nors, išmanantis apie nuodus taip,kaip tu, būtų galėjęs įeiti čia ir iš kai kurių štai tų tavo žolių padaryti mirtiną tepalą, galintį palikti tokius pėdsakus ant pirštų ir ant liežuvio? Tepalą, kurį galima įdėti į maistą ar gėrimą, ištepti juo šaukštelį ar ką nors, kas dedama į burną?

— Taip,— atsakė Severinas,— bet kas? Be to, net ir sutikus su tokia hipoteze, kyla klausimas, kaip galėjo jis įkišti tuos nuodus šiem dviem mūsų vargšams broliams?

Atvirai sakant, ir aš negalėjau įsivaizduoti Venancijų ar Berengarijų bendraujant su kažkuo, rodančiu jiems paslaptingą mišinį ir įkalbinėjančiu jį suvalgyti ar išgerti. Bet Viljamo ši keista aplinkybė, atrodo, nė kiek nesuglumino.

— Apie tai pagalvosim vėliau,— tarė jis,— nes dabar norėčiau, kad pabandytum prisiminti kokį nors atvejį, anksčiau neatėjusį tau į galvą, nežinau, asmenį, klausinėjantį apie tavo žoles, lengvai galintį įeiti į ligoninę...

— Palauk,— pratarė Severinas,— prieš daug metų vienoje iš šių lentynų saugojau labai pavojingą stiprų nuodą, kurį man paliko vienas brolis, keliaujantis po tolimus kraštus. Jis negalėjo pasakyti jo sudėties, aišku, buvo tai žolės, ne visos žinomos. Pažiūrėti ta medžiaga atrodė lipni ir gelsva, bet buvo man patarta jos nečiupinėti, nes ji, jei tik paliestų lūpas, numarintų per trumpą laiką. Tas brolis man sakė, jog, prarijus jos net ir mažiausią kiekį, nepraeina nė pusvalandis ir kyla didelis nuovargis, po to lėtas visų galūnių paralyžius ir galop mirtis. Jis nenorėjo nešiotis jos su savim ir todėl padovanojo man. Ilgai ją saugojau, vis ketindamas kokiu nors būdu patyrinėti. O vėliau plokščiakalnyje kilo galinga vėtra. Vienas iš mano padėjėjų paliko atviras ligoninės duris, ir įsisukęs vėjas nusiaubė visą šį kambarį, kuriame dabar esame. Stiklainiai sudužo, skysčiai, žolės ir milteliai pasklido po grindis. Dirbau visą dieną, kol susitvarkiau, o padėjėjams teleidau išmesti lauk šukes ir žoles, kurių nebegalima buvo atrinkti. Galiausiai pasigedau kaip tik to stiklainio, apie kurį tau kalbėjau. Iš pradžių susirūpinau, bet paskui pamaniau, kad bus sudužęs ir susimaišęs su kitomis išmestomis liekanomis. Paliepiau gerai išplauti grindis ir nuplauti lentynas...

— O ar matei tą buteliuką prieš pakylant vėjui?

— Taip... Ar, tiksliau, ne, kai dabar apie tai pagalvoju. Jis stovėjo už indų eilės, gerai paslėptas, ir aš netikrinau jo kiekvieną dieną.

— Tad jis galėjo būti paimtas ir anksčiau, iki audros, o tu galėjai nieko apie tai nežinoti?

— Dabar, kai apie tai pagalvoju, tai be jokios abejonės.

— O ar tas tavo novicijus galėjo jį paimti, o paskui tyčia palikti atviras duris, kad vėjas sujauktų visus daiktus ir kad jam būtų galima suversti kaltę?

Severinas atrodė labai susijaudinęs:

— Be abejo. Ir ne vien tai, dabar prisimenu, kad nustebau, jog vėjas, nors ir koks stiprus jis būtų buvęs, padarė tiek žalos. Galiu drąsiai tarti kažką pasinaudojus audra, idant nusiaubtų kambarį ir pridarytų daugiau nuostolių, nei kad vėjas būtų galėjęs padaryti!

— Kas buvo tas novicijus?

— Vardu Augustinas. Bet jis mirė pernai, nukritęs nuo pastolių, kartu su kitais vienuoliais ir tarnais valydamas bažnyčios fasado skulptūras. Be to, prisimenu, jis dievagojosi nepalikęs atvirų durų prieš ateinant vėtrai. Tai aš įsiutęs suverčiau visą kaltę jam. Gal tikrai buvo niekuo dėtas.

— Tuomet turime dar trečią asmenį, ko gero, daug labiau prityrusį už novicijų, žinojusį apie tavo nuodą. Su kuo apie jį kalbėjais?

— To aiškiai neatmenu. Su abatu,— tikrai, prašiau jo leidimo laikyti tokią pavojingą medžiagą. Ir dar su kažkuo, gal bibliotekoje, nes ieškojau knygų, galinčių man ką nors atskleisti.

— Bet ar nesi sakęs, kad savo menui reikalingiausias knygas laikai čia?

— Taip, ir ne vieną,— atsakė Severinas, mostelėdamas į pilnas knygų lentynas kampe.— Bet tuomet ieškojau knygų, kurių negaliu čia laikyti ir kurių Malachijas net nenorėjo man rodyti, turėjau prašyti abato leidimo.— Jis pritildė balsą, tarsi nenorėtų, kad aš išgirsčiau.— Žinai, tolimiausiame bibliotekos kampe saugomi nekromantijos, juodosios magijos darbai, taip pat velniškų filtrų receptai. Galėjau patyrinėti kai kuriuos iš tų veikalų, idant įgyčiau žinių, ir tikėjausi juose rasti tų nuodų aprašymą bei jų poveikį. Veltui.

— Taigi, kalbėjai su Malachiju.

— Tikrai, su juo, o gal ir su Berengarijum, talkinusiu jam. Bet nedaryk skubotų išvadų: nežinau, gal man kalbant buvo ten ir kitų vienuolių, žinai juk, skriptoriume kartais būna tiršta...

— Nieko neįtarinėju. Tik noriu suprasti, kas galėjo įvykti. Šiaip ar taip, sakai, jog tai nutiko prieš daugelį metų, todėl įdomu, jog kažkas pasirūpino pavogti nuodus taip iš anksto, panaudodamas juos tik dabar, prabėgus tiekai laiko. Būtų tai ženklas kažkokios piktos valios, ilgai brandinusios slaptą kėslą žudyti.

Severinas persižegnojo su siaubu veide.

— Teatleidžia mums dievas! — pratarė.

Daugiau nebuvo ką kalbėti. Vėl užklojome Berengarijaus kūną, kurį turėjo paruošti egzekvijoms.

Ketvirta diena

PIRMOJI

Viljamas priverčia pirmiau Salvatorę, o po to raktininką atskleisti savo praeitį, Severinas randa pavogtuosius akinius, Mikalojus atneša naujus, ir Viljamas dabar jau su trim porom akių imasi skaityti Venancijaus rankraštį

Eidami lauk, susidūrėme su vidun įeinančiu Malachiju. Jis atrodė nepatenkintas, kad mes čia, ir jau norėjo trauktis, bet Severinas, jį pastebėjęs, paklausė:

— Ieškojai manęs! Tai dėl...— ir nutraukė žiūrėdamas į jį.

Malachijas nežymiai mostelėjo, lyg norėdamas pasakyti: „Pakalbėsim apie tai vėliau..." Mes ėjome lauk, jis ėjo vidun, ir taip sustojome visi trys tarpduryje. Malachijas kiek manieringai pasakė:

— Ieškojau brolio žolininko... Man... man skauda galvą.

— Turbūt tai nuo priplėkusio bibliotekos oro,— tarė jam Viljamas susirūpinusiu balsu.— Matyt, būsi įkvėpęs ką negero.

Malachijas sukrutino lūpas, tarsi norėtų dar kažką pridurti, bet apsigalvojo, tik nuleido galvą ir įėjo vidun, o mes tuo tarpu leidomės tolyn.

— Ko jam reikia iš Severino? — paklausiau.

— Adsai,— irzliai burbtelėjo mokytojas,— išmok protauti savo galva.— Ir pakeitė pokalbio temą.— Dabar reikėtų kai ką paklausinėti. Bent jau,— tarė, o jo žvilgsnis klaidžiojo plokščiakalniu,— kol jie dar gyvi. Beje, nuo šiol reikia atidžiau valgyti ir gerti. Imk savo maistą tik iš bendros lėkštės, o gerk tik iš ąsočio, iš kurio jau kiti bus gėrę. Po Berengarijaus mes esame pirmieji, žinantys daugiausia. Aišku, išskyrus žudiką.

— Bet ką jūs norite dabar patardyti?

— Adsai,— tarė Viljamas,— pastebėjai juk, kad įdomiausi

dalykai čia vyksta naktimis. Naktimis mirštama, naktimis vaikštoma po skriptoriumą, naktimis atvedamos į vienuolyną moterys. Turime du vienuolynus — dienos ir nakties, ir tas nakties, deja, atrodo daug įdomesnis už tą dienos. Todėl domina mus kiekvienas, kuris bastosi naktimis, sakysim, ir tas žmogus, kurį vakar naktį užtikai su mergaite. Gal ši istorija su mergaite ir nesusijusi su nuodų istorija, o gal ir susijusi. Šiaip ar taip, turiu šiokių tokių sumetimų dėl vakarykščio žmogaus, kuris greičiausiai žno ir daugiau dalykų apie šios šventos vietos naktinį gyvenimą. Vilką mini, o vilkas čia, štai ir jis pats.

Ir mostelėjo į Salvatorę, taip pat pastebėjusį mus. Pastebėjau, kad jis sulėtino žingsnį, tarsi norėdamas išvengti susitikimo, ir jau ruošėsi sukti atgal. Bet truko tai tik akimirką. Ko gero, supratęs, jog išsisukti nepavyks, jis ir vėl žengė pirmyn. Pasisukęs į mus, plačiai nusišypsojo ir lipšniai ištarė „benedicite". Mano mokytojas, vos sulaukęs sveikinimo pabaigos, griežtai kreipėsi į jį:

— Ar žinai, kad rytoj čia atvyksta inkvizicija? — paklausė. Salvatorė neatrodė patenkintas. Jis vos girdimai paklausė:

— O aš?

— O tu pasielgsi teisingai, pasakydamas tiesą man, kuris esu tavo draugas ir brolis minoritas, koks buvai ir tu, užuot rytoj pasakęs ją tiems, kuriuos gerai pažįsti.

Taip netikėtai užkluptas, Salvatorė, atrodė, visai pasidavė. Jis nuolankiai pažvelgė į Viljamą, lyg sakydamas esąs pasiruošęs atsakyti į visus šio klausimus.

— Šią naktį virtuvėje buvo moteris. Kas buvo su ja?

— A, femena, kuri parsiduoda kaip prekė, negali būti gera nei maloni,— išpylė Salvatorė.

— Nenoriu žinoti, ar buvo tai dora mergaitė. Noriu žinoti, kas buvo su ja!

— Deu, kokios yra femene gudrios, piktos suvedžiotojos! Galvoja dieną naktį, kaip apipinti vyrus...

Viljamas staiga čiupo jį už krūtinės:

— Kas buvo su ja — tu ar raktininkas?

Salvatorė suprato ilgiau jau negalįs meluoti. Ir pradėjo pasakoti keistą istoriją, iš kurios sunkiai, bet supratome, jog jis, norėdamas įsiteikti raktininkui, parūpina jam iš kaimo mergaičių, įveda jas pro vienuolyno mūrą keliu, kurio nurodyti jis nenorėjo. Tik dievagojosi daręs tai iš geros širdies, juokingai skųsdamasis negalįs iš to turėti malonumo, nes nežinąs, kaip padaryti, kad mergaitė, patenkinusi raktininką, duotų ką nors ir jam. Visa tai jis kalbėjo šlykščiai šypsodamasis ir mirkčiodamas, tarytum norėdamas pabrėžti, jog kalba su tikrais vyrais, kuriems tos rūšies dalykai yra artimi. Ir iš padilbų žvelgė į mane, o aš negalėjau, kaip kad būčiau to norėjęs, žvilgsniu jo paniekinti, nes jaučiausi suristas su juo bendros paslapties, jaučiausi jo bendrininku ir draugu nuodėmėje.

Viljamas tuo metu nusprendė viską laimėti vienu smūgiu ir netikėtai paklausė:

— Pažinai Remigijų prieš ar po to, kai buvai su broliu Dolčinu?

Salvatorė suklupo prieš jį, ašarodamas ir maldaudamas jo neprapuldyti ir išgelbėti nuo inkvizicijos. Viljamas iškilmingai jam pažadėjo niekam neišduoti to, ką išgirs, ir Salvatorė nedvejodamas atidavė raktininką mūsų malonei. Jie susipažinę Plikajame kalne, Dolčino gaujoj, kartu su raktininku jis pabėgęs ir pasislėpęs Kazalės vienuolyne, o po to perėjęs pas kliuniečius. Jis vapėjo vis maldaudamas atleidimo, ir buvo aišku, kad nieko daugiau iš jo neišpešim. Viljamas nusprendė, jog verta iš netyčių užklupti Remigijų, ir paleido Salvatorę, o šis nubėgo ieškoti prieglobsčio bažyčioje.

Raktininką radome priešingoje vienuolyno pusėje, prie klėčių, kur kalbėjosi su keliais kaimiečiais iš slėnio. Jis nerimastingai pažvelgė į mus ir dėjosi be galo užimtas, tačiau Viljamas primygtinai norėjo pasikalbėti. Iki tol su šiuo žmogum mažai teturėjau reikalų; mūsų bendravimas buvo tik paprastas mandagumas. Bet tą rytą Viljamas kreipėsi į jį kaip į savo ordino brolį. Raktininkas atrodė sunerimęs dėl tokio artumo ir iš pradžių atsakinėjo labai atsargiai.

— Tavo pareigos, matyt, verčia tave vaikščioti po vienuolyną ir tuomet, kai visi miega, taip manau,— prabilo Viljamas.

— Priklauso,— atsakė Remigijus,— kartais tenka skubiai sutvarkyti kokį menką reikalą ir paaukoti vieną kitą miego valandą.

— Ar tais kartais nepastebėdavai nieko, kas galėtų nurodyti kažką, neturintį tavo įgaliojimų, sukiojantis tarp virtuvės ir bibliotekos?

— Jei būčiau ką pastebėjęs, būčiau pranešęs apie tai abatui.

— Taip,— sutiko Viljamas ir netikėtai pakeitė pokalbio temą.— Slėnio kaimas nėra turtingas, juk taip?

— Ir taip, ir ne,— atsakė Remigijus,— gyvena ten dvasininkai, priklausantys nuo vienuolyno, ir su jais dalijamės savo turtais prietekliaus metais. Sakysim, per šventą Joną gavo jie dvylika modijų salyklo, arklį, septynis jaučius, bulių, keturias karvytes, penkis teliukus, dvidešimt avių, penkiolika kiaulių, penkiasdešimt vištų ir septyniolika avilių. Ir dar dvidešimt rūkytų kiaulių, dvidešimt septynis indus taukų, pusę mato medaus, tris matus muilo, tinklą...

— Supratau, supratau,— pertraukė Viljamas,— bet sutik, jog

nerodo man tai, kokia padėtis kaime, kiek jo gyventojų priklauso nuo vienuolyno ir kiek žemės turi tie, kurie nuo vienuolyno nepriklauso...

— A, šitai,— tarė Remigijus,— paprasta šeima ten, žemai, turi ir penkiolika tabulų žemės.

— O kiek yra tabula?

— Aišku, keturi kvadratiniai trabukai.

— Kvadratiniai trabukai? Kiekgi tai būtų?

— Vienas kvadratinis trabukas yra trisdešimt šešios kvadratinės pėdos. Arba, jei nori, aštuoni šimtai tiesinių trabukų yra viena Pjemonto mylia. Ir galima apskaičiuoti, jog viena šeima žemėse į šiaurę nuo čia gali išauginti alyvų mažiausiai pusmaišiui alyvos.

— Pusmaišiui?

— Taip, maišas yra penkios heminos, o viena hemina yra penkios taurės.

— Supratau,— liūdnai ištarė mokytojas,— kiekviename krašte — savi matai. Sakysim, vyną jūs matuojate bokalais?

— Arba rubijomis. Penkios rubijos yra viena brenta, o aštuonios brentos — statinaitė. Jei nori, viena rubija yra šešios pintos po du bokalus.

— Atrodo, man paaiškėjo,— tarė Viljamas, visai prislėgtas.

— Ar nori dar ką sužinoti? — paklausė Remigijus, kaip man pasirodė, įžūliai.

— Taip! Klausiau tavęs, kaip gyvenama ten, slėnyje, nes šiandien bibliotekoje galvoju apie pamokslus moterims, sukurtus Humberto Romaniečio, o ypač apie dalį „Ad mulieres pauperes in villulis"[3]. Ten sakoma, kad jos labiau už kitas linkusios į kūno nuodėmes, o tai dėl savo neturto, ir išmintingai sakoma, kad jos pecant enim mortaliter, cum peccant cum quocumoque laico, mortalius vero quando cum Clerico in sacris ordinibus costituto, maxime vero quando cum Religioso mundo mortuo[4]. Žinai geriau už mane, kad ir tokiose šventose vietose kaip vienuolynai netrūksta dienovydžio demono gundymų. Svarsčiau, ar, turėdamas ryšių su kaimu, kartais nežinai, gal kai kurie vienuoliai, tesaugo juos nuo to Dievas, stumia mergaites į ištvirkavimus.

Nors mano mokytojas visa tai pasakė gan abejingu balsu, mielas skaitytojau, manau, suprato, kaip tie žodžiai sujaudino raktininką. Negaliu pasakyti, ar jis išbalo, bet taip to laukiau, jog kone pamačiau jį bąlant.

— Tu klausi manęs dalykų, kuriuos, jei žinočiau, jau būčiau pasakęs abatui,— atsakė jis nuolankiai.— Bet, šiaip ar taip, jei, kaip manau, šios naujienos pagelbės tavo tyrimams, neslėpsiu nuo tavęs nieko, kad ir ką sužinočiau. Tikrai, dabar, kai geriau pa-

galvoju apie tavo pirmąjį klausimą... Tą naktį, kai mirė varg-
šas Adelmas, aš vaikščiojau po kiemą... žinai, vištos... pasiekė
mane gandai, kad naktimis kažkuris kalvis ateina vogti vištų...
Taigi tą naktį pastebėjau — iš toli, negalėčiau dievagotis — Be-
rengarijų grįžtant į dortuarą išilgai choro sienos, tarsi eitų jis
nuo Buveinės pusės... Tai nenustebino manęs, nes vienuoliai jau
kuris laikas šnibždėjo apie Berengarijų, gal teko išgirsti...

— Ne, pasakyk man.

— Na gerai, kaip čia pasakius? Berengarijus buvo įtariamas
puoselėjant aistras... nederamas vienuoliui...

— Ar nenori tuo pasakyti, kad palaikė jis ryšius su mergai-
tėmis iš kaimo, apie juos tavęs ir klausiau?

Raktininkas sumišęs kostelėjo ir gan švelniai nusišypsojo:

— Ak, ne... tos aistros buvo dar nedoresnės...

— Ar nereiškia tai, jog vienuolio, besimėgaujančio kūniškais
malonumais su mergaite iš kaimo, aistros yra tam tikra prasme
doros?

— Nesakiau to, tu pats pakišai man mintį, kad ir sugedimas,
ir dora turi savo pakopas. Kūnas gali būti gundomas sulig gamtos
pašaukimu ir... prieš jį.

— Tu nori man pasakyti, kad Berengarijus jautė kūnišką po-
traukį prie savo lyties žmonių?

— Aš sakiau, taip apie jį šnibždėta... Atskleidžiau tau šiuos
dalykus kaip savo nuoširdumo ir geros valios įrodymą...

— Ir už tai tau dėkoju. Sutinku, jog sodomijos nuodėmė yra
daug blogesnė už kitas gašlumo rūšis, kurių, atvirai sakant, visai
nesirengiu tirti...

— Niekniekiai, vieni niekniekiai, net jei ir pasitvirtintų,—
filosofiškai pratarė raktininkas.

— Niekniekiai, Remigijau. Visi mes nusidėjėliai. Niekuomet
neieškau šapo savo brolio aky, nes bijau savojoje nepamatyti rąs-
to. Bet būsiu tau dėkingas už visus rąstus, apie kuriuos ateity no-
rėsi man pasakyti. Tad apsistosime prie storų tvirtų rąstų, palik-
dami šapus skrieti pavėjui. Kiekgi, sakei, yra vienas trabukas?

— Trisdešimt šešios kvadratinės pėdos. Bet nesivargink. Kai
norėsi ką tiksliau sužinoti, ateik pas mane. Gali tikėtis, jog rasi
ištikimą draugą.

— Tokiu tave ir laikau,— šiltai tarė Viljamas.— Hubertinas
sakė man tave anksčiau priklausius mano ordinui. Niekuomet
neišduosiu buvusio savo brolio, o ypač šiomis dienomis, kai turi
čion atvykti popiežiaus legacija, vadovaujama garsaus inkvizi-
toriaus, sudeginusio tiek dolčiniečių. Tai sakei, kad vienas trabu-
kas yra trisdešimt šešios kvadratinės pėdos?

Raktininkas nebuvo kvailys. Jis nutarė, jog neverta ilgiau žaisti katę ir pelę, juolab kad suprato esąs pelė.

— Broli Viljamai,— tarė jis,— matau, žinai daug daugiau, nei aš įsivaizdavau. Neišduok manęs, ir aš neišduosiu tavęs. Teisybė, esu tik vargšas žmogus ir nusileidžiu kūno įgeidžiams. Salvatorė sakė man, kad tu ar tavo novicijus užklupote jį vakar vakare virtuvėje. Tu daug keliavai, Viljamai, žinai tad, kad net Avinjono kardinolai nėra dorybės įsikūnijimas. Žinau, klausinėji ne dėl tų menkų ir niekingų nuodėmių. Suprantu, kad būsi kažką sužinojęs apie mano praeitį. Mano gyvenimas buvo keistas, kaip ir daugelio iš mūsų, minoritų. Prieš daug metų įtikėjau neturto idealu ir palikau bendruomenę, idant galėčiau keliauti per pasaulį. Tikėjau Dolčino pamokslavimu, kaip ir daugelis kitų, panašių į mane. Nesu mokytas žmogus, buvau įšventintas, bet vos tegaliu paskaityti mišias. Mažai tesuprantu teologiją. Matyt, net nesugebu žavėtis idėjomis. Žinai, kadaise bandžiau maištauti prieš ponus, o dabar jiems tarnauju, ir šių žemių pono vardu įsakinėju tokiems pat, koks buvau aš. Arba maištauti, arba išduoti, kito pasirinkimo mums, paprastiems žmonėms, nėra.

— Kartais paprasti žmonės supranta dalykus geriau už mokytus,— tarė Viljamas.

— Gali būti,— atsakė raktininkas, truktelėdamas pečiais.— Bet net nežinau, kodėl dariau tai, ką dariau, anuomet. Matai, Salvatorė — visai kas kita, jis kilęs iš žemės vergų, atėjęs iš vaikystės, kupinos nepriteklių ir ligų... Dolčinas skelbė maištą ir visų ponų sunaikinimą. O aš esu iš miestiečių šeimos, nekentėjau bado. Tai buvo... kaip čia pasakius... bepročių puota, gražus karnavalas... Ten, kalne, greta Dolčino, kol buvom priversti valgyti mūšiuose kritusių bendražygių kūnus, kol tiek jų mirė nuo išsekimo, kad nebuvo galima visų suvalgyti, ir mesdavome juos ant Rebelio šlaitų paukščiams ir laukiniams žvėrims... o gal net ir tomis akimirkomis... kvėpavome... gal laisve? Nežinojau anksčiau, kas tai yra laisvė, pamokslininkai sakydavo: „Tiesa padarys jus laisvus". Jautėmės laisvi ir todėl manėme, kad tiesa mūsų pusėje. Manėme, kad visa tai, ką darėme, yra teisinga...

— Ir ten pradėjote... laisvai jungtis su moterimis? — paklausiau, nė nežinau kodėl, bet persekiojo mane praeitą naktį iš Hubertino išgirsti žodžiai ir tai, ką perskaičiau skriptoriume, ir tai, ką pats patyriau. Viljamas smalsiai pažvelgė į mane, matyt, nesitikėjo, kad būsiu toks narsus ir begėdiškas. Raktininkas įsistebeilijo į mane, tarsi būčiau koks keistas gyvūnas.

— Rebelio kalne,— atsakė jis,— buvo žmonės, kurie visą vaikystę miegojo, po dešimt ir daugiau keliose trobos pėdose, broliai su seserimis, tėvai su dukromis. Ką, manai, reiškė jiems šios naujos aplinkybės? Dabar jie laisva valia darė tai, ką daryti anksčiau buvo priversti. O, be to, naktimis, kai bijai priešų antpuolio ir spaudies prie savo bendro, gulėdamas ant plikos žemės, kad nejaustum šalčio... Erezija... Jūs, vienuoliukai, kurie gimstate pilyse ir mirštate vienuolynuose, manote, kad yra tai tikėjimas, įkvėptas šėtono. Betgi yra tai gyvenimas ir yra tai... buvo tai... nauja patirtis... Nebebuvo ponų, o Dievas mums kalbėjo, buvo su mumis. Nesakau, kad buvome teisūs, Viljamai, ir todėl matai mane čia, nes greit iš ten pasitraukiau. Tik niekada nesupratau tų jūsų mokytų disputų apie Kristaus neturtą, praktiką, faktą, teisę... Sakiau tau, buvo tai didelis karnavalas, o karnavale viskas vyksta atvirkščiai. Po to žmogus sensti, netampi protingesnis, bet tampi rajesnis. Čionai esu rajūnas... Gali pasmerkti eretiką, bet ar pasmerksi rajūną?

— Gana, Remigijau,— tarė Viljamas.— Neklausiu tavęs to, kas įvyko anuomet, bet klausiu, kas vyksta dabar. Padėk man, o aš tikrai nesieksiu tavo pražūties. Negaliu ir nenoriu tavęs teisti. Bet turi man pasakyti, ką žinai apie vienuolyną. Daug vaikštai po jį, ir dieną, ir naktį, tad negali nieko nežinoti. Kas nužudė Venancijų?

— To nežinau, prisiekiu tau, žinau tik, kada jis mirė ir kur.

— Kada? Kur?

— Leisk man papasakoti. Tą naktį, praėjus valandai po Naktinės, įėjau virtuvėn...

— Pro kur ir ko ten norėjai?

— Pro duris iš daržų pusės. Turiu raktą, kurį kadaise liepiau kalviams nukaldinti man. Virtuvės durys yra vienintelės neužsklęstos iš vidaus. O ko man ten reikėjo... nesvarbu, pats sakei, jog nenori manęs kaltinti dėl mano kūno silpnumo...— Jis sumišęs nusišypsojo.— Bet nenoriu taip pat, kad manytum, esą leidžiu dienas ištvirkaudamas... Tą dieną ieškojau maisto, kad galėčiau padovanoti tai mergaitei, kurią turėjo atvesti Salvatorė...

— Pro kur?

— Vienuolyno siena, be vartų, turi dar kitų įėjimų. Žino juos abatas, žinau aš... Bet tą vakarą mergaitė ten neatėjo: pasiunčiau ją atgal, kaip tik dėl to, ką ten pamačiau ir apie ką tau dabar pasakoju. Štai kodėl bandžiau ją sugrąžinti vakar vakare. Jei būtumėt atėję kiek vėliau, vietoj Salvatorės būtumėt radę mane, tai jis mane perspėjo, kad Buveinėje yra žmonių, ir aš grįžau atgal į savo celę...

— Bet grįžkim prie nakties tarp sekmadienio ir pirmadienio.

— Taigi, įėjau į virtuvę ir pamačiau ant grindų tysant Venancijų, jau negyvą.

— Virtuvėje?

— Taip, prie kubilo su vandeniu. Matyt, jis buvo ką tik nusileidęs iš skriptoriumo.

— Ir jokių kovos ženklų?

— Jokių. Tiksliau, prie kūno gulėjo sudužusi taurė ir truputis vandens ant grindų.

—Kodėl sakai, kad buvo tai vanduo?

— Nežinau, pamaniau, kad tai vanduo. O kas galėjo būti?

Kaip vėliau pasakė man Viljamas, ta taurė galėjo reikšti du dalykus. Arba ten, virtuvėje, kažkas davė Venancijui išgerti užnuodyto skysčio, arba jis jau buvo prarijęs nuodus (bet kur ir kada?) ir atėjo atsigerti, nes kankino jį troškulys, traukuliai, iki skausmo degino vidurius ar liežuvį (kuris tikrai ir jo turėjo būti toks pat juodas kaip ir Berengarijaus).

Šiaip ar taip, nieko daugiau nebuvo galima sužinoti. Pamatęs lavoną, išsigandęs Remigijus svarstė, ką čia padarius, ir nusprendė verčiau nieko nedaryti. Jei būtų pakvietęs pagalbą, turėtų prisipažinti, kad vaikšto naktimis po vienuolyną, o ir nebūtų iš to dabar jau prarastam broliui jokios naudos. Todėl nutarė palikti viską kaip yra, tikėdamasis, jog kitą rytą kas nors užtiks kūną, kai bus atidarytos durys. Jis nubėgo sulaikyti Salvatorės, jau vedusio mergaitę į vienuolyną, po to jis ir jo bendras nuėjo miegoti, jei taip galima pavadinti tą nerimastingą budėjimą, trukusį iki pat ryto. Ryte, per Aušrinę, kiauliaganiams atėjus perspėti abato, Remigijus tikėjosi, kad lavonas rastas ten pat, kur jis jį ir paliķęs, ir tiesiog nustėro pamatęs jį kubile. Kas išnešė lavoną iš virtuvės? Apie tai Remigijus neturėjo nė mažiausio supratimo.

— Vienintelis galįs laisvai vaikštinėti po Buveinę yra Malachijas,— tarė Viljamas.

Raktininkas karštai atsakė:

— Ne, Malachijas negalėjo. Tai yra nenoriu tuo patikėti... Šiaip ar taip, tai ne aš pasakiau tau ką prieš Malachiją...

— Nurimk, kad ir kokia būtų tavo skola Malachijui. Jis žino ką nors apie tave?

— Taip,— nuraudo raktininkas,— ir pasirodė esąs diskretiškas žmogus. Tavo vietoje pasekčiau Bencijų. Keisti saitai rišo jį su Berengarijum ir Venancijum... Bet, prisiekiu tau, nieko daugiau nemačiau. Jei tik ką sužinosiu, nedelsdamas tau pasakysiu.

— Šiam kartui užteks. Kreipsiuos į tave, jei tik prireiks.

Raktininkas, aiškiai nurimęs, grįžo prie savo darbų, rūsčiai užsipuldamas kaimiečius, kurie tuo tarpu kilnojo kaži kokius maišus su sėkla.

Čia prie mūsų priėjo Severinas. Rankoje jis nešė Viljamo akinius, tuos, pavogtus prieš dvi naktis.

— Radau juos Berengarijaus abite,— tarė jis.— Mačiau tuomet, skriptoriume, ant tavo nosies, juk jie yra tavo?

— Tebūna pagarbintas Viešpats,— džiaugsmingai sušuko Viljamas.— Taip išsisprendė dvi problemos! Atgavau pagaliau savo akinius ir tikrai žinau, kad būtent Berengarijus pavogė juos iš manęs aną naktį skriptoriume!

Vos tik baigėme kalbėti, pribėgo prie mūsų Mikalojus iš Marimondo, švytintis dar labiau už Viljamą. Rankose jis laikė rėmelin įstatytų nugludintų lęšiukų porą.

— Viljamai,— šaukė jau iš tolo,— aš pats juos padariau, užbaigiau juos, tikiu, kad bus geri!

Bet, pamatęs kitus akinius Viljamui ant nosies, net suakmenėjo. Viljamas, nenorėdamas jo įskaudinti, nusiėmė senuosius ir užsimaukšlino naujus.

— Geresni už anuos,— tarė.— Noriu pasakyti, kad laikysiu senuosius atsargai, o visada nešiosiu tik tavuosius.— Ir pasisuko į mane.— Adsai, dabar einu į celę skaityti tų lapų, apie kuriuos žinai. Pagaliau! Lauk manęs kur nors. Ačiū, ačiū jums visiems, mano brangiausieji broliai!

Suskambino Trečiajai, ir aš su visais pasukau į chorą, kur kartu su kitais giedojau himną, psalmes, posmelius ir Kyrie. Kiti meldėsi už Berengarijaus sielą. Aš dėkojau Viešpačiui, kad atradome ne vienus, o net dvejus taip reikalingus akinius.

Ir buvo taip ramu, jog, užmiršęs visas matytas ir girdėtas blogybes, užsnūdau, o atsibudau jau baigiantis pamaldoms. Prisiminiau, kad šią naktį man neteko miegoti, ir sunerimau pagalvojęs, jog išeikvojau tiek daug jėgų. O tuomet, jau išėjuš lauk iš bažnyčios, mano mintis užvaldė mergaitės prisiminimas.

Norėdamas išsiblaškyti pradėjau greitai žingsniuoti po plokščiakalnį. Pajutau, kaip lengvai svaigsta galva. Daužiau sustingusias rankas vieną į kitą. Įnirtingai trypčiojau. Vis·dar lyg snaudžiau, nors jaučiausi pabudęs ir pilnas jėgų. Negalėjau suprasti, kas gi man atsitiko.

Ketvirta diena

TREČIOJI

Adsas kenčia meilės kančias, po to ateina Viljamas su Venancijaus tekstu, kuris, nors ir perskaitytas, lieka toks pat paslaptingas

Tiesą sakant, po mano nuodėmingiausiojo susitikimo su mergaite įvykę kiti siaubingi dalykai tą nutikimą padėjo man kone užmiršti, be to, jau išpažinus broliui Viljamui savo kaltes, mano siela kaipmat nusikratė tos graužaties, kurią jutau vos atsibudęs po nuodėmės, tarsi kartu su žodžiais, kurie buvo kaltės balsas, perkėliau ant brolio pečių ir pačią kaltės naštą. Ir tikrai, kam gi daugiau tarnauja ta palaiminga išpažinties versmė, jei ne perkėlimui ant Viešpaties pečių mūsų nuodėmių naštos ir jų sukeltos graužaties, idant kartu su išrišimu atgautume sielos lengvumą ir užmirštume paklydimo gėdos iškankintą kūną? Bet mano laisvė, pasirodo, dar nebuvo pilnakraujė. Dabar, kai vaikščiojau tą šaltą, blyškios saulės nušviestą žiemos dienos rytą, o aplink virė gyvenimas, praėję įvykiai iškilo mano atminty visai kitoj šviesoj. Tarsi iš viso to, kas nutiko, išliko ne graužatis ir maldantys išpažinties versmės žodžiai, o tik kūnų ir jų dalių vaizdai. Mano įaudrintam protui pasivaideno Berengarijaus vaiduoklis, visas išpampęs nuo vandens, ir aš sutirtėjau iš pasidygėjimo bei gailesčio. Po to, tarsi norėdamas nuvyti šį lemūrą, protas ėmė piešti kitus vaizdus, kurių prisiminimas užplūdo lyg gaivus prieglobstis, ir negalėjau išvengti akivaizdaus mano akims (sielos akims, bet, atrodė, ne mažiau ir kūno akims) paveikslo mergaitės, gražios ir tuo pat metu baisios tarytum mūšiui išsirikiavusi kariuomenė.

Žadėjau (aš, dabar jau senas niekuomet anksčiau neparašyto, bet daug dešimtmečių puoselėto galvoje teksto perrašinėtojas) būti ištikimu metraštininku ne vien iš meilės tiesai ir ne trokšdamas (kas yra dora) pamokyti savo būsimuosius skaitytojus, bet ir todėl, kad išlaisvinčiau savo atmintį, sudžiūvusią ir išvargusią, nuo regėjimų, kamavusių ją visą gyvenimą. Todėl turiu apsakyti viską, neprarasdamas padorumo, bet ir be gėdos. Ir turiu pasakyti dabar ir labai aiškiai tai, ką galvojau ir bandžiau nuslėpti net nuo savęs paties tuomet, vaikščiodamas po plokščiakalnį, kartais kiek pabėgėdamas, idant kūno judesiui galėčiau priskirti greitesnį širdies plakimą, sustodamas pažiūrėti kaimiečių darbo ir vaizduodamasis, kad tuo būdu išblaškysiu savo mintis, giliai įkvėpdamas šalto žiemos oro, kaip tas, kuris geria vyną, vildamasis užmiršti baimę ir skausmą.

Veltui. Galvojau apie mergaitę. Mano kūnas užmiršo malonumą, deginantį, nuodėmingą ir laikiną (dalyką žemą), kurį jutau susijungęs su ja; bet mano siela neužmiršo jos veido ir nemokėjo vertinti šio prisiminimo kaip nedoro, bet atvirkščiai, virpėjo, tarytum tame veide spindėtų visa saldybė to, kas sukurta.

Jutau, sumaištingai ir kone atsižadėdamas savo jausmų, jog ta vargšė, purvina, begėdiška būtybė, parsidavinėjusi (kas žino, kaip dažnai) kitiems nusidėjėliams, ta Ievos dukra, kuri, silpna kaip ir visos jos seserys, tiek kartų pardavusi savo kūną, buvo visgi kažkas įstabaus ir stebuklingo. Mano protas suprato ją esant nuodėmės šaltiniu, o mano širdis juto ją esant palaimos buveine. Sunku apsakyti, ką jaučiau. Galėčiau parašyti, jog, vis dar susipainiojęs nuodėmės tinkluose, troškau, nedorai, kiekvieną akimirką vėl ją pamatyti, ir sekiau dirbančiuosius, siekdamas įžvelgti, ar iš už trobos kampo, iš tvarto tamsos neišnyra ta, kuri mane suvedžiojo. Bet būtų tai netiesa, vien tik bandymas apgobti šydu tiesą, troškimas sušvelninti jos jėgą ir akivaizdumą, nes tiesa yra ta, kad aš „mačiau" mergaitę, mačiau ją tarp belapių medžio šakų, suvirpančių sustirusiam žvirbliui ieškant jose prieglobsčio, mačiau ją akyse karvyčių, einančių iš tvarto, ir girdėjau ją mekenime ėriukų, prabėgančių prieš mane. Atrodė, visa aplinkui kalbėjo man apie ją, ir troškau, taip, troškau ją pamatyti, bet buvau taip pat pasiryžęs ir susitaikyti su mintim, jog niekuomet daugiau jos nematysiu ir niekuomet daugiau su ja nesusijungsiu, kad tik galėčiau mėgautis ta palaima, aplankiusia mane šį rytą, ir visuomet jausti ją šalia, net jei būtų ji, ir per amžius, tolima. Buvo tai, bandau dabar suprasti, tarsi visas pasaulis, kuris yra kaip knyga, parašyta Dievo piršto, o kiekvienas jos lapas byloja mums apie begalinį Sutvėrėjo gerumą, ir kiekvienas to pasaulio kūrinys yra tarytum gyvenimo ir mirties raštas ir veidrodis, ir net menkiausia rožė yra mūsų žemiškojo kelio glosa. Visa kartu tekalbėjo man apie viena: veidą tos, kurią sutikau kvapniose virtuvės sutemose. Buvau atlaidus šiam vaizduotės žaismui, nes, kalbėjau sau (ar, tiksliau, nekalbėjau nieko, nes tą akimirką mano mintys nevirto žodžiais), jei visas pasaulis tik tam ir skirtas, kad kalbėtų man apie Sutvėrėjo galią, gėrį ir išmintį, ir jei tą rytą visas pasaulis tik ir tekalbėjo man apie mergaitę, kuri (nors nuodėminga) buvo didžiosios Sutvėrėjo knygos eilutė, didžiosios kosmoso psalmės posmelis — sakiau sau (sakau dabar), kad jei jau tai įvyko, negalėjo tai nebūti didžiojo teofanijos plano, darnaus tarytum citra, stebuklingo skambėjimo ir harmonijos, valdančios visą visatą, dalis. Kone apsvaigęs jutau dabar ją visuose dalykuose, kuriuos regėjau, ir juose geidžiau jos, ir juose tą geismą tenkinau. O visgi jutau tarsi skausmą, nes tuo pat metu kentėjau dėl jos nebuvimo ir kartu buvau laimingas dėl tiekos jos buvimo vizijų. Nelengva paaiškinti tą paslaptingą prieštaravimą, reiškiantį, kad žmogaus siela yra trapi ir neina takais dieviškojo proto, sukūrusio pasaulį kaip tobulą silogizmą, bet iš šio silogizmo suvokia tik atskirus ir dažnai nesusijusius teiginius, iš ko ir išplaukia mūsų polinkis lengvai tapti šėtono klastų auka. Bet ar buvo šėtono klasta toji taip sujaudinusi mane šį rytą? Šiandien manau, kad taip, nes buvau tuomet novicijus, bet taip pat manau, jog žmogiškas jausmas, užvaldęs mane, pats savaime nebuvo blogas, o blogas jis buvo tik dėl manęs paties. Juk jausmas tas traukė vyrą prie moters, kad sujungtų juos, kaip nori to giminės apaštalas, ir taptų jie kūnu iš dviejų kūnų, ir kartu kurtų naujas žmogiškas būtybes ir remtų vienas kitą nuo jaunų dienų iki pat senatvės. Tik apaštalas kalbėjo šitai tiems, kurie ieškojo vaistų nuo goslumo, ir tiems, kurie nenori degti, primindamas, kad daug vertesnė yra skaistybė, kuriai ir aš, vienuolis, save paskyriau. Ir todėl tą rytą patyriau tai, kas buvo blogis man, bet kas kitiems galbūt buvo gėris, saldžiausias gėris, ir suvokiau dabar, kad mano nerimo nesukėlė minčių, savyje dorų ir saldžių, neteisėtumas, bet sukėlė neteisėtumas ryšio tarp tų minčių ir mano duotų įžadų. Ir todėl elgiausi blogai mėgaudamasis geru dalyku, pažvelgus į jį iš vienos pusės, o blogu, pažvelgus iš kitos, ir mano klaida buvo, kad bandžiau natūralius poreikius sutaikyti su racionalios sielos paliepimais. Dabar žinau, jog kentėjau dėl prieštaravimo tarp draudžiamo proto geismo, kur būtų turėjusi pasireikšti valios galia, ir draudžiamo jausmų geismo, valdomo žmogiškųjų aistrų. Išties, actus appetitus sensitivi in quantum habent transmutationem corporalem annexam, passiones dicuntur, non autem actus voluntatis[5]. Ir veiksmą, į kurį pastūmėjo mane geismas, tikrai lydėjo fizinis poreikis šaukti ir blaškytis. Angeliškasis daktaras sako, jog aistros nėra blogis, jei tik jas seikėja valia, valdoma racionaliosios sielos. Betgi tą rytą mano racionalioji siela buvo užliūliuota nuovargio, pažabojusio ūmųjį geismą, linkstantį į gėrį ir į blogį kaip užkariavimo ribas, bet ne gašlųjį geismą, linkstantį į gėrį ir į blogį kaip žinomuosius. O kad pateisinčiau savo ano meto vėjavaikiškumą, pasakysiu šiandien angeliškojo daktaro žodžius, jog neabejotinai buvo apėmusi mane meilė, kuri yra aistra ir yra kosminis dėsnis, nes ir kūnų trauka yra gamtinė meilė. Ir ši aistra lengvai mane suvedžiojo, nes joje supratau, kodėl appetitus tendit in appetibile realiter consequendum ut sit ibi finis mortus[6]. Dėl ko, aišku, amor facit quot ipsae res quae amantur, amanti aliquo modo uniantur et amor est magis cognitivus quam cognitio[7]. Ir tada aš tikrai regėjau mergaitę geriau nei kad tą praeitą vakarą, ir supratau ją intus et in cute[8], nes joje supratau save, o savyje — ją pačią. Klausiu dabar savęs, ar tai, ką jutau, buvo meilė iš draugystės, kai toks pat myli tokį patį ir tetrokšta tam kitam gero, ar meilė iš goslumo, kai trokštama tik gero sau ir kenčiantis trūkumą tetrokšta tą spragą užpildyti. Ir manau, kad meilė iš goslumo buvo ta, naktinė, kai geidžiau iš mergaitės to, ko niekuomet anksčiau nebuvau turėjęs, bet tą rytą iš mergaitės jau nieko netroškau, o tenorėjau jai gero ir tegeidžiau, kad galėtų ji išvengti tos žiaurios būtinybės parsidavinėti už kąsnį ir būtų laiminga, nenorėjau nieko prašyti, o tik toliau galvoti apie ją ir matyti ją avelėse, jaučiuose, medžiuose, ramioje šviesoje, džiugiai gaubiančioje vienuolyno mūrus.

Dabar žinau, jog meilės priežastis yra gėris, o tai, kas yra gėris, nusakoma pažinimu, ir negalima mylėti to, kas nėra gėris, o mergaitę aš supratau kaip ūmiojo geismo gėrį, bet valios blogį. Tačiau tuomet buvau apimtas tiekos ir tokių prieštaringų sielos polėkių, kad tai, ką jutau, rodėsi meile daug šventesne, aprašyta daktarų: ji sukėlė man ekstazę, kurioje mylintis ir mylimas trokšta 'to paties (ir iš kažkokio stebuklingo apšvietimo tą akimirką žinojau, kad mergaitė, nors ir kur ji būtų, troško to paties, ko troškau ir aš), ir pavydėjau jos, bet ne tuo bloguoju pavydu, pasmerktu Povilo jo pirmajame laiške korintiečiams, kuris yra principium contentionis[9], bet nepripažįsta mylimajame draugo, tik tuo pavydu, apie kurį kalba Dionizijus savo „Dieviškuose varduose", dėl kurio net ir Dievas vadinamas pavydžiu propter multum amorem quem habet ed existentia[10] (o aš mylėjau mergaitę kaip tik todėl, kad ji egzistavo, ir buvau laimingas, ne pavydus, kad ji egzistuoja). Aš pavydėjau pavydu, kuris angeliškajam daktarui buvo motus in amatum[11], draugystės pavydu, skatinančiu sukilti prieš viską, kas mylimajam trukdo (o nesvajojau tuomet apie nieką kitą, kaip tik išlaisvinti mergaitę iš nagų to, kuris ją pirko ir teršė pragaištingomis aistromis).

Dabar žinau, kaip kad sako daktaras, jog meilė gali žeisti mylimą, jei yra ji pernelyg karšta. O manoji buvo tokia. Bandžiau išaiškinti, ką tuomet jaučiau, nemėgindamas to niekaip pateisinti. Kalbu apie savo jaunystės nuodėminguosius geidulius. Buvo jie blogis, bet teisybės dėlei turiu pasakyti, jog anuomet žvelgiau į juos kaip į nepaprastą gėrį. Ir tebūna tai pamoka visiems, kurie, kaip ir aš, paklius į pagundos žabangus. Šiandien, kada esu jau senas, žinau tūkstančius būdų tiems gundymams išvengti (ir svarstau, kiekgi turėčiau didžiuotis pagaliau tapęs laisvas nuo dienovydžio demono vilionių, bet nelaisvas nuo kitų; todėl klausiu savęs, ar tai, ką darau dabar, nėra nuodėmingas nuolaidžiavimas žemiškajai prisiminimų aistrai, tam kvailam mėginimui pabėgti nuo laiko tėkmės ir nuo mirties).

Tuomet išgelbėjo mane tik stebuklingas instinktas. Mergaitė rodėsi man supančiuose mane gamtos ir žmogaus rankų kūriniuose. Todėl pabandžiau, vadovaudamasis laiminga sielos intuicija, pasinerti į nenutrūkstamą tų daiktų kontempliaciją. Stebėjau darbą piemenų, vedusių iš tvarto jaučius, kiauliaganių, šėrusių kiaules, aviganių, siundžiusių šunis, kad suvarytų avis į būrį, kaimiečių, nešusių į malūnus miežius bei soras ir išeinančius iš jų su maišais gerų miltų. Pasinėriau į gamtos apmąstymus, bandydamas nuvyti šalin savo mintis ir matyti dalykus tokius, kokie jie mums apsireiškia, ir džiugiai užsimiršti jų reginiuose.

Koks gražus buvo vaizdas gamtos, kurios nepalietė dar dažnai, deja, iškreipta žmogaus išmintis!

Pamačiau ėriuką, kuriam šis vardas buvo duotas tarytum dėl jo tyrumo ir gėrio. Juk vardas *agnus* kilęs iš to, kad šis gyvulys *agnoscit*, pažįsta savo motiną ir išskiria jos balsą iš visos bandos, o motina tuo tarpu tarp tiekos vienodos formos ir vienodo mekenimo ėriukų atpažįsta savąjį ir jį pažindo. Pamačiau ožką, kuri *ovis* vadinama *ab oblatione*, nes nuo amžių pradžios skirta aukojimo apeigoms; avį, kuri, kaip kad jai įprasta, žiemos pradžioje godžiai ieško žolės ir prisikemša jos, kol laukų dar nesukaustė ledas. O bandas prižiūrėjo šunys, vadinami taip nuo *canor*, dėl savo skalijimo. Gyvūnai šie tobuliausi, apdovanoti didžiausiu sumanumu, jie pažįsta savo šeimininką ir yra mokomi medžioti plėšrius žvėris miškuose, saugoti bandas nuo vilkų, saugoti šeimininko namus ir jo vaikus ir kartais, ginantys juos, yra nužudomi. Karalius Garamantas, savo priešų paimtas nelaisvėn, grąžintas į tėvynę dviejų šimtų šunų rujos, prasiskynusios kelią per priešininko pulkus; Jasono Licinijaus šuo mirus šeimininkui atsisakė ėsti ir mirė badu; karaliaus Lizimako šuo puolė į savo šeimininko laužą, kad sudegtų kartu su juo. Šuo gali užgydyti žaizdas, laiždamas jas, o jo šuniukų liežuviai gali užgydyti žarnų sužalojimus. Iš prigimties šuo įpratęs ir vėl suėsti savo išvemtą maistą. Tas santūrumas yra sielos tobulybės ženklas, o gydomoji liežuvio galia yra ženklas apsivalymo nuo nuodėmių, gauto per išpažintį ir atgailą. Bet šuns grįžimas prie to, ką buvo išvėmęs, yra taip pat ženklas, jog po išpažinties grįžtama prie tų pačių nuodėmių, ir ši moralė buvo man labai naudinga, kaip perspėjimas širdžiai tą rytą, kai žavėjausi gamtos grožybėmis.

Tuo tarpu mano žingsniai krypo prie tvartų jaučiams, kurie kaip tik pulkais ėjo iš jų, vedami piemenų. Atrodė jie man tokie, kokie buvo ir yra, draugystės ir gėrio simboliai, nes kiekvienas jautis ardamas sukasi ieškoti savo poros, jei ji tuo metu atsitiktinai būtų kur kitur, ir šaukia aną ilgesingai mykdamas. Jaučiai išmoksta paklusniai vieni grįžti į tvartus, kai lyja, o jau palindę po stogu, vis tiesia kaklus laukan, žiūrėdami, ar dar nesibaigė dargana, nes trokšta grįžti prie darbo. O kartu su jaučiais iš tvarto ėjo ir veršeliai, kurių vardas kilęs nuo žodžio *viriditas*, taip pat *virgo*, nes tokio amžiaus jie yra dar gaivūs, jauni ir skaistūs, todėl blogai dariau ir darau, tariau sau, įžvelgdamas jų judesiuose atvaizdą mergaitės, visai nedoros. Apie šiuos dalykus galvojau susitaikydamas su pasauliu ir savim pačiu, stebėdamas tą džiugų ryto valandos darbą. Ir nebegalvojau daugiau apie mergaitę, ar, tiksliau, stengiausi paversti jai juntamą įkarštį vidiniu džiaugsmu ir pamaldžia ramybe.

Kalbėjau sau, kad pasaulis yra geras ir žavus, kad Dievo gerumas, kaip sako Honorijus Augustodunensis, pasireiškia net per pačius baisiausius žvėris. Teisybė, yra žalčių, tokių didelių, kad ryja jie elnius ir plauko vandenynais, yra žvėris cenocroca, kurio kūnas kaip asilo, ragai kaip ožiaragio, o krūtinė ir nasrai kaip liūto, kojos kaip arklio, bet kanopos kaip jaučio, o snukis nuo ausies iki ausies, balsas beveik kaip žmogaus, o dantų vietoje vienas ištisas kaulas. Ir yra žvėris mantikoras, su žmogaus veidu, trimis eilėmis dantų, liūto kūnu, skorpiono uodega, melsvai žaliomis akimis, kraujo spalva ir balsu panašus į žaltį, ryjantis žmogieną. Ir yra pabaisų su aštuoniais pirštais pėdose, vilko snukiais, kreivais nagais, avių kailiais ir lojančių it šunys, kurios į senatvę ne žilsta, bet juosta, ir gyvena daug ilgiau už mus. Ir yra padarų su akimis ant pečių, su dviem skylėmis krūtinėje šnervių vietoje, nes jie yra begalviai, ir dar kitokių, prie Gango upės, gyvenančių vien iš kvapo tam tikro obuolio, nuo kurio nutolę miršta. Bet visi šie siaubingi žvėrys, visa jų įvairovė gieda šlovę Sutvėrėjui ir jo išminčiai, kaip ir šuo, jautis, ožka, ėriukas ir lūšis. Kokia didi yra, tuomet tariau sau, pati kukliausia šio pasaulio grožybė ir kaip malonu yra proto akimis akylai stebėti ne tik daiktų būdus ir skaičių, ir tvarką, taip oriai nustatytą visoje visatoje, bet ir laikų kaitą, nenutrūkstamai vingiuojančią per sekas ir nuopuolius, pažymėtą mirtimi to, kas užgimė. Prisipažįstu, nors esu tik nusidėjėlis, o siela mano vis dar yra kūno belaisvė, tuomet sielos saldybė skraidino mane prie Sutvėrėjo ir prie šio pasaulio taisyklės, ir su džiaugsminga pagarba žavėjausi to, kas sutverta, didybe ir pastovumu.

Štai tokio gero ūpo rado mane mano mokytojas, kai pats to nė nepajutęs, apsukau kone aplink visą vienuolyną ir vėl atsidūriau toje vietoje, kur mes prieš porą valandų išsiskyrėme. Sutikus Viljamą ir išgirdus jo žodžius, mano mintys vėl krypo prie tamsių vienuolyno paslapčių.

Viljamas atrodė labai patenkintas. Rankoje jis laikė Venancijaus parašytą lapą, pagaliau perskaitytą. Nuėjome į jo celę, tolyn nuo smalsių akių, ir jis išvertė man tai, ką jame išskaitė. Po sakinio, užrašyto zodiako ženklais (secretum finis Africae manus supra idolum age primum et septimum de quatuor), štai ką skelbė graikiškasis tekstas:

Siaubingi nuodai, teikiantys apsivalymą...
Geriausias ginklas priešui sunaikinti...
Pasinaudok nuolankiais žmonėmis, piktais ir bjauriais,

mėgaukis jų trūkumais...' Jie neturi mirti... Ne namuose kilmingųjų ir galingųjų, bet kaimuose, po sotaus valgio ir libacijų... Kūnai kresni, veidai iškreipti...

Prievartauja nekaltas mergaites ir smaginasi su paleistuvėmis, nepikti, be baimės.

Skirtinga tiesa, kitas tiesos atvaizdas...

Godotini figmedžiai.

Gėdą praradęs akmuo ritasi per lygumą... Akyse.

Reikia apgaudinėti ir užklupti iš pasalų, sakyti dalykus, priešingus tiems, kuriais tiki, sakyti viena, o galvoti kita.

Tiems iš po žemių užgros cikados.

Ir viskas. Mano manymu, pernelyg mažai, beveik nieko. Panašu man tai buvo į pamišėlio vapaliojimus, tą ir pasakiau Viljamui.

— Gali būti ir taip. O dar beprotiškiau atrodo, nei kad yra, dėl mano vertimo. Graikų temoku silpnai. Bet net ir tarus, kad Venancijus buvo beprotis arba beprotis buvo knygos autorius, tai mums nepaaiškins, kodėl tiek žmonių, ir ne visi iš jų pamišę, taip stengėsi pirmiausia tą knygą paslėpti, o paskui ją rasti...

— Bet ar šitai, kas čia parašyta, yra iš tos paslaptingosios knygos?

— Be abejo, šiuos dalykus užrašė Venancijus. Pats matai, kad nėra tai senas rankraštis. Ir turėtų būti tai pastabos, padarytos knygą skaitant, antraip Venancijus nebūtų rašęs graikiškai. Jis neabejotinai perrašė sutrumpindamas, ką radęs iš finis Africae paimtoje knygoje. Jis atsinešė ją į skriptoriumą ir pradėjo skaityti žymėdamas tai, kas jam atrodė verta. Po to kažkas įvyko. Arba jis pasijuto blogai, arba išgirdo ką nors kopiant laiptais. Tuomet jis padėjo knygą kartu su užrašais po stalu, matyt, tikėdamasis grįžti prie jos kitą vakarą. Šiaip ar taip, tik iš šio lapo galime nusakyti tos paslaptingos knygos prigimtį, ir tik tos knygos prigimtis padės mums atskleisti žudiko prigimtį. Mat kiekvienos žmogžudystės, įvykdytos siekiant įgyti kokį daiktą, atveju geidžiamo daikto prigimtis turėtų nupiešti, nors ir kaip neryškiai, žudiko paveikslą. Jei žudoma dėl saujos aukso, žudikas yra godus asmuo, jei dėl knygos, žudikas siekia vien sau išsaugoti tos knygos paslaptis. Tad pravartu būtų žinoti, kas gi parašyta toje knygoje, kurios mes neturime.

— Ir jūs galėsite tik iš šių kelių eilučių nuspręsti, apie ką yra ta knyga?

— Brangusis Adsai, šios eilutės atrodo paimtos iš kažkokio švento rašto, kurio prasmė pranoksta žodžių prasmę. Skaitydamas jas šį rytą, po mūsų pokalbio su raktininku, nustebau pamatęs, jog ir čia kalbama apie paprastus žmones ir kaimiečius kaip apie skelbėjus kitokios tiesos nei ta, kurią skleidžia išminčiai. Raktininkas leido mums suprasti, jog kažkoks keistas ryšys sieja jį su Malachiju. Gal Malachijas paslėpė kokį nors pavojingą erezijos tekstą, Remigijaus jam patikėtą? Tuomet Venancijus būtų perskaitęs ir užsirašęs paslaptingas nuorodas apie bendruomenę netašytų ir piktų žmonių, maištaujančių prieš visus ir viską. Bet...

— Bet?

— Bet du faktai griauna šią mano hipotezę. Vienas yra tas, jog Venancijus neatrodė susidomėjęs tokiais klausimais: jis buvo graikiškų tekstų vertėjas, o ne erezijos skelbėjas... O antra — tai, kad tokie sakiniai kaip apie figmedžius, akmenį ir cikadas nepaaiškinami šia pirmąja hipoteze...

— Gal tos mįslės turi kitas prasmes,— pakišau mintį.— O gal turite ir antrą hipotezę?

— Turiu, bet ji dar sujaukta. Atrodo man, kai skaitau šį lapą, jog kai kuriuos jo žodžius jau esu skaitęs, ir iškyla prieš akis sakiniai, lyg matyti kur kitur. Man net atrodo, kad šis lapas byloja kažką, kas praėjusiomis dienomis jau buvo kalbėta... Bet negaliu prisiminti ką. Turiu apie tai pagalvoti. Gal reikės paskaityti kitas knygas.

— Kaip tai? Tam, kad sužinotumėt, kas rašoma vienoje knygoje, jūs rengiatės skaityti kitas?

— Kartais galima taip daryti. Vienos knygos dažnai kalba apie kitas. Neretai nekalta knyga yra tarsi sėkla, pražystanti pavojingoje knygoje, arba atvirkščiai, karčios šaknys duoda saldų vaisių. Argi negali, skaitydamas Albertą, sužinoti, ką būtų galėjęs pasakyti Tomas? Arba, skaitydamas Tomą, žinoti, ką pasakė Averojus?

— Teisybė,— tariau sužavėtas. Iki tol maniau, kad kiekviena knyga byloja apie dalykus, dieviškus ar žmogiškus, esančius šalia tų knygų pasaulio. Dabar supratau, jog dažnai knygos kalba apie knygas ir yra taip, tarsi jos kalbėtų tarpusavy. O dėl šios minties biblioteka pasirodė man dar nerimastingesnė. Juk tuomet yra ji vieta ilgų, amžius trunkančių šnibždesių, ir jojė vyksta nepastebimas pokalbis tarp vieno pergamento ir kito, tuomet yra ji gyvas dalykas, prieglobstis jėgų, kurių nesuvaldo žmogaus protas, lobynas paslapčių, sklindančių iš tiekos protų ir gyvenančių po mirties tų, kurie jas pagimdė ar buvo jų laidininkais.

— Bet,— tariau,— kam tada reikia slėpti knygas, jei per akivaizdžias knygas galima pasiekti tas, slaptąsias?

— Galvojant apie amžius, tai beprasmiška. Matuojant metais ir dienomis, reikia. Matai juk, kokie mes dabar sutrikę.

— Tai biblioteka yra ne tiesos skleidimo, bet jos atskleidimo uždelsimo įnagis? — paklausiau apstulbęs.

— Ne visada ir nebūtinai. Šiuo atveju — taip.

Ketvirta diena

ŠEŠTOJI

Adsas eina ieškoti triufelių ir pamato atvykstant minoritus, šie ilgai kalbasi su Viljamu ir Hubertinu ir sužinoma daug liūdnų dalykų apie Joną XXII

Šitaip pasvarstęs, mano mokytojas nutarė nieko daugiau nedaryti. Kaip jau sakiau, kartais ištikdavo jį visiško sustingimo akimirkos, tarsi būtų sustojęs nenutrūkstamas dangaus kūnų judėjimo ciklas, o jis kartu su juo ir su jais. Taip atsitiko ir tą rytą. Šis išsitiesė ant čiužinio, įsmeigė akis į nežinomus tolius, sukryžiavo ant krūtinės rankas ir taip gulėjo vos krutindamas lūpas, tarsi kalbėtų maldą, tik padrikai ir visai nepamaldžiai.

Pamatęs jį panirusį į apmąstymus, nutariau juos pagerbti ir grįžau į kiemą, kur pastebėjau kiek aptemus saulę. Graži ir skaidri ryte, dabar, dienai jau ritantis į antrąją pusę, tapo ji drėgna ir apniukusi. Iš šiaurės atplaukę dideli debesys, sustoję virš plokščiakalnio, paskleidė ant jos lengvą miglą. Atrodė, jog tai rūkas, o gal ir tikrai garavo žemė, nes šiame aukštyje sunku atskirti ūkanas, kylančias iš apačios, nuo tų, kurios leidžiasi iš viršaus. Jau sunkiai atskyriau atokiau stovinčių namų kontūrus.

Pamačiau Severiną smagiai renkant krūvon kiauliaganius su jų kiaulėmis. Jis man pasakė, jog susiruošė jie kalno šlaituose ir slėnyje ieškoti triufelių. Aš dar nepažinojau šio puikaus miškų augalo, paplitusio pasaulyje, o ypač, atrodo, benediktinų valdose, Nursijoje — juodojo, šiose vietose — šviesesnio ir kvapnesnio. Severinas paaiškino man, kas tai ir kokie skanūs jie, paruošti įvairiausiais būdais. Ir dar pasakė, kad juos labai sunku rasti, nes slypi jie po žemėmis dar paslaptingiau nei kad grybai, ir vieninteliai gyvuliai, gebantys atrasti juos pagal kvapą, yra kiaulės. Tačiau radusios jos skuba juos suėsti, todėl reikia kuo greičiau nuvyti jas šalin ir iškasti pačiam. Vėliau sužinojau, kad daugelis kilmingųjų neniekina tokios medžioklės ir seka paskui kiaules, lyg būtų šios puikiausi skalikai, o paskui juos eina tarnai su kapliais. Atsimenu, kaip kartą vienas mano krašto ponas, žinodamas, kad pažįstu Italiją, paklausė manęs, kodėl gi ten ponai eina ganyti kiaulių, o aš saldžiai juokiausi, suprasdamas, jog ėjo jie ieškoti triufelių. Bet kai aš pasakiau jam, kad ruošėsi jie rasti po žemėmis „tar-tufo", o vėliau jį suvalgyti, jis suprato mane sakant juos ieškojus „der Teufel", arba velnio, ir dievobaimingai persižegnojo, apstulbusiomis akimis žiūrėdamas į mane. Nesusipratimui išaiškėjus, mudu gardžiai iš jo pasijuokėm. Tokie jau burtai žmonių kalbų, kad vienodi garsai reiškia dažnai skirtingus dalykus.

Susidomėjęs Severino pasirengimais, nutariau eiti sykiu dar ir todėl, kad supratau jį surengus tas paieškas siekiant užmiršti tuos liūdnus, visus slėgusius įvykius: o aš pamaniau, jog, padėdamas jam užmiršti jo mintis, gal sugebėsiu užmiršti ir savąsias ar bent jau jas pažaboti. Neslėpsiu, nes daviau žodį visur ir visada rašyti tiesą ir tik tiesą, jog viliojo mane mintis, ar, nusileidęs į slėnį, kartais nesutiksiu tos, kurios nė neminėsiu. Tačiau pats sau kone balsu tariau, kad šią dieną laukiamos abi legacijos ir gal pavyks kurią iš jų pamatyti.

Leidžiantis žemyn, oras pamažėl skaidrėjo; saulės nesimatė, nes dangų buvo užtraukę debesys, bet daiktai jau ryškėjo, nes rūkas liko virš mūsų galvų. O jau beveik visai nusileidus, kai atsisukęs pažvelgiau į kalno viršūnę, nieko ten nepamačiau: nuo pusės kalno į viršų visa skendėjo debesyse: ir plokščiakalnis, ir vienuolynas, ir Buveinė.

Tą rytą, kai atvykome čia, kopdami į kalnus iš kai kurių vietų galėjome matyti jūrą, mėlynavusią už kokių dešimties mylių, o gal arčiau. Mūsų kelionė buvo kupina netikėtumų, nes kartais atsidurdavome tarytum kokioje kalnų terasoje, kurios šlaitai leidosi stačiai į nuostabius slėnius, o netrukus vėl panirdavome į gilius tarpeklius, kur už vienų kalnų stiebėsi kiti, visiškai užgoždami tolimos pakrantės vaizdą, ir saulė sunkiai prasiskverbdavo iki pat žemės. Niekur kitur, kaip kad šioje Italijos dalyje, nemačiau taip glaudžiai susipynusių jūros ir kalnų, pakrantės ir alpinio kraštovaizdžio, o tarpekliuose pūtusiame vėjyje jutau kovą tarp jūros balzamų ir ledynų alsavimo, kurioje pakaitom nugalėdavo tai viena, tai kita.

Tą rytą, atvirkščiai, visa buvo pilka, lyg pienu užlieta, ir nesimatė horizonto net jei tarpekliai atsiverdavo tolimų pakrančių pusėn. Bet gaištu laiką, pasakodamas dalykus, mažai tesusijusius su tuo, kas domina mus, kantrusis mano skaitytojau. O todėl nepasakosiu apie „derteufel" ieškojimus, bet verčiau pasakysiu, jog pirmas pastebėjau atvykstant minoritų legaciją ir tuoj pat nukūriau į vienuolyną pranešti šios žinios Viljamui.

Mano mokytojas palaukė, kol ką tik atvykusieji įeis ir bus pasveikinti abato pagal visas taisykles. Po to jis žengė jų pasitikti, ir šį susitikimą lydėjo broliškas apsikabinimas bei sveikinimai.

Pietų valanda jau buvo praėjusi, tačiau abatas paliepė padengti svečiams stalą ir labai mandagiai paliko juos vienus su Viljamu, idant galėtų jie, nepaisydami įstatų reikalavimų, laisvai sotintis ir tuo pat metu dalytis savo įspūdžiais, juolab kad panašu tai buvo, teatleidžia man Dievas už šį nedorą palyginimą, į karo tarybą, kurios pasitarimas turi įvykti kaip įmanoma greičiau, iki atvykstant priešo pulkams, tai yra avinjoniečių legacijai.

Nereikia nė sakyti, jog visi atvykę tuoj pat susitiko ir su Hubertinu, sveikino jį nustebę, nudžiugę ir su pagarba, derančia dėl tokio ilgo nesimatymo, nuogąstavimų, lydėjusių jo dingimą, ir savybių šio narsaus kario, jau dešimtmečius kovojančio jų pusėje.

Apie tos grupės brolius papasakosiu vėliau, kalbėdamas apie rytojaus dieną įvykusį susitikimą. Be to, dar mažai su jais tekalbėjau, nes įsigilinau į kaipmat prasidėjusią diskusiją tarp Viljamo, Hubertino ir Mykolo Čezeniečio.

Mykolas turėjo būti gan keistas žmogus: karštas ir aistringas pranciškonas (kartais mostais ir balsu primindavo jis Hubertiną, apimtą mistiškosios ekstazės), žmogiškas ir smagus savo žemiškąja prigimtimi, tikras romanietis, mokantis vertinti gardų valgį ir linksmintis draugų būry; subtilus ir vingrus, gebantis staiga tapti atsargus ir apsukrus kaip lapė, slapukiškas kaip kurmis kalbai pakrypus ryšių tarp galingųjų pusėn; galintis pratrūkti nuoširdžiu juoku, išgyventi karštos įtampos ar iškalbingo tylėjimo akimirkas, staiga įsitempti net iki virpėjimo ar nukreipti žvilgsnį nuo pašnekovo, jei, vengdamas atsakyti į šio klausimą, norėdavo apsimesti išsiblaškiusiu.

Anksčiau jau buvau apie jį rašęs, bet žodžiais, girdėtais iš kitų ir kurie galbūt ir jiems buvo pasakyti. Dabar geriau supratau tų gausių ir prieštaringų jo požiūrių bei politinių tikslų kaitą, pastaraisiais metais stulbinusią jo draugus ir šalininkus. Būdamas mažųjų brolių ordino generaliniu ministru, iš esmės buvo jis šventojo Pranciškaus įpėdinis, o iš tiesų — jo aiškintojų įpėdinis: turėjo šventumu ir išmintim lygiuotis į tokius savo pirmtakus kaip Bonaventūras iš Banjoredžio, privalėjo garantuoti įstatų laikymąsi, o kartu ir tokio galingo ir didelio ordino sėkmę, turėjo girdėti, kas vyksta rūmuose ir miestų savivaldybėse, nes iš ten ordinui plaukė jo gerovė bei turtai, ar būtų tai išmaldos, dovanos, ar palikimai, ir turėjo tuo pat metu sekti, kad atgailos poreikis neišvestų iš ordino karščiausių spiritualų, nes tuomet ta puiki bendruomenė, kurios galva jis buvo, suskiltų į daugelį eretikų gaujų. Jis turėjo patikti popiežiui, imperatoriui, beturčių gyvenimo broliams, šventajam Pranciškui, neabejotinai stebinčiam jį iš dangaus, krikščionių tautai, stebinčiai

234

jį nuo žemės. Kai Jonas pasmerkė visus spiritualus kaip eretikus, Mykolas nedvejodamas išdavė jam penkis veikliausius Provanso brolius, leisdamas popiežiui juos sudeginti. Bet matydamas (ir greičiausiai ne be Hubertino pagalbos), jog daugelis ordine simpatizuoja evangeliškojo paprastumo šalininkams, veikė taip, kad po ketverių metų Perudžijos kapitula pripažintų savais tų sudegintųjų siekius. Aišku, bandydamas įpinti tą poreikį, kuris galėjo būti eretiškas, į ordino papročius ir institucijas, ir trokšdamas, kad tai, ko dabar norėjo ordinas, norėtų taip pat ir popiežius. Bet, nors ir siekdamas įtikinti popiežių, be kurio palaiminimo nenorėjo toliau veikti, nesibodėjo taip pat ir imperatoriaus bei imperijos teologų palankumo. Dar prieš dvejus metus iki tos dienos, kai jį pamačiau, visuotinėje Liono kapituloje vertė jis savo brolius kalbėti apie popiežių su saiku ir pagarba (ir tai tepraėjus keletui mėnesių po to, kai popiežius, kalbėdamas apie minoritus, pasisakė prieš „jų skalijimą, jų klaidas ir jų pamišimus"). Bet štai jis draugiškai sėdėjo už vieno stalo su tais, kurie kalbėjo apie popiežių visiškai be pagarbos.

Kitką jau minėjau. Jonas kvietė jį į Avinjoną, jis norėjo ir nenorėjo ten vykti, ir kitą dieną turėjęs įvykti susitikimas privalėjo nulemti tokios kelionės būdus ir garantijas, kelionės, kuri neturėjo atrodyti nei kaip nuolankumas, nei kaip iššūkis. Nemanau, kad Mykolas būtų kada anksčiau asmeniškai sutikęs Joną, bent jau šiam tapus popiežium, šiaip ar taip, nebuvo jo matęs jau labai ilgai, todėl draugai paskubėjo nupiešti jam to simoniečio asmenį kuo tamsiausiomis spalvomis.

— Turi įsidėmėti viena,— kalbėjo Viljamas,— negali tikėti jo priesaikomis, kurių raidės jis visuomet laikosi, bet laužo jų dvasią.

— Visi žino,— kalbėjo Hubertinas,— kas įvyko jį renkant...

— Pavadinčiau tai ne rinkimu, o savęs paskyrimu! — įsikišo vienas iš sėdinčių prie bendro stalo, kurį vėliau girdėjau vadinant Hugu iš Novokastro, tariantis žodžius panašiai kaip mano mokytojas.— Juk ir Klemenso V mirtis nėra tokia jau aiški. Karalius niekada jam neatleido, jog, pažadėjęs teisti Bonifaco VIII atminimą, paskui padarė viską, kad nepasmerktų savo pirmtako. Niekas nežino jo mirties Karpentre aplinkybių. Tikra tik, kad, kardinolams susirinkus Karpentre konklavai, naujasis popiežius nebuvo išrinktas, nes disputas (ir teisingai) pakrypo pasirinkimo tarp Avinjono ir Romos linkme. Tikrai nežinau, kas įvyko tomis dienomis, girdėjau, tarytum skerdynės: kardinolams grasino mirusiojo popiežiaus sūnėnas, jų tarnai buvo žvėriškai išžudyti, rūmai padegti, kardinolai kreipėsi į karalių, o šis pasakė niekuomet nenorėjęs, kad popiežius paliktų Romą, ir patarė turėti kantrybės ir gerai išrinkti... O po to Pilypas Gražusis mirė, irgi vienas Dievas težino kaip...

— Arba žino tai velnias,— tarė žegnodamasis Hubertinas, o juo pasekė ir kiti.

— Arba žino tai velnias,— sutiko Hugas su kreiva šypsena.— Žodžiu, stojo naujas karalius, pagyveno aštuoniolika mėnesių ir mirė; po kelių dienų mirė ir jo palikuonis, vos tik gimęs, ir į sostą įžengė jo brolis regentas...

— O buvo tai kaip tik tas pat Pilypas V, kuris, dar Puatjė kunigaikštis, surinko iš Karpentro bėgančius kardinolus,— tarė Mykolas.

— Tikrai taip,— tęsė Hugas,— jis uždarė juos konklavai Lione, dominikonų vienuolyne, prisiekdamas ginsiąs jų gyvybę ir nelaikysiąs savo kaliniais. Bet vos tik šie atsidavę jo malonei, jis ne tik juos užrakino (kas galiausiai yra teisinga), bet ir diena iš dienos, iki jie apsispręs, duodavo jiems vis mažiau maisto. Ir kiekvienam žadėjo palaikyti jį siekiant sosto. O kai jis įžengė į karaliaus sostą, kardinolai, pavargę nuo dvejų metų kalėjimo, bijodami likti kaliniais visą gyvenimą, blogai maitinami, sutiko rajūnai su viskuo ir įkėlė į popiežiaus sostą tą daugiau kaip septyniasdešimties metų neūžaugą...

— Neūžaugą, visai teisingai,— nusijuokė Hubertinas,— ir iš pažiūros sakytum džiovininką, tačiau tvirtesnį ir vikresnį nei kad galima tikėtis!

— Batsiuvio vaikas! — sumurmėjo kažkuris iš legatų.

— Kristus buvo staliaus sūnus! — prikišo šiam Hubertinas.— Ne tai svarbiausia. Jis išsilavinęs, studijavo teisę Monpeljė ir mediciną Paryžiuje, mokėjo taip regzti savo draugysčių tinklą, kad pageidaujamu laiku gautų vyskupo sostą ir kardinolo kepurę, o Neapolyje, tapęs Roberto Išmintingojo patarėju, daugelį stebino savo sumanumu. Ir kaip Avinjono vyskupas duodavo tik teisingus patarimus (teisingus, sakau, tik tam niekingam dalykui), padėjusius Pilypui Gražiajam sunaikinti tamplierius. O po rinkimų sugebėjo išvengti kardinolų, siekusių jį nužudyti, sąmokslo... Bet ne tai norėjau pasakyti, kalbėjau apie jo mokėjimą laužyti priesaikas taip, kad negalėtų būti apkaltintas melagingai prisiekęs. Kai buvo išrinktas ir tam, kad būtų išrinktas, kardinolui Orsiniui jis pažadėjo grąžinti popiežiaus sostą į Romą ir pašventinta ostija prisiekė, kad, neišpildęs šio savo pažado, niekuomet daugiau neužsės ant arklio ar mulo. Ir žinote, ką padarė ta lapė? Kai liepė jis save karūnuoti Lione (prieš valią karaliaus, norėjusio, kad ceremonija įvyktų Avinjone), po to iš Liono į Avinjoną keliavo laivu!

Visa brolija nusijuokė. Popiežiaus priesaikos buvo melagingos, bet negalėjai nepripažinti jo išradingumo.

— Tai begėdis,— pratarė Viljamas.— Hugas dar nepasakė, kad jis nė nebando slėpti savo piktos valios. Ar ne tu, Hubertinai, pasakojai man, ką jis pasakęs kardinolui Orsiniui, kai atvyko į Avinjoną?

— Tikrai,— tarė Hubertinas,— jis pasakė, kad Prancūzijos dangus yra toks gražus, jog nesupranta, kodėl turėtų vykti į Romą, miestą, pilną griuvėsių. O kadangi popiežius, kaip kad Petras, turi galią surišti ir atrišti, jis šia galia dabar naudojasi, todėl liks ten, kur yra ir kur jam gerai. Orsiniui mėginant jam priminti pareigą gyventi ant Vatikano kalvos, jis sausai paliepė šiam būti paklusniam ir nutraukė diskusiją. Bet priesaikos istorija tuo nesibaigė. Išlipęs iš laivo, jis turėjo sėsti ant balto žirgo, su kardinolų ant juodų žirgų palyda, kaip to reikalauja tradicija. O į vyskupo rūmus jis nuėjo pėsčiomis. Ir neatmenu, ar tikrai po to nebuvo užsėdęs ant arklio. Ir iš tokio žmogaus, Mykolai, tikiesi tu ištikimybės garantijoms, kurias jis tau duos?

Mykolas ilgai tylėjo. Po to tarė:

— Galiu suprasti popiežiaus troškimą likti Avinjone ir neginčiju to. Bet ir jis negali ginčyti neturto troškimo ir mūsų Kristaus pavyzdžio interpretavimo.

— Nebūk naivus, Mykolai,— įsiterpė Viljamas,— jūsų, mūsų troškimas nušviečia jo troškimą nepalankia šviesa. Turėk omeny, jog per amžius į popiežiaus sostą nebuvo įžengęs toks gobšus žmogus. Babilono ištvirkėlės, prieš kurias kadaise griaudėjo mūsų Hubertinas, sugedę popiežiai, apie kuriuos rašė tavo krašto poetai, kad ir tas Aligjeris, buvo, palyginti su Jonu, švelnūs ir nuosaikūs ėriukai. Tai — šarka vagilė, žydas palūkininkas, Avinjone vykstanti prekyba smarkesnė negu Florencijoje! Sužinojau apie niekšingą jo sandėrį su Klemenso sūnėnu Bertranu de Gotu, tuo pačiu, kur susijęs su Karpentro skerdynėmis (jų metu, be kita ko, kardinolai palengvėjo visu savo brangenybių svoriu): šis pasigrobė dėdės turtą, kuris nebuvo menkas, o Jono neliko nepastebėtas kas nors, ką šis pasiglemžė (savo „Cum venerabiles" jis tiksliai išvardija monetas, aukso ir sidabro indus, knygas, kilimus, brangakmenius, papuošalus...). Bet Jonas apsimetė nežinąs, jog į Bertrano rankas Karpentro apiplėšimo metu pateko daugiau kaip pusantro milijono florenų, ir derėjosi tik dėl tų trisdešimties tūkstančių florenų, kuriuos Bertranas prisipažino gavęs iš dėdės „dievobaimingam tikslui", tai yra kryžiaus žygiui. Jie susitarė, kad Bertranas pasiliks pusę tos sumos kryžiaus žygiui, o kita pusė atiteks popiežiaus sostui. Tik Bertranas niekuomet nesurengė kryžiaus žygio; bent jau iki šiol, o popiežius nepamatė nė vieno jo floreno...

— Tuomet jis ne toks jau sumanus,— tarė Mykolas.

— Tai — vienintelis kartas, kai jį kažkas apgavo piniginiuose reikaluose,— tarė Hubertinas.— Turi gerai žinoti, su kokios rūšies pirkliu tau teks bendrauti. Visais kitais atvejais jų sugebėjimas skaičiuoti pinigus tiesiog velniškas. Jis lyg karalius Midas, visa, prie ko prisiliečia, virsta auksu, plaukiančiu į Avinjono lobynus. Kiekvieną kartą, įėjęs į jo kambarius, rasdavau ten bankininkus, pinigų keitėjus, stalus, nukrautus auksu, ir klierikus, skaičiuojančius florinus ir kraunančius juos į krūveles... O pamatysi, kokius rūmus jis sau pasistatydino, pilnus turtų, kokie anksčiau priklausė tik Bizantijos imperatoriui ar totorių Didžiajam Chanui. Dabar supranti, kodėl jis išleido tas bules prieš neturto idėją. Bet ar žinai jį pastūmėjus dominikonus, nekenčiančius mūsų ordino, išrėžti Kristų su karaliaus karūna, auksu žvilgančia purpurine tunika ir prabangiu apavu? Avinjone pastatyti krucifiksai, kur Kristaus teprikalta viena ranka, o kita laiko prie diržo kabantį kapšą, idant parodytų, jog laimina jis pinigų naudojimą religijos tikslams...

— O, nešvankėlis! — sušuko Mykolas.— Bet juk tai tikras piktžodžiavimas!

— Popiežiaus tiarai jis pridėjo trečią karūną,— tęsė Viljamas,— juk taip, Hubertinai?

— Teisybė. Tūkstantmečio pradžioje popiežius Hildebrandas tepriėmė vieną, su užrašu „Corona regni de manu Dei"[12], blogos šlovės Bonifacas pridūrė prie jos antrą, užrašydamas „Diadema imperii de manu Petri"[13], o Jonas tą simbolį papildė: trys karūnos — dvasinė, pasaulietinė ir ekleziastinė galia. Persų karalių simbolis, pagonių simbolis...

Buvo tarp jų vienas brolis, iki to laiko dar netaręs nė žodžio, tik labai susikaupęs rijo puikius valgius, abato prisakytus patiekti į stalą. Jis išsiblaškęs klausėsi tai vienų, tai kitų kalbų, karts nuo karto pašaipiai sukikendamas dėl popiežiaus elgesio arba suniurnėdamas, tai yra pritardamas tiems pasipiktinimo šūksniams, kurių negailėjo sėdintys kartu už stalo. Bet jam, atrodė, labiau rūpėjo valytis nuo smakro padažus ir gabalėlius mėsos, tykštančius ir krentančius iš bedantės, tačiau rajos burnos, ir vienintelį kartą prakalbo su savo kaimynu tik tam, kad pagirtų skanų kąsnelį. Vėliau sužinojau, jog tai buvo meseras Jeronimas, tas pats Kafos vyskupas, apie kurį anądien Hubertinas kalbėjo kaip apie jau palikusį šią ašarų pakalnę (ir, turiu pasakyti, gandas, kad jis jau mirė prieš dvejus metus, klajojo po krikščioniškąjį pasaulį ilgą laiką, nes girdėjau jį ir vėliau; tikrai, mirė jis tepraėjus keletui mėnesių po mūsų susitikimo, o buvo

238

tai, manau, pasekmė didžiulio pykčio, apėmusio jį kitą dieną įvykusiame susitikime, jog net maniau jį sprogsiant ten pat vietoje, tokio jis buvo silpno kūno, ir tiek daug jame susikaupė tulžies).

Toje vietoje jis įsiterpė į pokalbį, prakalbęs pilna burna:
— Žinote turbūt, kad tas nešlovingasis sukūrė konstituciją dėl taxae sacrae poenitentiaria[14], kur spekuliuoja dvasininkų nuodėmėmis, idant ištrauktų iš jų daugiau pinigų. Jei dvasininkas kūniškai nusideda su vienuole, giminaite ar šiaip kokia moterim (nes būna ir taip!), jis gali gauti išrišimą tik užmokėjęs šešiasdešimt septynias aukso liras ir dvylika solidų. O jeigu padarytų kokią sodomiją, turėtų mokėti jau daugiau nei du šimtus lirų, bet jei tai būtų tik su berniukais ar gyvuliais, o ne su moterimis, bauda sumažinama šimtu lirų. Vienuolė, atsidavusi daugeliui vyrų, vienu metu ar atskirai, vienuolyne ar už jo ribų, o vėliau norinti tapti abate, turi užmokėti šimtą trisdešimt vieną lirą auksu ir dar penkiolika solidų...
— Na jau, na jau, meserai Jeronimai,— papriešaravo Hubertinas,— jūs žinote, kaip maža temyliu aš popiežių, bet čia turiu jį ginti! Tai tik šmeižtas, pasklidęs Avinjone, niekuomet nemačiau tokios konstitucijos!
— Bet ji yra,— tvirtino Jeronimas,— ir man neteko jos matyti, bet ji yra.
Hubertinas tik papurtė galvą, kiti tylėjo. Supratau, jog buvo jie pratę rimtai nežiūrėti į meserą Jeronimą, kurį aną dieną Viljamas pavadino kvailiu. Viljamas pabandė tęsti nutrauktą pokalbį:
— Šiaip ar taip, būtų tai tiesa ar melas, tai byloja apie moralinę padėtį Avinjone, kur visi, išnaudotojai ir išnaudojamieji, žino, jog tenka jiems gyventi greičiau turguje, o ne Kristaus atstovo rūmuose. Kai Jonas įžengė į sostą, kalbama buvo apie septyniasdešimties tūkstančių aukso florinų lobį, dabar sakoma, jog sukaupė jis per dešimt milijonų.
— Teisybė,— tarė Hubertinas.— Mykolai, Mykolai, net nežinai, kokias nešvankybes turėjau regėti Avinjone!
— Bandykim būti sąžiningi,— prakalbo Mykolas.— Žinome juk, kad ir mūsiškiai kartais peržengia ribas. Teko girdėti apie pranciškonus, kurie ginkluoti puolė dominikonų vienuolynus ir plėšė nenaudėlius brolius, idant primestų šiems neturtą... Kaip tik todėl nedrįsau pasipriešinti Jonui įvykių Provanse metu... Noriu su juo susitart, aš nenieksinsiu jo didybės; prašysiu tik, kad jis neniekintų mūsų nuolankumo. Aš nekalbėsiu su juo apie pinigus, o tik prašysiu sutikti su sveiku Raštų interpretavi-

mu. Tai ir turime daryti su jo legatais rytoj. Galų gale jie yra teologai ir ne visi tokie plėšrūs kaip Jonas. O protingiems žmonėms aptarus Raštų interpretavimą, jis negalės...

— Jis? — pertraukė Hubertinas.— Bet tu dar nežinai jo kvailysčių teologijoje. Jis tikrai nori surišti viską savo paties rankomis, tiek žemėje, tiek ir danguje. Ką jis daro žemėje, jau girdėjome. O dėl dangaus... Taigi, jis dar neišreiškė tų minčių, apie kurias aš kalbu, bent jau nepaskelbė jų viešai, bet tikrai žinau, jog taip šnibždėjosi su savo patikėtiniais. Jis kuria beprotiškus, jei ne iškrypėliškus, pasiūlymus, kurie pakeistų pačią doktrinos esmę ir atimtų iš mūsų skelbiamų tiesų visą galią!

— Kokius gi? — paklausė daugelis.

— Klauskit Berengarijaus, jis žino, jis man apie tai kalbėjo.— Ir Hubertinas pasisuko Į Berengarijų Talonį, kuris pastaraisiais metais buvo pats didžiausias popiežiaus priešininkas jo paties rūmuose. Išvykęs iš Avinjono, jis prieš dvi dienas prisijungė prie pranciškonų grupės, kad su jais atvyktų į vienuolyną.

— Tai tamsi ir beveik neįtikėtina istorija,— tarė Berengarijus.— Atrodo, Jonui šovė į galvą tvirtinti, kad teisieji galės mėgautis palaiminguoju regėjimu tik po Teismo Dienos. Jau kiek laiko svarsto jis devintąją šešto Apokalipsės skyriaus eilutę, kur kalbama apie penktojo antspaudo atplėšimą: tą vietą, kur nužudytųjų už Dievo žodžio liudijimą sielos pasirodo po aukuru ir prašo teisingumo. Kiekvienam iš jų duotas baltas drabužis ir sakoma dar truputį palūkėti... Tai ženklas, sako Jonas, jog jie negalės matyti Dievo esmės, kol nesibaigs Paskutinis Teismas.

— Bet kam jis tai atskleidė? — paklausė Mykolas prislėgtas.

— Kol kas tik keliems artimiesiems, bet garsas sklinda, kalbama, kad rengiasi jis atviram puolimui, ne tuoj pat, gal po metų kitų, tariasi su savo teologais...

— Cha cha! — išsiviepė Jeronimas kramtydamas.

— Ne vien tik tai, atrodo, nori jis žengti dar toliau ir tvirtinti, kad ir pragaras nebus atvertas iki tos dienos... Net ir velniams.

— Viešpatie Jėzau, padėk mums! — sušuko Jeronimas.— Ir ką tuomet sakysim nusidėjėliams, jei negalėsime jų gąsdinti pragaru, laukiančiu vos tik numirus?

— Mes beprotio rankose,— tarė Hubertinas.— Nesuprantu tik, kodėl jis siekia visa tai teigti...

— Išnyks tarytum dūmas visa indulgencijų doktrina,— dejavo Jeronimas,— ir jis pats nebegalės jų parduoti. Kam tuomet kunigui, padariusiam sodomijos nuodėmę, mokėti tiek aukso lirų norint išvengti taip tolimos bausmės?

— Ne tokios jau tolimos,— tvirtai atsakė Hubertinas,— tas laikas jau arti!

— Žinai tai tu, brangusis broli, bet paprasti žmonės to nežino. Štai kokie dedasi dalykai! — sušuko Jeronimas, o jo veide jau nešvietė pasitenkinimas valgiais.— Kokia pragaištinga mintis, įkišo jam galvon ją tie pamokslaujantys broliai... Ak! — Ir jis papurtė galvą.

— Bet kodėl? — pakartojo Mykolas Čezenietis.

— Nemanau, kad būtų čia kokia priežastis,— prabilo Viljamas.— Tai tiesiog noras įrodyti savo didybę. Jis tikrai nori būti tuo, kuris sprendžia ir žemėje, ir danguje. Žinojau apie tuos gandus, rašė man Viljamas Okamas. Pažiūrėsim, ar nugalės popiežius, ar teologai, Bažnyčios balsas, Dievo tautos troškimai, vyskupai...

— O, doktrinos klausimais jis gali palenkti taip pat ir teologus...— liūdnai pasakė Mykolas.

— Dar nežinia,— atsakė Viljamas.— Gyvename laikais, kai dieviškųjų dalykų išmanytojai nebijo paskelbti popiežių esant eretiką. O dieviškųjų dalykų žinovai savo ruožtu yra krikščionių tautos balsas. Prieš jį pagaliau net ir popiežius negalės eiti.

— Blogai, dar blogiau,— sumurmėjo Mykolas išgąstingai.— Iš vienos pusės — pamišęs popiežius, iš kitos — Dievo tauta, kuri, nors tik savo teologų lūpomis, greit manys galinti laisvai interpretuoti Raštus...

— O ką gi kita jūs darėte Perudžijoje? — paklausė Viljamas. Mykolas sudrebėjo, tarsi užkliudžius atvirą žaizdą.

— Todėl aš ir noriu susitikti su popiežium. Negalime daryti nieko, jei jis neduos tam savo sutikimo.

— Pažiūrėsim, pažiūrėsim,— tarė Viljamas labai paslaptingai.

Mano mokytojas buvo tikrai įžvalgus. Kaip galėjo jis numatyti, jog pats Mykolas vėliau nuspręs remtis imperijos teologais ir tauta, idant pasmerktų popiežių? Kaip galėjo jis numatyti, kad po ketverių metų, Jonui pirmą kartą paskelbus savo doktriną, dalis krikščionių sukils prieš jį? Jei palaimingoji vizija yra taip toli, kaip gali mirusieji užtarti gyvuosius? Ir kur atves šventųjų kultas? Ir būtent minoritai pirmieji pradės priešiškus veiksmus, pasmerkdami popiežių, o Viljamas Okamas bus pirmose gretose, griežtas ir nepermaldaujamas dėl savo argumentų. Kova truks trejus metus, kol Jonas, jau arti mirties, kiek nusileis. Po daugelio metų girdėjau pasakojant, kaip pasirodė jis konsistorijoje 1334 metų gruodį, dar mažesnis nei iki tol, išdžiovintas amžiaus, devyniasdešimtmetis, mirštantis, išblyškęs (lapė, mokanti žaisti žodžiais ne tik tam, kad sulaužytų savo priesaikas, bet ir kad paneigtų tai, ką taip užsispyrusi tvirtino) ir pasakė: „Mes pripažįstame ir tikime, kad sielos, atsiskyrusios nuo kūnų ir visiškai apvalytos, yra danguje kartu su angelais ir su Jėzum Kristum ir kad mato jos visą Aukščiausiojo dieviškąją esmę aiškiai ir iš labai arti..." O po pauzės, nežinia, ar dėl dusulio, ar tam, kad pabrėžtų, nedorasis pridūrė paskutinę klauzulę, kaip priešingą, „tiek, kiek leidžia atskirtosios sielos padėtis ir būklė". Kitą rytą, o buvo tai sekmadienis, paliepė save paguldyti ant pailgo krėslo su nulenkta atkalte, pakišo kardinolams pabučiuoti ranką ir mirė.

Bet ir vėl nukrypau į šalį ir pasakoju visai ne tai, ką turėčiau pasakoti, dar ir todėl, kad likusioji pokalbio už stalo dalis nedaug tepapildo aiškinimą tų įvykių, apie kuriuos pasakoju. Minoritai sutarė, kaip laikytis kitą dieną. Vieną po kito įvertino savo priešininkus. Sunerimę svarstė Viljamo pasakytą naujieną apie Bernardo Gi atvykimą. O dar labiau tą žinią, kad avinjoniečių legacijai vadovaus kardinolas Bertranas iš Podžeto. Du inkvizitoriai buvo kiek per daug: tai reiškė, jog prieš minoritus bus norima panaudoti erezijos argumentus.

— Tuo blogiau,— tarė Viljamas,— mes irgi traktuosime juos kaip eretikus.

— Ne, ne,— pasakė Mykolas,— mes elgsimės apdairiai, neturime užkirsti kelio galimam susitarimui.

— Nors aš ir stengiausi,— atsakė Viljamas,— gerai parengti šį susitikimą, ir tu tai žinai, Mykolai, nemanau, kad avinjoniečiai vyktų čionai siekdami teigiamų rezultatų. Jonas nori matyti tave Avinjone vieną ir be jokių garantijų. Tačiau susitikimas turės bent tą prasmę, kad padės tau tai suprasti. Būtų dar blogiau, jei vyktum ten neturėdamas šios patirties.

— Tai tu vargai, ir daugelį mėnesių, kad parengtum dalyką, kurį manai esant bergždžią,— karčiai pratarė Mykolas.

— To manęs prašėte abu — ir tu, ir imperatorius,— atsakė Viljamas.— Ir pagaliau ne taip jau bergždžia geriau pažinti savo priešą.

Tuo metu atėjo perspėti mūsų, jog pro vienuolyno vartus jau žengia antroji legacija. Minoritai pakilo ir išėjo pasitikti popiežiaus žmonių.

Ketvirta diena

DEVINTOJI

Atvyksta kardinolas iš Podžeto, Bernardas Gi ir kiti avinjoniečiai, po to kiekvienas daro tai, kas jam patinka

Žmonės, jau pažįstantys vienas kitą, ir tie, kurie nepažįstami, bet girdėjo vienų kalbas apie kitus, sveikinosi kieme su apsimestiniu prielankumu. Šalia abato kardinolas Bertranas iš Podžeto elgėsi kaip žmogus, pratęs valdyti, tarsi būtų jis antrasis popiežius, ir visiems, o ypač minoritams, nuoširdžiai šypsojosi, išreikšdamas viltį, jog kitą dieną bus nutarta daug gerų dalykų, ir perdavė Jono XXII taikos ir gėrio linkėjimus (jis tyčia pavartojo šį brangų pranciškonams posakį).

— Puiku, puiku,— tarė jis man, Viljamui maloniai pristačius mane kaip savo raštininką ir mokinį. Po to paklausė, ar pažįstu Boloniją, ir gyrė man jos grožį, skanų valgį ir puikų universitetą, kviesdamas ją aplankyti, užuot vieną dieną, taip jis pasakė, grįžčiau pas tuos savo vokiečius, suteikusius tiek kančių mūsų viešpačiui popiežiui. Ir pakišo man pabučiuoti žiedą, jau sukdamas savo šypsantį veidą į kažką kitą.

O mano dėmesį patraukė asmuo, apie kurį tomis dienomis girdėjau kalbant: Bernardas Gi, kaip vadino jį prancūzai, arba Bernardas Gvidonis ar Bernardas Gvidas, kaip vadino jį kitur.

Buvo tai kokių septyniasdešimties metų dominikonas, liesas, bet nesukumpęs. Pribloškė jo akys — pilkos, šaltos, galinčios žvelgti be jokios išraiškos, bet kartais, o mačiau tai ne sykį, mokančios svaidyti įvairiareikšmius žaibus, gebančios arba paslėpti mintis ir jausmus, arba, jei reikia, aiškiai juos atspindėti.

Bendrame pasisveikinimų šurmulyje nebuvo jis, kaip kiti, jausmingas ir nuoširdus, bet tik šaltai mandagus: Pamatęs Hubertiną, kurį jau pažinojo, elgėsi su juo labai mandagiai, bet pažvelgė taip, kad nerimo pagaugai perbėgo mano kūnu. Sveikindamasis su Mykolu Čezeniečiu, šypsojosi sunkiai nusakoma šypsena ir ištarė: „Ten tavęs jau seniai laukia.“, ir šiame sakinyje nepajutau nei šešėlio susirūpinimo, nei gaidelės ironijos, nei paliepimo, nei nors trupučio susidomėjimo. Susitikęs su Viljamu ir sužinojęs, kas jis, pažvelgė mandagiai, bet priešiškai: ir ne todėl, kad veidas jo būtų išdavęs slaptuosius jausmus, o, buvau tuo tikras (nors ir nebuvau tikras, jog jis išvis kada turi kokių jausmų), dėl to, kad aiškiai norėjo priversti Viljamą pajusti jo priešiškumą. Viljamas atsakė perdėtai širdingai šypsodamasis ir tardamas: „Jau seniai norėjau susipažinti su žmogum, kurio šlovė buvo man pamoka ir patarimas darant svarbius sprendimus, kurių gyvenime netrūko“. Sakinys neabejotinai pagiriamasis ir net meilikaujantis, jei nežinotume (o Bernardas tai puikiai žinojo), kad vienu iš svarbiausių sprendimų Viljamo gyvenime tapo sprendimas mesti inkvizitoriaus darbą. Pamaniau, kad jei Viljamas mielai matytų Bernardą įkalintą kokiuose slaptuose imperatoriaus rūmuose, tai Bernardas tikrai džiūgautų netikėtai staigiai mirčiai ištikus Viljamą; o kadangi tomis dienomis Bernardas vadovavo ginkluotam pulkui, tad būgštavau dėl savo gerojo mokytojo gyvybės.

Abatas, matyt, jau buvo pranešęs Bernardui apie vienuolyne įvykusius nusikaltimus. Ir tikrai, apsimesdamas nepastebįs Viljamo žodžiuose slypinčios rakšties, tarė jam:

— Atrodo, kad šiomis dienomis, abato prašymu ir siekdamas įvykdyti užduotį, patikėtą man sąlygomis susitarimo, suvedusio mus čia, turėsiu užsiimti labai liūdnais dalykais, kuriuose justi šlykštus velnio dvokas. Kalbu jums tai, nes žinau, jog tais tolimais laikais, kai buvote arčiau manęs, taip pat ir jūs kartu su manim — ir su tokiais pat kaip aš — kovėtės šiame lauke, kur mūšyje susidūrė blogio ir gėrio pulkai.

— Tikrai,— ramiai atsakė Viljamas,— bet po to perėjau į tą kitą pusę.

Bernardas narsiai priėmė smūgį.

— Ar galite pasakyti man ką naudingo apie tuos nusikalstamus dalykus?

— Laimei, ne,— mandagiai atsakė Viljamas,— nusikalstamuose dalykuose neturiu jūsų patirties.

Tuo tarpu visi pasklido po vienuolyną. Viljamas, dar pakalbėjęs su Mykolu ir Hubertinu, nuėjo į skriptoriumą. Jis paprašė Malachijo keleto knygų, kurių pavadinimų aš nenugirdau. Malachijas keistai pažvelgė į jį, bet negalėjo jų atsakyti. Kas įdomiausia, jam nereikėjo jų ieškoti bibliotekoje. Visos jos jau gulėjo ant Venancijaus stalo. Mano mokytojas pasinėrė į jas, ir aš nusprendžiau jo netrukdyti.

Nulipau į virtuvę. Ten pamačiau Bernardą Gi. Jis, matyt, norėjo išsiaiškinti vienuolyno sandarą ir sukiojosi visur. Girdėjau jį laužyta vietos kalba kamantinėjant virėjus ir kitus tarnus (prisiminiau jį buvus inkvizitorium Šiaurės Italijoje). Man pasirodė, kad klausinėjo jis apie derlių, apie darbo pasidalijimą vienuolyne. Bet ir duodamas kuo nekalčiausius klausimus, žvelgė jis į savo pašnekovą tiriančiomis akimis, o po to staiga mesdavo naują klausimą, nuo kurio jo auka išblykšdavo ir imdavo kažką mikčioti. Supratau, kad nors ir savotiškai, jis tardo juos naudodamasis baisiu ginklu, kurį puikiai valdo kiekvienas inkvizitorius,— baime. Mat tardomasis, bijodamas būti kuo įtartas, sako inkvizitoriui tai, kas įtarimą nukreiptų į ką nors kitą.

Visą likusią popietę vaikščiodamas po vienuolyną, mačiau, kaip Bernardas tęsė savo darbą tai prie malūnų, tai vėl klostre. Tačiau beveik niekada jis nekalbino vienuolių, o tik pasaulietinius brolius ir kaimiečius. Visai priešingai nei kad iki šiol elgėsi Viljamas.

K e t v i r t a d i e n a

MIŠPARAI

Alinardas teikia vertingų žinių, o Viljamas atskleidžia savo metodą, kaip pasiekti galimą tiesą padarius keletą neabejotinų klaidų

Kiek vėliau Viljamas nusileido iš skriptoriumo kuo geriausiai nusiteikęs. Laukdami vakarienės meto, klostre sutikome Alinardą. Prisiminiau jo prašymą ir virtuvėje buvau paėmęs žirnelių, tad ir daviau jų jam. Padėkojo susimesdamas juos į burną, bedantę ir seilėtą.

— Matei, berniuk,— tarė jis man,— taip pat ir šis lavonas gulėjo ten, kur skelbia knyga... Lauk dabar ketvirtojo trimito!

Paklausiau, kodėl jis manąs, jog nusikaltimų sekos raktas yra apreiškimų knyga. Jis pažvelgė nustebęs:

— Jono knyga yra visa ko raktas! — Ir pridūrė pagiežingai išsiviepdamas: — Aš tai žinojau, aš kalbėjau jau seniai... Tai aš, žinai, pasiūliau abatui... tam ankstesniajam, surinkti kiek įmanoma daugiau Apokalipsės aiškinimų. Aš turėjau tapti bibliotekininku... Bet po to kitas gavo siuntimą į Silą, kur rado gražiausius rankraščius ir iš kur grįžo su puikiu laimikiu... O, jis žinojo, kur ieškoti, kalbėjo taip pat ir bedievių kalba... Taip jis tapo bibliotekos saugotoju, ne aš. Bet Dievas nubaudė jį ir prieš laiką įstūmė šešėlių karalystėn. Ha, ha...— nusijuokė piktai tas senis, kuris iki tol, paniręs savo senatvės romybėje, panėšėjo man į nekaltą kūdikį.

— Kas buvo tas, apie kurį kalbate? — paklausė Viljamas.

Jis pažvelgė nustebęs.

— Apie ką kalbu? Neatsimenu... tai buvo taip seniai. Bet Dievas baudžia, Dievas ištrina, Dievas užtemdo net prisiminimus. Daug didybės kupinų darbų padaryta bibliotekoje. O ypač dabar, kai atiduota ji į svetimšalių rankas. Dievas ir vėl baudžia...

Nieko daugiau nebegalėjome iš jo ištraukti ir palikome jį su jo tyliu pagiežingu klejojimu. Viljamas, labai susidomėjęs šiuo pokalbiu, tarė man:

— Alinardas — tai žmogus, kurio reikia klausytis, kalbėdamas kiekvieną kartą jis pasako daug įdomaus.

— O ką gi pasakė šį kartą?

— Adsai,— tarė Viljamas,— išnarplioti paslaptį nėra tas pat, kaip dedukuoti iš pirminių principų. Ir net ne tas pat, kaip surinkti daug atskirų duomenų, o paskui iš jų išvesti bendrą dėsnį. Tai greičiau panašu, kad žmogus susiduria su vienu, dviem ar trimis atskirais faktais, kurie iš pažiūros tarpusavy visai nesusiję, ir bando įsivaizduoti, ar galėtų jie būti atskiri atvejai vieno bendro dėsnio, kurio jis dar nežino ir kuris galbūt niekada nebuvo paskelbtas. Iš tikro, jei žinai, jog, kaip sako filosofas, žmogus, arklys ir mulas néra tulžingi ir ilgai gyvena, gali bandyti paskelbti principą, kad gyvuliai, kurie yra netulžingi, ilgai gyvena. Bet įsivaizduok gyvulių su ragais atvejį. Kodėl jie raguoti? Netikėtai prisimeni, jog visi raguočiai neturi dantų viršutiniame žandikaulyje. Būtų tai puikus atradimas, jei nežinotum, kad, deja, yra gyvulių be dantų viršutiniame žandikaulyje, bet neturi jie taip pat ir ragų, kad ir kupranugaris. Pagaliau tu suvoki, jog visi gyvuliai be dantų viršutiniame žandikaulyje turi du skrandžius. Gerai, gali įsivaizduoti, kad tie, kurie neturi pakankamai dantų kramtyti, turi turėti du skrandžius, idant geriau suvirškintų maistą. O ragai? Bandai tuomet įsivaizduoti materialią priežastį ragams atsirasti, sakykim, dėl dantų trūkumo gyvulys turi per daug kaulinės medžiagos, kuri išlenda kur kitur. Bet ar tai pakankamas paaiškinimas? Ne, nes kupranugaris neturi viršutinių dantų, turi du skrandžius, bet neturi ragų. Todėl turi taip pat įsivaizduoti ir tikslo priežastį. Kaulinė medžiaga išlenda ragais tik tiems gyvuliams, kurie neturi kitų gynybos būdų. O kupranugaris turi labai tvirtą odą, todėl ragai jam nereikalingi. Taigi, dėsnis galėtų būti...

— Bet kuo čia dėti ragai? — paklausiau nekantraudamas.— Ir kodėl jums rūpi gyvuliai su ragais?

— Man jie niekuomet nerūpėjo, bet Linkolno vyskupas daug jais domėjosi, vadovaudamasis Aristotelio idėja. Atvirai sakant, nė nežinau, ar jo išvados teisingos, niekada netikrinau, kur kupranugaris turi dantis ir kiek jis turi skrandžių; tenorėjau tau parodyti, jog aiškinamųjų dėsnių ieškojimas gamtoje yra be galo sunkus. Susidūręs su kai kuriais nepaaiškinamais faktais, privalai bandyti įsivaizduoti daug bendrųjų dėsnių, nors ir nematydamas jokio ryšio tarp jų ir tau rūpinčių faktų; staiga netikėtas ryšys tarp rezultato, atskiro atvejo ir bendrojo dėsnio tau iškelia argumentuotę, tą akimirką labiau įtikėtiną už kitas. Mėgini pritaikyti ją visiems panašiems atvejams ir panaudoti spėjimams ir pamatai, kad pataikei. Bet iki pat galo nežinosi, kuriuos predikatus panaudoti savo argumentuotei, o kuriuos atmesti. Taip ir aš dabar elgiuosi. Išrikiuoju daug nesusietų elementų ir kuriu hipotezes. Bet privalau sukurti jų daug, ir daugelis iš jų yra tokios absurdiškos, kad net gėdijuosi tau jas pasakyti. Matai, dėl žirgo Brunelio, pamatęs pėdsakus, sukūriau daug vieną kitą papildančių ir paneigiančių hipotezių: galėjo tai būti žirgas bėglys, galėjo būti, kad abatas, užsėdęs ant to puikaus žirgo, leidosi šlaitu žemyn, galėjo būti, kad vienas žirgas, Brunelis, paliko pėdsakus sniege, o antrasis, Favelis, dieną anksčiau paliko šerių tarp spyglių ir kad šakeles nulaužė žmonės. Nežinojau, kuri hipotezė yra teisinga, kol nepamačiau nerimastingai ieškančių raktininko ir tarnų. Tuomet supratau, jog Brunelio hipotezė tėra vienintelė teisinga, ir pabandžiau patikrinti jos teisingumą, kreipdamasis į vienuolius taip, kaip tai padariau. Aš laimėjau, bet galėjau taip pat ir pralaimėti. Kiti mano mane esant išmintingą, nes laimėjau, bet jie nežino daugelio atvejų, kai esu pasirodęs kvailiu, nes pralaimėjau, ir nežino taip pat, jog, likus kelioms sekundėms iki laimėjimo, nebuvau tikras, kad nepralaimėsiu. Dabar dėl vienuolyno dalykų turiu daug gražių hipotezių, bet nėra nė vieno aiškaus fakto, kuris padėtų man pasakyti, kuri gi iš jų geriausia. Todėl, idant nepasirodyčiau kvailiu vėliau, atsisakau atrodyti gudrus dabar. Leisk man dar pagalvoti, bent jau iki rytojaus.

Supratau tuomet, koks buvo mano mokytojo protavimo būdas, ir pasirodė jis man gan skirtingas nuo to, kuriuo filosofas protauja apie pirminius principus, vesdamas savo mintį veik tais pačiais takais, kaip ir dieviškasis protas. Supratau, jog, neturėdamas vieno atsakymo, Viljamas pateikdavo sau daug ir labai skirtingų atsakymų. Likau sumišęs.

— Bet tuomet,— išdrįsau pakomentuoti,— jūs dar toli nuo sprendimo...

— Esu kuo arčiausiai,— atsakė Viljamas,— tik nežinau kurio.

— Tai turite ne vieną atsakymą į savo klausimus?

— Adsai, jei turėčiau tik vieną, mokyčiau teologijos Paryžiuje.

— Paryžiuje visada žinomas teisingas atsakymas?

— Niekada,— atsakė Viljamas,— bet jie labai pasitiki savo klaidomis.

— O jūs,— paklausiau su vaikišku įžūlumu,— niekuomet nedarote klaidų?

— Dažnai,— atsakė jis.— Tačiau, užuot tvirtinęs tik vieną, sugalvoju jų daug ir todėl netampu nė vienos iš jų vergu.

Atrodė man, kad Viljamui visai nerūpi tiesa, kuri iš tikro nėra niekas kitas, kaip tik atitikimas tarp daikto ir proto. Jis linksminosi įsivaizduodamas tiek galimybių, kiek tik įmanoma.

Tą akimirką, prisipažįstu, suabejojau savo mokytoju ir pagavau save galvojant: „Tuo geriau, kad atvyksta inkvizicija". Jaučiau tokį pat tiesos troškulį, koks kaitino Bernardą Gi.

Ir taip nuodėmingai nusiteikęs, siela labiau neramus nei kad Judas Didžiojo Ketvirtadienio naktį, įėjau su Viljamu į refektorių valgyti vakarienės.

Ketvirta diena

NAKTINĖ

Salvatorė kalba apie stebuklingąją magiją

Vakarienė legacijoms buvo patiekta tiesiog nuostabi. Abatas, matyt, gerai pažinojo ir žmonių silpnybes, ir popiežiaus rūmų papročius (nebuvo tai nemalonu, manyčiau, taip pat ir brolio Mykolo minoritams). Neseniai buvo nudurtos kiaulės, ir turėjo būti pagaminti vėdarai taip, kaip daromi jie Monte Kasine. Bet nelemtas Venancijaus galas privertė išpilti lauk visą kiaulių kraują, ir reikėjo palaukti, kol bus nudurtos kitos. Tačiau manau, jog tomis dienomis visi bjaurėjosi žudyti Viešpaties sutvėrimus. Bet buvo paruošti balandžiai, mirkyti vietos vyne, ir keptas triušis su grybais, ir Santa Klaros bandelės, ir ryžiai su migdolais, išaugintais šiuose kalnuose, kitaip sakant, Kūčių drebučiai, agurklės skrebučiai, kimštos slyvos, kepintas sūris, aviena aštriame pipirų padaže, baltosios pupelės ir dar rinktiniai saldumynai — San Bernardo pyragai, San Nikolo pyragėliai, Santa Liučijos akutės ir dar vynai, ir užpiltinės, įkvėpusios gerą nuotaiką net ir visą laiką atšiauriam Bernardui Gi: melisos užpiltinė, riešutinė, vynas nuo podagros ir gencijono vynas. Būtų buvę tai panašu į rajūnų sueigą, jei kiekvieno kąsnio ir kiekvieno gurkšnio nebūtų lydėjęs šventųjų raštų skaitymas.

Pavalgę visi pakilo nuo stalo labai linksmi, o kai kurie sugalvojo kokių nors menkų negalavimų, idant galėtų neiti į Naktinę. Bet abatas dėl to nepyko. Ne visų privilegijos ir pareigos yra tokios pat, kokias gauname mes, išventinti į mūsų ordiną.

Vienuoliams einant lauk, aš užtrukau virtuvėje, sudomintas pasiruošimų prieš uždarant ją nakčiai. Pastebėjau, kaip Salvatorė su ryšuliu po pažastim išslenka pro duris daržų link. Smalsumo apimtas pasekiau jį ir šūktelėjau. Iš pradžių jis bandė pasislėpti, bet paskui, klausinėjamas, atsakė, kad ryšulėlyje (kuris judėjo, tarsi būtų ten gyvas daiktas) turįs basiliską.

— Cave basilischium! Est lo rays[15] žalčių, toks pilnas nuodų, kad šviečia jais iš toli! Ką sakau, nuodai, smarvė jam eina lauk ir užmuša tave! Nuodija tave... Ir turi baltų dėmių ant keteros,ir galvą kaip gaidys, ir pusė eina tiesi virš žemės, o pusė šliaužia per žemę kaip kitų žalčių. Ir jį užmuša bellula...

— Beliula?

— Och! Bestija mažiausia yra, gal kiek ilgesnė už žiurkę, ir nekenčia jos žiurkė labiausiai. Irgi žaltys ir rupūžė. Ir kai jie ją kanda, bellula bėga prie krapo ar pienės ir ją kramto, et redet ad bellum[16]. Ir sako, kad gimdo ji per akis, bet daugiau sako, kad tie sako blogai.

Paklausiau, ką gi jis rengiasi su tuo basilisku daryti, jis atšovė, jog tai jo reikalas. Tuomet aš pasakiau, vis labiau graužiamas smalsumo, kad tomis dienomis, kai tiek mirčių, nebegali būti slaptų reikalų ir kad pasakysiu apie tai Viljamui. Salvatorė ėmė manęs karštai prašyti neišduoti jo, praskleidė ryšulį ir parodė juodą katiną. Jis prisitraukė mane arčiau ir tarė su šlykščia šypsena, kad nenoriš daugiau, jog raktininkas arba aš dėl to, kad vienas — galingas, o kitas — jaunas ir gražus, galėtume vien sau turėti kaimo mergaičių meilę, o jam neliktų nieko, nes yra bjaurus ir vargšas. Ir kad žino kuo stebuklingiausią magiją, kaip sužadinti kiekvienos moters meilę. Tereikia užmušti juodą katiną, išlupti jam akis, sudėti jas į du juodos vištos kiaušinius, vieną į vieną, o kitą į kitą (ir parodė man du kiaušinius, kuriuos tikino paėmęs tinkamos vištos). Po to reikia supūdyti tuos kiaušinius arklio mėšlo krūvoj (o tokią jis yra paruošęs daržo kampe, kur niekas nevaikšto), ir ten rasis iš kiekvieno kiaušinio velniukas, kuris tarnaus jam ir pasirūpins, jog jis teiktų visus pasaulio malonumus. Tik, deja, kad magija pavyktų, reikia, idant moteris, kurios meilės trokštama, apspjautų kiaušinius prieš palaidojant juos mėšle, ir tai jam kelia nerimą, nes šią naktį turi rasti tokią moterį ir priversti ją tai padaryti, bet padaryti taip, kad ji nežinotų, kam to reikia.

Mano veidą ir visą kūną užliejo liepsna, ir silpnu balsu paklausiau, ar šią naktį jis rengiasi atvesti į vienuolyną tą praeitos nakties mergaitę. Jis pašaipiai sukikeno, tardamas, kad mane, ko gero, bus užvaldęs didelis geismas (atsakiau, jog klausiu tik iš smalsumo) ir kad kaime netrūksta moterų, ir jis atves čia kitą, dar gražesnę už tą, patikusią man. Jaučiau, kad jis meluoja norėdamas manim atsikratyti. Antra vertus, ką gi aš galėjau padaryti? Sekti jį visą naktį, tuo tarpu Viljamas laukė manęs visai kitiems darbams? Ir vėl pamatyti tą, prie kurios traukė mane jausmai, nors stūmė nuo jos protas, tą, kurios nederėtų daugiau niekada matyti, nors ir kaip to geidžiau? Tikrai ne. Todėl įtikinau save, jog, kiek tai susiję su moterimi, Salvatorė nemeluoja. Bet greičiausiai meluoja visa kita, o ta magija tėra jo naivumas ir prietaringo proto vaisius ir kad jis vis vien nieko nepadarys.

Supykau ant jo ir griežtai patariau šiąnakt eiti miegoti, nes lankininkai sukiojasi po visą vienuolyną. Bet jis atšovė pažįstąs vienuolyną geriau už lankininkus, o esant tokiam rūkui, niekas nieko nepamatys. Todėl dabar, tarė, dingstu, ir nė tu manęs daugiau nepamatysi, net jei už poros žingsnių smaginčiaus su mer-

249

gaite, kurios tu trokšti. Jis tai pasakė kitais žodžiais, dar niekingesniais, bet tokia buvo jo mintis. Nuėjau įsiutęs, nes nevertėjo man, kilmingam ir novicijui, leistis į kalbas su tokiu niekšu.

Susiradau Viljamą, ir abu mes padarėme tai, ką reikėjo padaryti. Tai yra pasiruošėme klausyti Naktinės, įsikūrę navos šešėlyje, kad, pasibaigus pamaldoms, galėtume pradėti mūsų antrą (o mano jau trečią) kelionę į labirinto gelmes.

Ketvirta diena
PO NAKTINĖS

Vėl aplankomas labirintas, prieinamas finis Africae slenkstis, bet nepavyksta įeiti, nes nežinoma, kas yra ketvirto pirmas ir septintas, o galiausiai Adsui grįžta jo meilės liga

Apsilankymas bibliotekoje truko ilgas darbo valandas. Žodžiais mūsų patikrinimas atrodė lengvas, bet slinkti pirmyn žibinto šviesoje, skaityti užrašus, žymėti plane angas ir aklinas sienas, rašyti pirmąsias raides, sekti praėjimų ir aklinų sienų raštą nebuvo greitas dalykas, taip pat ir įdomus.

Mus kamavo šaltis. Naktis nebuvo vėjuota, ir negirdėjome to lengvo šniokštimo, įbauginusio mus pirmąjį vakarą, bet pro plyšius skverbėsi drėgnas ir stingdantis oras. Rankas aptraukėme vilnonėmis pirštinėmis, kad liečiant knygas nešaltų mums delnai, tokiomis, kurios skirtos rašyti žiemą, atvirais pirštais, todėl kartkartėmis reikėjo artinti rankas prie liepsnos, glausti jas prie krūtinės ar daužyti vieną į kitą, kad jos nors kiek sušiltų, o kartu dar ir šokinėti.

Todėl mūsų darbas nebuvo nuoseklus. Sustodavome pasmalsauti spintose, ir dabar, kai Viljamas — pabalnojęs nosį naujaisiais akiniais — galėjo skaityti knygas, kiekvieną perskaitytą pavadinimą lydėjo džiaugsmo šūksniai: arba dėl to, kad tą knygą žinojo, arba dėl to, kad jau kuris laikas jos ieškojo, pagaliau dėl to, kad niekada apie ją nebuvo girdėjęs, ir visa tai jį jaudino bei žadino jo smalsumą. Žodžiu, kiekviena knyga buvo jam kaip koks pasakiškas gyvūnas, sutiktas nežinomoje žemėje. Ir kol jis sklaidydavo vieną rankraštį, aš turėdavau ieškoti kitų.

— Pažiūrėk, kas ten toje spintoje!

Ir aš skaičiau imdamas knygas vieną po kitos:

— Bedos „Historia anglorum"... Ir vėl Bedos „De daedificatione templi", „De tabernaculo", „De temporibus et computo et cronica et circuli Dionysi", „Ortographia", „De ratione metrorum", „Vita sancti Cuthberti", „Ars metrica"...

— Aišku, visi Garbingojo darbai... O pažiūrėk ten! „De rhetorica cognatione", „Locorum rhetoricorum, dictinctio", o čia štai visi gramatikai: Priscianas, Honoratas, Donatas, Maksimas, Viktorinas, Eustichas, Fokas, Asperas... Keista, pirmiau maniau, kad čia sudėti autoriai iš Anglijos... Pažiūrėkim žemiau...

— *Hisperica... famina.* Kas tai?

— Hibernijos poema. Paklausyk:

Hoc spumans mundanas obvallat Pelagus oras
terrestres amniosis fluctibus cudit margines.
Saxeas undosis molibus irrui avionias.
Infima bomboso vertice miscet glareas
asprifero spergit spumas sulco,
sonoreis frequienter quatitur flabris...[17]

Nesuprantu prasmės, bet Viljamas taip tarė žodžius, jog atrodė man, kad girdžiu jūros bangų ir putos mūšą.

— O čia? Adelmas Malmesburietis, paklausykit: *Primitus pantorum procerum poematorum pio potissimum paternoque presertim privilegio panegiricum poemataque passim prosatori sub polo promulgatas....* Visi žodžiai prasideda ta pačia raide!

— Žmonės iš mano salų yra šiek tiek pamišę,— atsakė Viljamas didžiuodamasis.— Pažiūrėkim kitoje spintoje.

— Virgilijus.

— Kaip tai? O koks darbas? *Georgikos?*

— Ne. *Epitomos.* Neteko apie tai girdėti.

— Tai čia ne Maronas! Tai yra Virgilijus iš Tulūzos, rektorius, septintas amžius po Mūsų Viešpaties gimimo. Garsėjo kaip didis išminčius...

— Čia sakoma, jog menai yra poema, retorija, grama, leporija, dialektika, geometrija... Bet kokia kalba jis kalba?

— Lotynų, tačiau tai jo išgalvota lotynų, atrodžiusi jam daug gražesnė. Žiūrėk čia: jis sako, kad astronomija studijuoja zodiako ženklus, kurie yra mon, man, tonte, piron, dameth, perfellea, belgalic, margaleth, lutamiron, taminon ir raphalut.

— Jis buvo beprotis?

— Nežinau, nebuvo jis kilęs iš mano salų. Paklausyk dar, jis sako, kad yra dvylika būdų pavadinti ugniai: ignis, coquihabin (quia inocta oquendi habet dictionem), ardo, calax ex calore, fragon ex fragore flammae, rusin de rubore, fumaton, ustrax de urendo, vitius quia pene mortua membra sua vivificat, siluleus, quod de cilice siliat, unde et silex non recte dicitur, nisi ex qua scintilla silit. In aeneo, de Aenea deo, qui in eo habitat, sive e quo elementis flatus fertur[18].

— Bet juk niekas taip nekalba!

— Ir ačiū Dievui. Buvo tai laikai, kai gramatikai, norėdami

užmiršti pasaulio blogį, mėgavosi įmantriais klausimais. Sakė man, jog tuo metu penkiolika dienų ir penkiolika naktų retoriai Gabundus ir Terencijus diskutavo apie ego šauksmininką ir galop griebėsi ginklų.·

— Štai ir čia, paklausykit...— pačiupau knygą, dailiai išpuoštą miniatiūromis augmenijos labirintų, iš kurių šakelių lindo beždžionės ir žalčiai.— Paklausykit, kokie žodžiai: cantamen, collamen, gongelamen, stemiamen, plasmamen, sonerus, alboreus, gaudifluus, glaucicomus...

— Mano salos,— vėl švelnesniu balsu prabilo mano mokytojas.— Nebūk per griežtas tiems tolimos Hibernijos vienuoliams, gal tai, kad egzistuoja šis vienuolynas ir kad dar kalbame apie šventąją Romos Imperiją, yra jų nuopelnas. Tuo metu kita Europos dalis tebuvo griuvėsių krūva, kadaise jau buvo paskelbtas negaliojančiu kai kurių Galijos kunigų suteiktas krikštas, nes buvo ten krikštijama *in nomine patris et filiae*[19], ir ne todėl, kad būtų jie praktikavę naują ereziją ir laikę Jėzų moterim, o todėl, kad nebemokėjo lotynų.

— Kaip Salvatorė?

— Daugmaž. Piratai iš tolimos šiaurės atplaukdavo upėmis plėšti Romos. Pagonių šventyklos virto griuvėsiais, o krikščionių dar nebuvo. Ir tik Hibernijos vienuoliai savo vienuolynuose rašė ir skaitė, skaitė ir rašė, ir piešė miniatiūras, o po to sėsdavo į laivelius iš gyvulių odos ir plaukdavo į šiuos kraštus skelbti čia Evangelijos, lyg būtumėt jūs bedieviai, supranti? Buvai Bobijuje, jis įkurtas švento Kolumbano, vieno iš jų. Todėl nekibk, jei kūrė jie naują lotynų kalbą, nes Europoj jau užmiršo senąją. Buvo jie didūs vyrai. Šventasis Brendanas atvyko iki Laimės Salų ir plaukė palei pragaro pakrantę, kur matė Judą, grandinėmis prikaustytą prie uolos, o vieną dieną priplaukė prie kažkokios salos ir išsilaipino joje, bet sala ta pasirodė esanti jūrų pabaisa. Aišku, jie buvo pamišę,— pakartojo patenkintas.

— Jų paveikslai tokie... kad netikiu savo akimis! O kiek spalvų! — tariau mėgaudamasis.

— Ir tai iš kraštų, kur spalvų yra maža, šiek tiek žydros ir daug žalios. Bet esame čia ne tam, kad kalbėtume apie Hibernijos vienuolius. Norėčiau žinoti, kodėl jie čia, kartu su anglais ir kitų šalių gramatikais. Pažiūrėk į savo planą, kur turėtume būti?

— Vakarinio bokšto kambariuose. Perrašiau taip pat ir kartušus. Taigi, išėjus iš aklino kambario, einama į septynkampę salę, o iš ten galima patekti tik į vieną bokšto kambarį, raudona H raidė. Po to sukame aplink bokštą iš kambario į kambarį ir grįžtame į akliną kambarį. Raidžių seka tokia: HIBERNI! Jūsų tiesa!

— HIBERNIA, jei iš aklinojo kambario grįžti į septynkampę salę, kuri, kaip ir kitos trys, turi raidę A nuo Apocalypsis. Todėl čia sudėti darbai autorių iš tolimosios Tulės, taip pat gramatikai ir retoriai, nes bibliotekos tvarkytojai manė gramatiką turint būti prie gramatikų, net jei jis iš Tulūzos. Tai kriterijus. Matai, jau pradedam kažką suprasti!

— Bet rytinio bokšto, per kurį įėjome, kambariuose skaitėme FONS... Ką tai reiškia?

— Įdėmiau žiūrėk į savo planą, skaityk raides taip, kaip jos išdėstytos nuo pat įėjimo.

— FONS ADAEU...

— Ne, Fons Adae, U priklauso antrajam aklinam rytinio bokšto kambariui, prisimenu jį, gal ji priklauso kitai sekai. Ir ką gi mes radome Fons Adae, tai yra žemės rojuje (prisimink, jog ten yra kambarys su altoriumi, pasuktu tekančios saulės kryptimi)?

— Buvo ten daug Biblijų ir jų aiškinimų, vien tik Šventųjų Raštų knygos.

— Matai tad, Dievo žodis susijęs su žemės rojumi, kuris, kaip visi sako, yra rytuose. O vakaruose yra Hibernija.

— Tai bibliotekos planas atkuria pasaulio žemėlapį?

— Gali būti. O knygos išdėstytos pagal šalis, iš kurių kilusios arba kur gimę jų autoriai, arba, kaip šiuo atveju, kur jie būtų turėję gimti. Bibliotekininkai nusprendė, kad Virgilijus, gramatikas, gimė Tulūzoje per klaidą, o turėjo gimti vakaruose esančiose salose. Jie ištaisė gamtos klaidas.

Ėjome toliau. Perkirtome keletą kambarių, pilnų gražiausių Apokalipsių, o vienas iš jų buvo kaip tik tas, kur regėjau vizijas. Bet jau iš tolo pamatėme švytėjimą, ir Viljamas, užsiėmęs nosį, nubėgo jo užgesinti, spjovė ant pelenų. Bet dėl visa ko perėjome kambarį labai paskubomis, nors spėjau prisiminti anksčiau čia matęs kuo gražiausią spalvotą Apokalipsę su mulier amicta sole ir slibinu. Atkūrėme šių kambarių seką pradėdami tuo, į kurį įėjome paskiausiai ir kuris buvo pažymėtas raudona Y. Raidės, skaitant atbulai, susidėjo į žodį YSPANIA, bet paskutinė A buvo ta pati, kuria baigėsi HIBERNIA. „Tai reiškia,— tarė Viljamas,— kad lieka dar kambariai, kuriuose laikomi įvairūs kiti darbai".

Šiaip ar taip, dalis, pavadinta YSPANIA, pasirodė mums apgyventa daugybės Apokalipsės kodeksų, labai gražaus darbo, kuriuos Viljamas atpažino esant ispaniškos mokyklos. Pastebėjome, jog bibliotekoje buvo gal pats gausiausias apaštalo knygos kopijų rinkinys, esantis krikščioniškajame pasaulyje, ir begalės šio teksto aiškinimų. Storiausios knygos priklausė Palaimintojo iš Liebana Apokalipsės aiškinimams, tekstas jose buvo maždaug vienodas, bet radome stebėtiną gausybę piešinių variantų, ir Viljamas atpažino ranką tų, kuriuos jis laikė vienais iš garsiausių Austrijos karalystės iliuminatorių: Magijaus, Fakundijaus ir kitų.

Pastebėdami įvairias detales, pasiekėme pietinį bokštą, prie kurio aną vakarą jau buvom priartėję. Kambarys S iš YSPANIA — be lango — vedė į kambarį E, ir taip apsukę penkis bokšto kambarius įėjome į paskutinį, kuriame kitų angų nebuvo, pažymėtą raudona I. Skaitydami iš antro galo, perskaitėme LEONES.

— Liūtai, Pietūs, pagal mūsų žemėlapį, esame Afrikoje, hic sunt leones[20]. O tai paaiškina, kodėl radome tiek bedievių autorių darbų.

— Yra ir dar daugiau,— tariau šmirinėdamas po spintas.— Avicenos „Canone", o štai labai gražus kodeksas, kurio rašmenų aš nepažįstu...

— Sprendžiant iš papuošimų, turėtų būti Koranas, bet, deja, nemoku arabų kalbos.

— Koranas, bedievių Biblija, iškreipta knyga...

— Knyga, kurioje yra kitokia nei mūsų išmintis. Bet supranti, kodėl ji padėta čia, kur liūtai ir pabaisos. Štai kodėl matėm ten knygą apie pabaisas, tą, kurioje radai taip pat ir gražųjį vienaragį. Šioje LEONES dalyje yra tai, kas bibliotekos kūrėjams buvo melo knygos. O kas ten, žemai?

— Lotyniškai, bet versta iš arabų. Aiubas al Ruhavis, traktatas apie šunų hidrofobiją. O čia lobių knyga. O ta — Alhazeno „De aspectibus"...

— Matai, tarp pabaisų ir melų jie pastatė taip pat ir mokslo knygas, iš kurių krikščionis gali daug ko pasimokyti. Taip buvo manoma tuomet, kai steigėsi biblioteka...

— O kodėl tarp netikrovių padėjo taip pat ir knygą su vienaragiu? — paklausiau.

— Matyt, bibliotekos kūrėjams šaudavo keistos mintys. Jie manė, kad ta knyga, kalbanti apie stebėtinus gyvūnus, gyvenančius tolimose šalyse, yra dalis bedievių skleidžiamo melo...

— Bet argi vienaragis — melas? Tai labai mielas ir didžiai simboliškas gyvūnas. Kristaus ir skaistybės figūra, jis tegali būti pagautas į mišką nuvedus nekaltą mergaitę, kurios tyriausią kvapą jausdamas ateina pats, idant padėtų galvą jai ant kelių, ir taip papuola į medžioklių žabangas.

— Taip sakoma, Adsai. Bet daugelis linkę tikėti, jog tai pasakiškas pagonių pramanas.

— Kaip gaila,— tariau.— Norėčiau, eidamas per mišką, sutikti tokį vienaragį. Kitaip koks gi malonumas eiti per mišką?

254

— Nepasakyta, kad jis neegzistuoja. Gal tik yra kitoks nei piešiamas knygose. Vienas Venecijos keliautojas buvo nuvykęs į labai tolimus kraštus, beveik prie pat fons paradisi[21], apie kuriuos byloja žemėlapiai, ir matė vienaragius. Bet buvo jie grubūs ir nedailūs, bjaurūs ir juodi. Manau, jog matė jis tikrus žvėris su vienu ragu kaktoje. Buvo jie tikriausiai tie patys, kuriuos teisingai pirmą kartą aprašė senosios išminties meistrai, gavę iš Dievo galimybę matyti tai, ko mes negalime pamatyti. O vėliau šis aprašymas, keliaudamas iš vieno autoriaus pas kitą, pakito pakylėtas ant vaizduotės sparnų, ir vienaragiai tapo grakščiais, baltais ir švelniais gyvūnais. Todėl žinodamas, kad miške gyvena vienaragis, neik tenai su mergaite, nes jis gali pasirodyti panašesnis į tą, kurį aprašė Venecijos keliautojas, nei į tą, nupieštą šioje knygoje.

— Bet kodėl Dievas senosios išminties meistrams atskleidė tikrąją vienaragio prigimtį?

— Nebuvo tai atskleidimas, tai buvo patirtis. Jie turėjo laimės gimti kraštuose, kur gyveno vienaragiai, ir tuo laiku, kai vienaragiai kaip tik gyveno tose žemėse.

— Bet kaip tuomet galime tikėti senąja išmintim, kurios pėdsakų jūs nuolat ieškote, jei perteikia ją mums melagingos knygos, traktuojančios ją šitaip laisvai?

— Knygos yra ne tam, kad jomis tikėtume, bet tam, kad jas tirtume. Skaitydami knygą, turime tikėti ne tuo, kas joje rašoma, bet tuo, kas joje norėta parašyti, ir šią mintį labai gerai suprato senieji šventųjų knygų aiškintojai. Toks vienaragis, kokį pateikia šios knygos, slepia moralinę tiesą arba tiesą alegorinę, arba anagoginę, kuri lieka tiesa teisinga, kaip kad teisinga yra mintis, jos skaistybė — kilni dorybė. O dėl pažodinės tiesos, paremiančios anas tris, reikia patikrinti, iš kokio pirminės patirties šaltinio tas žodis radosi. Žodis turi būti svarstomas, net jei paslėptoji prasmė yra teisinga. Vienoje knygoje parašyta, kad deimantą tegalima perpjauti ožkos krauju. Mano didysis mokytojas Rodžeris Bekonas sako, jog tai netiesa, nes jis bandė tai padaryti ir jam nepavyko. Bet jei ryšys tarp deimanto ir ožkos kraujo būtų turėjęs kokią aukštesnę prasmę, ji ir liktų nepaliesta.

— Išeitų, kad galima skelbti aukštesnes prasmes meluojant pažodine prasme,— tariau,— o vis dėlto gaila, kad vienaragis toks, koks yra, neegzistuoja ir neegzistavo, ar negalės egzistuoti.

— Nedera riboti visa apimančios dieviškos galios, ir jei Dievas panorės, galės rastis taip pat ir vienaragiai. Ir nurimk, jie egzistuoja šiose knygose, kurios, jei ir kalba apie tikras būtybes, kalba apie galimas būtybes.

— Bet tuomet reikia skaityti knygas be tikėjimo, kuris yra teologinė dorybė?

— Lieka dar dvi teologinės dorybės. Viltis, jog tai, kas galima, bus. Ir meilė tam, kuris gero vardan šventai tikėjo, jog tai, kas galima, buvo.

— Bet kam jums tuomet vienaragis, jei jūsų protas netiki juo?

— Jis reikalingas man tiek pat, kiek reikalingi buvo Venancijaus kūno atspaudai sniege, kai jį vilko prie kubilo su kiaulių krauju. Knygų vienaragis yra tarsi atspaudas. Jei yra atspaudas, turi būti ir tai, kas tą atspaudą paliko.

— Bet tai, kaip jūs sakėte, skiriasi nuo atspaudo.

— Visai teisingai. Ne visuomet atspaudo forma yra tokia pat, kaip ir jį palikusio kūno, ir ne visada jis atsiranda kūnui spaudžiant. Kartais jis atspindi įspūdį, kurį tas kūnas padarė mūsų atminty, yra tai minties atspaudas. Mintis yra daikto ženklas, o vaizdas yra minties ženklas, ženklo ženklas. Bet iš atvaizdo atkuriu jei ne patį kūną, tai bent kito mintį apie jį.

— Ir to jums gana?

— Ne, nes tikras mokslas neturi tenkintis vien mintimis, kurios yra ne kas kita kaip ženklai, bet turi rasti daiktus, kurių yra išskirtinė tiesa. Todėl man patiktų pereiti nuo šio pėdsako prie pėdsako atskiro vienaragio, kuris yra grandinės pradžioje. Lygiai taip pat, kaip patiktų man pereiti nuo miglotų ženklų, kuriuos paliko Venancijaus žudikas (ženklų, galinčių priklausyti daugeliui), prie vienintelio individo, būtent paties žudiko. Bet ne visuomet įmanoma tai padaryti per trumpą laiką ir neturint kitų ženklų.

— Tai tuomet tegaliu visada ir tiktai kalbėti apie kažką, kas byloja man apie kažką kita, ir taip toliau, bet niekada nėra to kažko galutinio?

— Galbūt yra, yra atskiras vienaragis. Ir nesirūpink, vieną dieną tu jį sutiksi, kad ir koks juodas ir bjaurus jis būtų.

— Vienaragiai, liūtai, arabų autoriai ir šiaip juodaodžiai,— tariau tuomet,— nėra abejonės, jog tai Afrika, apie kurią kalbėjo vienuoliai.

— Be abejo, tai čia. O jei ji yra čia, turime rasti Afrikos poetus, kuriuos minėjo Pacifikas iš Tivolio.

Ir tikrai, grįžę tuo pačiu keliu atgal į kambarį L, vienoje iš jo spintų radome Floro, Frontonio, Apulėjaus, Marciano Kapelos ir Fulgencijaus knygų rinkinį.

— Tad čia, kaip sakė Berengarijus, turėtų glūdėti paaiškinimas kažkokios paslapties,— tariau.

— Beveik čia. Jis kalbėjo apie „finis Africae", ir kaip tik išgirdęs šiuos žodžius Malachijas taip įsiuto. Finis galėtų būti šis paskutinis kambarys arba...— Čia netikėtai šūktelėjo:—

Prisiekiu septyniomis Klonmaknua bažnyčiomis! Ar tu nieko nepastebėjai?

— Ko taip?

— Grįžkim atgal, į kambarį S, iš kurio išėjome.

Grįžome į pirmąjį akliną kambarį, kurio eilutė skelbė: *Super thronos viginti quatuor*. Iš jo buvo keturi išėjimai. Vienas vedė į kambarį Y, su langu į aštuonkampį. Kitas vedė į kambarį P, kuris buvo išilgai išorinės sienos ir buvo sekos YSPANIA tęsinys. Tas iš bokšto pusės vedė į kambarį N, kurį mes ką tik perkirtome. Po to ėjo aklina siena ir pagaliau ketvirtas išėjimas, vedantis į kitą akliną kambarį su raide U. Kambarys S buvo būtent tas, su veidrodžiu, ir, laimei, jis kabėjo ant sienos iškart man iš dešinės, antraip ir vėl būčiau išsigandęs.

Gerai patyrinėjęs planą, supratau šio kambario išskirtinę padėtį. Kaip ir iš visų kitų trijų bokštų aklinų kambarių, turėjo iš jo būti išėjimas į vidurinę septynkampę salę. Jei ne, tai įėjimas į septynkampį turėjo būti gretimame akliname kambaryje, su raide U. Bet šiame tebuvo durys į kambarį T su langu į vidurinį aštuonkampį ir į kambarį S, o kitos trys jo sienos buvo užstatytos knygų spintomis. Apsižvalgę pastebėjome tai, kas aiškėjo jau ir iš plano: logikos sumetimais, taip pat simetrijos dėlei šiame bokšte turėjo būti septynkampis kambarys, bet jo čia nebuvo.

— Jo nėra,— tariau.

— Negalimas dalykas, kad jo nebūtų. Jei jo nėra, kiti kambariai turėtų būti daug didesni, o dabar jie maždaug tokie pat, kaip ir kitose pusėse. Jis yra, bet negalima į jį patekti.

— Užmūrytas?

— Gali būti. Štai ir turime finis Africae, vietą, apie kurią sukosi visų mirusiųjų dėmesys. Jis užmūrytas, bet tai dar nereiškia, kad ten negalima patekti. Anaiptol, tikrai galima, ir Venancijus tą kelią rado ar jį jam apsakė Adelmas, išgirdęs tai iš Berengarijaus. Dar kartą pažvelkime į jo užrašus.

Jis išsitraukė iš abito Venancijaus lapą ir perskaitė:

— Ranka virš stabo veikia ketvirto pirmą ir septintą. Apsižvalgė.— Bet juk tikrai taip! Idolum — tai yra atvaizdas veidrodyje! Venancijus mąstė graikiškai, o ta kalba, dar labiau nei kad mūsų, *eidolon* yra tiek atvaizdas, tiek vaiduoklis. ir veidrodis grąžina mums deformuotą atvaizdą, kurį mes patys aną naktį palaikėme vaiduokliu! Bet kas tuomet yra keturi *supra speculum*? Kažkas ant atspindinčio paviršiaus? Tuomet mums reikėtų atitinkamai atsistoti, idant pastebėtume tai, kas atsispindi veidrodyje ir atitinka Venancijaus duotą aprašymą...

Judėjome visomis įmanomomis kryptimis, bet veltui. Be mūsų

atspindžių, veidrodyje buvo dar tik neryškus kambario, menkai teapšviesto žibinto liepsnos, vaizdas.

— Tuomet,— svarstė Viljamas,— *supra speculum* galėtų reikšti kažką už veidrodžio... Taigi, turime prie jo prieiti, nes veidrodis — tai, be jokios abejonės, durys...

Veidrodis buvo aukštesnis už normalų žmogų, pritvirtintas prie sienos tvirtu ąžuoliniu rėmu. Apčiupinėjome jį iš visų šonų, bandydami įkišti pirštus ir nagus tarp sienos ir rėmo, bet veidrodis nė nesukrutėjo, lyg būtų sienos dalis, akmuo akmenyje.

— O jei nėra tai už veidrodžio, galėtų būti *super speculum*, murmėjo Viljamas, vis pasistiebdamas ir iškelta ranka braukdamas per rėmo viršų, tačiau ten nerasdamas nieko, išskyrus dulkes.

— Antra vertus,— melancholiškai kalbėjo Viljamas,— jei už sienos ir yra kambarys, tos knygos, kurios mes ieškome ir kurios ieško kiti, jame jau nebėra, nes ją iš ten jau išnešė pirma Venancijus, o vėliau — ir galas žino kur — Berengarijus.

— Bet gal Berengarijus grąžino ją į vietą.

— Ne, tą vakarą mes buvom bibliotekoje, o viskas rodo, jog mirė jis netrukus po vagystės, tą pat naktį, maudykloje. Antraip kitą rytą būtume jį pamatę. Bet nesvarbu... Dabar mums aišku, kur yra finis Africae, ir turime veik visus reikalingus elementus savo planui patobulinti. Turi sutikti, jog daugelį labirinto paslapčių mes jau atskleidėm. Sakyčiau, visas, išskyrus vieną. Manau, kad daugiau pelnysiu įdėmiai dar kartą perskaitęs Venancijaus užrašus nei iš tolesnės apžvalgos. Matei juk, labirinto mįslę mes geriau įminėme iš lauko negu iš vidaus. Šį vakarą, taip stovėdami prieš savo iškreiptus atvaizdus, neatskleisime klausimo esmės. Be to, ir žiburys jau silpsta. Eime, užrašysim likusias nuorodas, kurios padės mums geriau nubrėžti planą.

Perėjome kitus kambarius, žymėdami viską, ką pastebėdavom, mano plane. Radome kambarius, skirtus vien tik matematikos ir astronomijos mokslams, ir kitus, su knygomis aramėjų rašmenimis, kurių nepažinojo nė vienas iš mūsų, ir dar kitus, kuriuose knygos surašytos buvo dar nežinomesniais rašmenimis, gal šie tekstai kilo iš Indijos. Ėjome per dvi tarpusavy susipynusias sekas, pavadintas IUDAEA ir AEGYPTUS. Žodžiu, nenorėdamas vargint mielo skaitytojo mūsų atradimų kronika, pasakysiu tik, jog vėliau, kai galutinai nubraižėme savo planą, įsitikinome, kad biblioteka tikrai pastatyta ir įrengta sulig Žemės rutulio atvaizdu. Šiaurėje radome ANGLIA ir GERMANIA, kurios išilgai vakarinės sienos jungėsi su GALLIA, kad pačiuose tolimiausiuose vakaruose pereitų į HIBERNIA, o pietinės sienos link — ROMA (lotynų klasikų rojų!) ir YSPANIA. Po to pietuose ėjo LEONES ir AEGYPTUS, kurios rytų pusėje tapo IUDAEA ir FONS ADAE.

Tarp rytų ir šiaurės išilgai sienos buvo ACAIA, gera sinekdocha, kaip pasakė Viljamas, Graikijai pažymėti, ir tikrai tuose keturiuose kambariuose radome gausu pagoniškosios senovės poetų ir filosofų.

Skaityti reikėjo padrikai, kartais viena kryptimi, kartais grįžtant atgal, kartais einant ratu, dažnai, kaip jau sakiau, viena raidė buvo skirta dviem skirtingiems žodžiams sudaryti (ir tais atvejais kambaryje stovėjo spinta, skirta ir vienos, ir kitos temos knygoms). Tačiau nederėjo šiame išdėstyme ieškoti auksinės taisyklės. Tai buvo grynai mnemoninė priemonė bibliotekininkui padėti rasti reikalingą knygą. Pasakyti apie knygą, kad yra ji *quatro Acaiae*, reiškė, kad ieškoti jos reikia ketvirtame kambaryje, skaičiuojant nuo to, kuris pažymėtas pradine A, o kad patektų į jį, bibliotekininkas turėjo mintinai žinoti kelią, kuriuo reikia eiti, ar tai tiesiai, ar ratu. Pavyzdžiui, ACAIAE suskirstyta buvo į keturis kambarius, išdėstytus kvadratu, kas reiškė, jog pirmoji A buvo taip pat ir paskutinė, tai ir mes labai greit supratome. Taip pat, kaip greit supratome ir kelią užtveriančių sienų išdėstymą. Pavyzdžiui, einant iš rytų nė vienas iš ACAIAE kambarių neveda į kitus kambarius: labirintas čia baigėsi, ir norint patekti į šiaurinį bokštą, reikėjo pereiti per tris kitus. Tačiau bibliotekininkai, aišku, žinojo, kad, sakysim, norėdami patekti į ANGLIA, turi pereiti AEGYPTUS, YSPANIA, GALLIA ir GERMANI.

Tuo ir kitais gražiais atradimais baigsiu mūsų vaisingos kelionės į biblioteką aprašymą. Bet, prieš pasakydamas, jog patenkinti patraukėme prie išėjimo (idant taptume dalyviais kitų įvykių, apie kuriuos netrukus papasakosiu), turiu savo brangiam skaitytojui kai ką prisipažinti. Jau sakiau, kad, nors atėjome čia, norėdami rasti paslaptingąjį šios vietos raktą, pakeliui iš vieno kambario į kitą, kurių padėtį ir paskirtį aiškinomės, sklaidėme juose įvairiausias knygas, tirdami nežinomą kontinentą ar terra incognita. Ir paprastai darėme tai kartu, abu sustodami prie tų pačių knygų: aš — rodydamas jam įdomesnes, jis — aiškindamas man daugelį dalykų, kurių nesupratau.

Bet kartą, kai sukiojomės po pietinį bokštą, pavadintą LEONES, atsitiko taip, kad mano mokytojas stabtelėjo viename kambaryje, nes sudomino jį arabų veikalai, pilni keistų piešinių iš optikos srities; o kadangi tą vakarą turėjome ne vieną, bet du žibintus, smalsumo pagautas įėjau į gretimą kambarį ir ten pastebėjau, jog bibliotekos įkūrėjai, vedami išminties ir atsargumo, išilgai vienos iš jo sienų sustatė knygas, kurios tikrai negalėjo būti duotos niekam skaityti, nes įvairiais būdais pasakojo apie kūno bei dvasios ligas, ir buvo tai beveik vien tik bedievių išminčių darbai. Mano akys užkliuvo už nedidelės knygos, išpuoštos labai nuo temos nutolusiomis (laimė!) miniatiūromis gėlių, augalų, gyvūnų porų, kažkokių vaistažolių, o knyga vadinosi *Speculum amoris*, parašė ją brolis Maksimas Bolonietis, ir gausu joje buvo citatų iš daugelio kitų darbų, skirtų meilės ligai. Kaip mano skaitytojas jau suprato, nieko kito ir nereikėjo mano liguistam smalsumui pažadinti. Taip, pakako šio pavadinimo, ir mano protas, taip sunkiai šįryt numaldytas, suliepsnojo, o prieš akis vėl iškilo mergaitės paveikslas.

Visą dieną vijęs šalin ryto mintis, sakydamas sau, jog nedera jos sveikam ir susivaldančiam novicijui, o vėliau išblaškytas kitų įdomių ir svarbių dienos įvykių, taip užliūliavęs savo aistras, įtikėjau išsilaisvinęs iš to, kas negalėjo būti niekas kitas, kaip tik laikinas nerimas. Bet pakako pamatyti šią knygą, kad tarčiau „de te fabula naratur" ir pasijusčiau dar labiau sergantis meile nei kad maniau. Vėliau įsitikinau, jog, skaitydami medicinos knygas, įsikalbame sau visas ligas, kurios tik ten aprašytos. Ir kaip tik tos knygos skaitymas, karštligiškai verčiant lapus iš baimės, kad tuoj kambarin įeis Viljamas ir paklaus, ką gi taip rimtai čia studijuoju, įtikino mane, jog sergu kaip tik ta liga, kurios simptomai taip puikiai buvo ten aprašyti, tad, jei ir nerimavau dėl savo būklės, antra vertus, džiūgavau matydamas taip gyvai ją pavaizduotą; tikinau save, kad, nors esu ligonis, ta liga yra dalykas, taip sakant, normalus, jei jau tiek kitų persirgo ja tuo pat būdu, o cituojami autoriai, atrodė, susitarė kaip tik mane paimti savo aprašymų modeliu.

Sujaudino mane Ibn Hazmo žodžiai, apsakantys meilę kaip maištingą ligą, vaistai nuo kurios yra joje pačioje, ir tas, kuris ja serga, nenori išgyti, o tas, kuris susirgo, nenori iš jos išsivaduoti (ir mato Dievas, kad buvo tai tiesa!). Supratau, kodėl ryte mane taip audrino viskas, ką mačiau, nes atrodo, jog meilė, kaip sako Bazilijus iš Ančiros, ateina per akis — simptomas, kurio negalima supainioti,— ir tas, kurį ji užpuola, yra pernelyg linksmas, nors tuo pat metu trokšta nuo visų būti nuošalėje, ir brangi jam vienatvė (kaip ir man šį rytą), ir dar apima jį nesutramdomas nerimas ir atimantis žadą apkvaišimas... Išsigandau skaitydamas, jog nuoširdus įsimylėjėlis, iš kurio atimtas meilės objektas, visiškai išsenka, dažnai atgula į patalą, o kartais liga kankina protą, ateina pamišimas ir prasideda klejonės (matyt, tos būklės aš dar nebuvau pasiekęs, nes visai neblogai padirbėjau tyrinėdamas biblioteką). Bet su baime skaičiau, jog liga sunkėja ir gali ištikti mirtis, ir klausiu savęs, ar džiaugsmas, kurį patiriu galvodamas apie mergaitę, vertas šios didžiausios kūno aukos, o ką jau kalbėti apie sielos gerovę.

Mat radau dar ir kitą Bazilijaus citatą, skelbiančią, jog „qui animam corpori per vita cinturbationesque commiscent, utrinque quod habet utile ad vitam necessarium demoliuntus, animamquelucidam ac nitidam carnalium voluptatum limo perturbant, et corporis munditiam atque nitorem hac ratione miscentes, inutile hos ad vitae officia ostendunt"[22]. O toks apverktinas tikrai netroškau pasijusti.

Sužinojau taip pat iš šventosios Hildegardos žodžių, jog ta melancholiška nuotaika, kuri buvo apėmusi dieną ir kurią priskyriau saldžiam skausmo jausmui netekus mergaitės, pavojingai primena jausmą, patiriamą to, kuris nusisuka nuo darnios ir tobulos būklės, žmogaus patiriamos rojuje, ir kad šią „nigra et amara" melancholiją sukelia žalčių šnypštimas ir velnio pagundos. O su ta mintim sutiko taip pat ir tokios pat išminties bedieviai, nes mano akys užkliuvo už eilučių, priskirtų Abu Bakr-Muhamedui Ibn Zaka-rija ar-Razi, kuris knygoje *Liber continens* sulygina meilės melancholiją su likantropija, verčiančia savo auką elgtis kaip vilką. Jos aprašymas sutraukė man burną: pirmiausia pakinta įsimylėjėlių išvaizda, nusilpsta jų regėjimas, akys įdumba ir nebeturi ašarų, liežuvis pamažu išdžiūsta ir išvirsta spuogais, visas kūnas sausėja, ir kenčia jie nenumaldomą troškulį; tuomet leidžia jie dienas tysodami veidu žemyn, ant skruostų ir ant blauzdikaulių pasirodo lyg šuns įkandimai, pagaliau naktimis klajoja jie po kapines it vilkai.

O perskaitęs didžiojo Avicenos citatą, nebeturėjau jokių abejonių dėl savo padėties rimtumo, nes meilė joje apibūdinta buvo kaip atkakli melancholiškos prigimties mintis, gimstanti galvojant ir galvojant apie priešingos lyties asmens bruožus, mostus ir elgesį (kaip tikroviškai ir gyvai pavaizdavo Avicena mano atvejį): negimsta ji kaip liga, bet liga tampa, o nepatenkinta virsta įkyria mintim (bet kodėl gi ji persekiojo mane, kuris, teatleidžia man Dievas, buvau visai patenkintas? O gal tai, kas įvyko praeitą naktį, nebuvo meilės pasitenkinimas? Bet kaip tuomet tenkinama ši liga?), o kaip pasekmė randasi pastovus mirksėjimas, netolygus kvėpavimas, čia juokas, čia ašaros, širdis daužosi (ir mano tikrai daužėsi, o skaitant šias eilutes, užimdavo kvapą). Avicena siūlė tikrą būdą, rekomenduotą jau Galeno, kaip atrasti tą, kurį kitas yra pamilęs: užčiuopti kenčiančiojo pulsą ir tarti vardus priešingos lyties asmenų, kol pajusi, kurį vardą tariant pulsas pagreitėja, ir aš bijojau, kad tuoj įeis mano mokytojas, suims man riešą, ir iš kraujo tvinksnių atskleis paslaptį, o tai mane be galo sugėdintų... Deja, Avicena siūlė kaip vaistą dviem įsimylėjėliams susijungti santuokoje, ir esą liga praeis. Todėl jis neabejotinai buvo bedievis, nors ir įžvalgus, nes nerūpėjo jam benediktinų novicijus, pasmerktas niekuomet nepagyti — ar, tiksliau, savo pasirinkimu ar apdairių tėvų valia sutikęs niekada nepagyti. Laimė, Avicena, nors ir negalvodamas apie kliuniečių ordiną, svarstė ir negalinčių susijungti mylimųjų atvejį ir kaip radikalų gydymą siūlė karštas vonias (kuriomis Berengarijus norėjo išsigydyti iš savo nedoros meilės Adelmui ligos? Bet ar galima sirgti meile tos pačios lyties asmeniui, ar nėra tai tik gyvuliškas gašlumas? Ir ar nebuvo gyvuliškas mano praeitos nakties gašlumas? Ne, tikrai ne, tuoj pat tariau sau, jis buvo kuo saldžiausias; bet tuoj po to: klysti, Adsai, tai velnio apgaulė, buvo jis kuo gyvuliškiausias, ir, jei nusidėjai tapdamas gyvuliu, nusidedi dar labiau dabar, nenorėdamas to pripažinti!). Bet po to perskaičiau, kad, anot vis to paties Avicenos, yra ir kitų priemonių: pavyzdžiui, leisti laiką draugėje senų ir patyrusių moterų, nuolat šmeižiančių numylėtąją,— o senos moterys šiam reikalui, atrodo, tinka labiau už vyrus. Gal tai ir buvo išeitis, bet vienuolyne senų moterų negalėjau rasti (tiesą sakant, jaunų taip pat), tad reikėjo man prašyti kurio nors vienuolio, kad kalbėtų blogai apie mergaitę, bet kurio? Be to, ar galėjo vienuolis pažinoti moteris taip pat gerai, kaip pažinojo jas moteris, sena ir liežuvautoja? Paskutinė saracėno pasiūlyta išeitis buvo tiesiog begėdiška, nes patarė nelaimingajam įsimylėjėliui susijungti su daugeliu vergių, o vienuoliui tai buvo visai netinkama. Tai kaip pagaliau gali išgyti iš meilės ligos jaunas vienuolis, tariau sau, argi nėra jam išsigelbėjimo? Gal reikia prašyti pagalbos Severino ir jo žolelių? Bet radau Arnoldo Vilanovos knygos ištrauką, o šį autorių man jau kartą labai pagarbiai citavo Viljamas. Jis teigė meilės ligą kylant iš kūno syvų ir oro pertekliaus, kai žmogaus organizmas gauna per daug drėgmės ir šilumos, nes kraujas (gaminantis sėklą), pernelyg sustiprėjęs, duoda sėklos perteklių, „complexeo venereo", ir sukelia troškimą susijungti vyrui su moterim. Tokia yra blaivaus proto galia, esanti nugarinėje viduriniojo skilvelio encefalo dalyje (kas tai galėtų būti, klausiau savęs), kurios tikslas — pastebėti nematomas intentiones, esančias matomuose objektuose, pažįstamuose pojūčiais, ir kai troškimas pojūčiais suvokiamo objekto tampa per daug galingas, blaivaus proto galia lieka sukrėsta ir tegyvena vien numylėto asmens šmėkla; tuomet patiriamas visos sielos ir kūno uždegimas, liūdesį keičia džiaugsmas, o šį vėl liūdesys, nes karštis (kuris nevilties minutėmis pasitraukia į kūno gilumą, kai kūno paviršius pašiurpsta iš šalčio) džiaugsmo minutėmis išsilieja į paviršių ir uždega skruostus. Arnoldo siūlomas gydymas buvo mėginti prarasti tikėjimą ir viltį susijungti su savo meilės objektu ir tuo būdu nutolinti nuo jo mintis.

Tai aš esu pasveikęs arba sveikstantis, tariau sau, nes teturiu maža ar neturiu jokios vilties pamatyti savo minčių objektą, o jei ir pamatyčiau, su juo susitikti, o jei ir suartėčiau, tai vėl jį turėti, o jei ir įgyčiau, išlaikyti jį prie savęs ir dėl savo vienuoliškos padėties, ir dėl pareigų, kurias primeta man mano šeimos padėtis... Esu išgelbėtas, tariau, užverčiau knygą ir atsipeikėjau dar prieš Viljamui įeinant į kambarį. Tęsiau kartu su juo kelionę po jau atpažintą labirintą (ką prieš tai ir papasakojau) ir tam kartui užmiršau savo obsesijos objektą.

Kaip paaiškės, greit ir vėl ji užvaldys mano mintis, betgi (deja!) kokiomis skirtingomis aplinkybėmis.

K e t v i r t a   d i e n a

NAKTIS

Salvatorė niekingai patenka į Bernardo gi nagus, o Adso numylėtoji mergaitė suimama kaip ragana, ir visi eina miegoti daug nelaimingesni ir labiau susikrimtę nei buvo prieš tai

Taigi jau leidomės į refektorių, kai nuo virtuvės pusės išgirdome šūksnius ir pamatėme šmėkščiojant silpnus žiburius. Viljamas tuoj pat užpūtė mūsų žibintą. Glaustydamiesi prie sienų, priartėjome prie į virtuvę vedusių durų ir išgirdome, jog šauksmai sklinda iš lauko, mat buvo atvertos laukujės virtuvės durys. Po to balsai ir šviesos nutolo, ir nežinia kas stipriai užtrenkė duris. Ta didelė sumaištis reiškė, jog įvyko kažkas nemalonaus. Kuo greičiau perėjome osarijų, išnirome tuščioje bažnyčioje, išėjome pro pietines duris laukan ir pamatėme klostre pasirodžiusius deglus.

Nuskubėjome ten, ir sąmyšyje atrodė, kad ir mes atbėgome kartu su daugeliu kitų, jau ten buvusių, atėjusių ar iš dortuaro, ar iš piligrimų namo. Pamatėme lankininkus stipriai laikant Salvatorę, baltą kaip jo akių baltymas, ir verkiančią moterį. Širdį nusmelkė: tai buvo mano svajonių mergaitė. Pamačiusi mane, pažino ir metė maldaujamą, be vilties žvilgsnį. Jau norėjau šokti išlaisvinti jos, bet Viljamas sulaikė mane, sušnibždėdamas į ausį perspėjimus, kuriuose nebuvo nė pėdsako širdies. Vienuoliai ir svečiai dabar jau bėgo iš visų pusių.

Atėjo abatas, atėjo Bernardas Gi, kuriam lankininkų kapitonas trumpai papasakojo įvykius.

Inkvizitoriaus įsakymu jie šiąnakt budėjo visame plokščiakalnyje, o ypač akylai sekė alėją, vedusią nuo vartų iki bažnyčios, daržus ir Buveinės fasadą (kodėl, paklausiau savęs, ir supratau: matyt, todėl, jog Bernardas, iš tarnų ar iš virėjų surinkęs gandus apie naktinius ryšius tarp anapus sienos ir virtuvės, ko gero, nė nenujautė, kas tikrai į juos įveltas, nors, kas žino, ar tas paikas Salvatorė, kaip kad atskleidė man savo ketinimus, nebus apie juos kalbėjęs taip pat ir virtuvėje ar arklidėse kokiam nelemtajam, ir šis, įbaugintas popietinės apklausos, išplepėjo viską Bernardui. Budriai stebėdami, nors buvo tamsu ir rūkas, lankininkai pagaliau užtiko Salvatorę kartu su moterim, bruzdančius prie virtuvės durų.

— Moteris šioje šventoje vietoje! Ir su vienuoliu! — griežtai tarė Bernardas, kreipdamasis į abatą.— Maloningasai pone,— tęsė jis,— jei būtų kalbama vien tik apie skaistybės įžado sulaužymą, šio žmogaus bausmė priklausytų jūsų jurisdikcijai. Bet dar nežinome, ar šių nelemtųjų veiksmai nėra pavojingi visų svečių gerovei, todėl pirmiausia turime atskleisti šią paslaptį. Nagi, tau sakau, nelaimingasai,— ir atplėšė nuo Salvatorės krūtinės ryšulį, kurį vargšelis bandė paslėpti,— kas ten viduje?

Aš jau žinojau kas: peilis, juodas katinas, kuris pabėgo piktai miaukdamas vos tik išvyniojus ryšulį, ir du sutraiškyti glitūs kiaušiniai, visiems pasirodę lyg kraujas, tulžis ar dar kokia siaubinga substancija. Salvatorė kaip tik ėjo į virtuvę, kad užmuštų katiną, išluptų jam akis, ir kas žino, kokiais pažadais suviliojo mergaitę eiti su juo. Kokiais pažadais, sužinojau tuoj pat. Lankininkai apieškojo mergaitę, šaipydamiesi ir persimesdami gašliais žodžiais, ir rado prie jos negyvą gaidžiuką, dar nenupešiotą. Nelaimė, naktį, kai visos katės juodos, gaidys taip pat pasirodė juodas, kaip ir katė. Pamaniau, kad nieko daugiau ir nereikėjo privilioti tai vargšei alkanajai, jau praeitą naktį palikusiai (iš meilės man!) savo brangiąją jaučio širdį...

— Ak, ak,— sušuko Bernardas didžiai susirūpinusiu balsu,— juodas katinas ir juodas gaidys... Puikiai pažįstu tas parafernalijas...— Pastebėjo tarp stovinčiųjų Viljamą.— Juk jūs taip pat jas pažįstate, broli Viljamai? Ar ne jūs buvote inkvizitorium prieš trejus metus Kilkenyje, kur mergaitė bendravo su velniu, pasirodančiu jai juodo katino pavidalu?

Man pasirodė, jog mokytojas tyli iš bailumo. Čiupau jį už rankovės, patampiau ir beviltiškai sušnabždėjau:

— Betgi pasakykit, kad buvo jis skirtas suvalgyti...

Jis išsilaisvino iš manęs ir labai mandagiai kreipėsi į Bernardą.

— Nemanau, kad mano sena patirtis reikalinga jums daryti savoms išvadoms,— tarė.

— Ak, ne, yra ir daug svaresnių liudytojų,— nusišypsojo Bernardas.— Steponas Burbonas pasakoja savo traktate apie septynias Šventosios Dvasios dovanas: kaip šventasis Dominykas, pasakęs Fanžo mieste pamokslą prieš eretikus, paskelbė kai kurioms moterims, jog jos pamatysiančios, kam iki šiol tarnavusios. Ir netikėtai metė į jų tarpą išsigandusį katiną, dydžio kaip geras šuva, su plačiomis liepsnojančiomis akimis, kraujuotu liežuviu, siekiančiu bambą, trumpa ir stačiai pakelta viršun uodega, todėl, kur tik jis pasisukdavo, visiems rodė savo niekingą užpakalį, smirdantį kaip nė vienas kitas, kas ir dera tai angai, kurią tokia gausybė šėtono garbintojų, o tarp jų ne paskutiniai buvo riteriai ir tamplieriai, visuomet bučiuodavo savo susitikimų metu. Pasisukiojęs tarp moterų visą valandą, katinas šoko ant varpo virvės ir ja užlipo palikęs paskui save savo dvokiančias išmatas. O ar ne katinas yra numylėtas katarų gyvūnas, ir savo vardą jie paėmę, anot Alano Saliečio, kaip tik nuo *catus*, nes šios bestijos užpakalį bučiuoja laikydami ją Liuciperio įsikūnijimu? Ir ar nepatvirtina šios šlykščios praktikos taip pat ir Viljamas iš Lavernos savo *De legibus*? Ir ar nesako Albertas Didysis, jog katinai yra potencialūs velniai? O ar nepasakojo mano garbingasai brolis Žakas Furnjė, kad ant inkvizitoriaus Gaufreno iš Karkasonės mirties patalo pasirodę du juodi katinai buvę ne kas kita kaip demonai, geidžiantys pasišaipyti iš tų palaikų?

Per susirinkusius nuvilnijo pasibaisėjimo šnabždesys, daugelis vienuolių žegnojosi.

— Ponas abate, ponas abate,— tuo tarpu tęsė Bernardas, nutaisęs dorybingą veidą,— gal jūsų malonybė ir nežino, kam naudoja nusidėjėliai šiuos įnagius! Bet gerai žinau tai aš, tepadeda man Dievas! Mačiau niekingiausias moteris, kurios tamsiausiomis nakties valandomis, kartu su kitomis iš to paties molio, naudojo juodus katinus tokiems kerams ir negalėjo jų išsiginti: jos raitos ant kai kurių gyvulių nakties tamsoje nušuoliuodavo neregėtus nuotolius, tempdamos paskui savo vergus, paverstus gašliausiais inkubais... O pats velnias pasirodydavo joms — ar bent jau jos tvirtai tuo tikėjo — juodo gaidžio pavidalu ar pavidalu kokio kito juodžiausio gyvūno, ir su juo jos smagindavosi, nė neklauskit manęs kaip. Ir tikrai žinau, jos, pasitelkus tokią nekromantiją, visai neseniai pačiame Avinjoje buvo ruošiami filtrai ir tepalai siekiant pasikėsinti į mūsų viešpaties popiežiaus gyvybę — užnuodijant jo maistą. Popiežius galėjo išsigelbėti ir rasti nuodus tik dėl stebuklingų gyvatės liežuvio formos papuošalų, sutvirtintų nuostabiais smaragdais ir rubinais, Dievo valia padedančių išaiškinti nuodus maiste! Vienuolika jų padovanojo jam Prancūzijos karalius, vienuolika tų brangiausių liežuvių, garbė dangui, ir tik taip mūsų viešpats popiežius tegeba išvengti mirties! Taip, popiežiaus priešai darė ir dar daugiau, ir visi žino, kas išaiškėjo apie eretiką Bernardą Malonųjį, suimtą prieš dešimt metų: jo namuose rastos juodosios magijos knygos, pažymėtos niekingiausiuose puslapiuose, su visais patarimais, kaip paruošti iš vaško figūras, kad pakenktum savo priešams. Ir nepatikėsit, namuose rastos taip pat ir figūros, padarytos tikrai labai naginai, vaizduojančios patį popiežių su raudonais taškais gyvybingose kūno vietose; o visi žino, jog tokios figūros, parištos už virvutės, kabinamos prieš veidrodį ir badomos į gyvybingas vietas adatomis, ir... Ak, bet kodėl gaištu aš laiką šiems nevertiems dalykams? Pats popiežius yra apie juos kalbėjęs, juos aprašęs ir pasmerkęs pereitais metais savo konstitucijoje *Super illius specula*! Ir tikiuosi, jog šioje turtingiausioje bibliotekoje jūs turite nuorašą, idant galėtute deramai ją apmąstyti...

— Aišku, turime, turime,— karštai patvirtino abatas, labai sunerimęs.

— Na, gerai,— baigė Bernardas.— Dalykas man atrodo aiškus. Sugundytas vienuolis, ragana ir kažkokios apeigos, laimė, nespėtos įvykdyti. Koks jų tikslas? Tai mes sužinosime, ir tam skiriu aš keletą miegui priklausančių valandų. Ar jūsų malonybė nenurodytų man vietos, kur galima būtų įkalinti šį žmogų...

— Po kalve,— tarė abatas,— yra celės, kuriomis, laimė, retai tesinaudojame, ir jos tuščios jau daugelį metų...

— Laimė arba nelaimė,— ištarė Bernardas. Ir prisakė lankininkams, kad, kieno nors lydimi, nuvestų į dvi atskiras celes tuodu suimtuosius ir kad pasirūpintų pritvirtinti šį vyrą prie kokio sienoje įkalto žiedo taip, jog jis, veikiai ten atėjęs, galėtų jį apklausti žiūrėdamas tiesiai į akis. O dėl mergaitės, pridūrė, viskas aišku, ir neverta jos šią naktį tardyti. Rasis dar ir kitų įrodymų, kad sudegintume ją kaip raganą. O jei yra ji ragana, nelengva bus priversti ją prabilti. Vienuolis dar gali atgailauti (ir žvelgė į tirtantį Salvatorę, lyg sakydamas, jog duoda jam paskutinę viltį) ir papasakoti tiesą išduodamas, pridūrė, ir savo bendrus.

Juodu išvedė: vieną tylų ir suvargusį, kone karščiuojantį, kitą verkiančią, besispardančią ir kriokiančią kaip skersti vedamas gyvulys. Bet nei Bernardas, nei lankininkai, nei aš pats nesupratome, ką gi sako ji savo kaimietiška šneka. Nors ir kalbėjo, buvo kaip nebylė. Yra žodžių, suteikiančių galios, ir tokių, kurie tik pagilina vienatvę, tokie yra liaudiški žodžiai paprastų žmonių, kurių Viešpats neišmokė reikšti savo minčių bendra mokslo bei galingųjų kalba.

Dar kartą pabandžiau ją sekti, o Viljamas vėl paniurusiu veidu sulaikė mane.

— Stovėk ramiai, kvaily,— pratarė,— mergaitė jau prarasta, ji tėra sudegęs kūnas.

Kai taip stovėjau apimtas siaubo, galvoje sukantis prieštaringoms mintims, ir spoksojau į mergaitę, pajutau kažką paliečiant mano pečius. Nežinau kodėl, bet dar prieš atsisukdamas iš prisilietimo pažinau Hubertiną.

— Žiūri į raganą, taip? — paklausė jis. Supratau, kad negali jis žinoti apie mano nutikimą, o kalba taip tik dėl to, jog, nepaprastai įžvelgdamas žmonių jausmus, pagavo mano įtemptą žvilgsnį.

— Ne... — išsigyniau,— nežiūriu į ją... tai yra gal žiūriu į ją, bet nežiūriu į raganą... nežinia juk, gal ji nekalta...

— Tu žiūri į ją, nes yra graži. Yra graži, juk tiesa? — paklausė nepaprastai šiltai, suspausdamas man ranką.— Jei žiūri į ją, nes yra graži, ir tai tave jaudina (žinau, kad jaudina, o nuodėmė, kuria ji įtariama, daro ją tau dar patrauklesnę), jei žiūri į ją ir jos geidi, jau vien todėl yra ji ragana. Būk atsargus, sūnau mano... Kūno grožis baigiasi odos paviršiumi. Jei žmonės matytų tai, kas yra po oda, kaip kad mato Beocijos lūšies, jie virpėtų pamatę moterį. Visas tas grožis tėra gleivės ir kraujas, syvai ir tulžis. Jei galvosi apie tai, kas slepiasi šnervėse, gerklėje ir pilve, nerasi ten nieko, išskyrus purvą. Ir jei tau bjauru liesti pirštu gleives ar mėšlą, kaip galima geisti apglėbti tą maišą, pilną mėšlo?

Mane pradėjo pykinti. Nebenorėjau daugiau klausytis tų žodžių. Padėjo man mokytojas, taip pat juos girdėjęs. Jis staiga prisiartino prie Hubertino, pačiupo jį už rankos ir patraukė nuo manęs.

— Užteks, Hubertinai,— tarė.— Ši mergaitė greit bus kankinama, o paskui sudeginta. Ji taps kaip tik tuo, ką tu ir sakai: gleivės, kraujas, syvai ir tulžis. Bet kaip tik tokie kaip mes trauks jai iš po odos tai, kas Viešpaties valia tos odos buvo paslėpta ir pagražinta. O pirminės materijos požiūriu tu esi ne geresnis už ją. Palik berniuką ramybėje.

Hubertinas sutriko.

— Matyt, aš nusidėjau,— sumurmėjo jis,— aš tikrai nusidėjau. Ką kita gali daryti nusidėjėlis?

Visi jau ėjo atgal aptardami tai, kas nutiko. Viljamas kiek užtruko su Mykolu ir kitais minoritais, klausiais jo nuomonės.

— Bernardo rankose dabar yra argumentas, nors ir labai daugiareikšmis. Po vienuolyną sukiojasi nekromantai, darantys tą patį, kas buvo daroma prieš popiežių Avinjone. Tačiau tai nėra įrodymas, ir iš pradžių tai negalės būti panaudota rytdienos susitikimui sutrukdyti. Šiąnakt jis pabandys išpešti iš to nelaimingojo kokias kitas nuorodas, kurių, esu tikras, negalės panaudoti rytoj ryte. Palaikys jas atsargai ir pasinaudos vėliau, kad pakenktų diskusijos eigai, jei ši pakryptų jam nepalankia linkme.

— Ar galįs jis priversti aną prisipažinti ką nors, ką vėliau panaudotų prieš mus? — paklausė Mykolas Ćezenietis.

Viljamas abejojo.

— Tikėkimės, kad ne,— atsakė jis.

Aš supratau, kad jei Salvatorė papasakos Bernardui tai, ką yra papasakojęs mums, apie savo ir raktininko praeitį, ir jei išryškės jų ryšys su Hubertinu, nors ir koks menkas jis būtų, padėtis taps visai nepalanki.

— Šiaip ar taip, lieka tik laukti,— ramiu balsu tarė Viljamas.— Antra vertus, Mykolai, viskas jau nuspręsta iš anksto. Bet tu nori tai pats patirti.

— Noriu,— atsakė Mykolas,— ir Viešpats man padės. Teužtaria mus visus šventasis Pranciškus.

— Amen,— atsakė visi.

— Bet gali būti tai ir negalimas dalykas,— neiškentė nepridūręs Viljamas, ne itin pagarbiai.— Šventasis Pranciškus gal dar tebėra kur kitur laukdamas Teismo Dienos ir nestebi Viešpaties veido.

— Tebūnie prakeiktas eretikas Jonas! — girdėjau burbant meserą Jeronimą, kai visi jau ėjome į savo celes.— Jei dabar atims mums ir šventųjų užtarimą, kurgi dėsimės, vargšai nusidėjėliai?

PENKTA DIENA

PENKTA DIENA

PIRMOJI

Brolių diskusija apie Kristaus neturtą

Širdim, kirbančia tūkstančiu nerimų, sukeltų nakties įvykių, pakilau penktosios dienos rytą, jau skambinant Pirmajai, Viljamo stipriai purtomas ir išgirdau jo žodžius, jog tuoj prasidės abiejų legacijų susitikimas. Pažvelgiau pro langą ir nieko nepamačiau. Praeitos dienos rūkas virto pieno baltumo drobule, sandariai užklojusia visą plokščiakalnį.

Vos išėjus vienuolynas stojo man prieš akis toks, kokio jo dar nebuvau matęs: tik didžiausius statinius — bažnyčią, Buveinę, kapitulos salę — dar galėjai įžvelgti ir iš toliau stūksant kaip šešėlius tarp šešėlių, o kiti pastatai tesimatė vos per kelis žingsnius. Atrodė, kad daiktų ir gyvulių formos randasi staiga ir iš niekur; žmonės išnirdavo iš ūkanų pirma pilki tarytum vaiduokliai ir tik pamažu tapdavo kiek aiškesni, nors vargiai atpažįstami.

Man, gimusiam šiaurės krašte, šis reiškinys nebuvo svetimas ir kitomis aplinkybėmis būtų saldžiai priminęs gimtąją lygumą ir gimtąją pilį. Bet tą rytą orai rodėsi man skaudžiai giminingi sielos būklei, ir liūdesys, su kuriuo širdy pakilau, augo tuo labiau, kuo labiau artėjau prie kapitulos salės.

Už kelių žingsnių nuo pastato pamačiau Bernardą Gi, atsisveikinantį su kažkuo, ko iš pirmo žvilgsnio neatpažinau. Jam einant pro mane, supratau, jog tai Malachijas. Jis žvalgėsi, tarsi bijodamas būti sučiuptas prie nusikalstamo darbo; tačiau, kaip sakiau, šio žmogaus išraiška jau iš prigimties buvo tokia, tarsi slėptų jis ar bandytų nuslėpti bjaurią paslaptį.

Jis nutolo manęs nepažinęs. O aš, smalsumo genamas, pasekiau Bernardą ir pamačiau jį sklaidant kažkokius lapus, kuriuos gal įdavė jam Malachijas. Jau ant kapitulos salės slenksčio mostu pasišaukė jis netoliese buvusį lankininkų vadą ir kažką šiam pašnibždėjo. Po to įėjo vidun. Aš — jam iš paskos.

Pirmą kartą įžengiau vidun to pastato, iš lauko atrodžiusio

kuklių matmenų ir santūrių bruožų; pastebėjau, jog pastatytas jis neseniai, ant griuvėsių pirmykštės vienuolyno bažnyčios, gal sunaikintos gaisro.

Įėjus iš lauko, pirma reikėjo praeiti pro naujovišką portalą — su smailia arka, be dekoracijų ir su rozete viršuje. Toliau buvo prieangis, pastatytas ant senojo nartekso liekanų. Priešais kilo dar vienas portalas, jau senoviškas — su nuostabiai išraižytu pusmėnulio timpanu. Buvo tai, matyt, sunykusios bažnyčios portalas.

Timpano raižiniai buvo tokie pat gražūs kaip ir dabartinėje bažnyčioje, tik mažiau kėlė nerimo. Taip pat ir šiame timpane dominavo Kristus, sėdintis soste; bet aplink jį įvairiomis pozomis ir su įvairiais daiktais rankose buvo dvylika apaštalų, gavusių iš jo siuntimą eiti į pasaulį ir skelbti žmonėms Gerąją Naujieną. Virš Kristaus galvos į dvylika dalių padalytoje arkoje ir po Kristaus kojomis nenutrūkstama figūrų procesija ėjo pasaulio tautos, kurioms skirta buvo pažinti Evangeliją. Iš jų apdarų pažinau hebrajus, kapadiečius, arabus, indus, frigiečius, bizantiečius, armėnus, skitus, romėnus. O tarp jų, trisdešimtyje ovalų, išrėžtų lanke virš arkos su dvylika dalių, matėsi nežinomų pasaulių gyventojai, tik aprašyti Fiziologe ar nepatikimuose keliautojų pasakojimuose. Daugelio iš jų nežinojau, o kitus pažinau: pusiau žvėris su šešiais pirštais ant rankų; faunus, gimstančius iš kirmėlių, gyvenančių tarp medžio žievės ir kamieno; sirenas žvynuotomis uodegomis, gundančias jūreivius; juodakūnius etiopus, besislepiančius nuo saulės kaitros požeminiuose urvuose; onokentaurus, kurie žmonės iki bambos, o žemiau asilai; ciklopus tik su viena skudo didumo akim; Scilę su mergaitės galva ir krūtine, vilkės pilvu bei delfino uodega; plaukuotus žmones iš Indijos, gyvenančius pelkėse ir prie Epigmaridės upės; šuniasnukius, kurie negali tarti nė žodžio nelodami; plokščiapėdžius, bėgančius kuo greičiausiai ant savo vienintelės kojos, kurie, norėdami apsiginti nuo saulės, išsitiesia ir iškelia pėdą kaip skėtį; astomatus iš Graikijos, neturinčius burnų, kvėpuojančius šnervėmis ir gyvuojančius vien oru; barzdotas moteris iš Armėnijos; pigmėjus; epistigus, kai kurių vadinamus taip pat blemais, gimstančius be galvų, su burnomis ant pilvų ir akimis ant pečių; pabaisiškas Raudonosios jūros pakrančių moteris, dvylikos pėdų ūgio, su plaukais iki žemės, jaučio uodega nugaros vidury ir kupranugario kanopomis; ir tokius, kurių pėdos persuktos, todėl tie, kurie seka juos, visuomet ateina ten, iš kur jie išėjo, o ne kur nuėjo; ir dar trigalvius žmones su akim, šviečiančiom kaip žibintai; ir Kirkės salos pabaisas su žmonių kūnais ir galvomis įvairiausių gyvūnų...

Tokie ir dar kitokie stebuklai puošė šį portalą. Bet nė vienas iš jų nekėlė nerimo, nes nebuvo jie skirti žymėti šios žemės blogiui ar pragaro kančioms, o tik liudijo tai, jog Geroji Naujiena pasiekė visus žinomus kraštus ir dabar smelkiasi į dar nežinomus, todėl portalas buvo pažadas džiugios santarvės, vienybės, pasiektos Kristaus žodyje, nuostabios ekumenos.

Gera pranašystė, tariau sau, už šio slenksčio įvyksiančiam susitikimui, kur žmonės, tapę priešais dėl skirtingo Evangelijos aiškinimo, gal šiandien pabaigs savo kivirčus. Ir prikišau sau esąs tik varganas nusidėjėlis, kuris apverkia asmenines nelaimes, kai vyksta tokie svarbūs visai krikščionybės istorijai dalykai. Sulyginau savo kančių menkumą su taikos ir ramybės pažado, išraižyto timpano akmenyje, didybe. Meldžiau Dievą atleisti man mano silpnumą ir jau giedriau nusiteikęs peržengiau salės slenkstį.

Vos įėjęs pamačiau visus abiejų legacijų narius, susėdusius priešais viens kita ant puslankiu sustatytų suolų, o dvi šalis tas skyrė stalas, už kurio sėdėjo abatas ir kardinolas Bertranas.

Viljamas, kuriam prisistačiau, kad galėčiau užrašinėti, pasodino mane minoritų pusėje, kur buvo Mykolas su savaisiais ir kiti pranciškonai iš Avinjono rūmų; mat susitikimas turėjo atrodyti ne kaip dvikova tarp italų ir prancūzų, bet kaip disputas tarp pranciškonų įstatų šalininkų ir jų kritikų, nors sieja juos sveika ir katalikiška ištikimybė popiežiaus rūmams.

Su Mykolu Čezeniečiu buvo brolis Arnoldas iš Akvitanijos, brolis Hugas iš Novokastro ir brolis Viljamas Alnvikas, dalyvavę Perudžijos kapituloje, be to, Kafos vyskupas ir Berengarijus Talonis, Bonagracijus Bergamietis ir kiti Avinjono rūmų minoritai. Priešingoje pusėje sėdėjo Laurynas Dekoalkonė, bakalauras iš Avinjono, Padujos vyskupas ir Jonas d'Ano, teologijos daktaras Paryžiuje. Greta Bernardo Gi, tylaus ir susimąsčiusio, pamačiau dominikoną Joną de Boną, Italijoje vadinamą Džiovaniu Dalbenu. Jis, kaip pašnibždėjo man Viljamas, anksčiau buvo inkvizitorius Narbonoje, kur teisė beginus ir bigotus; bet kad kaltino erezija taip pat ir teiginį apie Kristaus neturtą, sukilo prieš jį Berengarijus Talonis, to miesto vienuolyno lektorius, kreipdamasis į popiežių. Anuomet Jonas dar ir pats šiuo klausimu nebuvo tikras, todėl pasišaukė abu juos į rūmus diskutuoti, tačiau jokių išvadų nebuvo padaryta. O netrukus pranciškonai Perudžijos kapituloje užėmė tą poziciją, apie kurią jau esu sakęs. Pagaliau avinjoniečių pusėje sėdėjo dar kiti, o tarp jų ir Alborėjos vyskupas.

Susitikimą pradėjo Abonė, trumpai atpasakodamas pastarųjų metų įvykius. Jis priminė, kad Viešpaties metais 1322 generalinė mažųjų brolių kapitula, susirinkusi Perudžijoje ir vadovaujama Mykolo Čezeniečio, po brandaus ir kruopštaus svarstymo nutarė, jog Kristus, siekdamas duoti tobulo gyvenimo pavyzdį, ir jo apaštalai, kad išpažintų jo mokymą, niekuomet nėra turėję jokio daikto nei kaip bendros nuosavybės, nei valdė ir jog ši tiesa yra sveiko ir katalikiško tikėjimo materija, nes kyla iš įvairių kanoninių knygų ištraukų. Todėl esą pagirtina ir šventa atsisakyti visų daiktų kaip nuosavybės, ir šių šventumo įstatų laikėsi pirmieji kovojančios Bažnyčios įkūrėjai. Šios tiesos laikėsi ir 1312 metais Vijenos susirinkimas, ir pats popiežius Jonas 1317 metais konstitucijoje dėl mažesniųjų brolių padėties, kuri prasideda „Quorundam exigit", kalbėjo apie šio susirinkimo nutarimus kaip šventai sudarytus, įžvalgius, tvirtus ir brandžius. Todėl Perudžijos kapitula, pripažindama tai, ką Apaštališkasis Sostas visuomet pripažino sveika doktrina ir ką amžiais reikės laikyti priimtu ir jokiais būdais nuo to nebus galima nusigręžti, nepadariusi nieko kito, kaip tik naujai sutvirtinusi susirinkimo sprendimus parašais tokių šventosios teologijos meistrų, kaip brolis Viljamas iš Anglijos, brolis Henrikas iš Vokietijos, brolis Arnoldas iš Akvitanijos, kurie yra provincialai ir ministrai, taip pat antspaudais brolio Mikalojaus, Prancūzijos ministro, brolio Viljamo Bloko, bakalauro, generalinio ministro, ir keturių provincijų ministrų: brolio Tomo iš Bolinijos, brolio Petro iš šventojo Pranciškaus provincijos, brolio Fernando iš Kastelo ir brolio Simono iš Turenos. Tačiau, pridūrė Abonė, jau kitais metais popiežius išleido dekretaliją „Ad conditorem canonum", prieš kurią pasisakė brolis Bonagracijus Bergamietis, laikydamas ją priešiška savojo ordino tikslams. Tuomet popiežius nukabino dekretaliją nuo Avinjono Katedros durų, kur ji buvusi iškabinta ir daugelyje vietų ją pataisė. Bet po to ji tapo dar atšiauresnė, tai patvirtina faktas, jog brolis Bonagracijus nedelsiant buvo suimtas ir metus kalinamas. Ir nekelia abejonių popiežiaus griežtumas, nes jau tais pačiais metais pasirodė dabar plačiai žinoma „Cum inter nonnulos", kurioje galutinai pasmerktos Perudžijos kapitulos tezės.

Toje vietoje, labai mandagiai pertraukdamas Abonę, prabilo kardinolas Bertranas, taręs, jog derėtų prisiminti, kaip, siekdamas supainioti reikalus ir įpykinti popiežių, 1324 metais įsikišo Liudvikas Bavaras, paskelbdamas Sašenhauzeno deklaraciją, kurioje be jokių akivaizdžių priežasčių pripažįstamos Perudžijos tezės (ir sunku suprasti, ištarė Bertranas suktai šypsodamasis, kodėl gi imperatorius taip karštai liaupsino skurdą, kurio pats niekuomet nepraktikavo), stodamas prieš meserą popiežių, apšaukdamas jį inimicus pacis[1] ir sakydamas jį siekiant kurstyti vaidus ir nesantaiką, galop traktuodamas jį kaip eretiką, net ir kaip erezijarchą.

— Ne visai taip,— pabandė sušvelninti Abonė.

— Iš esmės taip,— sausai atkirto Bertranas. Ir pridūrė, jog būtent siekdamas pasipriešinti nederamam imperatoriaus įsikišimui, meseras popiežius buvo priverstas išleisti dekretaliją „Quia quorundam" ir pagaliau griežtai pakviesti Mykolą Čezenietį atvykti į jo rūmus. Mykolas atsiuntęs laišką su atsiprašymu, sakydamas, kad serga, kuo niekas nesuabejojo, ir vietoj savęs atsiuntė brolį Joną Fidencietį ir brolį Modestą Kustodijų iš Perūdžijos. Bet, kalbėjo kardinolas, Perudžijos gvelfai pranešę popiežiui, jog brolis Mykolas ne tik kad sveikas, bet dar ir palaiko ryšius su Liudviku Bavaru. Šiaip ar taip, kas buvo, tas buvo, o dabar brolis Mykolas atrodo gražiai ir sveikai, tad yra laukiamas Avinjone. Tačiau gerai būtų, tarė kardinolas, pirma nutarti, kas dabar ir daroma, akivaizdoje išmintingų žmonių iš abiejų pusių, ką gi Mykolas sakys popiežiui, turint omeny, jog visų tikslas yra ne toliau plėsti, bet broliškai numaldyti vaidus, kurių neturėtų būti tarp mylinčio tėvo ir jo ištikimų sūnų ir kurie kilo tik įsikišus pasauliečiams, ar būtų jie imperatoriai, ar jų vietininkai, neturintiems nieko bendra su šventos motinos bažnyčios gyvenimu.

Tuomet įsiterpė Abonė ir tarė, kad, nors jis yra bažnyčios žmogus ir ordino, kuriam bažnyčia taip dėkinga, abatas (pagarbos ir pripažinimo šnabždesys nuvilnijo per abi pusračio puses), jis nemanąs, jog imperatorius turėtų likti nuo šių klausimų nuošaly, o taip yra dėl daugelio priežasčių, kurias išvardys brolis Viljamas iš Baskervilio. Bet, kalbėjo toliau Abonė, yra teisinga, kad pirmoji debatų dalis vyksta tarp popiežiaus pasiuntinių ir tų šventojo Pranciškaus sūnų, kurie, jau vien atvykdami į šį susitikimą, pasirodė esantys taip pat ir ištikimi popiežiaus vaikai. Todėl kviečia brolį Mykolą ar kurį nors už jį pasakyti, ką gi jis numato teigti Avinjone.

Mykolas prabilo tardamas, jog, didžiam savo džiaugsmui ir susijaudinimui, sutiko šįryt šiame vienuolyne Hubertiną Kazalietį, kurio pats popiežius 1322 metais prašęs iš pagrindų nušviesti neturto klausimą. Ir todėl kaip tik Hubertinas galėtų įžvalgiai, mokytai ir su karštu tikėjimu, kurį visi žino degant jame, reziumuoti pagrindinius skyrius to, kas tapo dabar, ir jau negrįžtamai, pranciškonų ordino idėjomis.

Atsistojo Hubertinas, ir vos jam pradėjus kalbėti, supratau, kodėl jis taip žavėjo ir kaip pamokslininkas, ir kaip rūmų žmogus. Aistringais mostais, įtaigiu balsu, žavia šypsena, aiškiu ir nuosekliu minčių dėstymu jis prikaustė klausytojų dėmesį. Pradėjo jis labai mokytai nuo nagrinėjimo argumentų, parėmusių Perudžijos tezes. Tarė, jog pirmiausia reikia pripažinti, kad Kristaus ir jo apaštalų buvusi padėtis tuomet buvo dviprasmiška, nes buvę jie Naujojo Testamento Bažnyčios prelatai ir turėjo nuosavybės tiek, kiek įgalioti buvo dalyti ir skirstyti vargšams ir Bažnyčios tarnams, kaip kad parašyta ketvirtajame Apaštalų darbų skyriuje, ir dėl ko niekas neprieštarauja. Bet, antra vertus, Kristus ir jo apaštalai buvę taip pat ir asmenys privatūs, kiekvienos religinės tobulybės pagrindas, ir tobuli pasaulio niekintojai. Todėl žinomi du nuosavybės būdai: vienas jų — pasaulietinis ir žemiškas, kurį imperijos įstatymai nusako žodžiais in bonis nostris[2], nes savomis laikome tas gėrybes, kurias giname ir kurias atėmus turime teisę jų atgal reikalauti. Todėl viena yra pasaulietinis ir žemiškas gynimas savo nuosavybės nuo to, kuris norėtų ją pasisavinti kreipdamasis į imperijos teisėją (o teigti, jog Kristus su savo apaštalais šiuo būdu turėję nuosavybės, yra erezija, nes, kaip sako Matas 5 skyriuje, jei kas nori su tavim bylinėtis ir paimti savo palaidinę, atiduok jam ir apsiaustą, ir ne kitaip sako Lukas 6 skyriuje, kur Kristus atstumia nuo savęs kiekvieną viešpatavimą bei valdžią ir tą patį liepia daryti savo apaštalams, o pažvelkime taip pat į 24 skyrių pagal Matą, kur Petras sako Viešpačiui, jog, palikę viską, kad eitų paskui jį, bet antruoju būdu galima turėti taip pat ir žemišką nuosavybę bendros broliškos meilės sumetimais, ir šiuo atžvilgiu Kristus su savaisiais turėję gėrybių prigimtine teise, kurią kai kas vadina jus poli, tai yra dangaus teise, idant palaikytų prigimtį, kuri ir be žmonių įsikišimo dera su dora teise; tuo tarpu jus fori yra galia, priklausanti nuo žmonių susitarimo). Iš pradžių, iki pirmojo daiktų padalijimo, jie valdymo požiūriu buvę tokie, kokie dabar yra niekam nepriklausantys daiktai ir kurie priklauso tam, kas jais naudojasi, ir buvę jie tam tikra prasme bendri visų žmonių, o tik po nuodėmės mūsų protėviai pradėję dalytis daiktus tarpusavy kaip nuosavybę, ir tuomet prasidėjęs žemiškasis valdymas, kokį pažįstame šiandien. Bet Kristus ir jo apaštalai turėję daiktus pirmuoju būdu, tad turėję ir rūbų, ir duonos, ir žuvų, ir, kaip sako Paulius Pirmajame laiške Timotiejui, turime maisto ir kuo prisidengti ir esame patenkinti. Tad tuos dalykus Kristus su savaisiais turėję ne kaip nuosavybę, bet naudojimui, o jų visiškas neturtas buvo nepaliestas. Tą pripažino jau popiežius Mykolas II dekretalijoje „Exiit qui seminat".

Bet priešingoje pusėje pakilo Jonas d'Ano ir tarė, kad Hubertino pažiūros jam atrodo prieštaraujančios ir teisingam protavimui, ir teisingai raštų interpretacijai. Mat kalbant apie gėrybes, nykstančias vartojant, tokias kaip duona ir žuvis, negalima kalbėti apie paprastą naudojimosi teisę, nes faktiškai nėra tai naudojimasis, o tik suvartojimas; visa tai, ką turėjo bendrai pirmykštės bažnyčios tikintieji, kaip matome iš Darbo antrojo ir trečiojo, jie turėję tuo pat būdu, kaip ir prieš atsivertimą; apaštalai po Šventosios Dvasios nusileidimo turėję ūkius Judėjoje; įžadas gyventi be nuosavybės neapima to, kas žmogui yra būtina, kad gyventų, ir Petras, sakydamas, jog jie palikę viską, nenorėjęs pasakyti, jog išsižadėję jie nuosavybės; Adomas turėjęs valdžią ir daiktų nuosavybę; tarnas, gaunantis iš pono pinigus, jų tikrai nei naudoja, nei vartoja; žodžiai iš „Exiit qui seminat", kuriais minoritai visuomet remiasi ir kurie nurodo, jog mažieji broliai tik naudojasi tuo, kas jiems reikalinga, neturėdami tam valdžios ar nuosavybės, skirti turėtų būti tik gėrybėms, kurios naudojant nesieikvoja, ir tikrai, jei „Exiit" būtų turėta omeny nykstančios gėrybės, tvirtintų jį dalyką neįmanomą; faktiško naudojimo negalima atskirti nuo teisinio valdymo; kiekviena žmonių teisė, kuria valdomos materialinės gėrybės, įtraukta į karaliaus įstatymus; Kristus, kaip mirtingasis, nuo pat savo pradėjimo buvo visų žemiškų gėrybių savininkas, o kaip Dievas turėjęs iš tėvo gautą visuotinę valdžią visam kam; buvo jis savininkas rūbų ir maisto, ir pinigų, paskirtų ir paaukotų tikinčiųjų, o jei buvęs jis beturtis, tai ne todėl, kad neturėjęs nuosavybės, bet dėl to, kad neskynęs jos vaisių, nes paprastas teisinis valdymas, atskirtas nuo naudos pelnijimo, neturtina to, kuris valdo; ir pagaliau, net jei „Exiit" būtų tvirtinta priešingai, Romos popiežius, kiek tai susiję su tikėjimu ir moralės klausimais, gali atšaukti savo pirmtakų nuostatas ir tvirtinti priešingus dalykus.

Čia šokte pašoko brolis Jeronimas, Kafos vyskupas, o barzda jo tirtėjo iš pykčio, nors ir stengėsi jis kalbėti ramiai. Jo argumentuotė pasirodė man gana sujaukta.

— Tai, ką norėsiu pasakyti šventajam Tėvui, ir aš pats jam tai pasakysiu, jau dabar pateikiu jo teismui, nes tikrai tikiu Joną eant Kristaus vikaru, ir dėl šio pripažinimo sučiupę buvo mane saracėnai. Pradėsiu cituodamas didžio daktaro užrašytą faktą apie disputą, įvykusį kartą tarp vienuolių dėl to, kas buvęs Melchizedeko tėvas. Tuomet abatas Kope paklaustas papurtė galvą ir tarė: vargas tau, Kope, jei sieki dalykų, kurių Dievas siekti tavęs neįpareigojo, ir apleidi tuos, kuriuos atlikti esi įpareigotas. Tai štai, ką aiškiai rodo mano pavyzdys, yra akivaizdu, jog ir Kristus, ir Švenčiausioji Mergelė, ir apaštalai neturėję nieko nei atskirai, nei kartu, kad daug mažiau akivaizdu būtų pripažinti Jėzų buvus tuo pat metu žmogum ir Dievu, o todėl atrodo man tikra, kad tas, kuris neigia pirmąją tiesą, turės po to paneigti ir antrąją!

Pergalingai užbaigė jis, ir aš pamačiau Viljamą pakeliant

akis į dangų. Įtariau, kad laikė jis Jeronimo silogizmą ganėtinai klaidingu, ir negalėjau su tuo nesutikti, tačiau dar klaidingesnė pasirodė man priešiška argumentuotė Džiovanio Dalbenos, tarusio, jog teigiantis Kristaus neturtą teigia tai, kas matoma (ir nematoma) akimi, tuo tarpu jo žmogiškumui ir dieviškumui nustatyti reikalingas tikėjimas, o dėl to šių dviejų teiginių negalima sulyginti. Atsakydamas Jeronimas pasirodė esąs daug sumanesnis už savo priešininką:

— Betgi ne, brangus broli,— tarė jis,— man atrodo visai priešingai, nes visose Evangelijose skelbiama Kristų buvus žmogum ir gėrus ir valgius, o savo kuo akivaizdžiausiais stebuklais jis pasirodė esąs taip pat ir Dievas, ir visa tai matoma akimi!

— Taip pat ir magai bei raganiai daro stebuklus,— pasitikėdamas savim, atšovė Dalbena.

— Taip,— atkirto Jeronimas,— tačiau naudodamiesi magijos menu. Ar nori tu prilyginti Kristaus stebuklus magijos menui? Susirinkusieji pasipiktinę sumurmėjo, kad jis to nenorėjęs.— Ir pagaliau,— tęsė Jeronimas, pajutęs arti pergalę,— ar meseras Podžeto kardinolas pasiryžęs laikyti eretišku tikėjimą Kristaus neturtu, kai šiuo teiginiu pagrįsti įstatai tokio ordino kaip pranciškonų, o juk nėra pasauly tokios vietos nuo Maroko iki Indijos, kur nebūtų nukakę jo sūnūs, pamokslaudami ir liedami savo kraują?

— Šventoji Petro Ispano siela, saugok mus,— sumurmėjo Viljamas.

— Brangiausias broli,— sušuko Dalbena, žengdamas pirmyn,— kalbėk apie savo brolių kraują, tačiau neužmiršk, kad ši kaina mokėta ir kitų ordinų tikinčiųjų...

— Nepaisant visos mano pagarbos ponui kardinolui,— šaukė Jeronimas,— pasakysiu, kad nė vienas dominikonas niekuomet nėra žuvęs tarp bedievių, tuo tarpu vien mano laikais buvo nukankinti devyni mažieji broliai!

Čia pakilo visas išraudęs vyskupas Alborėja, dominikonas:

— Tuomet aš galiu įrodyti, jog, dar prieš pirmajam minoritui atsirandant Tartarijoje, popiežius Inocentas pasiuntęs ten tris dominikonus!

— Ak taip? — išsiviepė Jeronimas.— Aš žinau, kad jau aštuoniasdešimt metų minoritai yra Tartarijoje ir turi visoje šalyje keturiasdešimt bažnyčių, o dominikonai teturi penkias pakrantėje ir gal tik penkiolika vienuolių! Ir tai viską paaiškina!

— Nieko tai nepaaiškina,— šaukė Alborėja,— nes minoritai tie, veisiantys bigotus kaip kalės šunyčius, viską priskiria sau, giriasi kankiniais, o statosi gražias bažnyčias, nešioja prabangius rūbus, perka ir parduoda, kaip ir visi kiti vienuoliai!

— Ne, mano mesere, ne,— pertraukė Jeronimas,— jie neperka ir neparduoda patys, tik per apaštališkojo sosto įgaliotinius, ir įgaliotiniai yra savininkai, o minoritai tik naudojasi!

— Tikrai? — sukikeno Alborėja.— O kiekgi kartų esi tu pardavęs be įgaliotinių? Žinau apie kai kuriuos ūkius, kurie...

— Jei taip dariau, klydau,— skubiai nutraukė jį Jeronimas,— ir neverski ordinui to, kas buvo gal tik mano vieno silpnybė!

— Bet, gerbiami broliai,— įsikišo tuomet Abonė,— mūsų svarstomas klausimas ne tai, ar minoritai yra beturčiai, bet ar buvo beturtis mūsų Viešpats...

— Na gerai,— vėl prabilo Jeronimas,— ir šiuo klausimu turiu argumentą, kertantį kaip kalavijas...

— Šventasis Pranciškau, saugok savo vaikus...— pratarė Viljamas, tačiau be didelio tikėjimo.

— O argumentas toks,— tęsė Jeronimas,— kad rytiečiai ir graikai, daug geriau už mus susipažinę su šventųjų tėvų doktrina, laiko Kristaus neturtą tikru dalyku. Ir jei tie eretikai bei schizmatikai taip tvirtai remia šią kuo aiškiausią tiesą, ar norime mes būti didesni eretikai ir schizmatikai už juos ją neigdami? Tie rytiečiai, išgirdę kurį iš mūsų kalbant prieš šią tiesą, užmėtytų jį akmenimis!

— Argi,— įgėlė Alborėja,— tai kodėl tuomet neužmėto dominikonų, skelbiančių kaip tik priešingai?

— Dominikonų? Betgi ten niekuomet nesu jų matęs!

Alborėja, dabar jau net paraudęs kaip bijūnas, pabrėžė, kad šis štai brolis Jeronimas buvęs Graikijoje gal penkiolika metų, o jis pats ten gyveno nuo vaikystės. Jeronimas atkirto, kad jis, dominikonas Alborėja, gal ir buvęs Graikijoje, bet tik tam, kad maloniai leistų laiką gražiuose vyskupo rūmuose, tuo tarpu jis, pranciškonas, buvęs ten ne penkiolika, bet dvidešimt dvejus metus ir sakęs pamokslą imperatoriaus akivaizdoje Konstantinopolyje. Tuomet Alborėja, pritrūkęs argumentų, pabandė pereiti erdvę, skyrusią jį nuo minoritų, garsiai ir tokiais žodžiais, kurių nedrįstu čia pakartoti, skelbdamas savo tvirtą pasiryžimą nupešti Kafos vyskupo barzdą, kurio vyriškumu jis abejoja ir kurį pagal logiką akis už akį jis pasirengęs nubausti perdamas ta pačia barzda per vieną vietą.

Kiti minoritai paskubėjo užtverti jam kelią, avinjoniečiai, nutarę padėti dominikonui, prisidėjo prie jo (Viešpatie, būk gailestingas geriausiems savo sūnums!), ir kilo kivirčas, kurį abatas su kardinolu veltui bandė numaldyti. Bendroj sumaišty minoritai ir dominikonai pasakė vieni kitiems daug skaudžių dalykų, tarsi kiekvienas iš jų jaustųsi esąs krikščionis, kovojantis su saracėnais. Vieninteliai likę savo vietose buvo Viljamas vienoje pusėje, ir Bernardas Gi — kitoje. Viljamas atrodė liūdnas, Bernardas — linksmas, jei tik linksmybe galima pavadinti tą blyškią šypseną, iškreipusią inkvizitoriaus lūpas.

— Gal jau nėra geresnių argumentų,— paklausiau savo mokytoją, kai Alborėja kibo į Kafos vyskupo barzdą,— įrodyti ar paneigti Kristaus neturtą?

— Gali teigti ir viena, ir kita, mano gerasis Adsai,— atsakė Viljamas,— ir niekuomet negalėsi, remdamasis Evangelija, įrodyti, ar Kristus laikė — ir kiek — savo nuosavybe tuniką, kuria vilkėjo ir kurią išmesdavo jai sudriskus. Be to, jei nori, Tomo Akviniečio doktrina apie nuosavybę dar ryžtingesnė už mūsų, minoritų. Mes sakome: nieko neturime, viskuo tik naudojamės. Jis sakė: galit laikyti save savininkais, jei kam trūksta to, ką turite jūs, duodate jam tuo naudotis, ir tai iš pareigos, o ne iš artimo meilės. Bet klausimas nėra, ar Kristus buvęs beturtis ir ar turėtų būti beturtė Bažnyčia. Būti beturte jai nereiškia turėti ar neturėti rūmus, betgi turėti ar neturėti teisę valdyti žemiškuosius dalykus.

— Štai kodėl,— tariau,— imperatorius taip rūpinasi minoritų kalbomis apie neturtą.

— Taip. Minoritai žaidžia imperatoriaus pusėje jo žaidime prieš popiežių. Tačiau Marsilijui ir man šis žaidimas yra dvigubas, ir norėtume, kad imperatoriaus žaidimas taptų ir mūsų žaidimu ir padėtų mūsų žemiškosios valdžios idėjoms.

— Tai šitai jūs pasakysite, kai ateis jūsų eilė kalbėti?

— Jei pasakyčiau tai, įvykdyčiau savo užduotį, kuri yra paskelbti imperijos teologų pažiūras. Bet jei pasakysiu tai, sužlugdysiu savo misiją, nes turiu surengti dar ir antrąjį susitikimą Avinjone, o nemanau, jog Jonas sutiktų, kad vykčiau ten viso to pasakyti.

— Taigi?

— Taigi, esu pakliuvęs tarp dviejų priešingų jėgų, lyg tas asilas, nežinantis, iš kurios iš dviejų kupetų ėsti. Laikas dar neatėjo. Marsilijus paisto apie kol kas neįmanomus pertvarkymus, o Liudvikas nėra geresnis už savo pirmtakus, nors ir tėra dabar vienintelė atspirtis prieš tokį nedorėlį kaip Jonas. Matyt, teks prabilti, nebent visi jie pirmiau pribaigs vienas kitą. Šiaip ar taip, rašyk, Adsai, kad liktų nors pėdsakas to, kas šiandien įvyko.

— O Mykolas?

— Bijau, kad jis tik gaišta laiką. Kardinolas žino, jog popiežius netrokšta tarpininkavimo. Bernardas Gi žino turįs sužlugdyti susitikimą; o Mykolas žino, jog vis viena vyks į Avinjoną, nes nenori, kad ordinas nutrauktų su popiežium visus ryšius. Ir jo gyvybė atsidurs pavojuje.

Mums taip kalbantis — tikrai nesuprantu, kaip mes dar galė- jome girdėti vienas kitą — disputas pasiekė kulminaciją. Bernardui Gi mostelėjus, įsikišo lankininkai, idant sutrukdytų abiem grupėms rimtai kibti vienai į kitą. Ir dabar tarytum apgu- lėjai ir apgultieji iš abiejų tvirtovės sienos pusių kriokė jos priešininkams įžeidimus ir nešvankybes, kurias čia pateiksiu padrikai, jau nebežinodamas, kam ką priskirti, pažymėdamas tik, jog sakiniai tie nebuvo sakomi paeiliui, kaip kad būtų disputo mano krašte metu, bet taip, kaip įprasta Viduržemio jūros pakran- tėse, tarytum ristųsi viena per kitą įsisiautėjusios jūros bangos.

— Evangelijoje parašyta Kristų turėjus kapšą!

— Tylėk tu su tuo savo kapšu, kurį piešiat net ant krucifiksų! O ką pasakysi dėl to, kad mūsų Viešpats, būdamas Jeruzalėje, kas vakaras grįždavo Betanijon?

— O jei mūsų Viešpats pageidavo nakvoti Betanijoje, kas esi tu, kad kištum nosį į jo sprendimus?

— Ne, senas ožy, mūsų Viešpats grįždavęs Betanijon, nes neturėjęs pinigų apmokėti nakvynę Jeruzalėje!

— Tai tu senas ožys, Bonagracijau! O ką gi mūsų Viešpats Jeruzalėje valgė?

— Tai gal pasakysi, kad arklys, gaunantis iš šeimininko avi- žų, idant nepadvėstų, yra tų avižų savininkas?

— Žiūrėk tik, lyginti Kristų su arkliu...

— Ne, tai tu lygini Kristų su savo rūmų simonietišku prelatu, mėšlo krūva!

— Taip? O kiekgi kartų Šventasis Sostas turėjo dalyvauti teismuose, gindamas jūsų turtus?

— Bažnyčios turtus, ne mūsų! Mes jais tik naudojamės!

— Naudojatės, kad juos valgytumėt, kad statytumėt gražias bažnyčias su aukso statulomis, veidmainiai, nedoros indai, sudū- lėję karstai, ydų židiniai! Puikiai žinote, jog artimo meilė, o ne skurdas yra tobulo gyvenimo pagrindas!

— Tai pasakė tas jūsų rajūnas Tomas!

— Vargas tau, bedievi! Tas, kurį vadini rajūnu, yra šventosios Romos Bažnyčios šventasis!

— Mano puspadžių šventasis, kanonizuotas Jono, pranciško- nų pykčiui! Jūsų popiežius negali skelbti šventųjų, nes yra ereti- kas! Maža to, yra ereziarchas!

— Šį nuostabų teiginį jau girdėjome! Tai to baidyklės Bavaro pareiškimas Sašenhauzene, parengtas jūsų Hubertino!

— Žiūrėk, ką kalbi, gyvuly, Babilono kekšės ir dar kitų šliundrų vaike! Tu žinai, kad tais metais Hubertinas buvo ne su imperatorium, bet Avinjone, pas kardinolą Orsinį, ir popiežius siuntė jį su misija į Aragoną!

— Žinau, žinau, jog neturto įžadus davė jis už kardinolo stalo, kaip kad dabar duoda juos turtingiausiame pusiasalio vienuolyne! Hubertinai, jei nebuvai tai tu, kas pasiūlė Liudvikui pasinaudoti tavo raštais?

— Ar mano kaltė, kad Liudvikas skaito mano raštus? Aišku, negali jis skaityti tavųjų, nes esi beraštis!

— Aš beraštis? O ar buvo raštingas tas jūsų Pranciškus, kalbėjęs su žąsimis?

— Tu piktžodžiauji!

— Tai tu piktžodžiauji, palaido gyvenimo broliuk!

— Niekuomet palaidai negyvenau, ir tu tai žinai!

— Žinia, kad darei tai su savo broliukais, guldamas į Klaros iš Montefalko lovą!

— Tetrenkia tave Dievas! Tuo metu aš buvau inkvizitorius, o Klara jau mirusi, alsuodama šventumu!

— Klara alsavo šventumu, tu gi alsavai visai kuo kitu giedodamas aušrinę vienuolėms!

— Kalbėk, kalbėk, Viešpaties pyktis pasieks tave, kaip pasieks ir tavo šeimininką, suteikusį viešnagę eretikams, tokiems kaip tas ostgotas Ekhartas ir tas anglų nekromantas, kurį vadinate Brensertonu!

— Godotini broliai, godotini broliai! — šaukė kardinolas Bertranas ir abatas.

Penkta diena

TREČIOJI

*Severinas kalba Viljamui apie keistą knygą,
o Viljamas dėsto legatams apie keistas
žemiškosios valdžios privilegijas*

Kivirčas buvo pačiame įkarštyje, kai vienas iš novicijų, saugojusių prie durų, įėjo vidun ir perbėgęs tą sumaištį lyg krušos čaižomą lauką, priėjęs pašnibždėjo Viljamui, kad Severinas norįs nedelsiant su juo pasikalbėti. Išėjom į narteksą, pilną smalsaujančių vienuolių, per šauksmus ir triukšmą bandančių suvokti tai, kas vyksta ten, viduje. Pirmose gretose pamatėme Aimarą Aleksandrietį, kuris pasveikino mus savo įprastine kreiva gailesčio viso pasaulio kvailybei šypsena.

— Be abejo, susikūrus elgetaujantiems ordinams, krikščionybė tapo daug doresnė, — tarė.

Viljamas gan piktai atstūmė jį, pasukdamas prie Severino,

laukusio mūsų kampe. Atrodė jis susirūpinęs ir norėjo pakalbėti akis į akį, bet rasti ramią vietelę tokioje maišaty buvo tiesiog neįmanoma. Jau norėjome eiti laukan,kai ant kapitulos salės slenksčio pasirodė Mykolas Čezenietis ir pamojo Viljamui grįžti, nes, kaip sakė, kivirčas jau atlėgo, ir bus galima sakyti kalbas.

Viljamas, ir vėl tarp dviejų šieno kupetų, paragino Severiną kalbėti, o šis kaip įmanydamas stengėsi, kad negirdėtų jo aplinkiniai.

— Prieš eidamas į maudyklą, Berengarijus tikrai apsilankė ligoninėje,— tarė.

— Iš kur žinai? — Prisiartino keli vienuoliai, susidomėję mūsų pašnekesiu. Severinas, dairydamasis aplink, prakalbo dar tyliau.

— Tu sakei man, kad tas žmogus... turėjo turėti kažką su savim... Tai va, radau kažką savo laboratorijoj, įkištą tarp kitų knygų... ne savo knygą, keistą knygą...

— Tai turėtų būti ta,— pergalingai tarė Viljamas,— tuoj pat man ją atnešk.

— Negaliu,— atsakė Severinas,— paaiškinsiu tau vėliau, radau... manau radęs kažką įdomaus... Turi ateiti tu, turiu tau parodyti knygą... labai atsargiai...— Jis nutilo. Pastebėjome Jorgę, kaip visuomet tyliai ir netikėtai išdygusį greta mūsų. Rankas jis laikė ištiesęs prieš save, tarsi, nepratęs judėti šioje vietoje, bandytų suvokti, kur einąs. Normalus žmogus nebūtų galėjęs nugirsti Severino šnabždesių, tačiau jau seniai žinojom, kad Jorgės klausa, kaip ir visų neregių, buvo ypatingai jautri.

Bet senis, atrodė, nieko nenugirdo. Jis net patraukė nuo mūsų tolyn, palietė vieną iš vienuolių ir kažko paklausė. Tas švelniai paėmė jį už rankos ir išvedė laukan. Tuo metu vėl pasirodė Mykolas, pakvietė Viljamą, ir mano mokytojas apsisprendė.

— Maldauju,— tarė jis Severinui,— tuoj pat grįžk iš kur atėjęs. Užsidaryk ir lauk manęs. Tu,— tarė jis man,— pasek Jorgę. Net jei jis ir bus ką nugirdęs, nemanau, kad eitų į ligoninę. Šiaip ar taip, praneši man, kur jis nuėjo.

Jau eidamas į salę, pastebėjo jis (kaip pastebėjau ir aš) Aimarą, besiskinantį kelią per susirinkusių minią, susiruošusį paskui išeinantį Jorgę. Čia Viljamas pasielgė labai neatsargiai, nes garsiai, per visą narteksą, šūktelėjo Severinui, buvusiam jau ant lauko portalo slenksčio:

— Patariu tau. Nepasitikėk niekuo... kad tie lapai... grįžtų, iš kur atsiradę!

Aš, jau pasiruošęs sekti paskui Jorgę, tą akimirką pastebėjau raktininką, atsirėmusį į lauko durų staktą, kuris, išgirdęs Viljamo žodžius, žvelgė pakaitomis tai į mano mokytoją, tai į žolininką, o veidą jo iškreipė baimė. Pamatęs išeinantį Severiną, jis patraukė paskui. Aš, jau ant slenksčio, bijojau praganyti Jorgę, jau nykstantį rūke, bet ir aniedu, einantys priešinga kryptim, jau skendo ūkanose. Greitai sumečiau, ką daryti. Man buvo liepta sekti neregį, nes bijota, kad eis jis į ligoninę. O jis su savo palydovu pasuko priešinga kryptim, per klostrą patraukdamas bažnyčios, o gal Buveinės link. Raktininkas tuo tarpu tikrai sekė žolininką, tačiau Viljamui rūpėjo tai, kas galėjo nutikti laboratorijoje. Todėl puoliau šiuodu, dar klausdamas savęs, kur link galėjo patraukti Aimaras, nebent išėjo jis visai kitais reikalais.

Laikydamasis deramo atstumo, neišleidau raktininko iš akių, ir jis, pajutęs, kad seku paskui, sulėtino žingsnį. Jis negalėjo suprasti, ar šešėlis, lipantis jam ant kulnų, esu aš, kaip ir aš negalėjau suprasti, ar šešėlis, ant kurio kulnų lipau, yra jis, bet tiek aš neturėjau dėl jo jokių abejonių, tiek ir jis neabejojo dėl manęs.

Versdamas jį stebėti mane, trukdžiau jam pernelyg priartėti prie Severino. Ir kai ligoninės durys išniro iš miglos, jos jau buvo užšautos. Severinas, ačiū Dievui, buvo jau viduje. Raktininkas dar kartą pasisuko į mane, dabar jau stovintį tarytum sodo medis, po to lyg apsisprendė ir pasuko virtuvės link. Pamaniau savo misiją atlikęs, Severinas buvo žmogus protingas, dabar jis ir pats galėjo pasisaugoti ir nieko neįsileisti. Tad čia nebeturėjau ką daugiau daryti, juolab kad degiau smalsumu sužinoti, kas gi vyksta kapitulos salėje. Todėl nusprendžiau grįžti ir pranešti Viljamui, ką mačiau. Atrodo, nebuvo tai geras sprendimas, tereikėjo dar kiek pasaugoti ir būtume išvengę tiekos tolesnių nelaimių. Bet žinau tai dabar, anuomet to nežinojau.

Grįždamas kone susidūriau su Bencijum, nusišypsojusiu tarytum bendrininkui:

— Severinas aptiko kažką, paliktą Berengarijaus, tiesa?

— Ką gali apie tai žinoti? — atšoviau šiurkščiai, elgdamasis su juo kaip su bendraamžiu iš dalies todėl, kad buvau įpykęs, o iš dalies dėl jo jauno veido, tą minutę vaikiškai piktdžiugiško.

— Nesu kvailys,— atsakė Bencijus,— Severinas atbėgo kažko pasakyti Viljamui, tu gi stebi, kad niekas jo nepasektų...

— O tu pernelyg stebi ir mus, ir Severiną,— atkirtau įniršęs.

— Aš? Teisybė, kad stebiu jus. Ir jau nuo vakar nenuleidžiu akių nei nuo maudyklos, nei nuo ligoninės. Jei tik būtų pavykę, jau būčiau ten įėjęs. Duočiau nukirst ranką, kad tik sužinočiau, ką Berengarijus rado bibliotekoje.

— Nori per daug žinoti neturėdamas tam jokios teisės!

— Aš esu tyrinėtojas ir turiu teisę žinoti, nes atvykau čia

iš pasaulio krašto, kad pažinčiau biblioteką, o ši man neprieinama, tarsi saugotų blogus dalykus, ir aš...

— Man reikia eiti,— pertraukiau atšiauriai.

— Eik, juolab kad jau pasakei man tai, ką norėjau išgirsti.

— Aš?

— Ir tylint kalbama.

— Patariu tau neiti į ligoninę,— tariau jam.

— Neisiu, neisiu, nesijaudink. Bet niekas man neuždraus stebėti iš lauko.

Nebesiklausiau jo ir įėjau vidun. Tas smalsuolis, atrodė man, nekėlė didelio pavojaus. Prisėdau prie Viljamo ir trumpai jam viską papasakojau. Jis pritariamai palinksėjo ir davė ženklą tylėti. Sumaištis pamažu rimo. Abiejų šalių legatai dabar glėbesčiavosi taikos vardan. Alborėja šlovino minoritų tikėjimą, Jeronimas garbstė pamokslininkų meilę artimui savo, visi giedojo himnus vilčiai naujos Bažnyčios, nedraskomos vidaus kovų. Kažkuris iš vienų gyrė kažkurio jėgą, kužkuris iš kitų liaupsino kažkurio santūrumą, visi šaukėsi teisingumo ir kvietė būti apdairius. Niekada nemačiau tiekos žmonių, taip nuoširdžiai susirūpinusių didžiųjų dorybių pergale.

Tačiau Bertranas iš Podžeto jau kvietė Viljamą išdėstyti imperijos teologų tezių. Viljamas pakilo labai nenorom: pirma, jis suprato, jog susitikimas visai nenaudingas, antra, jis norėjo kuo greičiau iš ten išeiti, nes paslaptingoji knyga dabar jam rūpėjo labiau nei susitikimo likimas. Bet buvo aišku, kad nuo pareigos išsisukti jam nepavyks.

Tad pradėjo jis kalbą nuo „eh" ir „oh", kurių buvo daugiau nei paprastai ir daugiau nei reikia, tarsi norėdamas pažymėti, jog visiškai nėra tikras dėl tų dalykų, apie kuriuos ruošiasi šnekėti, ir pirmiausia užtikrino puikiai suprantąs požiūrį kalbėjusių prieš jį, be to, tai, ką kiti vadina imperijos teologų doktrina, tėra keletas padrikų pastebėjimų, kurių jis nesiruošia skelbti tikėjimo tiesomis.

Toliau jis pasakė, jog, turint omeny tą begalinį gerumą, kurį parodė Dievas, sukurdamas savo vaikų tautą ir mylėdamas visus be išimties, jau nuo tų „Genesis" eilučių, kur dar nebuvo kalbos apie dvasininkus ir karalius, turint omeny taip pat ir tai, kad Viešpats skyrė Adomui ir jo ainiams valdžią šios žemės dalykams, jei tik paklūsta jie dieviškiesiems įstatymams, galima įtarti tam pačiam Viešpačiui nebuvus svetima mintį, jog žemiškuose dalykuose tauta yra įstatymų leidėja ir reali pirmoji įstatymų priežastis. Tauta, tarė, gerai būtų laikyti visą gyventojų visumą, bet kadangi tarp gyventojų yra ir vaikų, ir kvailių, ir piktadarių, ir moterų, gal galima būtų protingai susitarti dėl tautos kaip geriausios gyventojų dalies apibrėžimo, nors jis pats čia nelaiko derama išvardyti, kas tai daliai priklausytų.

Jis atsikrenkštė atsiprašydamas susirinkusių ir pakišdamas mintį, jog šią dieną oras be galo drėgnas, ir tarė, kad būdas, kuriuo tauta išreikštų savo valią, galėtų būti visuotinis išrinktų narių susirinkimas. Ir dar pasakė, jog jam atrodo protinga, kad toks susirinkimas galėtų aiškinti, keisti ar naikinti įstatymus, nes, jei įstatymą kurs tik vienas asmuo, jis gali padaryti tai blogai dėl nežinojimo ar piktavališkai, ir, pridūrė, neverta susirinkusiems priminti, kiek tokių atvejų yra buvę pastaruoju metu. Pastebėjau, kad susirinkusieji, gan sutrikę dėl jo ankstesnių žodžių, šiems paskutiniams tegalėjo pritarti, nes kiekvienas aiškiai galvojo apie vis kitą asmenį ir kiekvienas laikė tą asmenį, apie kurį galvojo, pačiu blogiausiu.

Taigi, tęsė Viljamas, jei vienas žmogus gali sukurti blogus įstatymus, ar ne geriau, kad kurtų juos daug žmonių? Aišku, pabrėžė jis, kalbama dabar apie žemiškuosius įstatymus, liečiančius pasaulietinių dalykų tvarką. Dievas buvo prisakęs Adomui nevalgyti nuo gėrio ir blogio pažinimo medžio, ir tai buvo dieviškasis įstatymas, o paskui įgaliojo jį, ką aš sakau, paskatino, kad įvardintų jis daiktus, ir dėl to paliko laisvę savo žemiškajam valdiniui. Ir tikrai, nors kai kas mūsų laikais sako, jog nomina sunconsequentia rerum[3], bet knyga „Genesis" šiuo klausimu skelbia labai aiškiai: Dievas atvedė pas žmogų visus padarus, kad išgirstų, kaip šis juos pavadins, ir kokiu vardu žmogus pavadino kiekvieną gyvą būtybę, toks ir turėjo likti jos vardas. Ir nors pirmykštis žmogus buvęs labai gudrus įvardindamas savo edeniška kalba kiekvieną daiktą ir gyvulį pagal šio prigimtį, nepaneigia tai fakto, jog turėjęs jis tam tikrą nepriklausomą teisę sukurti vardą, jo nuomone, tai prigimčiai tinkamiausią. Juk dabar žinoma, kad skirtingi yra vardai, kuriais žmonės nusako idėjas, o vienodos visiems tėra idėjos, daiktų ženklai. Todėl žodis nomen, be abejonės, kilęs iš nomos, arba įstatymas, nes kaip tik nomina skiriami žmonių ad placitum, tai yra laisvu ir bendru susitarimu.

Susirinkusieji nedrįso paneigti tokių mokytų įrodymų. Iš ko, baigė Viljamas, puikiai matome, jog įstatymų kūrimas žemiškiesiems dalykams, taigi, miestų ir karalysčių dalykams, visai nesisieja su dieviškojo žodžio saugojimu ir tvarkymu, kas yra nepaneigiama bažnytinės hierarchijos privilegija. Todėl nelaimingieji yra bedieviai, tarė Viljamas, neturintys panašaus autoriteto, galinčio išaiškinti jiems Dievo žodį (ir visi pagailėjo bedievių). Bet ar galime dėl to sakyti, kad bedieviai nesiekia kurti įstatymų ir tvarkyti savo reikalų per vyriausybes, karalius, imperatorius, sultonus ar kalifus, kad ir kaip juos pavadintum? Ir ar galima neigti, kad daugelis Romos imperatorių naudoję savo žemiškąją valdžią išmintingai, tarkim, Trajanas? O kas gi suteikė pagonims ir bedieviams šią natūralią teisę kurti įstatymus ir gyventi politinėje bendrijoje? Gal jų netikri dievai, kurie būtinai neegzistuoja (arba neegzistuoja būtinai, kaip pažiūrėsim į šio modalumo neigimą). Aišku, ne. Tegalėjo jiems ją suteikti tik visų Dievas, Izraelio Dievas, Mūsų Viešpaties Jėzaus Kristaus tėvas... Štai nuostabus įrodymas dieviško gerumo, suteikusio galimybę spręsti politiškus dalykus taip pat ir tiems, kurie nepripažįsta Romos popiežiaus autoriteto ir neišpažįsta tų pačių, kaip krikščionių tauta, šventų, saldžių ir siaubingų paslapčių! Ir koks geresnis galėtų būti įrodymas fakto, jog žemiškoji valdžia ir pasaulietinė jurisdikcija neturi nieko bendra su Bažnyčia ir su Jėzaus Kristaus įstatymu ir yra siųsta Dievo nereikalaujant jokio dvasininkų patvirtinimo, ir net anksčiau nei susikūrė mūsų šventoji religija?

Jis vėl kostelėjo, šį kartą ne jis vienas. Daugelis iš susirinkusiųjų nenustygo savo vietose ir kosčiojo. Pamačiau kardinolą laižant sukepusias lūpas ir nerimastingu, bet mandagiu mostu kviečiant Viljamą artėti prie esmės. Tad Viljamas perėjo prie nemalonių visiems, net ir tiems, kurie su jomis gal nesutiko, šio nenuginčijamo dėstymo išvadų. Taigi, Viljamas tarė, kad jo išvados atrodo jam paremtos pavyzdžiu paties Kristaus, atėjusio į šį pasaulį ne įsakinėti, bet pasiduoti toms aplinkybėms, kurias pasaulyje rado, bent jau kiek tai lietė ciesoriaus įstatymus. Jis nenorėjo, kad apaštalai galėtų įsakinėti ir turėti valdžią, o todėl atrodo išmintinga, kad ir apaštalų sekėjai būtų laisvi nuo kiekvienos žemiškos ir prievartinės valdžios. Jei popiežius, vyskupai ir kunigai nepaklustų žemiškajai ir prievartinei kunigaikščio valdžiai, iškiltų grėsmė kunigaikščio autoritetui, o kartu ir visai tvarkai, kuri, kaip jau įrodyta aukščiau, nustatyta paties Dievo. Aišku, reikia turėti omeny ir labai subtilius atvejus, tarė Viljamas, kaip, sakysim, eretikus, apie kurių ereziją tegali pasisakyti vien Bažnyčia, tiesos saugotoja, tačiau tik pasaulietinė valdžia gali veikti. Bažnyčia, išaiškinusi eretikus, privalo apie tai pranešti kunigaikščiui, kuris teisėtai turi pripažinti savo valdinių sąlygas. Bet ką turi daryti kunigaikštis su eretiku? Pasmerkti jį myriop vardu tos dieviškosios tiesos, kurios saugotojas jis nėra? Kunigaikštis gali ir privalo pasmerkti eretiką, jei šio veiksmai trukdo bendram gyvenimui, jei tas eretikas patvirtina savo ereziją žudydamas ir kenkdamas tiems, kurie jos neišpažįsta. Tačiau tuo ir baigiasi kunigaikščio valdžia, nes niekas šioje žemėje negali kankinimais būti priverstas sekti Evangelijos priesakais, nes kas gi atsitiktų su ta laisva valia, pagal kurios pasirinkimą kiekvienas bus teisiamas aname pasaulyje? Bažnyčia gali ir privalo perspėti eretiką, kad palieka jis tikinčiųjų bendriją, bet negali teisti jo šioje žemėje ir įpareigoti jį prieš jo valią. Jei Kristus būtų norėjęs, kad jo tarnai įgytų prievartos teisę, jis būtų nustatęs aiškius priesakus, kaip tai padarė Mozė Senajame Įstatyme. Tačiau jis jų nenustatė. Vadinasi, jis to nenorėjo. O gal kas nori pasakyti, jog jis jų norėjo, tik per trejus pamokslavimo metus pritrūko laiko ar galimybių tai pasakyti? Teisinga, kad jis jų nenorėjo, nes, jei būtų norėjęs, tuomet popiežius galėtų primesti savo valią karaliui, o krikščionybė nebūtų jau laisvės dėsnis, bet būtų nepakenčiama vergija.

Visa tai, pridūrė Viljamas linksmu veidu, nėra popiežiaus galios apribojimas, bet greičiau jo misijos išaukštinimas: nes Dievo tarnų tarnas yra šioje žemėje, idant tarnautų, o ne kad būtų aptarnaujamas. Ir pagaliau būtų mažų mažiausiai keista, jei popiežius turėtų jurisdikciją imperijos dalykams, bet neturėtų jos kitoms šio pasaulio karalystėms. Kaip žinoma, tai, ką popiežius skelbia apie dieviškuosius dalykus, skirta tiek Prancūzijos karaliaus, tiek ir Anglijos karaliaus valdiniams ir turėtų būti skirta taip pat pavaldiniams Didžiojo Chano ar sultono neištikimųjų, kurie neištikimaisiais vadinami būtent dėl to, kad nėra ištikimi šiai gražiai tiesai. O todėl, jei popiežius imtųsi žemiškosios jurisdikcijos — kaip popiežius — vien tik dėl imperijos dalykų, galėtų pagrįstai kilti įtarimas, jog, sutapatindamas žemiškąją jurisdikciją su dvasiškąja, kartu jis neturės dvasiškos jurisdikcijos ne tik saracėnams ar totoriams, bet ir prancūzams ar anglams — kas būtų nusikalstamas piktžodžiavimas. Štai dėl kokios priežasties, baigė mano mokytojas, atrodo teisinga sakyti, jog Avinjono bažnyčia užgautų visą žmoniją, teigdama, kad dera jai tvirtinti ar šalinti tą, kuris išrinktas romėnų imperatoriumi. Popiežius neturi imperijai didesnių teisių nei kad kitoms karalystėms, o jei jau nepriklauso popiežiui tvirtinti nei Prancūzijos karaliaus, nei sultono, kodėl turėtų jam priklausyti tvirtinti vokiečių ir italų imperatorių. Tokios priedermės nėra iš dieviškosios teisės, nes Raštai apie jas tyli. Nepatvirtintos jos ir kaip žmonių teisė dėl aukščiau išdėstytų priežasčių. O apie disputą dėl neturto, tarė pagaliau Viljamas, jo kuklios pažiūros, parengtos forma malonių pasiūlymų, parengtų jo paties ir keleto kitų, tokių kaip Marsilijus Paduvietis ir Jonas Jandunietis, veda prie šių išvadų: jei pranciškonai nori likti neturtingi, popiežius neturi ir negali priešintis tokiam dorovingam troškimui. Be abejo, jei būtų patvirtinta Kristaus neturto hipotezė, tai ne tik padėtų minoritams, bet ir paremtų mintį, kad Kristus nenorėjęs sau jokios žemiškos jurisdikcijos. Bet šįryt jam teko girdėti čia kai kuriuos labai išmintingus asmenis tvirtinant, jog Kristaus neturto įrodyti negalima. Jam atrodo, jog tinkamiau šį teiginį apversti. Kadangi niekas nėra įrodęs, jog Jėzus reikalavęs sau ir saviesiems žemiškosios jurisdikcijos, šis Jėzaus atsitolinimas nuo žemiškųjų dalykų atrodo jam pakankamas ženklas, skatinantis nenusidedant teigti, kad Jėzus buvo labiau linkęs į neturtą.

Viljamas kalbėjo taip nuolankiai, išreiškė savo įsitikinimus taip neryžtingai, kad niekas iš susirinkusiųjų nedrįso pakilti jų paneigti. Nereiškė tai, kad jo kalba visus įtikino. Ne tik avinjoniečiai sukiojosi piktais veidais ir komentavo, ką išgirdę, bet ir pats abatas atrodė labai ta kalba nepatenkintas, sakytum, manytų ne tuo būdu vaizdavęsis ryšius tarp savo ordino ir imperijos. Minoritų pusėje Mykolas Čezenietis sėdėjo sutrikęs, Jeronimas išsigandęs, Hubertinas susimąstęs.

Tylą nutraukė Podžeto kardinolas, vis besišypsantis, puikiai besijaučiantis, ir maloniai paklausė Viljamą, ar važiuosiąs šis į Avinjoną išsakyti viso to meserui popiežiui. Viljamas paklausė kardinolo nuomonės, ir šis atsakė, jog meseras popiežius savo gyvenime girdėjęs daug ginčytinų pažiūrų ir yra visus savo vaikus mylintis tėvas, bet šie teiginiai tikrai jį be galo nuliūdintų.

Prabilo Bernardas Gi, iki tol tylėjęs:

— Būčiau laimingas, jei brolis Viljamas, toks sumanus ir iškalbingas, kai dėsto savo mintis, atvyktų pateikti jų popiežiaus teismui...

— Jūs įtikinote mane, ponas Bernardai,— tarė Viljamas.— Aš nevyksiu.— Ir kreipėsi į kardinolą atsiprašydamas: — Žinote, dėl to uždegimo, įsimetusio į plaučius, nepatartina man taip toli keliauti, ir dar šiuo metų laiku...

— Kodėl gi tuomet jūs taip ilgai kalbėjote? — paklausė kardinolas.

— Kad paliudyčiau tiesą,— nuolankiai atsakė Viljamas.— Tiesa padarys mus laisvus.

— O, ne! — pratrūko neiškentęs Džiovanis Dalbena.— Čia jau ne tiesa, kuri mus išlaisvins, bet perdėta laisvė, siekianti tapti tiesa!

— Tai irgi galimas dalykas,— švelniai sutiko Viljamas.

Nuojautos blyksnis įspėjo mane, kad tuoj prasidės širdžių ir liežuvių audra, daug smarkesnė už ankstesniąją. Bet nieko neįvyko. Dar kalbant Dalbenai įėjęs lankininkų kapitonas sušnibždėjo kažką Bernardui į ausį. Šis tuoj pat pašoko ir mostu paprašė tylos.

— Broliai,— tarė jis,— ši vaisinga diskusija, matyt, galės būti pratęsta vėliau, o dabar nepaprastos svarbos įvykis verčia mus nutraukti savo darbą abato leidimu. Gali būti, jog išpildžiau, pats to nenorėdamas, abato troškimą atskleisti pastarųjų dienų daugelio nusikaltimų kaltininką. Tas žmogus dabar yra mano rankose. Bet, deja, ir šį kartą sučiuptas jis per vėlai... Ten kažkas atsitiko...— Ir mostelėjo į lauką. Jis skubiai perėjo salę ir išėjo, o paskui jį kiti, Viljamas — tarp pirmųjų, o aš su juo.

Mano mokytojas pažvelgė į mane ir tarė:

— Bijau, kad bus kažkas nutikę Severinui.

Penkta diena

ŠEŠTOJI

Randamas nužudytas Severinas ir prapuola knyga,
kurią šis buvo radęs

Greitu žingsniu, didžiai susirūpinę perėjome aikštelę. Lankininkų kapitonas vedė mus ligoninės link, o priartėję tirštoje pilkumoje įžvelgėme šešėlių maišatį: ten bėgo vienuoliai ir tarnai, prie durų stovėjo lankininkai ir nieko neleido vidun.

— Šiuos ginkluotus vyrus aš pasiunčiau ieškoti žmogaus, galinčio nušviesti daugelį paslapčių,— tarė Bernardas.

— Brolis žolininkas? — paklausė apstulbęs abatas.

— Ne, tuoj pamatysit,— atsakė Bernardas, skindamas kelią vidun.

Įėjome į Severino laboratoriją, o ten mus pasitiko labai skaudus reginys. Nelaimingojo žolininko lavonas tysojo kraujo klane, galva jo buvo suknežinta. Lentynos atrodė lyg nusiaubtos audros: stiklainiai, indeliai, knygos, užrašai mėtėsi šen ir ten didžiai netvarkingai. Greta lavono stovėjo dangaus gaublys, bent dukart didesnis už žmogaus galvą; buvo jis meistriškai padarytas iš metalo, su aukso kryžium viršuje, pastatytas ant trumpo puošnaus trikojo. Kitais kartais matydavau jį ant stalo, durų kairėje.

Kitame kambario gale du lankininkai tvirtai laikė raktininką, besiveržiantį laisvėn ir tvirtinantį, jog jis nekaltas, o šauksmai tie tapo dar garsesni, kai pamatė įeinant abatą:

— Pone,— šaukė jis,— įkalčiai yra prieš mane! Įėjau čion, kai Severinas buvo jau miręs, ir jie sučiupo mane, kai netekęs žado stebėjau šį siaubą!

Lankininkų vadas priėjo prie Bernardo ir gavęs leidimą išklojo reikalą visų akivaizdoje. Lankininkai buvo gavę įsakymą surasti raktininką ir jį suimti ir štai daugiau kaip dvi valandas ieškojo jo po visą vienuolyną. Pamaniau, jog tą paliepimą Bernardas bus davęs dar prieš įeidamas į kapitulos salę, ir kareiviai, nepažįstantys vienuolyno, matyt, ieškojo klaidingose vietose, nė neįtardami, kad raktininkas, nenujausdamas savo lemties, stovėjo su kitais nartekse; antra vertus, medžioklę jiems sunkino rūkas. Šiaip ar taip, iš kapitono žodžių aiškėjo, kad Remigijus, man jį palikus, pasuko virtuvės link, bet kažkas jį pamatė, tad perspėjo lankininkus, kurie atėjo į Buveinę Remigijui jau iš ten išėjus, ir visai neseniai, nes virtuvėje buvęs Jorgė tikino ką tik su juo kalbėjęs. Lankininkai tuomet apieškojo plokščiakalnį daržų pusėje ir ten aptiko išnirusį iš rūkų kaip vaiduoklį, veik pasiklydusį senąjį Alinardą. Kaip tik Alinardas ir pasakęs, jog ką tik matė raktininką įeinant į ligoninę. Lankininkai, pasukę ten, rado duris atdaras. Įėję pamatė bedvasį Severiną ir raktininką, įnirtingai besirausiantį lentynose, metantį viską ant grindų, lyg ko ieškotų. Nesunku tad suprasti, kas įvyko. Remigijus įėjo, užpuolė žolininką, nužudė jį, o paskui ėmė ieškoti to, dėl ko jį nužudė.

Lankininkas pakėlė nuo žemės dangaus gaublį ir parodė jį Bernardui. Grakšti vario ir sidabro skritulių architektūra, palaikoma tvirtesnio bronzinių žiedų rėmo, apglėbta trikojo koto, su tokia jėga nusileido ant aukos galvos, kad daugelis laibesnių skritulių vienoje pusėje lūžo ar susilankstė. O kad būtent tuo šonu buvo daužyta Severino galva, rodė kraujo pėdsakai, net ir plaukų kuokštai bei siaubingi smegenų tiškalai.

Viljamas pasilenkė ties Severinu, kad patvirtintų jo mirtį. Vargšo akys, užpiltos iš galvos plūstelėjusiu krauju, buvo išsprogusios, ir klausiau savęs, ar būtų galima, kaip pasakojama, sustingusioje lėliukėje įžvelgti žudiko atvaizdą — paskutinio aukos regėto dalyko pėdsaką. Pamačiau Viljamą paimant mirusiojo plaštakas, kad pažiūrėtų, ar yra ant pirštų juodų dėmių, nors šiuo atveju mirties priežastis buvo kuo puikiausiai matoma, bet Severino rankas dengė tos pačios odinės pirštinės, kurias kartais matydavau jį užsitraukiant, kai dirbo su nuodingomis žolėmis, driežais, nežinomais vabzdžiais.

Bernardas tuo tarpu kreipėsi į raktininką:

— Vadiniesi Remigijus Varaginietis, tiesa? Paliepiau lankininkams surasti tave dėl kitų kaltinimų ir patvirtinti kitiems įtarimams. Dabar matau, jog veikiau teisingai, nors, ir dėl to sau priekaištauju, pernelyg lėtai. Pone,— tarė jis abatui,— manau esąs atsakingas už šį nusikaltimą, nes nuo pat šio ryto, vos tik išklausęs to kito niekingojo, suimto šįnakt, išpažinimų, jau žinojau, kad šį žmogų reikia atiduoti teisingumui. Bet, matėte ir jūs, ryte mane sutrukdė kitos pareigos, o mano žmonės darė viską, ką pajėgė...

Kalbėjo jis labai garsiai, kad girdėtų visi susirinkusieji (kambarys jau buvo sausakimšas, žmonės subėgo iš visų kampų ir dabar dairėsi į paskleistus ir sugadintus daiktus, pirštais rodė viens kitam lavoną ir pusbalsiu komentavo didįjį nusikaltimą), aš pastebėjau tarp kitų ir Malachiją, stebintį viską paniurusiu veidu. Pamatė jį ir raktininkas, kaip tik tuomet velkamas lauk. Jis ištrūko iš lankininkų ir puolė prie brolio, griebė jį už rūbų ir greitai, beviltiškai kažką kalbėjo jam tiesiai veidan, kol lankininkai vėl jį sučiupo. Bet grubiai stumiamas lauk, jis dar atsisuko į Malachiją ir sušuko:

— Prisiek, tai ir aš prisieksiu!

Malachijas atsakė ne iš karto, tarsi ieškodamas tinkamų žodžių. Ir kai raktininkas jau žengė per slenkstį, tarė jam:

— Nepadarysiu nieko prieš tave.

Viljamas ir aš pažvelgėme viens į kitą svarstydami, ką visa tai galėtų reikšti. Stebėjo tai ir Bernardas, bet neatrodė nė truputį sunerimęs, o net nusišypsojo Malachijui, tarytum pritardamas jo žodžiams ir pasirašydamas su juo nedorą sandėrį. Po to paskelbė, kad tuoj po valgymo kapitulos salėje rinksis pirmasis tribunolas, kuris pradės viešą tardymą. Ir jis išėjo paliepęs nuvesti raktininką į kalvę, neleidžiant jam kalbėtis su Salvatore.

Tą akimirką išgirdome už mūsų pečių Bencijaus balsą.

— Atėjau čia iškart po jūsų,— sušnibždėjo jis,— kai kambarys dar buvo pustuštis ir Malachijo jame nebuvo.

— Jis įėjo vėliau,— tarė Viljamas.

— Ne,— užtikrino Bencijus,— stovėjau prie pat durų, mačiau visus įeinančius. Sakau jums, Malachijas buvo viduje... jau prieš tai.

— Prieš ką?

— Prieš tai, kai čia įėjo raktininkas. Negaliu prisiekti, bet, atrodo, jis išlindo iš už anos užuolaidos, kai kambarys jau buvo pilnas,— ir jis mostelėjo į plačią užuolaidą, atitveriančią lovą, ant kurios Severinas paprastai guldydavo tuos, kuriems ką tik būdavo davęs vaistų.

— Nori pasakyti, kad tai jis nužudė Severiną ir įėjus raktininkui pasislėpė už tos užuolaidos? — paklausė Viljamas.

— Arba iš už jos sekė viską, kas įvyko čia. Dėl ko gi kito raktininkas būtų maldavęs jį nekenkti, pažadėdamas mainais taip pat nekenkti jam?

— Galimas dalykas,— tarė Viljamas.— Šiaip ar taip, čia buvo knyga, ir ji turėtų būti dar čia, nes ir raktininkas, ir Malachijas išėjo tuščiomis.

Iš mano pasakojimo Viljamas žinojo, jog Bencijus žino, o šiuo metu mums reikėjo pagalbos. Jis prisiartino prie abato, liūdnai žvelgiančio į Severino lavoną, ir paprašė paliepti visiems išeiti, nes norįs geriau ištirti šią vietą. Abatas sutiko, išėjo ir pats, metęs Viljamui skeptišką žvilgsnį, tarsi priekaištaudamas jam už amžiną vėlavimą. Malachijas bandė likti išgalvodamas įvairiausias priežastis, bet veltui: Viljamas priminė jam, jog čia nėra biblioteka, tad šioje vietoje jo teisės negalioja. Jis buvo mandagus, bet neperkalbamas ir tuo būdu atkeršijo už tai, kad Malachijas neleido jam apžiūrėti Veñancijaus stalo.

Kai likome trise, Viljamas nušlavė nuo vieno iš stalų ant jo gulėjusias šukes ir lapus ir paliepė man paduoti jam vieną po kitos Severino knygas. Palyginti su labirintu, nebuvo tai didelis rinkinys, bet sukaupta jame dešimtys įvairaus dydžio knygų, kurios pirma gražiai stovėjo lentynose, o dabar buvo išmėtytos po grindis kartu su kitais įvairiais dalykais ir sujauktos rakti-ninko skubėjimo; kai kurios iš jų buvo net suardytos, tarytum šis būtų ieškojęs ne knygos, bet to kažko, kas turėjo gulėti tarp jos lapų. Daugelis baisiai sudraskytos, nuplėštais viršeliais. Su-rinkti jas, skubiai ištirti jų prigimtį ir dėti į krūvą ant stalo ne-buvo lengva užduotis, bet viską daryti reikėjo greitai, nes abatas paskyrė mums mažai laiko, netrukus turėjo ateiti čia vienuoliai tvarkyti suknežinto Severino kūno ir paruošti jo laidotuvėms. O dar reikėjo ieškoti visuose kampuose, po stalais, už lentynų ir spintose, kad įsitikintume, ar kas neprasprūdo pro akis po pirminės apžvalgos. Viljamas nenorėjo, kad Bencijus man padėtų, ir teleido jam saugoti duris. Nepaisydami abato paliepimo, dau-gelis bandė įsibrauti vidun: tarnai, išgąsdinti žinios, vienuoliai, apraudantys savo brolį, novicijai, atėję nešini balčiausiomis drobulėmis ir dubenimis vandens, kad nuplautų ir suvyniotų palaikus...

Reikėjo tad suktis žvitriai. Aš rankiojau knygas, padavinė-jau jas Viljamui, šis jas tyrė ir dėjo ant stalo. Tačiau greit su-pratome, kad šitoks darbas truks labai ilgai, todėl griebėmės dviese: abu knygas rinkom, aš jas tvarkiau; jei būdavo išardy-tos, skaičiau pavadinimus ir dėjau ant stalo. Tačiau dažnai te-buvo tai padriki lapai.

— De plantis libri tres, prakeikimas, ne ta,— kalbėjo Vilja-mas ir metė knygą ant stalo.

— Thesaurus Herbarum,— skaičiau aš, o Viljamas:

— Palik ją, juk ieškome graikiškos knygos!

— Šita? — klausiau aš, rodydamas jam veikalą, kurio lapai buvo priraizgyti nesuprantamų rašmenų. O Viljamas:

— Ne, kvaily, juk tai arabiška! Teisus buvo Bekonas, saky-damas, jog pirma mokslo vyro pareiga yra mokytis kalbų!

— Bet arabų nemokate nė jūs! — atkirtau įpykęs, tačiau Viljamas atšovė:

— Aš bent suprantu, jog tai arabų!

Ir aš raudau, nes girdėjau Bencijų kikenant už mano pečių. Knygų buvo daug, o dar daugiau užrašų, ritinių su dangaus skliauto brėžiniais, keistų augalų katalogų, matyt, mirusiojo rankraščių ant paskirų lapų. Dirbome ilgai, apieškojome kiekvieną laboratorijos kampą, Viljamas net labai šaltakraujiškai apvertė lavoną, idant įsitikintų, ar nėra ko po juo, ir išnaršė jo rūbus. Nieko.

— Tai būtina,— kalbėjo Viljamas,— Severinas užsirakino čia su knyga, raktininkas jos neturėjo...

— Negalėjo paslėpti jos abite? — paklausiau.

— Ne, knyga, kurią anądien mačiau po Venancijaus stalu, buvo didelė, mes ją būtume pastebėję...

— O koks jos viršelis? — paklausiau.

— Nežinau. Ji gulėjo atversta, ir temačiau ją kelis mirksnius, tik tiek, kad spėčiau suprasti, jog parašyta graikiškai, bet nieko daugiau neprisimenu. Tęskime paieškas, raktininkas jos nepaėmė, nepaėmė nė Malachijas, taip manau.

— Tikrai ne,— patvirtino Bencijus,— kai raktininkas čiupo jį už krūtinės, matėsi, kad po škaplierium nieko nėra.

— Gerai. Tai yra blogai. Jei knygos nėra šiame kambaryje, aišku, kad kažkas kitas, be Malachijo ir raktininko, bus dar anksčiau čia įėjęs.

— Tai yra dar trečias asmuo, tas, kuris nužudė Severiną?

— Kiek per daug,— atsakė Viljamas.

— Be to,— tariau,— kas galėjo žinoti, kad knyga čia?

— Sakysim, Jorgė, jei jis mus girdėjo.

— Taip,— sutikau.— Bet Jorgė nebūtų galėjęs smogti tokiam tvirtam vyrui kaip Severinas, ir dar su tokia jėga.

— Aišku, ne. Be to, tu matei jį einant Buveinės link, o lankininkai kalbėjosi su juo prieš pat sučiupdami raktininką. Taigi jis nebūtų spėjęs ateiti čia, o po to vėl grįžti virtuvėn. Pagalvok, nors jis ir be vargo juda, vis viena turi eiti palei sienas ir nebūtų galėjęs perkirsti daržų, o dar bėgte...

— Leiskite man galvoti savo galva,— užsidegiau pasivaržyti su savo mokytoju.— Negalėjo būti tai Jorgė. Alinardas sukiojosi aplink, bet jis vos laikosi ant kojų ir nebūtų įveikęs Severino. Raktininkas buvo čia, tačiau laikas tarp jo išėjimo iš virtuvės ir lankininkų atvykimo buvo toks trumpas, jog, man atrodo, neįtikėtina, kad būtų jis spėjęs įkalbėti Severiną atidaryti, prisiartinti prie jo, nužudyti ir dar sukelti visą šį jukinį. Malachijas galėjo aplenkti visus: Jorgė nartekse išgirdo mus kalbant ir nuėjęs į skriptoriumą pranešė Malachijui, kad knygą iš bibliotekos paėmęs Severinas. Malachijas atėjo čia, įkalbėjo Severiną atidaryti ir jį nužudė. Dievas težino kodėl. Bet jei jis ieškojo knygos, turėjo ją iškart pažinti, nedarydamas tokios netvarkos, nes jis juk yra bibliotekininkas. Kas tuomet lieka?

— Bencijus,— tarė Viljamas.

Bencijus paprieštaravo įnirtingai purtydamas galvą:

— Ne, broli Viljamai, jūs žinote, kad degina mane smalsumas, tad jei būčiau įėjęs čionai ir galėjęs išeiti su knyga, nestyročiau čia su jumis, bet kur nors nuošalėje tyrinėčiau savo lobį...

— Veik įtikėtinas įrodymas,— šyptelėjo Viljamas,— bet nė tu nežinai, kaip atrodo knyga. Galėjai nužudyti, o dabar esi čia, kad ją rastum.

Bencijus tirštai nuraudo.

— Aš ne žmogžudys! — pasipiktino jis.

— Niekas nėra žmogžudys, kol nepadaro pirmo nusikaltimo,— filosofiškai atsakė Viljamas.— Šiaip ar taip, knygos čia nėra, o tai yra pakankamas įrodymas fakto, kad tu jos čia nepalikai. Be to, atrodo man dalykas pamatuotas, kad, jei būtum ją paėmęs, per maišatį būtum iš čia išsmukęs.

· Ir pasisuko į lavoną. Atrodė, tik dabar suvokė jis savo draugo mirtį.

— Vargšas Severinas,— tarė,— įtariau taip pat ir tave, ir tavo nuodus. Ir tu tikėjaisi nuodų klastos, antraip nebūtum užsitraukęs šių pirštinių. Bijojai pavojaus iš žemės, o jis užklupo tave iš dangaus skliauto... — Ir paėmęs gaublį, įdėmiai į jį pažiūrėjo.— Kažin kodėl panaudotas kaip tik šis ginklas...

— Buvo po ranka.

— Galbūt. Buvo po ranka ir kiti daiktai, sodininko įnagiai... Tai puikus auksakalystės meno ir astronomijos mokslo sintezės pavyzdys. Jis sunaikintas ir... Dangau švenčiausias! — sušuko.

— Kas atsitiko?

— Ir buvo užgauta trečdalis saulės, trečdalis mėnulio ir trečdalis žvaigždžių... — pacitavo.

Net per gerai pažinojau apaštalo Jono tekstą:

— Ketvirtasis trimitas! — sušukau.

— Būtent. Pirma kruša, po to kraujas, po to vanduo ir štai žvaigždės. Bet ar įmanoma įsivaizduoti tokį piktavališką protą, kuris žudo tik tada, kai gali tai padaryti laikydamasis Apokalipsės aprašymo?

— O sulig penktuoju trimitu? — paklausiau apimtas siaubo. Pabandžiau prisiminti.— Ir išvydau žvaigždę, nukritusią iš dangaus žemėn, ir jai buvo duotas raktas nuo bedugnės šulinio... Kas nors nuskęs šuliny?

— Penktas trimitas žada dar daug kitų dalykų,— tarė Viljamas.— Iš šulinio išsiverš dūmai, tarytum iš milžiniškos krosnies, po to pasipils skėriai, kuriems bus duota galia, kaip turi galią žemės skorpionai. O skėrių išvaizda bus panaši į žirgų, parengtų kautynėms, ant jų galvų tarytum vainikai, panašūs į auksą, o dantys jų lyg liūtų... Mūsų žmogus turi nemažą pasirinkimą, jei norėtų įgyvendinti knygos žodžius... Bet užteks svaičioti. Verčiau pabandykim prisiminti, ką pasakė mums Severinas, pranešdamas, kad rado knygą...

— Jūs liepėte ją atnešti, o jis atsakė negalįs...

— Tikrai, po to mus nutraukė. Kodėl jis negalėjo? Knygą galima nešioti. O kodėl užsitraukė pirštines? Gal knygos viršelyje buvo kažkas susijęs su nuodais, kas užmušė Berengarijų ir Venancijų? Slaptos pinklės, užnuodytas smaigalys...

— Gyvatė! — tariau.

— O kodėl ne banginis? Ne, ir vėl svaičiojam. Nuodai, kaip jau matėm, turi patekti į burną. Be to, Severinas nepasakė negalįs atnešti knygos. Jis tarė linkęs parodyti man ją čia. Ir užsitraukė pirštines... Tad kol kas žinome tiek, jog knygą šią reikia liesti su pirštinėmis. Klausykis ir tu, Bencijau, jei rastum ją, kaip kad tikiesi. O kad jau esi toks paslaugus, padėk man. Eik į skriptoriumą ir nenuleisk akių nuo Malachijo.

— Bus padaryta! — atsakė Bencijus ir išėjo, kaip atrodė, patenkintas savo misija.

Nebegalėjome ilgiau sulaikyti vienuolių, kambarį užplūdo žmonės. Pietų valanda jau buvo praėjusi, ir Bernardas, matyt, jau rinko savo tribunolą kapitulos salėje.

— Čia nėra daugiau kas veikti,— tarė Viljamas.

Man švystelėjo mintis.

— Gal žudikas,— tariau,— išmetė knygą pro langą, o po to tikėjosi nueiti ir paimti ją iš už ligoninės?

Viljamas skeptiškai pažvelgė į laboratorijos langus, kurie atrodė aklinai uždaryti.

— Galime patikrinti,— tarė.

Išėjome ir ištyrėme ligoninės užpakalinę dalį, veik priglaustą prie mūro, paliekant tik siaurutį praėjimą. Viljamas ėjo labai atsargiai, nes tomis dienomis iškritęs sniegas čia buvo visai nepaliestas. Mūsų pėdos sušalusiame, bet trapiame luobe įspaudė ryškius pėdsakus, todėl, jei kas ir būtų praėjęs čia pirma, sniege tai būtų pažymėta. Tačiau nieko nepamatėme. Todėl palikom ramybėje ir ligoninę, ir mano varganą hipotezę. Einant per daržus, paklausiau Viljamą, ar tikrai jis pasitiki Bencijum.

— Nė kiek,— atsakė Viljamas,— bet, šiaip ar taip, nepasakėme jam nieko, ko jis jau nebūtų žinojęs, ir įgąsdinome jį dėl tos knygos. Pagaliau, kai jis seks Malachiją, ir Malachijui teks jį sekti, o jis neabejotinai irgi ieško knygos.

— Ko gi norėjo raktininkas?

— Greit sužinosim. Jis tikrai kažko norėjo, ir greitai, siekdamas išvengti jį bauginusio pavojaus. Tas kažkas turi būti žinoma Malachijui, antraip negalima paaiškinti tos beviltiškos maldos, su kuria Remigijus į šį kreipėsi...

— Šiaip ar taip, knyga prapuolė...

— Tai yra pats neįtikėtiniausias dalykas,— tarė Viljamas, mums jau artėjant prie kapitulos salės.— Jei ji ten buvo, o Severinas mums pasakė, jog ji buvo ten, tai arba ji išnešta, arba ji vis dar ten.

— O kadangi jos ten nėra, kažkas ją bus išnešęs,— baigiau.

— Nežinia, ar išvados nereikėtų daryti iš kitos mažosios premisos. Juk visa rodo, jog niekas negalėjo jos išnešti...

— Tuomet ji turėtų vis dar būti ten. Bet jos ten nėra.

— Palauk. Sakome, kad jos ten nėra, nes jos neradom. Bet gal jos neradome todėl, kad nematėme jos ten, kur ji buvo.

— Betgi žiūrėjome visur!

— Žiūrėjome, bet nematėme. Arba matėme, bet nepažinome... Adsai, kaip Severinas apsakė tą knygą, kokiais žodžiais?

— Jis sakė radęs knygą, kuri nėra jo, parašyta graikiškai...

— Ne, prisiminsiu, jis pasakė keistą knygą. Severinas buvo mokslo vyras, o mokslo vyrui graikiška knyga nėra keista, nes jis pažįsta bent jau jos raidyną. Mokslo vyras nepavadintų keista nė arabiškos knygos, net jei nemokėtų arabiškai...— Jis stabtelėjo.— O ką veikė arabiška knyga Severino laboratorijoje?

— Bet kodėl būtų jis pavadinęs keista arabišką knygą?

— Tai klausimas. Jei jis pasakė keista, tai todėl, kad jam ji pasirodė neįprasta, jam, kuris yra žolininkas, o ne bibliotekininkas... Bibliotekoje juk neretai atsitinka, kad kai kurie seni rankraščiai surišami kartu, sudedant į vieną tomą skirtingus, keistus tekstus: vieną graikišką, kitą armėnišką...

— ... o trečią — arabišką! — sušukau apstulbintas šio atradimo.

Viljamas vilkte išvilko mane iš nartekso ir liepė kuo greičiau skuosti ligoninėn:

— Teutoniškas žvėrie, rope, nemokša, žiūrėjai tik į pirmus lapus, bet ne toliau!

— Mokytojau,— dusau,— tai jūs žiūrėjote mano parodytus lapus ir pasakėt, kad tai arabiškai, ne graikiškai!

— Teisybė, Adsai, teisybė, tai aš žvėris, bėk greičiau!

Grįžome į laboratoriją ir vos įsispraudėme vidun, nes novicijai kaip tik nešė lavoną lauk. Kiti smalsuoliai sukiojosi po kambarį. Viljamas šoko prie stalo, kilnojo knygas, ieškodamas tos lemtingosios, metė jas po vieną ant žemės, sekamas sunerimusių žvilgsnių, vėl kiekvieną atskleisdamas. Deja, arabiškojo rankraščio ten nebebuvo. Miglotai prisiminiau jo senus viršelius, ne itin tvirtus, gan sunykusius, su plonomis metalo juostomis.

— Kas įėjo čia po to, kai aš išėjau? — paklausė Viljamas kažkurio vienuolio. Šis tik patraukė pečiais, ir buvo aišku, kad įėjo visi ir neįėjo niekas. Pabandėm apsvarstyti galimybes. Malachijas? Gali būti, jis žinojo, ko ieškoti, gal stebėjo mus, pamatė išeinant tuščiomis ir grįžo tikras savo sėkme. Bencijus? Prisiminiau jį juokiantis įvykus tam kivirčui dėl teksto. Tuomet maniau, kad juokėsi jis tik iš mano neišmanymo, bet gal juokėsi iš Viljamo naivumo, puikiai žinodamas, kaip kartais atrodo senas rankraštis, gal permanė tai, ką mes ne iš karto suvokėme, bet ką privalėjome suvokti, o būtent jog Severinas nemokėjo arabiškai ir todėl turėjo atrodyti keista, kad laiko tarp savųjų knygą, kurios negali perskaityti. O gal buvo kas trečias?

Viljamas jautėsi labai paniekintas. Bandžiau jį raminti. Jau tris dienas, kalbėjau, ieško jis graikiško teksto, tad natūralu, kad peržiūros metu atmetė visas knygas, kurios nebuvo parašytos graikiškai. O jis atšovė, jog klysti, aišku, žmogiška, betgi yra žmonių, klystančių dažniau už kitus, ir jie vadinami kvailiais, o jis yra vienas iš jų, todėl, klausė savęs, ar verta studijuoti Paryžiuje ir Oksforde, kad po to nežinotum, jog rankraščiai rišami taip pat ir grupėmis, jei žino tai net novicijai, išskyrus tokius kvailius kaip aš, tad pora tokių kvailių kaip mes turėtume milžinišką pasisekimą mugėse ir turėtume būti ten, o ne bandyti narplioti mįsles, ypač kai tenka susidurti su žmonėmis, daug už mus sumanesniais.

— Betgi neverta verkti,— baigė jis.— Jeigu ją paėmė Malachijas, jis ją jau grąžino į biblioteką. Ir rasime ją, kai tik sužinosim, kaip patekti į finis Africae. Jei ją paėmė Bencijus, jis turėtų įtarti, jog anksčiau ar vėliau iškilo man ta abejonė, kuri ir iškilo, ir aš grįšiu į laboratoriją, antraip nebūtų jis taip skubėjęs. Todėl jis dabar pasislėpė, o vienintelė vieta, kurioje jo tikrai nėra,— tai ta, į kurią mes pultume jo tuoj pat ieškoti, kitaip tariant, jo celė. Todėl grįžkime į kapitulos salę ir pažiūrėkim, ar tardomas raktininkas nepasakys ko vertingo. Mat neaiškus man dar planas Bernardo, ieškojusio savo žmogaus dar prieš Severino mirtį, nors dėl visai kitų priežasčių.

Grįžome į salę. Verčiau jau būtume prieš tai užsukę į Bencijaus celę, nes, kaip sužinojome vėliau, mūsų jaunasis draugas ne itin tikėjo Viljamo įžvalgumu ir nepagalvojo jį taip greitai grįšiant į laboratoriją; todėl, tikėdamasis, jog nebus ten ieškomas, jis nuėjo slėpti knygos tiesiai į savo celę.

Bet tai papasakosiu vėliau. Tuo metu įvyko tokie dramatiški ir neramūs dalykai, kad užmiršome paslaptingąją knygą. O jei ir neužmiršome, įsuko mus kiti reikalai, susiję su Viljamo misija, vis dar slėgusia jo pečius.

Penkta diena

DEVINTOJI

Įvykdomas teisingumas ir tvyro keista nuojauta, jog visi klydo

Kapitulos salėje, prie ilgo riešutinio stalo, viduryje, sėdėjo Bernardas Gi. Greta jo kaip raštininkas sėdėjo vienas iš dominikonų, o susėdę abiejose pusėse du popiežiaus legatai buvo teisėjai. Raktininkas tarp abiejų lankininkų stovėjo priešais stalą.

Abatas pašnibždom kreipėsi į Viljamą:

— Nežinau, ar ši procedūra teisėta. Laterano susirinkimas 1215 metais savo XXXVII kanone sankcionavo, jog negalima asmens atiduoti teisėjams, kurie veikia toliau nei dviejų dienų žygis nuo savo namų. Čia padėtis gal kitokia, teisėjas atvykęs iš labai toli, bet...

— Inkvizitorius nepavaldus jokiai bendrai jurisdikcijai,— tarė Viljamas,— ir neprivalo laikytis bendrosios teisės normų. Jis naudojasi ypatingomis privilegijomis ir net neprivalo išklausyti gynėjų.

Pažvelgiau į raktininką. Remigijus atrodė apgailėtinai. Dėbčiojo aplink tarytum įbaugintas žvėris, lyg atpažintų baisios liturgijos veiksmus ir mostus. Dabar žinau, bijojo jis dėl dviejų priežasčių, abiejų siaubingų: viena, kad buvo sučiuptas su visais įkalčiais nusikaltimo vietoje, antra, kad nuo vakar dienos, Bernardui pradėjus savo tyrimą, nuo paskalų ir insinuacijų rinkimo, jis bijojo, jog išaiškės jo praeitis; o dar labiau jis susijaudino pamatęs suimant Salvatorę.

Nelaimingasis Remigijus buvo apimtas siaubo, o Bernardas Gi puikiai mokėjo tą siaubą paversti panika. Jis tylėjo. Visiems laukiant apklausos pradžios, jis laikė savo rankas ant priešais askleistų lapų, apsimesdamas, kad atsainiai juos tvarko. Betgi jo žvilgsnis buvo nukreiptas į kaltinamąjį, ir jame sumišę švietė apsimestinis atlaidumas (tarsi sakytų: „Nebijok, esi tarp brolių, tetrokštančių tau gero"), šalta pašaipa (tarsi sakytų: „Dar nežinai, kas tau yra gerai, bet tuoj aš tau tai pasakysiu"), negailestingas atšiaurumas (tarsi sakytų: „O šiaip ar taip, aš esu čia vienintelis tavo teisėjas, ir tu esi mano"). Visa tai raktininkas jau žinojo, bet teisėjo tyla ir delsimas turėjo padėti jam tai ne užmiršti, o prisiminti, kad jis vis labiau ir labiau nusižemintų, jo nerimas virstų desperacija, ir visas jis priklausytų teisėjui, taptų minkštu vašku jo rankose.

Pagaliau Bernardas nutraukė tylą. Pasakęs kelias įprastas formules, jis pranešė teisėjams pradedąs apklausą asmens, kaltinamo dviem vienodai baisiais nusikaltimais, iš kurių vienas buvo visiems akivaizdus, bet mažiau niekingas už antrąjį, nes kaltinamasis buvo sučiuptas žmogžudystės vietoje, jau ieškant jo už nusikaltimą erezija.

Taip jis tarė. Raktininkas užsidengė veidą delnais, nors sunkiai tegalėjo judinti rankas, sukaustytas grandinėmis. Bernardas pradėjo tardymą.

— Kas esi tu? — paklausė.

— Remigijus Varaginietis. Gimęs prieš penkiasdešimt dvejus metus ir dar berniuku įstojęs į Vanaginės minoritų vienuolyną.

— O kodėl šiandien esi švento Benedikto ordine?

— Prieš daugelį metų, popiežiui išleidus bulę „Santa Romana", bijodamas užsikrėsti broliukų erezija... nors niekuomet nesutikau su jų teiginiais... pamaniau, kad mano nuodėmingajai sielai bus naudingiau palikti vietą, pilną pagundų, ir gavau leidimą tapti vienuoliu šiame vienuolyne, kur jau daugiau kaip aštuoneri metai tarnauju raktininku.

— Tu bėgai nuo erezijos pagundos,— pasišaipė Bernardas,— kitaip tariant, vengei apklausos tų, kuriems skirta yra atskleisti ereziją ir išrauti ją kaip piktžolę, o gerieji kliuniečiai tikėjo, kad elgiasi mielaširdingai priimdami tave ir panašius į tave. Bet, kad apsaugotum sielą nuo eretiško ištvirkimo bjaurasties, negana pakeisti abitą, todėl mes čia susirinkome ištirti, ką slepi tu nuošaliuose savo neatgailaujančios sielos kampučiuose ir ką veikei prieš ateidamas į šią šventą vietą?

— Mano siela yra nekalta, ir nežinau, ką turite omeny kalbėdamas apie eretišką ištvirkimą,— atsargiai pratarė raktininkas.

— Matot? — sušuko Berengarijus, pasisukdamas į kitus teisėjus.— Visi jie tokie! Suimtas vienas iš jų stojo prieš teismą, tarytum jo sąžinė būtų rami ir be graužaties. Ir nežino, jog tai yra pats aiškiausias jų kaltės įrodymas, nes teisingasis teismo metu visuomet nerimauja! Paklauskite jį, ar žino, kodėl paliepiau jį sučiupti. Ar žinai priežastį, Remigijau?

— Pone,— atsakė raktininkas,— būčiau laimingas išgirdęs ją iš jūsų lūpų.

Nustebau, nes atrodė man, kad raktininkas atsakinėjo į ritualinius klausimus tokiais pat ritualiniais žodžiais, tarsi gerai žinotų tardymo taisykles ir pinkles ir jau seniai būtų išmokytas, kaip elgtis panašiomis aplinkybėmis.

— Štai,— sušuko tuomet Bernardas,— tipiškas neatgailaujančio eretiko atsakymas! Jie šluoja pėdsakus kaip lapės, ir labai sunku pagauti juos klystant, nes jų bendruomenė pripažįsta jiems teisę meluoti, kad išvengtų pelnytos bausmės. Jie atsakinėja išsisukinėdami, siekdami įvilioti į spąstus inkvizitorių, kuris jau ir taip kenčia dėl tokių niekingų žmonių artumo. Taigi, broli Remigijau, tau niekuomet neteko susidurti su vadinamaisiais broliukais arba beturčių gyvenimo broliais, arba beginais?

— Patyriau tokį pat likimą kaip ir kiti minoritai vykstant tokiai ilgai diskusijai dėl neturto, bet niekuomet nepriklausiau beginų sektai.

— Matote? — tarė Bernardas.— Jis neigia buvęs beginas, nes beginai, nors išpažįsta tą pačią, kaip ir broliukai, ereziją, laiko anuos nudžiūvusia pranciškonų ordino šaka, o save švaresniais ir tobulesniais už juos. Bet daugelis poelgių vienų yra lygūs kitų poelgiams. Ar gali paneigti, Remigijau, kad matė tave susigūžusį bažnyčioje, veidu į sieną, ar kniūbsčią, su gobtuvu ant galvos, užuot būtum klūpojęs su kaip visų sudėtomis rankomis?

— Taip pat ir švento Benedikto ordine puolama kniūbsčiomis tinkamais momentais...

— Neklausiu tavęs, ką darei tinkamais momentais, klausiu tik, ką darei tais netinkamais! Taigi, neneigi, kad tavo poza buvo vienokia ar kitokia, tipiška beginams! Bet tu, sakei, ne beginas... Tuomet sakyk man: kuo tiki?

— Pone, tikiu tuo, kuo tiki kiekvienas doras krikščionis!

— Koks šventas atsakas! O kuo gi tiki doras krikščionis?

— Tuo, ko moko šventoji Bažnyčia!

— Bet kokia šventoji Bažnyčia? Ta, kurią vadina šventąja tie, laikantys save tobulais, netikrieji apaštalai, eretikai broliukai, ar ta Bažnyčia, kurią jie lygina su Babilono kekše, bet kuria visi mes tvirtai tikime?

— Pone,— tarė sutrikęs raktininkas,— pasakykite man, kurią jūs tikite esant tikrąja Bažnyčia...

— Aš tikiu, jog yra tai Romos Bažnyčia, viena, šventa ir apaštalinė, kurią valdo popiežius su savo vyskupais.

— Taip pat ir aš tikiu,— tarė raktininkas.

— Koks stebėtinas sumanumas! — sušuko inkvizitorius.—

Stebėtinas gudrumas de dicto! Girdėjote: jis sako tikįs, kad aš tikiu ta Bažnyčia, ir vengia sakyti, kuo gi tiki jis pats! Tačiau puikiai pažįstame šį kiaunės meną! Bet prie esmės. Ar tiki, kad sakramentus sukūrė Mūsų Viešpats, kad tikrai atgailai reikia išpažinti Dievo tarnams savo nuodėmes, kad Romos Bažnyčia turi galią surišti ir atrišti šioje žemėje tai, kas bus surišta ar atrišta danguje?

— Aš neturėčiau tuo tikėti?

— Neklausiu, kuo tu turėtum tikėti, klausiu, kuo tiki!

— Tikiu visu tuo, kuo jūs ir kiti geri daktarai liepiate man tikėti,— išgąstingai atsakė raktininkas.

— A! Bet gerieji daktarai, apie kuriuos kalbi, ar kartais nėra tie, kurie vadovauja tavo sektai? Ir ką turėjai omeny sakydamas „geri daktarai"? Ar tik ne tais nedorais melagiais, laikančiais save vieninteliais apaštalų sekėjais, remiesi pripažindamas savo tikėjimo tiesas? Gal perši mintį, kad, jei aš tikiu tuo, kuo tiki jie, tuomet tikėsi manim, antraip tariant, tikėsi tik jais!

— Aš nesakiau to, pone,— sulemeno raktininkas,— jūs mane privertėte taip sakyti. Tikiu jumis, jei jūs mokote mane to, kas yra gera.

— Koks įžūlumas! — šaukė Bernardas, trankydamas kumščiu stalą.— Bukai užsispyręs kartoji tą formulę, kurią išmokai savo sektoje. Tu sakai, jog tikėsi manim, tik jei aš skelbsiu tai, ką tavo sekta laiko geru. Kaip tik taip visuomet atsakinėjo netikrieji apaštalai, taip dabar atsakinėji ir tu, nes lūpos tavo kartoja žodžius, kurių tave kadaise išmokino, kad klaidintum inkvizitorius. Ir tuo būdu pats kaltini save savo žodžiais, o aš pakliūčiau į tavo žabangas, jei neturėčiau ilgos inkvizitoriaus patirties... Bet eikime prie svarbiausio klausimo, nedoras žmogau. Ar esi kada girdėjęs apie Gerardą Segalelį iš Parmos?

— Esu girdėjęs,— atsakė raktininkas blykšdamas, jei dar galima kalbėti apie to iškreipto veido blyškumą.

— Esi kada girdėjęs apie brolį Dolčiną iš Novaros?

— Esu girdėjęs.

— Niekada nesi jo sutikęs, kalbėjęs su juo?

Raktininkas kiek patylėjo, lyg svarstydamas, kokią dalį tiesos atskleisti jam būtų naudinga. Po to apsisprendė ir vos girdimai tarė:

— Esu sutikęs ir esu kalbėjęs.

— Garsiau! — sušuko Bernardas,— kad pagaliau išgirstume vienintelį teisingą tavo ištartą žodį! Kada su juo kalbėjai?

— Pone,— tarė raktininkas,— buvau vieno iš Novaros apylinkių vienuolyno vienuolis, kai Dolčino žmonės rinkosi tuose kraštuose, o kelias jų ėjo taip pat ir pro mano vienuolyną, ir iš pradžių gerai nebuvo žinoma, kas jie...

— Meluoji! Kaip galėjo pranciškonas iš Varaginės būti Novaros vienuolyno vienuoliu? Tu buvai ne vienuolyne, tu jau buvai vienoje iš gaujų tų broliukų, kurie ėjo per tuos kraštus, prašydami išmaldos, ir tu prisijungei prie dolčiniečių!

— Kaip galite jūs tai sakyti, pone? — paklausė visas tirtėdamas raktininkas.

— Tuojau tau parodysiu, kaip galiu ir net privalau tai patvirtinti,— tarė Bernardas ir paliepė įvesti Salvatorę.

Nelaimėlio, kuris aiškiai praleido naktį neviešame ir daug atšiauresniame tardyme, išvaizda sukėlė mano gailestį. Salvatorės veidas, kaip jau sakiau, ir šiaip nebuvo itin malonus. Bet tą rytą jis dar labiau panėšėjo į gyvulio snukį. Prievartos žymių nesimatė, nors iš to, kaip judėjo išnarstytais sąnariais, vos bepasivelkantis kūnas, sukaustytas grandinėmis, velkamas lankininkų tarytum beždžionė už virvutės, pernelyg aiškiai matėsi, kaip vyko ta klaiki apklausa.

— Bernardas jį kankino...— sušnabždėjau Viljamui.

— Jokiu būdu,— atsakė Viljamas.— Inkvizitorius niekuomet nekankina. Kaltinamojo kūnas visada patikimas pasaulietinės valdžios atstovams.

— Bet juk tai tas pat! — tariau.

— Jokiu būdu. Nei inkvizitoriui, kurio rankos nesuteptos, nei tardomajam, kuris, įėjus inkvizitoriui, ieško jame paramos bei savo skausmų palengvinimo ir atveria jam savo širdį.

Pažvelgiau į savo mokytoją.

— Jūs juokaujate,— tariau pasibaisėjęs.

— Ar tau atrodo tai juokui tinkamas dalykas? — atsakė Viljamas.

Bernardas tuo tarpu jau tardė Salvatorę, ir mano plunksna nesugeba pakartoti tų iškraipytų žodžių, jei tik tai įmanoma, dar labiau babeliškų, kuriais tas žmogus, ir taip jau nuskriaustas, o dabar visai paverstas babuinu, atsakinėjo, sunkiai suprantamas visų, padedamas Bernardo, formulavusio klausimus taip, kad jam telikdavo atsakyti vien „ne" arba „taip", ir negalėjo jis ištarti jokio melo. O tai, ką sakė Salvatorė, mano mielas skaitytojas gali nesunkiai įsivaizduoti. Jis papasakojo — ar, tiksliau, prisipažino naktį papasakojęs — dalį tos istorijos, kurią aš jau esu atkūręs: apie savo klajones su broliukais, piemenėliais ir netikraisiais apaštalais; kaip brolio Dolčino laikais sutiko jis tarp dolčiniečių Remigijų ir kartu su juo išsigelbėjo po mūšio Rebelio kalne, o po daugelio tolesnių nuotykių atsidūrė Kazalės vienuolyne. Bet dar pridūrė ir tai, jog ereziarchas Dolčinas, artėjant pralaimėjimo ir sučiupties valandai, patikėjo Remigijui kelis laiškus, kuriuos šis turėjęs nunešti. Salvatorė nežino nei kur, nei kam. Remigijus visuomet laikė tuos laiškus prie savęs, nedrįsdamas jų įteikti, o atvykęs į vienuolyną, bijodamas ilgiau nešiotis juos su savim, bet nenorėdamas jų sunaikinti, patikėjo juos bibliotekininkui, taip, būtent Malachijui, idant šis juos paslėptų Buveinės užkaboriuose.

Salvatorei kalbant, raktininkas žiūrėjo į jį su neapykanta ir staiga nebegalėjo ilgiau iškęsti nesušukęs:

— Žalty tu, gosli beždžione, buvau tau tėvu, draugu, skydu, šitaip tu man atsilygini!

Salvatorė pažvelgė į savo globėją, patį dabar globos reikalingą, ir sunkiai atsakė:

— Ponas Remigijau, buvo taip, kad buvau tavo. Ir buvai man maloningiausias. Betgi pažįsti sargybos vado giminę, pažįsti kalėjimą. Qui non habet caballum vadat cum pede[4]...

— Beproti! — vėl šaukė jam Remigijus.— Tikiesi išsigelbėti? Ar nežinai, kad mirsi kaip eretikas taip pat ir tu? Prisipažink, kad kalbėjai kankinamas, pasakyk, kad viską išgalvojai!

— Ką aš žinau, pone, kokie vardai visų tų rezijų... Patariečiai, gacėziai, leonistai, arnaldistai, speronistai, apipjaustytieji... Aš nesu homo literatus, nusidedu be pikto, ir ponas Bernardas šlovingasis žino tai ir tikiuosi jo atleidimo in nomine patre et filio et spiritis sanctis[5]...

— Būsim atlaidūs kiek leis mums mūsų pareigos,— tarė inkvizitorius,— ir tėviškai palankiai įvertinsime gerą valią, su kuria tu mums atvėrei savo sielą. Eik, eik, grįžk į savo celę melstis ir tikėkis Viešpaties gailestingumo. O dabar turime aptarti kitos svarbos klausimą. Taigi, Remigijau, tu atsinešei su savim Dolčino laiškus ir patikėjai juos broliui, kuris rūpinasi biblioteka...

— Netiesa, netiesa! — šaukė raktininkas, tarsi šis gynimasis turėtų dar kokios reikšmės. Ir Bernardas teisingai pertraukė jį:

— Ne tavo, tik Malachijo iš Hildeshaimo patvirtinimas reikalingas mums.

Ir liepė pašaukti bibliotekininką, nes nebuvo jo tarp susirinkusiųjų. Aš žinojau jį esant skriptoriume arba prie ligoninės, beieškant Bencijaus ir knygos. Nuėjo jo ieškoti, ir, kai jis pasirodė sutrikęs, vengdamas visų žvilgsnių, Viljamas nusivylęs sumurmėjo: „Dabar Bencijus galės daryti, kas tik jam patiks". Tačiau jis klydo, nes pamačiau iš už pečių vienuolių, susispietusių ties salės durimis, sekančių apklausą, kyšant Bencijaus veidą. Parodžiau jį Viljamui. Pamaniau tuomet, kad šis įvykis, ko gero, traukė jį dar labiau už knygą. Tik vėliau sužinojau, jog tuo metu jis jau buvo baigęs savo nedorą sandėrį.

Taigi Malachijas stojo prieš teisėjus, o akys jo vengė susitikti su raktininko akimis.

— Malachija,— kreipėsi Bernardas,— šį rytą, po naktinio Salvatorės prisipažinimo, klausiau jūsų, ar esate gavęs iš šio štai kaltinamojo laiškus...

— Malachija! — sukriokė raktininkas.— Ką tik tu prisiekei, kad niekuomet man nepakenksi!

Malachijas vos pasisuko į kaltinamąjį, į kurį stovėjo nugara, ir tyliai, kad vos išgirdau, tarė:

— Neprisiekiau kreivai. Jei ir galėjau kuo tau pakenkti, jau buvau tai padaręs. Laiškai buvo atiduoti ponui Bernardui dar šįryt, prieš tau nužudant Severiną...

— Bet tu žinai, tu turi žinoti, kad ne aš nužudžiau Severiną! Tu tai žinai, nes ten jau buvai!

— Aš? — paklausė Malachijas.— Aš įėjau, kai tave jau buvo sučiupę.

— O jei taip ir būtų,— įsiterpė Bernardas,— ko tu ieškojai pas Severiną, Remigijau?

Raktininkas pasisuko pažiūrėti į Viljamą, o jo žvilgsnis buvo sumišęs, po to pažvelgė į Malachiją, po to dar į Bernardą:

— Bet aš... aš šį rytą išgirdau brolį Viljamą, kuris sėdi čia, liepiant Severinui saugoti kažkokius lapus... o jau nuo vakar nakties, kai sučiupo Salvatorę, bijojau, kad jis išplepės apie tuos laiškus...

— Tai tu žinai apie tuos laiškus! — pergalingai sušuko Bernardas. Raktininkas pakliuvo į spąstus. Jį draskė dvi būtinybės: apsiginti nuo kaltinimo erezija ir atitolinti įtarimą dėl žmogžudystės. Ir, matyt, jis nusprendė atsispirti antrajam kaltinimui, nusprendė instinktyviai, nes dabar jau veikė be jokių taisyklių ir nepaisydamas jokio atsargumo.

— Pasakysiu apie laiškus vėliau... pateisinsiu... papasakosiu, kaip įgijau juos... Bet leiskite paaiškinti, kas gi įvyko šiandien rytą. Pamatęs Salvatorę pakliuvus į pono Bernardo rankas, pamaniau, jog apie tuos laiškus bus kalbama, jau daugelį metų jų prisiminimas graužia mano širdį... Taigi, išgirdęs Viljamą ir Severiną kalbant apie kažkokius lapus... nežinau, apimtas baimės, pamaniau, kad Malachijas jų nusikratė atiduodamas Severinui... norėjau juos sunaikinti ir todėl nuėjau pas Severiną... durys buvo atviros, o Severinas — jau miręs, tad aš ėmiau naršyti po jo daiktus, ieškodamas laiškų... aš tik bijojau...

Viljamas sušnabždėjo man ausin:

— Vargšas kvailys, išsigandęs vieno pavojaus, stačia galva puola į kitą...

— Tarkim, kad sakai beveik — pabrėžiu, beveik — tiesą,—

pertraukė Bernardas.— Tu manei, kad laiškus turi Severinas, ir jų pas jį ieškojai. Bet kodėl manei, jog jis juos turi? Ir kodėl prieš tai nužudei kitus brolius? Gal manei, kad tie laiškai jau kuris laikas eina iš rankų į rankas? Gal šiame vienuolyne įprasta medžioti sudegintų eretikų relikvijas?

Mačiau, kaip abatas sutirtėjo. Nebuvo bjauresnio įžeidimo už kaltinimą eretikų relikvijų rinkimu, o Bernardas labai meistriškai supynė nusikaltimus su erezija ir viską kartu su vienuolyno gyvenimu. Mano apmąstymus nutraukė raktininkas, šaukiantis, jog su kitais nusikaltimais jis neturįs nieko bendra. Bernardas atlaidžiai jį nuramino: ne šis klausimas dabar svarstomas, jis kaltinamas erezija ir tenebando (čia jo balsas tapo griežtas) atitraukti dėmesio nuo savo eretiškos veiklos kalbomis apie Severiną ar bandymais mesti įtarimo šešėlį ant Malachijo. Tad grįžkim prie laiškų.

— Malachija iš Hildeshaimo,— tarė kreipdamasis į liudininką,— jūs esate čia ne kaip kaltinamasis. Šį rytą atsakėte į mano klausimus ir į mano prašymą nebandydamas nieko nuslėpti. Dabar pakartokit tai, ką sakėt man šį rytą, ir nieko nebijokit.

— Pakartosiu, ką pasakiau šį rytą,— tarė Malachijas.— Atvykęs čionai, Remigijus netrukus ėmė rūpintis virtuve, ir dažnai mums tekdavo susieiti darbo reikalais... aš, kaip bibliotekininkas, privalau nakčiai užrakinti visą Buveinę, taigi, taip pat ir virtuvę... ir neslėpsiu, jog broliškai susibičiuliavome, o neturėjau jokios vados jį kuo nors įtarti. Ir jis pasakė man, kad turi su savim kažkokius slaptus dokumentus, patikėtus jam per išpažintį, neturinčius patekti į nedoras rankas, ir kad nedrįsta jų prie savęs laikyti. Kadangi aš rūpinuosi vienintele vieta vienuolyne, į kurią uždrausta įeiti kitiems, jis paprašė manęs pasaugoti tuos lapus kur toliau nuo smalsių akių, ir aš sutikau nenumanydamas dokumentus esant eretiškos prigimties, jų nė neskaičiau, padėjau juos... padėjau juos į sunkiausiai pasiekiamą bibliotekos vietą ir tuojau užmiršau iki pat šio ryto, kai ponas inkvizitorius man apie juos priminė, o tuomet nuėjau, radau juos ir jam įteikiau...

Tuomet prabilo įpykęs abatas:

— Kodėl nepranešei man apie šį savo sandėrį su raktininku? Biblioteka nėra vienuolių asmeninių daiktų saugykla! — Abatas aiškiai davė suprasti, jog vienuolynas su šiuo nutikimu neturi nieko bendra.

— Pone,— atsakė suglumęs Malachijas,— man tai atrodė toks menkas dalykas. Nusidėjau ne iš piktos valios.

— Teisybė, teisybė,— širdingai tarė Bernardas,— visi tikime bibliotekininką veikus dorai, o nuoširdumas, su kuriuo padėjo jis šiam tribunolui, yra puikus to įrodymas. Broliškai prašau jūsų kilnybės nekaltinti jo šiuo senu neapdairumu. Nes tikime Malachiju. Ir tik paprašysime jį prisiekti, kad šie štai lapai, kuriuos dabar jam rodau, yra tie patys, kuriuos man atidavė šį rytą, ir tie patys, kuriuos Remigijus Varaginietis patikėjo jam prieš daugelį metų, atvykęs į šį vienuolyną.— Jis parodė du pergamentus, ištraukęs juos iš ant stalo paskleistų lapų tarpo. Malachijas pažvelgė į juos ir tarė tvirtu balsu:

— Prisiekiu visagaliu Dievu tėvu, Švenčiausiąja Mergele ir visais šventaisiais, kad taip buvo.

'— Man gana,— tarė Bernardas.— Galite eiti, Malachija iš Hildeshaimo.

Malachijui taip einant nuleista galva, jau prie pat durų, iš būrio susispietusių salės gilumoje smalsuolių pasigirdo balsas:

— Tu paslėpei jo laiškus, o jis rodė tau virtuvėje novicijų užpakalius!

Kažkas sukikeno, Malachijas, stumdydamas kitus, kuo skubiausiai išėjo, ir aš galėjau prisiekti, kad balsas tas buvo Aimaro, tik sakinys sušuktas falcetu. Abatas net pamėlynavęs sukriokė reikalaudamas tylos ir grasindamas baisiausiomis bausmėmis, paliepė vienuoliams palikti salę. Bernardas bjauriai šypsojosi, kardinolas Bertranas, sėdintis kitame salės gale, pasilenkė prie Jono d'Ano ausies ir kažką šiam pasakė, į ką tas sureagavo prisidengdamas burną delnu ir linkčiodamas galva, tarytum kosėtų. Viljamas man tarė:

— Raktininkas ne vien tik pats kūniškai nusidėdavo, bet buvo taip pat ir sąvadautojas. Bet tai Bernardui gal tik tiek terūpi, kiek trikdo Aboną, imperijos tarpininką...

· Jį pertraukė Bernardas, kreipdamasis dabar tiesiai į jį:

— Norėčiau išgirsti iš jūsų, broli Viljamai, apie kokius lapus kalbėjot jūs šį rytą su Severinu, kai raktininkas jus nugirdo ir klaidingai suprato.

Viljamas atlaikė jo žvilgsnį:

— Būtent, jis klaidingai suprato. Mes kalbėjomės apie kopiją Aiubo al Ruhavio traktato, skirto šunų hidrofobijai, nuostabią knygą, kiek tai liečia doktriną. Garsas apie ją tikrai turėjo jus pasiekti, ir ji jums dažnai didžiai praverstų... Hidrofobija, rašo Aiubas, atpažįstama iš dvidešimt penkių akivaizdžių ženklų...

Bernardas, priklausęs domini canes ordinui, palaikė netinkamu pradėti čia naują mūšį.

— Tad kalbama buvo apie dalykus, svetimus čia svarstomam klausimui,— skubiai pasakė. Ir tęsė procesą.

— Grįžkime prie tavęs, broli Remigijau minorite, kurs esi daug pavojingesnis už pasiutusį šunį. Jei brolis Viljamas šiomis dienomis būtų labiau domėjęsis eretikų, o ne šunų seilėmis, gal ir jis būtų aptikęs tą vienuolyne susuktą gyvačių lizdą. Grįžkim prie laiškų. Dabar jau tikrai žinome juos buvus tavo rankose ir kad tu pasirūpinai paslėpti juos it kokį nuodingiausią dalyką, ir·kad nužudei...— Jis mostu sustabdė bandymą paneigti.— Bet apie nužudymą pakalbėsim vėliau... kad nužudei, sakiau, idant aš niekuomet jų negaučiau. Ar pripažįsti dabar šiuos lapus kaip savo daiktą?

Raktininkas tylėjo, bet jo tyla buvo ganėtinai iškalbinga. Bernardas tuo tarpu mygo toliau.

— Ir kas gi yra šie lapai? Du puslapiai, prirašyti ereziarcho Dolčino ranka, kelios dienos prieš jį sučiumpant, puslapiai, kuriuos jis patikėjo savo mokiniui, kad tas nuneštų juos kitiems jo sekėjams, išsisklaidžiusiems po visą Italiją. Galėčiau perskaityti jums viską, kas ten parašyta, kaip Dolčinas, bijodamas neišvengiamo galo, patiki vilties žinią — taip sako jis savo broliams — velniui! Jis juos guodžia pranešdamas, jog, nors datos, kurias skelbia dabar, nesutampa su skelbtomis ankstesniuose laiškuose, kur jis 1305 metams žadėjęs visišką visų kunigų sunaikinimą padedant imperatoriui Frydrichui, šis sunaikinimas jau netoli. Ereziarchas ir vėl melavo, nes nuo tos dienos prabėgo jau dvidešimt ir daugiau metų ir neišsipildė nė viena iš jo nuodėmingų pranašysčių. Bet ne apie juokingus tų pranašysčių spėjimus turime čia kalbėti, turime kalbėti tik apie tai, kad Remigijus buvo jų įteikėjas. Ar vis dar neigsi, broli eretiškas ir neatgailaujantis, kad turėjai sandėrį ir bendrą gyvenimą su netikrųjų apaštalų sekta?

Raktininkas dabar jau negalėjo ilgiau neigti.

— Pone,— tarė,— jaunystė mano kupina pragaištingiausių klaidų. Kai išgirdau Dolčino pamokslus, o buvau jau sugundytas beturčių gyvenimo brolių klaidų, patikėjau jo žodžiais ir prisijungiau prie gaujos. Taip, tiesa, buvau su jais Brešos ir Bergamo apylinkėse, buvau su jais Kome ir Valsezijoj, su jais slėpiausi Plikajame Kalne ir Rassa slėnyje, kol pagaliau atsidūriau Rebelio kalne. Bet nedalyvavau jokiame piktame darbe, ir, kai jie plėšikavo ar smurtaudavo, manyje tvirtai gyvavo šventojo Pranciškaus vaikams būdingas romumas, ir kaip tik Rebelio kalne pasakiau Dolčinui, kad nenoriu ilgiau dalyvauti jų kovoje, ir jis leido man eiti, nes, sakė, nenori laikyti prie savęs bailių, ir tik paprašė nunešti tuos laiškus į Boloniją...

— Kam? — paklausė kardinolas Bertranas.

— Kai kuriems iš jo sektos, jų vardus aš lyg ir prisimenu ir vos prisiminęs tuojau jums pasakysiu, pone,— paskubėjo užtikrinti Remigijus. Ir paminėjo vardus kelių, kuriuos kardinolas Bertranas, atrodo, pažinojo, nes patenkintas nusišypsojo ir pritariamai linktelėjo Bernardui.

— Puiku,— tarė Bernardas, užsirašydamas tuos vardus. Po to paklausė Remigijaus:

— Kodėl gi dabar išduodat mums savo draugus?

— Jie ne draugai man, pone, ir tai įrodymas, kad niekuomet neįteikiau jiems laiškų. Priešingai, padariau dar daugiau ir dabar pasakysiu tai, ką tiek metų bandžiau užmiršti: kad palikčiau tą vietą ir nebūčiau sučiuptas Verčelio vyskupo kariaunos, laukusios mūsų slėnyje, susiėjau su kai kuriais iš jo žmonių ir mainais už leidimą praeiti nurodžiau jiems gerus kelius Dolčino įtvirtinimams užpulti, todėl ir aš jaučiuosi prisidėjęs prie Bažnyčios jėgų pergalės...

— Labai įdomu. Tai rodo mums, jog esi ne tik eretikas, bet ir niekšas bei išdavikas. Tai nekeičia tavo padėties. Kaip šiandien, norėdamas išsigelbėti, bandei apkaltinti Malachiją, kuris pasitarnavo tau, taip anuomet, norėdamas išsigelbėti, atidavei savo nuodėmės draugus į teisingumo rankas. Tačiau išdavei tik jų kūnus, bet likai ištikimas jų mokymui ir išsaugojai šiuos laiškus, tikėdamasis kurią dieną sukaupti drąsą ir, jei tik bus galimybė, negresiant jokiems pavojams, įteikti juos, idant vėl įgytum gerą vardą tarp netikrųjų apaštalų.

— Ne, pone, ne,— kalbėjo raktininkas, išpiltas prakaito, drebančiomis rankomis.— Ne, prisiekiu jums, kad...

— Priesaika! — tarė Bernardas.— Štai dar vienas tavo nedoros įrodymas! Nori prisiekti, nes žinai, kad aš žinau, jog eretikai valdensai pasiryžę kiekvienai gudrybei, netgi mirčiai, kad tik neprisiektų! O jei užvaldo juos baimė, tai dedasi prisiekiantys ir murma kreivas priesaikas! Bet aš gerai žinau, nes tu iš Liono beturčių sektos, niekingas lapine, ir bandai įtikinti mane, jog esi tas, kas esi! Tai prisieksi? Prisiek, idant gautum nuodėmių atleidimą, bet žinok, jog neužtenka man vienos priesaikos! Galiu pareikalauti vienos, dviejų, trijų, šimto, kiekos tik panorėsiu! Puikiai žinau, kad jūs, netikrieji apaštalai, suteikiate atleidimą tiems, kurie kreivai prisiekia nenorėdami išduoti sektos. Todėl kiekviena priesaika bus naujas tavo kaltės įrodymas!

— Bet ką tuomet turiu daryti? — sukriokė raktininkas, puldamas ant kelių.

— Nepulk kryžium kaip koks beginas! Nieko neturi daryti. Dabar tik aš vienas žinau, ką reikia daryti,— tarė Bernardas, siaubingai šypsodamasis.— Tau tereikia išpažinti. Ir būsi prakeiktas ir nuteistas, jei išpažinsi, ir būsi prakeiktas ir nuteistas, jei neišpažinsi, nes nubaustas būsi kaip melagingai prisiekęs! Tad išpažink, nors tam, kad sutrumpintum šią skaudžią apklausą, kamuojančią mūsų sąmonę ir mūsų atlaidumą bei pagailą!

— Bet ką turiu išpažinti?

— Dvi nuodėmių grupes. Kad buvai Dolčino sektoje, kurios eretiškus teiginius, papročius ir išpuolius prieš vyskupą bei miestų valdžią pripažinai, ir kad be jokios atgailos ir toliau jų melus ir apgaules išpažįsti, net ir po to, kai ereziarchas mirė, o jo sekta išblaškyta, nors ir ne visai nugalėta bei sunaikinta. Ir kad pagadintas iki sielos gelmių tų praktikų, kurių išmokai bjauriojoje sektoje, esi kaltas dėl šiame vienuolyne įvykdytų nusikaltimų prieš Dievą ir žmones, o jų priežastys, nors man kol kas neaiškios, ir neturi būti galutinai aiškios, kai jau akivaizdžiai įrodyta (ką dabar ir darome), jog erezija tų, kurie skelbė ir skelbia neturtą, prieštaraudami popiežiaus ir jo bulių mokymui, tegali atvesti prie nusikalstamų darbų. Tai turi pažinti tikintieji, ir to man užteks. Išpažink.

Bernardo siekiai buvo aiškūs. Visai nesidomėdamas tuo, kas nužudė kitus vienuolius, jis tetroško parodyti, jog Remigijus kokiu nors būdu pritaria ir imperatoriaus teologų skelbiamoms idėjoms. O nubrėžęs ryšį tarp tų idėjų, buvusių taip pat ir Perudžijos kapitulos idėjomis, bei broliukų ir dolčiniečių teiginių ir parodęs, jog vienas žmogus šiame vienuolyne išpažįsta visas šias erezijas, taip pat yra daugelio nusikaltimų autorius, tuo būdu jis smogtų išties mirtiną smūgį savo priešininkams. Pažvelgiau į Viljamą ir supratau, kad ir jis suprato, bet yra bejėgis nors ir buvo tai numatęs. Pažvelgiau į abatą apniukusiu veidu: jis taip pat suprato, nors per vėlai, taip pat pakliuvęs į spąstus ir kad jo, kaip tarpininko, valdžia išnyks vos tik paaiškės, jog yra jis galva tokios vietos, į kurią subėgo visos amžiaus nedorybės. Raktininkas jau nė nežinojo, prieš kokį kaltinimą dar galėtų gintis. Nors tuo metu galbūt jis jau nebevaliojo ką nors galvoti, o riksmas, išsiveržęs iš jo gerklės, buvo jo sielos riksmas, ir su juo jis išsilaisvino nuo ilgus metus kankinusios slaptos graužaties. Sakytum, po gyvenimo, kupino dvejonių, džiaugsmų ir nusivylimų, niekšybių ir išdavysčių, stojęs neišvengiamos pražūties akivaizdon, nutarė jis paskelbti savo jaunystės tikėjimą, nebesvarstydamas, buvo jis teisingas ar klaidingas, bet tarytum norėdamas pačiam sau parodyti, jog gali ir jis atsiduoti kokiam tikėjimui.

— Tai tiesa,— šaukė jis,— aš buvau su Dolčinu ir dalyvavau jo nusikaltimuose ir palaidystėje, gal buvo jis pamišęs, painiojo meilę Mūsų Viešpačiui Jėzui Kristui su laisvės poreikiu bei neapykanta vyskupams, teisybė, nusidėjau, bet esu niekuo dėtas dėl to, kas nutiko vienuolyne, prisiekiu!

— Tam kartui šį tą pasiekėme,— tarė Bernardas.— Tad prisipažįsti praktikavęs ereziją Dolčino, raganos Margaritos ir kitų tokių kaip jie. Tu sutinki, jog buvai su jais, kai Trivero apylinkėse pakorė jie daug ištikimų Kristui, o tarp jų ir dešimties metų nekaltą vaiką? Ir kai pakorė jie kitus vyrus jų žmonų ir tėvų akyse, nes šie nenorėjo paklusti tų šunų valiai? O apakinti savo įsiučio ir puikybės, manėt, jog nė vienas negalės būti išganytas, jei nepriklausys jūsų sektai? Kalbėk!

— Taip, taip, tikėjau tuo ir tai dariau!

— Ir dalyvavai sučiumpant kelis ištikimus vyskupams ir numarinant juos badu rūsiuose, o vienai nėščiai moteriai nupjaunant ranką ir plaštaką, leidžiant jai po to pagimdyti kūdikį, kuris tuoj pat mirė nekrikštytas? Ir buvai su jais, kai jie sulygino su žeme ir sudegino Moso, Trivero, Kosilos ir Flekijos kaimus ir dar daug kitų Krepakorijo apylinkės vietovių, ir daugelį namų Mortiliane ir Kvorine, ir padegė Trivero bažnyčią, pirma išniekinę šventus paveikslus, išlupę akmenis iš altorių, nulaužę ranką Mergelei, pagrobę šventus indus ir knygas, sugriovę varpines, sudaužę varpus, pasisavinę visus brolijos indus ir dvasininko turtus?

— Taip, taip, buvau ten, ir niekas jau nebesuprato, kas vyksta, norėjome aplenkti bausmės valandą, buvome dangaus siųsto imperatoriaus ir šventojo popiežiaus priešakinis būrys, turėjome pagreitinti Filadelfijos angelo nusileidimo valandą ir tuomet visi būtų pelnę Šventosios Dvasios malonę, o Bažnyčia būtų atnaujinta ir sunaikinus visus pagedusius tik tobulieji būtų likę karaliauti!

Raktininkas atrodė apsėstas ir apšviestas, tylos ir apsimetimo uždanga krito, atrodė, jo praeitis grįžta ne vien žodžiais, bet ir vaizdais, ir patiria jis jausmus, kadaise kaitinusius jį.

— Taigi,— neatlyžo Bernardas,— tu prisipažįsti, kad garbinote kaip kankinį Gerardą Segalelį, kad neigėte kiekvieną Romos Bažnyčios valdžią, kad tvirtinote, jog nei popiežius, nei jokia valdžia negali skirti jums gyvenimo būdo, kitokio nei jūsų, kad niekas neturi teisės jūsų ekskomunikuoti, kad nuo šventojo Silvestro laikų visi Bažnyčios prelatai buvę nedorėliai ir suvedžiotojai, išskyrus Petrą Moroną, kad pasauliečiai neprivalo mokėti dešimtinių dvasininkams, nepraktikuojantiems visiškos tobulybės ir neturto, kaip praktikavo juos pirmieji apaštalai, kad dešimtinės turi būti mokamos tik jums, vieninteliams Kristaus apaštalams ir beturčiams, kad melstis Dievui pašventinta bažnyčia tinka tiek pat, kiek ir arklidės, kad ėjote per kaimus ir gundėte žmones, šaukdami „penitenziagite", kad giedojote Salve Regina, idant klastingai suviliotumėt minias, ir dėjotės atgailautojais, žmonių akyse gyvendami tobulą gyvenimą, o paskui atsiduodavote visokiam palaidumui ir visokiam gašlumui, nes netikėjote santuokos sakramentu nei kokiu kitu sakramentu ir laikydami save švaresniais už kitus galėjote visais būdais tepti ir niekinti kūnus savo bei kitų? Kalbėk!

— Taip, taip, išpažįstu tikrąjį tikėjimą, taip anuomet tikėjau, visa savo siela, išpažįstu, kad nusivilkome savo rūbus atsižadėjimo ženklan, kad atsisakėme visų savo gėrybių, tuo tarpu kai jūs, šunų rasė, niekuomet jų neatsisakėte, kad nuo to laiko jau iš nieko nepriimdavom pinigų ir neturėjom jų su savim, o gyvenome iš išmaldos ir nieko nepasilikdavom sau rytojui, o kai priimdavo mus ir padengdavo mums stalą, pavalgydavom ir išeidavom palikę ant jo visus likučius...

— Ir deginote ir grobėte norėdami pasisavinti dorų krikščionių turtus!

— Ir deginome, ir grobėme, nes paskelbėme neturtą visuotiniu dėsniu, ir turėjome teisę užvaldyti kitų neteisėtus turtus, ir norėjome smógti tiesiai širdin tam godumo tinklui, kuris ėjo iš parapijos į parapiją, bet niekuomet neplėšėme, kad turėtume, nei žudėme, kad apiplėštume, žudėme, kad nubaustume, kad susitepusiems duotume išrišimą per kraują, gal buvo apėmęs mus pernelyg karštas teisingumo troškimas, nusidedama taip pat ir dėl per karštos meilės Dievui, dėl tobulumo pertekliaus; mes buvome tikra dvasinė brolija, siųsta Viešpaties ir skirta naujausių laikų šlovei, ieškojome sau atpildo danguje, pagreitindami jūsų išnaikinimo valandą, tik mes vieni buvom Kristaus apaštalai, visi kiti išdavė jį, o Gerardas Segalelis buvo dieviškasis augalas, planta Dei pullulans in radice fidei[6], mūsų įstatai ėjo tiesiai iš Dievo, ne iš jūsų, prakeikti šunes, melagingi pamokslautojai, skleidžiantys aplink save ne smilkalų, o sieros kvapą, piktadariai šunes, supuvę maitos, krankliai, Avinjono mergšės tarnai, pasmerkti pragaiščiai! Tuomet aš tikėjau, ir net mūsų kūnai buvo išganyti, ir buvome Viešpaties kalaviju, reikėjo žudyti taip pat ir nekaltus, kad pajėgtume kuo greičiau sunaikinti jus visus. Mes troškome geresnio pasaulio, taikaus ir švelnaus, ir laimės visiems, mes norėjome nužudyti karą, kurį nešėte jūs su savo godumu, tai kodėl prikišate mums, jog teisingumui ir laimei įvesti turėjome pralieti tiek kraujo... nes gi... nes gi nereikėjo daug, bet greitai, ir verta buvo nudažyti raudonai Karnasko vandenis, tą dieną Stavelyje, buvo ten ir mūsų kraujo, negailėjome savęs, mūsų kraujas ir jūsų kraujas‚ daug daug, greitai greitai, Dolčino pranašysčių metas buvo čia pat, reikėjo paskubinti įvykių tėkmę...

Jis visas drebėjo, o rankomis braukė per abitą, tarsi norėdamas nuvalyti nuo jo kraują, apie kurį kalbėjo.

— Rajūnas tapo tyras,— tarė man Viljamas.

— Bet ar tai yra tyrumas? — paklausiau pasibaisėjęs.

— Matyt, būna ir toks,— atsakė Viljamas,— tačiau kad ir koks jis būtų, jis visuomet mane baugina.

— O kas tyrume baugina jus visų labiausiai? — paklausiau.

— Skuba,— atsakė Viljamas.

— Pakaks, pakaks,— kalbėjo dabar Bernardas,— prašėme tave išpažinti tiesą, bet ne kviesti skerdynėms. Na, gerai, ne tik buvai eretikas, bet vis dar juo tebesi. Ne tik buvai žudikas, bet ir vėl nužudei. Tad pasakyk, kaip nužudei savo brolius šiame vienuolyne ir kodėl.

Raktininkas liovėsi drebėti ir pažvelgė aplink, lyg pabudęs iš kokio sapno.

— Ne,— atsakė,— su nusikaltimais vienuolyne aš nesusijęs. Išpažinau viską, ką padaręs, neverskite manęs išpažinti to, ko nesu padaręs...

— Bet kas gi lieka, ko tu negalėtum būti padaręs? Dediesi dabar nekaltas? O avinėli, o romumo įsikūnijime! Juk girdėjote, kadaise jo rankos mirko kraujyje, dabar mat jis nekaltas! Gal mes suklydome, gal Remigijus Varaginietis yra dorybės pavyzdys, ištikimas Bažnyčios sūnus, Kristaus priešų priešas, visuomet gerbęs tvarką, kurią Bažnyčios ranka nustatė miestams ir kaimams, taikią prekybą, amatininkų dirbtuves, bažnyčios turtus. Jis nekaltas, jis nieko nepadarė, pulk man į glėbį, broleli Remigijau, idant galėčiau aš tave paguosti po visų tų kaltinimų, kuriuos piktadariai metė tau! — Ir Remigijui žvelgiant į jį sutrikusiu žvilgsniu, tarytum būtų jis patikėjęs netikėtu galutiniu nuodėmių atleidimu, Bernardas atsimainė ir įsakmiu balsu kreipėsi į lankininkų vadą:

— Bodžiuosi būdais, kuriuos Bažnyčia visuomet smerkė, kai praktikavo juos pasauliečių valdžia. Bet yra įstatymas, valdantis ir vadovaujantis mano asmeniniams jausmams. Paklausk abato, kur galima būtų paruošti kankinimo įnagius. Tik nesiimk kankinimų iš karto. Tris dienas laikyk jį celėje, rankas ir kojas sukaustęs grandinėmis. Po to parodyk jam įnagius. Tiktai. O ketvirtąją dieną imkis darbo. Teisingumas nevykdomas skubotai, kaip kad tikėjo netikrieji apaštalai, o Dievo teisingumui priklauso amžiai. Veik lėtai, nuosekliai. Ir, svarbiausia, prisiminkite, kas nuolat kartojama: venk luošinimo ir mirties pavojaus. Viena iš daugelio naudų, kurias šis veikimo būdas teikia bedieviui, yra mirties skanavimas ir laukimas, bet neateina ji pirmiau nei kad išpažintis tampa pilna, savanoriška ir apvalanti.

Lankininkai pasilenkė, kad pakeltų raktininką, tačiau šis įsispyrė kojomis ir priešinosi rodydamas, kad nori kalbėti. Gavęs leidimą, prabilo, nors žodžiai sunkiai ritosi iš jo burnos, o kalba buvo lyg girto vapaliojimas, ir jautėsi joje kažkas nešvankaus. Tik pamažu grįžo jam ta pati laukinė energija, ką tik įkvėpusi jo prisipažinimą.

— Ne, pone. Tik ne kankinimai. Esu bailus žmogus. Išdaviau tuomet, o šiame vienuolyne vienuolika metų neigiau savo ankstesnį tikėjimą, plėšiau dešimtines iš vynuogininkų ir kaimiečių, prižiūrėjau tvartus ir arklides, kad turtėtų abatas, noriai bendradarbiavau valdant šią Antikristo dirbtuvę. Ir man buvo gera, užmiršau maišto dienas ir nardžiau pilvo bei dar kituose malonumuose. Esu bailys. Pardaviau šiandien savo senus draugus iš Bolonijos, pardaviau anuomet Dolčiną. Ir bailiai, persirengęs kaip vienas iš kryžiaus žygio dalyvių, stebėjau Dolčino ir Margaritos suėmimą, kai Didįjį Šeštadienį vedė juos į Budželio pilį. Sukiojausi aplink Verčelį tris mėnesius, kol atėjo popiežiaus Klemenso laiškas su paliepimu juos pasmerkti myriop. Ir mačiau, kaip sukapojo Margaritą Dolčino akyse, ir girdėjau ją šaukiant, kai skaidė tą vargšą kūną, kurį vieną naktį buvau palietęs taip pat ir aš... O degant jos sudarkytam lavonui, griebėsi Dolčino ir nurovė jam nosį ir vyrišką daiktą įkaitintom replėm, ir netiesa tai, kas kalbėta vėliau, jog neišgirdo iš jo nė aimanos. Dolčinas buvo aukštas ir tvirtas, su didele velniška barzda ir raudonais plaukais, bangomis krentančiais jam ant pečių, jis buvo gražus ir galingas, kai vedė mus, užsidėjęs plačiakraštę skrybėlę su plunksna, o kardas puikavosi ant ilgo rūbo juostos; Dolčinas kėlė baimę vyrams, moterys klykė iš pasitenkinimo... Tačiau kankinamas jis kriokė iš skausmo kaip moteris, kaip veršelis, kraujas plūdo iš visų žaizdų, kai vežė jį nuo vieno kampo prie kito, o jie vis žeidė jį po truputį, idant parodytų, kaip ilgai gali gyventi velnio pasiuntinys, ir jis troško mirti, maldavo, kad pribaigtų, bet numirė jis per vėlai, kai jau stovėjo ant laužo ir tebuvo krūva kraujuojančios mėsos. Aš stebėjau jį ir sveikinau save išvengus tokio išbandymo, didžiavausi savo sumanymu, o tas nenaudėlis driskius Salvatorė stovėjo greta ir kalbėjo: kaip gerai padarėm, broleli Remigijau, kad pasielgėm kaip apdairūs žmonės, nėra nieko blogesnio už kankinimus! Tą dieną būčiau išsižadėjęs tūkstančio tikėjimų. Ir tiek metų, tiek metų kalbėjau sau, koks esu bailus ir koks esu laimingas, kad esu bailus, bet, nepaisant to, visuomet vyliausi galėsiąs vieną dieną sau pačiam parodyti, jog nesu toks bailus. Šiandien tu davei man tą galią, ponas Bernardai, buvai man tuo, kuo pagonių imperatoriai buvo bailiausiems iš kankinių. Suteikei man drąsos išpažinti tai, kuo tikėjau visa savo siela, betgi nuo ko bėgo kūnas. Tačiau neprimesk man per daug drąsos, daugiau nei kad galės pakelti šis mano mirtingasis apvalkalas. Nereikia kankinimų. Pasakysiu viską, ko nori tu, verčiau jau iš karto laužas: žmogus uždūsta pirmiau nei sudega. Nereikia kankinimų kaip Dolčinui. Tu nori lavono, ir tam, kad gautum jį, tau reikia, kad prisiimčiau sau kaltę dėl kitų lavonų. Lavonas būsiu greit, kiekvienu atveju. Todėl duosiu tau, ko reikalauji. Nužudžiau Adelmą Otrantietį iš neapykantos jo jaunystei ir meistriškumui žaidžiant su siaubūnais, panašiais į mane, seną, storą, žemą, nemokšą. Nužudžiau Venancijų Salvemekietį, nes buvo per daug mokytas ir skaitė knygas, kurių nesupratau aš. Nužudžiau Berengarijų Arundelietį iš neapykantos jo bibliotekai, aš, kuris mokiausi teologijos daužydamas riebius klebonus. Nužudžiau Severiną iš Sant Emereno... kodėl? nes rinko žoles, aš, kuris buvau Rebelio kalne, kur žoles valgėme nesidomėdami jų savybėmis. Tiesą sakant, galėjau nužudyti ir kitus, kartu ir mūsų abatą su popiežium ar su imperatorium, jis visuomet bus vienas iš mano priešų ir visuomet jo nekenčiau, net kai jis duodavo man valgyti, nes aš duodavau jam valgyti. Pakaks? A, ne, nori žinoti, kaip nužudžiau visus tuos žmones... Nužudžiau juos... štai... pasitelkęs pragaro jėgas, padedamas tūkstančio legionų, atvykusių man pašaukus, taip, kaip išmokė mane Salvatorė. Kad ką nors nužudytum, nebūtina mušti; velnias padaro tai už tave, jei tik moki jam įsakyti.

Jis žvelgė į susirinkusius tarytum į bendrininkus, juokdamasis. Bet dabar buvo tai jau pamišėlio juokas, nors, kaip vėliau man pasakė Viljamas, tas pamišėlis buvo ganėtinai sumanus, kad su savim kartu pražūtin patrauktų ir Salvatorę, atsikeršydamas už išdavystę.

— O kaip galėjai tu įsakinėti velniui? — prisispyręs klausinėjo Bernardas, palaikęs tą svaičiojimą tikru prisipažinimu.

— Žinai tai ir tu, negalima tiek metų bendrauti su apsėstaisiais neįlendant jų kailin! Žinai tai ir tu, apaštalų skerdike! Paimi juodą katiną, juk taip, kuris neturi nė vieno balto plaukelio (ir tu tai žinai), ir suriši jo keturias letenas, po to pusiaunaktį neši jį į kryžkelę ir garsiai šauki: o didysis Liuciferi, pragaro imperatoriau, imu tave ir dedu į savo priešo kūną, kaip dabar laikau surišęs šį katiną, ir, jei numarinsi mano priešą, kitą pusiaunaktį šioje pat vietoje paaukosiu tau šį katiną, o tu padarysi, ką tau įsakau, nes tokia galia magijos pagal slaptąją šventojo Kiprijono knygą, ir aš dabar ją vykdau visų pragaro legionų didžiausių vadų vardu, Adrámeleko, Alastoro ir Azazelo, kuriems dabar meldžiuosi, kaip ir visiems jų broliams... — Jo lūpos drebėjo, akys, atrodė, tuoj iškris iš akiduobių, ir jis pradėjo maldą, tiksliau, atrodė, kad meldžiasi, betgi kreipė savo maldavimus į visus pragaro legionų baronus... — Abigor, pecca pro nobis... Amon, miserere nobis... Samael, libera nos a bono... Belial eleyson... Focalor, in corruptionen meam ihtende... Haborym, damnamus dominum... Zaebos, anum meum aperies... Leonardo, asperge me spermate tuo et inquinabor[7]...

— Gana, gana! — šaukė susirinkusieji žegnodamiesi.— O Viešpatie, atleisk mums visiems!

Raktininkas dabar tylėjo. Ištaręs visus tuos velnių vardus, jis krito kniūbsčias, o iš perkreiptos burnos, pro išsieptus kietai sukąstus dantis, jam tekėjo baltos seilės. Jo rankos, nors apmirusios nuo grandinių, konvulsiškai traukėsi, o kojos netolygiais tarpais spardė orą. Pastebėjęs, kad drebu iš siaubo, Viljamas uždėjo ranką man ant galvos, kone čiupo už sprando, stipriai suspaudė, taip grąžindamas man ramybę, ir tarė:

— Įsidėmėk, jog kankinamas arba grasinamas kankinti žmogus pasako ne vien tai, ką padarė, bet ir tai, ką būtų norėjęs padaryti, net jei pats to nesuvoktų. Remigijus dabar trokšta mirties visa savo siela.

Lankininkai išvedė raktininką, vis dar tampomą traukulių. Bernardas surinko savo popierius. Po to įsistebeilijo į susirinkusius, sustingusius ir giliai sukrėstus.

— Apklausa baigta. Kaltinamasis, prisipažinęs kaltas, bus nugabentas į Avinjoną, kur įvyks galutinis teismas, kruopščiai laikantis tiesos ir teisingumo, ir tik po to teisėto proceso jis bus sudegintas. Jis jau nepriklauso jums, Abone, nepriklauso nė man, kuris tebuvau kuklus tiesos įnagis. Teisingumo įnagiai yra kur kitur, ganytojai atliko savo pareigą, atėjo metas šunims, kurie atskirs paklydusią avį nuo bandos ir apvalys ją ugnyje. Baigėsi tas niekingas laikas, regėjęs šį žmogų nusidedant tieka žiaurių nusikaltimų. Nuo šiol vienuolynas gyvens taikoje. Bet pasaulis... — ir čia jis prabilo garsiau, kreipdamasis į legatų būrį,— pasaulyje dar nėra taikos, pasaulį drasko erezija, randanti prieglobstį net ir imperatoriškųjų rūmų salėse! Teįsidėmi mano broliai: un cingulum diaboli[8] riša iškrypusius Dolčino sektantus su gerbiamais Perudžijos kapitulos meistrais. Neužmirškime, jog Dievo akyse klejonės šio nelaimingojo, ką tik stojusio teisingumo akivaizdon, nesiskiria nuo tų, kurias paisto už ekskomunikuoto vokiečio iš Bavarijos stalo susėdę meistrai. Eretikų bjaurasties šaltinis trykšta iš daugelio pamokslų, net ir garbinamų, dar nesulaukusių deramo atpildo. Sunki kančia ir nuolanki kalvarija yra tam, kuris pašauktas Dievo, kaip kad mano nuodėmingoji siela, išaiškinti erezijos angų, nors ir kur ji būtų susivijus lizdą. Bet vykdant šią šventą pareigą, sužinoma, jog eretikas nėra tik tas, kuris atvirai ereziją praktikuoja. Erezijos šalininkus galima atskirti pagal penkias tikras nuorodas. Pirma, tie, kurie lanko eretikus paslapčia, kai šie yra kalinami; antra, tie, kurie apverkia jų sučiupimą ir buvę yra jų artimi draugai (nes sunku patikėti, kad apie eretiko veiklą nežinotų tas, kuris ilgai jį lankė); trečia, tie, kurie mano, jog eretikai pasmerkti neteisingai, net kai šių kaltė aiškiai įrodyta; ketvirta, tie, kurie nepalankiai žiūri ir kritikuoja tuos, kurie eretikus persekioja ir sėkmingai prieš juos pamokslauja, ir šiuos galima pažinti iš akių, nosies, veido išraiškos, kurią jie bando nuslėpti, rodančios, kad nekenčia jie tų, kurie jų pyktį kelia, ir myli tuos, dėl kurių nelaimės taip sielojasi. O penktoji nuoroda yra ta, jog susirenka jie apanglėjusius sudegintų eretikų kaulus ir garbina juos... Tačiau aš skiriu kaip svarbiausią šeštąjį ženklą ir tvirtai laikau eretikų draugais tuos, kurių knygose (net jei atvirai jie ir neįžeidžia ortodoksijos) eretikai randa premisas savo supuvusiems nedoriems silogizmams.

Kalbėjo jis, žiūrėdamas į Hubertiną. Visa pranciškonų legacija puikiai suprato Bernardo užuominos objektą. Susitikimas buvo sužlugdytas, niekas jau nedrįso vėl pradėti rytinės diskusijos, nes visi žinojo, kad kiekvienas žodis bus išklausytas galvojant apie pastaruosius nelemtus įvykius. Jei Bernardas tikrai buvo siųstas popiežiaus, idant sutrukdytų abiejų grupių susitarimą, jam tai pavyko.

Penkta diena

MIŠPARAI

*Hubertinas bėga, Bencijus ima laikytis tvarkos,
o Viljamas samprotauja apie įvairius tą dieną sutiktus
goslumo tipus*

Susirinkusiems skirstantis iš kapitulos salės, prie Viljamo priėjo Mykolas, o prie jų prisijungė Hubertinas. Visi kartu išėjome laukan ir klostre, apgaubti miglos, kuri nė nemanė sklaidytis, bet atvirkščiai, sutemus tapo dar tirštesnė, pradėjome pokalbį.

— Nemanau, jog dera aptarinėti tai, kas įvyko,— prabilo Viljamas.— Bernardas mus nugalėjo. Neklauskite manęs, ar tas mulkis dolčinietis tikrai kaltas dėl visų žmogžudysčių. Iš to, ką girdėjau, visiškai aišku, kad ne. Dalykas tas, jog nepajudėjome iš pradžios taško. Jonas laukia Avinjone vieno tavęs, o šis susitikimas nesuteikė tau garantijų, kokių siekėme. Tačiau tau parodė, kaip ten gali būti iškreiptas kiekvienas tavo žodis. Iš ko, man rodos, išplaukia, jog neturėtum ten vykti.

Mykolas papurtė galvą.

— Bet aš vyksiu. Nenoriu schizmos. Tu, Viljamai, šiandien aiškiai kalbėjai ir pasakei, ko norėtumei. Betgi ne to noriu aš, ir, atrodo man, kad Perudžijos kapitulos sprendimus imperijos teologai panaudojo ne mūsų siekiams. Aš noriu, kad pranciškonų ordinas su jo neturto idealais būtų pripažintas popiežiaus. O popiežius privalo suprasti, kad tik tuomet, jei ordinas priims neturto idealą, bus galima sujungti į vieną kūną visas jo eretiškas atšakas. Aš negalvoju apie liaudies susirinkimą ar žmonių teises. Turiu sutrukdyti ordinui skilti į daugybę broliukų. Vyksiu į Avinjoną, ir, jei reikės, pasiduosiu Jonui. Nusileisiu dėl visko, išskyrus neturto principą.

Įsiterpė Hubertinas:

— Ar žinai, kad pavojuje bus tavo gyvybė?

— Tebūnie taip,— atsakė Mykolas,— tai geriau nei kad pavojuje atsidurtų mano siela.

Jis rimtai rizikavo gyvybe, o jei teisus buvo Jonas (nors vis dar netikiu tuo), tai praganė jis taip pat ir sielą. Kaip dabar visi žino, Mykolas išvyko pas popiežių kitą savaitę po čia mano aprašomų įvykių. Jis priešinosi popiežiui keturis mėnesius, kol galiausiai kitų metų balandį Jonas sukvietė konsistoriją, kurioje apšaukė Mykolą pamišėliu, nutrūktgalviu, užsispyrėliu, tironu, erezijos rėmėju, angim, išaugusia ant Bažnyčios krūtinės. Galima manyti, jog tuomet, žvelgiant Jono akimis, popiežius buvo teisus, nes per tuos keturis mėnesius Mykolas susidraugavo su draugu mano mokytojo, taip pat Viljamu, tik iš Okamo, ir sutiko su šio mintimis, nedaug kuo tesiskiriančiomis nuo minčių mano mokytojo ir Marsilijaus, tik dar griežtesnėmis. Toliau gyventi Avinjone šiems atskalūnams tapo pavojinga, ir gegužės gale Mykolas, Viljamas Okamas, Bonagracijus Bergamietis, Pranciškus Askolietis ir Henrikas iš Talhaimo, persekiojami popiežiaus žmonių, pabėgo į Nicą, Tuloną, Marselį ir Egiu Mortą, kur prie jų prisijungė kardinolas Petras de Arable, veltui bandęs įkalbėti juos grįžti, nenugalėjęs jų pasipriešinimo, jų neapykantos popiežiui, jų baimės. Birželį atvyko jie į Pizą, kur imperatoriaus žmonės iškilmingai juos priėmė ir ateinančiais mėnesiais Mykolas turėjęs viešai parodyti tikrąjį popiežiaus veidą. Bet buvo jau per vėlu. Imperatoriaus žvaigždė krito, Avinjone Jonas rezgė pinkles, kad būtų skirtas minoritams naujas generolas, ir galiausiai jam tai pavyko. Verčiau jau tą dieną Mykolas būtų nutaręs nevykti pas popiežių: būtų galėjęs tvirčiau vadovauti minoritų pasipriešinimui, neprarasdamas tiekos mėnesių savo priešo labui ir tuo susilpnindamas savo padėtį... Bet gal taip buvo numačiusi dieviškoji visa apimanti galia — ir nežinau šiandien, kuris iš visų jų buvo teisus, nes po tiekos metų išblėsta net ir aistros liepsna, o kartu ir tai, kas tikėta buvus tiesos žiburiu. Kas iš mūsų begali pasakyti, kuris buvo teisus, Hektoras ar Achilas, Agamemnonas ar Priamas, kai kovojo jie dėl grožio moters, kuri dabar tėra pelenų pelenai?

Bet ir vėl nuklydau į nelinksmus ir tolimus apmąstymus. Ō turėčiau verčiau apsakyti šio liūdno pokalbio pabaigą. Mykolas nusprendė, ir nieku gyvu nebuvo galima jo perkalbėti. Iškilo dar vienas klausimas, ir Viljamas išsakė jį be užuolankų: Hubertinui grėsė pavojus. Bernardo kalba, popiežiaus neapykanta jam, ta aplinkybė, kad Mykolas kol kas dar atstovavo jėgai, su kuria reikėjo tartis, o Hubertinas buvo vienui vienas...

— Jonas trokšta matyti Mykolą savo rūmuose, o Hubertiną — pragare. Jei gerai pažįstu Bernardą, prisidengus rūku, iki rytojaus Hubertinas bus nužudytas. O jei kas paklaus, kieno tai darbas, bus atsakyta, jog velnių, kuriuos su savo juodais katinais iššaukė Remigijus, ar kokio išlikusio dolčiniečio, besisukiojančio tarp šių sienų, o vienuolynas kaip nors pakels dar vieną nusikaltimą...

Hubertinas susirūpino.

— Ir ką daryti? — paklausė.

— Eik, pakalbėk su abatu, — atsakė Viljamas. — Paprašyk, kad duotų tau arklį, maisto, laišką į kokį tolimą vienuolyną anapus Alpių. Ir tuoj pat išvyk, kol migla ir tamsu.

— Bet ar lankininkai nebesaugo vartų?

— Vienuolynas turi ir kitų išėjimų, abatas juos žino. Užteks, jei ties kuriuo nors žemesniu vingiu lauks tavęs tarnas su arkliu, o tau išėjus pro kokią landą tereikės pereiti gabalėlį miško. Paskubėk, kol Bernardas dar nespėjo atsikvošėti po savo pergalės. Aš dabar užsiimsiu kitkuo, turėjau dvi misijas, viena jau žlugo, nenorėčiau sužlugdyti ir antrosios. Reikia pačiupti vieną knygą ir vieną žmogų. Jei viskas gerai klosis, tu būsi jau toli, kai man ir vėl tavęs prireiks. Tad sudiev.— Jis ištiesė rankas. Susijaudinęs Hubertinas tvirtai jį apglėbė.

— Sudiev, Viljamai, esi pamišęs ir įžūlus anglas, bet didi tavo širdis. Matysimės?

— Matysimės, — nuramino jį Viljamas, — tokia bus Dievo valia.

Dievo valia, deja, buvo kitokia. Kaip jau sakiau, Hubertinas mirė po dvejų metų, nužudytas paslaptingomis aplinkybėmis. Sunkus ir kupinas nuotykių buvo šio kovingo ir karšto senio gyvenimas. Gal nebuvo jis šventasis, bet Dievas, tikiuosi, atlygino jam tą nepalaužiamą tikėjimą, kad jis toks buvo. Kuo labiau senstu, tuo labiau atsiduodu Dievo valiai ir tuo mažiau vertinu protą, trokštantį žinoti, ir valią, geidžiančią veikti, ir kaip vienintelį išsigelbėjimo būdą pripažinti tikėjimą, mokantį kantriai laukti per daug neklausinėjant. O Hubertas tikrai karštai tikėjo Mūsų Viešpaties nukryžiuotojo krauju ir kančia.

Gal būt galvojau apie tai jau anuomet, ir senasis mistikas tai suprato, o gal nujautė, kad vieną dieną apie tai pagalvosiu. Jis švelniai man nusišypsojo ir apkabino, nors jau be to karščio, kuriuo kartais nudegindavo mane praėjusiomis dienomis. Jis apkabino mane, kaip senelis apkabina anūką, ir tuo pačiu aš jam atsakiau. Po to kartu su Mykolu jis nuėjo ieškoti abato.

— O dabar? — paklausiau Viljamą.

— O dabar grįžkime prie mūsų nusikaltimų.

— Mokytojau,— tariau,— šiandien įvyko daug liūdnų krikščionybei dalykų ir žlugo jūsų misija. Bet jūs atrodote labiau susidomėjęs šios paslapties atskleidimu nei kad popiežiaus ir imperatoriaus nesantarve.

— Kvailiai ir vaikai visuomet sako tiesą, Adsai. Todėl mano draugas Marsilijus yra geresnis imperatoriaus patarėjas, bet geresnis inkvizitorius esu aš. Geresnis net už Bernardą Gi, teatleidžia man Viešpats. Nes Bernardui rūpi ne rasti kaltus, bet sudeginti apkaltintus. O mane, atvirkščiai, nusikaltimas labiausiai traukia galimybe išpainioti dailiai susiraizgiusį kamuolį. Taip yra dar ir todėl, kad, nors kaip filosofas abejoju pasaulio tvarka, man džiugu atskleisti jei ne tvarką, tai bent seką ryšių mažose pasaulio reikalų dalyse. O pagaliau yra čia tikriausiai ir kita priežastis, ta, kad šiame žaidime, ko gero, įpinti dalykai svarbesni nei kova tarp Jono ir Liudviko...

— Bet juk tėra tai nedorų vienuolių vagystės ir keršto istorija! — sušukau abejodamas.

— Tačiau sukasi ji apie uždraustą knygą, apie uždraustą knygą, Adsai,— atsakė Viljamas.

Vienuoliai dabar ėjo vakarienės. Valgymas buvo jau įpusėjęs, kai prie mūsų prisėdęs Mykolas Čezenietis pranešė, jog Hubertinas išvyko. Viljamas lengviau atsiduso.

Po vakarienės išvengėme abato, kalbėjusio su Bernardu, ir pasigavome Bencijų, pasveikinusį mus pusės lūpų šypsena ir bandantį išsmukti pro duris. Viljamas prisigretino prie jo ir privertė eiti kartu į nuošalų virtuvės kampą.

— Bencijau,— paklausė Viljamas,— kur knyga?

— Kokia knyga?

— Bencijau, nė vienas iš mūsų nėra kvailys. Kalbu apie knygą, kurios šiandien ieškojome pas Severiną ir kurios aš neatpažinau, o tu puikiai pažinai ir grįžai paimti...

— Kas gi verčia jus manyti, kad aš paėmiau?

— Aš taip manau, taip manai ir tu. Kur ji?

— Negaliu pasakyt.

— Bencijau, jei nepasakysi, turėsiu pakalbėti su abatu.

— Negaliu pasakyti kaip tik todėl, kad toks yra abato įsakymas,— atsakė Bencijus, nutaisęs dorą veidą.— Šiandien mums išsiskyrus nutiko tai, ką turite žinoti. Berengarijui mirus, trūko bibliotekininko padėjėjo. Šios dienos popietę Malachijas pasiūlė man stoti jo vieton. Kaip tik prieš pusvalandį abatas su tuo sutiko, ir rytojaus rytą, tiktiuosi, būsiu supažindintas su bibliotekos paslaptimis. Teisybė, paėmiau knygą šį rytą ir paslėpiau ją savo čiužinyje nė nepažvelgęs, nes žinojau, kad Malachijas seka mane. O po to Malachijas pasiūlė man tai, ką jau sakiau. Ir tuomet padariau tai, ką ir privalo padaryti bibliotekininko padėjėjas: atidaviau jam knygą.

Neiškenčiau piktai neįsikišęs.

— Betgi, Bencijau, vakar ir užvakar tu... jūs sakėte, kad degina jus geismas žinoti, kad nenorite, jog biblioteka ilgiau liktų paslapčių skrynia, kad tyrinėtojas privalo žinoti...

Bencijus išraudęs tylėjo, Viljamas sutramdė mane.

— Adsai, jau kelios valandos, kai Bencijus yra kitoje pusėje. Dabar jis saugos tas paslaptis, kurias pažinti troško, o saugodamas jas turės pakankamai laiko joms pažinti.

— O kiti? — paklausiau.— Bencijus kalbėjo visų mokslo vyrų vardu!

— Anksčiau,— atsakė Viljamas. Ir nusivedė mane šalin, palikdamas Bencijų visai suglumusį.

— Bencijus,— vėliau paaiškino man Viljamas,— tapo didžio goslumo auka, ir nėra tai nei Berengarijaus, nei raktininko goslumas. Kaip ir daugelį mokslo vyrų, valdo jį pažinimo goslumas. Pažinimas dėl paties pažinimo. Buvęs atstumtas nuo dalies to pažinimo, jis norėjo jį visą užvaldyti. Dabar jam tai pavyko. Malachijas žinojo savo žmogų ir rado geriausią būdą atgauti knygą ir surakinti Bencijaus lūpas. Paklausi, kam gi valdyti tokią žinių gausybę, jei sutinki neleisti kitiems prie jos prisiliesti. Bet kaip tik dėl to ir kalbėjau apie goslumą. Rodžerio Bekono žinių troškulys nebuvo goslumas, nes norėjo jis panaudoti mokslą, idant suteiktų daugiau laimės Dievo tautai, taigi, nesiekė pažinimo vien dėl jo paties. Bencijaus troškulys yra nenumaldomas smalsumas, proto puikybė, vienuoliui toks pat geras būdas, kaip ir kiekvienas kitas, transformuoti ir nuraminti savo strėnų maudulį, kaip ir kaitra, paverčianti vienus tikėjimo, kitus — erezijos kariais. Egzistuoja ne vien kūno goslumas. Yra ir Bernardo Gi goslumas, iškreiptas teisingumo goslumas, sutapatintas su jėgos goslumu. Yra turto goslumas, kaip kad mūsų švento, bet jau ne Romos, popiežiaus. Jaunystėje raktininką valdė goslumas liudyti, pertvarkyti, atgailauti, o dabar —

mirti. Bencijus patiria goslumą knygoms. Kaip ir visi goslumai, kaip ir goslumas Onano, šlakstančio savo sėkla žemę, yra tai sterilus goslumas, visai nesusijęs su meile, net ir kūniška...

— Žinau,— sumurmėjau prieš savo valią. Viljamas apsimetė neišgirdęs. Ir tarsi tęsdamas mūsų pokalbį tarė:

— Tikra meilė trokšta gero mylimajam.

— Bet ar Bencijus netrokšta gero savo knygoms (kurios dabar tikrai priklauso jam) manydamas, kad dėl jų gerovės reikia saugoti jas nuo plėšrių rankų? — paklausiau.

— Knygoms gerai, kai jas skaito. Knyga sudaryta iš ženklų, kalbančių apie kitus ženklus, kurie savo ruožtu kalba apie daiktus. Jei nėra ją skaitančios akies, knyga slepia ženklus, nesukuriančius sąvokų, taigi, yra nebyli. Ši biblioteka gal ir gimė tam, kad išsaugotų knygas, sukauptas joje, tačiau dabar gyvena ji tam, kad jas palaidotų. Todėl ir tapo ji pikto šaltiniu. Raktininkas prisipažino išdavęs. Tą patį padarė ir Bencijus. Jis išdavė. O, kokia bjauri diena, mano gerasis Adsai! Kupina kraujo ir griuvėsių. Tad šiandienai man gana. Eime ir mes į Naktinę, o po to — miegoti.

Eidami iš virtuvės, sutikome Aimarą. Jis paklausė, ar tiesa tos paskalos, kad Malachijas išrinkęs Bencijų savo padėjėju. Mes galėjome tai patvirtinti.

— Tas Malachijas šiandien pridarė daug gerų dalykų,— tarė Aimaras su jam būdingu kreivu paniekos ir atlaidumo šypsniu.— Jei yra teisingumas, velnias turėtų jo šiąnakt ateiti.

Penkta diena

NAKTINĖ

*Klausomasi pamokslo apie Antikristo atėjimą,
o Adsas atskleidžia tikrinių vardų galią*

Mišparai buvo laikomi kiek padrikai, vis dar tebevykstant raktininko tardymui, smalsesniems novicijams pabėgus nuo savo mokytojo, kad per langus bei plyšius galėtų sekti, kas vyko kapitulos salėje. Tad dabar reikėjo, kad visa bendrija melstųsi už gerąją Severino sielą. Tikėtasi, jog abatas prabils į visus, ir spėliota, ką gi jis pasakys. Po apeiginės švento Jurgio homilijos, responsorijaus ir trijų nustatytų psalmių abatas tikrai užlipo į sakyklą, bet tik pasakyti, jog šiandien jis tylėsiąs. Pernelyg daug nelaimių užgriuvo vienuolyną, tarė, kad pats bendrijos tėvas galėtų prabilti kaip tas, kuris priekaištauja ir moko. Reikia visíems, be jokios išimties, griežtai suvesti sąskaitas su savo sąžine. Bet kadangi kažkas prabilti privalo, siūlo jis, kad įspėjimą ištartų tas, kuris, būdamas seniausias ir jau arti mirties slenksčio, yra mažiausiai pavaldus žemiškoms aistroms, atnešusioms tiek pikto. Pagal metus žodį turėtų tarti Alinardas iš Grotaferatos, tačiau visi žino, kokia menka tėra godotinojo brolio sveikata. Tuoj po Alinardo nepermaldaujamos laiko tėkmės nustatyta tvarka eina Jorgė. Ir jam abatas dabar suteikia žodį.

Iš tos klauptų pusės, kur paprastai sėdėjo Aimaras ir kiti italai, pasigirdo murmėjimas. Įtariau abatą suteikus žodį Jorgei neatsiklausus Alinardo. Mano mokytojas pusbalsiu pasakė, jog atsisakymas kalbėti rodo abato apdairumą: kiekvienas jo žodis būtų pasvertas Bernardo ir kitų dalyvaujančių avinjoniečių. Senasis Jorgė tuo tarpu apsiribos keliomis įprastomis sau mistiškomis pranašystėmis, ir avinjoniečiai neteiks joms daug svarbos. „Bet teiksiu aš,— pridūrė Viljamas,— nes nemanau, kad Jorgė būtų sutikęs kalbėti, o gal net prašęs suteikti jam žodį neturėdamas apibrėžto tikslo".

Jorgė prilaikomas pakilo į sakyklą. Jo veidą nušvietė trikojo liepsna, vienintelė sklaidžiusi navos tamsą. Ši šviesa išryškino sutemas, užkritusias jam akis, kurios dabar buvo kaip dvi juodos skylės.

— Mylimieji broliai,— pradėjo jis,— ir jūs visi, brangieji mūsų svečiai, sutikę išklausyti šį vargšą senį... Keturių mirčių, sielvartu apgaubusių mūsų vienuolyną,— nekalbant jau apie tolimas ir dabartines nuodėmes niekingiausių tarp gyvųjų,— nesu linkęs, kaip žinote, priskirti atšiauriajai gamtai, kuri, nepermaldaujama savo ritmu, valdo mūsų žemiškąją dieną nuo lopšio iki grabo lentos. Gal jūs visi manote, jog šie liūdni įvykiai, nors ir skausmingai jus pribloškę, neliečia jūsų sielų, nes visi, išskyrus vieną, esate nekalti, ir, nubaudus tą vieną, jums teliks apverkti tuos, kurių netekom, bet nereikės teisinti jums mestų kaltinimų Dievo teisme. Jūs taip manote. Bepročiai! — suriko jis baisiu balsu.— Bepročiai ir pašėlę esate jūs! Tas, kuris nužudė, stos prieš Dievą su savo kalčių našta, bet tik todėl, jog sutiko tapti Dievo įsakų laidininku. Taip pat kaip kad reikėjo, idant kažkas išduotų Jėzų ir taip išsipildytų išganymo paslaptis. Bet Viešpats vis tiek skyrė prakeiksmą ir panieką tam išdavusiajam. Taip kažkas ir šiomis dienomis nusidėjo sėdamas mirtį ir pražūtį, bet, sakau jums, jog pražūtis ta buvo, jei ir nenorėta, tai bent jau leista Dievo, kad nužemintume savo puikybę!

Jis nutilo nukreipdamas aklą žvilgsnį į niūrų susirinkimą, tarsi norėdamas įžvelgti kokius nors jausmus, tačiau jo ausyse tespengė vien slogi tyla.

— Šioje bendrijoje,— tęsė,— jau kuris laikas rangosi puikybės gyvatė. Tačiau kokios puikybės? Valdžios puikybės šiame nuo pasaulio atskirtame vienuolyne? Broliai mano, dar iki visą žinomą pasaulį sudrebino ilgi ginčai apie turtą ir nuosavybę, nuo pat mūsų įkūrėjo laikų mes net ir turėdami viską neturėjom nieko, o mūsų vienintelis tikras turtas buvo paklusnumas įstatams, malda ir darbas. Bet mūsų darbo, mūsų ordino darbo, o ypač šio vienuolyno darbo dalis, netgi jo esmė yra sukauptų žinių studijos ir saugojimas. Sakau, saugojimas, o ne ieškojimas, nes mokslui, dieviškam dalykui, nuo pat pradžios būdingas yra pilnumas ir apibrėžtumas žodžio, kuris pats save tobulai išreiškia. Sakau, saugojimas, ne ieškojimas, nes mokslui, žmogiškam dalykui, būdingas apibrėžtumas ir išbaigtumas, susiklostęs amžiams bėgant, pradedant pranašų knygomis ir baigiant bažnyčios tėvų aiškinimais. Nėra mokslo istorijoje pažangos, nėra amžių kaitos, daugių daugiausia — tik pastovus ir didingas pakartojimas. Žmonijos istorija nesulaikomai juda pirmyn nuo pat sutvėrimo per išganymą iki sugrįžimo pergalingo Kristaus, kuris ateis visoje savo didybėje gyvųjų ir mirusiųjų teisti, bet dieviškasis ir žmogiškasis mokslas neina tuo keliu; tvirtas kaip nepaimama tvirtovė Jis leidžia mums, kai esame nusižeminę ir klausome Jo balso, sekti, nusakyti tą kelią, bet Jo yra nepaliestas. Aš esu tas, kuris yra, sako žydų Dievas. Aš esu kelias, tiesa ir gyvenimas, sako Mūsų Viešpats. Tai štai, mokslas tėra šių dviejų tiesų komentaras. Visa, kas pasakyta daugiau, kas pasakyta pranašų, evangelistų, tėvų ir daktarų, idant aiškesni taptų šiedu sakiniai. Kartais tinkamas komentaras išgirstamas ir iš pagonių, nors jie šių tiesų nežino, bet žodžiai jų įtraukiami į krikščioniškąją tradiciją. Ir daugiau nėra ką kalbėti. Tereikia medit012oti, komentuoti, saugoti. Tokia buvo ir tokia turėtų būti šio mūsų vienuolyno su puikia biblioteka priedermė — ir ne kita. Pasakojama, jog vienas Rytų kalifas kartą padegęs garsaus, didingo ir puikaus miesto biblioteką ir liepsnojant tūkstančiams tomų pasakęs, kad jie gali ir privalo išnykti: nes arba kartoja tai, kas jau parašyta Korane, todėl yra nereikalingi, arba prieštarauja šiai šventai bedievių knygai, todėl yra kenksmingi. Bažnyčios daktarai, o ir mes kartu su jais, mano kitaip. Visa, kas yra Raštų komentaras ir aiškinimas, turi būti išsaugota, nes garsina tų Raštų šlovę, visa, kas jiems prieštarauja, neturi būti sunaikinta, nes tik tai išlaikius tas, kuris gali ir turi tam teisę, galės šitai savo ruožtu paneigti tuo būdu ir tuomet, kai panorės to Viešpats. Ir čia išplaukia amžius trunkanti mūsų ordino atsakomybė ir šiandieninė mūsų vienuolyno našta: didžiuodamiesi skelbiama tiesa, nuolankiai ir apdairiai saugome tiesai priešiškus žodžius nesusitepdami jais. Taigi, mano broliai, kokia gi puikybės nuodėmė gali gundyti mokytą vienuolį? Pasišventimas ne saugoti, bet ieškoti žinios, dar neduotos žmonėms, tarytum paskutinioji iš jų nebūtų nuskambėjusi žodžiuose paskutiniojo angelo, kalbančio paskutinėje Raštų knygoje: „Aš pareiškiu kiekvienam, kuris klauso šios knygos pranašystės žodžių: „Jei kas prie jų ką pridės — Dievas jam pridės aprašytų šioje knygoje negandų. Ir jei kas atims ką nors nuo šios pranašystės knygos žodžių — Dievas atims jo dalį nuo gyvybės medžio ir šventojo miesto, kurie aprašyti šioje knygoje". Tai štai... ar neatrodo jums, mano nelaimingieji broliai, kad šiuose žodžiuose slypi ne kas kita, o tik tai, kas pastaruoju metu įvyko tarp šių mūrų. Tai, kas įvyko tarp šių mūrų, neslepia nieko kito, kaip tik istoriją amžiaus, kuriame gyvename, siekiančio žodžiais ir darbais, miestuose ir kaimuose, išdidžiuose universitetuose ir bažnyčių katedrose karštligiškai ieškoti naujų šių tiesos žodžių prierašų, iškreipiant prasmę tos pačios tiesos, kur jau taip gausu įvairiausių scholijų, ir reikia tik atkaklios gynybos, bet ne buko dauginimo? Tokia yra puikybė, šliaužiojusi ir tebešliaužiojanti šiomis sienomis: o tam, kuris vargo ir vargsta laužydamas antspaudus knygų, ne jam skirtų, aš pasakysiu, kad kaip tik už tą puikybę Viešpats norėjęs nubausti ir toliau baus, jei jis nepasiduos ir nenusižemins, nes Viešpačiui nesunku visuomet rasti keršto įrankių mums, silpniems.

— Girdėjai, Adsai? — sušnibždėjo man Viljamas.— Senis žino daugiau nei pasako. Ar prikišęs jis nagus, ar ne prie šios istorijos, bet jis žino ir perspėja, kad, jei smalsūs vienuoliai ir toliau brausis į biblioteką, vienuolyne nestos taika.

Jorgė po ilgos atvangos vėl prabilo:

— Bet kas pagaliau yra šios puikybės simbolis, kieno figūros ir šaukliai, bendrai ir vėliavnešiai yra išpuikėliai? Kas iš tiesų veikė, o gal ir toliau veikia čia, tarp šių sienų, įspėdamas mus, jog laikas jau arti — o kartu ir paguosdamas, nes, jei laikas jau arti, kančios bus nepakeliamos, tačiau ne begalinės, nes šio pasaulio ciklas greit užsivers? O, jūs puikiai supratote ir bijote ištarti jo vardą, nes yra jis taip pat ir jūsų vardas, bet jei bijote jūs, nebijau aš, ir šį vardą ištarsiu kuo garsiausiai, kad viduriai jūsų susisuktų iš baimės, o dantys kalentų nukąsdami jūsų liežuvius, ir šaltis, kuris sustingdys jūsų kraują, užtrauktų tamsų šydą ant jūsų akių... Tai jis, bjaurus žvėris, jis Antikristas!

Ir vėl ilgam nutilo. Susirinkusieji apmirė. Vienintelis judantis daiktas visoje bažnyčioje buvo trikojo liepsna, bet net ir jos mesti šešėliai atrodė sustingę. Vienintelis slogus garsas buvo

Jorgės šnopavimas. Nuo kaktos jis braukė prakaitą. Ir tęsė toliau.

— Gal norite man pasakyti: ne, jis dar nesiartina, kur yra jo atėjimo ženklai? Paikas, kas taip sako! Jie yra prieš mūsų akis, diena iš dienos, didžiajame pasaulio amfiteatre ir vienuolyne, sumažintame jo atvaizde, įspėjančiose nelaimėse... Pasakyta yra, kad, artėjant valandai, stos vakaruose svetimas karalius, grasaus melo valdovas, bedievis, žmogžudys, sukčius, ištroškęs aukso, gabus klastūnas, piktadarys, tikinčiųjų priešas ir jų persekiotojas, ir jo laikais sidabras bus bevertis, o vertas tik auksas! Gerai žinau: jūs, kurie klausot manęs, skubate skaičiuoti, idant nuspręstumėt, ar tas, apie kurį kalbu, primena popiežių, ar imperatorių, ar Prancūzijos karalių, ar dar ką kitą, kad galėtumėt pasakyti — štai priešas, o aš esu teisiojoje pusėje! Bet nesu toks naivus, kad nurodyčiau jums vieną žmogų, nes ateidamas Antikristas ateina visuose ir visiems, ir kiekvienas yra jo dalis. Bus jis plėšikų gaujose, siaubiančiose miestus ir kraštus, bus jis nenumatytuose dangaus ženkluose, kai nelauktai pasirodys vaivorykštės, ragai ir ugnys, o kartu pasigirs balsų maurojimas ir jūra užvirs. Pasakyta, kad žmonės ir žvėrys gimdys slibinus, bet norėčiau tuo pasakyti, kad širdyse jų stos neapykanta ir nesantarvė; nesidairykite, tikėdamiesi išvysti miniatiūrų žvėris, kuriais mėgaujatės pergamentuose! Pasakyta, kad vos susituokusios mergaitės gimdys vaikus, jau galinčius gerai kalbėti, kurie pripažins, kad laikas jau atėjo, ir prašysis nužudomi. Bet nėieškokite jų slėnio kaimuose, pernelyg išmanūs vaikai jau nužudyti tarp šių štai sienų! Ir, kaip pranašauta, buvo jie jau pražilę, ir, kaip pranašauta, buvo jie keturkojai, šmėklos ir embrionai, turintys pamokslauti motinų įsčiose tardami magiškus užkeikimus. Ir visa tai jau parašyta, žinote? Jau parašyta, kad kils dideli neramumai luomuose, tautose, bažnyčiose; kad rasis ganytojai klastingi, nešvankėliai, menkintojai, godūs, trokštantys malonumų, mylintys pelną, besimėgaujantys tuščiomis kalbomis, pagyrūnai, puikuoliai, rajūnai; įžūlūs, paskendę geismuose, siekiantys tuščios šlovės, Evangelijos priešai, pasiruošę atsižadėti siaurų vartų, paniekinti tiesos žodį, ir nekęs jie kiekvieno pamaldaus tako, neatgailaus dėl savo nuodėmių, todėl pasės tarp tautų netikėjimą, neapykantą tarp brolių, piktadarybę, atšiaurumą, pavydą, abejojimą, vagystes, girtavimą, nesantūrumą, gašlumą, kūno malonumus, paleistuvystę ir visas kitas ydas. O išnyks sielvartas, nuolankumas, taikos meilė, neturtas, užuojauta, verksmo dovana... Nagi, ar neatpažįstate savęs, visi čia susirinkusieji, vienuolyno vienuoliai ir galingieji, atvykę iš toli?

Stojusioje tyloje pasigirdo šnarėjimas. Tai kardinolas Bertranas sukiojosi savo klaupte. Šiaip ar taip, pamaniau, Jorgė elgiasi kaip didis pamokslininkas, kuris plakdamas savo brolius negaili nė svečių. Ir nežinia ką būčiau atidavęs, kad tik sužinočiau, kas tuo metu dėjosi Bernardo ar storųjų avinjoniečių galvose.

— Ir kaip tik tuomet išmuš valanda,— griaudėjo Jorgė,— kurią apsireikš Antikristas, piktžodžiaujanti beždžionė, norinti būti Mūsų Viešpačiu. Tuo laiku (kuris jau atėjo) bus nušluotos visos karalystės, stos nepritekliai ir skurdas, ir nederlius, ir stebėtinai šaltos žiemos. Ir to laiko (kuris jau atėjo) vaikai neturės nieko, kas valdytų jų turtus ir išlaikytų maistą jų sandėliuose, ir kamuojami bus turguose, kur perkama ir parduodama. Palaiminti tada bus tie, kurie jau negyvens ar kurie gyvendami išgyvens! Ateis tuomet pragaišties sūnūs, priešas, kurs šlovinasi ir pučiasi rodydamas daug dorybių, idant suklaidintų visą žemę ir stotų virš teisiųjų. Sirija kris ir apraudos savo sūnus. Cilicija pakels galvą, kol pasirodys tas, kuriam skirta ją teisti. Babilonijos dukra pakils nuo savo spindulingo sosto, kad išgertų kartėlio taurę. Kapadocija, Licija ir Likaonija lenks nugaras, nes sunaikintos bus minios, skendinčios savo piktadarysčių puvėsiuose. Barbarų stovyklos ir karo vežimai pasirodys visur, kad užimtų visą žemę. Armėnijoje, Ponte ir Bitinijoje paaugliai žus nuo kardų, mergaitės bus įkalintos, sūnūs ir dukros suguls kartu, šlovingoji Pizidija bus nužeminta, Fenicijos liemenį perkirs kalavijas, Judėja apsivilks gedulingai ir pasiruoš žūties dienai, nes yra netyra. Iš visų pusių sukils neapykanta ir niokojimas, Antikristas nugalės vakarus ir sugriaus prekybos kelius, jo rankose bus kalavijas ir kaitrioji ugnis, ir degins jos pamišusios liepsnos, jo jėga bus piktžodžiavime, apgaulė bus jo ranka, dešinė griaus, o kairė skleis sutemas. Štai jo skiriamieji bruožai: galva jo bus iš deginančios liepsnos, dešinė akis pasruvusi krauju, kairė akis žalia kaip katės, su dviem vyzdžiais, o vokai bus balti, apatinė lūpa didžiulė, ir bus jis silpnų šlaunikaulių, milžiniškų pėdų, o nykštys sutraiškytas ir pailgėjęs!

— Panašu į jo paties atvaizdą,— akimirksniu pašiepė Viljamas. Tai buvo labai bedieviški žodžiai, bet dėkoju jam už juos, nes plaukai jau šiaušėsi man ant galvos. Vos sulaikiau juoko pliūpsnį išpūsdamas skruostus ir lėtai pro suvertas lūpas išleisdamas orą. Tačiau šis garsas po pastarųjų senio žodžių stojusioje tyloje girdėjosi kuo puikiausiai; laimei, visi pamanė, jog kažkas gal sukosėjo ar pravirko, ir visi sudrebėjo, o visi tam turėjo pagrindą.

— Tai bus valanda,— toliau kalbėjo Jorgė,— kai viską apims savivalė, vaikai pakels rankas prieš tėvus, žmona regs pinkles prieš vyrą, vyras atiduos žmoną teismui, šeimininkai bus negailestingi tarnams, o tarnai neklausys šeimininkų, nebebus pagarbos vyresniems, paaugliai reikalaus valdžios, darbas visiems atrodys beprasmis vargas, iš visų pusių sklis šlovės giesmės savivalei, nedorai, ištvirkusiam papročių laisvumui. O po šios didžiulės bangos eis prievartavimai, svetimavimai, melagingos priesaikos, nuodėmės gamtai ir ligos, ir kerėjimai, ir apžavai, o danguje pasirodys skraidantys kūnai, tarp dorų krikščionių rasis netikri pranašai, netikri apaštalai, suvedžiotojai, veidmainiai, kerėtojai, prievartautojai, šykštuoliai, melagingai prisiekiantys ir klastotojai, ganytojai virs vilkais, dvasininkai meluos, vienuoliai įsigeis pasaulietiškų dalykų, vargšai nebepadės valdovams, galingieji praras gailestingumą, teisingieji taps neteisybės liudytojais. Visus miestus supurtys žemės drebėjimai, maras įsisiautės visuose kraštuose, vėjų audros pakels žemę, laukai bus užkrėsti, jūra išskirs juosvą skystį, nauji nežinomi stebuklai rasis mėnulyje, žvaigždės iškryps iš įprasto sau kelio, o kitos — nežinomos — išvagos dangų, snigs vasarą ir kepins žiemą. Ir ateis pabaigos laikas ir laiko pabaiga... Pirmosios dienos trečią valandą nuaidės dangaus skliautu balsas didis ir galingas, atslinks iš šiaurės purpurinė migla ir seks ją griaustiniai su žaibais, ir pasipils ant žemės kraujo lietus. Antrąją dieną žemė bus išrauta iš savo vietos ir didelio laužo dūmai išsiverš iš dangaus vartų. Trečią dieną žemės prarajos sugaus iš visų keturių kosmoso kampų. Skliauto viršūnės atsivers, orą pripildys dūmų stulpai ir sieros kvapas tvyros iki pat dešimtos valandos. Ketvirtosios dienos rytą praraja pritvinks vandens ir sproginės ir grius pastatai. Penktosios dienos šeštą valandą išnyks žiburių ir saulės galia ir pasaulyje įsigalės sutemos iki pat vakaro, o žvaigždės ir mėnulis užges. Šeštosios dienos ketvirtą valandą dangaus skliautas perplyš nuo rytų iki vakarų ir pro plyšį iš dangaus į žemę galės žvelgti angelai, o visi tie, kurie bus ant žemės, galės matyti angelus, žvelgiančius iš dangaus. Ir tuomet visi žmonės pasislėps kalnuose, kad išvengtų teisingųjų angelų žvilgsnio. Septintąją dieną ateis Kristus savo Tėvo švytėjime. Ir bus tuomet dorųjų teismas, ir įžengs jie į dangų, į amžiną kūnų ir sielų palaimą. Bet ne apie tai mąstysite šį vakarą jūs, puikybės kupini broliai! Ne nusidėjėliams teks išvysti aštuntosios dienos aušrą, kai pačiame dangaus viduryje iš rytų pasigirs švelnus ir saldus balsas ir apsireikš tas angelas, kuris turi valdžią visiems kitiems šventiems angelams, ir visi angelai bus su juo, sėdės kartu debesų karietoje džiaugsmingai lėkdami oru, kad išlaisvintų išrinktuosius, kurie tikėjo, ir visi kartu linksminsis, nes šio pasaulio sunaikinimas bus atliktas! Tačiau ne tuo privalome mes didingai mėgautis šį vakarą! Galvokime verčiau apie žodžius, kuriais Viešpats atstums nuo savęs nenusipelniusius išganymo: eikite nuo manęs, prakeiktieji, eikite į amžinąją ugnį, paruoštą jums velnio ir jo ministrų! Jūs patys sau tai pelnėte, tad džiaukitės dabar! Eikite šalin nuo manęs, eikite į supančią tamsą ir neblėstančią ugnį! Aš jums suteikiau pavidalą, o jūs nuėjote paskui aną! Jūs tapote kito viešpaties tarnais, eikite gyventi su juo tamsybėje, su tuo, kuris yra nepailstantis žaltys, ten, kur dantų griežimas! Daviau jums ausis klausytis Raštų, o jūs klausėtės pagonių kalbų! Sudėjau jums lūpas, kad šlovintumėt Dievą, o jūs naudojote jas poetų melui ir juokdarių mįslėms! Daviau jums akis, kad matytumėt mano priesakų šviesą, o jūs žvelgėte į tamsą. Aš esu teisėjas žmogiškasis, bet teisingas. Kiekvienam skiriu tai, ko nusipelnė. Norėčiau būti jums gailestingas, bet nerandu aliejaus jūsų induose. Būčiau priverstas pasigailėti, bet jūsų žibintai aprūkę. Pasitraukite nuo manęs... Taip kalbės Viešpats. Ir jie... o gal ir mes prasmegsim į amžinas kančias. Vardan Dievo Tėvo, Sūnaus ir Šventosios Dvasios.

— Amen! — atsakė visi vienu balsu.

Vorele, be jokių šnibždesių, patraukė vienuoliai į savo guolius. Visai netrokšdami kalbėtis pasišalino minoritai ir popiežiaus žmonės, geisdami tik vienatvės ir poilsio. Mano širdį slėgė tarytum akmuo.

— Miegoti, Adsai,— tarė man Viljamas, kopiant mums piligrimų prieglaudos laiptais.— Netinkamas tai vakaras sukiotis po vienuolyną. Bernardui Gi gali šauti galvon pagreitinti pasaulio pabaigą ir pradės jis mūsų kūnais. Rytoj pasistengsime dalyvauti Aušrinėje, nes tuoj po jos išvyksta Mykolas ir kiti minoritai.

— Išvyksta taip pat ir Bernardas su savo belaisviais? — paklausiau tyliu balsu.

— Jis tikrai neturi čia daugiau ką veikti. Be to, nori nuvykti į Avinjoną pirma Mykolo ir taip, kad pastarojo atvykimas sutaptų su raktininko, minorito, eretiko ir žudiko, teismu. Raktininko laužas kaip atpirkimo deglas nušvies pirmąjį Mykolo susitikimą su popiežium.

— O kas ištiks Salvatorę ir... mergaitę?

— Salvatorė vyks su raktininku, nes turės liudyti šio teisme. Gali būti, kad už tą paslaugą Bernardas dovanos jam gyvenimą. Arba leis jam pabėgti, kad paskui užmuštų. O gal leis jam pasišalinti, nes tokie žmonės kaip Salvatorė nedomina tokių kaip Bernardas. Kas žino, gal baigs gyvenimą plėšikaudamas kokiame Lingvadokos miške...

— O mergaitė?

— Jau sakiau tau, ji jau sudegęs kūnas. Tik sudegs ji pirma, kur pakeliui, kokio nors katarų kaimelio pakraštyje pamokyti kitiems. Girdėjau Bernardą turint susitikti su savo kolega Žaku Furnjė (prisimink šį vardą, dabar jis tik degina albigiečius, bet taiko aukščiau) ir graži ragana ant laužo suteiks abiems daugiau pagarbos ir šlovės...

— Bet argi nėra būdų jiems išgelbėti? — sušukau.— Ar negalėtų įsikišti abatas?

— Dėl kurio iš jų? Dėl raktininko, kuris prisipažino? Dėl nelaimėlio Salvatorės? Ar galvoji apie mergaitę?

— O jei ir taip? — išdrįsau.— Juk iš visų trijų ji vienintelė yra tikrai nekalta, jūs gi žinote, kad ji jokia ragana...

— Ir manai, abatas po viso to, kas nutiko, norės rizikuoti tuo trupučiu jam dar likusios garbės dėl kažkokios raganos?

— Bet juk jis padėjo pabėgti Hubertinui!

— Hubertinas buvo jo vienuolis ir niekuo neapkaltintas. Kokius čia niekus paistai, Hubertinas yra svarbus asmuo, Bernardas būtų galėjęs smogti jam tik iš pasalų.

— Tuomet raktininkas buvo teisus, paprasti žmonės visuomet atlygina už visus, net ir už tuos, kurie kalba jų naudai, net ir už tokius kaip Hubertinas, kurie savo kvietimu atgailauti stūmė juos į maištą! — netekau vilties ir nė nepagalvojau, kad mergaitė nebuvo Hubertino mistikos suviliotas broliukas. Tačiau ji buvo kaimietė ir mokėjo už istoriją, kurios visai nežinojo.

— Taip yra,— liūdnai atsakė Viljamas.— Ir jei tikrai dairaisi teisingumo spindulėlio, pasakysiu tau, jog vieną dieną didieji šunys, kaip popiežius ir imperatorius, idant susitaikytų, perlips per mažesniųjų šunų, kovojusių dėl jų, lavonus. Ir Mykolą su Hubertinu ištiks tai, kas šiandien ištiko tavo mergaitę.

Dabar žinau, jog Viljamas pranašavo ar, tiksliau, natūraliosios filosofijos principų pagrindu kūrė silogizmus. Tačiau tą akimirką jo pranašystės ir jo silogizmai nė kiek manęs neguodė. Vienintelis tikras dalykas tebuvo, kad mergaitė bus sudeginta. Jaučiausi dėl to kaltas taip pat ir aš, nes man atrodė, jog ant laužo turėjo ji atgailauti taip pat ir už mūsų bendrą nuodėmę.

Nesigėdydamas prapliupau ašaromis ir pabėgau į savo celę, kur visą naktį graužiau čiužinį ir bejėgiškai stenėjau, ir nebuvo man lemta net — apie ką kartu su savo draugais Melko vienuolyne skaičiau riterių romanuose — rypuoti, šaukiant mylimosios vardą.

Vardas mano vienintelės žemiškosios meilės amžiams liko man paslaptis.

ŠEŠTA DIENA

AUŠRINĖ

Valdovai sederunt, o Malachijas šlepteli žemėn

Nusileidome į Aušrinę. Ši paskutinioji nakties, o pirmoji stojančios naujos dienos dalis dar buvo ūkanota. Einant per klostrą drėgmė smelkėsi iki pat gilumos kaulų, dar geliamų po neramaus miego. Nors bažnyčioje buvo šalta, su palengvėjimo atodūsiu suklupau po jo skliautais, apsaugotas nuo gaivalų, paguostas iš kitų kūnų skilndančios šilumos ir maldos.

Psalmių giedojimas jau prasidėjo, kai Viljamas parodė man tuščią vietą klauptuose, tarp Jorgės ir Pacifiko Tivoliečio. Ta vieta buvo Malachijo, visuomet sėdėjusio prie neregio šono. Ne mes vieni pastebėjome tą trūkumą. Vienoje pusėje pagavau neramų abato žvilgsnį, jau gerai žinojusį tokius dingimus esant blogų žinių pranašais. Kitoje pusėje pastebėjau keistą senojo Jorgės jaudulį. Tris ketvirčius jo veido, paprastai tokio neperprantamo dėl tų baltų, užgesusių akių, dengė šešėlis, bet nervingai judėjo jo rankos. Kelis kartus pagraibė jis gretimą vietą, lyg žiūrėdamas, ar ji užimta. Kartojo tai tolygiais tarpais, tarytum tikėdamasis, kad nesantysis gali kiekvieną akimirką atsirasti, ir bijodamas tą atsiradimą pražiopsoti.

— Kur galėtų būti bibliotekininkas? — sušnibždėjau Viljamui.

— Malachijas,— atsakė Viljamas,— dabar vienintelis, kurio rankose knyga. Jei ne jis šių mirčių kaltininkas, gali tuomet ir nežinoti joje slypinčių pavojų...

Daugiau nebuvo ką sakyti. Teliko laukti. Taip ir laukėme mes, abatas, įsistebeilijęs į tuščią klauptą, ir Jorgė, vis grabinėjantis rankomis tamsą.

Pamaldoms pasibaigus, abatas priminė vienuoliams ir novicijams, jog derėtų pasiruošti didžiosioms Kalėdų mišioms, todėl, kaip įprasta, laiką iki Rytmetinės reikėtų išnaudoti patikrinant bendrijos balsų darną kai kuriose tai progai skirtose giesmėse. O tas dievui pasišventusių žmonių pulkas buvo tarsi vienas kūnas ir vienas balsas, ir giesmėje galėjai justi per ilgus metus susikūrusią vienybę, tarsi giedotų viena siela.

Abatas pakvietė pradėti „Sederunt":

Sederunt principes
et adversus me
loquebantur, iniqui.
Persecuti sunt me.
Adjuva me, Domine, Deus meus salvum me
fac propter magnam misericordiam tuam[1].

Pamaniau, ar nebus abatas tyčia parinkęs to gradualo šios nakties giedojimui, kai pamaldose dar dalyvauja kunigaikščių pasiuntiniai, idant primintų jiems, jog per amžius mūsų ordinas buvo pasiruošęs atsispirti žemės galingųjų gujimui dėl savo išskirtinio ryšio su Viešpačiu, pulkų Dievu. Ir giesmės pradžia išties liudijo didžią galybę.

Ties pirmuoju skiemeniu *se* lėtai ir iškilmingai sugaudė dešimčių balsų choras, o žemas jo garsas užpildė navas ir pakilo virš mūsų galvų, tačiau sklido, atrodė, tiesiog iš žemės gelmių. Ir jau nenutrūko, kitiems balsams pradėjus austi ant šios tvirtos ištisinės gijos vokalizių ir melizmų raštus, jis — telūrinis — dominavo ir netilo visą tą laiką, kuris reikalingas ritmiškai ir lėtai dvylika kartų ištarti *Ave Maria*. Ir tarsi išsivadavę iš visų baimių, įkvėpti tikėjimo, kurį tas raiškus skiemuo, amžinybės alegorija, teikė besimeldžiantiems, kiti balsai (daugiausia novicijų) iš takių, taškais pažymėtų neumų ant šio tvirto kaip uola pamato rentė smailes, kolonas, pinaklius. Ir širdžiai apsvaigus nuo climacus ir porrectus, torculus ir salicus virpėjimo, tie balsai, rodės, kalbėjo man, kad siela (giedančiųjų ir mano, kuris jų klausėsi), nebegalėdama iškęsti jausmo pertekliaus, skilo, idant saldaus skambėjimo protrūkyje reikštų džiaugsmą ir skausmą, šlovę ir meilę. Tuo tarpu chtoniškų balsų atkaklus ryžtas netilo, tarytum grėsmingas priešų, galingųjų persekiojančių Viešpaties tautą, egzistavimas vis dar nebūtų nulemtas. Kol pagaliau tą neptūnišką vienos natos gausmą, atrodė, nugalėjo ar bent jau įtikino ir pakerėjo džiaugsmingas aleliuja tų, kurie jam priešinosi, ir ištirpo jis didingoje, tobuloje dermėje ir slopstančiose neumose.

Dusliai, galingai ištarus „sederunt", didžioje serafiniškoje ramybėje į orą pakilo „principes". Jau neklausiau savęs, kas buvo tie valdovai, kalbantys prieš mane (prieš mus), išnyko išblaškytas tos grėsmingos sėdinčios šmėklos šešėlis.

Tuo pat metu ištirpo ir kitos šmėklos, nes vėl pažvelgęs klaupte į Malachijaus vietą, giesmės didybėje užmirštą, pamačiau tarp kitų besimeldžiančių taip pat ir bibliotekininką, tarsi jo niekuomet ir nebuvo ten trūkę. Žvilgterėjęs į Viljamą, jo akyse išvydau palengvėjimo šešėlį, beveik tokį pat, kokį iš toli pastebėjau ir abato akyse. Jorgė, vėl ištiesęs rankas ir užčiuopęs greta savęs kūną, skubiai jas atitraukė. Tačiau negalėjau pasakyti, kokius jausmus jam sukėlė šis atradimas.

Choras dabar jau džiaugsmingai uždevė „adjuva me", kurio skaidri *a* pasklido linksmai po bažnyčia, o *u* neatrodė tokia niūri kaip ta, kuri skambėjo „sederunt", bet buvo kupina šventos galios. Vienuoliai ir novicijai giedojo, kaip to reikalauja giedojimo regula, išsitiesę, atpalaidavę gerkles, pakeltais veidais, laikydami giesmynus kone pečių aukštyje, idant galėtų skaityti nenuleisdami galvų ir netrukdytų garsui veržtis iš krūtinės visa jėga. Bet buvo dar nakties metas, ir miego migla vis dar gaubė daugelį giedotojų, kurie, nors ir susikaupę giedojo pratisą natą, pasitikėdami galinga giesmės banga, kartais, apimti miegų, nusvirindavo galvas. Todėl budėtojai net ir šiomis aplinkybėmis pasišviesdami stebėjo jų veidus, idant laiku pažadintų jų kūnus ir sielas.

Tad vienas iš budėtojų pirmas pastebėjo Malachiją, keistai svyruojant, tarytum šis staiga panirtų į tamsias ūkanas miegų, kurių tą naktį jam, matyt, neteko patirti. Prisiartinęs su žiburiu, apšvietė jo veidą, tuo atkreipdamas ton pusėn mano dėmesį. Bibliotekininkas nė nekrustelėjo. Budėtojas jį krestelėjo, ir tas sunkiai krito pirmyn. Budėtojas vos spėjo jį sučiupti, kad šis nežnegtelėtų ant žemės visu savo svoriu.

Giesmė lėtai tilo, kol visai užgeso, stojo trumpas šurmulys. Viljamas kaip įgeltas pašoko iš savo vietos ir puolė ten, kur dabar jau Pacifikas Tivolietis kartu su budėtoju guldė ant žemės bedvasį Malachiją.

Mes atsidūrėme ten veik vienu metu su abatu ir žibinto šviesoje pamatėme nelaimingojo veidą. Anksčiau esu aprašęs Malachijo išvaizdą, bet tą naktį ir toje šviesoje jis atrodė kaip pats mirties paveikslas. Nosis ištįsusi, akys įkritusios, smilkiniai įdubę, ausys baltos ir sutrauktos, su išorėn išsuktais speneliais, veido oda jau sustingusi, įtempta ir sausa, skruostai pageltę ir apgaubti tamsaus šešėlio. Akys dar buvo atviros ir pro suskilinėjusias lūpas skverbėsi sunkus kvėpavimas. Jis išsižiojo, ir aš, pažvelgęs per pasilenkusio ties juo Viljamo petį, pastebėjau už dantų judant pajuodusį liežuvį. Viljamas, apglėbęs per pečius, kilstelėjo jį ir delnu nuvalė kaktą išpylusį prakaitą. Malachijas pajuto prisilietimą, kažkieno artumą ir įdėmiai pažvelgė priešais, tikrai nematydamas ir aiškiai nepažindamas to, kas buvo prieš jį. Jis pakėlė drebančią ranką, sugriebė Viljamą už krūtinės, prisitraukė šio veidą tiek, kad kone lietė jojo veidą, ir silpnu, kimiu balsu pratarė:

— Man sakė, tai... iš tiesų... jame galybė tūkstančio skorpionų...

— Kas tau sakė? — paklausė Viljamas.— Kas?

Malachijas dar bandė prabilti. Bet supurtė jį baisus drebulys ir galva nusviro atgal. Veide išnyko visos spalvos, visos gyvybės žymės. Jis mirė.

Viljamas pakilo. Pastebėjo greta savęs abatą, tačiau neištarė jam nė žodžio. Už abato pamatė Bernardą Gi.

— Ponas Bernardai,— tarė Viljamas,— kas gi nužudė šitą, jei jūs taip sėkmingai išaiškinot ir gerai saugojot žudikus?

— Neklauskit manęs to,— atsakė Bernardas.— Niekada nesakiau, kad esu atidavęs į teisingumo rankas visus piktadarius, slankiojančius po šį vienuolyną. Mielai būčiau tai padaręs, jeigu tik būčiau galėjęs,— ir pažvelgė į Viljamą.— Dabar palieku juos pono abato rūstybei...ar perdėtam atlaidumui,— pridūrė, o abatas tuo tarpu tylėdamas blyško.

Tuo metu išgirdome lyg dejonę, lyg slopų kukčiojimą. Buvo tai Jorgė, palinkęs savo klaupte ir prilaikomas vienuolio, apsakiusio jam, kas įvyko.

— Tai niekuomet nesibaigs...— kalbėjo jis palūžusiu balsu,— O, Viešpatie, atleisk mums visiems!

Viljamas dar trumpam palinko ties lavonu. Apglėbęs jo riešą, atsuko plaštakas delnais į šviesą. Pirmų trijų pirštų pagalvėlės buvo tamsios.

Šešta diena

RYTMETINĖ

Paskiriamas naujas raktininkas, bet ne naujas bibliotekininkas

Ar buvo jau Rytmetinės laikas? Gal ankstesnis, o gal vėlesnis? Nuo tos akimirkos praradau laiko pojūtį. Praslinko gal valanda, o gal mažiau, kai Malachijo kūną paguldė bažnyčioje ant katafalko, ir broliai pusračiu apsupo jį. Abatas davė nurodymus būsimoms laidotuvėms. Išgirdau jį pasišaukiant prie savęs Bencijų ir Mikalojų Marimondietį. Trumpiau nei per dieną, prabilo abatas, vienuolynas neteko bibliotekininko ir raktininko. „Tu,— tarė jis Mikalojui,— perimsi Remigijaus pareigas. Žinai darbus, dirbamus vienuolyne. Išrink ką nors savo vieton prie kalvių, pasirūpink viskuo, kas būtina šiandienai virtuvėje, refektoriuje. Esi atleidžiamas nuo pamaldų. Eik." O Bencijui: „Tik vakar vakare buvai paskirtas Malachijo padėjėju. Pasirūpink atidaryti skriptoriumą ir žiūrėk, kad niekas neįeitų į biblioteką". Bencijus nedrąsiai pasakė, jog dar nėra supažindintas su tos vietos paslaptimis. Abatas rūsčiai dėbtelėjo į jį: „Niekas ir nežadėjo, kad būsi supažindintas. Tu stebėk, kad nenutrūktų darbas ir būtų jis tarsi malda už mirusius brolius...ir už tuos, kurie dar mirs. Kiekvienas dirbs prie tų knygų, kurias jau turi, kas norės, galės paskaityti katalogą. Ir nieko daugiau. Atleidžiu tave nuo Mišparų, nes tuo metu turėsi viską užrakinti".

— O kaip aš išeisiu? — paklausė Bencijus.

— Teisybė. Aš pats po vakarienės užrakinsiu duris apačioje. Eik.

Ir Bencijus išėjo kartu su kitais vengdamas Viljamo, bandžiusio jį prašnekinti. Chore liko tik nedidelis būrelis: Alinardas, Pacifikas Tivolietis, Aimaras Aleksandrietis ir Petras iš Sant Albano. Aimaras kreivai šypsojo.

— Dėkokime Viešpačiui,— tarė,— mirus vokiečiui, kilo pavojus turėti dar barbariškesnį bibliotekininką.

— Kaip manote, kas bus paskirtas šion vieton? — paklausė Viljamas.

Petras iš Sant Albano mįslingai nusišypsojo:

— Po viso to, kas šiomis dienomis įvyko čia, svarbu jau nebe bibliotekininkas, bet abatas...

— Nutilk,— sudraudė jį Pacifikas. Alinardas, žvelgdamas vis tuo pačiu mąsliu žvilgsniu, tarė:

— Jie vėl pasielgs neteisingai...kaip mano laikais. Reikia jiems sutrukdyti.

— Kam? — paklausė Viljamas. Pacifikas draugiškai paėmė jį po ranka ir pavedėjo durų link, toliau nuo senio.

— Alinardas...tu žinai, mes jį labai mylime, jis yra mums senosios tradicijos ir geriausių vienuolyno laikų įsikūnijimas... Bet kartais jis kalba nesuprasdamas, ką sakąs. Mes visi susirūpinę dėl naujojo bibliotekininko. Jis turėtų būti vertas, subrendęs, išmintingas... Štai ir viskas.

— Ar privalo jis mokėti graikų? — paklausė Viljamas.

— Ir dar arabų, to reikalauja tradicija, to reikalauja jo pareigos. Bet tarp mūsų daug apdovanotų šiais gabumais. Nuolankiai jūsų aš, Petras, Aimaras...

— Bencijus moka graikiškai.

— Bencijus yra per jaunas. Nežinau, kodėl vakar Malachijas pasirinko jį savo padėjėju, bet...

— Adelmas mokėjo graikiškai?

— Manau, kad ne. Taip, tikrai ne.

— Bet mokėjo Venancijus. Ir Berengarijus. Na gerai, dėkoju tau.

Išėję pasukome virtuvėn ko nors užkąsti.

— Kodėl jūs teiravotės, kas moka graikų? — paklausiau.

— Mat visi mirę su pajuodusiais pirštais mokėjo graikų. Tad ir kito lavono galima tikėtis iš tarpo tų kurie moka graikiškai. Įskaitant ir mane. Tu esi saugus.

— O ką manote apie paskutiniuosius Malachijo žodžius?

— Tu juos girdėjai. Skorpionai. Penktasis trimitas, be kita ko, skelbia ir pasirodymą skėrių, kankinančių žmones dygliu, panašiu į skorpionų, juk žinai. Ir Malachijas mums pasakė, jog jam tai kažkas buvo išpranašavęs.

— Šeštasis trimitas,— tariau,— skelbia apie žirgus su liūtų galvomis, iš kurių nasrų veržiasi dūmai, ugnis ir siera, o jų raiteliai su krūtinšarviais, ugniaspalviais, violetiniais ir geltonais.

— Per daug dalykų. Tačiau kitas nusikaltimas gali įvykti prie arklidžių. Reikėtų nenuleisti nuo jų akių. Ir pasiruoškim paskutiniajam trimitui. Taigi, dar du žmonės. Kas labiausiai įtikėtini kandidatai? Jei tikslas yra finis Africae,— tie, kurie apie jį žino. Kol kas tegaliu pasakyti, kad tai — abatas. Jei tik žabangai nėra dar kitokie. Girdėjai, rezgamas sąmokslas abatui nuversti, tačiau Alinardas kalbėjo daugiskaitą...

— Reikėtų įspėti abatą,— tariau.

— Apie ką? Kad jį ruošiasi nužudyti? Neturiu įtikinamų įrodymų. Elgiuosi taip, tarsi žudikas galvotų taip pat kaip aš. Bet jei jis vadovaujasi kitu planu? Ar, tarkim, yra ne *vienas* žudikas?

—Ką jūs turite omeny?

— Tikrai nežinau. Bet, kaip jau sakiau tau, reikia įsivaizduoti visas įmanomas tvarkas ir visas netvarkas.

Šešta diena

PIRMOJI

Aplankomas lobynas ir Mikalojus papasakoja daug dalykų

Mikalojus Marimondietis, perėmęs raktininko pareigas, vadovavo virėjams, o šie pasakojo jam apie virtuvės papročius, Viljamas norėjo su juo pasikalbėti, bet jis paprašė kelias minutes luktelėti. Po to, tarė, turėsiąs leistis lobynan prižiūrėti, kaip šveičiami relikvijoriai, nes ir tai dabar yra jo pareiga, ir ten būsią daugiau laiko kalboms.

Ir tikrai, netrukus pakvietęs mus sekti paskui, įėjo jis į bažnyčią, praėjo pro didįjį altorių (vienuoliai tuo tarpu rengė navoje katafalką ruošdamiesi Malachijo palaikų apraudojimui), nusileido laipteliais ir atsidūrėme salėje žemu skliautu, kurį laikė storų netašytų akmenų pilioriai. Buvome kriptoje, kur saugomi vienuolyno lobiai, vietoje, kurios abatas ypatingai pavydėjo ir kuri atsiverdavo tik išskirtinėmis progomis ir tik labai garbingiems svečiams.

Aplink stovėjo daug nevienodo dydžio skrynių, kurių viduje deglų (laikomų dviejų patikimų Mikalojaus padėjėjų) šviesoje žibėjo nepaprasto grožio daiktai. Auksuoti rūbai, aukso karūnos, žaižaruojančios brangakmeniais, įvairių metalų dėželės, puoštos figūromis iš nielo ir dramblio kaulo. Sužavėtas Mikalojus parodė mums evangeliorių, kurio viršelius dengė nuostabios emalės plokštelės — įvairiaspalvė vienovė taisyklingų dalių, atskirtų aukso gijomis ir prikaltų lyg vinimis brangakmeniais. Parodė mums grakščią koplytėlę su dviem kolonomis iš lapis lazuli ir aukso, kurios rėmino Kristaus kapą, subtilų sidabro bareljefą su virš jo kylančiu aukso kryžiumi, papuoštu trylika deimantų, įsegtų į margą oniksą, o mažytis koplytėlės frontonas žibėjo agatais bei rubinais. Ir pamačiau chrizolito diptiką, padalintą į penkias dalis. Kiekvienoje iš jų — po Kristaus gyvenimo paveikslą, o viduryje buvo paslaptingas avinėlis iš auksuoto sidabro korio ir akučių su stiklo intarpais, nepakartojamas daugiaspalvis paveikslas vaškinio baltumo fone.

Mikalojaus veidas, mostai, kai rodė jis mums šiuos dalykus, švieste švietė pasididžiavimu. Viljamas pagyrė, ką pamatęs, ir paklausė, kas toks buvo Malachijas.

— Keistas klausimas,— atsakė Mikalojus,— pažinojai jį taip pat ir tu.

— Taip, bet nepakankamai. Niekada nesupratau, kokios mintys sukosi jo galvoje... ir...— jis kiek padvejojo prieš išreikšdamas savo nuomonę apie tą, kuris tik šiandien paliko šį pasaulį,— ... ir ar jis jų išvis turėjo.

Mikalojus palaižė pirštą, perbraukė juo per netobulai nugludintą krištolo paviršių ir pusiau šypsodamas, nežiūrėdamas į Viljamą prabilo.

— Matai, kad tau visai nebūtina klausti... Teisybė, daugeliui Malachijas atrodė didžiai mąslus, o iš tiesų buvo labai paprastas žmogus. Alinardo nuomone,— tiesiog kvailys.

— Alinardas vis dar jaučia pagiežą dėl kažkokio seno atsitikimo, kai buvo jam atsakyta bibliotekininko garbė.

— Ir aš girdėjau kalbant apie tai, bet ši istorija labai sena, nutikusi mažiausiai prieš penkiasdešimt metų. Man atvykus čion, bibliotekininku buvo Robertas iš Bobijaus, ir senieji murmėjo apie neteisybę, padarytą Alinardui. Tuomet nepanorau į ją gilintis iš pagarbos vyresniems ir bodėdamasis gandais. Robertas turėjo padėjėją, vėliau mirusį, ir jo vieton buvo paskirtas Malachijas, tada dar labai jaunas. Daugelis kalbėjo, kad neturi jis tokių nuopelnų, nors tvirtina mokąs graikų ir arabų, bet meluoja, nes tėra tik gera beždžionė, dailiai kopijuojanti rankraščius tomis kalbomis, tačiau nesuprantanti, kas juose parašyta. Kalbėta, jog bibliotekininkas privalėtų būti daug mokytesnis. Alinardas, anuomet dar tvirtas vyras, kalbėjo apie šį paskyrimą karčių dalykų. Ir užsimindavo, kad Malachijas paskirtas ton vieton, idant vykdytų jo priešo valią, tik nesupratau, ką jis turėjo omeny. Štai ir viskas. Šnibždėta, jog Malachijas gina biblioteką it sarginis šuo, gerai nė nesuprasdamas, ką saugo. Antra vertus, murmėta ir prieš Berengarijų, kai Malachijas išrinko jį savo padėjėju. Kalbėta, kad ir jis ne gabesnis už savo mokytoją, o tėra tik intrigantas. Kalbėta taip pat... Bet ir tu jau girdėjai tas paskalas... jog buvęs keistas ryšys tarp jo ir Malachijo... Seni dalykai, be to, žinai, kas šnibždėta apie Berengarijų ir Adelmą, o jaunieji perrašinėtojai kalbėję, jog Malachijas tyliai kentęs pragarišką pavydą... Ir dar sklido gandas apie ryšius tarp Malachijo ir Jorgės, ne, ne tokius, apie kokius galėtum pagalvoti... niekas nėra pasakęs nieko bloga apie Jorgės dorą! Tačiau Malachijas kaip bibliotekininkas turėjęs iš tradicijos savo nuodėmes išpažinti abatui, o visi kiti jas išpažindavo Jorgei (arba Alinardui, tik senis dabar jau beveik be proto)... Tai štai, kalbėta, kad Malachijas per dažnai šnekėjęsis su Jorge, tarytum abatas vadovautų jo sielai, o Jorgė — kūnui, mostams, darbui. Antra vertus, žinai, greičiausiai būsi matęs: jei kam prireikia nuorodų apie seną, užmirštą knygą, neklausia jis Malachijo, bet Jorgės. Malachijas saugojo katalogą ir kopė aukštyn į biblioteką, o Jorgė žinojo kiekvieno pavadinimo reikšmę...

— Kodėl gi Jorgė taip gerai pažįsta biblioteką?

— Jis, po Alinardo, yra pats seniausias ir čia nuo pat jaunystės. Jorgei jau daugiau kaip aštuoniasdešimt ir kalbama, kad aklas jis gal daugiau kaip keturiasdešimt metų...

— Tačiau kaip jis tapo toks išmintingas dar iki prarasdamas regėjimą?

— O, apie jį sklinda legendos. Atrodo, dar vaiką jį aplankė Dievo malonė ir ten, Kastilijoje, dar būdamas paauglys jau skaitė jis arabų ir graikų daktarų knygas. Bet apako, ir dabar leidžia jis dienų dienas bibliotekoje, liepia skaityti garsiai katalogą, o po to atnešti knygas, kurias novicijus skaito jam ištisas valandas. Jis atsimena viską, nėra praradęs atminties kaip Alinardas. Bet kodėl viso to manęs klausi?

— Dabar, kai Malachijas su Berengarijum mirę, kas dar žino bibliotekos paslaptis?

— Abatas, jis turėtų dabar perduoti jas Bencijui... jei tik panorės...

— Kodėl gali nepanorėti?

— Mat Bencijus yra jaunas, padėjėju paskirtas Malachijui dar esant gyvam, bet viena yra būti bibliotekininko padėjėju, o visai kas kita — bibliotekininku. Yra tradicija, kad bibliotekininkas vėliau tampa abatu...

— A, šit kaip... Dėl to bibliotekininko vieta tokia geidžiama. Vadinasi, Abonė yra buvęs bibliotekininku?

— Ne, Abonė ne. Jis paskirtas dar prieš man čia atvykstant, dabar jau trisdešimt metų. Anksčiau abatas buvo Paulius iš Riminio, įdomus žmogus, stebėtini dalykai pasakojami apie jį: atrodo, jis ryte rijo knygas, mintinai žinojo visas, saugomas bibliotekoje, bet turėjo keistą silpnybę — negalėjo rašyti,— dėl to vadindavo jį Abbas agraphicus... Abatu jis tapo labai jaunas, kalbėta, kad rėmė jį Algirdas Kliunietis, Doctor Quadratus... Bet tai tik seni vienuolių tauškalai. Žodžiu, Paulius tapo abatu, Robertas iš Bobijaus vietoje jo bibliotekininku, tik kamavo jį liga, ir žinota, jog niekada negalės jis valdyti vienuolyno, o kai Paulius iš Riminio pasitraukė...

— Mirė?

— Ne, pasitraukė, nė nežinau kaip, kartą išvyko į kelionę ir jau negrįžo, gal nužudė jį pakeliui plėšikai... Taigi, kai Paulius pasitraukė, Robertas negalėjo stoti jo vieton ir užvirė neaiški kova. Abonė — kalbėta — buvo tikrasis šių kraštų pono sūnus, užaugęs Fosanovos vienuolyne, sakoma, jog dar jaunuolis būdamas asistavo jis šventajam Tomui, mirusiam ten, ir vadovavo šio didžio kūno nešimui žemyn bokšto laiptais, kur sunkiai sekėsi su juo paeiti... ir buvo tai jo šlovės viršūnė, šnibždėjo pikti liežuviai... Bet jį išrinko abatu, nors ir nebuvo jis bibliotekininkas, o bibliotekos paslaptis vėliau jam atskleidė, manau, Robertas.

— O kodėl bibliotekininku išrinko Robertą?

— Nežinau. Visada stengiausi itin šiais dalykais nesidomėti: mūsų vienuolynai yra šventos vietos, bet apie abatus pinamos kartais siaubingiausios intrigos. Aš domėjausi savo stiklais ir savo relikvijoriais ir nenorėjau pintis į tas istorijas. Tačiau supranti dabar, kodėl nesu tikras, ar norės abatas mokyti Bencijų, būtų tai lyg ir savo sekėjo paskyrimas, o tėra jis lengvabūdiškas jaunuolis, kone barbariškas gramatikas, iš tolimiausios šiaurės, ką gali jis žinoti apie šį kraštą, apie vienuolyną ir jo ryšius su vietos ponais...

— Bet nei Malachijas, nei Berengarijus nebuvo italai, o vis dėlto paskirti į biblioteką.

— Miglotas dalykas. Vienuoliai murmėjo, jog jau pusė amžiaus, kaip vienuolynas šiuo požiūriu nesilaiko tradicijos... Todėl prieš penkiasdešimt, o gal daugiau metų Alinardas ir siekė bibliotekininko vietos. Bibliotekininku visuomet buvo italas, šioje žemėje netrūksta didžių protų. Be to, žinai, ... — čia Mikalojus sudvejojo, sakyti ar nesakyti tai, ką ruošėsi sakyti,— ...žinai, gal Malachijas ir Berengarijus mirė kaip tik dėl to, kad netaptų abatais.

Jis suvirpėjo, mostelėjo ranka sau prieš akis lyg vydamas šalin nedoras mintis ir persižegnojo.

— Bet ką aš kalbu? Matai, šioje šalyje jau daugelį metų vyksta gėdingi dalykai ir vienuolynuose, ir popiežiaus rūmuose, ir bažnyčiose... Kova dėl valdžios, kaltinimai erezija, kad tik išplėšus svetimus turtus... Bjauru, pradedu nebetikėti žmonija, visur matau vien rūmų sąmokslus. Turėjo panašiai nutikti ir šiame vienuolyne, gyvačių lizde, slaptosios magijos dėka iškilusiame ten, kur buvo šventų palaikų relikvijorius. Pažvelk, štai šio vienuolyno praeitis!

Jis mostelėjo į aplink paskleistus lobius ir, praleisdamas kryžius bei kitus mažmožius, nuvedė tiesiai prie relikvijorių, šios vietos pasididžiavimo.

— Žiūrėkite,— kalbėjo,— štai antgalis ieties, pradūrusios Išganytojo šoną!

Tai buvo aukso dėžutė su krištoliniu dangčiu, kurios viduje ant purpurinės pagalvėlės gulėjo trikampis geležies gabalėlis, jau ėdamas rūdžių, tačiau kuriam aliejais ir vaškais bei kruopščiu darbu pasistengta grąžinti nors dalį buvusio spindesio. Bet tai dar tebuvo smulkmena. Mat kitoje, sidabro dėžutėje, nusagstytoje ametistais, su skaidria priekine dalim pamačiau gabalėlį šventojo kryžiaus, atnešto į šį vienuolyną pačios karalienės Elenos, imperatoriaus Konstantino motinos, kai ji keliavusi kaip piligrimė į šventas vietas, paliepusi kasti Golgotos kalną ir šventąjį kapą ir pastatydinusi toje vietoje katedrą.

Po to Mikalojus parodė mums dar kitus dalykus, bet visų nemokėčiau apsakyti dėl jų gausumo ir retumo. Akvamarino relikvijoriuje gulėjo vinis iš kryžiaus. Buteliuke ant džiovintų rožių pakloto mačiau dalį erškėčių vainiko, o kitoje dėžutėje, taip pat ant sausų gėlių skraistės — gabalėlį pageltusios staltiesės, dengusios paskutinės vakarienės stalą. Ir dar buvo ten šventojo

Mato kapšas iš sidabro grandelių, o cilindre, antspauduotame auksu ir perrištame nuo laiko pablukusiu violetiniu kaspinu,— šventosios Onos rankos kaulas. Mačiau stebuklą iš stebuklų — po stiklo gaubtu ant raudonos pagalvėlės, išsiuvinėtos perlais, gabalėlį lopšio iš Betliejaus ir atraižą Jono Evangelisto purpurinės tunikos, dvi grandis iš grandinių, kausčiusių Romoje apaštalo Petro kulkšnis, šventojo Adalberto kaukolę, šventojo Stepono kardą, šventosios Margaritos blauzdikaulį, šventojo Vito pirštą, šventosios Sofijos šonkaulį, šventojo Eobano smakrą, šventojo Chrizostomo mentikaulio viršutinę dalį, šventojo Juozapo sužadėtuvių žiedą, Jono Krikštytojo dantį, Mozės rykštę, ploniausio mezginio iš Mergelės Marijos vestuvinės suknios labai jau sunykusį gabalėlį.

Ir dar kitus dalykus, nebuvusius relikvijomis, betgi buvusiu amžinais liudytojais tolimų žemių stebuklų ir stebuklingų dalykų, atneštų vienuolynan vienuolių, nukakusių iki tolimiausių pasaulio kraštų: basilisko ir hidros iškamšas, vienaragio ragą, kiaušinį, vieno atsiskyrėlio rastą kitame kiaušinyje, grūdelį manos, maitinusios žydus dykumoje, banginio dantį, kokoso riešutą, kažkokios prieštvaninės bestijos petikaulį, dramblio iltį, delfino šonkaulį. Ir dar kitas relikvijas, kurių nepažinau ir už kurias gal brangesni buvo relikvijoriai, kurių daugelis (sprendžiant iš darbo ir patamsėjusio sidabro) buvo labai seni, gausybę kaulų, medžio, metalo, stiklo nuolaužų. Ir buteliukus su tamsiais milteliais, viename iš jų, kaip sužinojau, buvo sudegusio Sodomos miesto likučiai, o kitame — kalkės iš Jerichono sienų. Ir už kiekvieną iš šių dalykų, nors ir patį menkiausią, imperatorius būtų davęs daugiau nei vienas valdas, nes ne vien teikė jie begalinį autoritetą, o buvo ir tikrasis turtas vienuolyno, kuriame glaudėsi.

Sukiojausi po lobyną apstulbęs, jau neklausydamas Mikalojaus pasakojimo apie paskirus dalykus, juolab kad visi jie buvo aprašyti atskirose kortelėse ir laisvai galėjau raustis šioje neįkainojamų stebuklų sankaupoje, kartais žavėdamasis jais ryškioje šviesoje, o kartais — prietemoje, kai Mikalojaus padėjėjai su savo deglais atsidurdavo kitame salės gale. Žavėjo mane tos pageltusios nuolaužos, tuo pat metu mistiškos ir atstumiančios, aiškios ir paslaptingos, tos neatmenamų laikų rūbų atraižos, išblukusios, atspurusios, kartais susuktos buteliukuose it kokie išbalinti rankraščiai, tos sudūlėjusios medžiagos, susiliejančios su audiniu — jų paklotu. Šventos liekanos buvusio gyvuliško (ir racionalaus) gyvenimo, dabar įkalintos krištolo ar metalo statiniuose tarytum mažose akmeninėse katedrose su bokštais ir bokšteliais, atrodė lyg pačios virtusios mineraline substancija. Tai taip palaidoti šventųjų kūnai laukia prisikėlimo iš numirusiųjų.

O iš tų nuolaužų vėl atgims tie organizmai, kurie, dieviškosios vizijos spindesy atgavę visą savo įgimtą juslumą, galės justi, kaip rašė Pipernas, net ir minimus differentias odorum[2].

Iš šių apmąstymų išplėšė mane Viljamas, palietęs man petį.

— Aš einu,— tarė.— Užkopsiu į skriptoriumą, reikia dar kai ką pamatyti...

— Bet juk knygos neišduodamos,— tariau.— Bencijui liepta...

— Tenoriu patyrinėti tas pačias, kurias skaičiau anądien, o visos jos vis dar skriptoriume, ant Venancijaus stalo. Jei nori, gali likti čia. Ši kripta yra gera debatų dėl neturto, kuriuose šiomis dienomis teko tau dalyvauti, epitoma. Ir žinai dabar, kodėl tie tavo broliai kapoja vienas kitą siekdami abato vietos.

— Bet ar jūs tikite tuo, ką pasakė Mikalojus? Tuomet nusikaltimai siejasi su kova dėl investitūros?

— Jau sakiau, kol kas nenoriu garsiai skelbti savo hipotezių. Mikalojus kalbėjo daug dalykų. Ir kai kurie iš jų sudomino mane. Dabar einu pasekti vienu pėdsaku. O gal ir tuo pačiu, tik iš kito galo. Tu pernelyg nesižavėk šiais relikvijoriais. Kryžiaus nuolaužų jau ne vieną mačiau kitose bažnyčiose. Jei visos jos būtų tikros, Mūsų Viešpats būtų buvęs nukankintas ne ant dviejų sukryžiuotų medžių, bet ant viso miško.

— Mokytojau! — sušukau pasibaisėjęs.

— Taip yra, Adsai. Yra ir dar turtingesnių lobynų. Kadaise Kelno katedroje mačiau dvylikamečio Jono Krikštytojo kaukolę.

— Tikrai? — sušukau sužavėtas. Nors sudvejojau.— Betgi Krikštytojas nužudytas jau daug senesio amžiaus!

— Ta kaukolė turėtų būti kuriame nors kitame lobyne,— atsakė Viljamas rimtu veidu. Niekuomet negalėjau suprasti, kada jis juokauja. Kai mano kraštuose pasakomas koks juokas, puolama garsiai juoktis, idant visi galėtų toje linksmybėje dalyvauti, o Viljamas juokėsi tik kalbėdamas rimtus dalykus ir būdavo kuo rimčiausias, kai galėjai spėti, kad juokauja.

Šešta diena

TREČIOJI

Adsas, klausydamasis „Dies irae", patiria sapną, arba regėjimą,— kaip kam geriau patinka

Viljamas atsisveikino su Mikalojum ir patraukė į skriptoriumą. Aš jau gana prisižiūrėjau lobyno, tad nutariau eiti bažnyčion melstis už Malachijo sielą. Nemėgau to žmogaus, kėlusio man baimę ir, neslėpsiu, ilgai maniau jį esant visų mirčių kaltininku. Dabar sužinojau, jog buvo jis vargšas, kamuojamas nepatenkintų aistrų, molinis ąsotis tarp geležinių indų, paniuręs, nes sutrikęs, tylus ir netiesus, nes neturėjo ką pasakyti. Todėl nerimo mano sąžinė ir tariau, kad malda už jo likimą aname pasaulyje galėtų numaldyti tą širdyje slypėjusį kaltės jausmą.

Bažnyčioje dabar tvyrojo silpna melsva šviesa, dominavo nelaimingojo palaikai, gaudė monotoniškas murmėjimas vienuolių, skaitančių maldas už mirusius.

Melko vienuolyne ne kartą teko būti kurio nors brolio mirties liudytoju. Negaliu tarti, jog tai buvo linksmas įvykis, tačiau man jis atrodė kupinas giedros, valdomas ramybės ir gilaus teisingumo jausmo. Visi paeiliui budėjome mirštančiojo celėje, guodėme jį maloniais žodžiais ir kiekvienas širdyje galvojo, koks laimingas yra štai mirštantysis, nes baigia jau savo dorą gyvenimą ir netrukus susijungs su angelų choru amžiname džiaugsme. Dalis tos giedros, to švento pavydo aromatas persmelkdavo mirštantįjį ir jis ramus pasitraukdavo iš gyvenimo. Kokios skirtingos buvo pastarųjų dienų mirtys! Iš arti galėjau regėti mirštant finis Africae velniškųjų skorpionų auką, tikrai taip pat mirė ir Venancijus, ir Berengarijus, ieškodami nusiraminimo vandenyje, tokiais pat sukritusiais veidais kaip ir Malachijo...

Atsisėdęs bažnyčios gilumoje susigūžiau, kad nugalėčiau kiaurai smelkiantį šaltį. O kiek apšilęs pradėjau judinti lūpas prisijungdamas prie besimeldžiančių brolių choro. Svyrančia galva ir limpančiais vokais kartojau kartu su jais žodžius beveik nesuprasdamas, ką kalba mano lūpos. Lėtai slinko laikas, manau, kad mažiausiai tris ar keturis kartus buvau užsnūdęs ir vėl pabudęs. Choras užvedė *Dies Irae*... Psalmės giedojimas paveikė mane tarsi narkotikas. Suvis užmigau. O gal nebuvo tai miegas, tik neramus sustingimas, į kurį issekęs panirau, susirietęs dvilinkas kaip kūdikis dar motinos įsčiose. Ir apgaubtas tokios štai sielos miglos atsidūriau tarytum ne šio pasaulio kraštuose, kur patyriau regėjimą, arba sapną, nė nežinau, kaip tiksliau pasakyti.

Siaurais laiptais leisdamasis patekau į žemą siaurą koridorių, tarytum eičiau į lobyno kriptą, bet nesustojau, o vis leidausi, kol atsidūriau erdvesnėje kriptoje, kuri pasirodė esanti Buveinės virtuvė. Tai neabejotinai buvo virtuvė, nors regėjau joje ne vien krosnis ir puodus, bet ir dumples, ir kūjus, lyg dirbtų čia taip pat ir Mikalojaus kalviai. Raudoniu žaižaravo katilai ir krosnys, ir kunkuliuojantys puodai, iš kurių kilo garai, o skysčių paviršiun triukšmingai kilo dideli burbulai, dusliai ir nenutrūkstamai sproginėjantys. Virėjai ore suko iešmus, o novicijai, visi čia susirinkę, šokinėjo siekdami pagauti ant tų įkaitusių virbų pamautus viščiukus ir kitus paukščius. Greta kalviai kalė taip stipriai, kad visas oras virpėjo, o žiežirbų debesys kilo nuo priekalų maišydamiesi su tomis, kurias spjaudė dvi krosnys.

Negalėjau suprasti, ar atsidūriau pragare, ar rojuje, kokį jį vaizdavosi Salvatorė,— varvančiame padažais ir tirštame nuo rūkytų dešrų. Bet nēturėjau laiko svarstyti, kur esąs, nes pagavo mane srautas įbėgusių žmogiūkščių — nykštukų didelėmis puodų pavidalo galvomis — ir nusinešęs refektoriaus slenksčio link įstūmė vidun.

Salė buvo šventiškai išpuošta. Dideli gobelenai ir vėliavos kabojo ant sienų, tačiau paveikslai juose nebuvo tie, kurie skatina tikinčiųjų pamaldumą ar garsina karalių šlovę. Atrodė jie įkvėpti Adelmo marginalijų, pasirenkant iš jų mažiausiai baisius ir labiausiai komiškus atvaizdus: kiškius, šokančius aplink gausybės medį, upes, pilnas žuvų, šokančių tiesiai ant keptuvės, laikomos beždžionių, apsirengusių vyskupais - virėjais, storais pilvais pabaisas, šokančias aplink garuojančius katilus.

Stalo viduryje sėdėjo abatas, šventiškai pasidabinęs, dideliu purpuriniu siuvinėtu rūbu, sugniaužęs rankoje savo šakutę, lyg kokį skeptrą. Greta jo Jorgė gėrė iš didelio vyno ąsočio, o raktininkas, apsirengęs kaip Bernardas Gi, iš skorpiono formos knygos pamaldžiai skaitė šventųjų gyvenimus ir ištraukas iš Evangelijos, tačiau tai buvo pasakojimai apie Jėzų, kuris juokavo su apaštalu primindamas tam, kad yra jis akmuo ir kad ant to begėdiško akmens, besiritančio per lygumą, jis, Jėzus, pastatys savo Bažnyčią, arba pasakojimas apie šventąjį Jeronimą, kuris aiškino Bibliją sakydamas, jog Dievas norėjęs apnuoginti Jeruzalės užpakalį. Ir sulig kiekvienu raktininko sakiniu Jorgė juokėsi daužydamas kumščiu per stalą ir kalbėdamas: „Tu būsi kitas abatas, prisiekiu Dievo pilvu!". Taip jis kalbėjo, teatleidžia man Dievas.

Abatui džiugiai mostelėjus, įėjo mergelių virtinė. Tai buvo spindulinga prabangiai apsirengusių moterų vora, o jų viduryje, kaip man iš pirmo žvilgsnio pasirodė, pamačiau savo motiną, bet tuoj supratau klystąs, nes tai buvo mergaitė, baisi kaip mūšiui pasiruošusi kariuomenė. Tik ant galvos jai žibėjo vainikas iš dviejų eilių perlų, ir du perlų kriokliai krito abejose veido pusėse susiliedami su krūtinę juosusiomis kitomis dviem perlų eilėm, o prie kiekvieno perlo kabėjo po deimantą, didelį lyg slyva. Iš abiejų ausų jai sruvo žydrų perlų vėriniai, susiliejantys ties kaklu, baltu ir tiesiu kaip Libano bokštas, į perlų antkaklį. Jos apsiaustas buvo purpurinis, o rankoje ji laikė aukso taurę, nusagstytą deimantais, kurioje supratau esant, nė pats nežinau kodėl, mirtinus nuodus, kadaise pavogtus iš Severino. Paskui šią moterį, gražią kaip aušra, ėjo kitos, viena iš jų su baltu siuvinėtu apsiaustu virš tamsios suknios su dviguba aukso stula, papuošta laukų gėlėmis; kita vilkėjo geltono damasko apsiaustu ant blyškiai rožinės suknios, nubertos žaliais lapais, su dviem prisiūtais dideliais rudais labirintiškais kvadratais; trečioji vilkėjo raudonu apsiaustu ir smaragdine suknia su išaustais mažais raudonais žvėreliais, o rankose laikė baltą siuvinėtą stulą; dar kitų rūbų aš netyrinėjau, stengdamasis suprasti, kas gi buvo tos, lydėjusios mergaitę, kuri dabar priminė Mergelę Mariją; o kad kiekviena laikė rankoje ar iš burnos jai ėjo kartušas, žinojau, jog tai Ruta, Zuzana ir kitos Šventojo Rašto moterys.

Čia abatas suriko: „Šen, kekšės vaikai!", ir refektoriun įplaukė kitas būrys šventų asmenų, paprastai, bet didingai apsitaisiusių, ir visus juos pažinau, o viduryje buvo Sėdintysis soste, Mūsų Viešpats ir kartu Adomas su purpuriniu apsiaustu, kurį ties pečiais laikė raudonai balta nuo rubinų ir perlų diadema, ir vainiku ant galvos, panašiu į tą, kurį dėvėjo mergaitė, rankoje jis laikė didesnę taurę, sklidiną meitėlių kraujo. Kiti švenčiausi asmenys, visi man gerai pažįstami, supo jį ratu, ten buvo pulkas Prancūzijos karaliaus lankininkų, aprengtų žaliai ir raudonai, su smaragdiniu skydu, kuriame švytėjo Kristaus monograma. Šio būrio vadas žengė prie abato, pasveikino jį ir ištiesė jam taurę tardamas: „Žinau kat šios žemės iki jųjų ribų trisdešimt metų faldo sancti Benedicti" Į ką abatas atsakė: „Age primum et septimum de quatuor", o visi užtraukė: „In finibus Africae, amen". Tuomet visi sederunt.

Taip susimaišius dviem priešingiems būriams, abatui paliepus, Salomonas pradėjo dengti vaišių stalą, Jokūbas ir Andrius atnešė ryšį šieno, Adomas įsitaisė viduryje, Ieva atsigulė ant lapo, Kainas įėjo tempdamas paskui arklą, Abelis įnešė milžtuvę, kad pamelžtų Brunelį, Nojus pergalingai įplaukė su arka, Abraomas atsisėdo po medžiu, Izaokas atsigulė ant auksinio bažnyčios altoriaus, Mozė pritūpė ant akmens, Danielius pasirodė ant paaukštinimo karstui greta Malachijo, Tobijas išsitiesė ant lovos, Juozapas griuvo ant modijaus, Benjaminas išsitempė ant maišo, o po to, bet čia vaizdas jau tapo ne toks ryškus, Dovydas stojo ant kalvos, Jonas ant žemės, Faraonas ant smėlio (teisingai, tariau sau, bet kodėl), Lozorius ant stalo, Jėzus ant šulinio krašto, Zachiejas ant medžio šakos, Matas ant suoliuko, Raabas ant pakulų, Ruta ant šiaudų, Teklė ant palangės (o už lango matėsi blyškus Adelmo veidas, perspėjantis, kad galima nukristi ten, žemyn, į prarają), Zuzana darželyje, Judas tarp kapų, Petras ant katedros, Jokūbas ant tinklo, Elijas balne, Rachelė ant ryšulio. O apaštalas Paulius, padėjęs šalin kalaviją, klausėsi bambančio

Ezojaus, tuo tarpu Jobas inkštė ant mėšlo krūvos ir atbėgo jam padėti Rebeka su suknia, Judita su apklotu, Hagaras su laidotuvių drobule, o keli novicijai nešė didžiulį garuojantį katilą, iš kurio iššoko Venancijus Salvemekietis visas raudonas ir dalijo susirinkusiems kraujinius vėdarus.

Į refektorių rinkosi vis daugiau žmonių ir visi kimšo kiek kas įmanydamas, Jona nešė į stalą moliūgus, Izaijas daržoves, Ezechielis gervuoges, Zachiejas sikomoro žiedus, Adomas citrinas, Danielius lubinus, Faraonas pipirus, Kainas artišokus, Ieva figas, Rachelė obuolius, Ananijas slyvas, dideles kaip deimantas, Lėja svogūnus, Aronas alyvas, Juozapas kiaušinius, Nojus vynuoges, Simonas persikų kauliukus, o Jėzus tuo tarpu giedojo „Dies irae" ir linksmai šlakstė visus tuos valgius actu spausdamas jį iš mažos kempinėlės, paimtos iš vieno Prancūzijos karaliaus lankininko.

„Mano vaikai, mano visos avelės,— prabilo tuomet abatas visai apgirtęs,— negalite juk vakarieniauti apsirengę lyg kokie skarmaliai, eikšekit, eikšekit". Ir stipriai trenkė pirmam ir septintam iš keturių, kurie tarsi beformės šmėklos tūnojo veidrodžio gilumoje, ir veidrodis subyrėjo, o po labirinto salių grindis pasklido akmenimis nusagstyti įvairiaspalviai rūbai, purvini ir sudriskę. Ir Zachiejas paėmė rūbą baltą, Abraomas margą, Lotas sieros spalvos, Jona žydrą, Teklė rausvą, Danielius gelsvą, Jonas trispalvį, Adomas kailinį, Judas su sidabro pinigėliais, Raabas purpurinį, Ieva gėrio ir blogio pažinimo medžio spalvos, vieni ėmė daugiaspalvį, kiti vienspalvį, kas žemės, kas jūros, kas medžių, kas akmens arba rūdžių spalvos, juodą, hiacinto, ugnies ir sieros spalvos, o Jėzus puikavosi baltu rūbu ir šaipydamasis kaltino Judą nemokant juokauti šventoje linksmybėje.

Ir tuomet Jorgė, nusiėmęs vitra ad legendum, uždegė liepsnojantį krūmą, kuriam Sara buvo radusi medžių, Jeftė juos surinkęs, Izaokas iškrovęs, Juozapas supjovęs, o Jokūbas atidarinėjo šulinį, Danielius sėdėjo ežero pakrantėje, tarnai nešė vandenį, Nojus vyną, Hagaras odmaišį, Abraomas veršiuką, kurį Raabas pririšo prie kuolelio, o Jėzus laikė virvę, kai Elijas pančiojo veršiukui kojas, po to Absalomas pakabino jį už plaukų, Petras padavė kalaviją, Kainas užmušė, Erodas nuleido kraują, Semas išvalė vidurius, Jokūbas užpylė aliejaus, Molesadonas užbarstė druskos, Antiochas padėjo ant ugnies, Rebeka iškepė, o Ieva pirma paragavo ir ėmė ją pykinti, bet Adomas liepė apie tai negalvoti ir daužė per pečius Severiną, patariantį pridėti kvapniųjų žolelių. Tuomet Jėzus perlaužė duoną, padalijo žuvelių, Jokūbas šaukė, nes Ezojus suvalgė visus jo lęšius, Izaokas rijo ožiuką, keptą ant iešmo, Jona virtą banginį, o Jėzus pasninkavo keturiasdešimt dienų ir keturiasdešimt naktų.

Tuo tarpu visi įeidavo ir išeidavo, nešini įvairiausių formų ir spalvų laimikiais, iš kurių Benjaminas visuomet imdavo didžiausią, o Marija — geriausią dalį, tik Morta skundėsi turinti visuomet plauti visus indus. Po to padalijo veršiuką, kuris per tą laiką labai išaugo, ir Jonui teko galva, Absalomui sprandas, Aronui liežuvis, Samsonui žandikaulis, Petrui ausis, Holofernui kakta, Lėjai pasturgalis, Sauliui kaklas, Jonai pilvas, Tobijui tulžis, Ievai šonkaulis, Marijai krūtinė, Elžbietai dvišakumas, Mozei uodega, Lotui kojos, o Ezekieliui kaulai. Tuo tarpu Jėzus rijo asilą, šventasis Pranciškus vilką, Abelis avį, Ieva murena, Krikštytojas skėrį, Faraonas aštuonkojį (teisingai, tariau sau, bet kodėl?), o Dovydas ėsdamas kantarides puolė mergaitę ir mėtė jas į ją, nigra sed formosa, tuo tarpu Samsonas kando liūto kumpį, o Teklė bėgo rėkdama nuo juodo plaukuoto voro.

Visi jau aiškiai buvo girti ir kas slydo ant išlieto vyno, kas krito į puodus, iš kurių telikdavo styroti tik dvi sukryžiuotos kojos, o Jėzaus visi pirštai buvo pajuodę ir tiesė jis knygos lapus sakydamas: „imkite ir valgykite, štai Simfozijaus mįslės, o tarp jų ta apie žuvį, kuri yra Dievo sūnus ir jūsų išganytojas". Ir visi gėrė vyną, Jėzus vynuogių, Jona Marsikos, Faraonas Sorento (kodėl?), Mozė gadietišką, Izaokas Kretos, Aronas Adrijos, Zachiejus vaisių, Teklė ugninį, Jonas albanišką, Abelis Kampanijos, Marija Sinjos, Rachelė Florencijos.

Adomas aukštielninkas gargaliavo, o vynas tekėjo jam iš šonkaulių, Nojus per miegus keikė Chamą, Holofernas knarkė nieko neįtardamas, Jona miegojo kaip akmuo, Petras budėjo iki gaidžių giedojimo, o Jėzus staiga pabudo, išgirdęs Bernardą Gi ir Bertraną iš Podžeto tariantis, kaip sudeginti mergaitę, ir sušuko: „tėve, jei gali, atitolink nuo manęs šią taurę!" Kas blogai pilstė, kas gerai gėrė, kas mirė juokdamasis, o kas juokėsi mirdamas, kas nešiojo butelius, o kas gėrė iš kito taurės. Zuzana šaukė niekuomet neatiduosianti savo gražaus balto kūno raktininkui ir Salvatorei už varganą jaučio širdį, Pilotas sukiojosi po refektorių lyg kenčianti siela prašydamas vandens rankoms nusiplauti ir brolis Dolčinas su plunksna už skrybėlės kaspino atnešė jam vandens, o paskui kikendamas prasleidė apsiaustą ir parodė krauju paplūdusią pudendą. Kainas tuo tarpu tyčiojosi iš jo ir glėbesčiavo gražiąją Margaritą iš Trento, o Dolčinas pradėjo verkti, padėjęs galvą Bernardui Gi ant krūtinės, vadino jį angeliškuoju popiežium, Hubertinas guodė Dolčiną gyvenimo medžiu, Mykolas Čezenietis aukso kapšu, Marijos tepė jį kvapniaisiais tepalais, o Adomas įkalbinėjo suvalgyti ką tik nuskintą obuolį.

Tuomet prasivėrė Buveinės skliautas ir iš dangaus su skraidančia mašina nusileido Rodžeris Bekonas, *unico homine regente.*

Po to Dovydas skambino citra, Salomėja šoko, apsisiautusi septyniomis skraistėmis, o nukritus kiekvienai iš jų grojo vienu iš septynių trimitų ir rodė vieną iš septynių antspaudų, kol liko tik amicta sole. Visi kalbėjo niekuomet dar nematę tokio linksmo vienuolyno, o Benengarijus kilnojo visų rūbus, ir moterų, ir vyrų, ir bučiavo jų užpakalius. Tada prasidėjo šokis, Jėzus buvo apsirengęs mokytoju, Jonas sargu, Petras gladiatorium su tinklu, Nemrodas medžiokliu, Judas išdaviku, Adomas sodininku, Ieva audėja, Kainas plėšiku, Abelis piemeniu, Jokūbas pasiuntiniu, Zacharijas dvasininku, Dovydas karaliumi, Jubalas citristu, Joakimas žveju, Antiochas virėju, Rebeka vandens nešiotoja, Molesadonas kvailiu, Morta tarnaite, Erodas pamišėliu, Tobijas mediku, Juozapas dailide, Nojus girtuokliu, Izaokas kaimiečiu, Jobas liūdnu žmogum, Danielius teisėju, Tamara prostitute, Marija šeimininke, liepiančia tarnams atnešti dar vyno, nes tas nepilnaprotis jos sūnus nenori vandens vynu paversti.

Tuomet abatas pasišiaušė ir tarė, jog suruošęs jis tokią puikią šventę, o niekas nieko jam nedovanoja: ir visi tuomet viens per kitą puolė nešti jam dovanas ir turtus: bulių, avį, liūtą, kupranugarį, elnią, veršiuką, mulą, saulės vežimą, šventojo Eobano smakrą, šventosios Morimondos uodegą, šventosios Arundalinos isčias, dvylikametės šventosios Burgosinos sprandą, išraižytą kaip taurę, ir „Pentagonum Salomonus" kopiją. Bet abatas ėmė šaukti, jog taip darydami jie stengiasi užliūliuoti jo dėmesį, o iš tiesų plėšia turtus jo lobyno, kuriame visi dabar esame, ir kad pavogta brangiausia knyga apie skorpionus ir septynis trimitus, tad pasišaukė Prancūzijos karaliaus lankininkus, idant šie apieškotų visus įtariamus. Ir visų gėdai pas Hagarą rastas margintas šilkas, pas Rachelę aukso antspaudas, prie Teklės krūtinės sidabro veidrodis, sifonas gėrimams Benjamino užantyje, šilko užtiesalas tarp Juditos suknių, ietis Liongino rankoje, o svetima žmona Abimelecho glėbyje. Bet blogiausia nutiko radus juodą gaidį prie mergaitės, gražios ir juodos tarytum tos pačios spalvos katinas, ir vadino ją ragana bei netikruoju apaštalu, ir visi puolė, kad nubaustų ją. Krikštytojas nukirto jai galvą, Abelis ją perskrodė, Adomas numetė, Nabukochodonosoras deganča ranka užrašė jai ant krūtinės zodiako ženklus, Elijas pagrobė ją į ugnies vežimą, Nojus panardino į vandenį, Lotas pavertė druskos stulpu, Zuzana apkaltino gašlumu, Juozapas išdavė su kita, Ananijas įstūmė į krosnį, Samsonas sukaustė grandinėmis, Paulius nuplakė, Petras nukryžiavo galva žemyn, Steponas užmėtė akmenimis, Laurynas iškepė ant grotelių, Baltramiejus nudyrė odą, Judas ją išdavė, raktininkas sudegino, o Petras visko išsižadėjo. Po to visi puolė jos kūną, apmėtė jį ekskrementais, bezdėjo į veidą, šlapinosi ant galvos, vėmė ant krūtinės, pešė plaukus, mušė per nugarą degančiais deglais. Mergaitės kūnas, kadaise toks gražus ir saldus, dabar nyko, sklido į dalis, dingstančias kriptos krištolinėse ir auksinėse skryniose bei relikvijoriuose. Tiksliau, ne mergaitės kūnas užpildė kriptą, bet kriptos fragmentai, vartydamiesi ore, susidėjo tarytum į mergaitės kūną, dabar jau mineralinės substancijos, bet vėl suskylantį ir išsisklaidantį lyg iš šventos dulkės dalelių, sukauptų beprotiškos nedoros. Buvo taip, lyg vienas kūnas šimtmečius skilo į dalis, ir susidėjo taip, kad užpildytų visą kriptą, panašią į mirusių vienuolių osarijų, tik šviesesnę, tarsi pati substancinė žmogaus kūno forma, sutvėrimo šedevras, suiro į daugybę kitų nesusijusių atsitiktinių formų, tuo būdu tapdama savo atvaizdu, forma jau ne idealia, bet žemiška, iš dulkių ir dvokiančių nuolaužų, tegebančių žymėti mirtį ir destrukciją...

Ir nemačiau jau puotos dalyvių, nei dovanų, jų padovanotų, tarsi susiėję svečiai dabar būtų kriptoje, kiekvienas mumifikuotas savo palaikuose, kiekvienas skaidri savo paties sinekdocha, Rachelė kaip kaulas, Danielius kaip dantis, Samsonas kaip žandikaulis, Jėzus kaip purpurinio rūbo atraiža. Tarytum puotos pabaiga, šventei virtus mergaitės skerdynėmis, tapo visuotinomis skerdynėmis, ir mačiau čia galutinę išdavą, kūnus (ką sakau? visą žemišką kūną tų išalkusių ir ištroškusių bendrastalių) virtus vienu mirusiu kūnu, sudraskytu ir nukankintu kaip Dolčino kūnas po kankinimų, paverstu siaubingu ir švytinčiu lobiu, išsitempusiu visu savo paviršiumi lyg nudirta ir pakabinta gyvulio oda, betgi išlaikiusiu suakmenėjusius kartu su oda ir vidurius, ir visus organus, net ir veido bruožus. Oda su kiekviena iš savo raukšlių, klosčių ir randų, su savo pūkuotomis plokštumomis, su plaukų mišku, su krūtine ir pudenda, virtusiomis prabangiu damasku, ir krūtimis, nagais, sudiržusiais padais, blakstienomis, akių skysta materija, lūpų minkštimu, laibu nugarkauliu, kaulų architektūra, o visa tapę smėlio miltais, nors niekas neprarado nei savo pavidalo, nei tarpusavio ryšio, kojos be kaulų ir geibios kaip kojinės, jų mėsa plokščia kaip arnotas su visomis skaisčiai raudonomis gyslų arabeskomis, išraižyta vidurių krūva, intensyvus ir gleivėtas širdies rubinas, perlinė virtinė dantų, visų lygių ir išdėstytų vėduokle, o liežuvis lyg raudonai žydras pakabukas, pirštai sustatyti kaip žvakės, bambos antspaudas, vėl surišantis išskleistą pilvo likimą... Kriptoje dabar iš kiekvienos pusės man šiepėsi, šnibždėjo, kvietė mirti tas makrokūnas, išdalytas po skrynias ir relikvijarius, bet, nepaisant to, gyvas savo plačia ir neracionalia visuma, čia ir buvo tas pats kūnas, kuris per vakarienę rijo ir bjauriai vartaliojosi, bet dabar jis man atrodė sustingęs savo kurčių ir aklų griuvęsių neliečiamybėje. O Hubertinas, pačiupęs mano ranką taip, kad nagai jo susmigo į mėsą, šnibždėjo: „Matai, tai vis tas pats dalykas, kas pirma triumfavo kaip beprotybė ir mėgavosi savo žaidimu, dabar yra čia, nubausta ir apdovanota, išlaisvinta nuo aistrų pagundų, sustingdyta amžinybės, atiduota amžinam šalčiui, kuris visa išlaikys ir apvalys, išgelbėta nuo suirimo pačios irimo pergalės, nes niekas nebegali paversti dulkėmis to, kas dulkės ir mineralinė substancija jau yra, mors est quies viatoris, finis est omnis laboris...“

Bet staiga kripton įėjo Salvatorė, liepsningas tarytum koks velnias, ir sušuko: „Kvaily! Ar nematai, kad tai didysis liotardo žvėris iš Jobo knygos! Ko bijai, šeimininkėli mano? Štai keptas sūris!“ Kripta netikėtai nušvito rausvais atšvaitais ir vėl tapo virtuve, tik labiau nei virtuvė buvo tai vidus didelio pilvo, gleivėtas ir lipnus, o viduryje jo — juodas žvėris, juodas kaip kranklys ir su tūkstančiu rankų, prikaustytas prie didžiulių kepimo grotelių, vis tiesiantis tas savo rankas, kad pasiektų stovinčius aplink jį, ir kaip vynuogininkas, pajutęs troškulį, išsispaudžia vynuogių, taip ir jis spaudė, ką pagavęs, ir traiškė visus savo rankose, kam kojas, kam galvas, o po to rijo ir raugčiojo ugnimi, smirdančia labiau už sierą. Bet, o stebuklinga paslaptis, tas vaizdas nekėlė man baimės ir nustebau galėdamas draugiškai žvelgti į šį „gerąjį velnią“ (taip maniau), kuris, beje, nebuvo kas nors kitas, tai buvo Salvatorė, nes dabar jau žinojau viską apie mirtingąjį žmogaus kūną, apie jo kančias ir irimą, todėl nieko ir nebijojau. Tikrai, toje liepsnų šviesoje, kuri atrodė dabar švelni ir bičiuliška, vėl pamačiau visus vakarienės svečius, grįžusius į savo pavidalus, dainuojančius, kad viskas vėl prasideda iš pradžių, o tarp jų ir mergaitę, sveiką ir kuo gražiausią, sakančią man: „Tai niekis, tai niekis, pamatysi, grįšiu vėliau dar gražesnė nei buvau, leisk man tik akimirką sudegti ant laužo, o paskui ir vėl čia susitiksim!“ Ir ji parodė man, teatleidžia man Dievas, savo dvišakymą, į kurį aš įėjau ir atsidūriau gražiausioje oloje, tarytum žaviame aukso amžiaus slėnyje su čiurlenančiais upeliais, gausybe vaisių ir medžiais, ant kurių augo kepti sūriai. Ir visi dėkojo abatui už gražią šventę ir rodė jam savo nuoširdumą bei gerą nuotaiką stumdydami jį, spardydami, draskydami jo rūbus, versdami ant žemės, daužydami jo varpą savosiomis, o jis juokėsi ir maldavo nebekutenti. Čia raiti ant žirgų, iš kurių šnervių vertėsi sieros debesys, įjojo beturčių gyvenimo broliai, prie juostų prisisegę pilnus aukso kapšus, kurių dėka mainė vilkus į ėriukus, o ėriukus — į vilkus, ir vainikavo juos imperatoriais sulig valia liaudies susirinkimo, giedančio šlovę amžinai begalinei Dievo galybei. „Ut cachinnis dissolvatus, torquetur rictibus!“[3]

šaukė Jėzus, mosuodamas erškėčių vainiku. Įėjo popiežius Jonas, keikdamas visą tą sąmyšį ir sakydamas: „Tokiu būdu nežinia kur nueisim!" Bet visi šaipėsi iš jo ir abato vadovaujami pataukė su kiaulėmis į mišką ieškoti triufelių. Aš jau buvau beeinąs paskui juos, kai kampe pamačiau Viljamą, išeinantį iš labirinto ir rankoje laikantį magnetą, kuris baisiu greičiu traukė jį šiaurės link. „Nepalikit manęs, mokytojau! — sušukau.— Ir aš noriu pamatyti, kas yra ten, tame finis Africae!"

„Tu jau matei!" — atsakė man Viljamas iš labai toli. Atsibudau, o bažnyčioje pasigirdo paskutiniai gedulingo giedojimo žodžiai:

> Lacrimosa dies illa
> qua resurget ex favilla
> iudicandus homo reus:
> huic ergo parce deus!
> Pie Iesu domine
> dona eis requiem[4].

Tai reiškė, jog mano regėjimas, greitas kaip ir visi regėjimai, truko gal ne vieną amen, betgi trumpiau nei *Dies irae*.

Šešta diena

PO TREČIOSIOS

Viljamas išaiškina Adsui jo sapną

Sutrikęs išėjau iš bažnyčios pro pagrindinį portalą ir atsidūriau priešais nedidelį būrį žmonių. Tai buvo išvykstantys pranciškonai, o su jais ir Viljamas, nusileidęs iš skriptoriumo atsisveikinti.

Atsisveikinau ir aš, broliškai apsikabinau. Po to paklausiau Viljamą, kada gi išvyksią tie kiti, su belaisviais. Jis atsakė, kad jau pusvalandis kaip jie išvyko, mes tuomet buvome lobyne, o gal, pamaniau, aš jau skendėjau savo sapne.

Pasijutau sukrėstas, bet susitvardžiau. Taip geriau. Nebūčiau galėjęs regėti pasmerktųjų (kalbu apie vargšą nelaimėlį raktininką, Salvatorę... ir, taip, apie mergaitę), išvelkamų tolyn ir amžiams. Be to, tebebuvau įaudrintas savo sapno ir net mano jausmus tarytum sukaustė ledas.

Minoritų vorai tolstant vienuolyno vartų link, mes su Viljamu vis dar stovėjome prie bažnyčios, abu liūdni, nors ir dėl skirtingų priežasčių. Tuomet ryžausi papasakoti mokytojui savo sapną. Nors regėjimas buvo daugialypis ir nelogiškas, atsiminiau jį stebėtinai aiškiai, paveikslą po paveikslo, mostą po mosto, žodį po žodžio. Taip aš jį ir papasakojau nieko neslėpdamas, nes žinojau sapnus dažnai esant paslaptingais įspėjimais, kuriuose mokyti žmonės gali išskaityti skaidriausias pranašystes.

Viljamas tylomis manęs išklausė ir tarė:

— Ar žinai, ką sapnavai?

— Tai, ką jums ką tik papasakojau...— atsakiau sumišęs.

— Supratau. Bet ar žinai, kad didelė dalis viso to, ką man papasakojai, jau yra aprašyta? Tu perkėlei asmenis ir įvykius į šias dienas, į aplinką, kurią jau pažįsti, o sapno turinį esi kažkur skaitęs arba dar vaikystėje jį tau pasakojo, gal mokykloje, gal vienuolyne. Tai — „Coena Cypriani".

Mirksnį dvejojau. Paskui prisiminiau. Tikrai! Buvau pamiršęs pavadinimą, tačiau kuris gi suaugęs vienuolis ar nerimastingas vienuoliukas nesišypsojo ar nesijuokė iš įvairių paveikslų, parašytos proza ar rimuotos šios istorijos, priklausančios Velykų apeigoms ir ioca monachorum? Nors ji uždrausta arba koneveikta griežčiausių iš novicijų mokytojų, tačiau nėra vienuolyno, kurio vienuoliai nešnibždėtų jos vieni kitiems, įvairiai perteikdami ir pertvarkydami, tik vieni dievobaimingai užrašinėdavo ją sakydami, jog po linksmybės skraiste slypi dorovės pamokymai, kiti skatino jos plitimą sakydami, kad žaidimas padės jaunimui lengviau įsiminti šventosios istorijos epizodus. Popiežiui Jonui VII buvo parašyta eiliuota jos versija su dedikacija: „Ludere me libuit, ledentem, papa Johannes, accipe. Ridere, si placet, ipse potes"[5]. Ir pasakota, jog pats Karolis Plikasis jos eiliuotą versiją inscenizavo kaip smagią šventąją misteriją, kad vakarienės metu linksmintų savo dignitorius:

> *Ridens cadit Gaudericus*
> *Zacharias admiratus,*
> *supinus in lectulum*
> *decet Anastasius...*[6]

O kiek kartų barė mane mokytojai, kai kartu su draugais recituodavom jos ištraukas. Prisimenu vieną seną Melko vienuolį, sakiusį, jog toks doras žmogus kaip Kiprijonas negalėjo parašyti tokio nedoro dalyko, tokios šventvagiškos Raštų parodijos, kokios vertas tik bedievis ar juokdarys, bet ne šventasis kankinys... Jau seniai užmiršau tuos vaikiškus žaidimus. Kodėl tą dieną „Coena" taip gyvai grįžo į mano sapną? Visuomet maniau sapnus esant dieviškais pranešimais ar bent jau beprasmiškais miegančios atminties lepetavimais apie tai, kas buvo tą dieną nutikę.

Dabar patyriau, kad galima sapnuoti ir apie knygas, o todėl galima sapnuoti ir apie sapnus.

— Norėčiau būti Artemidoru, kad teisingai išaiškinčiau tavo sapną,— tarė Viljamas.— Bet atrodo man, jog ir be Artemidoro išminties lengva suprasti tai, kas įvyko. Šiomis dienomis, mano vargšas berniuk, tu regėjai dalykus, kurie neatrodė paklūstantys jokiai dorai taisyklei. O šįryt tavo miegantis protas atgaivino vaizdus komedijos, kurioje, nors ir kitais sumetimais, pasaulis taip pat apverstas žemyn galva. Jį tu papildei nesena patirtim, savo nerimu ir baime. Atsispyręs nuo Adelmo marginalijų, patekai į didelį karnavalą, kuriame viskas vyksta atvirkščiai, bet, nepaisant to, kaip ir „Coena", kiekvienas daro tai, ką tikrai savo gyvenime darė. Galų gale tu paklausei savęs sapne, kuris gi pasaulis yra apverstas ir ką reiškia vaikščioti galva žemyn. Tavo sapnas jau neskyrė, kur viršus, o kur apačia, kur mirtis, o kur gyvenimas. Tavo sapnas suabejojo tau duotu mokymu.

— Bet ne aš,— atsakiau dorybingai,— tik mano sapnas. Sapnai tuomet ne dieviški pranešimai, o velniški svaičiojimai, ir nėra juose jokios tiesos!

— Nežinau, Adsai. Jau tiek tiesų laikome savo rankose, kad jei kurią dieną atsiras toks, kuris panorės išplėšti tiesą dar ir iš mūsų sapnų, tai Antikristo laikai tikrai bus jau netoli. Nors kuo daugiau galvoju apie tavo sapną, tuo pranašiškesnis jis man atrodo. Gal ne tau, bet man. Atleisk, jei pasisavinsiu jį savo hipotezėms plėtoti, žinau, nedoras tai dalykas, nereikėtų taip daryti... Tačiau manau, jog tavo užsnūdusi siela suprato daugiau nei supratau aš per šešias dienas visiškai pabudęs...

— Tikrai?

— Tikrai. O gal ir ne. Tavo sapnas atrodo man pranašiškas, nes sutinka su viena iš mano hipotezių. Tu man daug padėjai. Ačiū.

— Bet kas mano sapne taip jus sudomino? Jis beprasmiškas kaip ir visi sapnai!

— Jo prasmė kita, kaip ir visų sapnų bei regėjimų. Jį reikia suprasti alegoriškai ar anagogiškai...

— Kaip raštus?

— Sapnas yra raštas, o daugelis raštų tėra tik sapnai.

Šešta diena

ŠEŠTOJI

*Atkuriama bibliotekininkų istorija ir sužinomi
nauji dalykai apie paslaptingą knygą*

Kartu su Viljamu vėl grįžom į skriptoriumą, nors jis ką tik
buvo iš ten išėjęs. Paprašęs Bencijaus leidimo paskaityti kata-
logą, pradėjo skubiai jį sklaidyti.

— Turi būti kažkur čia,— kalbėjo,— mačiau ją tik prieš va-
landėlę...— Ilgėliau žiūrėjo į vieną lapą.— Štai, perskaityk pa-
vadinimą.

Ties viena vienintele nuoroda (finis Africae!) iš eilės buvo
surašyti keturi pavadinimai, o tai reiškė vieną tomą su keliais
tekstais. Perskaičiau:

I. *ar. de dictis jucusdam stulti*
II. *syr. libellus alchemicus aegypt.*
III. *Expositio Magistri Alcofribae de cena beati Cypriani Ca-
rtaginensis Episcopi*
IV. *Liber acephalus de stupris virginum et meretricum amo-
ribus*[7]

— Kas tai? — paklausiau.

— Tai mūsų knyga,— sušnibždėjo man Viljamas.— Štai ko-
dėl tavo sapnas pakišo man mintį. Dabar esu tikras, jog tai ta... Iš
tiesų...— greitai pervertė jis prieš ir po užrašo buvusius lapus,—
iš tiesų, štai knygos, apie kurias galvojau, visos kartu. Bet ne
tai norėjau patikrinti. Paklausyk. Turi savo lentelę? Gerai, rei-
kėtų paskaičiuoti, todėl pabandyk aiškiai prisiminti, ką mums
anądien pasakė Alinardas ir ką šįryt išgirdom iš Mikalojaus. Tai-
gi, Mikalojus sakė atvykęs čia prieš trisdešimt metų, Abonė jau
buvo paskirtas abatu. Prieš jį abatu buvo Paulius iš Riminio. Tei-
singai? Sakysim, tai įvyko apie 1290 metus, metais anksčiau ar
vėliau, nesvarbu. Be to. Mikalojus mums pasakė, jog, jam at-
vykus, Robertas iš Bobijaus jau buvo bibliotekininku. Taip? Po to
jis mirė ir ta vieta atiteko Malachijui, sakysim, šio amžiaus pra-
džioje. Rašyk. Tačiau yra dar laikotarpis iki Mikalojaus atvy-
kimo, kai bibliotekininku buvo Paulius iš Riminio. Nuo kada?
To mes nežinome, galėtume pažiūrėti vienuolyno registruose,
bet jie, manau, yra pas abatą, o kol kas nenorėčiau jo trukdyti.
Tarkim, Paulius paskirtas bibliotekininku prieš šešiasdešimt
metų, rašyk. Kodėl Alinardas skundžiasi tuo, kad daugmaž prieš
penkiasdešimt metų jam turėjusi tekti bibliotekininko vieta,
bet buvo ji atiduota kitam? Turėjo jis galvoje Paulių iš Riminio?

— Arba Robertą iš Bobijaus! — tariau.

— Gali būti. Dabar pažvelk į šį katalogą. Žinai, jog pavadinimai jame surašyti, tą jau pirmą dieną pasakė mums Malachijas, pagal knygų patekimo bibliotekon laiką. O kas rašo juos į šį rejestrą? Bibliotekininkas. Taigi, iš rašysenų kataloge kaitos galime nustatyti bibliotekininkų seką. Pažiūrėkim nuo galo, paskutinė rašysena yra Malachijo, kaip matai, labai gotiška. Ir ja teprirašyti keli lapai. Per paskutinius trisdešimt metų vienuolynas nedaug įgijo naujų knygų. Paskui eina lapai, prirašyti virpančia rašysena, lengvai atpažįstu Roberto iš Bobijaus, ligonio, ranką. Jų taip pat nedaug, Robertas, matyt, neilgai ėjo šias pareigas. O štai ką randame dabar: lapai po lapų, prirašyti kita rašysena, paprasta ir tvirta, daug naujų knygų (o tarp jų ir tos, kurias ką tik peržvelgėme), tikrai stulbinančių. Pauliui iš Riminio teko pasidarbuoti! Net per daug, juk prisimename Mikalojaus žodžius, jog tapo jis abatu dar būdamas jaunas. Tačiau tarkime, kad per tuos kelerius metus šis knygų rijikas praturtino biblioteką tieka knygų...Bet ar nepasakyta mums, kad vadintas jis Abbas agraphicus dėl keistos negalios — negalios rašyti? Kas tuomet visa tai užrašė? Sakyčiau, jo padėjėjas. Ir jei tas padėjėjas vėliau būtų tapęs bibliotekininku, tuomet jis būtų tęsęs užrašus, tad nesunkiai suprastume, kodėl tiek daug lapų prirašyta ta pačia ranka. Taigi, tarp Pauliaus ir Roberto turėtume dar vieną bibliotekininką, išrinktą maždaug prieš penkiasdešimt metų, kuris ir būtų paslaptingasis konkurentas Alinardo, tikėjusio, kad jam, kaip vyresniam, derėjo užimti po Pauliaus šią vietą. Vėliau jis kažkokiu būdu dingsta ir prieš Alinardo bei kitų viltis jo vieton išrenkamas Malachijas.

— Bet kodėl jūs toks tikras, jog šis spėjimas teisingas? Net ir tarus, kad ši rašysena yra bevardžio bibliotekininko, kodėl gi negali būti Pauliaus prirašyti dar ankstesni lapai?

— Tarp tų knygų įrašytos visos bulės ir dekretalijos, turinčios tikslią datą. Turiu omeny, kad jei randi, kaip kad randi Bonifacijaus VII „Firma cautela", datuojamą 1296 metais, ji niekaip negalėjo patekti čia anksčiau, ir gali tarti, kad pateko čia ne ką vėliau. Tai yra tarytum laiko miliarijai ir jei tarčiau, kad Paulius iš Riminio tapo bibliotekininku 1265 metais, o abatu — 1275, ir vėliau pamatyčiau, jog įrašai jo rašysena ar kažkieno kito, kuris nėra Robertas iš Bobijaus, tęsiasi nuo 1265 iki 1285, rasčiau dešimties metų skirtumą.

Mano mokytojas buvo tikrai labai įžvalgus.

— Tačiau kokias gi išvadas galite padaryti iš šio atradimo? — paklausiau.

— Jokių, — atsakė jis, — tiktai prielaidas.

Jis pakilo ir nuėjo pasikalbėti su Bencijum. Šis stengėsi laikytis narsiai, nors veide ir nešvietė didelis pasitikėjimas savim. Sėdėjo už savo senojo stalo nedrįsdamas užimti Malachijo vietos prie katalogo. Viljamas kreipėsi į jį ne itin širdingai. Jis neužmiršo nemalonaus praeito vakaro nutikimo.

— Net ir tapęs toks galingas, ponas bibliotekininke, tikiuosi atsakysi į vieną mano klausimą. Tą rytą, kai Adelmas ir kiti diskutavo čia apie šmaikščias mįsles, o Berengarijus pirmas užsiminė apie finis Africae, kas nors paminėjo „Coena Cypriani"?

— Taip,— atsakė Bencijus,— ar tau to nesakiau? Dar prieš prabylant apie Simfozijaus mįsles kaip tik Venancijus užsiminė apie „Coena", o Malachijas įtūžo ir tarė, jog tai niekingas veikalas, taip pat priminė, kad abatas visiems uždraudęs jį skaityti...

— Sakai, abatas? — perklausė Viljamas.— Labai įdomu. Ačiū, Bencijau.

— Palaukit,— tarė Bencijus,— noriu su jumis pakalbėti. Ir jis davė mums ženklą sekti paskui iš skriptoriumo prie laiptų, vedusių į virtuvę. Jo lūpos virpėjo.

— Viljamai, aš bijau,— tarė.— Jie nužudė taip pat ir Malachiją. Dabar jau aš žinau per daug. Be to, esu nekenčiamas italų... Jie nebenori svetimtaučio bibliotekininko... Manau, kiti pašalinti kaip tik dėl to... Niekada nekalbėjau tau apie Alinardo neapykantą Malachijui, apie jo pagiežą...

— Kas tuomet, prieš daugelį metų, užėmė jo vietą?

— To nežinau, jis apie tai kalba visada labai miglotai ir tai labai tolima istorija. Turėtų visi jau būti mirę. Bet italai, susibūrę aplink Alinardą, dažnai kalba... dažnai kalbėjo apie Malachiją kaip pakištinį vietoj kažko kito abatui sutikus... Aš, to nesuprasdamas, įlindau tarp dviejų priešininkų grupių... ir suvokiau tai tik šį rytą... Italija — sąmokslų šalis, kur nuodijami popiežiai, o ką jau kalbėti apie tokį vargšą jaunuolį kaip aš... Vakar to nesupratau, maniau, kad viskas sukasi apie tą knygą, o šiandien nesu taip labai tikras, tebuvo tai pretekstas; matėte juk, knyga atsirado, o Malachijas vis viena mirė... Aš turiu... noriu...noriu bėgti. Ką man patartumėt?

— Nurimti. Dabar jau klausi patarimo, taip? O vakar vakare atrodei esąs pasaulio valdovas. Kvaily, jei būtum vakar man padėjęs, būtume sutrukdę šį paskutinį nusikaltimą. Tu pats davei Malachijui knygą, atnešusią jam mirtį. Bet pasakyk man nors vieną dalyką. Tu tą knygą laikei rankose, lietei ją, skaitei? Kodėl tuomet esi gyvas?

— Nežinau. Prisiekiu, neliečiau jos, tai yra, liečiau paimdamas iš laboratorijos, bet net neatvertęs paslėpiau abite, o po to pakišau celėje po čiužiniu. Žinojau, kad Malachijas stebi mane, ir nedelsdamas grįžau į skriptoriumą. O vėliau, Malachijui pasiūlius man tapti jo padėjėju, atvedžiau jį į savo celę ir atidaviau knygą. Viskas.

— Nesakyk, kad nebuvai jos nė atvertęs.

— Taip, buvau atvertęs, prieš paslėpdamas, norėjau įsitikinti, jog yra ta pati, kurios ieškojote ir jūs. Prasidėjo ji arabišku rankraščiu, po jo ėjo, kaip man atrodo, siriškas, toliau — lotyniškas, o galiausiai — graikiškas...

Prisiminiau sutrumpinimus, skaitytus kataloge. Pirmi du pavadinimai buvo nurodyti kaip ar. ir syr. Tai ta **k n y g a!** Tačiau Viljamas neatlyžo:

— Vadinasi, tu lietei ją ir esi gyvas. Tuomet nemirštama vien ją palietus. O ką gali pasakyti man apie graikišką tekstą? Peržvelgei jį?

— Tik žvilgtelėjau, tepastebėjau, kad jis be pavadinimo ir prasidėjo taip, tarytum trūktų pradžios...

— Liber acephalus...— sumurmėjo Viljamas.

— ... bandžiau perskaityti pirmą lapą, bet labai blogai temoku graikų, būtų prireikę daugiau laiko. Ir sudomino mane dar viena aplinkybė kaip tik graikiškoje dalyje. Lapų nė nepasklaidžiau, nes man tai nepavyko. Jie buvo, kaip čia pasakius, persmelkti drėgmės, sunkiai skyrėsi vienas nuo kito. Nes pergamentas buvo labai keistas... minkštesnis už kitus, o pirmas lapas... labai keistai sudūlėjęs, tarsi išsisluoksniavęs...

— Keistas. Taip sakė ir Severinas,— pakartojo Viljamas.

— Pergamentas buvo lyg ne pergamentas...lyg audinys, tik labai plonas...— tęsė Bencijus.

— Carta lintea, arba drobinis pergamentas,— tarė Viljamas.— Niekad neteko jo matyti?

— Esu apie jį girdėjęs, bet matyti, berods, neteko. Sakoma, jis labai brangus ir trapus. Todėl čia retai naudojamas. Jį gamina arabai, tiesa?

— Arabai buvo pirmieji. Bet gaminamas jis ir čia, Italijoj, Fabriane. Taip pat... Tikrai, na, aišku, tikrai taip! — Viljamo akys spindėjo.— Koks gražus ir įdomus apsireiškimas, šaunu, Bencijau, dėkoju tau! Manau, kad čia, bibliotekoje, carta lintea yra retenybė, nes nepasiekdavo jos pastarųjų metų rankraščiai. Be to, daugelis būgštauja, kad neištvers ji amžių kaip pergamentas, gal tai ir tiesa. Įsivaizduokim, kad turėjo čia būti kažkas stipresnis už bronzą... Sakai, drobinis pergamentas? Puiku, sudiev. Ir būk ramus. Tau negresia jokie pavojai.

— Ar tikrai, Viljamai, gali prisiekti?

— Galiu. Jei tik būsi savo vietoje. Jau ir taip privirei košės. Palikome skriptoriumą ir Bencijų, gal ne giedresnės nuotaikos, tačiau bent ramesnį.

— Kvailys! — iššvokštė Viljamas pro dantis mums einant lauk.— Jau būtume viską išsprendę, jei nebūtų jis perbėgęs mums kelio...

Abatą radome refektoriuje. Viljamas prisiartino prie jo ir tarė norįs pasikalbėti. Abonė, negalėdamas išsisukti, sutiko netrukus priimti mus savo namuose.

Šešta diena

DEVINTOJI

*Abatas atsisako išklausyti Viljamą,
pasakoja apie brangakmenių kalbą ir pareiškia norą,
kad būtų nutrauktas tų liūdnų įvykių tyrimas*

Abato namai buvo virš kapitulos salės ir pro didelio prabangaus kambario, kuriame jis mus priėmė, langus giedrą vėjuotą dieną galėjai matyti virš vienuolyno bažnyčios stogo iškilusias Buveinės formas.

Abatas, ties vienu iš langų stovėdamas, kaip tik tuo vaizdu žavėjosi, tad ir mums parodė jį iškilmingu mostu.

— Nuostabi tvirtovė,— tarė.— Jos proporcijose įkūnyta auksinė taisyklė, kuria remiantis buvo pastatyta arka. Trijų aukštų, nes trys yra Trejybės skaičius, trys buvo angelai, aplankę Abraomą, trys buvo dienos, kurias Jona praleido didžiosios žuvies pilve, trys buvo dienos, kurias Jėzus ir Lozorius praleido kapų rūsy! Tris kartus Kristus prašė Tėvo atitolinti nuo jo kartybės taurę, tris kartus jis, atsiskyręs su apaštalais, meldėsi. Tris kartus Petras jo atsižadėjo ir tris kartus apsireiškė jis saviesiems, prisikėlęs iš mirusiųjų. Trys yra teologinės dorybės, trys šventos kalbos, trys yra sielos dalys, trys protingų sutvėrimų grupės: angelai, žmonės ir demonai, trys garso rūšys: vox, flatus ir pulsus, trys žmonijos istorijos laikotarpiai: iki Įstatymo, po jo ir jam galiojant.

— Stebuklinga mistiškų ryšių harmonija,— sutiko Viljamas.

— Bet taip pat ir kvadrato pavidalas,— tęsė abatas,— kupinas dvasinių pamokymų. Keturios yra pasaulio šalys, keturi metų laikai, keturi gaivalai — karštis, šaltis, drėgmė ir sausra; taip pat ir gimimas, augimas, branda ir senatvė, ir keturios gyvūnų rūšys — dangaus, žemės, oro ir vandens, keturios vaivorykštės spalvos ir metų skaičius, reikalingas rastis keliamiesiems metams.

— O, taip,— tarė Viljamas,— ir pridėję prie keturių tris gauname septynis, skaičių mistišką kaip joks kitas; tris padauginę iš keturių gauname dvylika, tiek pat, kiek yra apaštalų, o dvylika padauginę iš dvylikos, gauname šimtą keturiasdešimt keturis, taigi išrinktųjų skaičių.

Atskleidus šį mistišką skaičių pasaulio pažinimą, abatui neliko ką daugiau tarti ir Viljamas galėjo pereiti prie pokalbio temos.

— Reikėtų pakalbėti apie pastaruosius įvykius, apie kuriuos ilgai mąsčiau,— tarė jis.

Abatas nusisuko nuo lango ir atgręždamas į Viljamą rūstų veidą prabilo:

— Gal net per ilgai. Prisipažinsiu jums, broli Viljamai, kad iš jūsų tikėjausi daug daugiau. Jūs atvykote jau kone prieš šešias dienas ir per tą laiką keturi vienuoliai, neskaitant Adelmo, mirė, du suimti inkvizicijos, be abejo, teisingai, bet galėjome šios gėdos išvengti, jei inkvizitorius nebūtų buvęs priverstas domėtis prieš tai įvykusiais nusikaltimais, o ir baigtis susitikimo, kuriame man teko tarpininkauti kaip tik dėl tų piktadarybių, buvo apgailėtina... Sutikit, jog galėjau viltis kitos tų įvykių baigmės, kai prašiau jus ištirti Adelmo mirties priežastis ir aplinkybes...

Viljamas sutrikęs tylėjo. Abatas, aišku, buvo teisus. Jau savo pasakojimo pradžioje kalbėjau, jog mano mokytojas mėgo stulbinti kitus savo dedukcijų greitumu ir buvo suprantama, kad jo savimeilę žeidė kaltinimas lėtumu, nors iš dalies ir neteisingas.

— Teisybė, jūsų kilnybe,— sutiko jis,— nepateisinau jūsų vilčių, tačiau galiu paaiškinti kodėl. Šie nusikaltimai nėra kivirčų tarp vienuolių ar keršto išdava, bet jie siejosi su įvykiais, kurių ištakos slypi tolimoje vienuolyno istorijoje...

Abatas sunerimęs pažvelgė į jį:

— Ką jūs turite omeny? Taip pat ir aš supratau, jog nusikaltimų nėra nelemtoje raktininko istorijoje, kurią aplinkybės supynė su ta, kita. Tačiau ta kita istorija, kurią aš galbūt žinau, tačiau apie kurią negaliu kalbėti... tikėjausi, kad ji jums išaiškės ir jūs man apie ją papasakosite...

— Jūsų kilnybė turi galvoje kažkokį nutikimą, kurį sužinojo per išpažintį...— Abatas nusuko žvilgsnį, o Viljamas tęsė.— Jei jūsų magnificencija nori žinoti, ar žinau aš, nesužinojęs to iš jūsų magnificencijos lūpų, apie nedorus ryšius tarp Berengarijaus ir Adelmo, Berengarijaus ir Malachijo, tai galiu pasakyti, kad apie juos žino visas vienuolynas...

Abatas staiga nuraudo.

— Nemanau, jog dera kalbėti apie panašius dalykus girdint šiam novicijui. Ir nemanau, kad, susitikimui pasibaigus, jis jums vis dar reikalingas kaip raštininkas. Išeik, berniuk,— paliepė jis man. Nužemintas išėjau. Bet įgimtas smalsumas vertė mane prisiglausti anapus durų, kurias tyčia palikau praviras, idant galėčiau toliau sekti pokalbį.

Viljamas vėl prakalbo:

— Taigi tie nedori ryšiai, jei tikrai yra buvę, mažai tesusiję su šiais liūdnais įvykiais. Raktas yra kitas ir, manau, jūs apie jį nujautėte. Viskas susiję su vagyste ir nuosavybe vienos knygos, kuri buvo paslėpta *finis Africae* ir kuri dabar Malachijo dėka grįžo savo vieton, nors nusikaltimų grandinės tai, kaip matėt, nenutraukė...

Stojo ilga tyla, po kurios trukčiojančiu ir netvirtu balsu, kaip žmogus, didžiai nustebintas nelauktų žinių, prabilo abatas:

— Negalimas dalykas... Jūs... Kaip sužinojote jūs apie *finis Africae*? Sulaužėte mano draudimą ir įėjote į biblioteką?

Viljamui derėjo pasakyti tiesą, bet tuomet abato pykčiui nebūtų ribų. Tačiau ir meluoti jis nenorėjo. Tad nutarė į klausimą atsakyti klausimu.

— Ar dar mūsų pirmojo susitikimo metu jūsų magnificencija nesakė man, jog toks žmogus kaip aš, taip tiksliai apsakęs Brunelį, nors niekad anksčiau jo nematęs, nesunkiai gali spręsti apie vietas, kuriose niekuomet nėra buvęs?

— Štai kaip,— tarė abatas.— Bet kodėl jūs galvojate kaip tik taip?

— Ilga kalba. Tačiau seka nusikaltimų turėjo sutrukdyti rasti tai, kas neturėjo būti rasta. Dabar visi tie, kurie žino bibliotekos paslaptis dėl savo pareigų ar neteisėtai, mirę. Liko tik vienas asmuo, jūs.

— Norite pasakyti... norite pasakyti...— abatas kalbėjo taip, tarsi jį dusinte dusino išpampusio kaklo gyslos.

— Nesupraskite manęs klaidingai,— tarė Viljamas, nors neabejotinai tai jis ir norėjo pasakyti,— sakau tik, jog yra kažkas, kas žino ir nenori, kad žinotų kiti. Jūs esate paskutinysis iš tų, kurie žino, tad galite tapti paskutine auka. Nebent pasakytumėt man, ką žinote apie tą uždraustą knygą ir, svarbiausia, kas vienuolyne galėtų apie biblioteką žinoti tiek pat, kiek jūs, o gal ir daugiau.

— Šalta čia,— tarė abatas.— Eikime lauk.

Kuo skubiausiai atsitolinau nuo durų ir laukiau ties žemyn

vedančiais laiptais. Abatas, pamatęs mane, nusišypsojo.

— Kiek neramių dalykų turėjo išgirsti šis vienuoliukas šiomis dienomis! Bet nesijaudink, berniuk. Man atrodo, daugiau žabangų įsivaizduota nei kad jų tikrai yra...

Jis pakėlė ranką taip, kad šviesos spinduliai nušviestų nuostabų žiedą ant jo bevardžio piršto, jo valdžios simbolį. Žiedas sutvisko visu savo brangakmenių spindesiu.

— Pažįsti jį, tiesa? — paklausė manęs.— Mano valdžios, bet ir mano naštos ženklas. Nėra tai papuošalas, tik nuostabi santrauka dieviškojo žodžio, kurio sergėtoju man lemta būti.— Jis palietė pirštu akmenį ar, tiksliau, triumfą įvairių akmenų, susidėjusių į stebuklingą žmonių rankų ir gamtos meno kūrinį.— Štai ametistas,— tarė,— kuris yra nuolankumo veidrodis ir primena mums šventojo Mato paprastumą bei saldybę; štai kalcedonas, mokantis artimo meilės, Juozapo ir Šventojo Jokūbo vyresniojo tikėjimo simbolis, štai jaspis, pranašaujantis tikėjimą ir siejamas su šventuoju Petru; štai sardonikas, kančios ženklas, primenantis mums šventąjį Baltramiejų, štai safyras, viltis ir kontempliacija, šventojo Andriaus ir šventojo Pauliaus akmuo, ir berilis, sveika doktrina, mokslas ir pakantumas, šventojo Tomo asmens dorybės... Kokia nuostabi brangakmenių kalba,— tęsė apimtas savo mistiško regėjimo,— kurią besilaikantys tradicijų brangakmenių šlifuotojai išvedė iš Aarono racionalo ir dangiškosios Jeruzalės aprašymo apaštalo knygoje. Antra vertus, Siono sienos buvo nusagstytos tokiais pat akmenimis, kokie puošė ir Mozės brolio antkrūtinį, išskyrus karbunkulą, agatą ir oniksą, kurie, paminėti Erode, Apokalipsėje pakeisti kalcedonu, sardoniku, chrizopazu ir hiacintu.

Viljamas jau buvo bepraveriąs burną, bet abatas mostu nutildė jį ir tęsė savo kalbą:

— Prisimenu litanijų knygą, kur kiekvienas akmuo buvo aprašytas ir skirtas Mergelės garbei. Ten kalbėta apie jos sužadėtuvių žiedą kaip apie simbolišką poemą, spindinčią aukščiausiomis tiesomis, perteiktomis raiškia jį puošusių akmenų kalba. Jaspis — tikėjimas, kalcedonas — artimo meilė, smaragdas — tyrumas, sardonikas — mergaitiško gyvenimo romybė, rubinas — Kalvarijoj kraujuojanti širdis, chrizolitas — savo daugiaformiu spinduliavimu primenantis stebėtiną Marijos stebuklų įvairovę, hiacintas — gailestingumas, ametistas, kuriame persipynė rožinė ir žydra — Dievo meilė... Bet apsodas buvo inkrustuotas dar kitomis medžiagomis, ne mažiau iškalbingomis: krištolu, atspindinčiu sielos ir kūno skaistybę, liguriu, primenančiu gintarą, santūrumo simbolį, ir magnetiniu akmeniu, traukiančiu geležį, kaip kad Mergelė savo gerumo stryku liečia atgailaujančių širdžių stygas. Visos medžiagos, kaip matote, puošia, nors ir menkesniu bei nuolankesniu būdu, taip pat ir manąją brangenybę.

Jis kraipė žiedą akindamas mane jo žiburiavimu, tarytum norėdamas priblokšti.

— Nuostabi kalba, tiesa? Kiti tėvai skiria akmenims dar kitas prasmes, sakysim, popiežiui Inocentui III rubinas reiškė romybę ir kantrumą, o granatas — artimo meilę. Anot šventojo Brunono, akvamarinas savo skaisčiausių blyksnių dorybėje koncentruoja teologijos mokslą. Turkis reiškia džiaugsmą, sardonikas primena serafinus, topazas — cherubinus, jaspis — sostus, chrizolitas — viešpatavimus, safyras — dorybes, oniksas — galias, berilis — kunigaikštytes, rubinas — arkangelus, o smaragdas — angelus. Brangakmenių kalba yra įvairialypė, kiekvienas jų išreiškia kelias tiesas pagal pasirinktą interpretacijos prasmę ir pagal kontekstą, kuriame jie rodosi. O kas gi sprendžia, kokia turi būti interpretacija ir koks teisingas kontekstas? Tu žinai tai, berniuk, tave to mokė autoritetas, aiškintojas, iš visų tikriausias ir apgaubtas didžiausia šlove, taigi, ir šventumu. Juk kaip kitaip galėtume suprasti daugiaprasmius ženklus, kuriuos pasaulis atskleidžia mūsų nusidėjėlių akims, kaip išvengti dviprasmybių, kuriosna vilioja mus velnias? Įsidėmėk, stebėtina, kokia nekenčiama velniui yra brangakmenių kalba, tą liudija ir šventoji Hildegarda. Bjaurusis žvėris toje kalboje mato žinią, nušviestą įvairių pažinimo lygių ar prasmių, ir norėtų tai sunaikinti, nes jis, priešas, pastebi akmenų spindesy atšvaitą tų stebuklų, kurie prieš nuopuolį buvo jo valdžioje, ir supranta, jog blyksniai tie — sukelti ugnies — jo kančių šaltinio.— Abatas pakišo man žiedą pabučiuoti, ir aš atsiklaupiau. Jis paglostė man galvą.— Todėl tu, berniuk, užmiršk tuos neabejotinai klaidingus dalykus, kuriuos tau šiomis dienomis teko girdėti. Tu įstojai į ordiną, didžiausią ir tauriausią iš visų, o aš esu šio ordino abatas, tad priklausai mano jurisdikcijai. Todėl paklusk mano įsakymui: pamiršk ir lūpas tavo tesuveria amžinas antspaudas. Prisiek.

Susijaudinęs, nugalėtas tikrai būčiau prisiekęs. Ir tu, mano gerasis skaitytojau, negalėtum dabar skaityti šios tikros kronikos. Bet čia įsiterpė Viljamas, gal ne norėdamas sutrukdyti mano priesaiką, tik instiktyviai, iš pasidygėjimo, norėdamas nutraukti abatą, išsklaidyti jo paskleistus kerus.

— Kuo čia dėtas berniukas? Aš jūsų paklausiau, aš perspėjau jus apie galimą pavojų, aš prašiau jus pasakyti man vardą... Ar norite, kad ir aš bučiuočiau žiedą ir prisiekčiau užmiršti viską, ką sužinojau ir įtariau?

— A, jūs,...— liūdnai pratarė abatas,— negaliu tikėtis iš elgetaujančio brolio, kad suprastų mūsų tradicijų grožį, kad gerbtų apdairumą, paslaptis, artimojo meilės mįslingumą... taip, artimojo meilės ir garbės jausmo ir tylėjimo įžado, kuriuo pagrįsta mūsų didybė,... Jūs papasakojote man keistą istoriją, neįtikėtiną istoriją. Uždrausta knyga, dėl kurios žudomas vienas paskui kitą, kažkas, žinantis tai, ką vien aš teturėčiau žinoti... pasakos, beprasmės išvados. Kalbėkit apie jas, jei jums patinka, niekas jumis nepatikės. O jei kokia jūsų keistų išvedžiojimų dalis ir būtų teisinga... taigi, dabar viskas ir vėl yra mano valdžioje ir mano atsakomybė. Aš viską sužiūrėsiu, turiu tam būdų, turiu valdžią. Jau iš pat pradžių pasielgiau blogai, prašydamas svetimą žmogų, kad ir kokį išmintingą, nors ir nusipelniusį pasitikėjimo, gilintis į dalykus, kurie yra vien mano kompetencija. Bet jūs supratote, kaip pats man sakėt, jog maniau, kad visa tai liečia skaistybės įžado sulaužymą, todėl norėjau (nors ir buvo tai neatsargu), iš kito lūpų sužinoti tai, ką išgirdau per išpažintį. Dabar jūs man tai pasakėte. Esu jums labai dėkingas už viską, ką padarėt ir ką bandėt padaryti. Legacijų susitikimas įvyko, jūsų misija čia baigta. Manau, jog esat jau nekantriai laukiamas imperatoriaus rūmuose, sunku ilgai verstis be tokio žmogaus, koks esate jūs. Tad leidžiu jums palikti vienuolyną. Šiandien gal jau per vėlu, nenorėčiau, kad keliautumėt po saulės laidos, keliuose neramu. Išvyksite rytoj, anksti rytą. Ak, nedėkokite, džiaugiausi galėdamas jums viešnagę suteikti ir priimti kaip brolį tarp brolių. Dabar galite kartu su savo novicijum pasišalinti ir susiruošti kelionei. Rytoj auštant dar kartą su jumis atsisveikinsiu. Ačiū iš visos širdies. Be abejo, jums jau nereikia tęsti savo paieškų. Nereikia ilgiau varginti vienuolių. Galite eiti.

Nebuvo tai leidimas išvykti, bet išvijimas. Viljamas atsisveikino ir mes nusileidome laiptais žemyn.

— Ką visa tai reiškia? — paklausiau. Jau nieko nebesupratau.

— Pabandyk suformuluoti hipotezę. Turėjai išmokti, kaip tai daroma.

— Jei taip, tai išmokau, jog reikia suformuluoti mažiausiai dvi, vieną prieštaringą kitai, ir abi neįtikėtinas. Gerai, tuomet...— Nurijau seiles: hipotezių kūrimas man visuomet buvo kietas riešutas.— Pirma hipotezė. Abatas jau viską žinojo ir įsivaizdavo, kad jūs nieko neatskleisite. Jis paprašė jūsų ištirti įvykius, pirma, kai buvo miręs tik Adelmas, bet pamažu suprato, jog istorija yra daug painesnė, liečia taip pat ir jį, todėl nenori, kad jūs atskleistumėt tą painiavą. Antra hipotezė. Abatas niekada nieko neįtarė (ko neįtarė, aš nežinau, nes nežinau, ką jūs dabar galvojate). Bet, šiaip ar taip, manė, kad visa ko priežastis buvo kivirčai tarp...

vienuolių sodomitų... Dabar jūs jam atvėrėte akis, jis netikėtai suprato kažką baisaus, galvoje jam švystelėjo kieno nors vardas, mintis dėl visų mirčių kaltininko. Bet jis linkęs išspręsti klausimą pats, todėl nori jus atitolinti, idant išgelbėtų vienuolyno garbę.

— Neblogai. Pradedi jau teisingai protauti. Tačiau matai, jog abiem atvejais mūsų abatas nerimauja dėl gero vienuolyno vardo. Ar būtų jis žudikas, ar būsima auka, nenori, kad per šiuos kalnus perkoptų žinia, dergianti šitos šventos bendruomenės šlovę. Žudyk jo vienuolius, bet neliesk jo vienuolyno garbės. Ak, po...— Viljamas vis labiau niršo.— Tas feodalinis benkartas, tas povas, išgarsėjęs kaip Akvitanijos duobkasys, tas išpampęs aukšlys, egzistuojantis vien todėl, kad nešioja žiedą dydžio kaip taurės dugnas! Pasipūtėlių rasė, pasipūtėlių rasė visi jūs, kliuniečiai, blogesni už kunigaikščius, didesni baronai už visus baronus!

— Mokytojau...— pratariau priekaištingai, nes pasijutau įžeistas.

— Tylėk, tu, kuris esi iš to paties molio. Jūs nesate paprasti žmonės nei paprastų žmonių vaikai. Jei ir pasitaiko koks kaimietis, gal priimate jį, bet, kaip pats vakar mačiau, nedvejodami atiduodate jį pasaulietinei valdžiai. Tačiau tik ne vieną iš jūsų, o ne, jį reikia nuslėpti! Abonė galėtų, atpažinęs nedorėlį, nusmeigti jį lobyno kriptoje, o palaikus išdalyti po relikvijorius, kad tik nepaliesta būtų vienuolyno garbė... Pranciškonas, plebėjiškas minoritas, atradęs, koks sutrūnijęs šis šventas būstas? O ne, Abonė negali to leisti jokia kaina. Dėkoju, broli Viljamai, imperatorius jau pasigedo jūsų, matėt, koks gražus mano žiedas, sudiev. Bet dabar tai kova ne vien tarp manęs ir abato, bet ir tarp manęs ir visos tos istorijos, ir aš nepaliksiu šių sienų nesužinojęs. Jis nori, kad išvykčiau ryt rytą? Puiku, jis šių namų šeimininkas, tačiau iki rytojaus aš privalau sužinoti. Privalau.

— Privalote? Bet kas jus verčia, dabar?

— Žinoti niekas mūsų neverčia, Adsai. Reikia, štai ir viskas, net ir neteisingo supratimo kaina.

Vis dar buvau sutrikęs ir pažemintas Viljamo žodžių apie mano ordiną ir jo abatus. Ir pabandžiau iš dalies pateisinti Abonę, suformuluodamas trečią hipotezę, o šį meną, kaip man atrodė, buvau jau kuo puikiausiai įvaldęs.

— Jūs neatsižvelgėte į trečią galimybę, mokytojau,— tariau.— Šiomis dienomis nujautėm, o šįryt, po Mikalojaus prisipažinimo ir bažnyčioje nugirstų gandų, mums tapo aišku, jog čia yra grupė vienuolių italų, kurie nebenori toleruoti vienas kitą keičiančių svetimšalių bibliotekininkų, kaltina abatą tradicijos nepaisymu ir, kaip supratau, tarytum vėliava dangstosi senuoju

Alinardu, reikalaudami naujoviško vienuolyno valdymo. Tuos dalykus aš gerai supratau, nes ir novicijus savo vienuolyne yra girdėjęs panašias kalbas ir užuominas, ir sąmokslus. Gal abatas būgštauja, kad jūsų atskleisti dalykai gali suteikti paspirtį jo priešams, todėl nori išpainioti visą tą reikalą didžiai atsargiai...

— Galimas dalykas. Bet vis vien yra jis išpampęs aukšlys ir vieną dieną bus nužudytas.

— O ką manote jūs apie mano prielaidas?

— Pasakysiu tau vėliau.

Įėjome į klostrą. Vėjas vis labiau šėlo, sutemos vis tirštėjo, nors vos tebuvo praėjusi Devintoji. Saulė artėjo prie laidos, ir laiko mums liko visai mažai. Per Mišparus abatas tikrai perspės vienuolius, jog Viljamas neturi jau jokios teisės klausinėti ir vaikščioti, kur jam patinka.

— Vėlu,— tarė Viljamas.— O kai teturi mažai laiko, vargas, jei prarandi pusiausvyrą. Reikia veikti taip, tarsi prieš akis dar visa amžinybė. Turiu rasti atsakymą į klausimą, kaip patekti į *finis Africae*, nes ten slypi galutinis atsakas. Paskui reikia išgelbėti vieną žmogų, nenusprendžiau dar kurį. Pagaliau reikia tikėtis kažką nutinkant arklidžių pusėje, tu nenuleisk nuo jų akių... Žiūrėk, koks judėjimas...

Ir tikrai, erdvėje tarp Buveinės ir klostro buvo neįprastai gyva. Ką tik iš abato namų išėjęs novicijus nuskuodė buveinės link. Dabar iš jų išėjo Mikalojus ir pasuko prie dortuaro. Viename kampe rytinis būrys — Pacifikas, Aimaras ir Petras — karštai kalbėjosi su Alinardu, tarytum bandydami jį kažkuo įtikinti.

Atrodė, jie dėl kažko sutarė. Aimaras, palaikydamas Alinardą, vis dar besispyriojantį, pasuko su juo prie abato namų. Jie kaip tik ėjo vidun, kai iš dortuaro išniro Mikalojus, vedantis Jorgę tą pačia kryptim. Pamatęs anuodu įeinant, jis kažką pašnibždėjo Jorgei į ausį, tas papurtė galvą, bet ir toliau jie ėjo kapitulos salės pusėn.

— Abatas pradeda daryti tvarką...— skeptiškai sumurmėjo Viljamas. Iš Buveinės lauk ėjo vienuoliai, turėję dirbti skriptoriume, o iškart paskui juos — Bencijus, kuris žengė prie mūsų didžiai sutrikęs.

— Skriptoriume tiesiog verda...— tarė,— niekas nedirba, visi karštai kalbasi tarpusavy... Kas nutiko?

— Ogi tai, kad visi, kurie iki šio ryto atrodė labiausiai įtartini, dabar yra jau mirę. Iki vakar visi dairėsi į Berengarijų, kvailą, klastingą ir gašlų, po to į raktininką, įtartiną eretiką, pagaliau į Malachiją, visų nekenčiamą... Dabar nebežino, į ką dairytis, ir trokšta kuo skubiau rasti naują priešą arba atpirkimo ožį. O kiekvienas įtaria ką nors kitą, vieni, kaip tu, bijo, kiti nutarę verčiau gąsdinti kitus. Jūs visi pernelyg sunerimę. Adsai, karts nuo karto žvilgtelėk arklidžių pusėn. Aš einu ilsėtis.

Turėjau apstulbti: eiti ilsėtis, kai teliko vos kelios valandos, neatrodė išmintingiausias sprendimas. Bet dabar jau neblogai pažinojau savo mokytoją. Kuo neveiklesnis buvo jo kūnas, tuo karščiau kunkuliavo jo protas.

Šešta diena

TARP MIŠPARŲ IR NAKTINĖS

Trumpas pasakojimas apie ilgas sutrikimo valandas

Sunku papasakoti tai, kas nutiko vėliau, tarp Mišparų ir Naktinės.

Viljamas nuėjo į savo celę. Aš slankiojau aplink arklides, tačiau nepastebėjau nieko ypatingo. Tik arklininkai varė vidun sunerimusius dėl smarkaus vėjo gyvulius, o šiaip viskas buvo ramu.

Įėjau bažnyčion. Visi jau sėdėjo klauptuose, savo vietose, ir tuomet abatas pastebėjo, kad trūksta Jorgės. Mostu sustabdė jis pamaldų pradžią. Pašaukė Bencijų, kad šis eitų jo ieškoti. Bet Bencijaus nebuvo. Kažkas pasakė, jog jis, matyt, ruošiasi uždaryti skriptoriumą. Abatas sausai atkirto, kad Bencijus neturi nieko uždaryti, nes nežino taisyklių. Pakilo iš savo vietos Aimaras Aleksandrietis:

— Jei jūsų maloningasis tėvas sutinka, aš galiu eiti jo paieškoti.

— Niekas tavęs nieko neprašo,— šiurkščiai atkirto abatas, ir Aimaras grįžo savo vieton nepraleidęs progos mesti paslaptingą žvilgsnį Pacifikui Tivoliečiui. Abatas pašaukė Mikalojų, bet jo nebuvo. Abatui priminė, jog Mikalojus rūpinasi vakariene, ir šis nusivylęs mostelėjo, lyg būtų jam nemalonu rodyti visiems savo sudirgimą.

— Noriu, kad Jorgė būtų čia,— sušuko,— ieškokite! Eik tu,— paliepė novicijų mokytojui.

Kažkas pasakė, jog trūksta taip pat ir Alinardo.

— Žinau,— atsakė abatas.— Jis negaluoja.

Stovėjau netoli Petro iš Sant Albano ir išgirdau jį sakant savo kaimynui, Guntui iš Nola, vidurio Italijos liaudies šneka, kurią kiek supratau:

— Manyčiau. Šiandien, pasibaigus pokalbiui, vargšas senukas buvo tiesiog sukrėstas. Abonė elgiasi kaip Avinjono šliundra!

Novicijai sėdėjo sumišę, savo vaikiška jusle pajutę chore stojusią įtampą, kaip pajutau ją ir aš. Slinko ilgos tylos ir nerimo minutės. Abatas paliepė skaityti psalmes ir atsitiktinai nurodė tris, kurios nebuvo įstatų skirtos Mišparams. Visi susižvalgė ir pradėjo melstis tyliais balsais. Grįžo novicijų mokytojas, o paskui jį — Bencijus ir atsisėdo savo vieton nuleista galva. Jorgės nebuvo nei skriptoriume, nei celėje. Abatas liepė pradėti pamaldas.

Joms pasibaigus, prieš vakarienę nuėjau pakviesti Viljamo. Jis tįsojo ant savo guolio apsirengęs, sustingęs. Pasakė nemanęs, kad jau taip vėlu. Trumpai papasakojau jam, kas įvyko. Jis papurtė galvą.

Ties refektoriaus durimis pamatėm Mikalojų, prieš kelias valandas lydėjusį Jorgę. Viljamas paklausė jį, ar senis tuoj pat įėjo pas abatą. Mikalojus atsakė, jog tekę jam ilgokai laukti už durų, nes kambaryje buvę Alinardas su Aimaru Aleksandriečiu. Jorgė įėjo ir ten pabuvo, o jis, Mikalojus, jo laukęs. Po to jis išėjo ir paprašė palydėti į bažnyčią, kuri, likus dar valandai iki Mišparų, buvusi tuščia.

Abatas pastebėjo mus kalbantis su raktininku.

— Broli Viljamai,— įspėjo,— jūs vis dar tiriate?

Ir davė jam ženklą sėsti, kaip visada, už savo stalo. Benediktinų svetingumas yra šventas dalykas.

Vakarienė buvo tylesnė nei paprastai, taip pat ir liūdnesnė. Abatas, apniktas niūrių minčių, prisiversdamas valgė. Pasibaigus vakarienei, paliepė vienuoliams pasiskubinti į Naktinę.

Alinardo ir Jorgės vis dar nebuvo. Vienuoliai šnibždėdamiesi rodė į tuščias vietas. Apeigų pabaigoje abatas pakvietė visus sukalbėti maldą už Jorgės iš Burgo sveikatą. Tačiau nebuvo aišku, turėjo jis galvoje kūno sveikatą ar amžinąją sveikatą. Visi suprato, jog nauja nelaimė kybo virš šios bendruomenės. Po to liepė visiems greičiau nei paprastai skubėti į savo guolius. Ir įsakė, kad niekas, pabrėždamas žodį „niekas", neliktų už dortuaro ribų. Išsigandę novicijai išėjo pirmi, žemai nuleidę gobtuvus, panarinę galvas, netardami viens kitam nė žodžio, nesikumščiuodami, nesišaipydami, slapta nekaišiodami kits kitam kojų (kaip buvo įpratę, nes novicijus, nors ir vienuoliukas, tebėra vaikas ir nedaug tereiškia pastabos mokytojo, negalinčio sutrukdyti, kad nesielgtų kaip vaikas, nes to reikalauja jo trapus amžius).

Išeinant suaugusiems, nepastebėtas įsimaišiau į tarpą tų, kurie mano galvoje jau buvo tapę „italais". Pacifikas murmėjo Aimarui: „Manai, kad Abonė tikrai nežino, kur yra Jorgė?" O Aimaras atsakė: „Gal net ir žino, žino taip pat, kad iš ten jis jau negrįš. Gal senis per daug norėjo ir Abonei tapo nebereikalingas..."

Man su Viljamu apsimetus, kad einam piligrimų prieglaudos link, pastebėjom į Buveinę pro dar neuždarytas refektoriaus duris įsmunkanti abatą. Viljamas pasiūlė kiek palaukti ir, aikštelei ištuštėjus, pakvietė mane sekti paskui. Skubiai perkirtome laisvą plotą ir įėjome bažnyčion.

Šešta diena

PO NAKTINĖS

Viljamas atsitiktinai atskleidžia įėjimo į finis Africae paslaptį

Tarytum du žudikai prigludome už kolonos netoli įėjimo, iš kur galėjome stebėti koplyčią su kaukolių altoriumi.

— Abonė nuėjo uždaryti Buveinės durų. Jas užsklendus, neliks jam nieko kito kaip tik išeiti per osarijų.

— O kas toliau?

— O toliau pažiūrėsim, ką jis darys.

Bet nesulaukėm, ką jis būtų daręs. Praslinkus valandai, jis vis dar nesirodė. Jis nuėjo į finis Africae, tariau. Gali būti, atsakė Viljamas. Jau išsimiklinęs kurti hipotezes, pridūriau: gal vėl išėjo pro refektoriaus duris ir nuėjo ieškoti Jorgės. O Viljamas: gali būti ir taip. Gal Jorgė jau nebegyvas, svarsčiau toliau. Gal jis yra Buveinėje ir kaip tik žudo abatą. Gal jie abu yra kur kitur, ir kažkas trečias tyko jų pasaloje. Ko norėjo „italai"? Ir kodėl Bencijus buvo toks išsigandęs? Gal tebuvo tai kaukė, kurią jis užsidėjo, norėdamas mus suklaidinti? Kodėl per Mišparus sėdėjo jis skriptoriume, jei nežinojo nei kaip užrakinti, nei kaip išeiti? Norėjo aplankyti labirintą?

— Viskas įmanoma,— tarė Viljamas.— Bet įvyks ar įvyko, ar vyksta tik vienas vienintelis dalykas iš visų galimų. Ir dieviškasis gailestingumas pagaliau suteikia mums aiškų tikrumą.

— Kokį? — paklausiau kupinas vilties.

— Kad brolis Viljamas iš Baskervilio, kuris dabar jaučia jau viską supratęs, nežino, kaip patekti į finis Africae. Į arklides, Adsai, į arklides.

— O jei pamatys mus abatas?

— Apsimesime dviem vaiduokliais.

Neatrodė man tai praktiška išeitis, bet nutylėjau. Viljamas pradėjo nerimauti. Išėjome pro šiaurinį portalą ir perkirtome kapines, o vėjas švilpė kaip pašėlęs, ir meldžiau Viešpatį, kad nesutiktume mes dviejų vaiduoklių, nes tą naktį vienuolynas, at-

rodo, knibždėte knibždėjo kenčiančiomis sielomis. Pasiekę ar-
klides, išgirdome žirgus vis labiau nerimstant dėl šėlstančių
gaivalų. Pagrindiniai statinio vartai žmogaus krūtinės aukštyje
turėjo plačias metalo grotas, pro kurias galėjai pažvelgti vidun.
Tamsoje įžiūrėjau žirgų kontūrus, atpažinau Brunelį, pirmą iš
kairės. Trečias žirgas jam iš dešinės, pajutęs mus, pakėlė galvą ir
sužvengė. Nusišypsojau:

— Tertius equi,— tariau.

— Ką? — paklausė Viljamas.

— Nieko, prisiminiau vargšą Salvatorę. Norėjo jis daryti
nežinia kokius stebuklus su šiuo žirgu ir savąja lotynų kalba pa-
vadino jį tertius equi. O būtų tai raidė *u*.

— *U*? — pertraukė Viljamas, kuris išsiblaškęs klausėsi mano
svaičiojimų.

— Taip, nes tertius equi reikštų ne trečią žirgą, bet trečią
žirgo, o trečia raidė tame žodyje yra *u*. Bet tai niekai...

Viljamas pažvelgė į mane, o aš net ir tamsoje pamačiau jo
persimainiusį veidą.

— Telaimina tave Dievas, Adsai! — tarė.— Juk pasakymą
suppositio materialis reikia priimti de dicto*, o ne de re*... Koks
aš kvailys! — Jis stipriai pliaukštelėjo sau per kaktą, net pasi-
girdo pokštelėjimas, ir aš pamaniau, ar tik nebus susižeidęs.—
Berniuk mano, jau antrą kartą šiandien tavo lūpomis byloja iš-
mintis, pirmiau sapne, o dabar — tikrovėje! Bėk, bėk į savo ce-
lę žibinto, net ir abiejų, kuriuos esame paslėpę. Būk atsargus, o
aš lauksiu tavęs bažnyčioje! Nieko neklausk, bėk!

Nuskubėjau nieko neklausinėjęs. Žibintai buvo po mano čiu-
žiniu ir pilni aliejaus, nes pasirūpinau juos pripildyti. Skiltuvą
turėjau abite. Su dviem brangiais reikmenimis prie krūtinės
nuskuodžiau į bažnyčią.

Viljamas stovėjo po trikoju skaitydamas pergamentą su Ve-
nancijaus užrašais.

— Adsai,— tarė jis man,— primum et septimum de quatuor
nereiškia pirmo ir septinto iš keturių, bet ketvirto, ketvirto
žodžio!

Vis dar nesupratau, tik staiga man švystelėjo:

— Super thronos viginti quatuor! Užrašas! Eilutė! Žodžiai,
išrėžti virš veidrodžio!

— Eime! — tarė Viljamas.— Gal dar spėsime išgelbėti gy-
vybę.

— Kam? — paklausiau jam jau krapštantis apie kaukolę ir
atveriant išėjimą į osarijų.

— Tam, kuris to nenusipelnė,— atsakė jis. Ir jau skubėjome
požeminiu koridorium durų, vedusių į virtuvę, link.

Jau sakiau, kad tereikėjo stumtelėti medines duris ir galima buvo patekti virtuvėn, už krosnies, papėdėn sraigtinių laiptų, vedusių viršun, į skriptoriumą. Ir kaip tik stumdami duris kairėje išgirdome sklindant duslius garsus. Sklido jie nuo durų sienoje, ties kuria baigėsi eilė nišų su kaukolėmis ir kaulais. Ten, paskutinės nišos vietoje, buvo atkarpa sienos iš didelių kvadratinių tašyto akmens luitų su sena plokšte viduryje, kurioje dar matėsi jau gerokai nudilusios išraižytos monogramos. Smūgiai, atrodė, sklido iš už tos plokštės, arba virš jos, kartais iš anapus sienos, o kartais beveik virš mūsų galvų.

Jei kas panašaus būtų nutikę pirmąją naktį, kaipmat būčiau pagalvojęs apie mirusius vienuolius. O dabar buvau pasiruošęs laukti visa ko blogiausio iš gyvųjų.

— Kas tai galėtų būti? — paklausiau.

Viljamas atvėrė duris ir nuėjo už krosnies. Smūgiai girdėjosi taip pat išilgai sienos, besišliejančios prie sraigtinių laiptų, tarytum kas būtų įkalintas sienoje arba tame sienos storume (iš tikro tuščiame), kurį galėjai nujausti esant tarp vidinės virtuvės ir išorinės pietinio bokšto sienų.

— Ten kažkas yra uždarytas,— tarė Viljamas.— Visąlaik savęs klausiau, ar nėra kito įėjimo į finis Africae šioje tokioje pilnoje slaptų kelių Buveinėje. Aišku, kad yra: iš osarijaus prieš patenkant į virtuvę galima atidaryti gabalą sienos, užkopti viršun laiptais, lygiagrečiais šiems, paslėptais sienos viduje, ir išeiti tiesiai į užmūrytąjį kambarį.

— Bet kas dabar yra viduje?

— Antrasis asmuo. Vienas sėdi finis Africae, antrasis bandė taip pat ten patekti, bet tas pirmasis greičiausiai užblokavo abu įėjimus valdantį mechanizmą. Tad lankytojas liko spąstuose. Ir turėtų nerimti, nes ton žarnon, manau, nepatenka daug oro.

— Bet kas jis? Išgelbėkime jį!

— Kas jis, pamatysime kiek vėliau. O išgelbėti galime tik pasinaudodami mechanizmu viršuje, nes nežinome jo paslapties šioje pusėje. Tad lipkim ten kuo greičiau.

Taip ir padarėme. Užkopėme į skriptoriumą, iš ten — į labirintą, ir netrukus stovėjome jau pietiniame bokšte. Skubėdamas bent du kartus turėjau stabtelėti, nes tą vakarą pro plyšius pūtusio vėjo srovės kaip gyvatės šnypšdamos rangėsi labirinto takais, šiurendamos ant stalų paskleistus lapus, ir reikėjo delnu saugoti liepsną.

Greitai pasiekeme kambarį su veidrodžiu, pasiruošę mūsų ten laukiančiam kreivų atspindžių žaidimui. Pakėlę žibintus, apšvietėme virš rėmo išrašytus žodžius: „super thronos viginti quatuor"... Mįslė jau buvo įminta: žodis quatuor turi septynias raides, reikia spausti q ir r. Susijaudinęs norėjau pats tai padaryti: skubiai padėjau žibintą ant kambario vidury stovėjusio stalo, bet taip nevykusiai, jog liepsna pradėjo laižyti ten gulėjusios knygos viršelį.

— Atsargiai, kvaily! — sukriokė Viljamas ir užpūtė žibintą.— Nori padegti biblioteką?

Atsiprašiau ir pabandžiau vėl įžiebti liepsną.

— Nesvarbu,— tarė Viljamas.— Pakaks manojo. Paimk jį ir pašviesk man, nes užrašas per daug aukštai, tu jo nepasieksi. Paskubėkim.

— O jei viduje yra kas ginkluotas? — paklausiau, Viljamas tuo tarpu kone apgraibomis ieškojo lemtingųjų raidžių pasistiebęs, nors ir buvo labai aukštas, kad pasiektų apokaliptinę eilutę.

— Po velnių, šviesk ir nebijok, Dievas su mumis! — atsakė jis man ne itin logiškai. Jo pirštai jau lietė q iš quatuor, o aš, stovėdamas kiek atokiau, geriau nei jis pats mačiau, ką jis daro. Jau sakiau, kad eilučių raidės atrodė išrėžtos ar įspaustos sienoje: matyt, tos, kurios sudarė žodį quoatuor, buvo išlietos iš metalo, o už jų sienoje buvo įtaisytas stebuklingas mechanizmas. Nes paspaudus q pasigirdo sausas trekštelėjimas, toks pat, koks pasigirdo ir paspaudus r. Visas veidrodžio rėmas tarsi šoktelėjo, ir veidrodinis paviršius pasitraukė atgal. Veidrodis buvo durys, kairėje pusėje pakabintos ant vyrių. Viljamas įkišo ranką į plyšį, atsiradusį tarp dešiniosios pusės ir sienos, ir patraukė į save. Durys girgždėdamos atsivėrė į mūsų pusę. Viljamas įsmuko pro jas, o aš iš paskos, aukštai virš galvos iškėlęs žibintą.

Praėjus dviem valandom po Naktinės, baigiantis šeštajai dienai, pačiame nakties į septintąją dieną viduryje, įėjome į finis Africae.

SEPTINTA DIENA

Septinta diena

NAKTIS

*Suglaustai atpasakojus visus įstabius dalykus, apie kuriuos čia
kalbama, pavadinimas būtų toks pat ilgas kaip ir skyrelis, o tai
prieštarautų įprastam knygų rašymui*

Stovėjome ant slenksčio kambario, savo forma panašaus į
kitus tris septyniakampius aklinus kambarius, ir tvyrojo čia stip-
rus uždarų patalpų bei drėgmės pritvinkusių knygų kvapas. Aukš-
tai iškelto žibinto liepsna apšvietė pirmiausia skliautą, o kai nu-
leidau jį žemyn ir pasukiojau kairėn dešinėn, blausi šviesa krito
ant tolėliau išilgai sienų stovėjusių spintų. Pagaliau kambario
viduryje pamatėme stalą, nuklotą lapais, o už jo sėdintį pavidalą,
kuris, atrodė, tamsoje nejudėdamas laukė mūsų, jei tik buvo dar
gyvas. Viljamas prakalbo iki liepsnai nušviečiant jo veidą.

— Laiminga naktis, godotinas Jorge,— tarė jis.— Laukiate
mūsų?

Žibinto liepsna dabar, mums paėjus kelis žingsnius artyn, iš-
plėšė iš tamsos veidą senio, žvelgiančio į mus tarytum matytų.

— Tai tu, Viljamai iš Baskervilio? — paklausė.— Laukiu
tavęs nuo šios dienos popietės, kai atėjau čionai prieš Mišparus.
Žinojau, kad ateisi.

— O abatas? — paklausė Viljamas.— Tai jis blaškosi po
slaptuosius laiptus?

Jorgė kiek padvejojo.

— Jis vis dar gyvas? — nustebo.— Maniau, jog bus jam jau
pritrūkę oro.

— Prieš pradedant mums kalbą,— tarė Viljamas,— norėčiau
išlaisvinti jį. Gali atidaryti iš šitos pusės.

370

— Ne,— sunkiai atsiduśo Jorgė,— nebegaliu. Mechanizmas valdomas iš apačios, paspaudus plokštelę, o čia suveikia svertas, atveriantis duris štai ten, už spintos,— ir jis mostelėjo per petį.— Greta spintos gali pamatyti ratą su svarsčiais, kuriuo tas mechanizmas valdomas iš viršaus, iš čia. Bet kai išgirdau ratą sukantis — tai buvo ženklas, kad pro apatines duris įėjo Abonė,— patraukiau už virvės, ant kurios kabo svarsčiai, ir ji nutrūko. Dabar perėjimas užblokuotas iš abiejų pusių, ir niekas jau nesuriš šio mechanizmo gijų. Abatas miręs.

— Kodėl nužudei ji?

— Šiandien, pasikvietęs mane, jis pasakė tavo dėka viską supratęs. Tačiau nežino, ką aš saugau,— abatas niekada gerai nepažino bibliotekos lobių nei jos tikslų. Ir paprašė, kad atskleisčiau jam tai, ko jis nežino. Jis norėjo, kad finis Africae taptų prieinama. Italų būrys pareikalavęs padaryti galą tam, ką jie vadinę mano ir mano pirmtakų puoselėjama paslaptim. Kaitina juos godumas naujiems dalykams...

— Ir tu pažadėjai jam, jog ateisi čia ir nutrauksi savo gyvenimo siūlą, kaip kad nutraukei kitų, idant išgelbėta būtų vienuolyno garbė ir niekas nieko nesužinotų. Pasakei jam, pro kur jis vėliau galės ateiti ir patikrinti, ar viskas padaryta. O pats, atvirkščiai, laukei jo, kad galėtum nužudyti. Nemanei, kad gali jis įeiti pro veidrodį?

— Ne, Abonė žemo ūgio, vienas nebūtų pasiekęs kartušo. Nurodžiau jam tą kelią, kurį aš vienas dar težinojau. Juo aš vaikščiojau daug metų, nes tamsoje taip buvo lengviau. Pakako įeiti į koplyčią, o toliau jau sekti mirusiųjų kaulais, iki galo.

— Taigi, tu liepei jam ateiti čia žinodamas, jog jį nužudysi...

— Nebegalėjau juo pasitikėti. Buvo išsigandęs. Jis tapo žymus, nes Fosanovoje padėjo nunešti mirusiojo kūną sraigtiniais laiptais. Neteisėta šlovė. Dabar yra miręs, nes nepajėgė užkopti savaisiais.

— Tu vaikščiojai jais keturiasdešimt metų. Supratęs, kad anki ir negalėsi ilgiau saugoti bibliotekos, ėmei veikti labai apdairiai. Pasirūpinai, kad abatu būtų išrinktas žmogus, kuriuo galėjai pasitikėti, o bibliotekininku būtų paskirtas Robertas iš Bobijaus, kurį galėjai išmokyti kaip tau patinka, o vėliau — Malachijas, kuriam reikėjo tavo pagalbos ir kuris nežengė žingsnio, nepasitaręs su tavim. Keturiasdešimt metų buvai šio vienuolyno šeimininkas. Kaip tik tai ir suprato italų būrys, tai visą laiką kartojo Alinardas, tik niekas jo neklausė, nes manė, kad jis esąs pamišęs, tiesa? Tačiau tu laukei dar manęs ir negalėjai užblokuoti išėjimo pro veidrodį, nes jo mechanizmas įmūrytas sienoje. Kodėl laukei manęs, kodėl buvai toks tikras, kad ateisiu?

Viljamas klausė, bet iš jo balso jautei, jog jis jau žino atsaką ir laukia jo kaip atpildo už savo sumanumą.

— Jau pirmą dieną žinojau, kad tu suprasi. Iš tavo balso, iš to, kaip privertei mane kalbėti apie dalykus, apie kuriuos nenorėjau, kad būtų kalbama. Buvai geresnis už kitus, galėjai viską išaiškinti. Žinai, jog gana pagalvoti ir atkurti savo galvoje kito mintis. Be to, girdėjau, kaip klausinėjai vienuolių, ir visi tavo klausimai buvo teisingi. Tačiau niekuomet neklausinėjai apie biblioteką, tarytum jau žinotum visas jos paslaptis. Vieną naktį pabeldžiau į tavo celės duris, bet tavęs ten nebuvo. Neabejojau, kad buvai čia. Iš virtuvės prapuolė du žibintai, girdėjau tarną tai sakant. Ir pagaliau tą dieną nartekse, Severinui atėjus pasakyti tau apie knygą, įsitikinau, kad seki mano pėdomis.

— Bet pavyko tau atimti iš manęs knygą. Nuėjai pas Malachiją, iki tol nieko nesupratusį. Apimtas pavydo, tas kvailys tebebuvo apsėstas minties, kad Adelmas pagrobė iš jo numylėtąjį Berengarijų, kurį dabar jau viliojo jaunesni kūnai. Jis nesuprato, kuo čia dėtas Venancijus, o tu dar labiau sujaukei jo mintis. Pasakei jam, kad Berengarijus turėjęs ryšį su Severinu, o atsilygindamas dovanojęs šiam knygą iš finis Africae. Nežinau tikrai, ką pasakei jam. Malachijas nuėjo pas Severiną ir apkvaitintas pavydo nužudė jį. Bet jau neturėjo laiko ieškoti knygos, kurią tu jam apsakei, nes atėjo raktininkas. Ar buvo taip?

— Panašiai.

— Bet nenorėjai, kad Malachijas mirtų. Greičiausiai jis niekada nebuvo pažvelgęs į finis Africae knygas, pasitikėdamas tavim ir paklusdamas tavo draudimams. Jo pareiga tebuvo kas vakarą uždegti smilkytuvą, kuris atbaidytų galimus smalsuolius. Žoleles duodavo jam Severinas. Todėl tą dieną Severinas ir įsileido jį ligoninėn, tai buvo kasdieninis apsilankymas paimti šviežių žolelių, kurias žolininkas ruošė abato įsakymu. Atspėjau?

— Atspėjai. Nenorėjau, kad Malachijas mirtų. Liepiau jam visais būdais atrasti knygą ir padėti ją čia neatvertus. Pasakiau, kad slypi joje tūkstančio skorpionų galia. Bet tas kvailys pirmą kartą pasielgė savaip. Nenorėjau jo mirties, jis buvo ištikimas vykdytojas. Tačiau nekartok, ką žinai, žinau, kad žinai. Nenoriu ilgiau kurstyti tavo puikybės, pats jau tuo pasirūpinsi. Sįryt skriptoriume girdėjau tave klausinėjant Bencijų apie „Coena Cypriani". Buvai per plauką nuo tiesos. Nežinau, kaip pavyko tau įminti veidrodžio mįslę, bet kai sužinojau iš abato, jog užsiminei apie finis Africae, buvau tikras, kad netrukus čia susitiksim. Todėl ir laukiau tavęs. Sakyk dabar, ko nori?

— Noriu pamatyti,— atsakė Viljamas,— paskutinįjį rankraštį iš tomo, kuriame, be jo, dar įrištas arabiškas ir siriškas tekstai bei „Coena Cypriani" interpretacija ar transkripcija. Noriu pamatyti tą graikišką kopiją, padarytą greičiausiai arabo arba ispano, kurią tu radai, kai, būdamas Pauliaus iš Riminio padėjėju, išsirūpinai, kad būtum pasiųstas į savo kraštą surinkti Leono ir Kastilijos gražiausių Apokalipsės rankraščių. Tas laimikis išgarsino tave šiame vienuolyne, tapai gerbiamu žmogum ir gavai bibliotekininko vietą, nors pelnytai priklausė ji Alinardui, dešimt metų už tave vyresniam. Noriu pamatyti tą graikišką kopiją, surašytą ant lininio popieriaus, tuomet buvusio didele retenybe ir gaminamo kaip tik Sile, netoli Burgo, tavo gimtinės. Noriu pamatyti knygą, kurią perskaitęs atsinešei čionai, nes nenorėjai, kad kiti ją skaitytų, ir paslėpei čia labai gudriai apsaugodamas, bet nenorėjai jos sunaikinti, nes toks žmogus kaip tu nenaikina knygų, o vien tik globoja jas ir rūpinasi, kad niekas kitas jų neliestų. Noriu pamatyti antrąją Aristotelio „Poetikos" knygą, tą, kurią visi mano esant prarastą amžiams ar niekada neparašytą ir kurios tu galbūt saugai vienintelę kopiją.

— Viljamai, koks nuostabus bibliotekininkas tu galėjai būti,— tarė Jorgė, o jo balse skambėjo apgailestavimas ir susižavėjimas.— Taigi, žinai viską. Prieik, manau, tavo stalo pusėje stovi suoliukas. Sėsk, štai tavo apdovanojimas.

Viljamas atsisėdo, padėjo ant stalo mano paduotą žibintą nušviesdamas Jorgės veidą iš apačios. Senis paėmė priešais gulėjusį tomą ir pastūmė Viljamui. Atpažinau viršelį: buvo tai tas pats, kurį atverčiau ligoninėje, manydamas, kad tai arabiškas rankraštis.

— Dabar skaityk, sklaidyk lapus, Viljamai, tu nugalėjai,— tarė Jorgė.

Viljamas žiūrėjo į knygą, bet nelietė jos. Iš abito išsitraukė porą pirštinių, ne savųjų, su nupjautais pirštais, bet tų, kurias buvo užsitraukęs Severinas, kai radom jį mirusį. Lėtai atvertė sunykusį ir trapų viršelį. Prisiartinau ir pažvelgiau jam per petį. Jorgė savo jautriausia klausa išgirdo mano sukeltą šlamesį ir tarė:

— Tu taip pat čia, berniuk? Leisiu paskaityti ir tau... vėliau.

Viljamas greitai peržvelgė pirmus lapus.

— Pagal katalogą — tai arabiškas rankraštis apie kažkokio kvailio posakius,— tarė.— Kas jame sakoma?

— O, tai paikos bedievių legendos, ten teigiama kvailius mokant sakyti šmaikščias mintis, kurios stebina net ir jų dvasininkus bei žavi jų kalifus...

— Antrasis — tai siriškas rankraštis, pagal katalogą — egiptiečių knygos apie alchemiją vertimas. Kodėl jis surištas čia, kartu su šiais rankraščiais?

— Tai trečio mūsų eros amžiaus egiptiečių veikalas. Siejasi su kitu darbu, tik mažiau pavojingas. Niekas neklausytų Afrikos alchemiko svaičiojimų. Priskiria jis pasaulio sutvėrimą dieviškajam juokui..— Ir jis, pakėlęs galvą, ėmė skaityti iš atminties, stebėtinai aiškios, kaip to, kuris štai jaú keturiasdešimt metų kartoja sau dalykus, perskaitytus dar tada, kai turėjo regėjimo dovaną.— Vos tik Dievui nusijuokus, gimė septyni dievai, kurie valdė pasaulį; vos tik Jam prapliupus juoku, stojo šviesa, antrą kartą nusijuokus, radosi vanduo, o septintąją dieną juokiantis, radosi dvasia... Kvailystės. Kaip ir po jo įrištas rankraštis, parašytas vieno iš nesuskaičiuojamų kvailių, pradėjusių komentuoti „Coena"... Bet ne šitie tekstai domina tave.

Viljamas, greitai pervertęs lapus, tikrai pasiekė graikiškąjį tekstą. Iškart pamačiau, kad lapai jo buvo iš kitos, minkštesnės medžiagos, pirmasis kone išplėštas, dalis paraštės iškramtyta, nusėtas blyškiomis dėmėmis, kokias paprastai laiko tėkmė ir drėgmė palieka ir kitose knygose. Viljamas perskaitė pirmas eilutes, iš pradžių graikiškai, po to išvertė į lotynų kalbą ir tęsė jau šia kalba, kad ir aš galėčiau suprasti, kaip prasideda ši lemtingoji knyga.

„Pirmojoje knygoje kalbėjome apie tragediją ir tai, kaip ji, sukeldama gailestį ir baimę, veda prie tų jausmų apvalymo. Kaip ir žadėjome, pakalbėsime dabar apie komediją (taip pat satyrą ir farsą) ir tai, kaip sukeldama pasitenkinimą tuo, kas juokinga, ji veda prie šios aistros apvalymo. O kad šią aistrą verta svarstyti, jau sakėme knygoje apie sielą, nes iš visų gyvūnų tik žmogus gali juoktis. Apibrėšime tad, kokios rūšies veiksmus mėgdžioja komedija, paskui išnagrinėsime būdus, kuriais komedija sukelia juoką, o būdai šie yra veiksmai ir kalba. Parodysim, kaip juokingi veiksmai kyla iš sulyginimo geresnio su blogesniu ir, atvirkščiai, iš klastos, iš negalimo dalyko ir iš gamtos dėsnių laužymo, iš netinkamo ir nenuoseklaus, iš veikėjų pažeminimo, iš komiškų ir vulgarių pantomimų, iš disharmonijos, iš mažiau deramų dalykų pasirinkimo. Parodysim paskiau, kaip juokinga kalba kyla iš dviprasmybės panašių žodžių, reiškiančių skirtingus dalykus, ir skirtingų — reiškiančių panašius dalykus, iš plepumo ir pasikartojimo, iš žodžių žaismo, iš deminutyvų, iš tarties klaidų ir barbarizmų..."

Viljamas vertė sunkiai, ieškodamas reikiamų žodžių, karts nuo karto stabtelėdamas. Versdamas jis šypsojosi, tarsi atpažintų dalykus, kuriuos tikėjosi rasti. Garsiai perskaitė pirmą lapą, o po to nutilo, lyg nedomintų jo kitkas, ir greit pervertė kitus lapus, bet po keleto jų pajuto pasipriešinimą, nes ties paraštės kraštu ir išilgai viršutinės dalies lapai buvo sulipę vienas su kitu, kaip atsitinka, kai drėkdamas ir irdamas popierius tampa tarytum lipnia koše. Jorgė išgirdo nutilus sklaidomų lapų šlamesį ir paragino Viljamą.

— Skaityk toliau, versk lapus. Ji tavo, tu nusipelnei jos.

Viljamas nusijuokė, atrodė, kad jam be galo smagu.

— Netiesa, jog manai mane esant labai įžvalgų, Jorge! Tu nematai, bet mano rankos aptrauktos pirštinėmis. Su tokiais suvaržytais pirštais negaliu atplėšti lapų vieno nuo kito. Turėčiau tęsti plikomis rankomis, laižydamas pirštus, kaip kad reikėjo daryti šįryt skaitant skriptoriume, kai netikėtai paaiškėjo man ir ši paslaptis, ir turėčiau šitaip versti lapus, kol pakankamas kiekis nuodų patektų man į burną. Kalbu apie nuodus, kuriuos tu prieš daug metų pavogei iš Severino laboratorijos, jau tuomet sunerimęs, nes išgirdai kažką skriptoriume domintis arba finis Africae, arba prarastąja Aristotelio knyga, arba ir vienu, ir kitu. Manau, kad tu ilgai saugojai buteliuką, nutaręs juo pasinaudoti, kai tik pajusi pavojų. Ir pajutai jį prieš kelias dienas, tuomet, kai Venancijus priartėjo prie šios knygos temos ir kai Berengarijus, lengvabūdis, garbėtroška, siekiąs padaryti įspūdį Adelmui, pasirodė mažiau patikimas nei kad tikėjaisi. Tuomet tu atėjai ir paspendei savo spąstus. Pačiu laiku, nes po kelių dienų Venancijus atėjo čia, paėmė knygą ir karštligiškai, kone su fiziniu rajumu, ėmė ją skaityti. Bet netrukus jis pasijuto blogai ir puolė virtuvėn ieškoti pagalbos, kur ir mirė. Klystu?

— Ne, tęsk.

— Visa kita labai paprasta. Berengarijus aptiko Venancijaus kūną virtuvėje, išsigando galimo tyrimo, nes juk Venancijaus atsiradimas Buveinėje nakties metu buvo pasekmė jo, Berengarijaus, ankstesnio prisipažinimo Adelmui. Nežinodamas, ką daryti, jis užsimetė kūną ant pečių ir nunešęs įmetė į kubilą su krauju tikėdamasis, jog visi patikės, kad šis nuskendo.

— O iš kur tu žinai, kaip viskas vyko?

— Žinai tai ir tu, mačiau, kaip elgeisi Berengarijaus celėje radus kraujuoto audinio atraižą. Ta atraiža jis neapdairiai nusišluostė rankas, įmetęs Venancijų į kraują. Tačiau Berengarijus prapuolė, o prapulti jis tegalėjo kartu su knyga, tuomet sudominusia taip pat ir jį. Bet tu laukei, kad jį rastų ne kraujuotą, o nunuodytą. Toliau viskas aišku. Severinas randa knygą, nes Berengarijus skaito ją ligoninėje pasislėpęs nuo smalsių akių. Malachijas, tavo sukurstytas, nužudo Severiną ir miršta, kai grįžęs čionai trokšta sužinoti, kas gi draudžiamo yra knygoje, dėl kurios jis tapo žudiku. Taip aiškėja visos mirtys... Koks kvailys...

— Kas?

— Aš. Vienas Alinardo sakinys įtikino mane, kad nusikaltimų

seka atitinka septynių Apokalipsės trimitų seką. Kruša Adelmui, nors buvo tai savižudybė. Kraujas Venancijui, nors buvo tai keista Berengarijaus mintis: vanduo pačiam Berengarijui, nors tebuvo tai atsitiktinumas; trečioji dangaus dalis Severinui, nors Malachijas smogė dangaus sfera tik todėl, kad ji buvo po ranka. Ir pagaliau Malachijo skorpionai... Kodėl pasakei jam, jog knygoje slypi tūkstančio skorpionų galia?

— Dėl tavęs. Alinardas atskleidė man savo mintį, vėliau išgirdau kažką kalbant, jog ir tau ji pasirodė įtikinama... Tuomet patikėjau, kad šias mirtis valdo dieviškasis planas, o aš už jį neatsakau. Todėl ir pasakiau Malachijui, kad, jei smalsaus, nukentės pagal tą patį dieviškąjį planą, kaip iš tiesų ir įvyko.

— Tai taip... susikūriau neteisingą planą, aiškinantį kaltojo veiksmus, o kaltasis prie jo prisitaikė. Tačiau kaip tik tas neteisingas planas ir padėjo man aptikti tavo pėdsakus. Mūsų dienomis visi apsėsti Jono knygos, bet tu man pasirodei tas, kuris daugiausia apie ją mąsto ir ne dėl tavo spekuliacijų apie Antikristą, bet todėl, kad esi kilęs iš krašto, kuriame gimė nuostabiausios Apokalipsės. Vieną dieną man pasakė, jog pačius gražiausius šios knygos rankraščius, esančius bibliotekoje, atnešei tu. Vėliau Alinardas svaičiojo apie kažkokį savo paslaptingą priešą, nuvykusį ieškoti knygų į Silą (sudomino mane jo pasakymas, kad tas prieš laiką pasitraukė šešėlių karalystėn; tuomet galėjai pamanyti jį turint omeny, jog mirė anas būdamas jaunas, tačiau kalbėjo jis apie tavo aklumą). Silas yra netoli Burgo, o šį rytą kataloge radau daug knygų, susijusių su ispaniškomis apokalipsėmis, atsiradusių bibliotekoje tuo laikotarpiu, kai po Pauliaus iš Riminio tu tapai ar turėjai tapti bibliotekininku. Tarp jų buvo taip pat ir ši knyga. Bet negalėjau tvirtai tikėti savo spėjimais, kol nesužinojau, kad pavogtoji knyga surašyta buvo ant lininio popieriaus. Tuomet prisiminiau Silą, ir jau buvau tikras. Aišku, pamažu brėstant minčiai apie šią knygą ir jos nuodingąją galią, nyko mintis apie apokaliptinį planą, bet negalėjau suprasti, kodėl ir knyga, ir trimitų seka veda prie tavęs, o geriau supratau knygos istoriją, kai eidamas apokaliptinio rezginio pėdsakais buvau priverstas galvoti apie tave ir tavo kalbas, apie juoką. Ir net šį vakarą, jau netikėdamas apokaliptine schema, spyriausi, kad būtų stebimos arklidės, kur laukė manęs šeštasis trimitas ir kaip tik ten visai atsitiktinai Adsas pakišo man įėjimo į finis Africae raktą.

— Nesuprantu tavęs,— tarė Jorgė.— Didžiuojiesi, galėdamas parodyti man, kaip sekdamas savo protavimu pasiekei mane, tačiau tuo pat metu parodai, jog pasiekei tikslą sekdamas klaidingu protavimu. Ką nori tuo pasakyti?

— Tau — nieko. Esu sutrikęs, tik tiek. Bet nesvarbu. Esu čia.

— Viešpats užgrojo septyniais trimitais. O tu net ir savo paklydime išgirdai silpną šio garso aidą.

— Šitai tu jau sakei savo vakarykščiame pamoksle. Bandai įtikinti save, kad visa ši istorija vyko sulig dieviškuoju planu, idant pats nuo savęs nuslėptum tai, kad esi žudikas.

— Aš nieko nenužudžiau. Kiekvienas krito dėl savo lemties ir dėl savo nuodėmių. Aš nebuvau įnagis.

— Vakar sakei, jog ir Judas tebuvo įnagis. Bet jis buvo prakeiktas.

— Sutinku, kad gresia man prakeiksmas. Viešpats suteiks man nuodėmių atleidimą, nes žino, jog veikiau aš Jo šlovei. Mano pareiga buvo saugoti biblioteką.

— Dar prieš kelias akimirkas buvai pasiryžęs nužudyti taip pat ir mane, ir šį berniuką...

— Esi įžvalgesnis, bet ne geresnis už kitus.

— O kas nutiks dabar, kai aš atskleidžiau tavo pinkles?

— Pamatysim,— atsakė Jorgė.— Man nereikia tavo mirties. Gal man pavyks tave įtikinti. Pasakyk verčiau, kaip supratai, kad liečia tai antrąją Aristotelio knygą?

— Taip, nebūtų man pakakę tavo anatemų prieš juoką, nei to trupučio, kurį žinojau apie tavo pokalbį su kitais. Padėjo man kai kurios Venancijaus paliktos pastabos. Iš pradžių nesupratau, ką jos reiškia. Bet buvo ten užuominos apie begėdišką akmenį, kuris ritasi per lygumą, apie cikadas, grojančias iš po žemių, apie godotinus figmedžius. Kažką panašaus jau buvau skaitęs ir šiomis dienomis pasitikrinau. Tai pavyzdžiai, pateikti Aristotelio pirmojoje „Poetikos" knygoje, taip pat „Retorikoje". Paskui atsiminiau Izidorių iš Sevilijos apibrėžiant komediją kaip kažką, kas pasakoja apie stupra virginum et amores meretricum[1]... Pamažėl pamažėl mano mintyse ryškėjo šios antrosios knygos apmatai, tokios, kokia ji turėtų būti. Galėčiau kone visą ją tau atpasakoti, nė neskaitydamas lapų, skirtų man nunuodyti. Komedija gimsta komaí, arba valstiečių kaimuose, kaip žaismingos iškilmės po puotos ar šventės. Nepasakoja ji apie žymius ir galingus žmones, pasakoja apie būtybes niekšingas ir juokingas, tačiau nepavojingas, ir nesibaigia pagrindinių veikėjų mirtimi. Juoką ji sukelia atskleisdama paprastų žmonių trūkumus bei ydas. Aristotelis polinkį juoktis matė kaip dalyką gerą, gėrį nešančią jėgą, galinčią turėti per šmaikščias mįsles ir nelauktas metaforas taip pat ir pažintinę vertę, nors ir skelbiančią dalykus skirtingus nuo tų, kokie jie yra tarytum meluojant, o iš tiesų įpareigojančią geriau įsižiūrėti ir sakyti: štai kaip iš tikro yra, o aš to nežinojau. Tiesos siekiama vaizduojant žmones ir pasaulį blogesnius nei jie yra ar tikėjome juos esant šiaip ar taip blogesnius nei vaizdavo juos herojinės poemos, tragedijos, šventųjų gyvenimai. Taip?

— Panašiai. Atkūrei ją skaitydamas kitas knygas?

— Ties daugeliu iš jų dirbo Venancijus. Manau, kad Venancijus jau kuris laikas ieškojo šios knygos. Greičiausiai perskaitė jis kataloge nuorodas, kurias perskaičiau taip pat ir aš, ir įsitikino, jog būtent ta yra jo ieškoma knyga. Bet nežinojo, kaip patekti į finis Africae. Kai nugirdo Berengarijų kalbant apie tai su Adelmu, puolė tarytum šuo kiškio pėdsaku.

— Taip ir buvo, tuojau tai supratau. Ir supratau atėjus laikui ginti biblioteką nagais ir dantimis...

— Ir sutepei ją nuodais. Turėjo tai būti sunku... tamsoje.

— Mano rankos mato dabar geriau nei tavo akys. Iš Severino paėmiau dar ir teptuką. Taip pat ir aš mūvėjau pirštinėmis. Tai buvo puiki mintis, tiesa? Nelengvai tu ją perpratai...

— Taip. Aš galvoju apie painesnį mechanizmą, apie užnuodytą dantį ar ką nors panašaus. Turiu pasakyti, kad tavo sprendimas tiesiog pavyzdinis, auka nuodijasi pati lygiai tiek, kiek ji trokšta skaityti...

Suvokiau tuomet ir šiurpas nuėjo kūnu, jog šiedu vyrai, susirėmę mirtinoje kovoje, tą akimirką žavėjosi vienas kitu, tarytum kiekvienas būtų veikęs tik tam, kad susilauktų kito pagyrimo. Galvoje man švystelėjo mintis, jog Berengarijaus bjaurios suktybės, idant suviliotų Adelmą, ar paprasti ir natūralūs mostai, kuriais mergaitė sužadino mano aistrą ir mano geismą, tebuvo niekai, palyginti su klasta ir beprotišku apsukrumu nugalint kitą, palyginti su ta vilione, kuri dabar vyko mano akyse ir kuri tęsėsi septynias dienas, kai kiekvienas iš tų dviejų tarytum skyrė vienas kitam slaptus pasimatymus ir kiekvienas slapta siekė pripažinimo kito, kurio bijojo ir kurio nekentė.

— Bet dabar pasakyk man,— kalbėjo Viljamas,— kodėl? Kodėl saugojai tą knygą labiau už kitas? Kodėl slėpei, nors ir ne nusikaltimo kaina, nekromantijos traktatus, lapus, kuriuose galbūt burnota prieš Dievą, bet būtent dėl šių lapų pasmerkei savo brolius ir pasmerkei save patį? Yra tiek daug kitų knygų, kalbančių apie komediją, ir tiek daug dar kitų, kuriose liaupsinamas juokas. Kodėl kaip tik šita taip baugino tave?

— Mat parašyta ji Filosofo. Kiekviena iš šio žmogaus knygų sunaikino dalį išminties, kurią krikščionybė kaupė šimtmečiais. Tėvai pasakė tai, ką derėjo žinoti apie Žodžio galią, o pakako tik Boecijui pakomentuoti Filosofą, ir dieviškoji Žodžio paslaptis virto žmogiškąja kategorijų ir silogizmo parodija. Knyga „Genesis" skelbia tai, ką dera žinoti apie kosmoso sudėtį, bet pakako atrasti Filosofo fizikos knygas, kad į Visatą būtų pažvelgta per bukos ir lipnios materijos prizmę ir kad arabas Averojus veik įtikintų visus pasaulio amžinybe. Žinojome viską apie dieviškuosius vardus, o Abonės palaidotas dominikonas — Filosofo sugundytas — naujai įvardijo juos eidamas pilnais puikybės prigimtinės išminties keliais. Todėl kosmosas, kuris pagal Areopagitą apsireikšdavo tam, kas mokėjo žvelgti viršun, į pirminės pavyzdinės priežasties švytintį kaskadą, tapo sankaupa žemiškųjų ženklų, nuo kurių atsispiriama siekiant nusakyti abstrakčią jėgą. Pirma žiūrėjome dangun, tik kartkartėmis malonėdami mesti rūstų žvilgsnį į materijos purvą, o dabar žiūrime žemėn ir tikime dangų pagal žemės liudijimą. Kiekvienas Filosofo žodis, kuriuo dabar prisiekia ir šventieji, ir popiežiai, apvertė pasaulio atvaizdą aukštyn kojom. Bet jis neapvertė Dievo atvaizdo. Jei ši knyga taptų... būtų tapusi laisvo aiškinimo objektu, būtų peržengtos visos ribos.

— Bet kas tave taip įbaugino toje kalboje apie juoką? Negali sunaikinti juoko, sunaikinęs šią knygą.

— Ne, tikrai negaliu. Juokas yra mūsų kūno silpnybė, sugedimas, tuštybė. Jis yra pramoga kaimiečiui, girtuoklio palaidumas, net ir Bažnyčia išmintingai paskyrė laiką šventėms, karnavalui, mugei — toms nedorybėms, kurios slopina nuotaikas ir sulaiko nuo kitų geismų ir kitų troškimų... Bet juokas yra niekingas dalykas, gynyba paprastiems žmonėms, šventumą praradusi paslaptis liaudžiai. Taip pat ir apaštalas kalbėjo: verčiau vesti nei kad sudegti. Verčiau pasisotinę, ištuštinę ąsočius ir taures juokitės ir mėgaukitės savo sukurtomis dieviškosios tvarkos parodijomis nei kad maištaukite prieš Dievo sukurtą tvarką. Rinkite kvailių karalių, pasinerkite asilo ir meitelio liturgijoje, žaiskite atlikdami savo saturnalijas žemyn galvomis... Bet čia... čia...— dabar Jorgė daužė pirštu per stalą greta knygos, gulėjusios priešais Viljamą,— čia apverčiama juoko funkcija, jis prilyginamas menui, jam atveriamos mokytų žmonių pasaulio durys, jis paverčiamas filosofijos ir išdavikiškos teologijos objektu... Matei vakar, kaip gali paprasti žmonės suvokti ir įgyvendinti pačias baisiausias erezijas paneigdami ir Dievo, ir gamtos įstatymus. Tačiau bažnyčia gali iškęsti erezijas paprastų žmonių, pasmerkiančių save, naikinamų savo nežinojimo. Nemokšiškas Dolčino ir jo sekėjų pamišimas niekuomet nesugriaus dieviškosios tvarkos. Jis skelbė smurtą ir nuo smurto mirė nepalikdamas nė pėdsako, baigėsi taip, kaip baigiasi karnavalas, ir nesvarbu, kad šventės metu trumpam randasi žemėje apversto pasaulio epifanija. Gana, kad veiksmas nevirstų ženklu, kad ta liaudies kalba nebūtų išversta į lotynų. Juokas išlaisvina kaimietį iš velnio baimės, nes kvailių šventėje taip pat ir velnias yra vargšas ir kvailas, taigi, suvaldomas. Bet ši knyga būtų galėjusi mokyti, kad išsilaisvinimas iš velnio baimės yra išimtis. Kai juokiasi, o vynas gargaliuoja jo gerklėj, kaimietis jaučiasi šeimininku, nes apvertė aukštyn kojom nuosavybės ryšius; bet ši knyga būtų galėjusi atskleisti mokytiems žmonėms meistriškas, taigi, ir deramas, išmones, kuriomis jie galėtų įteisinti tą apvertimą. Tuomet tas, kas neapgalvotame kaimiečio moste tėra tik, ir laimei, pilvo veikla, virstų proto veikla. Tai, kad juokas būdingas žmogui, yra mūsų, nusidėjėlių, ribos ženklas. Betgi kiek pagedusių protų, tokių kaip tavo, iš šios knygos išvestų kraštutinį silogizmą — kad juokas yra žmogaus tikslas! Juokas kuriam laikui nuslopina kaimiečio baimę. Bet įstatymai veikia per baimę, kurios tikrasis vardas yra nuolankumas Dievui. O iš šios knygos būtų galėjusi kilti liuciferiška žiežirba, kuri sukeltų visame pasaulyje naują gaisrą, ir juokas būtų laikomas nauju menu, kurio nežinojo net Prometėjas, menu, skirtu nugalėti baimei. Kaimiečiui, kai jis juokiasi, nerūpi mirtis: tačiau paskui, praėjus palaidumui, liturgija sulig dieviškuoju planu ir vėl įkvepia jam mirties baimės jausmą. O ši knyga būtų galėjusi pagimdyti naują ir pragaištingą troškimą sunaikinti mirtį per išsivadavimą iš baimės. O kas būtume mes, nusidėjėliai, be baimės,— galbūt pačios įžvalgiausios ir meiliausios iš visų Dievo dovanų? Ištisus amžius daktarai ir tėvai skleidė švento pažinimo mokslo kvapnias esencijas, idant išganytų per mintis apie tai, kas yra aukšta, niekingumą ir pagundą to, kas yra žema. O ši knyga, pateisindama kaip vaistą komediją, satyrą ir farsą, kurie valo nuo aistrų per trūkumų, ydų, silpnybių atskleidimą, paskatintų netikruosius išminčius pabandyti išganyti (tikrai velniškas apvertimas!) tai, kas aukšta, priimant tai, kas žema. Iš šios knygos galėtų kilti mintis, jog žmogus žemėje gali norėti (kaip kad siūlo tavo Bekonas kalbėdamas apie natūraliąją magiją) gausybės rago krašto gėrybių. Bet kaip tik to nedera ir negalima turėti. Pažvelk į vienuoliukus, begėdiškai skaitančius bjauriai juokingą „Coena Cypriani" parodiją. Koks velniškas Šventojo Rašto iškreipimas! Betgi jie, tai darydami, žino, kad daro blogai. Tačiau nuo tos dienos, kai Filosofo žodis pateisins ištvirkusios vaizduotės marginalinius žaidimus, o tuomet tikrai tai, kas buvo pakraščiuose, sušoks į vidurį, ir iš vidurio neliks nė pėdsako! Dievo tauta virstų suėjimu pabaisų, iššokusių iš terra incognita prarajų, o žinomo pasaulio pakraščiai taptų krikščioniškosios imperijos širdim, arimaspai sėstų Petro sostan, blemai užplūstų vienuolynus, o nykštukai storais pilvais ir milžiniškom galvom imtų saugoti biblioteką! Tarnai diktuotų įstatymus, mes (tuomet taip pat ir tu) turėtume paklusti visiškam įstatymų nebuvimui. Graikų filosofas (kurį tavo Aristotelis čia cituoja — savo bendrą ir niekingą auctoritas) sako, kad reikia išsklaidyti priešininkų rimtumą juoku, o priešininkų juoką — rimtumu. Mūsų tėvai apdairiai pasirinko: jei juokas yra liaudies malonumas, jos palaidumą privalu tramdyti, ją privalu žeminti ir įbauginti griežtumu. Liaudis neturi būdų sutaurinti savo juoką taip, kad taptų jis įrankiu prieš rimtumą ganytojų, turinčių vesti ją į amžinąjį gyvenimą ir saugoti nuo pilvo, pudenda, apsirijimo ir bukų geismų pagundų. Bet jei vieną dieną kas nors, mojuodamas Filosofo žodžiais, taigi, kalbėdamas kaip filosofas, pavers juoko meną tauriu ginklu, jei įtikinimo retoriką pakeis išjuokimo retorika, jei kantrų išganymo paveikslų kūrimą pakeis skubotas visų švenčiausių ir labiausiai gerbiamų paveikslų naikinimas ir darkymas — tą dieną taip pat ir tu, ir visa tavo išmintis, Viljamai, būsit sutriuškinti!

— Kodėl? Kovočiau supriešindamas savo įžvalgumą su kito įžvalgumu. Būtų tai geresnis pasaulis už tą, kuriame Bernardo Gi ugnis ir įkaitinta geležis nužemina Dolčino ugnį ir įkaitintą geležį.

— Ir tu pats tuomet pakliūtum į velnio žabangus. Kovotum priešingoje pusėje Armagedono lauko, kur įvyks galutinis mūšis. Bet iki tos dienos Bažnyčia privalės ir vėl išmokti primesti konfliktui savo taisykles. Nebaugina mūsų piktažodžiavimas, nes net ir Dievo prakeiksmuose atpažįstame iškreiptą Jehovos, prakeikiančio sukilusius angelus, pykčio atvaizdą. Nebaugina mūsų smurtas tų, kurie žudo ganytojus kažkokio įsivaizduojamo atsinaujinimo vardan, nes yra tai tas pats smurtas, kuriuo kunigaikščiai bandė sunaikinti Izraelio tautą. Nebaugina mūsų donatisto žiaurumas, savižudiškas bėgiko pamišimas, bogomilo gašlumas, albigiečio išpuikęs tyrumas, flagelanto kraujo troškimas, Laisvosios dvasios brolio skelbiamas blogio kvaitulys: pažįstame juos visus ir žinome jų nuodėmių šaknis, kurios yra mūsų šventumo šaknys. Jos nebaugina mūsų, ir žinome, kaip jas sunaikinti, maža to, žinome, kaip leisti susinaikinti joms pačioms, įžūliai iškeliančioms į zenitą tą mirties geismą, kuris gimsta jų nadyro bedugnėse. Jų egzistavimas yra mums net brangus, jis įrašytas Dievo plane, nes jų nuodėmė žadina mūsų dorą, jų piktažodžiavimas skatina mūsų šlovinimo giesmę, jų padrikas atgailavimas tvarko mūsų polinkį aukotis, jų bedieviškumo dėka nušvinta mūsų dievobaimingumas, kaip buvo reikalingas ir požemių kunigaikštis, idant geriau nušvistų šlovė Dievo — visų vilčių pradžios ir pabaigos. Bet jei vieną dieną — ir ne kaip liaudiška išimtis, bet kaip mokslo vyrų teisė, patikėta nesunaikinamam Rašto liudijimui,— taptų priimtinas ir atrodytų taurus ir laisvas, ir jau ne mechaniškas išjuokimo menas, jei vieną dieną kas nors galėtų tarti (ir būti išklausytas): aš juokiuosi iš įsikūnijimo... Tuomet nebeturtėtume ginklų sustabdyti tam piktažodžiavimui, nes jis surinktų visas tamsias kūniškosios materijos jėgas, tas, kurios patvirtinamos bezdant ir raugėjant, raugėjimas ir bezdėjimas pasiglemžtų sau teisę, kurią teturi vien siela,— dvelkti kur jiems patinka!

— Likurgas pastatydino juokui paminklą.

— Perskaitei tai Kloricijaus knygoje, kur mėgina jis išteisinti mimus, kaltinamus bedievyste, ir pasakoja, kaip vienas medikas išgydė ligonį, padėdamas jam nusijuokti. Tačiau kam reikėjo gydyti jį, jei Dievas jau buvo nubrėžęs jo žemiškosios dienos baigtį?

— Nemanau, kad jis išgydė ligą. Jis išmokė jį juoktis iš ligos.

— Liga neišvaroma. Ji sunaikinama.

— Kartu su ligonio kūnu.

— Jei reikia.

— Tu esi velnias,— tarė tuomet Viljamas.

Jorgė tarytum nesuprato. Jei nebūtų jis buvęs aklas, pasakyčiau, kad pažvelgė į savo pašnekovą nuostabos kupinomis akimis.

— Aš? — paklausė.

— Taip. Tau melavo. Velnias nėra materijos esmė, velnias yra sielos arogancija, tikėjimas be šypsenos, tiesa, kuria niekuomet nesuabejojama. Velnias yra niūrus, nes žino, kur eina, ir kur beeitų, visada ateina ten, iš kur išėjęs. Tu esi velnias ir kaip velnias gyveni šešėlių karalystėje. Jei norėjai įtikinti mane, tau nepavyko. Nekenčiu tavęs, Jorge, ir jei tik galėčiau, pervesčiau per plokščiakalnį nuogą, su paukščio plunksnomis užpakalio skylutėje, o veidu, išpaišytu kaip juokdario, kad visas vienuolynas juoktųsi iš tavęs ir jau nebebijotų. Norėčiau ištepti tave medum, o paskui išvolioti pūkuose, ir vedžioti ant pasaitėlio po muges, sakydamas visiems: šitas štai skelbė jums tiesą ir kalbėjo, jog tiesa turi mirties skonį, o jūs tikėjote ne jo žodžiais, bet jo apniukusiu veidu. Dabar aš sakau jums, kad iš visų galimybių sūkurio Dievas taip pat leidžia jums ir įsivaizduoti pasaulį, kuriame buvęs tiesos aiškintojas yra ne kas kitas, kaip tik netašytas stuobrys, kartojantis išmoktus žodžius.

— Tu esi blogesnis už velnią, minorite,— atsakė jam Jorgė.— Esi juokdarys, kaip ir šventasis, pagimdęs jus. Esi kaip tavo Pranciškus, kuris de toto corpore fecerat linguam[2], kuris sakydamas pamokslą elgėsi kaip pajacas, kuris gėdino šykštuolį duodamas jam aukso monetą, kuris menkino seserų pamaldumą vietoj pamokslo sakydamas „Miserere", kuris elgetavo prancūziškai ir paėmęs medžio gabalą mėgdžiojo griežiantį smuiku, kuris persirengdavo valkata, kad sugėdytų rajūnus brolius, kuris nuogas krisdavo į sniegą, kalbėjo su gyvuliais ir žolėmis, net ir Gimimo paslaptį paversdavo kaimo vadinimu, šaukdavo Betliejaus ėriuką mėgdžiodamas avis mekenimą... Gera mokykla... Argi ne minoritas buvo tas brolis Diotislavi iš Florencijos?

— Taip,— nusišypsojo Viljamas.— Tas pats, kuris nuėjęs į pamokslininkų vienuolyną tarė nepriimsiąs maisto tol, kol nebus jam duotas gabalėlis brolio Jono tunikos, idant galėtų saugoti jį kaip relikviją, o gavęs nusišluostė juo užpakalį ir įmetęs į išmatų duobę žalga suko po mėšlą šaukdamas: vaje, padėkite, broliai, pamečiau išvietėj šventojo relikviją!

— Man atrodo, ši istorija linksmina tave. Gal nori papasakoti ir apie kitą minoritą, brolį Paulių Milemoską, kuris vieną dieną atsigulė kiek ilgas ant ledo, o miesto gyventojai tyčiojosi iš jo, ir vienas jų paklausė, ar nenorėtų turėti po savim ko geresnio, o jis atkirto: „taip, tavo žmoną..." Štai taip jūs ieškote tiesos.

— Šventasis Pranciškus mokė žmones žvelgti į daiktus iš kitos pusės.

— Bet mes jus perauklėjome. Matei vakar savo brolius. Jie grįžo į mūsų gretas, ir nekalba jau kaip paprasti žmonės. Paprasti žmonės visai neturėtų kalbėti. Ši knyga būtų pateisinusi mintį, kad paprastų žmonių kalba galima perteikti kokią nors išmintį. Tam reikėjo sutrukdyti, ir aš tai padariau. Tu sakai, kad esu velnias. Netiesa. Buvau Dievo ranka.

— Dievo ranka tveria, ne slepia.

— Yra ribos, kurių negalima peržengti. Dievas norėjo, kad ant kai kurių lapų būtų parašyta: hic sunt leones.

— Dievas sutvėrė taip pat ir pabaisas. Taip pat ir tave. Ir nori, kad būtų kalbama apie viską.

Jorgė ištiesė drebančias rankas ir patraukė prie savęs knygą. Jis neužvertė jos ir neapsuko, kad Viljamas ir toliau galėtų skaityti tai, kas joje parašyta.

— Kodėl tuomet,— tarė,— leido Jis bėgant amžiams šiam tekstui išnykti ir išlikti tik vienai jo kopijai, ir kodėl leido, kad tos kopijos kopija, dingusi nežinia kur, ilgus metus būtų paslėpta bedievio rankose, nemokėjusio graikiškai, o paskui gulėtų apleista ir uždaryta senoje bibliotekoje, kur mane, mane, o ne tave, atvedė Apvaizda, kad rasčiau ją ir paimčiau su savimi, ir vėl ilgiems metams paslėpčiau? Aš žinau, žinau, tarytum matyčiau parašyta deimantinėmis raidėmis, matyčiau savo akimis, kurios mato tai, ko nematai tu, aš žinau, jog tokia buvo Viešpaties valia, ir sulig ja veikiau. Vardan Tėvo, Sūnaus ir Šventosios Dvasios, amen.

Septinta diena

NAKTIS

Kyla visuotinis gaisras ir dėl dorybių pertekliaus
laimi pragaro jėgos

Senis nutilo. Abu jo delnai gulėjo ant knygos, tarsi jie glostytų ją ar lygintų jos lapus, kad geriau galėtų perskaityti juos, ar gintų nuo grobuoniškų kieno nors nagų.

— Bet visa tai perniek,— tarė jam Viljamas.— Dabar baigta, aš radau tave, radau knygą, o kiti mirė veltui.

— Ne veltui,— tarė Jorgė.— Gal tik jų buvo per daug. Ir jei tau reikėjo įrodymo, kad ši knyga yra prakeikta, gavai jį. O kad nebūtų jie mirę veltui, dar viena mirtis nebus per daug.

Taręs tai, jis pradėjo savo išdžiūvusiomis, kone perregimomis rankomis lėtai, gabalais ar juostomis plėšti minkštus knygos lapus, kimšti juos burnon ir lėtai kramtyti, tarsi būtų jie ostija, turinti tapti kūnu jojo kūno.

Viljamas kaip pakerėtas žvelgė į jį, rodėsi, nesuprasdamas, kas nutiko. Paskui staiga atsitokėjo ir palinko pirmyn šaukdamas:

— Ką darai?!

Jorgė tik nusišypsojo apnuogindamas bekraujas dantenas, o gelsva seilė tįso per blyškias lūpas ant baltų retų smakro šerių.

— Tu laukei septintojo trimito, tiesa? Tad paklausyk dabar, ką sako balsas: užantspauduok, ką pasakė septyni griaustiniai, ir to nerašyk, imk ir suvalgyk ją, ji bus karti viduriuose, bet burnoje ji bus saldi kaip medus. Matai? Dabar užantspauduoju tai, kas neturėjo būti pasakyta, nusinešdamas į kapą, kuriuo virsiu.

Ir jis nusijuokė, jis, Jorgė, nusijuokė. Pirmą kartą išgirdau jį juokiantis... Juokėsi jis gerkle, o lūpos toje linksmybėje nedalyvavo, beveik atrodė, kad jis verkia:

— Nelaukei, Viljamai, tokios baigties, tiesa? Tas senis Viešpaties malone ir vėl laimi, juk taip?

O Viljamui pamėginus išplėšti knygą, Jorgė, pajutęs tą mostą dėl lengvo oro virptelėjimo, atsitraukė kaire ranka glausdamas knygą prie krūtinės, dešiniąja ir toliau plėšdamas ir kimšdamas burnon lapus.

Jis sėdėjo kitoje stalo pusėje, ir Viljamas, negalėdamas jo

pasiekti, pabandė greitai apeiti tą kliūtį. Bet, užkabinęs abitu, apvertė suoliuką, ir Jorgė susigaudė, ką tas triukšmas galėtų reikšti. Senis vėl nusijuokė, šį kartą garsiau, ir neįtikėtinai mitriai ištiesė dešinę ranką, apgraibomis, vedamas liepsnos kaitros, užčiuopė žibintą ir uždengė jį delnu nė nejausdamas skausmo. Liepsna užgeso. Kambarį apgaubė tamsa, ir paskutinį kartą išgirdome Jorgės juoką ir žodžius:

— Ieškokite manęs dabar, nes dabar aš esu tas, kuris mato geriau!

Paskui jis nutilo, ir nebegalėjom jo girdėti, tipenančio tais savo begarsiais žingsniais, kurie padėdavo jam visuomet atsirasti taip netikėtai, ir tik kartkartėmis įvairiuose salės kampuose, girdėdavom plėšomų lapų šlamesį.

— Adsai! — sušuko Viljamas.— Stok prie durų, neleisk jam išeiti!

Bet ištarė jis tai per vėlai, nes aš, jau kuris laikas trokštantis pulti senį, šokau pirmyn kaip tik tuomet, kai stojo tamsa, bandydamas apeiti stalą iš kitos pusės nei kad norėjo mano mokytojas. Ir per vėlai supratau atvėręs Jorgei kelią pasiekti duris, o senis tamsoje judėjo neregėtai tvirtai. Ir tikrai už savo pečių išgirdome plėšomų lapų šnaresį, nors jau gana slopų, nes sklindantį iš gretimo kambario. Tuo pat metu išgirdome ir kitą garsą, pratisą vyrių girgždesį:

— Veidrodis! — sukriokė Viljamas.— Jis nori mus čia uždaryti!

Sekdami tą garsą, puolėme prie išėjimo, aš užkliuvau už suoliuko ir susitrenkiau koją, bet nė nesustojau, akimirksniu suvokęs, kad, jei Jorgė mus uždarys, niekuomet iš čia nebeišeisim: tamsoje negalėsime atidaryti durų nežinodami, ką ir kaip reikėtų judinti šioje pusėje.

Manau, kad Viljamas judėjo pirmyn pagautas tokios pat nevilties kaip ir aš, nes išgirdau jį greta, kai abu, pasiekę slenkstį, užvirtome ant kitos pusės veidrodžio, kuris jau vėrėsi mūsų link. Spėjome pačiu laiku, nes durys sustojo, o po kurio laiko pasidavė vėl atsiverdamos. Jorgė, matyt, nusprendęs, kad jėgos nelygios, pasišalino. Išbėgome iš prakeiktojo kambario, bet dabar jau nežinojome, kur nuėjo senis, o tamsu buvo, nors į akį durk. Staiga prisiminiau:

— Mokytojau, aš turiu skiltuvą!

— Tai ko tuomet lauki,— šaukė Viljamas,— susirask žibintą ir įžiebk jį!

Puoliau į tamsą, atgal į finis Africae, pagraibomis ieškodamas žibinto. Dieviško stebuklo dėka ilgai ieškoti nereikėjo, pasirausęs abite, ištraukiau skiltuvą, o Viljamas tuo tarpu šnopavo ties durimis: „Greičiau, greičiau!", ir pagaliau įžiebiau liepsną.

— Greičiau,— vėl paragino mane Viljamas,— antraip anas suės man visą Aristotelį!

— Ir numirs! — sušukau sunerimęs prisigretindamas prie jo, paskui kartu puolėme ieškoti.

— Tai manęs visai nejaudina, temiršta, prakeiktasis! — šaukė Viljamas lakstydamas be jokios tvarkos ir žvelgdamas kur tik įmanoma.

— Jau ir tai, kiek surijo, atneš jam galą. Bet man reikia knygos!

Paskui sustojo ir ramiau pridūrė:

— Stok. Jei taip tęsim, niekada jo nerasim. Sustok ir minutę patylėk.

Sustingome tyloje. Ir toje tyloje išgirdome ne taip toli atsitrenkiančio į spintą kūno dundesį ir krentant kelias knygas.

— Tenai! — surikome kartu.

Bėgome triukšmo link, bet greit supratome, kad reikia sulėtinti žingsnį, nes tąnakt bibliotekoje, išėjus iš finis Africae, švilpdamos ir stūgaudamos siautėjo oro srovės tai silpdamos, tai vėl stiprėdamos priklausomai nuo lauke pūtusio vėjo stiprumo. O pridėjus prie jų dar ir mūsų veržlumą, žibinto liepsna, taip sunkiai susigrąžinta, tikrai galėjo vėl užgesti. O kad negalėjome paskubėti, reikėjo kaip nors sulaikyti ir Jorgę. Bet Viljamui šovė priešinga mintis ir jis sušuko: „Jau sučiupome tave, seni, dabar mes turime žiburį!" Ir buvo tai išmintingas sprendimas, nes ta žinia, matyt, paveikė Jorgę, mėginusį bėgti dar greičiau, kas sutrikdė tą jo magišką pusiausvyros pojūtį, kurio dėka jis orientavosi tamsoje tarytum matantis šviesią dieną. Ir tikrai netrukus vėl išgirdome triukšmą, o eidami jo link atsidūrėme YSPANIA kambaryje Y, pamatėme jį, parvirtusį ant grindų, vis dar laikantį rankose knygą, bandantį atsikelti ir besikapanojantį tarp nuo stalo nukritusių knygų, kurias užkliuvęs nuo jo nustūmė.

Nors ir mėgindamas atsikelti, jis vis plėšė lapus, tarytum norėdamas kuo greičiau suryti didesnę dalį savo grobio.

Priėjom prie jo, kai jau buvo pakilęs. Pajutęs mus jis, traukdamasis atatupstas, pasisuko į mūsų pusę veidu. Veidas tas raudonoje žibinto šviesoje atrodė siaubingai: bruožai iškreipti, kakta ir skruostai išpilti nesveiko prakaito, akys, paprastai baltos kaip mirtis, pritvinkusios kraujo, iš burnos kyšojo pergamento skutai, lyg kokiam išbadėjusiam žvėriui, atsikandusiam per didelį kąsnį ir nebegalinčiam jo nuryti. Iškreiptas nerimo, veikiamas nuodų, kurių jau ganėtinas kiekis tekėjo gyslomis, apimtas beviltiško ir velniško ryžto, tai, kas kadaise buvo gerbiamo seno žmogaus pavidalas, virto dabar kažkuo atstumiančiu ir grotestišku; kitu atveju būtų tai sukėlę juoką, tačiau dabar ir mes tapome panašūs į gyvulius, į šunis, užuodusius žvėrį.

Lengvai galėjome sučiupti jį, jei būtume veikę ramiai, bet mes puolėme jį kaip pamišę, jis išsisuko ir prispaudė prie krūtinės rankas gindamas knygą; aš laikiau jį kaire ranka, dešine bandydamas nenuleisti žibinto, bet neatsargiai mostelėjau juo jam prieš viedą, jis pajuto karštį, dusliai suriko, kone raugtelėjo išspjaudamas iš burnos lapų skutus, dešine paleido knygą, ištiesė ją žibinto link ir, netikėtai išplėšęs jį man iš rankos, metė šalin...

Žibintas nukrito tiesiai ant nuo stalo nustumtų knygų, kurios atverstos gulėjo krūvoje. Aliejus išsipylė, liepsna greit kibo į trapius pergamento lapus prarydama juos kaip glėbį sausų žagarų. Viskas tetruko kelis mirksnius, liepsnos liežuviai pakilo skliauto link, tarytum šie tūkstantmečiai lapai jau daugelį šimtmečių telaukė ugnies ir džiaugėsi galėdami netikėtai numaldyti tą nuo neatmenamų laikų trunkantį liepsnos troškulį. Viljamas, pamatęs, kas nutiko, paleido senį, kuris, pasijutęs laisvas, pasitraukė kelis žingsnius, ir akimirką dvejojo, nors truko ji aiškiai per ilgai, netikras, ar vėl čiupti Jorgę, ar griebtis gesinti tą laužėlį. Viena iš knygų, matyt, seniausia, sudegė veik akimirksniu aukštai išspjaudama liepsnos liežuvį.

Lengvas vėjelis,galėjęs užpūsti silpnesnę ugnį, stipresnę tik dar labiau įpūtė ir net pažėrė į visas šalis žiežirbų spiečius.

— Gesink ugnį, greičiau! — šaukė Viljamas.— Viskas čia sudegs!

Šokau prie laužo ir sustojau nežinodamas, ką toliau daryti. Viljamas puolė prie manęs norėdamas padėti. Tiesėme rankas į liepsną, akimis ieškodami, kuo būtų galima ją nuslopinti. Man šovė mintis,— skubiai per galvą nusivilkau abitą ir mečiau jį ant laužo. Bet liepsna jau buvo per aukšta, grybštelėjo rūbą ir akimirksniu prarijo. Skubiai atitraukiau spėjusias nudegti rankas ir, pasisukęs į Viljamą, pamačiau už jo pečių Jorgę, vėl prisiartinusį prie mūsų. Karštis dabar buvo toks stiprus, kad senis jautė jį kuo puikiausiai ir neklysdamas žinojo, kurioje pusėje laužas, tad ton pusėn metė Aristotelį.

Pagautas pykčio, Viljamas stipriai stumtelėjo Jorgę, šis užgriuvo spintą, trenkėsi galva į briauną ir susmuko ant grindų... Bet Viljamas, kuris, kaip man pasigirdo, siaubingai nusikeikė, nė negalvojo juo pasirūpinti. Jis vėl puolė prie knygų. Per vėlai, Aristotelis ar, tiksliau, tai, kas liko iš jo po senio vakarienės, jau liepsnojo.

Tuo tarpu kibirkštys lėkė į visas puses, ir vienoje iš spintų, stovėjusių prie sienų, knygos jau raitėsi ugnies kaitroje. Dabar kambaryje degė jau ne vienas, bet du laužai.

Viljamas, supratęs, jog rankomis mes jų neužgesinsim, pabandė gelbėti knygas knygomis. Išsirinkęs tomą, pasirodžiusį jam tvirtesniu nei kiti viršeliu, jis pamėgino panaudoti jį priešiškam gaivalui nugalėti. Bet mušdamas kaustytais viršeliais per degančių knygų krūvą jis tik kėlė naujus kibirkščių pulkus. Mėgino jas sutrypti, bet šio veiksmo pasekmė buvo visai priešinga: degančio pergamento skiautės pakilo nuo grindų ir tarytum šikšnosparniai sukosi ore, o šis, sparnuočių draugas, nešė juos deginti naujų žemiškosios materijos lapų.

Nelaimei, visa tai įvyko viename iš netvarkingiausių labirinto kambarių. Rankraščių ritiniai karojo nuo lentynų, iš kai kurių suirusių knygų viršelių tarsi pro praviras lūpas kyšojo metų išdžiovintų pergamentų liežuviai, o ant stalo gulėjo daugybė raštų, kurių Malachijas (jau keletą dienų vienas) nespėjo padėti į jų vietas. Taigi kambarys, o juo labiau po Jorgės sukeltos griūties, buvo pilnas pergamentų, tik ir telaukiusių progos virsti kitos rūšies elementu.

Netrukus vieta tapo žarijų indu, liepsnojančiu krūmu. Net ir spintos panoro dalyvauti toje visuotinėje aukoje ir laižomos liepsnų pradėjo spragsėti. Supratau, jog visas labirintas tėra vienas milžiniškas aukos laužas, telaukiantis pirmos kibirkšties...

— Vandens, reikia vandens! — kalbėjo Viljamas ir tuoj pridūrė.— O kur šiame pragare yra vanduo?

— Virtuvėje, apačioje virtuvėje! — sušukau.

Viljamas sumišęs pažvelgė į mane nurausvintas tos piktos siautėjančios šviesos.

— Taip, bet kol nusileisim ir vėl grįšim... Po velnių,— sukriokė,— šiaip ar taip, šis kambarys prarastas, gal taip pat ir gretimas. Greitai leiskimės žemyn, aš suieškosiu vandens, o tu sukelk visus ant kojų, reikės daug žmonių!

Kelią laiptų link nušvietė mums gaisro liepsnos, nors kuo toliau, tuo silpniau, tad paskutinius du kambarius perbėgome kone apgraibomis. Žemai, skriptoriume, tamsą sklaidė blyški nakties šviesa, o iš ten nusileidome į refektorių. Viljamas nubėgo į virtuvę, aš puoliau prie refektoriaus durų, ties kuriomis gan ilgai krapsčiausi, kol pavyko jas atverti, nes iš susijaudinimo tapau nerangus ir niekam tikęs. Išėjęs lauk, bėgte leidausi dortuaro link, bet laiku supratau, jog žadinti vienuolius vieną po kito truks per ilgai, ir šovė man išganinga mintis. Pasukau į bažnyčią, kur suradau kelią į varpinę, o atsidūręs joje sugriebiau visas virves ir ėmiau daužyti kaip patrakęs. Bibliotekoje nudegiau tik plaštakų viršus, delnai dar buvo sveiki, o dabar, tampydamas virves, sužeidžiau ir juos, sužeidžiau taip, kad net paplūdo krauju, ir virves turėjau paleisti.

Tačiau buvau jau gana pritriukšmavęs, išpuoliau lauk kaip tik tuomet, kai pirmieji vienuoliai bėgo iš dortuaro, tolumoje girdėjosi balsai tarnų, sustojusių savo būstų tarpduriuose. Negalėjau nieko paaiškinti, žodžiai strigo gerklėje, o pirmieji, kuriuos pavyko ištarti, buvo mano gimtąja kalba. Todėl kraujuota plaštaka tik rodžiau į pietinį Buveinės sparną, kur pro alebastro langus spindėjo neįprasta šviesa. Supratau, kad, kol laksčiau ir skambinau varpais, ugnis persimetė ir į kitus kambarius. Visi Africa ir visi fasado tarp jos bei rytinio bokšto langai dabar mirgėjo atšvaitais.

— Vandenį, neškite vandenį! — šaukiau.

Iš pradžių niekas nesuprato. Vienuoliai buvo tiek įpratę laikyti biblioteką šventa ir nepasiekiama vieta, kad nesuvokė, jog gali jai grėsti toks pat banalus pavojus kaip ir kokiai kaimiečio lūšnai. Pirmieji, pažvelgę į langus, žegnojosi išgąstingai murmėdami, ir supratau juos laukiant naujų regėjimų. Tampiau jų rūbus, maldavau suprasti, galų gale kažkas išvertė mano verkšlenimus į žmonių kalbą.

Tai Mikalojus Marimondietis tarė:

— Biblioteka dega!

— Taigi,— sumurmėjau ir be dvasios susmukau ant žemės.

Mikalojus pasirodė esąs labai energingas, jis šaukė paliepimus tarnams, davė patarimus vienuoliams, apsupusiems jį, pasiuntė kažką atidaryti kitų Buveinės durų, ragino ieškoti kibirų ir visų įmanomų indų vandeniui, nurodė kelius prie vandens šaltinių ir teklinių. Įsakė piemenims vežti vandenį mulais ir asilais... Jei visus tuos paliepimus būtų ištaręs žmogus, turintis autoritetą, jie nedelsiant būtų buvę įvykdyti. Bet tarnai buvo pripratę klausyti Remigijaus, raštininkai — Malachijo, visi kartu — abato. Tik nė vieno iš tų trijų, deja, nebuvo. Vienuoliai veltui ieškojo abato, laukdami jo nurodymų ir paramos, ir tik aš vienas žinojau, kad jis yra jau miręs ar tą akimirką miršta, dusdamas užmūrytas siaurame perėjime, kuris dabar jau virto krosnimi, Falario jaučiu.

Mikalojus stūmė piemenis į vieną pusę, bet kažkoks kitas vienuolis, vedamas geriausių ketinimų, stūmė juos į kitą. Kai kurie broliai pradėjo karščiuotis, kiti dar snūduriavo. Aš, atgavęs kalbos dovaną, bandžiau aiškinti, tačiau, reikia pasakyti, kad buvau beveik nuogas, praradęs liepsnoje savo abitą, ir vaizdas berniuko, nes juo dar tebuvau, kraujuojančio, suodinu veidu, nepadoriai neapsiplūksniavusiu kūnu, apkvaitusio nuo šalčio, tikrai negalėjo kelti pasitikėjimo.

Pagaliau Mikalojui pavyko atvilkti kelis brolius bei kitus žmones į virtuvę, kurią kažkas jau buvo atrakinęs. Dar kažkam pakako blaivaus proto pasirūpinti deglais. Virtuvė buvo be galo apjaukta, supratau, jog tai Viljamas apvertė viską aukštyn kojom ieškodamas vandens ir indo jam nešioti.

Tą akimirką pamačiau Viljamą, išpuolantį pro refektoriaus duris, apsvilusiu veidu, rūkstančiu abitu, su didžiuliu puodu rankose, ir man pagailo jo, vargšės bejėgiškumo alegorijos. Supratau, kad jei jam ir pavyko nunešti iki trečio aukšto katilą su vandeniu jo neišlaisčius ir net jei padarė jis tai daugiau nei vieną kartą, maža tebuvo iš to naudos. Prisiminiau istoriją apie šventąjį Augustina, pamačiusį berniuką, bandantį išsemti jūrą šaukštu: berniukas buvo angelas ir tuo būdu juokėsi iš šventojo, norėjusio perprasti dieviškosios prigimties paslaptis. Kaip ir tas angelas, Viljamas išvargęs, atsirėmęs į durų staktą tarė man:

— Tai beviltiška, nieko nepadarysim, net ir tuomet, jei padės visi vienuolyno vienuoliai. Biblioteka prarasta.

Ir, priešingai nei angelas, Viljamas pravirko.

Prigludau prie jo, jis nutraukė nuo stalo kažkokią drobę ir bandė mane apgaubti. Taip stovėjom ir žiūrėjom, nugalėti, į viską, kas vyko aplink.

Tai buvo netvarkingas žmonių subėgimas, vieni tuščiomis rankomis kopė viršun, sraigtiniuose laiptuose susidurdami su tais, kurie taip pat tuščiomis, pastūmėti kvailo smalsumo jau ten lankėsi ir dabar leidosi ieškoti kokių nors indų vandeniui. Kiti, apdairesni, iškart čiupdavo puodus ir katilus, bet tuoj pasigesdavo virtuvėje vandens. Staiga patalpoje atsirado keli mulai su vandens kubilais bei atvedę juos piemenys, kurie, nukėlę nuo mulų naštą, mėgino užnešti kubilus viršun. Bet kelio į skriptoriumą jie nežinojo, ir praėjo kiek laiko, kol vienas iš raštininkų jiems jį parodė, o kopdami jie vis susidurdavo su tais, kurie leidosi žemyn, apimti siaubo. Kai kurie kubilai skilo, ir vanduo pylėsi ant žemės, kitus paslaugios rankos užtempė sraigtiniais laiptais į viršų. Nusekęs paskui tą būrį, atsidūriau skriptoriume: pro duris, vedusias į biblioteką, virto juodi dūmų kamuoliai, tie, kurie pabandė patekti į biblioteką pro rytinį bokštą, grįžo atgal kosėdami, paraudusiomis akimis, kalbėdami, kad į tą pragarą nebeįmanoma prasibrauti.

Tuomet pamačiau Bencijų. Persimainiusiu veidu, su milžinišku indu rankose kopė jis iš žemutinio aukšto. Išgirdęs žodžius tų, kurie iš bibliotekos tik išėjo, jis tarė jiems:

— Pragaras praris jus visus, bailiai! — Ir pasisukęs, lyg ieškodamas pagalbos, pamatė mane.— Adsai,— pratarė,— biblioteka... biblioteka...

Nelaukdamas mano atsako, puolė prie laiptų ir narsiai nėrė į dūmus. Mačiau jį paskutinį kartą.

Išgirdau iš viršaus sklindantį girgždesį. Nuo skriptoriumo skliautų krito gabalai akmenų, sumišę su kalkėmis. Gėlės pavidalo skliautų spyna atitrūko ir nudribo vos ne man ant galvos. Labirinto grindys jau nebelaikė.

Bėgte nusileidau žemyn ir išėjau lauk. Kai kurie tarnai buvo atnešę kopėčias, mėgino pristatyti jas prie viršutinių langų ir šitaip pilti vandenį. Bet siekė jos tik skriptoriumo langus, o tie, kurie jomis užlipo, vis viena negalėjo jų atidaryti. Šaukė, kad kas atdarytų juos iš vidaus, tačiau dabar jau niekas nedrįso eiti viršun.

Aš žiūrėjau į trečiojo aukšto langus. Visa biblioteka jau buvo virtusi vienu liepsnojančiu ir rūkstančiu indu, ir liepsna slinko iš kambario į kambarį, vienu atsikvėpimu atversdama tūkstančius perdžiūvusių lapų. Visuose languose jau švietė, juodi dūmai veržėsi pro stogą: ugnis pasiekė pastogės sijas. Buveinė, atrodžiusi tokia tvirta ir atspari, atskleidė dabar savo silpnąsias vietas, savo plyšius, iš vidaus sukriošusias sienas, sueižėjusius akmenis, pro kuriuos liepsnos skverbėsi prie medinio karkaso visur, kur tik jos buvo.

Staiga langai subyrėjo lyg pastūmėti vidinės jėgos, žiežirbos pasipylė lauk, užliedamos nakties tamsą klajojančiais žiburėliais. Vėjas, nelaimei, buvo kiek nusilpęs, stipresnis gal būtų užgesinęs kibirkštis, o silpnesnis tik nešė jas įpūsdamas, o kartu su jomis suko ore pergamentų skutus — viduje liepsnojančias deglo atplaišas. Staiga pasigirdo pratisas gausmas: labirinto grindys įlūžo, ir degantys rąstai suvirto į žemutinį aukštą, nes pamačiau liepsnas sukylant skriptoriume, taip pat pilname knygų bei spintų, palaidų lapų, paskleistų ant stalų, tik ir laukiančių kibirkšties. Išgirdau beviltiškus grupės raštininkų šūksnius, raunančių nuo galvos plaukus ir dar bandančių didvyriškai kopti viršun, kad išgelbėtų savo numylėtuosius rankraščius. Veltui, virtuvė ir refektorius dabar tebuvo kryžkelė prarastų sielų, lakstančių visomis kryptimis ir trukdančių viena kitai. Žmonės stumdėsi, krito, tie, kas nešė indus su vandeniu, be naudos laistė išganingą skystį, mulai, stovėję virtuvėje, pajuto ugnį ir šuoliais puolė prie išėjimų, stumdydami žmones ir pačius išsigandusius arklininkus. Gerai galėjai matyti, kad tas būrys kaimiečių ir dievobaimingų bei išmintingų, bet nemokančių darbo žmonių, niekieno nevadovaujamas kliudė net ir tai paspirčiai, kuri galėjo būti suteikta.

Visame plokščiakalnyje kilo didžiulė maišatis. Bet buvo tai tik pradžia. Nes langus ir stogą plūstantys dabar jau pergalingi kibirkščių debesys vėjo nešami tūpė visur, taip pat ir ant bažnyčios stogo. O kiekvienas žino, kaip tos nuostabios katedros yra bejėgės prieš ugnies siautulį: nes Dievo namai atrodo gražūs ir tvirti kaip dangiškoji Jeruzalė dėl akmenų, kuriais puikavosi, tačiau sienas ir skliautus remia trapi, nors ir kokia stebuklinga, medžio architektūra, ir jei akmeninė bažnyčia savo aukštai kylančiomis kolonomis, drąsiomis tarytum ąžuolai, primena garbingiausias girias, dažnai tų kolonų taip pat ir šerdys yra ąžuolinės, kaip iš medžio yra ir visa bažnyčios įranga — altoriai, chorai, paveikslai, suolai, klauptai, kandeliabrai. Taip atsitiko ir vienuolyno bažnyčiai, kurios puikus portalas žavėjo mane pirmąją dieną. Neilgai trukus ji jau liepsnojo. Vienuoliai ir visi plokščiakalnio gyventojai dabar suprato, kad ant plauko viso vienuolyno likimas, ir, geisdami pasipriešinti ištikusiam pavojui, visi ėmė lakstyti dar nuoširdžiau ir dar netvarkingiau.

Bažnyčia buvo labiau prieinama, todėl ir lengviau apginama už biblioteką. Biblioteką pasmerkė jos neprieinamumas, ją sauganti paslaptis, įėjimų į ją stoka. Bažnyčia, motiniškai atvira visiems maldos metu, atvira buvo ir pavojaus valandą. Tačiau trūko vandens ar gal mažai jo tebuvo likę telkiniuose, o šaltiniai tiekė jį įprastai taupiai bei lėtai, kas visai neatitiko reikalingos skubos. Visi norėjo gesinti bažnyčios gaisrą, bet dabar jau niekas nežinojo kaip. Be to, ugnis prasidėjo nuo viršaus, kur sunku buvo užlipti numušti liepsnų ar nuslopinti jas žemėm bei skudurais. O kai liepsnos pasiekė apačią, buvo jau beviltiška pilti ant jų žemes ar smėlį, nes skliautai griuvo ant gelbėtojų parblokšdami ne vieną iš jų.

Tad prie raudų dėl daugelio sudegusių gėrybių prisidėjo ir raudos bei vaitojimai dėl apsvilusių veidų, sutraiškytų galūnių, po nukritusiais skliautais palaidotų kūnų.

Vėl pakilo siautulingas vėjas, pašėlusiai sklaidydamas į visas puses gaisro liepsnas. Iškart po bažnyčios užsidegė arklidės ir tvartai. Siaubo apimti gyvuliai nutraukė saitus, išvertė duris ir pasklido po plokščiakalnį baisiai žvengdami, mykdami, mekendami, kriuksėdami. Kai kurios kibirkštys krito į žirgų karčius, ir galėjai matyti po plokščiakalnį lakstant pragaro padarus — ugninius eržilus, trypiančius viską savo kelyje be tikslo jau ir atilsio. Mačiau kaip senąjį Alinardą, kuris sutrikęs sukiojosi nesuprasdamas, kas vyksta, parbloškė puikusis Brunelis, apgaubtas ugnies aureolės, ir sutrypė dulkėse, palikdamas gulėti vargšą beformį daiktą. Bet nežinojau, kokiu būdu, nė neturėjau laiko jį gelbėti nei apverkti, nes panašūs vaizdai matėsi dabar visuose kampuose.

Liepsnojantys žirgai nunešė ugnį ten, kur vėjas dar nebuvo

spėjęs nunešti: degė jau ir dirbtuvės, ir novicijų namas. Žmonių pulkai lakstė iš vieno aikštelės galo į kitą, be tikslų ar su beprasmiais tikslais. Pamačiau Mikalojų, sužeista galva, skutais virtusiu abitu, nugalėtą klūpantį alėjoje ir keikiantį dieviškąjį prakeiksmą. Pamačiau Pacifiką Tivolietį, kuris, praradęs viltį ką nors išgelbėti, bandė sulaikyti pasibaidžiusį mulą, o kai jam tai pavyko, sušuko man, kad ir aš padaryčiau tą patį ir bėgčiau tolyn nuo šio bjauraus Armagedono atvaizdo.

Sunerimau, kur galėtų būti Viljamas, ir išsigandau, ar tik neguli jis po kokia griuvėsių krūva. Ilgai ieškojęs, radau jį netoli klostro. Rankose jis laikė savo kelionės krepšį: ugniai grasinant piligrimų prieglaudai, jis puolė į savo celę, idant išgelbėtų nors savo brangiausius daiktus. Kartu pačiupo ir mano maišą, kuriame radau šiokių tokių rūbų. Uždusę sustojome pažiūrėti, kas vyksta aplink.

Vienuolynas jau buvo pasmerktas. Beveik visi jo statiniai degė, vieni stipriau, kiti menkiau. Tie, kurie dar stovėjo sveiki, greit taip pat turėjo suliepsnoti, nes dabar viskas, pradedant gamtos gaivalais ir baigiant padrika gelbėtojų veikla, padėjo gaisrui plisti. Nepavojinga tebuvo neužstatytuose plotuose — daržuose, sode prieš klostrą... Jau nieko nebegalėjai padaryti, kad išgelbėtum statinius, bet gana buvo atsisakyti tos gelbėjimo minties, kad be jokio pavojaus, stovėdamas atviroje vietoje galėtum viską stebėti.

Žvelgėme į bažnyčią, dabar jau smilkstančią lėtai, nes tiems dideliems statiniams būdinga greitai sudegti ten, kur medis, o po to merdėti daug valandų, kartais ir dienų. Bet Buveinė dar liepsnojo. Čia degios medžiagos buvo daug daugiau, liepsna, apėmusi visą skriptoriumą, siekė dabar virtuvės. Trečiasis aukštas, kur kadaise ištisus šimtmečius buvo labirintas, dabar tebuvo griuvėsiai.

— Tai buvo didžiausia krikščionybės biblioteka,— tarė Viljamas.— Dabar,— pridūrė,— Antikristas tikrai arti, nes joks mokslas nebeužkirs jam kelio. Antra vertus, šią naktį regėjome jo veidą.

— Veidą kieno? — perklausiau apstulbęs.

— Juk sakiau, Jorgės. Tame neapykantos filosofijai iškreiptame veide pirmą kartą pamačiau atvaizdą Antikristo, kuris nekilęs nei iš Judo genties, kaip skelbia šaukliai, nei iš tolimų kraštų. Antikristas gali gimti iš to paties dievobaimingumo, iš pernelyg karštos Dievo ar tiesos meilės, kaip kad eretikas gimsta iš šventojo ar apsėstasis iš aiškiaregio. Bijok, Adsai, pranašų ir tų, kurie pasiryžę už tiesą numirti, nes paprastai patraukia jie mirtin ir daugelį kitų, dažnai net pirm savęs, kartais vietoj savęs. Jorgė padarė šį velnišką darbą, nes taip nepadoriai mylėjo savo tiesą, jog ryžosi viskam, kad tik sunaikintų melą. Jorgė bijojo antrosios Aristotelio knygos, nes gal ši ir tikrai mokė iškraipyti kiekvienos tiesos veidą, idant netaptume savo pačių šmėklų vergais. Matyt, užduotis to, kuris myli žmones, yra kelti juoką iš tiesos, kelti tiesos juoką, nes vienintelė tiesa yra išmokti išsilaisvinti iš nesveikos aistros tiesai.

— Bet mokytojau,— išdrįsau paprieštarauti draskomas sielvarto,— jūs dabar kalbate taip, nes jaučiatės sužeistas iki sielos gelmių. Tačiau yra viena tiesa, ir jūs atskleidėte ją šį vakarą, ta, kurią pasiekėt aiškindamas ankstesnėmis dienomis atskleistus pėdsakus, Jorgė nugalėjo, bet jūs nugalėjot Jorgę, nes apnuoginote jo žabangus...

— Nebuvo jokių žabangų,— tarė Viljamas,— aš atsitiktinai jas aptikau.

Šis tvirtinimas buvo prieštaringas, ir nesupratau, ar tikrai Viljamas norėjo, kad jis toks būtų.

— Tačiau buvo teisinga, kad kanopų atspaudai sniege vedė prie Brunelio,— tariau,— teisinga, kad Adelmas nusižudė, teisinga, kad Venancijus nenuskendo kubile, teisinga, kad labirintas buvo sutvarkytas kaip tik taip, kaip jūs jį įsivaizdavote, teisinga, kad patekti į finis Africae tegalima palietus žodį quatuor, teisinga, kad paslaptingoji knyga buvo Aristotelio... Galėčiau ir toliau vardyti dalykus, kuriuos jūs atskleidėte vadovaudamiesi savo mokslu...

— Niekuomet neabejojau ženklų tiesa, Adsai, jie yra vienintelis dalykas, pagal kurį žmogus gali orientuotis pasaulyje. Tai, ko nesupratau, buvo ryšys tarp tų ženklų. Pasiekiau Jorgę per apokaliptinę schemą, kuri, kaip man atrodė, valdė visus nusikaltimus, bet buvo atsitiktinė. Pasiekiau Jorgę, ieškodamas vieno visų nusikaltimų autoriaus, o pasirodė, kad kiekvieno nusikaltimo autorius yra vis kitas arba joks. Pasiekiau Jorgę, sekdamas iškrypusio ir racionalaus proto planu, tačiau nebuvo jokio plano ar, tiksliau, patį Jorgę praaugo jo pradinis planas ir po to prasidėjo grandinė priežasčių, antrinių priežasčių ir tarpusavy prieštaringų priežasčių, veikusių savaime, sukūrusių ryšius, nepriklausomus nuo jokio plano. Tad kurgi visa mano išmintis? Elgiausi kaip užsispyrėlis, eidamas paskui tvarkos regimybę, kai turėjau tvirtai žinoti, jog visatoje nėra jokios tvarkos.

— Tačiau jūs šį tą pasiekėte ir įsivaizduodamas klaidingą tvarką...

— Tu pasakei labai gražų dalyką, Adsai, dėkoju tau. Tvarka, kurią įsivaizduoja mūsų protas, yra tarytum tinklas ar laiptai, kurie statomi, kad ko nors pasiektume. Bet po to reikia tuos laiptus nugriauti, nes pamatome, kad jie, nors ir tarnauja mums, yra beprasmiai. Er muoz gelichesame die Leiter abewefen, so Er an ir ufgestigen ist[3]... Taip sakoma?

— Taip skamba mano kalba. Kas tai pasakė?

— Vienas tavo kraštų mistikas. Jis tai kažkur užrašė, neprisimenu kur. Ir visai nebūtina, kad kas nors vieną dieną rastų tą rankraštį. Vienintelės naudingos tiesos yra įrankiai, kuriuos reikia išmesti.

— Jūs nieko negalite sau prikišti, padarėte viską, ką galėjot.

— Ir ką gali žmogus, tai nėra daug. Sunku sutikti su mintim, jog visatoje nėra tvarkos, nes įžeistų tai laisvą Dievo valią ir Jo visagalybę. Taigi, Dievo laisvė yra nuosprendis mums ar bent jau mūsų puikybei.

Išdrįsau pirmą ir paskutinį kartą gyvenime išreikšti teologinę išvadą:

— Bet kaip gali egzistuoti neišvengiama būtis, visa išausta iš to, kas įmanoma? Koks tuomet skirtumas tarp Dievo ir pirmykščio chaoso? Ar tvirtinti, kad Dievas yra absoliučiai visagalis ir absoliučiai laisvas savo paties pasirinkimuose nėra tas pat, kaip tvirtinti, kad Dievas neegzistuoja?

Viljamas pažvelgė į mane, o veidas jo buvo visiškai bejausmis, ir tarė:

— Kaip galėtų išminčius toliau skelbti savo išmintį, jei atsakytų „taip" į tavo klausimą?

Nesupratau jo žodžių prasmės.

— Jūs norite pasakyti,— tariau,— jog nebūtų daugiau galimos ir skelbtinos išminties, jei trūktų paties tiesos kriterijaus ar kad nebegalėtumėt skelbti to, ką žinote, nes kiti jums to neleistų?

Tą akimirką dalis dortuaro stogo įkrito su baisiu griaudesiu, išspjaudama viršun spiečių žiežirbų. Banda po kiemą besiblaškiusi ožkų ir avių pralėkė pro mus klaikiai bliaudama. Vos nepargriovęs mūsų, pro šalį pralėkė būrys rėkiančių tarnų.

— Kokia baisi sumaištis,— tarė Viljamas,— Non in commotione, non in commotione Dominus[4].

PASKUTINIS PUSLAPIS

Vienuolynas degė tris dienas ir tris naktis, ir paskutiniai mėginimai jį gelbėti buvo bevaisiai. Jau septintosios mūsų buvimo toje vietoje dienos rytą, kai paskutinieji, kuriems pavyko išlikti, suprato, kad nepavyks išgelbėti nė vieno statinio, kai pačių gražiausių statinių sugriuvo išorinės sienos, o bažnyčia, tarytum susivydama į save, prarijo savo bokštą, tuomet visiems pritrūko valios kovoti su Dievo bausme. Vis sunkesniais žingsniais bėgo žmonės prie tų kelių likusių vandens kubilų, matydami liepsnojant kapitulos salę su prabangiais abato namais. Bet kai ugnis pasiekė tolimiausią vienuolyno kampą su įvairiomis dirbtuvėmis, tarnai iš jų jau buvo išnešę viską, kas buvo vertingo, ir buvo linkę ne gesinti liepsnas, o verčiau surinkti krūvon nors dalį naminių gyvulių, nakties sumaišty išlaksčiusių už vienuolyno sienos.

Pamačiau kelis šeimynykščius įeinant į tai, kas liko iš bažnyčios; pamaniau, jog nori jie prieš pabėgdami pasigrobti ką vertingesnio iš lobių kriptos. Nežinau, ar jiems tai pavyko, ar kriptos lubos dar nebuvo užgriuvusios ir ar bandydami jon patekti nedorėliai neprasmego žemėn po jos griuvėsiais.

Iš kaimo tuo tarpu kopė plokščiakalnin žmonės, norėdami padėti ar irgi kuo nors pasipelnyti. Dauguma mirusiųjų gulėjo dar degančiuose griuvėsiuose. Trečią dieną, sutvarsčius sužeistuosius, palaidojus atvirai gulėjusius mirusius, vienuoliai ir visi kiti susirinko savo daiktų likučius ir paliko dar rūkstantį plokščiakalnį kaip prakeiktą vietą. Nežinau, kur paskui jie visi išsisklaidė.

Viljamas ir aš palikome tas vietas ant dviejų arklių, kuriuos mums pavyko sugauti pasiklydusius miške ir kuriuos dabar laikėme res nullius[1]. Patraukėme į rytus. Pasiekę Bobijų, išgirdome blogas žinias apie imperatorių. Atvykęs į Romą, jis buvo tautos karūnuotas. Atmesdamas dabar visus susitarimus su Jonu, jis paskyrė antipopiežium Mikalojų V. Marsilijus buvo paskirtas Romos dvasiniu vikaru, tačiau dėl jo kaltės ar dėl jo silpnumo prasidėjo tame mieste liūdni dalykai, kuriuos sunku pasakoti. Buvo kankinami popiežiui ištikimi dvasininkai, atsisakę laikyti pamaldas, augustiniečių prioras Kapitolijuje buvo įmestas į duobę su liūtais. Marsilijus ir Jonas iš Janduno paskelbė Joną eretiku, o Liudvikas pasmerkė jį myriop. Tačiau imperatorius valdė blogai, nuteikė prieš save vietos ponus, savinosi pinigus iš valstybės iždo. Girdėdami šias naujienas, vis lėtinome žingsnius Romos link, ir supratau, kad Viljamas nenori tapti liudytoju įvykių, kurie menkino ir žemino jo viltis.

Pasiekę Pompozą, išgirdome, kad Roma sukilo prieš Liudviką, kuris pasitraukė į Pizą, o į popiežiaus miestą pergalingai įžengė Jono legatai.

Tuo tarpu Mykolas Čezenietis, supratęs, kad jo buvimas Avinjone yra be naudos, taip pat būgštaudamas dėl savo gyvybės, pabėgo ir Pizoje prisijungė prie Liudviko. Imperatorius tuo metu prarado ir Kastručio, mirusio Lukos ir Pistojos pono, paspirtį.

Trumpai tariant, numatydami tolesnius įvykius ir žinodami, jog Bavaras tikrai patrauks į Miuncheną, į tą miestą pasukome ir mes, norėdami jį ten pasitikti dar ir todėl, kad Viljamas nujautė Italiją tapus jam pavojingu kraštu. Vėlesniais mėnesiais Liudvikas matė, kaip byra gibelinų sąjunga, o po metų Mikalojus antipopiežius nuvyko pas Joną ir stojo prieš jį su virve ant kaklo.

Pasiekęs Miuncheną ir sulaukęs ten Bavaro, turėjau, plūsdamas ašaromis, išsiskirti su savo geruoju mokytoju. Jo likimas buvo neaiškus, mano tėvai pageidavo, kad grįžčiau į Melką. Nuo tos tragiškos nakties, kai Viljamas vienuolyno griuvėsiuose atskleidė man savo neviltį, daugiau apie tuos įvykius nekalbėjome, tarytum lūpas mūsų būtų surakinusi tyli priesaika. Neužsiminėme apie juos nė mūsų liūdno atsisveikinimo valandą.

Mano mokytojas davė man daug gerų patarimų dėl mano tolesnių studijų ir padovanojo akinius, padarytus jam Mikalojaus, nes buvo vėl atgavęs savuosius. Esi dar jaunas, tarė jis, tačiau vieną dieną jie tau pravers (ir tikrai, dabar, rašant šias eilutes, jie tupi man ant nosies). Po to jis stipriai mane apkabino, švelniai kaip tėvas, ir mes išsiskyrėme.

Daugiau jo nebemačiau. Daug vėliau sužinojau, kad mirė jis per didįjį marą, siautusį po Europą šio amžiaus viduryje. Ir meldžiu Dievą priimti jo sielą ir atleisti jam už tą daugybę puikybės kupinų poelgių, kuriuos padarė jis pastūmėtas savo drąsaus proto.

Po daugelio metų, būdamas jau subrendęs vyras, turėjau progos savo abato paliepimu keliauti Italijon. Neatsispyriau pagundai ir grįždamas padariau ilgą lankstą, kad aplankyčiau tai, kas liko iš vienuolyno.

Du kaimai kalno papėdėję buvo neapgyventi, laukai aplink neįdirbti. Užkopiau į plolščiakalnį, ir nevilties bei mirties vaizdas atsiskleidė man prieš akis, sudrėkusias nuo ašarų.

Iš tą vietą puošusių didelių ir puikių pastatų teliko padriki griuvėsiai, kaip jau anksčiau yra nutikę Romoje senovės pagonių paminklams. Gebenės apraizgė sienų liekanas, kolonas, nedaugelį išlikusių architravų. Laukinės žolės apaugo visą plotą, ir negalėjau atskirti, kur kadaise augo daržai, o kur sodas. Atpažįstama tebuvo kapinių vieta, nes joje kur ne kur virš žemės kilo vienas kitas kapas. Vienintelis gyvybės ženklas tebuvo sukantys ore ratus plėšrūs paukščiai, gaudantys driežus ir gyvates, tarsi basiliskus, besislepiančius tarp akmenų ar besirangančius sienomis. Iš bažnyčios portalo teliko keli pelėsių sugrauzti pėdsakai. Timpanas buvo pusėtinai išlikęs, ir dar galėjau įžvelgti jame, nors išgrauztą darganų ir sunykusią nuo bjaurių kerpių, kairiąją soste sėdinčio Kristaus akį ir kažkurią liūto snukio dalį.

Buveinė, išskyrus pietinę sienos dalį, kuri buvo sugriuvus, atrodė dar tvirtai stovinti ant žemės, metusi iššūkį laiko tėkmei. Du išoriniai bokštai, pakibę virš kriaušio, rodėsi veik nepaliesti, tačiau visi langai buvo kaip tuščios akiduobės, iš kurių klampiomis ašaromis tekėjo pūvantys vijokliai. Viduje buvęs meno kūrinys sunaikintas maišėsi su gamtos kūriniu, ir iš virtuvės žvilgsnis pro viršutinių aukštų ir stogo nuolaužas, nuvirtusias tarytum puolę angelai, smigo tiesiai į atvirą dangų. Visa, kas dar nepažaliavo nuo samanų, buvo pajuodę nuo dūmų, rūkusių čia prieš tiek dešimčių metų.

Naršydamas tarp griuvėsių, kartais rasdavau pergamento skutus, nukritusius iš bibliotekos ar skriptoriumo, ir išlikusius tarsi žemėje palaidoti lobiai; pradėjau juos rinkti, tarytum turėčiau sudėti knygos lapus. Vėliau pastebėjau, kad viename iš bokštų veda viršun, į skriptoriumą, veik nesuirę sraigtiniai laiptai, o iš ten, užsiropštęs nuožulnia nuolauža, galėjai pasiekti bibliotekos aukštą, tačiau tebuvo tai galerija palei išorines sienas, kitame krašte vedanti į bedugnę.

Ties viena sienos atkarpa radau spintą, stebuklingai išlikusią prie jos ir nežinia kaip pergyvenusią gaisrą, sutrešusią nuo vandens ir suėstą kirminų. Viduje dar mėtėsi keli lapai. Kitas draiskanas susirinkau pasirausęs po griuvėsius apačioje. Tebuvo tai menkas derlius, tačiau rinkau jį visą dieną, tarytum tuose bibliotekos disiecta membra[2] laukė kokia žinia. Kai kurie pergamento skutai buvo išblukę, kituose matėsi tik vaizdo šešėlis, kartais vieno ar daugiau žodžių šmėkla. Retkarčiais rasdavau lapus, kuriuose galėjai išskaityti ištisus sakinius, bet dažniau — išlikusius viršelius, apsaugotus to, kas kadaise buvo metalo apkalai... Knygų vaiduokliai, iš pažiūros sveikos išorės, bet suėsti iš vidaus; kartais ten galėjai dar rasti kokį lapą, įžvelgti kokį incipitą, perskaityti pavadinimą...

Surinkau visas relikvijas, kokias tik gebėjau rasti, ir užpildžiau jomis du kelionmaišius, palikdamas naudingus savo daiktus, kad tik išgelbėčiau šį varganą lobį.

Tiek grįždamas, tiek ir vėliau, Melke, praleidau ne vieną valandą skaitydamas tas liekanas. Dažnai iš žodžio ar išlikusio paveikslo galėjau atpažinti, iš kokio jie veikalo. Vėliau, atrasdamas kitas tų knygų kopijas, skaitydavau jas su didele meile, tarsi likimas būtų palikęs man tą ryšį, lyg atpažinimas jose sunykusių kopijų būtų buvęs aiškus dangaus ženklas, skelbiantis: tolle et lege[3]. Baigęs šį kantrų praeities atkūrimą, turėjau sudėjęs lyg kokią mažąją biblioteką, ženklą tos didžiosios, išnykusios, biblioteką iš ištraukų, citatų, nepilnų sakinių, knygų nuograužų.

Kuo ilgiau skaitau tą sąrašą, tuo labiau įsitikinu, kad tėra jis atsitiktinumų rinkinys ir neslypi jame jokia žinia. Bet tie lapų skutai nuo tol lydėjo mane visą likusį gyvenimą, dažnai kreipdavausi į juos kaip orakulus, ir net atrodo man, jog tai, ką surašiau šiuose lapuose, kuriuos tu, nežinomasis skaitytojau, dabar skaitai, nėra tik kompiliacija, figūrinė giesmė, milžiniškas akrostichas, nesakantis ir nekartojantis nieko kito kaip tik tai, ką pakišo man tie fragmentai, ir nežinau jau, ar aš apie juos pasakojau, ar jie kalbėjo mano lūpomis. Kad ir kuri iš šių dviejų galimybių būtų teisinga, kuo dažniau kartoju sau iš jų gimusią istoriją, tuo mažiau suprantu, ar yra joje kokia intriga, praauganti natūralią seką įvykių ir laiko, siejančio juos. Ir sunku senam vienuoliui, atsistojusiam ant mirties slenksčio, nežinoti, ar jo parašytame laiške yra kokia slapta prasmė, o gal ir ne viena, gal daug, o gal jokios.

Tačiau ta mano negalia, matyt, yra pasekmė šešėlio, kurį ant pražilusio pasaulio meta artėjančios didžiosios sutemos.

Est ubi gloria nunc Babylonia[4]? Kur bėra anų dienų sniegai? Žemė šoka mirties šokį, kartais man atrodo, jog Dunojum plaukia laivai, pilni bepročių, traukiančių į tamsos apsiaustus tolius.

Nelieka man nieko kito, tik tylėti. O quam salubre, quam iucundum et suave est sedere in solitudine et tacere et loqui cum

Deo[5]! Netrukus susijungsiu su savo pradžia, bet nemanau dabar, kad bus tai šlovės Dievas, apie kurį kalbėjo man mano ordino abatai, ar džiaugsmo Dievas, kaip tikėjo anų laikų minoritai, o gal net ne pagailos Dievas. Gott inst ein lautes Nichts, ihn ruhrt kein Nun noch Hier[6]... Greit įžengsiu į tą plačiausią bekraštę dykumą, tobulai lygią ir neišmatuojamą, kurioje tikrai dievobaiminga širdis užgęsta palaimoje. Pasinersiu į dievišką tamsą, į bežodę tylą ir neapsakomą ryšį, ir šiame panirime išnyks visos lygybės ir visi skirtumai, ir toje prarajoje mano siela praras pati save, ir nepažins nei to, kas lygu, nei to, kas nelygu, nei to, ko kito: ir bus užmiršti visi skirtumai, stovėsiu ant paprasto pamato, tylioje dykumoje, kur niekuomet nepamatysi jokių skirtumų, gelmėse, kur niekas nėra savo vietoje. Prasmegsiu į tylų ir neapgyventą dieviškumą, kur nėra nei kūrinio, nei atvaizdo.

Skriptoriume šalta, gelia nykštį. Palieku šį raštą nežinau kam, nežinau jau ir apie ką: stat rosa pristina nomine, nomina nuda tenemus[7].

Paaiškinimai

BE ABEJO, RANKRAŠTIS

1. „Le manuscript..." — Rankraštis tėvo Adso iš Melko, išverstas į prancūzų kalbą remiantis tėvo Ž. Mabijono leidiniu (La Surs vienuolyno spaustuvė, Paryžius, 1842)

2. Vetera analecta...— Senieji fragmentai arba nedidelis rinkinys įvairios rūšies kūrinių bei kūrinėlių, dainų, laiškų, raštų, epitafijų, kartu su germaniškąja kelione, paruoštas ir papildytas pastabomis R.P.D. Jono Mabijono, šv. Benedikto ordino ir šv. Mauro bendruomenės presbiterio ir vienuolio.— Naujas leidimas, į kurį įėjo Mabijono gyvenimas ir keletas kūrinėlių, tokių kaip Samprotavimai apie Eucharistinę Duoną, Prėską ir Raugintą, jo Eminencijai kardinolui Bonai. Jis papildytas Ildefonso Ispano, vyskupo, darbu apie tą patį dalyką ir Euzebijaus Romiečio laišku Teofiliui Galui Apie Nežinomų šventųjų kultą, Paryžius, pas Levį, prie šv. Mykolo tilto, 1721, su karališkąja privilegija.

3. „en me retracant..." — prisimindamas tas smulkmenas, klausiu savęs, ar jos yra tikros, o gal aš jas sapnavau.

4. „In omnibus requiem..." — Visur ieškojau ramybės ir niekur jos neradau, tik kamputyje, su knyga.

PROLOGAS

1. videmus nunc...— matome dabar atspindyje ir mįslėje
2. verbatim — pažodžiui
3. usus facti — vartojimo galią
4. paidikoi, ephebikoi, gynaikeoi (gr.) — skirtos vaikams, jaunuoliams ir moterims
5. moechus — paleistuvis
6. unico homine regente — vieno žmogaus valdomi
7. ut sine animali...— be gyvulių nepaprastu greičiu ir bus skraidymo aparatai, kurių viduje sėdės žmogus ir sumaniai privers dirbtinius sparnus plasnoti, kaip tai daro skrisdami paukščiai

PIRMA DIENA

Pirmoji

1. omnis mundi creatura...— kiekvienas pasaulio sutvėrimas tarytum knyga ar paveikslas yra mums atspindys

2. „ut sit exiguum caput..." — galvą mažytę ir odą kone prie kaulų prilipusią, ausis trumpas ir stačias, akis dideles, šnerves plačias, kaklą

iškilų, karčius tankius, tokią pat ir uodegą, stiprias apvalias kanopas
   3. auctoritates — autoritetai

Trečioji

   4. verbum mentis — minties žodį
   5. aris sacerdos in aeternum — būsi amžiams šventikas
   6. coram monachis — vienuolių akivaizdoje
   7. Monasterium sine libris...— Vienuolynas be knygų yra tarytum
valstybė be galybės, tvirtovė be sargybinių, virtuvė be indų, puota be
valgių, sodas be medžių, pievos be gėlių, medis be lapų...
   8. mundus senescit — pasaulis sensta

Šeštoji

   9. pictura est laicorum literatura — piešiniai yra nemokytų žmonių
knygos
   10. penitenziagite — atgailaukit
       venturus est — ateis
       est super nos — yra virš mūsų
       a malo de todas peccata — nuo visuotinės nuodėmės blogio
       ve piase ista...— jums patinka ši nekromantija Viešpaties Mūsų
Jėzaus Kristaus
       et anco jois...— ir taip pat maldo mano skausmus ir sklaido mano
sielvartus
       cave el diabolo — saugokis velnio
       semper m'aguaita — visada manęs tyko
       non est insipiens — nėra kvailas
       bonum monasterum — geras vienuolynas
       se magna et...— valgoma ir meldžiamasi Mūsų Viešpačiui
   11. ad placitum — kaip ir pritinka
   12. si licet magnis...— jei galima didžius dalykus lyginti su mažais
   13. domine frate magnificentissimo — pone broli kilniausiasis
       venturus est et...— atėjęs yra, ir žmonės privalo
   14. vade retro — eik šalin
   15. „Arbor vitae crucifixae" — Nukryžiuotos gyvybės medis
   16. fratres et pauperes...— popiežiaus Celestino broliai beturčiai
eremitai
   17. per mundum...— laisvas klajoja po pasaulį
   18. homo nudus...— nuogas vyras su nuoga gulėjo
   19. et non commisoebantur...— ir nesusijungė vienas su kitu
   20. lignum vitae — gyvenimo medis
   21. „Quorum primus..." — Pirmasis jų, angeliškojo pasirinkimo ap-
valytas ir dangiškosios kaitros uždegtas, atrodė, visas liepsnojo. O kitas,
pripildytas maldos žodžio, virš pasaulio tamsybių skaisčiai suspindo...
   22. Mors est quies...— Mirtis yra keliauninko poilsis, visų vargų pa-
baiga

Po Devintosios

   23. claritas — spindesys
   24. „Habeat Librarius..." — Tegul turi bibliotekininkas visų knygų
sąrašą, sutvarkytą pagal temas ir autorius, ir tegul deda jas atskirai ir iš
eilės, su signatūromis, pridėtomis raštu.
   25. Aller Wunder si geswigen...— Visi stebuklai nublanko,

žemė pasiekė dangų,
štai kur tikras stebuklas.

Erd ob himel unter...— Žemė viršuj, o dangus apačioj.
Šitai reik apdainuoti
Kaip stebuklų stebuklą.

26. Verba vana...— Nekalbėti tuščių ir juoką keliančių žodžių

Mišparai

27. Oculi de vitro cum capsula! — Akys iš stiklo su apvalkalu!
28. ab oculis ad legendum — akims, skaitymui
29. taquam ad iniustis possessoribus — kaip iš neteisėtų savininkų

Naktinė

30. Forte potuit...— Gal galėjo, bet nemanė tai esant reikalinga
31. Manduca, jam coctum est — Valgyk, jau išvirta
32. Tu autem...— Tu tad, Viešpatie, pasigailėk mūsų
Adjutorium nostrum...— Tepadeda mums Viešpats
Qui fecit...— Dangaus ir žemės kūrėjas

ANTRA DIENA

Aušrinė

1. Benedicamus Domino — Šlovinkime Viešpatį
2. Deo gratias — Dėkojame Dievui
3. Domine labia mea...— Viešpatie, atverk mano lūpas, ir mano burna skelbs tavo garbę
4. Venite exultemus — Ateikite, linksmai šlovinkim Viešpatį
5. Deus qui est...— Dievas, nuostabusis šventųjų spindesys
6. Iam lucis orto sidere — Vos saulutei patekėjus, šaukiamės tuoj Sutvėrėjo
7. Credo in unum Deum — Tikiu vieną Dievą

Pirmoji

8. Est domus in terris...—
Yra namas žemėje, kuris skardžiu balsu aidi.
Pats namas skamba, tačiau tyli bebalsis šeimininkas.
Bet abu plaukia, kartu ir namas, ir šeimininkas.

Trečioji

9. pueri — vaikų
10. merdre a toy — apsišik
11. filios Francisci...— Pranciškaus vaikai nėra eretikai
12. ille menteur — jis melagis
13. recapitulatio — glaustą pakartojimą
14. „Fabulae poetae a fando..." — Pasakėčioms vardą poetai davė nuo žodžio pasakojimas, nes nėra tai dalykai tikri, o tik iš žodžių sukurti...
15. „decimus humilitatis..." — dešimtą nuolankumo laipsnį rodo tas, kuris nelinkęs į juoką, nes yra parašyta: kvailys juokdamasis pakelia balsą savo
16. „aliquando praeterea..." — be to, kartais juokiuosi, juokauju, linksminuosi, esu žmogus
17. „scurrilitates vero..." — blevyzgas arba žodžius tuščius ir keliančius juoką smerkiame visada ir visose vietose, o mokiniui neleidžiama tokioms kalboms atverti burną

18. „De habitu et conversatione monachorum" — Apie vienuolių papročius ir kalbas
19. „admittenda tibi..." — gali sau leisti pajuokauti po tam tikrų rimtų dalykų, tačiau padoriai ir saikingai
20. tu est petrus — tu esi uola (akmuo)
21. „nudavi femora..." — apnuoginau šlaunis priešais tavo veidą
22. „sive nudabo..." — arba apnuoginsiu ir išvaduosiu tavo šlaunis ir dubenį
23. „Speculum Stultorum" — „Kvailių veidrodyje"
24. „tum podex..." — tuomet užpakalis išleido baisią giesmę

Devintoji

25. pronuntiatio — paskelbimas
26. Salva me ab ore leonis — Gelbėk mane nuo liūto nasrų

Po Mišparų

27. „Hunc mundum..." — Mūsų pasaulį atspindi tas labirintas. Įeinančiam platus, bet per siauras norinčiam išeiti.
28. acqua fons vitae — vanduo — gyvenimo šaltinis

Naktinė

29. „Secretum finis Africae..." — Afrikos pabaigos paslaptis...
30. Graecum est...— Graikiškai, perskaityti negaliu

Naktis

31. „Apocalypsis Iesu Christi" — Jėzaus Kristaus Apokalipsė
32. „Super throno viginti quatuor" — Sostuose dvidešimt keturi
33. „Nomen illi mors" — Vardas jo mirtis
34. „Obscuratus est col et aer" — Aptemo saulė ir oras
35. „Facta est grando et ignis" — Kilo kruša ir ugnis
36. „In diebus illis" — Tomis dienomis
37. „Primogenitus mortuorum" — Pirmagimis iš mirusių
38. „Cecidit de coelo stella magna" — Nukrito iš dangaus didelė žvaigždė
39. „Equus albus" — Baltas žirgas
40. „Gratia vobis et pax" — Malonė jums ir taika
41. „Tertia pars terrae combusta est" — Trečioji žemės dalis sudegė
42. „Requiescant a laboribus suis" — Tepailsi nuo savo darbų
43. mulier amicta sole — moteris apsisiautusi saule

TREČIA DIENA

Devintoji

1. „Guod enim..." — Mat kas kyla iš paprastų žmonių, neturi pasekmių, nebent atsitiktinai.
2. „Sed opera sapientiae..." — Bet išminties kūriniai apsaugoti tam tikro įstatymo ir pagaliau sėkmingai vykdo savo prievolę.

Mišparai

3. „hic lapis..." — tame akmenyje yra dangaus atvaizdas
4. Omnes enim... — Visos priežastys duoda natūralias pasekmes per linijas, kampus ir figūras. Kitaip negalima žinoti apie jų priežastis.

404

5. No se puede. Abbonis est — Negalima, jis Abonės.
6. Vide illuc, tertius equi — Matai ten, trečias arklio
7. Facilis — Lengvas
8. postea — paskui
9. butiero — sviestas
10. structo fresco — švieži taukai
11. sobre — ant
12. vamos — paskui
13. zucharum et...— cukraus ir cinamono viršum kiek užberti
14. sais pas, moi — nežinau, aš
15. fileisch — galbūt
16. esta noche — šiąnakt

Po Naktinės

17. „Penitiantiam agite..." — „Atgailaukite, nes ateis dangaus karalystė".
18. De hoc satis.— Apie tai užteks.
19. Pulchra enim sunt...— Juk gražios yra krūtys, kiek atsikišusios ir saikingai pilnos, ir ne laisvai liulančios, bet lengvai palaikomos, suvaldytos, bet ne suspaustos.
20. „In nomine Domini..." — Vardan Dievo Tėvo, amen. Toks yra pasmerkimas kūno bausmei ir paskelbtas nuosprendis kūno bausmei, pateiktas ir šiuose raštuose galutinai išdėstytas bei pagarsintas...
21. „Johannem vocatum..." — Jono, vadinamo broliu Mykolu, sūnaus Jokūbo, iš šv. Frediano bendruomenės, žmogaus blogo elgesio ir blogiausių kalbų, gyvenimo ir šlovės, eretiko ir susitepusio erezijos purvu, tikinčio ir tvirtinančio prieš katalikiškąjį tikėjimą..., kuriam prieš akis ne Dievas, o greičiau žmonių giminės priešas, ir kuris sąmoningai, tvirtai ir apgalvotai mintyse ir darbuose laikėsi eretiško melo ir bendravo su broliukais, vadinamais beturčių gyvenimo broliais, eretikais ir schizmatikais, ir sekė paskui jų nedorą sektą ir ereziją, ir eina prieš katalikiškąjį tikėjimą... ir atvyko į minėtą miestą Florenciją, ir minėto miesto viešose vietose, šiame rašte suminėtose, tikėjo, skelbė ir užsispyręs tvirtino lūpomis ir širdimi..., jog Kristus, mūsų Išganytojas, neturėjęs jokio daikto savo ar kaip bendros nuosavybės, bet visada kai kuriems daiktams, kurie pagal Šventą Raštą jam priklausę, teturėjęs tik paprastą vartojimo galią.
22. „Costat nobis..." — Yra mums taip pat žinoma iš išvardytų dalykų ir iš minėtų pono Florencijos vyskupo paskelbto nuosprendžio, kad minėtasis Jonas bus eretikas, kad nenori tų didelių klaidų ir erezijos atsisakyti ir pasitaisyti ir grįžti į teisingo tikėjimo kelią; laikydami minėtąjį Joną nepataisomu, atkakliu ir užsispyrusiu savo minėtuose nedoruose paklydimuose, idant pats Jonas negalėtų girtis savo minėtais nusikaltimais ir klaidomis ir kad jo bausmė taptų pavyzdžiui kitiems, todėl pasmerkiame minėtą Joną, vadinamą broliu Mykolu, eretiką ir schizmatiką, nuvesti į įprastą teisingumo vykdymo vietą ir ten ugnyje bei ugnies liepsnose sudeginti ir sunaikinti iki visiškos mirties, kad siela nuo kūno atsiskirtų.
23. per Dominum moriemur — už Viešpatį mirštame
24. De te fabula naratur...— Apie tave kalba...
25. valde bona — labai gera
26. terribilis ut...— baisi kaip pulkai, išrikiuoti kovai
27. O sidus clarum...— O skaistusis mergaičių žvaigždyne, vartai užverti, sodų šaltini, kvapniųjų aliejų saugykla, spalvų saugykla!
28. Oh, langueo! — O, silpstu!

29. Causam languoris...— Silpimo priežasties nematau ir ja nesirūpinu!

30. cuncta erant bona — viskas buvo gerai

31. omnis ergo...— taigi, kiekvienas atvaizdas tuo aiškiau rodo tikrovę, kuo atviriau per nepanašų panašumą tvirtina save esant atvaizdu, o ne tikrove

32. Omne animal...— Kiekvienas gyvulys liūdnas po santykio.

KETVIRTA DIENA
Rytmetinė

1. nihil sequitur...— nieko niekada neišplaukia iš dviejų atskirų atvejų

2. aut semel...— arba vieną, arba antrą kartą vidurinis terminas tegu bus bendras

Pirmoji

3. „Ad mulieres pauperes in villulis" — „Neturtingoms moterims kaimuose"

4. peccant enim...— mirtinai nusideda nusidėdamos su pasauliečiu, dvigubai mirtinai — su priėmusiu šventinimus dvasininku, bet labiausiai — su šiam pasauliui mirusiu vienuoliu

Trečioji

5. actus appetitus...— protinio geidimo veiksmai, jei jungiasi su kūniškais pakitimais, vadinami aistromis, o ne valios veiksmais

6. appetitus tendit...— geismas siekia geidžiamą dalyką tikrai užvaldyti, kad stotų ten judėjimo pabaiga

7. amor facit...— meilės dėka mylimi dalykai tam tikru būdu jungiasi su mylinčiu, ir meilė yra labiau pažintinė už pažinimą

8. intus et in cute — viduje ir išorėje

9. principium contentionis — nesantaikos šaltinis

10. propter multum amorem...— dėl didelės meilės, kurią jaučia būčiai

11. motus in amatum — postūmis mylėti

Šeštoji

12. „Corona regni..." — Karalystės karūna iš Dievo rankų

13. „Diadema imperii..." — Imperijos diadema iš Petro rankų

14. taxae sacrae poenitentiariae — Šventojo Penitenciarijaus taksos

Naktinė

15. Est lo reys — Yra karalius

16. et redet ad bellum — ir grįžta į kovą

Po Naktinės

17. Hoc spumans...— Ši putojanti jūra apjuosia pasaulio kraštus
Ir vandenų mūša daužo žemės krantus.
Tylius uolų tarpeklius užlieja aukštos bangos.
Ūžiantys verpetai kelia dugno smėlį
ir keteros apsipila putom,

vis sudrebina kaukiantys gūsiai...

18. ignis, coquihabin...— ugnis, virtuvė (nes nevirta virimo turi vardą), karštis, liepsnė iš liepsnos, spragsė ir liepsnos spragėjimo, rauda iš raudonio, dūmė, degė iš degimo, gyvė, nes veik mirusius sąnarius savim atgaivina, titnagė, nes iš titnago išskyla, iš čia ir titnagą neteisingai vadina, nebent iš kurio kibirkštis skyla. Ir enėja, pagal dievaitį Enėją, kuris ten gyvena, arba iš kur vėjo gaivalas gimsta.

19. in nomine patris et filiae — vardan Tėvo ir dukters

20. hic sunt leones — čia yra liūtai

21. fons paradisi — rojaus šaltinių

22. „qui animam..." — tie, kurie sielą su kūnu per ydas ir nerimus jungia, abipusiškai naikina tai, kas gyvenimui reikalinga ir būtina: ir sielą skaisčią ir švarią kūniškų geismų purvu drumsčia, ir tuo būdu kūną švarų ir taurų tepa, versdami jį nenaudingu gyvenimo pareigoms atlikti

PENKTA DIENA

Pirmoji

1. inimicus pacis — taikos priešu
2. in bonis nostris — mūsų gerui

Trečioji

3. nomina sunt...— vardai yra daiktų pasekmė

Devintoji

4. Qui non habet...— Kas neturi arklio, eina pėsčias
5. in nomine patre...— vardan Tėvo, Sūnaus ir Šventosios Dvasios...
6. planta Dei...— Dievo augalas, išaugantis iš tikėjimo šaknų
7. Abigor, pecca pro nobis...— Abigorai, nusidėk už mus... Amonai, pasigailėk mūsų... Samaeli, gelbėk mus nuo gero... Belialai, susimilk... Fokalorai, į sugedimą mano atsižvelk... Haborimai, pasmerkime viešpatį... Zaebai, atverk mano užpakalį... Leonardai, apšlakstyk mane savo sėkla ir būsiu suteptas...
8. un cingulum diaboli — velniškas saitas

ŠEŠTA DIENA

Aušrinė

1. Sederunt principes...— Susėdo valdovai
ir prieš mane
prakalbo, nevertieji.
Persekiojo mane.
Padėk man, Viešpatie,
Mano Dieve, išgelbėk mane
dėl savo didžio gailestingumo.

Pirmoji

2. difeferentias odorum — mažiausius kvapų skirtumus

Trečioji

3. „Ut cachinnis..." — kad juoko susuktas burnos neužvertų

4. Lacrimosa dies illa...— Ašaringa ta diena,
kai prisikels iš pelenų
teismui žmogus kaltasis.
Būk tad jam gailestingas, Dieve!
Gailestingasai Viešpatie Jėzau,
suteik jiems ramybę.

Po Trečiosios

5. „Ludere me libuit..." — Linksmintis man norisi, besilinksminan-
tį, popiežiau Jonai, priimk. Jei patinka, gali pats juoktis.
6. Ridens cadit...— Juokais leipsta Gauderikas,

Zacharijas žavisi,
lovoj tįsodamas
moko Anastazijus.

Šeštoji

7. I. ar. de dictis...— I. ar, apie kažkokių kvailių, posakius
II. syr. egiptiečių alchemiko knygelė
III. Alkofribos magistro dėstymas apie
palaimintojo Kartagenos vyskupo Kiprijono
puotą
IV. Begalvė knyga apie nekaltų mergaičių
prievartavimą ir paleistuvių meiles

Po Naktinės

8. suppositio materialis — materialiojoje supozicijoje
9. de dieto — kaip žodį
10. de re — kaip daiktą

SEPTINTA DIENA

Naktis

1. stupra virginum...— nekaltų mergaičių prievartavimą ir paleis-
tuvių meiles
2. de toto corpore...— iš viso kūno buvo padaręs liežuvį

Naktis

3. Er muoz gelichesame...— Turi tuoj nustumti kopėčias, jomis jau
užkopęs
4. Non in commotione...— Ne jaudulyje, ne jaudulyje Dievas

PASKUTINIS PUSLAPIS

1. res nullius — niekieno daiktais
2. disiecta membra — išbarstytose kūno dalyse
3. tolle et lege — imk ir skaityk
4. Est ubi gloria...— Kur nūnai Babilono šlovė?
5. O quam salubre...— O, kaip gera, kaip malonu ir saldu yra sėdėti
vienatvėje ir tylėti, ir kalbėtis su Dievu!
6. Gott inst ein...— Dievas yra grynas niekas, Jo neliečia joks dabar,
joks čia...
7. stat rosa...— vardu gyva vakarykštė rožė, vienus vardus teturim.

Postilė „Rožės vardui"
1983

Rosa que al prado, encarnada,
te ostentas, presuntuosa
de grana y carmin banada:
campa lozana y gustosa;
pero no, que siendo hermosa
tambien seras desdichada
    Juana Ines de la Cruz

Rože, tu pievoje atgijus
stiebiesi, išdidžioji,
raudoniu, purpuru nušvitus
meiliai, svaiginamai vilioji —
bet nepadės, deja, lemties
apgauti grožis

PAVADINIMAS IR PRASMĖ

Nuo tada, kai parašiau „Rožės vardą", gaunu daugybę skaitytojų laiškų su klausimu: ką reiškia lotyniškas hegzametras romano pabaigoje ir kodėl kaip tik jis davė pavadinimą knygai. Atsakau, jog tai yra eilutė iš Bernardo Morliacense kūrinio „De contemptu mundi", kuriame šis XII amžiuje gyvenęs benediktinas varijuoja *ubi sunt* tema (iš kur vėliau atsirado Villon'o *mais où sont les neiges d'antan*), tiktai Bernardas prie įprasto *topos* (praeities didžiūnai, žymūs miestai, gražiosios princesės — visa ištirpsta nebūtyje) priduria mintį, kad visi tie išnykę daiktai palieka savo grynus vardus. Menu, kad Abelardas kaip pavyzdį vartojo teiginį *nulla rosa est* norėdamas parodyti, jog kalba gali byloti ir apie išnykusius, ir apie neegzistuojančius dalykus. Ir leidžiu skaitytojui pačiam padaryti savo išvadas.

Rašytojas neturi teikti savo darbo interpretacijų, antraip jam nebuvo ko nė rašyti romano, kuris pats yra interpretacijų generatorius. Tačiau viena iš pagrindinių šio didžiai išmintingo patarimo įgyvendinimo kliūčių yra faktas, jog romanas privalo turėti pavadinimą.

O pavadinimas, deja, jau yra interpretacijų raktas. Negalima atsi-

spirti sugestijoms, kurias kelia „Raudona ir juoda" arba „Karas ir taika".
Daugiausia pagarbos skaitytojui yra tuose pavadinimuose, kurie ribojasi eponiminio herojaus vardu, sakysim, „Deividas Koperfildas" ar „Robinzonas Kruzas", bet net ir šiuo atveju galimas neteisėtas autoriaus kišimasis į skaitytojo interpretaciją. „Tėvas Gorijo" nukreipia skaitytojo dėmesi į senojo tėvo asmenį, o romanas yra taip pat ir Rostinjako arba Votreno alias Koleno epopėja. Matyt, reikia būti tokiam sąžiningai nesąžiningam, kaip Dumas, nes juk akivaizdu, kad „Trys muškietininkai" visų pirma yra pasakojimas apie ketvirtąjį. Tačiau tokią prabangą autorius gali sau leisti retai ir net, galimas dalykas, netyčia.

Darbinis mano romano pavadinimas buvo „Nusikaltimų vienuolynas". Atmečiau jį, nes jis atkreiptų skaitytojų dėmesį vien tik į detektyvinę intrigą ir neteisėtai pastūmėtų vargsus nuotykinių istorijų medžiotojus pulti prie šios knygos ir ja nusivilti. Svajojau pavadinti knygą „Adsas iš Melko". Pavadinimas visiškai bešališkas, nesgi Adsas ir yra tas, kuris šią istoriją pasakoja. Tačiau mūsų leidėjai nemėgsta pavadinimuose tikrinių vardų, todėl „Fermas ir Liučija" galiausia pasirodė kitu pavadinimu, o priešingų pavyzdžių be galo mažai: „Lemonijas Boreo", „Rube" ar „Metelas"... Ašaros, palyginti su/pusseserių Betų, Barių Lindonų, Armansijų ar Tomų Džonsų pulkais, užliejusiais kitų šalių literatūras.

Mintis apie „Rožės vardą" mane aplankė veik atsitiktinai ir patiko, nes rožė yra simbolinė figūra su tokia galybe reikšmių, kad galiausiai neturi nė vienos iš jų: mistinė rožė, visos rožės vysta, dviejų rožių karas, rožė — tai rožė, rožė, rožė, rozenkreiceriai, nuostabiųjų rožių palaima, gaivi kvapniausia rožė. Skaitytojas teisėtai pasijunta išmuštas iš vėžių, nebegali pasirinkti vienos interpretacijos, o jei ir suvokia galimybę nominalistiškai perskaityti paskutinę eilutę, įvyksta tai kaip tik pabaigoje, kai jau bus kažin ką sugalvojęs. Pavadinimas turėtų galvoje sukelti minčių sumaištį, o ne jas tvarkingai surikiuoti.

Niekas taip nedžiugina romano autoriaus, kaip skaitytojų pasiūlytos tokios interpretacijos, kokių jis pats nė nebuvo sugalvojęs. Rašydamas teorinius veikalus, į recenzentus žvelgiau lyg teisėjas: suprato ar ne, ką norėjau pasakyti. Romanas — visai kas kita. Nesakau, kad autorius nesusidurtų su jo nuomone klaidinga interpretacija, bet jis gali tai nutylėti, nes visuomet atsiras kitų, kurie, remdamiesi tekstu, tokią interpretaciją paneigs. Tačiau dauguma interpretacijų atveria tokius prasmės vingius, apie kokius nė nebuvo galvota. Bet ką reiškia sakyti, kad apie juos negalvojau?

Prancūzų mokslininkė Mireille Calle Gruber pastebėjo subtilų žodžių žaismą, siejantį žodį semplici (paprastu žmonių prasme) su semplici (vaistinių žolių prasme) ir išvedė, jog kalbu apie erezijos „piktžolę". Galėčiau atsakyti, kad terminas „semplici" pasitaiko tų laikų literatūroje abiem šiom prasmėm, taip pat pasitaiko ir žodis „piktžolė". Antra vertus, puikiai žinojau Greimo pavyzdį apie dvilypę izotopiją, atsirandančią pavadinus žolininką „amico dei semplici". Ar sąmoningai panaudojau šį žodžių žaismą? Šiandien tai visai nesvarbu, nes tekstas jau parašytas ir pats kuria savo prasmės efektus.

Skaitydamas romano recenzijas, virpėjau iš pasitenkinimo, kai kritikai (o vieni iš pirmųjų buvo Ginevra Bompiani ir Lars Gustaffson) cituo-

410

davo Viljamo žodžius, pasakytus baigiantis inkvizicijos teismo procesui. „O kas tyrume baugina jus visų labiausiai?" — klausia Adsas. Ir Viljamas atsako: „Skuba". Šios dvi eilutės buvo ir tebėra man nepaprastai mielos. Tačiau vėliau vienas iš skaitytojų atkreipė mano dėmesį į tai, kad kitame puslapyje Bernardas Gi, grasindamas raktininkui kankinimais, sako: „Teisingumas nevykdomas skubotai, kaip tikėjo netikrieji apaštalai, o Dievo teisingumas gali trukti amžius". Ir skaitytojas teisėtai klausė manęs, kokį ryšį norėjau sukurti tarp skubos, bauginusios Viljamą, ir tos skubos stokos, kurią šlovino Bernardas. Tuomet supratau savo nedovanotiną aplaidumą. Rankraštyje šio pokalbio tarp Viljamo ir Adso nėra. Tą trumpą dialogą įterpiau jau skaitydamas korektūrą, nes harmonijos ir pusiausvyros dėlei jutau, jog prieš vėl suteikiant žodį Bernardui būtina įterpti dar vieną struktūrinį skiemenį. Ir, aišku, versdamas Viljamą bodėtis skuba (labai įtaigiai, štai dėl ko tie žodžiai taip man patiko) visai pamiršau, jog kiek toliau apie skubą kalba taip pat ir Bernardas. Jei skaitytumėt tik Bernardo žodžius, praleisdami Viljamo mintį, matytumėt, kad tėra jie kalbos maniera, tai, ko tikimasi iš teisėjo, tokia pat standartinė frazė, kaip, sakykim, „prieš įstatymą visi lygūs". Tačiau supriešinus skubą, apie kurią kalba Bernardas, su ta, kurią mini Viljamas, neišvengiamai atsiranda interpretacija, ir skaitytojas teisėtai klausia, ar kalba jie apie vieną ir tą patį ir ar Viljamo neapykanta skubai skiriasi nuo Bernardo neapykantos skubai. Tekstas parašytas ir kuria savo efektus. Norėjau to ar ne, bet susidūriau su klausimu, su dviprasmiška provokacija ir nebepajėgiu šio supriešinimo paaiškinti, nors suprantu, jog slypi jame kažkokia prasmė (o gal ir ne viena).

Parašęs knygą, jos autorius turėtų mirti. Kad nekliudytų tekstui eiti savo keliu.

PASAKOJIMAS APIE KŪRYBOS PROCESĄ

Autorius neturėtų interpretuoti. Tačiau jis gali pasakoti, kodėl ir kaip rašė. Vadinamieji poetikos aprašymai dažniausiai nepadeda suprasti kūrinių, kuriems jie skirti, bet padeda suprasti kūrybos akto techninę pusę.

Poe savo „Kompozicijos filosofijoje" pasakoja, kaip rašė „Varną". Jis nepasako, kaip turėtume jį skaityti, kalba apie tai, kokius klausimus buvo sau iškėlęs siekdamas savojo poetinio efekto. O poetinį efektą aš apibrėžčiau kaip neišsenkamą teksto galią generuoti įvairias interpretacijas.

Rašantieji (ar piešiantieji, dirbantys skulptūras ar kuriantys muziką) puikiai žino, ką daro ir kiek jiems tai kainuoja. Žino, kad turi išspręsti problemą. Galimas dalykas, kad darbo pradžia yra miglota, sumanymai kinta, kad tai tėra kažkoks įnoris ar prisiminimas. Bet vėliau problema sprendžiama atsisėdus prie darbo stalo, tiriant materiją, su kuria dirbama,— materiją, paklūstančią ją valdantiems gamtos dėsniams, o kartu esančią ją pripildžiusios kultūros atminties skleidėja (intertekstualusis aidas).

Kai autorius mums sako, jog dirbo įkvėpimo pagautas — meluoja. *Genius iš twenty per cent inspiration and eighty per cent perspiration.* Jau nepamenu, apie kurį iš savo garsių eilėraščių Lamartine rašė, kad atsirado jis įkvėpimo minutę, audringą naktį miške. Po jo mirties rasti rankraščiai su taisymais ir variantais ir pamatyta, jog tai buvo, ko gero, labiausia „išprakaituotas" eilėraštis visoje prancūzų literatūroje. Kai rašytojas (ar kitas menininkas) sako dirbęs negalvodamas apie proceso dėsnius, tenori jis pasakyti, kad dirbo nežinodamas, jog pažįsta juos. Vaikas puikiai kalba gimtąja kalba, bet nemokėtų parašyti jos gramatikos. Tačiau gramatikas nėra vienintelis, mokantis kalbos taisykles, nes ir vaikas, pats to nesuvokdamas, puikiai jas moka. Gramatikas tėra tas, kuris žino kodėl ir kaip vaikas moka kalbą.

Papasakoti, kaip buvo rašoma,— tai dar ne įrodyti, jog rašyta „gerai". Poe sakydavo, kad „viena yra kūrybos efektas, o visai kas kita — mokėti kūrybos procesą". Kai Kandinsky ar Klee pasakoja mums, kaip piešia, jie nesako mums, kad vienas iš jų yra geresnis už kitą. Kai Michelangelo sako mums, kad skulptūros kūrimas tėra jau įrėžtos akmenyje figūros išlaisvinimas, jis nenori pasakyti, kad Vatikano „Pieta" yra geresnė už Rondanini „Pietą". Kartais ryškiausi puslapiai apie kūrybos procesą parašyti ne itin garsių menininkų, tų, kurių menas kuklesnis, bet kurie puikiai mokėjo pasakoti apie kūrybos eigą: Vasari, Horatio Greenough, Aaron Copland...

TAIGI — VIDURAMŽIAI

Parašiau romaną, nes pajutau tokį norą. Manau, kad tai pakankama priežastis pradėti rašyti. Žmogus iš prigimties yra pasakojantis gyvūnas. Pradėjau rašyti 1978-ųjų kovą pastūmėtas užsimezgusios minties. Įsigeidžiau nunuodyti vienuolį. Tikiu, jog kaip tik panaši mintis pagimdo romaną, o visa kita tėra pakeliui atsirandantis minkštimas. Pirma turi būti mintis. Jau vėliau radau sąsiuvinį datuotą 1975-aisiais, kuriame buvau surašęs kažkokio neapibrėžto vienuolyno vienuolius. Tik tiek. Pirmiausia ėmiau skaityti Orfila veikalą „Traite de poisons", kurį prieš dvi dešimtis metų pirkau iš bukinisto Senos pakrantėje vien dėl savo ištikimybės Huysmans'ui (La bas). Tačiau nė vienas iš ten aprašytų nuodų nepatenkino manęs, todėl paprašiau pažįstamą biologą patarti kokį vaistą su tam tikrom savybėm (veikiantį per odą, ką nors paėmus į rankas). Nedelsdamas sunaikinau laišką su jo atsakymu, jog nežinąs man tinkančio nuodo, nes buvo tai dokumentas, kuris, perskaitytas kitame kontekste, galėjo atvesti į kartuves.

Iš pradžių norėjau savo vienuolius apgyvendinti šiuolaikiniame vienuolyne (mąsčiau apie vienuolį seklį, skaitantį „Il Manifesto". O kadangi vienuolynuose ir šiandien gyva viduramžių atmintis, pradėjau knistis savo — medievisto hibernacijos būklėje — archyvuose (knyga apie viduramžių estetiką, rašyta 1956 metais, dar šimtas puslapių ta pačia tema 1969, vienas esė, ekskursai į viduramžių tradicijas, 1962 metais rašant apie Joyce, o iš vėlesnių, 1972, metų, ilga studija apie Apokalipsę ir miniatiūras, puošiančias Palaimintojo iš Liebanos komentarą; taigi, Viduramžiai visąlaik buvo greta manęs). Rankose turėjau išsamią medžiagą (korteles, fotokopijas, sąsiuvinius), kauptą nuo 1952-ųjų galvojant apie kitus, neapibrėžtus darbus: monstrų istoriją, viduramžių enciklopedijų analizę, rodyklių, katalogų teorijos kūrimą... Ir tuomet tariau sau, kad, jei viduramžiai tapo mano vaizduotės kasdienybe, geriausia rašyti viduramžių romaną. Kaip jau esu sakęs kažkuriame iš interviu televizijai, dabartį pažįstu tik iš televizijos ekrano, o Viduramžius — tiesiogiai. Kai ilsėdamiesi kaime degdavome pievoje laužus, mano žmona nuolat man priekaištaudavo, kad nemoku žiūrėti į žiežirbas, kylančias tarp medžių ir sklandančias išilgai šviesos ruožų. Vėliau, perskaičiusi skyrių apie gaisrą, ji tarė: „Tai visgi į kibirkštis tu žiūrėdavai!" Atsakiau: „Ne, bet žinau, kaip būtų žiūrėjęs į jas viduramžių vienuolis".

Prieš dešimtį metų laiške, kurį kaip autorius parašiau leidėjui (Franco Maria Ricci) ir pridėjau prie savo komentarų, skirtų Palaimintojo iš Liebanos Apokalipsės komentarams, išpažinau: „Nors ir ką manytum, gimiau, kad galėčiau tyrinėti simboliškus miškus, apgyventus vienaragiais ir grifonais, ir lyginti ištįsusias bei pagludusias prie žemės katedrų struktūras su tetragoninėse Summulae formulėse slypinčiomis egzegetihėmis smailėmis, klajoti tarp Šiaudinio skersgatvio ir cisterso navų, maloniai bendrauti su mokytais ir išdidžiais Kliuni vienuoliais, sekamas tuklaus racionalisto Akviniečio žvilgsnio, gundomas Honorijaus Augustoduniensio fantastiškų geografijų, kuriose tuo pat metu aiškinama *quare in pueritia coitus non contingat*, kaip atrasti Prarastąją salą ir kaip pagauti baziliską turint tik kišeninį veidrodėlį bei nepalaužiamą tikėjimą „Bestiariumu".

Tas pomėgis ir aistra niekada manęs nepaliko, net jei vėliau dėl moralinių ir materialinių paskatų (nes tam, kad būtum medievistu, reikalingas pilnas kapšas ir galimybė klajoti po tolimas bibliotekas, mikrofilmuojant neprieinamus rankraščius) pasukau kitais keliais. O viduramžiai tapo mano hobi ir nuolatine pagunda, ir aiškiai matau juos visuose savo darbuose, nors jie ir neatrodytų viduramžiški.

Slaptos atostogos po Autuno skliautais, kur abatas Grivot ir šiandien rašo nelabajam skirtus vadovėlius su permerktais siera viršeliais, džiugios akimirkos Moizako ir Konko apylinkėse, kur buvau pakerėtas Apokalipsės Vyresniųjų, o gal velnių, kemšančių į garuojančius katilus prakeiktas sielas; kartu — regeneruojančių, švietėjiškų vienuolio Bedos knygų skaitymas, racionalios paspirties Ockham'o raštuose ieškojimas siekiant suprasti tas Ženklo paslaptis, nuo kurių dar nenupūtė miglos Saussure. Ir taip toliau, vis ilgintis „Peregrinatio Sancti Brandani", mūsų mąstymą tikrinant pagal Kelso Knygą, vėl aplankant Borges'ą keltų *kenningars*, ryšiai tarp valdžios ir priverstų paklusti masių vyskupo Suger'o dienoraščiuose..."

KAUKĖ

Tiesą pasakius, nusprendžiau ne tik papasakoti *apie* viduramžius. Nusprendžiau papasakoti *iš* Viduramžių ir to meto metraštininko lūpomis. Buvau pradedantis prozininkas, iki šiol į prozininkus žvelgęs iš anapus barikadų. Gėdijausi pasakoti pats. Jaučiausi tarsi teatro kritikas, staiga atsidūręs rampos šviesoje, žinantis, jog iš parterio sminga į jį kolegų žvilgsniai.

Ar gali pasakyti: „Buvo puikus lapkričio pabaigos rytas" ir nepasijusti Snoopy'u? O jei liepčiau tai ištarti pačiam Snoopy'ui? Jei šitą „buvo gražus rytas..." pasakytų kas nors turintis teisę taip kalbėti, nes jo laikais taip buvo daroma? Kaukė, štai ko man reikėjo.

Sėdau skaityti ir perskaitinėti iš naujo viduramžių metraščių, norėdamas pajusti jų kalbos ritmą ir paprastumą, netgi naivumą. Tie metraštininkai turėjo kalbėti vietoj manęs, ir niekas negalėjo manęs įtarti. Buvau atsikratęs įtarinėjimų, bet ne intertekstualumo aido. Taigi, iš naujo atradau tai, ką rašytojai jau seniai žinojo (ir apie ką mums tiek kartų kalbėjo): kiekviena knyga kalba apie kitas knygas ir kiekviena istorija pasakoja jau pasakotą istoriją. Žinojo tai Homeras, žinojo Ariostas, jau nekalbu apie Rabelais ar Cervantes'ą. Tad mano istorija tegalėjo prasidėti rastu rankraščiu, o ir pati tegalėjo būti citata (kas akivaizdu). Įvadą parašiau greitai, įdėdamas savo pasakojmą į ketvirtąją iš suneriamų dėžučių kitų trijų pasakojimų viduje: aš sakau, jog Vale sakė, kad Mabijonas sakęs Adsą sakius...

Dabar jau galėjau nieko nebijoti. Bet čia mano rašymas metams nutrūko. Nustojau rašyti, nes staiga supratau dar vieną dalyką, kurį jau seniai žinojau (ir visi jį žinojo), bet kuriuo, pradėjęs rašyti, dar labiau įsitikinau.

Taigi, supratau, kad pirmojoje stadijoje romanas neturi nieko bendra su žodžiais. Parašyti romaną yra toks pat kosmologinis aktas, kaip ir tas, apie kurį pasakoja „Genesis" (be pavyzdžio neapsieisi, sakydavo Woody Allen'as).

ROMANAS KAIP KOSMOLOGINIS FAKTAS

Turiu galvoje tai, kad prieš sėdant rašyti, būtina sukurti kuo detalesnį, iki mažiausių smulkmenų apgalvotą pasaulį. Jei įsivaizduotum upę, du jos krantus, o kairiajame krante pasodintum žvejį, kuriam paskirtum tūžmingą charakterį ir teisminiu požiūriu ne itin švarią praeitį, tai galėtum pradėti rašyti paver:sdamas žodžiais tai, kas neišvengiama. Ką veikia žvejys? Žvejoja (ir štai vienokių ar kitokių daugiau ar mažiau įprastų veiksmų grandinė). O kas nutinka vėliau? Žuvys arba kimba, arba ne. Jei kimba, žvejys jų prisigaudo ir patenkintas eina namo. Pasakojimas baigtas. Jei nekimba, tuomet jis, būdamas tūžmingo būdo, gali supykti. Gal sulaužyti meškerę. Nieko ypatinga — bet jau šioks toks veiksmas. Yra tokia indėnų patarlė: „Atsisėsk upės pakrantėje ir lauk, o tavo priešo lavonas būtinai praplauks pro šalį". Sakykim, upe praplaukia lavonas. Juk tokia galimybė įrašyta upės intertekstualinėje plotmėje. Nepamirškite, kad mano žvejo praeitis nelabai švari. Ar norės jis veltis į nemalonią istoriją? Kaip pasielgs? Pabėgs, apsimes lavono nepastebėjęs? Pajus kaltę, nes tas lavonas bus žmogaus, kurio jis nekentė? O gal įtūš, kad ne jis pats įgyvendino tą taip geistą kerštą? Matote, užtenka šiaip taip apstatyti savo pasaulį ir pasakojimo pradžia jau yra. O kartu ir stiliaus užuomazga, nes žvejojantis žmogus primeta pasakojimui lėtą, takų ritmą, atitinkantį jo kantrų laukimą, kurį pertraukia charakterio sąlygoti pykčio priepuoliai. Sunkiausia sukurti pasaulį, žodžiai rasis patys. *Rem tene, verba sequentur*. Nors poezijoje, manau, yra priešingai: *verba tene, res sequentur...*

Pirmuosius darbo prie savo romano metus skyriau pasaulio kūrimui. Ilgi rejestrai knygų, kurias buvo galima rasti viduramžių bibliotekoje. Sąrašai vardų ir kortelės su aprašais daugybės personažų, kurių daugelis vėliau nė nepateko į romaną. Privalėjau pažinti ir tuos vienuolius, nepasirodžiusius knygoje. Skaitytojui to nereikėjo, bet man buvo būtina. Kas yra pasakęs, kad grožinė literatūra turėtų konkuruoti su civilinės būklės aktų knygomis? O gal turėtų konkuruoti ir su savivaldybės urbanistikos skyriaus darbais? Su šia mintimi tyrinėjau nuotraukas ir planus architektūros enciklopedijose, kurdamas vienuolyno planą, matuodamas atstumus, netgi skaičiuodamas pakopas sraigtiniuose laiptuose. Kartą Marce Ferreri's pasakė man, jog mano dialogai labai kinematografiški, nes trunka kaip tik tiek, kiek reikia. Tai suprantama, nes kai du mano personažai eidavo kalbėdamiesi iš refektoriaus į klostrą, rašydavau pasikiojęs prieš akis planą. Jiems atėjus, pokalbis nutrūkdavo.

Kad galėtume laisvai kurti, turime patys save apriboti. Poezijoje tokie apribojimai — tai pėda, eilutė, rimas, tai, ką šiandien vadina kvėpavimu klausa... Prozoje toks apribojimas yra susikurtas pasaulis. Ir tai visai nesusiję su realizmu (nors paaiškina net ir realizmą). Galima sukurti visiškai irrealų pasaulį su skraidančiais asilais ir nuo bučinio atgyjančiomis princesėmis, tačiau tas pasaulis, kad ir koks jis bebūtų — realus ar išgalvotas — privalo egzistuoti pagal išeities taške apibrėžtas struktūras (būtina žinoti, ar tame pasaulyje princesę atgaivina tik princo, ar taip pat ir raganos pabučiavimas ir ar princesės bučinys princu paverčia tik rupūžes, ar taip pat ir, sakykim, šarvuočius).

Mano pasaulio dalis buvo ir Istorija, todėl skaičiau daug viduramžių kronikų, o skaitydamas jas suvokiau, jog romane turi atsirasti vietos ir tokiems dalykams, apie kuriuos iš pradžių nė negalvojau: kovoms dėl neturto ar inkvizicijai prieš broliukus.

Sakysim, kodėl mano knygoje aprašyti keturioliktojo amžiaus broliukai? Jei jau susiruošiau rašyti viduramžių istoriją, geriau būčiau pasakojęs apie XIII ar net XII amžių, artimesnius man už keturioliktąjį. Bet man reikėjo seklio, pageidautina anglo (intertekstualinė citata), nepaprastai pastabaus ir ypatingai juslaus ženklų interpretatoriaus. Tokias savybes tegalėjau rasti tarp pranciškonų, po Roger'o Bacene'o. Antra vertus, tobulą ženklų teoriją teturi okamistai, tiksliau sakant, ji egzistavo jau ir anksčiau, bet anksčiau juos interpretuodavo arba simboliškai, arba idėjiškai ir abstrakčiai. Tik tarp Bacone'o ir Ockham'o ženklus naudojo individui pažinti, Todėl turėjau su savo pasakojimu persikelti į XIV amžių, nors ir kaip mane tai erzintų, nes nesijaučiau jame taip tvirtai kaip norėčiau. Ir vėl sėdau prie knygų ir atradau, jog XIV amžiaus pranciškonas, net ir anglas, negali ignoruoti disputo dėl neturto, ypač jei buvo jis Ockham'o draugas ar šalininkas, ar bent jį pažinojo. (Beje, iš pradžių maniau, kad sekliu turėtų būti pats Ockham'as, bet vėliau šios minties atsisakiau, nes kaip žmogus Venerabile Inceptor nebuvo man simpatiškas).

Tačiau kodėl viskas vyksta 1327 metų lapkričio pabaigoje? Todėl, kad gruodžio mėnesį Mykolas Čezenietis jau buvo Avinjone (štai ką reiškia kurti istorinio romano pasaulį: kai kuriuos jo elementus, sakysim, pakopų skaičių, gali pasirinkti autorius, o kiti, kaip Mykolo kelionės,

priklauso realiam pasauliui, kuris tokiuose romanuose susipina su iš-
galvotu pasakojimo pasauliu).

Bet lapkritis buvo pernelyg anksti. Juk dar turėjau nudurti kiaulę.
Kodėl? Ogi tam, kad galėčiau žemyn galva paskandinti lavoną kubile
su krauju. Kodėl tai buvo būtina? Todėl, kad antrasis Apokalipsės tri-
mitas skelbia, jog... Apokalipsės pakeisti aš negalėjau, ji buvo pasaulio
dalis. Taigi, kaip man sakė, kiaulės duriamos tik pašalus, ir lapkritis
galėjo būti per ankstus laikas. Nebent vienuolynas stovėtų kalnuose,
kur jau būtų pasnigę. Jei ne ši būtinybė, mano istorija būtų galėjusi
nutikti lygumoje — Pompozoje ar Konke.

Tai sukurtasis pasaulis pasako mums, kaip toliau turi rutuliotis
pasakojimas. Visi klausia manęs, kodėl manojo Jorgės vardas turi ryšį
su Borges'o ir kodėl Borges'as yra toks nedoras. Nežinau. Norėjau,
kad biblioteką sergėtų neregys (man tai pasirodė puiki literatūrinė idėja),
o biblioteka negalėjo duoti nieko aklesnio už Borges'ą, juolab kad skolas
reikia grąžinti. Be to, kaip tik ispaniškieji Apokalipsės komentarai ir mi-
niatiūros turėjo viduramžiams didžiausią įtaką. Bet įkurdinęs Jorgę bib-
liotekoje dar nežinojau, jog būtent jis taps žudiku. Kitaip tariant, viskas
yra jo paties rankų darbas. Ir nemanykite, kad tai „idealistinis" požiū-
ris, kai sakoma, jog personažai gyvena savą gyvenimą, o autorius lyg
transe liepia jiems daryti tai, ką jie patys jam pašnibžda. Niekai, tinkantys
brandos atestato rašiniui. Personažai priversti elgtis pagal pasaulio,
kuriame gyvena, taisykles. Kitaip sakant, rašytojas yra savo paties
sukurtų prielaidų vergas.

Tokia pat graži yra ir labirinto istorija. Visi labirintai, apie kuriuos
ką nors žinojau, o turėjau nuostabią Santarcangeli'o studiją šia tema,
buvo pastatyti atviroje erdvėje. Jie galėjo būti labai painūs, su daugy-
be vingių ir atšakų. O man reikėjo labirinto po stogu (ar matėte kada
biblioteką po atviru dangum?) ir ne itin susukto, nes tuomet jame nebūtų
pakankamos traukos, būtinos gaisrui sklisti (o kad pabaigoje Buveinė
turėjo sudegti, man buvo akivaizdu taip pat ir dėl kosmologinių istori-
nių priežasčių: viduramžiais katedros ir vienuolynai liepsnojo tarytum
degtukai, ir sukurti viduramžių istoriją be gaisro — tai tas pat, kaip
sukurti filmą apie karą Ramiajame vandenyne be žemyn smingančio
liepsnose paskendusio naikintuvo). Du ar tris mėnesius kūriau tinkamą
labirintą, bet galų gale teko jame įrengti dar ir plyšius, nes oro trauka vis
dar būtų buvusi per silpna.

KAS KALBA

Turėjau daug problemų. Man reikėjo uždaros erdvės, koncentruo-
to pasaulio, o kad būtų galima patikimiau jį uždaryti, turėjau be vietos
vienovės sukurti ir laiko vienovę (tuo labiau kad veiksmo vienovė
buvo abejotina). Todėl ir pasirinktas benediktinų vienuolynas, ritmingai
gyvenantis pagal kanonines valandas (matyt, nesąmoningai pasirinktu
pavyzdžiu buvo „Ulisai" dėl griežto dienos padalijimo, bet buvo taip
pat ir „Užburtas kalnas" dėl savo iškilios ir sveikos aplinkos, kurioje tu-
rėjo vykti ne viena dešimtis pokalbių).

Su dialogais iškilo daug problemų, ir sprendžiau jas vėliau, rašydamas. Prozos teorijoje nedaug vietos skirta temai *turn ancillaries*, kitaip tariant, gudrybėms, kurių griebiasi rašytojas, leisdamas prabilti įvairiems personažams. Pažiūrėkit, kaip skiriasi šie penki dialogai:

1. — Kaip laikaisi?
   — Neblogai, o tu?
2. — Kaip laikaisi? — paklausė Jonas.
   — Neblogai, o tu? — paklausė Petras.
3. — Kaip,— tarė Jonas,— kaip tu laikaisi?
   Petras nedvejojo:
   — Neblogai, o tu?
4. — Kaip laikaisi? — susirūpino Jonas.
   — Neblogai, o tu? — sukikeno Petras.
5. Jonas paklausė:
   — Kaip laikais?
   — Neblogai,— abejingai atsakė Petras. Ir kreivai šyptelėjęs pridūrė: — O tu?

Išskyrus du pirmuosius atvejus, visuose kituose randame tai, kas vadinama „pareiškimo instancija". Autorius priduria savo komentarą, suteikdamas kalbančiųjų žodžiams tam tikrą atspalvį. Bet ar tikrai tokio atspalvio nesuteikta dviem pirmiesiems pavyzdžiams? O ar skaitytojas yra laisvesnis skaitydamas šiuos du iš pažiūros aseptiškus pokalbius ir patirdamas jų emocinį atspalvį pats to nė nepastebėdamas (prisiminkime tariamai neutralų hemingvėjišką dialogą), ar yra laisvesnis trim kitais atvejais, kai bent jau žino, kokį žaidimą žaidžia autorius?

Yra tai stiliaus problema, ideologinė problema, „poezijos" problema, tokia pati kaip vidinio rimo arba asonanso parinkimas ar žodžių žaismo panaudojimas. Būtinas tam tikras nuoseklumas. Mano atveju galbūt tai buvo lengviau, nes visi dialogai perpasakoti Adso, ir daugiau nei akivaizdu, jog tai jis suteikia savo požiūrio atspalvį visam pasakojimui.

Dialogai iškėlė man dar vieną problemą. Kiek viduramžiški jie galėjo būti? Kitaip sakant, jau rašydamas ėmiau suvokti, jog knyga vis labiau primena buff stiliaus melodramą su ilgais rečitatyvais ir plačiomis arijomis. Arijos (tarkim, portalo aprašymas) atitiko viduriniųjų amžių didžiosios retorikos dvasią ir pavyzdžių čia netrūko. Tačiau dialogai? Jau buvau beišsigąstąs, kad dialogai primins Agatos Christie, tuo tarpu arijos — Suger'o ar šv. Bernardo stilių. Vėl sėdau prie viduramžių romanų, turiu omeny riterių epopėją, ir įsitikinau, kad, išskyrus keletą licencijų, šiaip jau gerbiau viduramžių prozos ir poezijos papročius. Bet ši problema dar ilgai man nedavė ramybės, ir iki šiol nesu tikras, jog pavyko registro perėjimai nuo arijų prie rečitatyvų.

Dar viena problema — pavidalo suteikimas balsams arba pasakojimo instancijoms. Žinojau, kad (aš) pasakoju šią istoriją kito lūpomis, o dar įvade buvau įspėjęs, jog to kito žodžiai yra praėję mažiausiai pro dvi kitas pasakojimo instancijas — Mabijono ir abato Vale — net ir darant prielaidą, kad veikė jie tik kaip filologai, nekeisdami teksto (bet kas tuo patikės?). Tačiau problema yra jau pats Adso pasakojimas pirmuoju asmeniu. Aštuoniasdešimtmetis Adsas pasakoja tai, ką patyrė būdamas aštuoniolikos. Kas kalba: Adsas aštuoniolikmetis ar Adsas aštuoniasdešimtmetis? Abu, tai akivaizdu, ir to siekiau. Žaidimo esmė — nuolatinis senojo Adso svarstymas to, ką matė ir girdėjo jaunystėje. Pavyzdžiu man buvo (nors knygos dar kartą ir neskaičiau, pakako senųjų prisiminimų) Serenus Caitblomas iš „Doktor Faustus". Toks dvigubas kalbos žaismas mane be galo žavėjo ir viliojo taip pat ir dėl to, kad, prisimindamas tai, ką kalbėjau apie kaukę, sudvejindamas Adsą, padvigubinau ir nuotolį bei kliūčių skaičių tarp savęs kaip realaus asmens, savęs kaip pasakotojo, kitaip tariant, manojo pasakojančio „aš" ir personažų, apie kuriuos kalbėjau, taigi, ir pasakojančiojo asmens. Jaučiausi vis saugesnis, ir priminė man tai (tiesiog kūniškai ir taip realiai, kaip prisimena vaikystės meduoliukų, mirkytų liepžiedžiuose, skonis) vaikiškus žaidimus po užklotais, kur jaučiausi lyg povandeniniame laive ir iš kur siunčiau pranešimus savo seseriai, taip pat užsiklojusiai kitoje lovoje, ir abu mes buvome atskirti nuo išorės pasaulio ir laisvai galėjome keliauti tyliais vandenų gelmių keliais.

Adsas man buvo labai svarbus. Troškau papasakoti šią istoriją (su jos paslaptimis, politiniais ir teologiniais įvykiais, jos dvilypumu) lūpomis to, kuris visa tai išgyvena, registruoja su paaugliams būdingu fotografiniu tikslumu, tačiau nesupranta (ir nesupras nė sulaukęs senatvės, nes pabėgs į dieviškąją nebūtį, o juk visai ne to mokė jį jo mokytojas). Troškau išaiškinti viską žodžiais to, kuris nieko nesupranta.

Skaitydamas kritinius straipsnius, pastebėjau, jog šis romano aspektas padarė mažiausią įspūdį mokytiems skaitytojams, bent jau niekas ar beveik niekas jo nesvarstė. Bet manau, ar tik ne dėl to romanas taip patiko mažiau išprususiems skaitytojams. Jie susitapatindavo su naiviuoju pasakotoju ir jautėsi pateisinti ko nors nesupratę. Grąžinau jiems jų baimę dėl sekso, nežinomų kalbų, painių minčių, politinio gyvenimo paslapčių... Šiuos dalykus supratau dabar, *apres coup*, o tuomet, matyt, perteikiau Adsui tą savo baimę, kuri kankino mane paauglystėje, ypač susijusią su meilės išgyvenimais (nors su veikimo per tarpininką garantija: Adsas išgyvena savo meilės kančias tik taip, kaip Bažnyčios daktarai yra apie meilę kalbėję). Menas — bėgimas nuo asmeninių jausmų, to mane išmokė ir Joyce'as, ir Eliet'as.

Kova su savo jausmais nebuvo lengva. Parašiau labai gražią maldą Alano Saliečio liaupsės Gamtai pavyzdžiu, kurią turėjo kalbėti Viljamas susijaudinimo minutę. Bet supratau, kad jaudinamės mes abu, aš — kaip autorius, jis — kaip veikėjas. Aš, kaip autorius, poetikos sumetimais neturėjau taip elgtis. Jis, kaip veikėjas, negalėjo taip elgtis, nes buvo nukrėstas visai iš kito molio, ir visi jo jausmai siejosi su protu arba būdavo slopinami. To puslapio teko atsisakyti. Perskaičiusi knygą, viena mano draugė pasakė: „Su vienu tik negaliu sutikti: tuo, kad Viljamo niekada neapima pamaldumas". Perpasakojau tai kitam savo draugui, ir šis atsakė: „Tikrai, toks jau yra jo pamaldumas". Gal taip ir yra. Ir taip tebūna.

PARALIPSĖ

Pasinaudojau Adsu, kad išspręsčiau dar vieną problemą. Galėjau pasakoti tokią viduramžių istoriją, kurioje visi supranta, apie ką kalba. Lygiai kaip šiuolaikinėje literatūroje, jei veikėjas sako, kad Vatikanas neduos sutikimo jo skyryboms, nereikia aiškinti, kas yra Vatikanas ir kodėl jis neduoda sutikimo skirtis. Bet nevalia taip elgtis istoriniame romane, nes jis rašomas dar ir tam, kad mes, gyvenantys šiandien, geriau suprastume, kas įvyko ir kokia prasme tai, kas įvyko, reikšminga taip pat ir mums.

Tačiau tuomet pradeda grėsti salgarizmas. Salgari'o knygos herojai nuo priešų pabėga į mišką ir ten užkliūva už baobabo šaknies. Toje vietoje rašytojas pertraukia veiksmą ir išdėsto mums ilgiausią botanikos paskaitą apie baobabus. Šiandien tai jau tapo topu, mielu, kaip ir mylėtų žmonių ydos, bet to daryti nevalia.

Norėdamas išvengti tokio pobūdžio nesėkmių, perrašiau šimtus puslapių, nors neprisimenu, ar kada susimąsčiau, kaip sprendžiu šią problemą. Suvokiau tai po poros metų, bandydamas suprasti, kodėl knygą mielai skaito ir tie, kuriems tokios „mokytos" knygos tikrai neturėtų patikti. Adso pasakojimo stiliaus pagrindas — minties figūra, vadinama paralipse. Ar atmenate garsųjį pavyzdį? „Cezarį nutylėsiu, kad kiekvienam paplūdimy..." Sakoma, jog nebus kalbama apie kažkokį dalyką, visiems žinomą, bet sakant tai, apie jį kalbama. Kaip tik taip Adsas užsimena apie asmenis ir įvykius, visiems gerai žinomus, tačiau vis tiek apie juos kalba. Tų asmenų ir tų įvykių Adso kūrinio skaitytojas — amžiaus pabaigos vokietis — negali žinoti, nes vyko jie Italijoje amžiaus pradžioje, tad Adsas nedvejodamas didaktiniu tonu apie juos pasakoja, nes toks buvo stilius viduramžių metraštininko, kuris trokšta, vos tik ką paminėjęs, tuojau suteikti apie tą dalyką enciklopedinių žinių. Perskaičiusi rankraštį, viena mano draugė (kita nei minėta anksčiau) pasakė man, jog pribloškė ją žurnalistinis pasakojimo tonas, lyg būtų tai ne romanas, o straipsnis iš „Espresso" — taip ji pasakė, jei neapgauna atmintis. Iš pradžių supykau ir tik vėliau supratau tai, ką įžvelgė ji, pati to nežinodama. Būtent taip pasakojo to meto metraštininkai, ir šiandien apie kroniką galime kalbėti todėl, kad tuomet buvo rašoma tiek daug kronikų.

KVĖPAVIMAS

Ilgas pastraipas su pamokymais įterpiau turėdamas dar ir kitų sumetimų. Perskaitę rankraštį, mano draugai iš leidyklos patarė sutrumpinti pirmąjį šimtą puslapių, pasirodžiusių jiems be galo varginančiais. Nė nedvejodamas atsisakiau tai daryti, motyvuodamas, kad norint įeiti į vienuolyną ir išgyventi ten savaitę privalu susitaikyti su vienuolyno ritmu. To nepadarius, nepavyks perskaityti visos knygos. Nes tas šimtas puslapių yra lyg atgaila, ir tas, kas jos neatliks, amžiams liks kalno šlaite nepasiekęs viršūnės.

Ėjimas į romaną — tarsi kelionė per kalnus: reikia išmokti kvėpuoti, vaikščioti — antraip greit sustosi. Tas pat ir poezijoje. Prisiminkite, kaip kankinotės klausydamiesi eilių, kurias aktoriai, vaikydamiesi „interpretacijos", skaitė nepaisydami eilutės ilgio, darė enjambements lyg skaitytų prozą, galvojo apie turinį, o ne ritmą. Skaitant vienuolikaskiemenę terciną, reikėtų laikytis to dainingo ritmo, kurio siekė poetas. Jau geriau skaityti Dantės poeziją tarytum vaikišką eilėraštuką nei bet kokia kaina vaikytis prasmės.

Prozoje kvėpavimas susijęs ne su sakiniais, bet su ilgesniais žodžių junginiais, su įvykių kaita. Yra romanų, alsuojančių lyg gazelės, ir tokių, kurie šnopščia kaip drambliai. Harmoniją lemia ne įkvėpimo trukmė, bet reguliarus pasikartojimas. Tai svarbu ir todėl, kad staiga nutrūkus kvėpavimui ir skyriui (ar sekvencijai) pasibaigus kol dar neįkvėpta pilnai (nors nederėtų tuo piktnaudžiauti) pasakojimo sandaroje tam gali tekti lemtingas vaidmuo — trūkio vietos, sceninio efekto. Taip bent jau daro didieji: „Nelaimingoji atsakė" — taškas ir akapitas — yra kito ritmo nei „Sudie, kalnai", bet, tiems žodžiams nuskambėjus, atrodo, jog žydrasis Lombardijos dangus plūsta kraujais. Didis romanas yra tas, kuriame autorius laiku pagreitina ir sulėtina veiksmo eigą ir sumaniai paskirstO šiuos greičio pokyčius pastovaus pagrindinio ritmo fone. Tas pat ir muzikoje: galima „vogti" — rubare, bet nepersistengti, nes praradus saiką galima tapti vienu iš tų blogų atlikėjų, kurie mano, kad norint groti Chopin'ą pakanka persūdyti su rubato. Nepasakoju, kaip išsprendžiau savo problemas, pasakoju, kaip jas sau iškėliau. Sakydamas, kad sąmoningai jų ieškojau — meluočiau. Net ir spausdinimo mašinėlės klavišais tuksinčių pirštų ritme slypi kompozicinė mintis.

Štai pavyzdys, kaip galima pasakoti arba galvoti pirštais. Akivaizdu, kad meilės virtuvėje scena sudėta iš religinių tekstų citatų, pradedant „Giesmių Giesme" ir baigiant šv. Bernardu ir Žanu de Fecamp'u ar šv. Hildegarda iš Bingeno. Tai suprato net ir nepažįstantys Viduramžių mistikos, bet turintys šiokią tokią klausą. Tačiau paklaustas šiandien, iš kur tos citatos ir kur baigiasi viena, o prasideda kita — negalėčiau atsakyti.

Turėjau šimtus kortelių su įvairių tekstų ištraukomis, o kartais net ištisus puslapius ir dešimtis fotokopijų — daug daugiau nei paskui panaudojau. Tą sceną parašiau vienu prisėdimu (tik vėliau ją nugludinau, tarytum padengiau visą paviršių išlyginančiu laku, kad nesimatytų siūlių). Taigi, rašiau paskleidęs prieš save visus tekstus, mesdamas akį tai į vieną, tai į kitą kortelę, išrašydamas po gabalėlį tai iš vienur, tai iš kitur ir tuoj pat šliedamas prie jo jau kitą citatą. Pirmasis šio skyriaus variantas buvo parašytas greičiausiai iš visos knygos skyrių. Po to supratau, kad bandydamas pirštais pagauti glamonių ritmą ne visuomet galėjau stabtelėti tam, kad parinkčiau tinkamiausią citatą. Citatos tinkamumą kurioje nors vietoje lėmė jos ritmas ir nedvejodamas nusukdavau akis nuo tų žodžių ir sakinių, kurie, kaip man atrodė, būtų sutrikdę visą spausdinimo ritmą. Netvirtinčiau, kad įvykio aprašymas truko tiek pat, kaip ir pats įvykis (nors pasitaiko ir labai ilgų glamonių), tačiau bandžiau kiek įmanoma sutrumpinti laiko skirtumą tarp meilės veiksmo ir jo aprašymo trukmės. Sakau „aprašymo" ne barteziška, o daktilografine prasme, kalbu apie rašymą kaip materialų, fizinį aktą. Kalbu apie kūnų, o ne jausmų ritmą. Jausmai buvo prieš tai, nusprendus sugretinti mistinę ir meilės ekstazę, skaitant ir renkant reikalingus tekstus. Vėliau jausmams jau nebeliko vietos, nes mylėjosi Adsas, o ne aš, ir man tereikėjo paversti jo jausmus akių ir pirštų žaismu, lyg pasakočiau meilės istoriją mušdamas tamburiną.

SUKURTI SKAITYTOJĄ

Ritmas, kvėpavimas, atgaila... Kam? Man? Ne, tikrai ne man, o skaitytojui. Rašoma skaitytojui galvojant apie skaitytoją. Taip ir dailininkas piešia galvodamas apie savo paveikslų žiūrovą. Mostelėjęs teptuku per drobę, jis atsitraukia du ar tris žingsnius ir tyrinėja efektą, tai yra žiūri į paveikslą taip, kaip į jį — pakabintą ant sienos ir deramai apšviestą — turėtų žiūrėti žiūrovas. Kai knyga jau parašyta, tarp teksto ir skaitytojų užsimezga dialogas (autorius jame nedalyvauja). Rašant vyksta dvigubas dialogas: tarp šio teksto ir visų parašytų prieš jį (knygos visada rašomos remiantis kitomis knygomis ir apie kitas knygas), ir tarp autoriaus bei jo pavyzdinio skaitytojo. Rašiau apie tai savo teoriniuose darbuose, pavyzdžiui, „Lector in fabula" ar dar anksčiau „Atvirame darbe", nors ne aš tai atradau.

Pasitaiko, jog autorius rašo galvodamas apie tam tikrą realią publiką, kaip darė šiuolaikinio romano pradininkai Richardson'as, Fielding'as ar Defoe, rašę pirkliams ir jų žmonoms, bet publikai rašė ir Joyce'as, galvodamas apie idealų skaitytoją, sergantį idealia nemiga. Abiem šiais atvejais — ir tikint, kad rašoma publikai, laukiančiai čia pat, už durų, su pinigais rankose, ir pasiryžus rašyti ateities skaitytojui — rašymas yra savo pavyzdinio skaitytojo kūrimas per tekstą.

Ką tai reiškia: galvoti apie skaitytoją, pajėgų įveikti pirmo šimto puslapių atgailos kelią? Nereiškia nieko kito, kaip tik tai, kad tas šimtas rašomas siekiant sukurti skaitytoją, pasiruošusį perskaityti likusius.

Ar yra rašytojų, rašančių tik palikuonims? Ne, net jei jie tai teigtų, nes palikuonis jie tegali įsivaizduoti tik remdamiesi žiniomis apie savo amžininkus — nebent būtų Nostradamus. Ar yra rašytojų, rašančių tik siauram skaitytojų ratui? Taip, jei tuo norima pasakyti, kad nedaug tėra vilties, jog Pavyzdinis skaitytojas, kurį šie rašytojai sau susikuria, galėtų įsikūnyti į skaitytojų didžiumą. Tačiau net ir šiuo atveju rašytojas kuria su viltimi, nors ir be galo slapta, jog būtent šis jo kūrinys padės rastis daugybei naujų to taip pageidaujamo ir taip meistriškai siekiamo pavyzdinio skaitytojo šalininkų, kuriuos jo tekstas įkvėptų ir padrąsintų.

Skirtumas, jei toks išvis egzistuoja, yra tarp teksto, kuriuo siekiama sukurti naują skaitytoją, ir teksto, turinčio patikti realiems skaitytojams, šimtais vaikščiojantiems gatvėmis. Šiuo antruoju atveju turime knygą, sukurtą pagal serijinių gaminių gamybos schemą; autorius tiria rinką ir prie jos prisitaiko. Jo darbą pagal schemą tegali atskleisti išanalizavęs keletą jo romanų ir atradęs, kad kinta juose tik vardai, vietovės ir fizionomijos, o pasakojama viena ir ta pati istorija. Ta, kurios trokšta publika.

Bet rašytojui numačius kažką nauja ir galvojant apie kitokį skaitytoją, jis nebesutinka būti rinkos analitiku, sudarinėjančiu pageidavimų sąrašus. Jis nori būti filosofu, nujaučiančiu Zeitgeist vingius. Jis trokšta atskleisti savo publikai tai, ko ji turėtų norėti, nors gal pati to dar nė nežino. Jis trokšta atskleisti skaitytoją jam pačiam.

Jei Manzoni's būtų norėjęs paisyti publikos skonio, tam jis turėjo jau paruoštą schemą — viduramžių istorinį romaną su didingais herojais, lyg nužengusiais iš graikų tragedijų (juk taip yra „Adelkyje"?), stipriomis, tauriomis aistromis, karo žygiais ir liaupsėmis tų šlovingų laikų, kai Italija buvo galingųjų žemė. Argi ne taip iki jo, po jo ir greta jo elgėsi daugybė geresnių ar blogesnių istorinių romanistų, nuo amatininko d'Aziglio iki liepsningo ir makabriško Guerrazzi'o ir neįmanomo skaityti Cantu?

O ką daro Manzoni's? Pasirenka septynioliktąjį amžių, vergovės, niekingų personažų metą, kur vienintelis špagos meistras yra plėšikas, ir dar drįsta apsunkinti pasakojimą dokumentais ir skelbimais... Bet patinka, patinka visiems — mokytiems ir nemokytiems, dideliems ir mažiems, davatkoms ir antiklerikalams. Mat autorius nujautė, jog to meto skaitytojai šito troško, nė patys to nežinodami, neprašydami, net manydami, kad tai — nesuvirškinama. O kaip sunkiai dirba dilde, pjūklu ir plaktuku, kaip skalauja skudurėlius — kad tik jo produktas būtų skanesnis, kad tik priverstų realiuosius skaitytojus tapti tais pavyzdiniais, apie kuriuos svajojo.

Manzoni's rašė ne tam, kad patiktų tai publikai, kuri jį supa, o tam, kad sukurtų tokią publiką, kuriai jo romanas negalėtų nepatikti. Vargas, jei nebūtų patikęs, žinome, kaip veidmainiškai ramiai kalba jis apie savo dvidešimt penkis skaitytojus. Nori turėti jų dvidešimt penkis milijonus. Apie kokį pavyzdinį skaitytoją rašydamas svajojau aš? Apie žaidimo bendrininką. Troškau tapti absoliučiai viduramžišku ir gyventi Viduramžiais lyg savo laike (ir atvirkščiai). Ir tuo pat metu visa širdimi karščiausiai troškau, kad manasis skaitytojas, nugalėjęs pradžios sunkumus, taptų mano grobiu, kitaip tariant, grobiu teksto, ir galvotų norįs tik to, ką jam tas tekstas duoda. Tekstas turi padėti skaitytojui persikūnyti. Tu manai norįs sekso, detektyvinės intrigos ir kaltųjų išaiškinimo, o kartu pašėlusio veiksmo, bet tuo pat metu gėdytumeis priimti garbingą niekalą iš lavonų ir nusikaltėlių vienuolyne mišinio. Tad še tau lotynų kalbos, šiek tiek moterų, imk kalną teologijos ir marias kraujo kaip pas Grand Guignol, kol sušuksi: „betgi tai falšas, gana!" Štai tada jau esi mano ir drebėsi prieš begalinę Dievo galybę, nušluojančią pasaulio tvarką. O jei esi pakankamai įžvalgus, suvoksi, kaip įviliojau tave į spąstus, nes juk sakiau tai kiekvienamе žingsnyje, aiškiai perspėjau, kad traukiu tave į pragarus, tačiau sutartys su velniu tuo ir žavios, kad pasirašydamas jas tikrai žinai, su kuo susidedi. Antraip kuo pelnytum apdovanojimą pragaru?

O kadangi norėjau, kad malonumą suteiktų vienintelis priverčiantis mus sudrebėti dalykas — kalbu apie metafizinį drebulį — nebuvo man kito kelio kaip tik tarp įvairių intrigų pavyzdžių pasirinkti tą, kuri yra pati metafiziškiausia ir filosofiškiausia, taigi, detektyvinį romaną.

DETEKTYVINIO ROMANO METAFIZIKA

Knyga neatsitiktinai prasideda kaip detektyvas (naivus skaitytojas gali likti apgautas, iki pat pabaigos net nepastebėjęs, jog šiame detektyve atskleidžiama be galo mažai, o seklys patiria nesėkmę). Manau, kad žmonės taip mielai skaito detektyvus ne dėl to, kad gausu juose smurto aukų, ir ne todėl, kad jų pabaigoje triumfuoja tvarka (intelektualinė, socialinė, teisinė), pamynusi nusikaltimo netvarką. Svarbiausia, kad detektyvas yra grynoji spėjimų istorijos išraiška. Tačiau ir medicinos diagnozė, mokslinis tyrimas, taip pat ir metafizinė apklausa yra atskiri spėjimų atvejai. Savo esme juk ir pamatinis filosofijos (kaip ir psichoanalizės) klausimas yra panašus į detektyvinio romano: kas kaltas? Norėdami tai sužinoti (patikėti, kad sužinome), turime padaryti prielaidą, jog visi faktai yra logiški, pagrįsti logika, kurią jiems primetė kaltasis. Kiekviena tyrimų ir spėjimų istorija pasakoja tai, greta ko visą laiką gyvenome (pseudoheidegerinė citata). Todėl dabar jau aišku, kodėl mano istorijos pagrindas (kas yra žudikas?) išsišakoja tiekoje kitų istorijų, o kiekviena jų turi savus spėjimus, ir visos jos sukasi apie spėjimo struktūrą.

Abstraktusis spėlionių modelis — labirintas. Yra trys labirintų tipai. Pirmasis — graikiškasis, Tezėjaus. Jame negalima pasiklysti: įeini, prieini vidurį, o iš jo pasuki išėjimo link. O kad nebūtų tai paprastas pasivaikščiojimas, centre laukia Minotauras. Baimė kyla dėl to, kad nežinai, kur ateisi ir ką padarys Minotauras. Išvyniojęs klasikinį labirintą, rankose turėtum siūlą, Ariadnės siūlą. Pats klasikinis labirintas yra Ariadnės siūlas.

Antrasis — tai modernistinis labirintas, kurį išvyniojęs turėtum rankose turėtum medį, kažkokią struktūrą su daugybe akligatvių. Išėjimas tėra vienas, ir lengva suklysti. Kad išeitum, reikalingas Ariadnės siūlas. Šis labirintas yra *trial — and — error process* pavyzdys.

Ir pagaliau trečiasis tipas — tinklas, kurį Deleuze ir Guattari vadina šaknimi. Jis sudarytas taip, kad kiekvienas kelias galėtų kirstis su kiekvienu kitu. Jame nėra vidurio, nėra pakraščių, nėra išėjimo, nes potencialiai jis yra begalinis. Spėjimo erdvė lygi šaknies erdvei. Mano bibliotekos labirintas dar yra manieristinis, bet pasaulis, kuriame Viljamas suvokia gyvenąs, jau turi šaknies sandarą, taigi, yra pasiduodantis formavimui, bet niekada galutinai nesuformuotas.

Septyniolikmetis jaunuolis pasakė man, jog nesupratęs ničnieko iš visų tų teologinių diskusijų, bet pajutęs jas esant tarytum erdvinio labirinto tąsa (lyg jos būtų varanti siaubą muzika Hitchcock'o filmuose). Manau nutikus štai ką: net ir eilinis skaitytojas suvokė susidūręs su istorija labirintų, tačiau ne erdvinių labirintų. Galima teigti, ir tai labai įdomu, kad pačios naiviausios interpretacijos yra pačios struktūriškiausios. Eilinis skaitytojas tiesiogiai, o ne per turinio apmąstymus susidūrė su vienos istorijos neįmanomumo faktu.

PRAMOGA

Norėjau, kad skaitytojas linksmintųsi. Bent jau tiek, kiek linksminausi aš pats. Tai — be galo svarbus dalykas, nors ir atrodo nederąs su tomis rimtomis mintimis, kurios, kaip mums atrodo, apninka mus pradėjus galvoti apie romaną.

Linksmintis — tai nereiškia bėgti nuo problemų. „Robinzonas Kruzas" linksmina savo pavyzdinį skaitytoją pasakojimais apie mintijimus ir kasdienius darbus šaunaus *homo oeconomicus*, ganėtinai į tą pavyzdinį skaitytoją panašaus. Tačiau Robinzono *sembable*, užtektinai pasilinksminęs bandymais atpažinti save Robinzono asmenyje, vienaip ar kitaip supranta ir šį tą daugiau, pasikeičia. Linksmindamasis jis kartu ir mokėsi. Ar skaitytojai sužino ką naujo apie pasaulį ar apie kalbą, priklauso nuo skirtingų prozos poetikų, tačiau dalyko esmė lieka tokia pati. Idealusis „Finegane budėjimo" skaitytojas galų gale turi linksmintis lygiai tiek pat, kiek ir Karolinos Invernizio skaitytojas. Lygiai tiek pat. Tačiau skirtingai.

423

Taigi, linksmybės supratimas — besivystantis dalykas. Kiekviename romano etape linksminamasi ir linksminama skirtingai. Tiesa, šiuolaikiniame romane pirmenybė vis dažniau teikiama ne intrigos, bet kitų rūšių pramogoms. Bet aš, didelis Aristotelio poetikos gerbėjas, visada maniau ir tebemanau, jog romane, kad ir kaip svarstytum, turi linksminti, ir visų pirma, intriga.

Teikiantis promogą romanas patinka publikai. Tačiau buvo toks metas, kai toks patikimas laikytas kažkuo nepageidautinu. Jei romanas patinka, vadinasi, jame nėra nieko nauja, ir publikai jis teduoda tai, ko ji tikėjosi.

Manau, kad teiginys „jei romanas duoda publikai tai, ko ji tikėjosi — jis patinka" ir teiginys „jei romanas patinka — jis duoda skaitytojams tai, ko šie tikėjosi" nėra tapatūs.

Antrasis teiginys ne visada teisingas. Gana prisiminti Defoe ar Balzac'ą ir eiti toliau, iki „Skardinio būgnelio" ir „Šimto metų vienatvės".

Kas nors pasakys, kad kai kuriose mūsų grupės 63 polemikose buvo palaikoma lygybė „patinka = bevertiška", kai turinti pasisekimą knyga būdavo sutapatinama su pramoginiu romanu, o pramoginis romanas — su fabuliariniu romanu, tuo tarpu šlovinami buvo eksperimentiniai kūriniai, sukeldavę skandalus ir plačiosios publikos nepripažįstami. Taip teigėme, toks teigimas turėjo prasmę ir būtent jis labiausiai įsiutino tradicinius rašytojus, jo jau niekada neužmiršo literatūros kritikai — ir tai teisinga, nes tam ir tarėme tuos žodžius, turėdami galvoje tradicinius romanus, skirtus pramogai, ir be jokių įdomių naujovių lygindami su devyniolikto amžiaus problematika. O kad vėliau susikūrė atskiri frontai ir iš vieno šiaudo dažnai būdavo priskaldomas vežimas — kartais vien kovos dėl vėliavų vardan — tai buvo neišvengiama. Pamenu, kad priešai buvo Lampedusa, Bassani's ir Cassola. Šiandien, bent jau aš, matau tarp jų trijų subtilius skirtumus. Lampedusa parašė vieną gerą, nesusijusį su tais laikais romaną, ir polemizavome prieš jo, kaip naujojo kelio italų literatūroje pradininko, garbinimą kai jis, atvirkščiai, šlovingai baigė senąjį kelią. Apie Cassola savo nuomonės nepakeičiau. O kalbėdamas apie Bassani šiandien būčiau daug atsargesnis ir, jei grįžtų 63-ioji, traktuočiau jį kaip savo bendrakeleivį. Tačiau norėčiau kalbėti apie kitą problemą.

O ji štai kokia. Niekas jau neprisimena to, kas įvyko 1965-aisiais Palerme, kur grupė vėl susitiko diskusijai apie eksperimentinį romaną (o juk jos stenogramas galima perskaityti kataloge „Eksperimentinis romanas", kurį Feltrinelli leidykla išleido pažymėdama 1965-aisiais metais, nors baigė spausdinti tik 1966-aisiais).

Tuose debatuose buvo įdomių dalykų. Visų pirma — įžanginis žodis Renato Barilli'o, jau tada buvusio visų *nouveau roman* eksperimentalizmų teoretiku, kuris tuomet galynėjosi su naujuoju Robbe Grillet'u, Grass'u ir Pynchon'u (atminkite, jog šiandien Pynchon'as cituojamas kaip postmodernizmo pradininkas, tačiau tuomet šis žodis neegzistavo, bent jau Italijoje, o ir Amerikoje John'as Barth tik žengė pirmuosius žingsnius). Taigi, Barilli's citavo vėl atrastą Roussel'ą, mėgusį Verne, bet necitavo Borges'o, nes jo naujas vertinimas dar nebuvo pradėtas. Ir ką jis pasakė? Jis pasakė, kad iki šiol buvo skelbta mirtis fabulai ir veiksmo išaukštinimas iki epifanijos ir materialistinės ekstazės. Bet dabar žengiama į naują prozos vystymosi etapą, kur bus naujai įvertintas veiksmas, arba bus kitas (autre) veiksmas.

Aš pateikiau analizę to įspūdžio, kurį praeitą vakarą paliko mums įdomus kinematografinis Baruchello ir Grifi koliažas „Verifica incerta" — istorija, sudėta iš gabalėlių kitų istorijų, standartinių situacijų, topų, komercinių filmų ištraukų. Pabrėžiau, kad publikai labiausiai patiko tos vietos, kurios dar prieš kelerius metus būtų sukėlusios pasipiktinimo audrą, tai yra tos vietos, kuriose nesilaikyta tradicinės veiksmo logikos ir laiko nuoseklumo ir kur, atrodė, publikos lūkesčiai turėjo būti negailestingai apvilti. Avangardas jau tapo tradicija, ir tai, kas anksčiau skambėjo disonansu, dabar tapo balzamu ausims (ir akims). O iš šio galima daryti tik vieną išvadą. Teiginio nepriimtinumas jau nebebuvo pagrindiniu eksperimentinės prozos (ar kitų menų) kriterijumi, nes tai, kas nepriimtina, ėmė patikti. Pradėjo ryškėti naujų priimtinų formų ir to, kas patinka, grįžtančio suderinamumo apmatai. Priminiau, jog jei futuristinių Marinetti vakarėlių metu buvo privalomas publikos švilpimas, „šiandien būtų nevaisinga ir kvaila polemizuoti, kad koks nors eksperimentas yra nevykęs dėl to, jog priimtas kaip kas nors normalaus: būtų tai istorinio avangardo aksiologinės schemos pakartojimas, ir šiuo požiūriu potencialus avangardo kritikas tebūtų pavėlavęs Marinetti šalininkas. Tvirtinu, jog tik tam tikru istoriniu momentu teiginio nepriimtinumas yra jo vertės garantas... Manau, kad turėtume atsižadėti tos *arriere pensee*, nuolat dominuojančios mūsų diskusijose, kuri tvirtina, jog skandalai turėtų tapti kūrinio vertės rodikliu. Tokia pati dichotomija tarp tvarkos ir netvarkos, tarp komercinio ir provokuojančio kūrinio, gal ir neprarasdama vertės, bus apžvelgta kitu aspektu. Tad manau, kad lūžio ir ginčo elementų galima rasti iš pažiūros lengvai pramogai skirtuose darbuose ir, atvirkščiai, pamatyti, jog kai kurie darbai, atrodę provokuojantys ir šokiruojantys publiką, nieko neginčija. Neseniai sutikau vieną žmogų, kupiną įtarimo dėl kažkokio jam pernelyg patikusio gaminio ir dėl to juo suabejojusio..." Ir taip toliau.

1965-ieji. Tais metais prasidėjo pop-artas, taigi, nyko tradicinės ribos tarp eksperimentinio, nefigūrinio meno ir to, kuris skirtas masėms, su fabula ir figūrinio. Tais laikais Pousseur tarė man, turėdamas omeny Bitlus: „Jie dirba mums", dar nesuvokdamas, jog jis dirba jiems (ir turėjo ateiti Cathy Berberian, kad įtikintų mus, jog „Bitlai", grąžinti į „Purcell" (kas buvo teisinga), gali skambėti greta Monteverdi ir Satie).

POSTMODERNIZMAS, IRONIJA, MALONUMAS

Nuo 1965-ųjų metų iki šiandien galutinai išryškėjo dvi idėjos: galimas grįžimas prie intrigos per kitų intrigų citatas, ir citatos gali būti mažiau pramoginės už cituojamą intrigą (1972 m. leidykla „Bompiani" išleido almanachą, skirtą „grįžimui prie intrigos", kuriame ironiškai, tačiau su kupinu susižavėjimo žvilgsniu žiūrima į Ponson du Terrail ir Eugene Sue ir su susižavėjimu, su trupučiu ironijos — į kai kuriuos garsius Dumas kūrybos puslapius). Ar galima parašyti romaną, kuris nebūtų pramoginis, būtų pakankamai problemiškas ir kartu patiktų?

Toks junginys, taip pat naujai atrasti ne tik intriga, bet ir malonumas buvo atgaivinta amerikiečių postmodernizmo teoretikų darbuose.

Nelaimei, „postmodernizmo" terminas yra tinkamas *à tout faire*. Man susidaro įspūdis, jog šiandien juo vadinama viskas, kas patinka tiems, kurie tą terminą vartoja. Antra vertus, juo, atrodo, bandoma pasiekti vis senesnius laikus: iš pradžių jis taikytas kai kuriems rašytojams ar dailininkams, dirbusiems pastaruosius dvidešimt metų, po to pamažėle jis atslinko į amžiaus pradžią, vėliau — dar toliau, ir tas žygis tebesitęsia, greitai postmodernizmo kategorija, matyt, pasieks Homerą.

Vis dėlto manau, jog postmodernizmas nėra chronologiškai apibūdinama kryptis, tai dvasinė kategorija, ar, dar tiksliau, *Kunstwollen*, veiklos būdas. Galima teigti, kad kiekviena epocha turi savąjį postmodernizmą lygiai taip pat, kaip kiekviena epocha gali turėti savąjį manierizmą (net klausiu savęs, ar postmodernizmas nėra šiuolaikinis Manierizmo, kaip metaistorinės kategorijos, vardas). Manau, kad kiekvienoje epochoje pasiekiami kritiniai momentai, panašūs į Nietzsche aprašytuosius „Nelaikiuose svarstymuose", skirtuose istorinių studijų žalai. Praeitis mus sąlygoja, slegia, šantažuoja. Istorinis avangardizmas (ir čia avangardo kategoriją suprantu kaip metaistorinę) nori suvesti sąskaitas su praeitimi. „Šalin mėnulio šviesą!" — šis futuristų šūkis yra tipiška kiekvieno avangardo programa, tereikia vietoje mėnulio šviesos įrašyti, kas tinkama. Avangardas griauna praeitį, ją deformuoja. „Panelės iš Avinjono" yra tipiškas avangardo mostas. Vėliau avangardas eina dar toliau, paversdamas tai, kas sugriauta, nieku, pasiekdamas abstrakciją, beformę masę, baltą drobulę, sudraskytą drobulę, sudegintą drobulę; architektūroje tai bus minimali *curtain wall* sąlyga, volo formos pastatas, grynas stačiakampis gretasienis, literatūroje — suardytas kalbos srautas iki Bourrougs'o stiliaus koliažo, iki tylos ir tuščio puslapio, muzikoje — perėjimas nuo atonalumo prie triukšmo, prie absoliučios tylos (šia prasme Cage nuo savo ištakų yra modernus).

Tačiau ateina toks laikas, kai avangardas (modernas) nebeturi kur toliau eiti, nes jau sukūrė metakalbą, bylojančią apie savo neįmanomus tekstus (konceptualusis menas). Postmodernizmas atsakas modernizmui yra pripažinimas, jog praeitis, kadangi negali būti sunaikinta — jos sunaikinimas veda į tylą — turi būti peržiūrėta: su ironija, be apgaulės. Postmodernizmą lyginu su įsimylėjėliu, mylinčiu be galo išprususią moterį ir žinančiu, jog negali jai pasakyti „myliu tave desperatiškai", nes žino, kad ji žino (o ji žino, kad jis žino), jog šiuos žodžius jau yra parašiusi Liala. Bet išeitis yra. Jis gali tarti: „Kaip pasakytų Liala, myliu tave desperatiškai". Taip jis išvengtų apsimesto naivumo, aiškiai pasakęs, kad naiviai kalbėti nebegalima, tačiau ištartų moteriai tai, ką norėjo ištarti: kad myli ją, bet myli prarasto naivumo epochoje. Jei moteris sutiks žaisti šį žaidimą, ji priims tokį meilės prisipažinimą. Nė vienas iš jų nesijaus apsimetėliu, jie jau priėmė praeities iššūkį — to, kas pasakyta ir ko negalima ištrinti, ir abu sąmoningai ir su malonumu žais šį ironijos žaidimą... Ir abiems pavyks dar kartą pakalbėti apie meilę.

Ironija, metalingvistinis žaidimas, teigimas kvadratu. Bet modernizme tas, kas nesupranta žaidimo, tegali jį atmesti, tuo tarpu postmodernizme galima žaidimo nesuprasti ir todėl traktuoti dalykus rimtai. Tokia yra ironijos savybė (rizika). Visada rasis toks, kuris ironišką kalbą palaikys rimta. Manau, kad Picasso, Juan Gris ir Braoue koliažai buvo modernistiniai ir todėl žmonės juos atmetė. Ir atvirkščiai, Marx Ernst koliažai iš devyniolikto amžiaus graviūrų buvo postmodernistiniai: juos galėjai traktuoti ir kaip fantastinį pasakojimą, ir kaip sapną nė nepastebėdamas, kad kalba jie apie graviūras, o gal ir apie patį koliažą. Jei tai yra postmodernizmas, tuomet aišku, kodėl Sterne ar Rabelais buvo postmodernistai, kodėl neabejotinai postmodernistinis yra Borges'as, kodėl tas pats menininkas aprėpia vienu metu, arba pakaitomis, modernizmo ir postmodernizmo momentus.

Apie postmodernizmą jau iš pat pradžių pasakyta beveik viskas (turiu omeny tokius esė kaip John Barth'o „Išsekimo literatūra", parašytą 1967 m., dabar perspausdintą „Calibano" septintame numeryje, skirtame Amerikos postmodernizmui). Nors nereiškia tai visiško mano sutikimo su tomis etiketėmis, kurias postmodernizmo teoretikai (įskaitant Barth'ą) kabina rašytojams ir dailininkams, nurodydami, kas yra postmodernistas, o kas — dar ne. Bet mane domina išvada, kurią šios srovės teoretikai daro iš savo prielaidų: „Mano idealusis rašytojas postmodernistas neimituoja ir neatmeta nei savo tėvų iš dvidešimtojo amžiaus, nei savo protėvių iš devynioliktojo. Jis pažįsta modernizmą, bet nenešioja jo ant pečių kaip kupros... Šis rašytojas negali tikėtis, jog pavergs ar sujaudins James Michener'o ar Irving Wallace gerbėjus, jau nekalbant apie mass-media apkvaišintus analfabetus, bet gali tikėtis, kad jo knygos patrauks, palinksmins ir suteiks malonumo platesnei publikai nei tas siauras ratas, kurį Thomas Mann'as vadino pirmaisiais krikščionimis, Meno išpažintojais... Idealusis postmodernistinis romanas turėtų pakilti viršum ginčų tarp realizmo ir irealizmo, formalizmo ir „turinizmo", grynosios ir angažuotos literatūros, prozos elitui ir masėms... Galima palyginti jį su geru džiazu ar klasikine muzika: klausant dar kartą ar analizuojant partitūras atsiskleidžia daug dalykų, pirmą kartą nepastebėtų, tačiau jau pirmą kartą turi būti taip sužavėtas, kad norėtum klausytis vėl. Ir tai galioja tiek specialistams, tiek nespecialistams". Taip rašė Barth'as 1980-aisiais, vėl grįždamas prie temos, šį kartą su pavadinimu „Pilnatvės literatūra". Be abejo, šia tema galima kalbėti ir jaučiant stipresnį paradokso skonį, kaip tai daro Leslie Fiedler'is. Minėtas „Calibano" numeris spausdina jo 1981 m. parašytą esė, o neseniai naujas žurnalas „Linea d'ombra" publikuoja jo diskusiją su kitais amerikiečiais autoriais. Fiedler'is provokuoja, tai akivaizdu. Jis liaupsina „Paskutinįjį mohikaną", nuotykių romaną, Gothic šlamštą, niekinamą kritikų, bet sugebėjusį apsigaubti mitų skraiste ir užkariauti ne vienos kartos vaizduotę. Jis svarsto, ar bus dar kada parašyta kas panašaus į „Dėdės Tomo trobelę", kuri vienodai aistringai skaitoma virtuvėje, salone ir vaikų kambaryje. Suplaka Shakespeare su tais, kurie mokėjo linksminti, kartu su „Nuskriejo su vėju..." Visi žinome jį esant pernelyg subtilų kritiką, kad tuo patikėtume. Jis paprasčiausiai nori nugriauti sieną tarp meno ir malonumo. Nujaučia, kad šiandien norėdami patraukti plačiąją publiką ir užpildyti jos svajas, gal ir turėtume priklausyti avangardui, bet dar palieka mums laisvę tarti, jog skaitytojų svajų užvaldymas nebūtinai reiškia teikti jiems pramogas. Gali tai reikšti ir jų nerimo sužadinimą.

Jau dveji metai atsisakau atsakinėti į beprasmius klausimus. Sakykim, tokius: ar tavo kūrinys yra atviras, ar ne? Nežinau, tai ne mano rūpestis, o jūsų. Arba: su kuriuo iš personažų tapatini save? Dievaži, su kuo gi tapatina save autorius? Su prieveiksmiais, juk tai akivaizdu.

Iš visų beprasmiškiausių klausimų pats beprasmiškiausias buvo duotas tų, kurie bandė įteigti, kad pasakojimas apie praeitį — tai bėgimas nuo dabarties. Ar tai tiesa? — klausia jie. Galimas dalykas, atsakau, Mazoni's pasirinko septynioliktą amžių todėl, kad nedomino jo devynioliktasis, o Giusti's savo „Šv. Ambrozijuje" kalbasi su savo meto austrais, tuo tarpu Berchet'o „Pontidos priesaika" seka praėjusių laikų pasakas. „Meilės istorijos" herojai buvo knygos amžininkai, o nuo įvykių, aprašytų „Parmos vienuolyne", jau buvo praėję dvidešim penkeri metai... Nereikia nė sakyti, kad visos dabartinės Europos problemos formavosi, kaip tai jaučiame dabar, viduramžiais — nuo bendruomeninės demokratijos iki bankų sistemos, nuo nacionalinės monarchijos iki miestų, nuo naujų technologijų iki vargšų sukilimų; viduramžiai — tai mūsų vaikystė, į kurią turime nuolat grįžti, kad pažintume savo ligų istoriją. Bet apie viduramžius galima pasakoti ir filmo „Excalibur" stiliumi. Taigi, problema slypi kitur, ir jos negalima išvengti. Ką reiškia parašyti istorinį romaną? Manau, jog apie praeitį pasakoti galima trejopai. Pirma — romance, pradedant bretonės ciklu ir baigiant Tolkien'o istorijomis, ir čia taip pat priskiriamas Gothic novel, kuris kaip tik nėra romanas, o romance. Praeitis — scenografija, pretekstas, pasakiška konstrukcija, leidžianti paleisti vaizduotės vadžias. Rašant romance net nebūtina praeitis, gana, kad veiksmas nevyktų čia ir dabar ir kad nei apie čia, nei apie dabar nebūtų užsiminta, netgi alegoriškai. Daugelis mokslinės fantastikos kūrinių yra gryni romance. Romance — tai istorija, vykstanti kitur.

Toliau seka špagos ir apsiausto romanai, tokie, kokius rašė Dumas. Špagos ir apsiausto romanuose vaizduojama reali, atpažįstama praeitis, o kad ji tikrai būtų atpažįstama, ten įkurdinami personažai, kurių vardai puikuojasi enciklopedijose (Rišelje, Mazarinas), bet kuriems priskiriami darbai, enciklopedijose nepaminėti (susitikimas su Miledi, ryšys su kažkokiu Bonasje), nors ir nepaneigiami. Aišku, norint sustiprinti realybės įspūdį, istoriniai personažai kartu daro ir tai, ką (kaip žinoma iš istorinių kronikų) jie tikrai yra darę (Rošelės apgultis, intymūs ryšiai su Ana Austrijiete, kova su Fronda). Šiame fone („realiame") veikia išgalvoti personažai, kurių jausmai puikiai gali tikti ir kitų epochų personažams. Karalienės brangenybių į Londoną d'Artanjanas galėjo vykti ir XV arba XVIII amžiuje. Nebūtina gyventi septynioliktame amžiuje, kad turėtum d'Artanjano psichiką.

Tuo tarpu istoriniame romane yra atvirkščiai, visai nebūtini iš bendrųjų enciklopedijų atpažįstami personažai. Prisiminkite „Sužieduotinius", žinomiausias personažas ten buvo kardinolas Federigas, iki Manzoni'o nedaugeliui tepažįstamas (daug žymesnis buvo kitas Boromiejus, šv. Karolis). Bet visa, ką darė Renčas, Liučija ir brolis Kristofas galėjo vykti tik Lombardijoje ir tik septynioliktame amžiuje. Personažų veiksmai padeda geriau suprasti istoriją. Įvykiai ir personažai yra išgalvoti, bet pasako apie to meto Italiją tai, ko niekada taip aiškiai nepasakys jokie istorijos vadovėliai.

Šia prasme tikrai norėjau parašyti istorinį romaną, ir ne dėl to, kad Hubertinas ir Mykolas realiai egzistavo ir kalbėjo daugmaž tuos pačius žodžius kaip gyvenime, o todėl, kad visa, ką sakė fiktyvūs personažai, tokie kaip Viljamas tuo metu *privalėjo* būti pasakyta.

Nežinau, kaip nuosekliai siekiau šio savo tikslo. Nemanau jį pamynęs, pateikdamas vėlesnių autorių (kaip Wittgenstein'o) darbų citatų, tarsi būtų jos iš tos pačios epochos. Tokiais stvejais puikiai žinojau, kad tai ne mano Viduramžių gyventojai sušiuolaikėjo, o jau greičiau šių laikų gyventojai ėmė mąstyti viduramžiškai. Kartais svarstau, ar nebūsiu suteikęs savo fiktyviems personažams galios surinkti iš neabejotinai viduramžiškų minčių *disiecta membra* keleto tokių hibridinių teiginių, kurių Viduramžiai savais tikrai nebūtų pripažinę. Tačiau manau, kad tai taipogi yra istorinio romano užduotis: ne tik išsiaiškinti praeityje priežastis to, kas įvyko vėliau, bet ir nubrėžti kelią, atvedusį šias priežastis prie jų pasekmių.

Jei kuris nors iš mano personažų sugretina dvi viduramžiškas idėjas ir išveda iš jų trečią, šiuolaikiškesnę, jis daro lygiai tą patį, ką vėliau padarė kultūra, ir net jei niekas neužrašė jo ištartų žodžių, neabejotina, kad panašios mintys, tegu ir miglotos, kažką jau turėjo lankyti (o nebuvo jos ištartos dėl kas žino kokios baimės ir gėdos).

Šiaip ar taip, vienas dalykas mane be galo linksmino: kaskart kai kuris nors kritikas ar skaitytojas parašydavo ar pasakydavo, jog mano herojus tvirtina pernelyg šiuolaikiškus dalykus, taigi, visais tais atvejais ir kaip tik tais atvejais aš pažodžiui citavau XIV amžiaus tekstus.

O kartais skaitytojui mėgaujantis rinktinėmis, kaip jam atrodė, viduramžiškomis scenomis aš jutau jas esant nusikalstamai šiuolaikiškas. Kiekvienas turi savo supratimą apie Viduramžius ir paprastai jis yra klaidingas. Tiesą žinome tik mes, ano meto vienuoliai, bet sakydamas ją kartais gali užlipti ant laužo.

PABAIGA

Praėjus dvejiems metams po to, kai romanas jau buvo baigtas, radau savo užrašus, rašytus 1953-aisiais, man studijuojant universitete.

„Horacijus su draugu kreipiasi į grafą P. prašydami įminti vaiduoklio mįslę. Grafas P.— bajoras ekscentriškas ir flegmatiškas. Jaunasis danų armijos kapitonas, atvirkščiai, naudoja amerikietiškus metodus. Veiksmas rutuliojasi normaliai, pagal tragedijos schemą. Paskutiniame veiksme grafas P. sukvietęs šeimyną atskleidžia paslaptį: žudikas — Hamletas. Per vėlai, Hamletas miršta."

Po daugelio metų aptikau, jog panašią mintį kažkur buvo išdėstęs Chesterton'as. Atrodo, kad Oulipo grupė neseniai sudarė visų įmanomų detektyvinio romano situacijų matricą, ir paaiškėjo, jog belieka parašyti knygą, kur žudikas būtų skaitytojas.

Išvada: egzistuoja įkyrios mintys, bet nėra jos asmeniškos, knygos kalba tarpusavy, ir tikras tardymas turi įrodyti, kad kalti esame mes.

TURINYS

Eko U.   Rožės vardas. Iš italų k. vertė I. Tuiševskai-
tė. V.: Mintis, 1991.— 429 [3] p.

ISBN 5-417-00461-8

Knygos veiksmas vyksta Italijos šiaurėje, 1327 metų pabaigoje, turtingame benediktinų vienuolyne, į kurį atvyksta pagrindinis herojus vienuolis pranciškonas Viljamas iš Baskervilio. Jis stebina aiškiaregyste, iš jo galima pasimokyti gyvenimo išminties ir logikos. Vienuolyne turi įvykti popiežiaus Jono XXII ir imperatoriaus Liudviko Bavaro legatų susitikimas, lemiąs tolesnį vienuolių pranciškonų ordino likimą. Vienuolyne neramu. Kiekviena diena atneša naują mirtį. Kas žudo? Knygos intriga yra tik apvalkalas, gaubiantis sudėtingo Viduramžių gyvenimo, koncentruoto erdvėje ir laike, atvaizdą. Knyga byloja apie to meto religiją ir moralę, mokslą ir filosofiją, politiką ir istoriją, mistiką ir tikrovę.

E $\dfrac{4703010100—046}{M\ 851(08)—91}$ 153—91

Grožinės literatūros kūrinys

Eko Umberto
ROŽĖS VARDAS

Redakcijos vedėja *Danutė Skuodžiūnienė*
Redaktorė *Pranė Kuprienė*
Dailininkas *Gintaras Balionis*
Meninė redaktorė *Romana Kungytė*
Techninė redaktorė *Birutė Adomaitienė*
Korektorė *Janina Andrulytė*

Duota rinkti 1990 10 19. Pasirašyta spaudai 1991 02 25. S. L. Nr. 412. Formatas 84×108/32. Popierius laikraštinis. Garnitūra „Baltika", 9 punktų. Ofsetas. 22,68 sąl. sp. l., 23, 04 sąl. spalv. atsp. 31,07 apsk. leid. l. Tiražas 75 000 egz. Užsakymas 2240. Kaina 8 rb 90 kp „Minties" leidykla, 232600 Vilnius, Z. Sierakausko 15.
Išleido leidykla „ALNA", 232600 Vilnius, Algirdo 19
Spausdino „Spindulio" spaustuvė, 233000 Kaunas, Gedimino 10

VIENUOLYNAS

K Ligoninė
J Maudykla
A Buveinė
B Bažnyčia
D Klostras

F Dortuaras
H Kapitulos salė
M Tvartai
N Arklidės
R Kalvė

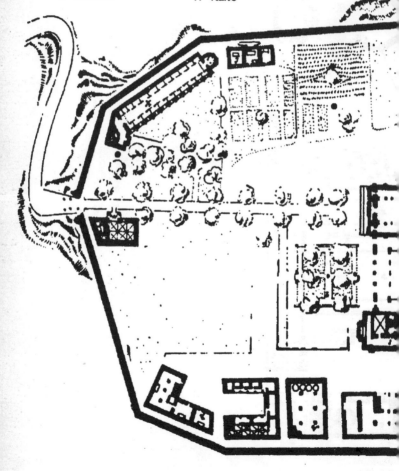